BASTEI
LÜBBE

BASTEI LÜBBE JACK McDEVITT IM TASCHENBUCH-PROGRAMM:

24 126 Erstkontakt
24 208 Gottes Maschinen
24 235 Die Küsten der Vergangenheit

JACK McDEVITT

Die ewige Straße

Roman

Ins Deutsche übertragen
von Axel Merz

BASTEI
LÜBBE

BASTEI LÜBBE TASCHENBUCH
Band 24 245

Erste Auflage: Oktober 1998

Deutsche Lizenzausgabe 1998 by
Bastei-Verlag Gustav H. Lübbe GmbH & Co.,
Bergisch Gladbach
Originaltitel: Eternity Road
Lektorat: Angela Koonen /Stefan Bauer
Titelbild: Steve Crisp / Agentur Luserke
Umschlaggestaltung: QuadroGrafik, Bensberg
Satz: Fotosatz Steckstor, Rösrath
Druck und Verarbeitung:
Brodard & Taupin, La Flèche, Frankreich
Printed in France
ISBN 3-404-24245-9

Der Preis dieses Bandes versteht sich einschließlich der gesetzlichen Mehrwertsteuer

Für Merry, Scott und Chris,
meine unschätzbaren Botschafter
des 21. Jahrhunderts

Danksagung

Der schreibende Teil meiner Person ist ohne eine zweite Person nicht denkbar. Danke, Maureen.

Außerdem möchte ich folgenden Personen meinen Dank aussprechen: Ralph Vicinanza, Caitlin Blasdell und John Silbersack von HarperPrism. Dolores Dwyer für ihre Hilfe bei der Herausgabe. Charles Sheffield für seine Kommentare zu meinem Manuskript. Und Elizabeth Moon, die sich mit Pferden auskennt und eine wertvolle Stütze der zweiten Expedition abgegeben hätte.

Ich fragte ihn, wie weit es noch bis Hartford sei.
Er antwortete, er habe noch nie von dem Ort gehört.

– Mark Twain
Ein Yankee aus Connecticut
an König Artus' Hof

Prolog

Sie kamen im Oktober der Welt
Und ritten im Zwielicht
Auf daß die Menschen niemals vergaßen
– Die Reisen von Abraham Polk

Der Knabe wartete im Garten, als Silas nach Hause kam. »Er ist zurück«, flüsterte er und hielt Silas einen Umschlag hin.

Der Knabe war einer der beiden, die Karik angestellt hatte, damit sie in seiner Abwesenheit auf die Villa aufpaßten. Silas war überrascht. Er hatte erwartet, daß Karik in einem Triumphzug heimkehren würde. Oder überhaupt nicht.

Der Umschlag war mit Wachs versiegelt.

»Wie geht es ihm?«

»Nicht so gut, glaube ich.«

Silas versuchte sich an den Namen des Knaben zu erinnern. Kam. Kim. Irgendwas in der Art. Er zuckte die Schultern, öffnete den Umschlag und nahm ein einzelnes gefaltetes Blatt heraus.

Silas,
Ich muß dich unbedingt treffen. Sag zu niemandem ein Wort. Bitte komm, so schnell du kannst.
Karik

Die Expedition war fast neun Monate unterwegs gewesen. Silas starrte lange auf das Papier. Dann zog er eine Münze aus der Tasche und gab sie dem Knaben. »Sag ihm, daß ich auf dem Weg bin.«

Die Sonne senkte sich dem Horizont entgegen, und die letzten paar Nächte waren kalt gewesen. Silas eilte ins Haus, wusch Gesicht und Hände, zog ein frisches Hemd an und nahm eine leichte Jacke aus dem Schrank. Dann verließ er das Haus, so schnell seine Würde und sein

Alter von fünfzig Jahren es erlaubten. Er marschierte eilig zum Imperium und zog Oxfoot aus dem Stall. Dann ritt er zum Stadttor hinaus und an der Flußstraße entlang. Der Himmel war klar und rot und wurde nach Osten hin rasch dunkler. Ein Reiherpaar schwebte träge über dem Fluß. Der Mississippi strudelte um die eingestürzte Straßenbauerbrücke, sein Wasser schäumte an den geborstenen Trümmern, floß sanft über bereits versunkene Plätze und wusch beharrlich über Backsteinhaufen. Niemand wußte, wie alt die Brücke wirklich war. Die Pfeiler und Türme ragten grau und einsam in das Zwielicht des Abends.

Zur Rechten bog ein gepflasterter Weg ab. Er führte durch ein Ulmenwäldchen zu einem Steilhang hinauf. Die nördliche Seite der Straße war von einer langen grauen Mauer gesäumt, die zu einem Haus gehörte, das tief in den Hügel hineingebaut war. Silas musterte die grauen Steine im Vorbeireiten und fragte sich nicht zum ersten Mal, wie die Welt ausgesehen hatte, als der Mörtel zwischen den Steinen noch frisch war. Die Mauer endete unvermittelt. Silas ritt um den Hügel herum, und Kariks Villa kam in Sicht. Das Haus war ein vertrauter Anblick, und die Erinnerung an vergangene Tage, die er dort in Gesellschaft von Freunden mit Wein und Unterhaltungen verbracht hatte, ließen ein Gefühl der Wehmut in ihm aufsteigen. Der Knabe, der die Nachricht überbracht hatte, zog Wasser aus dem Brunnen. Er winkte Silas zu. »Er wartet auf Sie, Sir. Gehen Sie einfach rein.«

Die Villa zeigte auf den Fluß hinaus. Sie war ganz in der Tradition der Masandik gebaut, zweistöckig, mit viel Glas, geteilten Verandafenstern im Erdgeschoß und einer Balustrade, die um den ersten Stock herumlief. Silas gab dem Knaben das Pferd, klopfte an die Vordertür und trat ein.

Alles war wie immer. Die Wände waren mit herbstfarbenen Gobelins behängt, und gedämpftes Licht erhellte das Wohnzimmer. Das Mobiliar war neu, doch im gleichen Stil, den Silas in Erinnerung hatte: kunstvoll geschnitztes Holz mit Lederpolstern. Genau die Art von

Möbeln, die man während der Jahre des Imperiums in einem der Herrscherhäuser erwartet hätte.

Karik hatte an einem Lesetisch Platz genommen und brütete über einem Buch. Silas erkannte ihn kaum wieder. Kariks Haare und Bart waren fast weiß geworden, seine Haut war faltig und blaßgelb. Die Augen waren tief in die Höhlen gesunken, und ihre einstige Intensität war einem düsteren roten Schimmer gewichen. Doch Karik lächelte. Er blickte von den handgeschriebenen Seiten auf und kam mit ausgebreiteten Armen auf Silas zu. »Es ist schön, dich wiederzusehen«, sagte er. Er drückte Silas an sich und hielt ihn einen langen Augenblick fest. Das war ungewöhnlich. Karik Endine war ein Mann von eher kühlem Temperament. »Du hast nicht erwartet, daß ich zurückkehren würde, nicht wahr?«

In Silas hatten sich die Zweifel gemehrt, während die Monate ins Land gezogen waren. »Ich war mir nicht sicher«, antwortete er.

Der Knabe kam mit dem Wasser und machte sich daran, die Vorratsbehälter in der Küche aufzufüllen.

Karik führte Silas zu einem Sessel, und sie unterhielten sich über belanglose Dinge, bis sie wieder allein waren. Dann beugte sich Silas zu seinem alten Freund vor und senkte die Stimme. »Was ist geschehen?« fragte er. »Hast du es gefunden?«

Die Fenster standen offen. Eine kühle Brise wehte durch das Wohnzimmer. Die Vorhänge bewegten sich sanft.

»Nein.«

Silas verspürte eine unerwartete Befriedigung. »Das tut mir leid.«

»Ich glaube nicht, daß es existiert.«

»Du meinst, deine Informationen waren falsch, und du weißt nicht, wo es ist?«

»Ich meine: Ich glaube nicht, daß es existiert.« Karik entkorkte eine Flasche mit dunklem Wein und nahm zwei Kelche aus einem Schrank. Er füllte sie und reichte einen davon Silas.

»Auf Haven«, sagte Silas. »Und auf alte Freunde.«

Karik schüttelte den Kopf. »Nein. Auf dich, Silas. Und auf unser Zuhause. Auf Illyrien.«

Während sie beim ersten Glas saßen, brachte der Knabe ein feuchtes Tuch. Silas wischte sich den Staub der Straße vom Gesicht und legte sich das Tuch anschließend um den Hals. »Das tut gut.«

Kariks Blick war in weite Ferne gerichtet. »Ich habe dich vermißt, Silas«, sagte er.

»Was ist dort draußen passiert?« fragte Silas. »Sind alle wohlbehalten zurückgekommen?«

Kariks Gesicht war wie versteinert.

»Wen hast du verloren?«

Durch die Fenster war der Mississippi zu sehen. Karik erhob sich und trat zum Fenster. Er blickte auf den Fluß hinaus und leerte seinen Kelch. »Alle«, sagte er leise. »Ich bin allein zurückgekommen.« Seine Stimme bebte.

Silas setzte sein Glas ab, ohne den alten Freund eine Sekunde aus den Augen zu lassen. »Was ist geschehen?«

Kariks Atem ging rasselnd. »Zwei ertranken in einem Fluß. Andere starben an Unterkühlung. An Krankheiten. Oder weil sie einfach Pech hatten.« Er schloß die Augen. »Und alles völlig ohne Sinn. Du hattest recht. Du hattest von Anfang an recht.«

Ein Flachboot kam in Sicht. Es navigierte vorsichtig in einen Seitenkanal auf der Westseite der zerstörten Brücke. Das Deck war mit hölzernen Kisten vollgestapelt.

Silas schluckte seine Enttäuschung hinunter. Es stimmte; er hatte stur darauf beharrt, daß Haven ein mythologischer Ort sei und die ganze Expedition einem Phantasiegespinst hinterherjagte, doch ein Teil von ihm hatte insgeheim gehofft, im Unrecht zu sein. Tatsächlich hatte er sogar nächtelang wach gelegen und sich vorgestellt, wie es wäre, wenn Abraham Polks Schätze wirklich existierten. Was es bedeutete, eine Geschichte der Straßenbauer zu entdecken und etwas über das Volk zu erfahren, das die großen Städte und Straßen errichtet hatte. Über seine Träume. Und vielleicht sogar einen Bericht über die Zeit der Großen Seuche zu finden.

Elf Tote. Die meisten von ihnen hatte Silas gekannt: den Führer Landon Shay. Kir, Tori und Mira vom Imperium. Den Künstler Arin Milana. Shola Kobai, die verwegene Ex-Prinzessin von Masandik. Dann war da noch Random Iverton gewesen, ein früherer Offizier der Armee, der zum Abenteurer geworden war, und der Gelehrte Axel von der Akademie in Fernstraße. Und schließlich Cris Lukasi, der Überlebensexperte. Außerdem noch zwei, die Silas nicht gekannt hatte, bis auf den Händedruck beim Abschied draußen auf der regennassen Flußstraße, als sie in die Wildnis aufgebrochen waren.

Nur der Anführer hatte überlebt. Silas blickte Karik an und wußte, daß sein alter Freund in diesem Augenblick seine Gedanken las.

»Es ist einfach passiert«, sagte Karik. »Ich hatte mehr Glück als die anderen.« Seine Augen wurden feucht. »Silas, was sage ich nur ihren Familien?«

»Die Wahrheit. Was bleibt dir sonst übrig?«

Karik drehte sich wieder zum Fenster und beobachtete die Barke. »Ich habe getan, was ich konnte. Die Dinge liefen schlecht.«

»Hast du eine Liste der nächsten Angehörigen?« erkundigte sich Silas.

»Ich hatte gehofft, du würdest mir beim Zusammenstellen helfen.«

»In Ordnung. Das können wir tun. Du solltest sie für heute abend zu dir einladen, bevor sie herausfinden, daß du heimgekehrt bist, und sich wundern, wo ihre Verwandten bleiben.«

»Einige von ihnen kamen aus anderen Städten.«

»Tu was du kannst. Um die anderen kümmerst du dich später. Schicke Boten.«

»Ja«, sagte Karik. »Vermutlich ist es das Beste so.«

»Versuch, so viele Leute wie möglich zu erreichen. Lade sie für heute abend hierher ein. Rede mit allen zusammen. Erzähle ihnen, was geschehen ist.«

Kariks Augen wurden naß. »Sie werden es nicht verstehen.«

»Was gibt es da zu verstehen? Sie wußten von Anfang an, daß ein Risiko bestand. Wann bist du nach Hause zurückgekehrt?«

Karik zögerte. »Letzte Woche.«

Silas starrte ihn lange an. »In Ordnung.« Er füllte die Kelche nach und bemühte sich um einen beiläufigen Tonfall. »Wer außer mir weiß noch, daß du zurück bist?«

»Flojian.«

Kariks Sohn.

»Also gut. Bringen wir es hinter uns. Hör zu: Die Leute, die mit dir gegangen sind, waren allesamt Freiwillige. Sie wußten, daß Gefahren auftauchen würden, und ihre Familien wußten es ebenfalls. Du mußt ihnen nur erzählen, was geschehen ist, weiter nichts. Drücke ihnen dein Beileid aus, und sag ihnen, daß es dir leid tut. Das ist schon in Ordnung. Sie werden einsehen, daß auch du um deine Leute trauerst.«

Karik verschränkte die Arme und schien zusammenzusacken. »Silas«, sagte er nach einer Weile. »Ich wünschte, ich wäre dort draußen gestorben.«

Erneut schwiegen sie lange Zeit. Silas nahm eine Tafel zur Hand und machte sich daran, Namen aufzuschreiben. Väter. Schwestern. Axels Tochter, die eine Verwandte von Silas war, seit sie seinen Vetter geheiratet hatte.

»Ich will das nicht«, sagte Karik.

»Ich weiß.« Silas schenkte mehr Wein nach. »Aber du mußt. Und du wirst es tun. Ich werde bei dir sein.«

n.r.s.

Kapitel 1

Eine allgemeine und weit verbreitete Weisheit besagt, daß nur die unverfänglichen, die geistigen Dinge wahrhaft bewegend sind: die Liebe, Sonnenuntergänge, Musik, das Theater. Der Marmor und die Farbe sind den Heimsuchungen der Zeit ausgesetzt. Und doch könnte man dagegenhalten, daß nichts Unvergängliches einen bewegenderen Eindruck hervorzurufen vermag, als der Anblick eines griechischen Tempels im Licht des Vollmonds.

Die zerstörten Hinterlassenschaften der Straßenbauer hatten etwas ähnlich Überwältigendes. Normalerweise kommt man nicht so leicht auf die Idee, Beton mit Schönheit in Verbindung zu bringen. Und doch war sie da, zeigte sich in den wunderschönen Doppelstreifen, die sich über runde Hügelketten und durch ausgedehnte Wälder zogen, Flüsse übersprangen und in Konstruktionen von solch perfekter Geometrie verzweigten, daß es dem Betrachter den Atem verschlagen mußte. Oder dort, in glitzernden Türmen, die so hoch waren, daß nur wenige Menschen sie an einem einzigen Tag besteigen konnten. Und in Bauwerken, deren Eleganz den Einsturz der Fundamente und Dächer überdauert hatte.

Die Ingenieurskunst, die diese Bauwerke erschaffen hat, ist verloren. Ihre Konstruktionen sind zum Bestandteil der Landschaft geworden, und den Kindern Illyriens so vertraut wie der Mississippi selbst. Sie erfüllen keinen Zweck mehr, außer als Wegweiser zu einer im Nebel der Zeit versunkenen Vergangenheit.

Das vielleicht atemberaubendste von allen Bauwerken – und das rätselhafteste zugleich – ist die Eiserne Pyramide. Die Pyramide überragt das östliche Ufer des Flusses. Trotz ihres Namens ist sie nicht aus Eisen gemacht, sondern aus einem Metall, von dem manche annehmen, es sei künstlich. Wie so viele andere Materialien der Straßenbauer auch scheint es Rost und Verfall zu widerstehen. Die Konstruktion ist über dreihundert Fuß hoch und besitzt an der Basis eine Seitenlänge von vielleicht einer Viertel Meile. Sie ist hohl, und der Innenraum ist so groß, daß man darin bequem eine ganze Armee ausbilden oder religiöse Veranstaltungen durchführen kann.

Aus den Ruinen wurden Tassen und Kämme, Teller, Schmuck, Spielzeuge und Schnickschnack ausgegraben, die jetzt die Heime der Illyrer und die Illyrer selbst schmücken. Auch diese Gegenstände bestehen aus Materialien, die niemand mehr herzustellen vermag; sie tragen sich nicht ab und sind leicht zu reinigen.

Rinny und Colin dachten kaum je über die Ruinen nach – und wenn, dann nur als jene Orte, vor denen man sie von klein auf gewarnt hatte. Menschen waren in Löcher gefallen, von herabfallenden Dingen erschlagen worden. *Bleibt weg aus den Ruinen.* Man erzählte sich sogar Geschichten, daß die Trümmer nicht ganz tot wären. Colin und Rinny waren Heranwachsende, und folglich bevorzugten sie den antiken Betonpier eine Meile nördlich von Colins Zuhause, wenn sie ihre Angelschnüre ins Wasser halten wollten.

An diesem Tag zog Regen auf.

Die Knaben waren fünfzehn Jahre alt, ein Alter, in dem männliche Illyrer längst ihren Weg durchs Leben eingeschlagen hatten. Rinny hatte sich in der Büchsenmacherei seines Vaters als geschickter Handwerker etabliert. Colin arbeitete auf dem Bauernhof der Familie. Heute waren beide mit dem Auftrag unterwegs, ein paar Welse für das Abendessen zu fangen.

Rinny beobachtete, wie sich der Sturm zusammenbraute. Wenn er losbrach, würden sie in *Martins Lagerhaus* am Ende des Kais Schutz suchen. Martins Lagerhaus stammte aus der Zeit der Straßenbauer, aber es war noch immer intakt: ein verwittertes Steingebäude mit einem Schild, das stolz den Namen des Etablissements und die Geschäftszeiten verkündete. Von acht bis achtzehn Uhr. (Die Denkmalgesellschaft hielt das Schild für reisende Besucher sauber.) Colin schielte zum Himmel hinauf. »Besser, wenn bald einer anbeißt«, sagte er. »Oder wir müssen heute abend schon wieder Steckrüben essen.«

Bis jetzt hatten sie nur einen einzigen Fisch gefangen. »Ich glaube, sie sind alle nach Süden gewandert«, sagte Rinny. Ein feuchter Wind wehte über den Fluß herüber. Rinny rieb die Hände gegeneinander und zog die Lederriemen am Revers seiner Jacke enger. Auf der anderen Seite trieb ein Flachboot gemächlich flußabwärts. Die Besatzung zog Planen auf, um Schiff und Ladung vor dem herannahenden Sturm zu schützen. »Vielleicht sollten wir besser zusehen, daß wir von hier verschwinden.«

»Gleich.« Colin starrte angestrengt auf das Wasser, als könne er die Fische zum Beißen zwingen.

Die Wolken hatten das gegenüberliegende Ufer erreicht. Eine Regenlinie erschien. Rinny seufzte, legte den geschnitzten Ast ab, der ihm als Angelrute diente, und machte sich daran, seine Ausrüstung zusammenzusuchen.

»Ich hab' einen«, sagte Colin. Er grinste. »Das ist schon besser.«

»Stimmt. Einer für jeden von uns ist besser als ein halber.«

Colin versuchte, seinen Fang zu landen, doch der widerstand. »Die Schnur scheint sich verhakt zu haben.« Er zog heftiger, und die Rute bog sich bis zum Brechen. Ein dunkler Umriß tauchte im Wasser auf. »Was ist denn das?«

»Jedenfalls kein Fisch«, sagte Rinny enttäuscht.

Ein Stiefel durchbrach die Wasseroberfläche.

Ein Stiefel mit einem Fuß darin.

Colin ließ die Rute fallen, und der Fuß versank wieder im Wasser.

»Ich verstehe das einfach nicht.« Flojian Endine trat vom Bett zurück, und Silas konnte den Leichnam sehen.

Seit der gescheiterten Expedition schien Karik Jahr um

Jahr geschrumpft zu sein. Jetzt, im Tod, fiel es schwer, sich zu erinnern, wie er in den alten Tagen gewesen war. »Es tut mir leid«, sagte Silas und dachte, daß seine Trauer wohl größer war als Flojians.

»Danke.« Flojian schüttelte langsam den Kopf. »Das Zusammenleben mit Vater war nicht immer einfach. Trotzdem werde ich ihn vermissen.«

Kariks Wangen waren weiß und kalt. Silas entdeckte keinerlei Hinweis auf eine Verletzung. »Wie ist es geschehen?«

»Ich weiß es nicht.« Eine Skizze hing an der Wand. Sie zeigte einen kleineren Fluß, der sich zwischen bewaldeten Hängen hindurchwand. Die Skizze war in Schwarz und Weiß gehalten und wirkte seltsam unvollendet. Der Künstler hatte sie *Flußtal* genannt. In der unteren rechten Ecke stand ein Datum zu lesen, zusammen mit einer Signatur, und Silas bemerkte mit gelindem Schrecken, daß sie von Arin Milana stammte, einem Mitglied der gescheiterten Expedition nach Haven. Die Skizze war auf den 23sten Juni im 197sten Jahr seit der Gründung der Stadt datiert. Die Expedition war im März jenes Jahres aufgebrochen, und Karik war Anfang November allein zurückgekehrt. Das war inzwischen neun Winter her.

»Er ging gerne allein über die Klippe spazieren. Dort oben, siehst du? Er muß ausgerutscht und in den Fluß gefallen sein.« Flojian trat zum Fenster und blickte hinaus. »Vielleicht hat sein Herz versagt.«

»Hatte er denn Probleme?«

»Mit dem Herzen? Nein. Nicht, daß ich wüßte.« Flojian Endine war eine etwas schlankere, rührige Ausgabe seines Vaters. Die gleiche Physis, doch ohne jede Leidenschaft. Flojian war ein zuverlässiger Bürger. Wohlhabend, tatkräftig und intelligent. Silas glaubte nicht, daß es irgend etwas auf der Welt gab, für das Flojian bereit gewesen wäre zu kämpfen. Nicht einmal für Geld. »Nein. Soweit ich weiß, war er kerngesund. Aber du hast ihn ja gekannt. Falls er krank gewesen ist, hat er es für sich behalten.«

Silas war ein Jahr älter als Karik, und er wunderte sich

über die Gefühllosigkeit in Flojians Bemerkung. »Es tut mir leid«, sagte er. »Ich habe Karik schon lange nicht mehr gesehen, aber ich werde ihn sehr vermissen. Irgendwie fehlt etwas, jetzt, wo ich weiß, daß er nicht mehr bei uns ist.« Silas und Karik waren zusammen aufgewachsen. Sie hatten den Fluß herausgefordert und über dem rauschenden Wasser auf Hollys Brücke gestanden, wo sie sich geschworen hatten, gemeinsam die Geheimnisse der Straßenbauer zu erkunden. Während der Kriege gegen Argon und die Flußpiraten hatten sie gemeinsam als Soldaten gedient, und gemeinsam hatten sie zu Füßen von Filio Kon aus Fernstraße ihre Ausbildung absolviert.

Stellt alles in Frage, hatte Kon ihnen immer wieder eingetrichtert. *Die ganze Welt besteht aus Illusionen. Es gibt nichts, das Menschen nicht zu glauben bereit wären, wenn es nur überzeugend genug präsentiert wird, oder mit genügend Autorität.* Eine Lektion, die Silas gründlich gelernt und die ihn gut beraten hatte, als Karik Freiwillige für seine Expedition in das Niemandsland des Nordens suchte. Silas war zu Hause geblieben.

Aber die Trennung war ihm nicht leicht gefallen. Karik hatte zwar keine Verbitterung gezeigt, doch Silas hatte unter Schuldgefühlen gelitten. »Ich weiß nicht, warum ich damals dieses Gefühl hatte, ich müßte mit ihm gehen«, hatte er später jedem erzählt, der es hören wollte. »Die Expedition war eine gewaltige Verschwendung von Zeit und Ressourcen, und ich wußte es von Anfang an.« Karik hatte behauptet, im Besitz einer Karte zu sein, doch er hatte sie niemandem gezeigt – angeblich, um zu verhindern, daß jemand eine rivalisierende Expedition zusammenstellt.

Das war eher unwahrscheinlich, doch Karik hatte eindeutig jeden Sinn für die Realität verloren. Haven war nichts weiter als ein Mythos. Es war durchaus möglich, daß ein historischer Abraham Polk existiert und vielleicht sogar tatsächlich eine Gruppe von Flüchtlingen in eine abgelegene Festung geführt hatte, um dort das Ende der Großen Seuche abzuwarten. Doch die Vorstellung, daß Polk und seine Leute nach dem Sturm wieder hervorgekommen waren und von der Zivilisation retteten, was zu retten war, um es für die Zukunft in Sicherheit zu bringen: Das war genau die Sorte von Geschichten, die die Leute nur zu gern erzählten. Und sich erzählen ließen.

Und genau deswegen suspekt.

Silas würde weder sein Leben noch seinen Ruf bei dem törichten Versuch aufs Spiel setzen, einen Schatz zu finden, der so gut wie sicher niemals existiert hatte. Trotzdem hatte ihn sein Gewissen nicht in Ruhe gelassen, und schließlich hatte er den Grund erkannt: Es war nicht um Durchführbarkeit und Erfolgsaussichten gegangen, sondern um Loyalität. Silas hatte sich von seinem alten Freund distanziert.

»Heute morgen sah er jedenfalls noch ganz gesund aus«, sagte Flojian, der nie richtig aus dem Haus des Vaters ausgezogen war, mit Ausnahme einer kurzen Episode, während der er erfolglos mit der Ehe experimentiert hatte. Flojian hatte ein Auge auf das Wohlergehen seines Vaters gehabt und sich geweigert, den alten Mann im Stich zu lassen, als die gesamte Stadt ihn wegen Feigheit oder Inkompetenz oder beidem verdammt hatte. Wäre ein anderer der einzige Überlebende gewesen, hätte keiner etwas gesagt. Aber für den Anführer gehörte es sich einfach nicht, nach Hause zurückzukehren, während die Knochen seiner Leute auf fernen Straßen verrotteten. Silas hatte Flojian dafür bewundert, aber andererseits auch vermutet, daß Kariks Sohn mehr an der Sicherung seines Erbes als am Schutz seines Vaters gelegen war.

Der Fluß lag kalt und still. Es hatte eine Zeit gegeben, da waren Karik Endine und Silas Glote die engsten Freunde gewesen. Den Mann allerdings, der von der gescheiterten Expedition zurückgekehrt war, hatte Silas nicht wiedererkannt. Dieser Karik war in sich gekehrt, wortkarg und verdrießlich gewesen. Zuerst hatte Silas geglaubt, es sei eine gegen ihn persönlich gerichtete Reaktion. Doch schließlich hatte er mit anderen im Imperium gesprochen, und nachdem Karik sich in den Nordflügel seiner Villa zurückgezogen hatte und das Haus nicht mehr verließ, hatte Silas erkannt, daß eine weitaus tiefere Veränderung mit seinem alten Freund vorgegangen war.

Flojian stand in den besten Jahren, war von durchschnittlicher Größe und neigte zur Korpulenz. Sein blondes Haar wurde bereits dünner, und sein ganzer Stolz war der sauber getrimmte, goldene Bart, von dem er inbrünstig glaubte, daß er ihm ein schneidiges Äußeres verlieh. »Silas«, sagte er jetzt, »die Einäscherungszeremonie findet morgen nachmittag statt. Ich dachte, du könntest vielleicht ein paar Worte sagen.«

»Ich habe Karik lange nicht mehr gesehen«, entgegnete Silas ausweichend. »Ich bin nicht sicher, ob ich weiß, worüber ich rede.«

»Ich wäre dir dankbar«, sagte Flojian. »Du hast ihm einmal sehr nahegestanden. Außerdem ...« Er zögerte. »Außerdem gibt es sonst niemanden. Ich meine, du weißt selbst, wie es gewesen ist.«

»Ja, ich weiß.« Silas nickte. »Es wird mir eine Ehre sein.«

Vor zwanzig Jahren hatten Silas und Karik mit ihren Freunden zahllose schöne Abende in der Villa verbracht. Sie hatten am Kamin gesessen oder draußen auf den Bänken unter den Ulmen, hatten die Sonnenuntergänge beobachtet, über Artefakte und untergegangene Kulturen spekuliert und über das, was wirklich unter der Erde zu finden sein mochte. Das Leben war damals noch aufregend gewesen: die Liga eben erst in der Entstehung begriffen, die Kriege zwischen den Städten neigten sich dem Ende zu, und alles redete davon, daß die kolossalen Ruinen der Städtebauer im Mündungsgebiet des Mississippi ausgegraben werden sollten. Es gab sogar Vorschläge, das Imperium mit mehr Geld auszustatten und Wissenschaft und Forschung zu stärken. Damals hatte alles ganz danach ausgesehen, als könnten sie endlich ein paar Fortschritte bei der Aufklärung der Geheimnisse der Straßenbauerkultur erzielen. Vielleicht würden sie sogar herausfinden, wie die zahlreichen Maschinen funktioniert hatten und wodurch diese Zivilisation zusammengehalten worden war.

Von all den vielen Artefakten war nichts rätselhafter als die Hojjies. Die Hojjies waren Fahrzeuge, nach Algo Hoj benannt, der sein ganzes Leben damit verbracht hatte, ihre Funktionsweise zu enträtseln. Man fand sie überall auf den breiten Straßen. Die Innenräume waren verbrannt, doch die pseudometallenen Hüllen konnten immer noch zum Glänzen gebracht werden, wenn man sich die Arbeit machte. (Hoj hatte geschlußfolgert, daß die verkohlten Innenräume das Resultat zahlreicher Sommer voller brutaler Hitze gewesen seien, bevor die extrem stabilen Fenster schließlich geplatzt und herausgefallen waren.) Aber was hatte die Hojjies angetrieben?

Jedenfalls hatte es damals zuvor einigen Anlaß zum Optimismus gegeben. Die Liga war gegründet worden, und mit ihr war Frieden eingekehrt. Und dann hatten Trümmer im Mississippi weitere Operationen im Delta verhindert, die Gelder für das Imperium waren nie angewiesen worden, und die Hojjies waren so rätselhaft geblieben wie eh und je.

Sie standen an der Haustür, und Silas blickte auf den Fluß und die Ruinen hinaus. »Karik liebte diesen Ausblick«, sagte er. »Es war sein Fenster in die Vergangenheit.«

Die hügelige Landschaft senkte sich sanft zum Fluß hinab, der vielleicht dreißig Fuß vom Haus entfernt war. Ein Kiesweg führte um das Haus herum und an ein paar Steinbänken vorbei bis zu dem schmalen Uferstreifen. Auf einer der Bänke lag ein Notizbuch.

Flojian schüttelte ihm die Hand. »Danke für deine Hilfe, Silas.«

Silas starrte auf das Notizbuch. Ein kalter Wind raschelte in den Bäumen.

Flojian folgte seinem Blick. »Das ist merkwürdig«, sagte er. Er schlenderte fast zu beiläufig zu der Bank, blickte auf das Notizbuch hinunter, als wäre es ein Tier, das unvermittelt beißen könnte, und hob es auf. Es war naß vom Regen, doch der Ledereinband hatte die Seiten geschützt. »Mein Vater arbeitete an einem Kommentar über *Die Reisen*.« Er reichte es Silas.

Silas schlug das Notizbuch auf und erkannte die saubere, klare Handschrift von Karik. Der letzte Eintrag stammte vom gleichen Tag.

Unglücklicherweise existierte von den Reisen nur ein Fragment. Im Prolog gab es einen berühmten Dialog zwischen Abraham Polk und Simba Markus – der Frau, die ihn am Ende betrog – über Sinn und Unsinn des Unterfangens, die Geschichte einer verlorenen Welt zu bewahren. *»Die Vergangenheit ist tot«*, sagt Simba Markus. *»Laß sie ruhen, Abraham.«*

»Die Vergangenheit«, antwortet Abraham Polk, *»ist niemals tot. Sie ist der Ort, von dem wir kommen.«*

»Aber das Risiko ist zu groß! Vielleicht bringen wir die Seuche mit zurück. Hast du schon einmal darüber nachgedacht?«

»Das habe ich. Für einen Preis wie diesen ist jedes Risiko gerechtfertigt.«

Offensichtlich in Erinnerung an diesen Dialog hatte Karik als Bemerkung in sein Notizbuch geschrieben: *»Nein, ist es nicht.«*

»Eigenartig, daß er es so hier draußen hat liegen lassen«, sagte Silas. »Vielleicht fühlte er sich nicht wohl.« Er blickte von der Bank zum Rand der Klippe, wo Karik gewöhnlich entlang spaziert war, und von dort aus zum Flußufer. »Er hat das Notizbuch auf die Bank gelegt, und dann? Hinauf zur Klippe?«

»Ich nehme es zumindest an.«

»Und er trug *Stiefel*, nicht wahr? Das erste, was die Jungen von ihm sahen, war ein *Stiefel*.«

»Stimmt.«

»Und hier gibt es *Stiefelabdrücke*.« Sie waren schwach, nach dem Regenguß kaum noch zu erkennen, aber sie waren da. Direkt neben der Bank, und überquerten von dort aus den schmalen Uferrand und verschwanden geradewegs im Wasser.

Filio Kon aber hatte Silas ein weiteres Geschenk gemacht: einen unstillbaren Durst, mehr über die Straßenbauer zu erfahren, deren Wege sich bis in die Unendlichkeit erstreckten. Heutzutage waren ihre Straßen in der Regel nur noch mit Erde bedeckte Schneisen durch die Wälder. Von den flachen Hügeln aus, die den Mississippi säumten, konnte man den Verlauf der großen Straße erkennen, die sich von Osten nach Westen zog. Zwei breite Streifen, wie Zwillinge, die sich hoben und senkten, manchmal zugleich und manchmal nicht. Sie kamen pfeilgerade aus der Richtung der aufgehenden Sonne, teilten sich dort, wo Illyrien lag, umrundeten die Stadt und vereinigten sich bei Hollys Brücke wieder, um anschließend den Fluß zu überqueren.

Filio Kon hatte eine faszinierende Theorie entwickelt: Diese gewaltigen Konstruktionen waren mehr als simple Straßen. Sie waren zugleich religiöse Artefakte. Verschiedene Studien hatten geometrische Prinzipien zu Tage gefördert, die eine Verbindung zwischen den Straßen und den kosmischen Harmonien nahelegte. Silas verstand überhaupt nichts davon und übte sich in den Prinzipien des Skeptizismus, zu denen Kon höchstpersönlich ihn erzogen hatte.

Während die Ruinen für Rinny und Colin einfach Teil der Landschaft waren, nicht außergewöhnlicher als Johannisbrotbäume oder Roteichen, so bedeuteten sie für Silas die Wegweiser zu einer anderen Welt.

Es schmerzte ihn fast körperlich, mitten unter den allgegenwärtigen Zeugnissen einer so großartigen Zivilisation zu leben und dennoch nur so wenig über sie zu wissen.

Silas Glote hatte sein Lebenswerk darin gefunden, die Kultur der Straßenbauer zu erforschen. Wenn sich damit auch keine Reichtümer verdienen ließen, so vermittelte ihm sein Beruf doch grenzenlose Befriedigung. Nichts war mit dem Gefühl vergleichbar, neue Studenten in die Geheimnisse der Ruinen einzuführen, deren Besonderheiten sie zwar alle gesehen, aber nur selten bewußt wahrgenommen hatten. Beispielsweise die Schächte, die ohne jeden offensichtlichen Sinn in den meisten der höheren Bauwerke zu finden waren, oder die allgegenwärtigen Metallkisten mit den Pseudoglasscheiben. Oder die massive graue Schüssel, die in den Himmel gerichtet in der Nähe eines Schildes montiert war, auf dem *Memphis Licht, Gas & Wasser* zu lesen stand. Oder die merkwürdige Musik, die gelegentlich des Nachts aus einem Hügel im Westen der vorzeitlichen Stadt drang.

Die Schuldgefühle, die Silas plagten, entsprangen vielleicht nicht nur der Tatsache, daß er dem Freund seine Unterstützung versagt hatte, sondern auch seinen gemischten Gefühlen bezüglich dem, was bei der Mission herausgekommen war. Ein dunkler Teil seiner Seele hatte Befriedigung über Kariks Fehlschlag empfunden. Silas gestand sich diese Tatsache nur ungern ein, doch das änderte nichts an ihrer Wahrheit.

Karik hatte ihm keinen Beweis vorgelegt, daß er Haven finden konnte oder Haven überhaupt existierte. Statt dessen hatte er verlangt, daß Silas seinem Urteilsvermögen vertraute. *Ich weiß, wo es liegt, hatte er gesagt. Ich besitze eine Karte. Du wirst dabei sein wollen, wenn wir es endlich gefunden haben.*

Man erzählte sich, daß Polks Festung noch immer von Gelehrten gehütet würde, den Nachfahren der ursprünglichen Besatzung, von Männern und Frauen, die sich um die Hinterlassenschaften kümmerten und reparierten, was zu reparieren war, und die gewissenhaft die Schriften kopierten, bevor das Papier zerfallen konnte.

Haven.

Auch wenn es Haven nicht gab, so sollte ein Ort wie Haven existieren. Und genau in dieser Überlegung lagen die Wurzeln aller Zweifel. Wenn Abraham Polk nicht existiert hätte, würde ihn ganz sicher irgend jemand erfunden haben.

Die Nachricht von Karik Endines Tod weckten in Chaka Milana Erinnerungen an ihren vierzehnten Geburtstag. Ihr Bruder Arin hatte sie zu ihrem Lieblingsplatz begleitet, einer stillen Lichtung vor einem Gebäude der Straßenbauer, und hatte sie dort porträtiert.

Sie hatte sich ein Portrait von ihm gewünscht, solange sie sich zurückerinnern konnte. Aber sie war zu schüchtern gewesen, ihn darum zu bitten. Sie hatte Angst gehabt, er könnte sie auslachen. Doch an jenem kühlen Tag im Spätwinter hatte er sie porträtiert auf einem Granitblock, vor einer zerbrochenen Mauer und einem Bogen mit einer Inschrift in der Spandrille: *Industrie- und Handelskammer Memphis 2009.*

Der Fleck war etwas Besonderes, weil Memphis abgebrannt war, in Schutt und Asche gelegt. Doch dieses kleine Gebäude hier mit dem Bogen und den kannelierten Säulen war erhalten geblieben. Und es war wunderschön.

»Chaka, bitte. Du mußt stillhalten.« Arin spähte zu ihr hinüber, während er das Licht abschätzte, nickte und richtete seine Aufmerksamkeit wieder auf die Leinwand.

»Bist du bald fertig?«

»Bald.«

Sie hatten darüber gerätselt, was denn eine Industrie- und Handelskammer sei und welche Aufgabe sie gehabt hatte. Chaka mochte die stilisierte Schrift mit den Ausstellungen und Serifen. Wenn sie auf die Buchstaben sah, schien sie ein Wind aus einem anderen Zeitalter zu umgehen.

Als Chaka bei der Bestattungsstelle eintraf, hatte man Kariks Leichnam bereits am Ufer auf einem Scheiterhaufen aufgebahrt und mit einem Leichentuch bedeckt. Die sterblichen Überreste waren von Holzkisten umgeben, in denen seine persönlichen Besitztümer lagerten: Kariks Anuma. Dies waren die Gegenstände, die ihn auf seiner letzten Reise begleiten würden. Die zeremonielle Fackel war schon aus ihrer versiegelten Hülle genommen, und das Emblem des *Tasselay*, des Lebensbechers, flatterte auf einer grünen Fahne.

Gäste füllten Haus und Grundstück. Einzeln und in Paaren erstiegen sie das Podest, das man vor dem Scheiterhaufen errichtet hatte, erwiesen Flojian ihren Respekt und starrten nachdenklich auf den Leichnam.

»Ich denke, das war's.« Arin schwang den Pinsel und setzte seine Signatur in die untere rechte Ecke. Dann trat er zurück. Chaka sprang vom Felsen und eilte neugierig herbei.

»Gefällt es dir?«

Er hatte alles eingefangen: den Granitblock, ein paar der Straßenbauerbuchstaben, das schwächer werdende Licht des Nachmittags. Und natürlich Chaka selbst. Er hatte eine gewisse Haltung und ein inneres Licht hinzugefügt, und sie war überzeugt, daß es tatsächlich da war. »O ja, Arin! Es ist wundervoll!«

Er lächelte zufrieden. Seine freundlichen Gesichtszüge waren mit Farbe beschmiert. Es war ein alter Scherz in der Familie, daß Arin sich selbst als Palette benutzte, um die Farben zu mischen.

»Herzlichen Glückwunsch zum Geburtstag, kleine Schwester.«

Sie dachte darüber nach, wie sich das Bild an der Wand ihres Schlafzimmers machen würde, als sie sah, wie ein Schatten die grünen Augen des Bruders überzog.

Ein unbeteiligter Besucher hätte aus der Anzahl und dem Verhalten der anwesenden Trauergäste sicherlich den (falschen) Rückschluß gezogen, daß Karik Endine mit einer liebenden Familie und einem großen Kreis treuer Freunde gesegnet gewesen war. Nichts davon traf zu. Außer Kariks Sohn und ein paar entfernten Vettern gab es keine Verwandten. Und es wäre sicher schwierig geworden, jemanden in Illyrien oder in irgendeiner anderen der fünf Städte der Liga einschließlich ihrer zahlreichen Vororte und Außenposten zu finden, der sich zum engeren Kreis von Kariks Freunden gezählt hätte.

Wer ihn aus besseren Zeiten kannte, für den war Karik

zu einem Objekt der Neugierde und des Mitleids geworden, dessen Tod als eine Erlösung anzusehen war. Und trotzdem waren sie gekommen, wie Menschen das so tun, aus Loyalität und um der alten Zeiten willen. Manche fühlten sich verpflichtet, die Zeremonie zu besuchen, weil sie in irgendeiner Weise mit Flojian in Verbindung standen. Andere waren neugierig und interessiert an dem, was über diesen berühmten Mann gesagt werden mochte, dessen Erungenschaften zumindest zweifelhafter Natur waren. Allesamt Menschen, die gekommen waren, um Karik Lebewohl für die letzte Reise zu wünschen, um sich an ihn zu erinnern, untereinander Anekdoten auszutauschen und ernste Trinksprüche auf den Mann auszubringen, den sie, wie ihnen am Ende klar geworden war, niemals wirklich gekannt hatten. Und wie es bei derartigen Ereignissen Tradition war, sagte niemand etwas Schlechtes über den Charakter des Verstorbenen. (Eine Tradition, die nicht allein der Höflichkeit gegenüber den Verbliebenen entsprang, sondern auch dem illyrischen Glauben, daß ein Toter unter den Lebenden spukt, bis der Priester ihn offiziell der Ewigkeit übergeben hat.)

»Danke.«

»Keine Ursache«, antwortete er.

»Stimmt etwas nicht?«

»Doch, doch. Alles in Ordnung.« Arin wischte sich die Hände ab und gab vor, sein Werk zu betrachten. »Alles in Ordnung. Aber ich muß dir etwas sagen, Schwester.« Er hatte lange gestanden, über eine Stunde. Jetzt ließ er sich im Gras des Abhangs nieder, klopfte neben sich auf den Boden und lud sie ein, sich neben ihn zu setzen. »Du erinnerst dich sicher an Karik Endine?«

»Ja. Selbstverständlich erinnere ich mich an ihn.« Karik war ein lebhafter kleiner Mann gewesen, scheinbar ständig außer Atem, der in ihr Haus gekommen war und sich mit dem Vater und Arin eingesperrt hatte. Als Chaka ein kleines Mädchen war, hatte Karik ihr den Kopf getätschelt, und sie erinnerte

sich, daß er schon damals ständig geistesabwesend gewirkt und den Eindruck erweckt hatte, daß er in Eile war und fort mußte.

»Er meint zu wissen, wo Haven liegt. Er möchte, daß ich mit ihm gehe, um es zu finden.«

Chaka wußte Bescheid über Haven. Sie wußte, daß Haven nur ein Märchen war und kein realer Ort. »Du machst wohl Witze!«

»Ich mache nie Witze, Chaka.«

»Ich dachte, es sei nur ein Märchen.«

»Vielleicht ist es das auch. Karik ist allerdings anderer Meinung.«

»Und wo liegt Haven?«

»Irgendwo im Norden. Er will nicht sagen, wo genau. Aber er sagt, daß er ganz genau weiß, wie wir hinkommen.«

Arin war so hübsch an jenem Morgen. »Wie lange wirst du weg sein?«

»Vielleicht sechs Monate.«

»Das alles sieht nach vielen Schwierigkeiten aus. Warum macht ihr das?«

»Haven ist ein Stück Geschichte, Chaka. Denk dir, wie es dort sein mag!«

»Die Schätze!«

»Ja. Vielleicht hat es tatsächlich eine Oktoberpatrouille gegeben, und vielleicht haben sie tatsächlich einen Teil der Straßenbauerwelt gerettet.« Er beugte sich zu ihr. »Abraham Polk ist wahrscheinlich eine Erfindung. Vielleicht stimmt an der ganzen Geschichte kein Wort. Aber es könnte ein Funken Wahrheit drinstecken. Wir wissen es nicht, bevor wir nicht selbst hingehen und nachsehen.«

Sie fragte ihn, ob sie auch mitkommen dürfe. Er lächelte sein hinreißendes Lächeln und strich ihr durch die Haare.

»Er hat nie wirklich in unserer Zeit gelebt.« Der Sprecher war rundgesichtig, bärtig und ermüdend. »Man könnte fast sagen, er lebte in Wirklichkeit bei seinen Straßenbauern. In seinem eigenen Haus war Karik nur ein Durchreisender.«

Selbst Chaka wußte, daß Karik sich in sein Haus zurückgezogen und neun Jahre lang nicht mehr hervorgekommen war.

Die Bemerkung schien gänzlich daneben, und sie unterdrückte ein Lächeln.

Andere gaben ähnliche Rührseligkeiten von sich, und nach einer Weile begriff Chaka, daß niemand in jüngerer Zeit mit Karik Kontakt gehabt hatte. Karik Endine war ein Mann geworden, der nur noch in der Ferne existiert hatte. Jemand, den man nur am Rande wahrnahm. Wie es schien, war niemals jemand mit ihm ausgegangen, und es hatte keinerlei vertrauliche Kontakte gegeben. Niemand sagte: *Er war mein Freund.* Und niemand sagte: *Ich habe ihn geliebt.*

Noch etwas fehlte in den Würdigungen: Niemand erwähnte die Expedition nach Haven. Fast, als hätte sie niemals stattgefunden.

Flojian bemühte sich, Trauer zu zeigen, doch nach einer Weile gab er auf und bewegte sich unter den Anwesenden mit einem leerem Gesichtsausdruck, mit dem er seine Erleichterung verbarg, daß der alte Mann endlich gestorben war. Flojian hatte eine akademische Laufbahn wie die seines Vaters gemieden und eine nützlichere und ganz sicher einträglichere Beschäftigung gefunden: Er besaß zwei Fährschiffe und einen Schleppbetrieb, der Flachboote mit Hilfe von Pferden flußaufwärts zog. Die Villa befand sich seit vier Generationen in Familienbesitz, doch während Kariks Zeit war sie vernachlässigt worden und heruntergekommen. Flojian hatte sie mit seinem Geld restauriert, neu möbliert und unterhalten. Sein Vater war ein Träumer gewesen. Flojian sah darin nichts Falsches, doch es brauchte Männer der Tat wie ihn selbst, um eine Welt zu erschaffen, in der Träumer leben konnten. Chaka war kurz nach dem Tod ihres Vaters zu Karik gegangen.

Sie hatte nie genau erfahren, was Arin zugestoßen war. Also war sie zur Villa Kariks gegangen und hatte an die Tür geklopft, entschlossen, die Wahrheit zu erfahren. Er hatte sie lange warten lassen. Es war ein richtiger Nervenkrieg gewesen, bis Karik schließlich aufgegeben und geöffnet hatte.

»Es tut mir leid«, sagte er. »Ich habe geschlafen.«

Sein Tonfall ließ erkennen, daß es eine Lüge war. Und Chaka fühlte ungeachtet des großen Altersunterschiedes die Wut in sich aufsteigen.

»Mein Vater erzählte mir, Arin sei ertrunken, Master Endine«, sagte sie. »Ich frage mich, ob Sie mir nicht genau erklären können, was geschah.«

Er stand in der Tür. Ein furchterregender Anblick im Mondlicht. »Komm herein, Chaka.«

»Es tut mir leid, wenn ich Sie störe.«

»Du störst nicht.«

»Ich weiß, daß mein Vater mit Ihnen gesprochen hat.« Vater war nach Hause gekommen, hatte in das Feuer gestarrt und gesagt, Arin sei von einer Strömung erfaßt worden und ertrunken. Mehr nicht.

Karik bot ihr einen Platz an. »Wir wollten einen Fluß durchfurten. Wir dachten, wir wären dicht vor dem Ziel und dem Ende unserer Reise, und vielleicht wurden wir leichtsinnig. Arin befand sich zu diesem Zeitpunkt an der Spitze, zusammen mit dem Führer, Landon Shay. Eins unserer Packpferde verlor das Gleichgewicht. Es geriet in Panik, und Arin schwamm hinterher und wollte es zurückholen.« Kariks Blick war in weite Ferne gerichtet. »Am Ende wurden beide davongerissen. Als Arin einsah, daß sein Rettungsversuch hoffnungslos war, ließ er das Pferd los und schwamm zum Ufer. Wir dachten, er würde es schaffen, doch jedesmal, wenn er dem Ufer nahe kam, trieb ihn die Strömung wieder ab. Schließlich wurde er in die Stromschnellen getrieben und zwischen die Felsen.« Karik beugte sich vor. »Ich glaube, er stieß mit dem Kopf gegen einen Stein. Als wir ihn das letzte Mal sahen, schien er das Bewußtsein verloren zu haben. Dann trieb er um eine Biegung. Es geschah alles so entsetzlich schnell, Chaka. Wir konnten ihm nicht helfen.«

»Und Sie haben seinen Leichnam nie gefunden?«

Er streckte die Hand nach ihr aus. »Wir suchten stromab-

wärts nach ihm. Aber nein. Wir fanden ihn nicht. Es tut mir so leid. Ich wünschte, ich hätte irgend etwas tun können.«

Er weinte. Nur ein kurzer Anflug von Trauer, aber fast unerträglich, denn Karik sah nicht nach einem Mann aus, der imstande war zu weinen. Als er sich wieder gefangen hatte, ging er nach oben und kehrte mit einem Arm voller Skizzen zurück. Die Arbeit von Chakas Bruder. »Sie sind von der Expedition«, sagte er und reichte ihr die Blätter. Dann fragte er, ob er eine Skizze behalten dürfe.

»Möchte noch jemand etwas sagen?« Flojian blickte in die Runde. Es war ein schöner Tag, hell und kühl und klar. Der Fluß glänzte in der Sonne. Die Priesterin, eine ältliche Frau mit weißem Haar und ernsten Gesichtszügen, legte ein paar Stöcke in das Feuer und sah auf die Fackel.

Chaka hatte über Kariks Schilderung vom Tod ihres Bruders nachgedacht. Arin war kein guter Schwimmer gewesen, und eine Zeitlang hatte sie Schwierigkeiten gehabt, sich vorzustellen, wie ihr Bruder in tiefes Wasser schwamm, um ein panisches Pferd zurückzubringen. Sicher, es konnte so gewesen sein. Aber es war zumindest ungewöhnlich. Sie hatte überlegt, ob Karik die heroischen Einzelheiten vielleicht hinzuerfunden hatte, um sie zu trösten. Viel wahrscheinlicher war Arin einfach davongespült worden und wie ein Stein untergegangen.

Sie überraschte sich selbst, indem sie aufstand. »Ich möchte gerne noch etwas sagen.« Die Versammlung teilte sich, und sie trat vor und stieg auf das Podium. Chaka besaß rotes, schulterlanges Haar und Gesichtszüge, die in ihrer Jugend knabenhaft gewesen waren und noch immer einen verwegenen Anschein erweckten, der von leuchtend blauen Augen und einem warmen Lächeln abgemildert wurde.

»Ich kannte Karik Endine kaum«, begann sie. »Mein Bruder ist vor neun Jahren mit ihm in den Norden gezogen. Nach Master Endines Rückkehr fragte ich ihn, wie mein Bruder gestorben sei.« Die Zuhörer bewegten sich unruhig. »Ich ging nach Hause in dem Gefühl, daß er genauso viel Schmerz verspürte wie ich. Ich mochte ihn dafür. Ich glaube, er war der unglücklichste Mensch, der mir je begegnet ist. Doch er tat, was in seiner Macht stand, um das Leiden eines Kindes zu lindern, das er kaum kannte.« Der Wind raschelte laut in den Ulmen. Chaka kletterte vom Podium. Flojian dankte ihr und fragte, ob noch jemand etwas sagen mochte. Niemand meldete sich. »Sobald die Zeremonie beendet ist«, sagte er, »möchte ich alle in Kariks Namen einladen.«

Die Priesterin trat vor, holte die Fahne des Tasselay ein, faltete sie feierlich, reichte sie einem Helfer und nahm die Fackel. Sie hielt sie in das Feuer, bis sie brannte, dann reichte sie die Fackel Flojian mit einer geflüsterten Ermahnung, vorsichtig zu sein.

Flojian begann mit der zeremoniellen Würdigung seines Vaters und dankte ihm für die Sonne und den Fluß und all die Stunden seines Lebens.

Als er geendet hatte, intonierte die Priesterin ein Gebet an Ekra den Reisenden, der den Geist Kariks in das nächste Leben führen würde. Sie neigten die Köpfe. Die Priesterin verstummte, und Flojian steckte die Fackel in den Scheiterhaufen.

In Sekundenschnelle loderte das Feuer lichterloh. Chaka wandte den Blick zur Seite. *Lebewohl, Arin,* dachte sie, als würde hiermit die letzte Verbindung zu ihrem Bruder unterbrochen.

Hinterher zogen sie sich in die Villa zurück, brachten den Nachmittag hindurch Trinksprüche aus und redeten darüber, wie sehr sie den Verstorbenen vermissen würden. Chaka vertrug nicht viel Wein, und schon bald wollte sie sich zurückziehen, als ein kleiner, kräftiger Mann mit einem sauber geschnittenen grauen Bart an sie herantrat und ihr einen weiteren Becher anbot. »Sie haben genau die richtigen Dinge gesagt, junge Lady«, begann er.

»Danke sehr.«

An seiner präzisen Ausdrucksweise und seiner formellen Haltung erkannte Chaka augenblicklich den Akademiker. Er war um die Sechzig und wahrscheinlich einer von Endines Kollegen. »Wir anderen haben wie verdammte Dummköpfe geredet«, fuhr er fort.

Sie lächelte erfreut.

»Wir werden ihn vermissen.« Er nippte an seinem Wein. »Mein Name ist Silas Glote. Ich unterrichte am Imperium.«

Der Name kam ihr bekannt vor. »Erfreut, Sie kennenzulernen, Master Glote.« Sie lächelte. »Ich bin Chaka Milana.«

»Ich kannte Arin«, sagte Silas.

Chaka erinnerte sich, bei welcher Gelegenheit sie Glotes Namen gehört hatte. »Arin besuchte eines Ihrer Seminare.«

»Das ist lange her. Er war ein begabter junger Mann.«

»Danke sehr.«

Flojian kam von hinten heran, nickte Silas zu und dankte beiden für ihre Abschiedsworte. »Ich bin sicher«, wandte er sich an Chaka, »Karik hätte sich gefreut.« Das war selbstverständlich eine Referenz an Kariks Geist.

»Es war die Wahrheit.«

Flojian brachte ein Lächeln zustande. »Silas war eingeladen, an der Expedition teilzunehmen.«

»Tatsächlich?«

»Ich finde keinen Geschmack an der Wildnis«, sagte Silas. »Ich liebe meinen Komfort.« Er wandte sich zu Flojian. »Wie weit sind sie eigentlich vorgedrungen? Hat er je mit dir darüber gesprochen?«

Flojian entdeckte drei leere Stühle an einem Tisch und dirigierte seine Gäste darauf zu. Der alte Diener Toko brachte ihnen Getränke. »Nein«, antwortete er und reichte Chaka ein Kissen. »Er hat nicht darüber gesprochen. Kein einziges Wort.«

»Was ist mit der Karte?«

»Ich habe nie eine Karte gesehen. Ich wußte nicht einmal, daß eine existiert haben soll.« Flojian atmete tief durch. »Nach der Überlieferung liegt Haven im Norden.

An einem Meer. Aber an welchem Meer?« Er verdrehte die Augen. »Nun ja, das alles spielt wohl kaum noch eine Rolle.« Er sah Chaka an. »Silas macht sich Vorwürfe, weil er zu Hause geblieben ist.«

»Das habe ich nie gesagt!«

»Ich weiß. Ich höre es in deiner Stimme. Aber du tust dir Unrecht. Nichts wäre anders gewesen. Außer, daß einer mehr gestorben wäre. Ich vermute, du hast aus dem gleichen Grund abgelehnt wie ich.«

»Er hat dich gefragt, ob du mitkommen willst?« stieß Silas hervor, und sofort wurde ihm bewußt, daß Flojian seine Frage als Beleidigung auffassen konnte.

Hastig verbesserte er sich, indem er die Vermutung äußerte, daß Karik wohl nicht im Ernst geglaubt haben konnte, sein Sohn wäre an der Expedition interessiert.

»Schon gut, Silas. Karik war richtig erleichtert, als ich den Gedanken von mir wies.« Flojian senkte die Stimme zu einem rauhen Flüstern. »Diese Expedition war von Anfang an erbärmlicher Unsinn, und du und ich, wir beide wußten das. Wir sagten es ihm und forderten ihn auf, seine Beweise vorzulegen. Und uns die Karte zu zeigen. Und Karik weigerte sich.«

Flojian leerte sein Glas und seufzte.

»Er ist mit einer Gruppe von *Kindern* zu seiner Expedition aufgebrochen. Es tut mir leid, das zu sagen, Chaka, aber es ist so. Er nutzte Menschen aus, die an ihn glaubten. Und er führte sie in den Tod. Nichts ändert etwas an dieser Tatsache, ganz gleich, was irgend jemand hier dazu sagt.«

Chaka stand im Begriff zu gehen, als Flojian erneut zu ihr kam und sie um ein Gespräch unter vier Augen bat. Er trug seine Bitte so ernst vor, daß sie nicht die geringste Ahnung hatte, was er von ihr wollte.

Er führte sie zu einem kleinen Lesezimmer im hinteren Teil des Hauses und zog die schweren Vorhänge auf. Helles Sonnenlicht fiel auf vier Lederfolianten.

Der Raum war behaglich mit Lederstühlen, einem Schreibtisch, einem Regal, einem Beistelltisch und einem Stehpult ausgestattet. »Das hier war das Allerheiligste meines Vaters«, sagte Flojian. »Bevor er sich in den Nordflügel zurückgezogen hat.« Alle vier Bände waren gebunden und – selbstverständlich – handgeschrieben. Zwei der Folianten standen im Regal, ein dritter lag auf dem Schreibtisch. Der vierte lag aufgeschlagen auf dem Lesepult. Es waren Kesslers *Poetische Rationale*, Kariks eigene Geschichte Illyriens, *Imperium und Abenddämmerung*, Molkas *Gründung der Liga* und eine unvollständige Kopie der Reisen *Abraham Polks*.

»Sie sind wunderschön«, sagte Chaka.

»Danke sehr.«

Das Buch von Molka lag griffbereit auf dem Pult. Die handwerkliche Verarbeitung war phantastisch: Ledereinband, allerbestes Pergament, exquisite Kalligraphie, edle Tinte, goldene Verzierungen an bedeutsamen Stellen, leuchtende Illustrationen.

»Sie müssen sehr wertvoll sein.«

»Das sind sie.« Er sah Chaka mit seinen braunen Augen eindringlich an. »Ich werde sie verkaufen.«

»Das ist nicht Ihr Ernst!«

»O doch. Ich kann sie unmöglich sicher aufbewahren. Als Vater noch hier wohnte, war das etwas anderes. Aber jetzt? Ich müßte eine Wache einstellen. Nein, sie bedeuten mir nicht viel, Chaka. Ich will lieber das Geld.«

»Ich verstehe.« Sie fuhr leicht mit den Fingern über die Bindung.

»Ein angenehmes Gefühl, nicht wahr?«

»Ja.«

»Sie werden sich sicher fragen, warum ich Sie sprechen wollte.« Er öffnete eine Schublade und entnahm ein Paket. Nach seiner Größe und seinem Gewicht zu urteilen schätzte sie, daß es sich um ein fünftes Buch handelte. Flojian legte das Paket auf den Tisch und trat beiseite. »Ich weiß nicht, ob Sie sich dieser Tatsache bewußt sind oder nicht, Chaka, aber Sie haben bei meinem Vater einen beachtlichen Eindruck hinterlassen.«

»Das ist schwer zu glauben, Flojian. Er kannte mich doch gar nicht.«

»Er hat Sie nicht vergessen. Und er hat Instruktionen hinterlassen, daß dies hier Ihnen zu übergeben ist.« Das Päckchen war in schwarzes Leder eingeschlagen und mit zwei Riemen verschnürt. Chaka öffnete die Schlaufen und hielt den Atem an.

Goldschnitt, roter Ledereinband, feinstes Pergament, obwohl vom Alter schon ein wenig vergilbt. »Und das soll für *mich* sein?«

»Mark Twain«, sagte Flojian. *»Ein Yankee aus Connecticut an König Artus' Hof.«*

Sie hob den Deckel und starrte auf die Titelseite. »Mark Twains Werke sind verloren«, sagte sie.

»Sicher.« Er lachte. »Aber nicht alle. Jedenfalls nicht mehr.«

Das Buch enthielt Illustrationen von Rittern auf Pferden und Burgmauern und wunderschönen Frauen in wehenden Gewändern. Und ein Bild von einem Mann, der einen Revolver schwenkte.

Die Sprache war altertümlich.

»Wo kommt es her?«

»Das ist eine Frage, die ich nur zu gerne beantworten würde. Ich war genauso überrascht wie Sie jetzt.« Er schürzte die Lippen. »Wie Sie sehen, ist es ein wenig abgenutzt. Aber so wurde es mir in die Hände gelegt.«

Chaka war überwältigt. »Ich kann das nicht annehmen«, sagte sie.

»Ich schätze, Ihnen bleibt nichts anderes übrig«, erwiderte Flojian. »Es steht so in seinem Testament. Gehen Sie vorsichtig damit um. Ich vermute, es wird einen ganz außerordentlichen Preis erzielen.«

»Das glaube ich auch.«

»Ich kann Ihnen beim Verkauf helfen, so daß Sie den vollen Wert erhalten, Chaka.«

Sie schloß das Buch und packte es wieder ein. »O nein«, sagte sie. »Ich werde es nicht verkaufen. Trotzdem, vielen Dank für Ihr Angebot.«

Raney erwartete sie auf der Sonnenuntergangsstraße. Er war großgewachsen und angenehm, besaß dunkle Augen und eine Sanftmütigkeit, die man bei jüngeren Männern nur selten findet. Gelegentlich wirkte er ein wenig begriffsstutzig, doch das war bei einem Mann nicht unbedingt schlimm. Sie trug seinen Armreif am Handgelenk.

»Wie war es?« fragte er, als sie herangeritten war.

Das Päckchen mit dem Buch von Mark Twain lag festgezurrt über ihrem Sattel. Raney hatte es anscheinend noch nicht bemerkt. »Du würdest es nicht glauben«, sagte sie und ließ sich von ihm küssen. Sie umarmte ihn so heftig, daß er vor Überraschung fast vom Pferd gefallen wäre.

Raney war Kleidermacher. Er war geschickt, verdiente gut und genoß die Zuneigung und den Respekt seiner Kunden und des Ladenbesitzers, für den er arbeitete. Die Geschäfte gingen gut, der Besitzer war altersschwach, und wenn alles lief, wie die Natur es wollte, mußte sich Raney wahrscheinlich nur wenig Sorgen über seine Zukunft machen. Er nickte in Richtung der Rauchsäule, die in den Himmel stieg. »Ich war überrascht, daß du hingegangen bist.«

»Wieso?«

»Der Mann war verantwortlich für Arins Tod.«

»Das ist Unsinn«, erwiderte sie. »Arin wußte, daß die Expedition riskant war, bevor er aufbrach. Oben im Norden gibt es keine Garantien, das solltest du selbst am besten wissen.«

Es war ein schöner Sommertag, viel zu warm für die Jahreszeit.

Sie ritten gemächlich zur Flußstraße hinunter und wandten sich dann nach Norden. »Er kam zurück«, sagte Raney. »Der Mann, der für die Expedition verantwortlich war, kehrte als einziger Überlebender zurück.« Er schüttelte den Kopf. »Wenn ich die Verantwortung zu tragen gehabt hätte, ich wäre dort draußen geblieben.«

Sie zuckte die Schultern.

»Vielleicht. Aber welchen Sinn hätte das gehabt?«

Unter ihnen glitzerte der Fluß. Sie unterhielten sich über Belanglosigkeiten. Nach einer Weile ließen sie die Straße hinter sich und galoppierten den Hang zu Chakas Villa hinauf, die auf einem Hügelkamm stand. Chakas Großvater hatte das Haus gebaut und es ihrem zweiten Bruder Sauk vermacht, der es seinerseits Chaka geschenkt hatte als Gegenleistung für ihr Einverständnis, die beiden jüngeren Schwestern aufzuziehen. Inzwischen war Lyra erwachsen und ausgezogen, und Carin würde aller Wahrscheinlichkeit nach im Frühjahr heiraten.

Raney blickte sie prüfend von der Seite her an. »Ist alles in Ordnung?« fragte er. »Du wirkst so geistesabwesend.«

»Mir fehlt nichts.« Sie lächelte, während sie an der Hecke entlang auf das Grundstück ritten. »Ich habe etwas, das ich dir zeigen möchte.«

Er trug das Paket ins Haus, und sie öffnete es. Als er das Buch sah, runzelte er nachdenklich die Stirn. »Was ist das?«

»Mark Twain. Eins seiner verschollenen Werke.«

»Er war ein Schreiber der Straßenbauer!«

»Genau.«

»Woher hast du es?«

»Geerbt, Raney. Karik hat es mir vermacht.«

»Merkwürdig. Schließlich warst du ihm völlig fremd. Warum?«

Sie meinte, einen mißtrauischen Unterton in seiner Stimme zu hören. »Ich weiß es nicht.«

»Was glaubst du, wieviel es wert ist?«

»Eine ganze Menge. Aber das spielt keine Rolle.«

»Warum nicht?«

»Weil ich nicht beabsichtige, es zu verkaufen.«

»Du willst es nicht verkaufen?« Er starrte auf eine aufgeschlagene Seite. »*Was* willst du denn damit anfangen?«

Was sollte diese Frage nun schon wieder? »Raney, das ist ein *Mark Twain*!«

Er schüttelte den Kopf. »Es ist *dein* Buch, Liebste. Aber *ich* würde es bei der ersten Gelegenheit abstoßen.«

Kapitel 2

Die Illyrer wußten, daß die Welt rund war, obwohl es in den unteren Klassen diesbezüglich einige Skepsis gab. Sie wußten, daß Infektionen durch winzige Lebewesen hervorgerufen wurden, die unsichtbar klein waren. Sie wußten, daß der Wechsel zwischen Tag und Nacht aus der Bewegung der Welt und nicht der Sonne resultierte, und daß der Mississippi durch ein Land voller gigantischer Ruinen strömte und in einen Golf mündete, dessen Wasser sich bis zum Horizont erstreckten. Sie wußten, daß Wirbelstürme die Folge natürlicher Ereignisse waren und nicht durch göttliche Wesen hervorgerufen wurden, obwohl diese Ansicht – weil niemand erklären konnte, warum das so war – von Generation zu Generation schwächer vertreten wurde.

Die Illyrer wußten, daß vor ihnen eine gewaltige Zivilisation in ihrem Land gelebt hatte. Wie gewaltig diese Zivilisation gewesen war, blieb ein Objekt der Spekulation: Weder die Illyrer noch ihre Nachbarn im Tal des Mississippi reisten je viel weiter als bis zu den letzten Außenposten der Liga. Sie waren nicht sehr zahlreich und daher noch auf viele Jahre hinaus nicht gezwungen, sich in die gefährliche und rauhe Wildnis auszubreiten. Die Schiffahrt war eingeschränkt: Ohne motorisierte Schiffe kam man nicht so leicht flußaufwärts, und flußabwärts war das Fortkommen wegen eingestürzter Brücken und anderer Trümmer an manchen Stellen schwierig und an anderen völlig unmöglich.

An der Mündung des Mississippi, wo das Wasser in das südliche Meer strömte, hatte einst eine gewaltige Metropole gestanden. Wie das möglich gewesen war angesichts der Tatsache, daß die gesamte Gegend aus Sumpfland bestand, blieb allen ein Rätsel. Silas und ein paar andere Gelehrte vermuteten, daß die Sümpfe erst in jüngerer Zeit entstanden waren und in der Straßenbauerepoche noch nicht existiert hatten. Wie dem auch sein mochte, die Ruinen waren da. Und wie Memphis hatte auch diese Stadt gebrannt.

Sechs Jahre nach Kariks unglücklicher Expedition hatten sich die Illyrer mit den vier anderen Städten im Flußtal zusammengeschlossen und die Mississippi-Liga gegründet, deren ausdrückliches Ziel es war, einen direkten Zugang zum Meer zu schaffen. Ein gewaltiges Unterfangen, das bis zu diesem Tag im Planungsstadium steckte.

Das Zentrum aller Gelehrtheit innerhalb der Liga bildete zweifellos das Imperium, die einstige königliche Akademie Illyriens. Sie verdankte ihren Namen der Tatsache, daß sie im Westflügel des ehemaligen Palastes ansässig war. (Das einstige ›Imperium‹ hatte aus Illyrien, einem halben Dutzend verstreuter Siedlungen und einer ganzen Menge Optimismus bestanden.) Die Akademie war eine der wenigen Institutionen, die unversehrt die sieben Jahre der Revolution und des Bürgerkriegs zwischen der Ermordung des letzten Imperators, Benikat V. (der Blutige), und der Deklaration der Menschenrechte zusammen mit der Gründung der Republik überstanden hatten.

Der Palast war restauriert worden, doch er diente nicht mehr als Regierungsgebäude. Der Senat hatte ein deutliches Zeichen seiner republikanischen Herkunft gesetzt: Die erste Amtshandlung hatte darin bestanden, aus den imperialen Gebäuden auszuziehen und vorübergehend in einer Kaserne zu tagen, bis ein neues Kapitol erbaut worden war. Ein großer Teil des ehemaligen Palastes war zu einem Museum umfunktioniert worden.

Die täglichen Besucherscharen konnten heute das Schlafzimmer besichtigen, in dem Benikat von seinen Leibwachen überrascht worden war, die Große Halle des Mondes, wo Hethra die Mächte des Himmels angerufen hatte, um Lorimar VII. einzuschüchtern und zu unterwerfen, und den Balkon, auf dem Paxton der Weitseher seine unvergeßlichen Balladen komponiert hatte. Im Westflügel jedoch dienten Gelehrte aus Wissenschaft, Literatur und Philosophie den Söhnen der Reichen und einigen wenigen Ausgewählten aus den niederen Klassen. Es war eine Position, die Ansehen sicherte und den Geist befriedigte. Silas beneidete niemanden. Er konnte sich nichts Schöneres vorstellen, als lange Winternachmittage damit zu verbringen, über die Stellung des Menschen im Kosmos zu sinnieren oder die Realität der göttlichen Bestimmung – obwohl bei diesem Thema Vorsicht angebracht war: Die religiösen Führer und ihre scheinheiligen Verbündeten im Senat zeigten sich nicht eben geneigt gegenüber Meinungen, die dazu angetan waren, den Glauben zu untergraben.

Silas hatte nie geheiratet.

Heutzutage bedauerte er diesen Entschluß hin und wieder, sowie die Tatsache, daß er allein geblieben war. Allmählich machten ihm die Jahre zu schaffen, und die Kühle des Lebewohls für Karik hatte in ihm Niedergeschlagenheit aufkommen lassen. Den ganzen Weg nach Hause dachte er darüber nach, wie seine eigene Zeremonie aussehen mochte, wenn die Zeit gekommen sein würde.

Der Palast thronte mitten auf dem Calaguahügel, der höchsten Erhebung Illyriens. Er bestand genaugenommen aus einem Gewirr miteinander verbundener Gebäude, um eine Reihe von Innenhöfen. Federwerke und hydraulische Systeme versorgten die Waschräume und Toiletten mit frischem Wasser und transportierten die Abfälle ab. Innenhöfe und viele Reihen großer Fenster sorgten für Helligkeit. Ein Netz von Korridoren und Treppen verband Wohnungen, Arbeitsräume, Freistätte, Waffenkammern und Bankettsäle. Die königlichen Gemächer wurden noch immer instand gehalten. Sie lagen auf der Südseite und blickten auf das geschäftige Handelszentrum.

Zu Füßen des Calaguahügels erstreckten sich lange Reihen von Häusern, zwischen denen sich ungepflasterte Straßen hindurchwanden. Die Häuser waren größtenteils aus Holz oder Ziegeln gebaut und besaßen zumeist keine innenliegenden sanitären Einrichtungen, waren aber ansonsten gemütlich und gepflegt. Nach der Gründung der Liga, als die größte Sorge nicht mehr der Sicherheit gegolten hatte, waren die reicheren Bürger vor die Stadtmauern gezogen. Der frei gewordene Platz hatte sich in einen geschäftigen Basar verwandelt, in dem gehandelt und gefeilscht wurde und wo Mais, Weizen und Fleisch von den umliegenden Bauernhöfen, Töpferwaren und Handarbeit aus Argon, Wein von flußabwärts, Seifen und Düfte aus Masandik, Lederwaren aus Fernstraße und Feuerwaffen, Möbel und Schmuck von einheimischen Künstlern feilgeboten wurden.

Trotz aller dunklen Erinnerungen verkörperte der Palast noch immer den Stolz der Nation, und er blieb ein Denkmal an die Erhabenheit des Imperiums (die zumindest in der Einbildung der Menschen existiert hatte). Granittürme mit glänzenden Spitzen, breite Galerien, hochgelegene Veranden, Kuppeln und Treppengewölbe, all das zusammen erweckte in einem Besucher ein Gefühl vergangener Größe und das Versprechen einer besseren Zukunft.

Aus dem Fenster seines Arbeitszimmers überblickte Silas den gesamten südlichen Teil des Gebäudes mit den vielen Bögen und Rängen und Wachhäuschen. »Vergeßt die Politik«, pflegte er seinen Studenten zu raten. »Konzentriert euch statt dessen auf die Architektur. Wenn wir in der Lage sind, aus Steinen etwas derart Schönes zu errichten, was gibt es dann, was wir nicht könnten?«

Und doch ...

Wer auch nur ein paar Fuß tief in den Boden grub, konnte damit rechnen, auf vorzeitliche Mauern und Fundamente zu stoßen. Sie waren überall. Die Straßenbauer hatten die architektonischen Fähigkeiten seines Volkes bei weitem übertroffen, und doch waren sie im Nichts verschwunden. Ihr Schicksal war eine ständige Mahnung gegen jede Form der Hybris.

Der Palast, einst voller Leben, war heutzutage nur noch ein großes Mausoleum mit einer Schule in dem einen und einem Museum im anderen Flügel. Und jedes

Jahr aufs neue fragten sich die Studenten, ob das Volk der Illyrer nicht bereits den ersten Schritt zurück gemacht hatte. Unter den Lehrern gab es nicht wenige – Silas eingeschlossen –, die davon überzeugt waren, daß das gegenwärtige demokratische System nur wenig besser war als eine Herrschaft des Pöbels. Gewöhnliche Menschen, so vermuteten sie, hatten unausweichlich stets nur ihre eigenen Interessen im Sinn. Eine Nation benötigte Autorität und gebildete Führer, wenn sie überleben wollte. Man mußte nur, so dachte Silas, einen Mechanismus entwickeln, der unter einer kleinen Anzahl von Familien für ein Kräftegleichgewicht sorgte. Diese Familien sollten zum Herrschen erzogen werden und unter sich den Besten bestimmen, der dann den Thron besteigen sollte. Was die praktische Seite eines solchen Mechanismus anging, war Silas allerdings vollkommen ratlos.

Nachdem er Kariks Leichnam den Flammen übergeben hatte, war Silas in eine kontemplative und beinahe düstere Stimmung verfallen. Wenn ein Volk die Fähigkeit erreichen konnte, die monumentalen Bauwerke zu errichten, die in sämtlichen Wäldern der Erde anzutreffen waren, und dann doch nicht fähig war, sein eigenes Aussterben zu verhindern – welche Schlußfolgerungen mußte man daraus ziehen? Silas war nicht so leicht bereit, seine Überzeugung abzulegen, daß die Geschichte den moralischen und technischen Fortschritt der Menschheit reflektierte.

Er hatte über dieses Thema zahlreiche Diskussionen mit Karik geführt. Karik war der Auffassung gewesen, daß Geschichte Chaos war, und hatte sich stets gewundert, wie jemand, der inmitten all der Ruinen lebte, etwas anderes glauben konnte.

Silas betrachtete sich zwar als Historiker, doch war es keineswegs so, daß die Lehrer am Imperium sämtlich ihre Spezialgebiete besaßen. Tatsächlich war das grundsätzliche Wissen derart limitiert, daß eine Spezialisierung über sehr grobe Kategorien hinaus absurd erschienen wäre. Außer Geschichte umfaßten diese Kategorien nur

Ethik, Philosophie, Theologie, Medizin, Rhetorik, Mathematik und Recht.

Einige von Silas' Schülern hatten der Einäscherung Kariks beigewohnt. Am nächsten Tag im Seminar hatten sie überlegt, wie ein so gelehrter Mann sich auf eine derart große Dummheit hatte einlassen können, und eine hitzige Diskussion war entbrannt über die Fähigkeit sogar der besten Köpfe, sich selbst hinters Licht zu führen.

Am Ende der Stunde blieb einer von Silas' Schülern sitzen. Sein Name lautete Brandel Tess, und er war unter denjenigen gewesen, die Kariks Zeremonie besucht hatten. Er sah verwirrt aus. »Master Glote«, begann er zögernd, »einer meiner Freunde ist Tokos Enkel.«

»Toko?«

»Ja. Master Endines Diener.«

»Oh, Toko. Ja. Und ...?«

»Er hat erzählt, daß sein Großvater behauptet, eine Kopie des *Yankees aus Connecticut* in Master Endines Gemächern gesehen zu haben.«

»Sicher hat Toko sich geirrt.«

»Er sagt nein. Toko schwört, daß sie dort war. Er sagt, Karik hätte sie jahrelang offen auf einem Lesepult liegen gehabt und ihm das Versprechen abgenommen, niemandem ein Wort zu erzählen. Und jetzt ist das Buch verschwunden, sagt Toko.«

»Hat er Flojian deswegen angesprochen?«

»Flojian hat geantwortet, daß er das Buch weggegeben hätte.«

»Und an wen?«

»Ich glaube nicht, daß es schicklich gewesen wäre, danach zu fragen.«

Silas schüttelte den Kopf. »Das kann nicht sein«, sagte er mit überzeugter Selbstsicherheit. »Es gibt keine erhaltene Kopie des *Yankees aus Connecticut*.« Nur sechs Bücher aus der Ära der Straßenbauer hatten die Zeit überdauert: *Die Odyssee, Schöne neue Welt, Die Brüder Karamasow,* die *Gesammelten Kurzgeschichten* von Washington Irving, Elliot Kleins Buch über Rätsel und

Logik: *Frag mich*, sowie Goethes *Faust*. Außerdem besaß die Bibliothek große Teile aus dem *Oxford Companion der Weltliteratur* und verschiedene Stücke von Bernhard Shaw, sowie Fragmente und einzelne Kapitel von anderen Schriften. Von Mark Twain waren nur zwei Fragmente erhalten: die erste Hälfte von *Die Fakten im Prozeß des großen Fleischvertrags* sowie das sechzehnte Kapitel von *Leben auf dem Mississippi*, in dem beschrieben wird, wie man Dampfschiffe steuert, wobei die genaue Funktionsweise eines *Dampfschiffs* sich auch den klügsten Köpfen Illyriens immer wieder aufs neue entzog.

Brandel Tess zuckte die Schultern. »Wenn Sie es sagen«, erwiderte er. »Ich dachte nur, es würde Sie vielleicht interessieren.«

Die Tische und Bänke, die man für die Einäscherungszeremonie herbeigeschafft hatte, standen noch an Ort und Stelle. Silas band das Pferd an den dafür vorgesehenen Pfosten. Wo der Scheiterhaufen gebrannt hatte, war der Boden schwarz. Die Asche von Silas' altem Freund hatte Flojian der Tradition entsprechend bei Sonnenaufgang in den Fluß gestreut.

Silas klopfte an die Haustür. Toko öffnete. Der Diener war groß, dünn, weißhaarig und steinalt: die Würde in Person. »Ich erwarte Master Endine in Kürze, Master Glote«, sagte er. »Wenn es Ihnen nichts ausmacht zu warten?« Er führte Silas in einen Nebensalon und servierte ihm ein Glas Wein.

Brandel hatte sich geirrt, ganz bestimmt. Das stand einfach völlig außer Frage. Karik hätte sein Leben als außerordentlich erfolgreich betrachtet, wenn es ihm gelungen wäre, eine Kopie von Twains *Yankee* zu entdecken. Falls Karik eine besessen hätte, würde es die ganze Welt gewußt haben. Trotzdem verspürte Silas einen Drang, dem Grund für das Mißverständnis nachzugehen.

Die Abenddämmerung war hereingebrochen. Vom Fenster aus sah er, wie auf der anderen Seite des Flusses die ersten Laternen angezündet wurden. Es war ein seltsam friedvoller Anblick, den Silas aus vollen Zügen genoß. Schließlich vernahm er das Geräusch eines sich nähernden Pferdes. Flojian ritt auf einer dunklen Stute in den Hof.

Einige Minuten später öffnete Toko eine Tür, und Flojian betrat das Zimmer. In der einen Hand hielt er ein Glas Wein, in der anderen eine Kerze.

»Schön, dich wiederzusehen, Silas«, sagte er und sank in einen Sessel. »Ich denke, die Feier gestern verlief gut. Danke für deine Hilfe.«

»Keine Ursache. Wir werden ihn vermissen.« Genaugenommen würde niemand Karik vermissen, und sie wußten es beide. »Ich wollte mich nur überzeugen, daß es dir gut geht.«

»Oh, danke. Alles in Ordnung«, sagte Flojian. Er versuchte ein Lächeln, doch in seinen Gesichtszügen lauerte Schmerz. »Mein Vater und ich standen uns nicht besonders nah. Ich trauere nicht so sehr dem Verlorenen nach als dem, was ich nie richtig hatte.« Er benutzte die Kerze, um die Lampen im Zimmer anzuzünden, und steckte sie anschließend in den Halter zurück. »Ich schätze, daran kann ich im Augenblick nicht viel ändern.«

»Mir ist heute eine merkwürdige Geschichte vorgetragen worden«, begann Silas und neigte sich etwas zur Seite. »Einer meiner Schüler dachte, dein Vater hätte einen Mark Twain besessen.«

Flojian nippte an seinem Wein. »Ich bin überrascht, daß du davon gehört hast«, sagte er. »Aber ja. Es stimmt.«

Plötzlich herrschte eine frostige Atmosphäre im Raum. Silas starrte den jüngeren Mann an. Es dauerte einen Augenblick, bis er die Sprache wiederfand. »Seit wann hatte er das Werk?«

»Das weiß ich nicht.«

»Das weißt du nicht!« Welche charakterlichen Mängel Flojian auch haben mochte – dumm war er gewiß nicht. »Wie kannst du das nicht wissen?«

»Ganz einfach. Er hat es mir nicht gesagt. Er weigerte

sich, darüber zu sprechen. Du weißt selbst, wie er war.«

»Darf ich fragen, woher er es hatte?«

»Auch das weiß ich nicht. Ich stellte meinem Vater diesbezügliche Fragen, und er sagte, es spiele keine Rolle. Mehr nicht. Hör zu, Silas, ich fand es selbst erst wenige Tage vor seinem Tod heraus. Ich hatte nicht die geringste Ahnung, daß ein Buch von dieser Bedeutung in unserem Haus aufbewahrt wurde.«

»Es handelt sich um den *Yankee aus Connecticut*, wenn ich recht informiert bin.«

»Das trifft zu.«

Silas war im Grunde genommen ein geduldiger Mensch. Er hatte sich noch nie im Leben zu Gewalt hinreißen lassen, doch in diesem Augenblick hätte er sich am liebsten auf seinen Gastgeber gestürzt und die Antworten aus ihm herausgeschüttelt. »Wo ist es jetzt?« fragte er Flojian aufgebracht.

Flojian versteifte sich. »Du redest, als wäre es *dein* Buch.«

»Verdammt, Flojian! Ein Fund wie dieses Buch gehört jedem! Du *darfst* es nicht für dich allein behalten!«

»Das habe ich auch gar nicht.« Die Antwort hämmerte durch die stille abendliche Luft. »Vater hat es Chaka Milana vermacht. Der jungen Frau, mit der du dich gestern unterhalten hast.«

»Warum zur Hölle sollte Karik so etwas tun?«

»Ich weiß es nicht. Sie war Arins Schwester. Du erinnerst dich? Arin war der Zeichner, der im Verlauf der Expedition ums Leben kam.«

»Ich erinnere mich.«

Flojians Gesichtszüge schienen mit einem Mal umwölkt. »Karik hat ihr das Buch vermacht. Ich weiß nicht warum. Vielleicht aus einem Schuldgefühl heraus. Irgend etwas in der Art.«

»Kannte er sie gut?«

»Oh, das denke ich nicht. Genaugenommen kannte er sie überhaupt nicht.«

»Was hat sie mit dem Buch gemacht?«

»Mit nach Hause genommen, schätze ich.«

»Ich glaube das einfach nicht! Ich hoffe, sie weiß genug, um darauf aufzupassen.« Silas funkelte Flojian an. »Er hätte *uns* das Buch geben müssen. Das wäre das mindeste gewesen. Wußte diese Frau schon vorher davon?«

»Nein. Im Gegenteil. Sie hätte nicht erstaunter sein können.«

Silas wäre am liebsten aufgesprungen, um sich an die Verfolgung des Buches zu machen, bevor die arme Frau es benutzen konnte, um Feuer zu machen. Doch die Geschichte ergab irgendwie keinen Sinn. »Karik war im Besitz eines Romans von Mark Twain und hat niemandem etwas davon erzählt? Warum nicht?«

»Das weiß ich nicht.«

»Hat er vielleicht erwartet, Chaka würde ihn mit nach Hause nehmen und in ihre Aussteuerkiste legen?«

»Er hat mir wirklich nicht verraten, was er sich dabei gedacht hat, Silas.«

Morinda nahm das Amulett in die Hand und untersuchte es im Kerzenlicht. Chaka beobachtete das Glitzern des sichelförmigen Amethystes in seiner silbernen Fassung. Es war ein wundervoller Stein. »Ja«, sagte Morinda.

Ein Violinbogen war auf der Rückseite eingraviert. Lykas Emblem, das Zeichen der Mondgöttin. »Es steht Ihnen sehr gut«, sagte Chaka.

Morinda legte sich die Kette um den Hals und öffnete die oberen Knöpfe ihrer Strickjacke, so daß das Amulett zwischen ihren Brüsten lag. »Danke sehr.« Sie löste ihr Haar und lächelte verlockend. »Ja«, sagte sie noch einmal.

Draußen erklang Hufschlag. »Ich freue mich, daß es Ihnen gefällt.«

Sie befanden sich in Chakas Arbeitszimmer im hinteren Teil der Villa. Morinda nahm zwei Goldstücke aus einer schwarzen Börse.

»Mein Mann hat erzählt, daß er Sie gestern bei Endines Einäscherung gesehen hat.«

Chaka nickte. »Es war ein trauriger Nachmittag.«

»Das überrascht mich nicht. Ich möchte wirklich nicht respektlos gegen die Toten sein, aber ein Mann wie dieser Endine . . .« Sie schüttelte den Kopf.

»Es ist schon lange her.« Chaka schloß das Kästchen, das sie eigens für das Amulett angefertigt hatte, und reichte es Morinda. »Sie kannten keinen der Expeditionsteilnehmer, nicht wahr?«

»Nein«, gestand Morinda. »Aber darum geht es doch gar nicht.«

Wahrscheinlich nicht.

Morinda lächelte erneut, wünschte der Silberschmiedin einen schönen Abend und öffnete die Tür. Ein älterer Mann stand im Eingang und war im Begriff zu klopfen. »Guten Abend, meine Damen« sagte er.

Der Mann von der Zeremonie.

»Silas Glote«, sagte er schnell.

Morinda verabschiedete sich und ging, während Chaka den Gelehrten in den Laden bat. »Ich habe Sie nicht vergessen, Master Glote«, sagte sie. »Schön, Sie wiederzusehen.«

Er lächelte und musterte die Gegenstände in den Auslagen. Ein Sortiment Armreifen, Ringe, Fußkettchen, Urnen, Pokale und Anstecknadeln. Er schien sich für ein Paar silberner Klammern zu interessieren, die zum Schließen von Hemden dienten. »Sehr hübsch«, beobachtete er.

Sie bot ihm eine zur Ansicht an. »Diese Klammern würden sich im Imperium ganz bestimmt gut machen«, sagte sie.

Er hielt sie unter eine Lampe. »Philosophisch betrachtet sind wir gegen derartigen Flitter. Wir suchen nach inneren Werten.« Er lächelte. »Außerdem liegen innere Werte eher in Reichweite meiner Brieftasche.«

»Ich mache Ihnen einen Sonderpreis.«

Sie nannte einen Betrag, der tatsächlich mehr als entgegenkommend war. Die Klammern würden einen hübschen Kontrast zu der dunklen Jacke bilden, die Silas immer trug. »Einverstanden«, sagte er und lachte, als ihm bewußt wurde, daß er sie überrascht hatte. »Man sollte sich nie zum Sklaven irgendeiner Regel machen.«

»Eine weise Entscheidung, Master Glote.«

Er verschränkte die Arme, und sein Lächeln verschwand. »Chaka, eigentlich bin ich gekommen, weil ich mit Ihnen reden wollte.«

»Bitte sehr«, sagte sie und bot ihm einen Platz an. Sie setzte sich ihm gegenüber. »Was kann ich für Sie tun?«

»Ich habe gehört, Karik Endine hat Ihnen etwas hinterlassen?«

»Ja«, antwortete sie. Er war sehr direkt, dieser Silas Glote. »Ich war sehr überrascht. Ich habe ihn nur ein einziges Mal gesehen und mit ihm gesprochen, und das liegt Jahre zurück. Wirklich sehr eigenartig.«

»Stimmt es, daß er Ihnen ein Buch vermacht hat?«

»Ich vermute, Sie wissen sehr genau, was er mir vermacht hat, Master Glote.«

»Bitte nennen Sie mich Silas. Dürfte ich das Buch vielleicht sehen?«

Chaka war wütend wegen Flojians mangelnder Diskretion. Gleichzeitig wollte sie das Buch unbedingt jemandem zeigen, der seinen Wert zu schätzen wußte. »Selbstverständlich.« Sie verschloß die Werkstatt und führte Silas durch eine Verbindungstür ins Haus.

Im Wohnzimmer brannte ein kleines Feuer. Sie ging an einem Sofa und einem langen Tisch vorbei, der mit Schmuckstücken und Edelsteinen übersät war. Rechts und links vom Fenster standen zwei gleiche Kommoden. Durch das Fenster blickte man auf eine mondbeschienene Hügelkette.

Silas' Blick fiel auf die Flinten, die über dem Kamin an der Wand hingen. »Wir sind eine Familie von Jägern« sagte Chaka.

Sie führte ihn zu einer der beiden kunstvoll gearbeiteten Kommoden und entzündete ein Wachsholz. In dem flackernden Licht wirkten Silas' Gesichtszüge seltsam streng. Chaka öffnete den Komodendeckel, und eine

Reihe kleiner Fächer und eine Schublade kamen zum Vorschein. Sie zog die Schublade auf, und das Licht des Wachsholzes fiel auf ein Buch.

Mark Twain. Silas atmete geräuschvoll.

»Darf ich?« fragte er.

»Selbstverständlich.«

Behutsam, beinahe ehrfürchtig berührte er den Einband. Der Titel war in goldener Schreibschrift auf das weiche Leder geschrieben. Vorsichtig ging Silas mit dem Wachsholz näher an das Buch heran. Er öffnete es und schlug die erste Seite auf. Der Text war mit schwarzer Tinte geschrieben, die Buchstaben kunstvoll ausgemalt. Er studierte das eine Seite umfassende Vorwort. Zwei Absätze, gefolgt vom Namen des Schreibers. *Verfaßt zu Hartford, am 21. Juli 1869.*

»Wie lange ist das her?«

»Das weiß niemand.«

»Wo lag Hartford?«

»Wir denken, es war sein Geburtsort. Aber niemand weiß, wo Hartford lag.«

Silas blätterte vorsichtig durch die Seiten. War es das, was es zu sein schien? Das war die nächste Frage, und sie war schwer zu beantworten, weil er nichts über die Herkunft des Buches wußte. Er blätterte weitere Seiten um, verweilte bei Kapitelüberschriften, nickte beim Anblick der präzisen Linien. Chaka sah, wie er die Lippen bewegte, sah, wie sich ein Lächeln auf sein Gesicht stahl, wie seine Augen zu leuchten anfingen. »Ja«, sagte er schließlich. »Es *klingt* echt.«

Gut. »Silas, sind Sie der Meinung, es könnte tatsächlich Mark Twain sein?«

Er blickte sie hart an. »Ich weiß, was ich *will*, das es ist. Es scheint ganz sein Stil zu sein, jedenfalls nach dem wenigen, was ich von ihm kenne.« Er atmete tief durch. »Haben Sie einen Grund, an seiner Echtheit zu zweifeln, Chaka?«

»Warum hat Endine es geheimgehalten? Warum hat er keinem Menschen etwas davon erzählt?«

Silas nahm das Buch mit zum Tisch und legte es in den

Lichtschein der Lampe. Dann nahm er in einem Sessel Platz. Das brennende Öl duftete süß. »Ich weiß es nicht, Chaka.«

»Das ergibt doch alles keinen Sinn!«

»Ich bin ganz Ihrer Meinung. Trotzdem denke ich, es ist genau das, wonach es aussieht.« Er blätterte weitere Seiten um, nickte vor sich hin und lächelte, bis er sich kaum noch im Zaum halten konnte. »O ja«, sagte er und begann, ihr aus dem Buch vorzulesen. Hin und wieder unterbrach er sich, weil er kichern mußte.

»Man hat mir geraten, es zu verkaufen«, sagte sie und durchbrach damit die Stimmung.

Er blickte auf. In seinem Gesicht stand plötzlich Sorge. »Ich empfehle Ihnen, das nicht zu tun. Dieses Buch ist unbezahlbar.«

»Aber was kann ich sonst damit anfangen? Hier bei mir ist es nicht sicher. Ich habe keine Diener. Ich müßte einen Wächter einstellen.«

Silas dachte nach. Sie würde wissen, daß er es vorzog, wenn sie das Buch dem Imperium verkaufte. Unter keinen Umständen wollte er, daß es an den Meistbietenden versteigert wurde. Die Gelehrten konnten nicht mit reichen Sammlern mithalten. Das Buch würde unwiderruflich im Salon eines Reichen verschwinden und wäre für niemanden mehr zugänglich. »Leihen Sie es an die Senatsbibliothek aus«, schlug er vor. »Man wird es wegschließen und bewachen, und es wäre den Gelehrten zugänglich. Außerdem könnten wir Schreiber mit der Aufgabe betrauen, Kopien anzufertigen.«

»Was bekäme ich dafür?«

»Sie würden den Erlös für die verkauften Kopien erhalten. Es wären keine Reichtümer, aber sicherlich auch nicht wenig. Darüber hinaus würde ich dafür sorgen, daß man sich erkenntlich zeigt.« Er lächelte. »Wir würden Sie regelmäßig zu Feiern und Banketts einladen, und die klügsten Köpfe der Republik wären Ihnen zu Dank verpflichtet. Außerdem müßten Sie sich keine Gedanken über Diebe machen. Und wenn Sie das Buch später verkaufen möchten, stünde es Ihnen frei.«

Lange Zeit sagte keiner der beiden ein Wort. »Silas«, fragte sie schließlich, »warum hat Master Endine das Buch ausgerechnet mir vermacht?«

»Ich dachte, Sie könnten mir diese Frage beantworten, Chaka.«

»Ich kannte ihn kaum.«

Silas bemühte sich, den Blickkontakt nicht abreißen zu lassen, doch seine Augen wanderten immer wieder zu dem Buch. »Er muß einen Grund gehabt haben, warum er sich für Sie entschied.«

An der Wand hing eine von Arins Skizzen. Ein Wasserfall. Die Skizze gehörte zu der Sammlung, die Karik ihr bei ihrem lange zurückliegenden Besuch gegeben hatte. »Ich kenne dieses Bild«, sagte Silas.

Was vollkommen unmöglich war. Silas war noch nie bei Chaka zu Hause gewesen. Er bemerkte ihre Verwirrung. »Den Stil«, sagte er und trat zur Wand. »Nicht das, was auf der Zeichnung dargestellt wird. Karik besaß eine Skizze, die dieser hier sehr ähnlich sieht.«

»Ich weiß. Insgesamt waren es zwölf. Arin fertigte sie während der Expedition an. Das war der Grund, aus dem Master Endine ihn einlud mitzugehen. Er wollte visuelle Aufzeichnungen.« Sie schüttelte den Kopf. »Ich wünschte, er wäre mehr wie ich gewesen.«

»Pardon?«

»Ich kann nicht einmal einen geraden Strich zeichnen.« Das alte Gefühl der Hilflosigkeit und Wut regte sich wieder in ihr. »Als ich Karik besucht habe, nachdem er zurückgekehrt war, gab er mir diese Skizzen. Und dann bat er mich, ob er eine behalten dürfte. Es war eine Flußlandschaft. Sehr still und friedlich. Ich bin sicher, das war die Zeichnung, die Sie gesehen haben.«

Der Wasserfall war sehr breit. Die Zeichnung war mit *Nyagara* untertitelt. Arin hatte einen winzigen Menschen hinzugezeichnet, um den gewaltigen Maßstab zu verdeutlichen. »Dürfte ich vielleicht einen Blick auf die restlichen Bilder werfen, Chaka?«

Sie brachte die Skizzen aus einem anderen Zimmer. Jede war einzeln in ein Tuch eingeschlagen. Chaka wickelte eine nach der anderen aus und drapierte sie auf dem Tisch. Die Bilder zeigten die Mitglieder der Expedition beim Durchqueren von Flüssen, wie sie von Brücken herabsahen, wie sie im Sonnenuntergang über die uralten Wege der Straßenbauer wanderten. Sämtliche Skizzen waren datiert, so daß es möglich war, sie chronologisch einzuordnen. Drei Zeichnungen erweckten Silas' besondere Aufmerksamkeit.

Eins trug den Titel *Drache* und zeigte ein Paar glühender Augen über einem dunklen Wald. Ein anderes, vom darauffolgenden Tag, zeigte eine gespenstische Stadt, die im Dunst oder einem Meer zu schwimmen schien. Die Sonne ging unter, und gewaltige dunkle Türme erhoben sich in der Dämmerung. Das Bild trug den Titel *Die Stadt*.

»Sieht das nicht unglaublich aus, selbst für die Straßenbauer?« fragte sie.

Er nickte und richtete seine Aufmerksamkeit wieder auf das vorhergehende Bild. »Wenn wir dieser Zeichnung glauben wollen«, sagte er, »wird die Stadt von einem Drachen bewacht.«

Sie zuckte die Schultern. »Jedenfalls sieht es so aus.«

»Sollte Arin nicht wirklichkeitsgetreue Zeichnungen anfertigen?«

»Das hatte ich auch gedacht.«

Die Ladenklingel ertönte. Chaka stand auf und ging, um den Kunden zu bedienen. Als sie zurückkehrte, hatte Silas sich wieder über das Buch gebeugt. »Ich frage mich«, sagte er zaghaft, »ob Sie mir dieses Buch vielleicht für eine Weile anvertrauen?«

»Ja«, erwiderte sie. »Wenn die Bibliothek mir eine Kopie anfertigt?«

»Selbstverständlich. Das wird sich leicht einrichten lassen.« Sie konnte seine Erleichterung sehen. »Dürfte ich es vielleicht *jetzt* mitnehmen? *Heute abend?*«

»Bitte sehr.« Er lächelte, klappte das Buch zu und wickelte es wieder in die Lederhülle.

»Nicht, daß ich Ihnen nicht vertrauen würde«, sagte sie. »Aber könnten Sie mir vielleicht eine Empfangsbestätigung unterschreiben?«

»Warum nicht.« Auf dem Tisch lagen mehrere Stapel Papier. Sie reichte ihm ein Tintenfaß und nahm einen Stift aus dem Regal. Er schrieb:

4. Januar 306
Imperium, Illyrien

> *Ich habe am heutigen Tag von Chaka Milana die einzige existierende Kopie von Mark Twains* Ein Yankee aus Connecticut an König Artus' Hof *in Empfang genommen. Das Buch wird Frau Milana auf ihr Verlangen umgehend zurückgegeben.*

Unterschrift
(Silas Glote)

»Danke sehr«, sagte Chaka. »Aber ich hätte da noch eine Frage, Silas.«

Er nahm das Buch und hielt es in den Armen. »Ja?«

»Was glauben Sie, woher Master Endine es hatte?«

Kapitel 3

Die Entdeckung hätte Silas überglücklich machen müssen. In jener Nacht nahm er das Buch mit in seinen Schlafraum, blätterte es durch und las vereinzelte Passagen, bis das erste Morgengrauen am Himmel schimmerte. Aber er konnte eine düstere Ahnung nicht abschütteln. Kariks Stiefelspuren hatten deutlich erkennen lassen, daß er in den Fluß *gegangen* war. Karik Endine hatte seinem Leben willentlich ein Ende bereitet.

Und jetzt diese seltsame Geschichte mit dem Buch.

Warum nur hatte Karik ein derartiges Geheimnis daraus gemacht?

Am nächsten Morgen übergab Silas das Buch mit einem Gefühl des Bedauerns an die Bibliothek. In einer Gesellschaft, die keine Druckerpresse kennt, ist eine Bibliothek zwangsläufig eine Einrichtung, deren erste Sorge der *Sicherheit* gilt. Den Benutzern ist der Zugang zu den Werken nur unter strenger Aufsicht gestattet, und niemand nimmt jemals ein Buch mit nach Hause.

Die Bibliothekare dankten Silas überschwenglich. Die Aufregung war groß, und es wurde viel geredet. Der Direktor kam eigens und versicherte Silas, daß man seine Dienste nicht vergessen werde. Als Silas schließlich ging, saßen immer noch alle über dem sensationellen Fund.

Er hatte an diesem Morgen frei, und er war viel zu aufgewühlt, um zu Bett zu gehen. Also besuchte er Flojian ein zweites Mal, diesmal beim Fährdock am Fluß. Flojian beaufsichtigte ein halbes Dutzend Arbeiter, die mit dem Bau einer Fähre beschäftigt waren. Er trug ein gelbes Baumwollhemd und graue Arbeitshosen. »Sie machen alles falsch, wenn man sie nicht wirklich jede Minute beaufsichtigt«, erzählte er Silas. »Als wir mit diesem Geschäft angefangen haben, konnte man sich noch darauf verlassen, daß die Leute für einen Taglohn einen Tag lang ehrliche Arbeit leisteten.« Er zwinkerte, schüttelte den Kopf und seufzte. »Was kann ich für Sie tun?«

Die Fähre wurde eine große, zweigeschossige Barke. Nach ihrer Fertigstellung würde sie mit Hilfe von Segeln und Stangen und zwei Reihen Ruderern zwischen Illyrien und Westlok auf der anderen Seite des Ufers verkehren.

Nach dem Entladen würde das Schiff genau wie die anderen Fähren von einer Zugmannschaft mit Pferden zu einem Dock flußaufwärts geschleppt werden, das gut zwei Meilen höher lag als der Punkt, an dem es seine Reise auf der illyrischen Seite begonnen hatte. Dort würde die Fähre neue Fracht aufnehmen, bevor sie die Rückreise über den Fluß antrat.

Silas bekundete gebührende Bewunderung für das neue Schiff und wechselte dann rasch zu dem Thema, das ihn zur Zeit beschäftigte. »Ich kann mir beim besten Willen nicht erklären, Flojian«, begann er, »warum dein Vater niemandem von seinem Mark Twain erzählt hat.«

»Laß uns reingehen«, sagte Flojian. Er führte Silas in ein kleines, unordentliches Büro, in dem sich überall Geschäftsbücher stapelten, und bot ihm einen Platz an. »Als Karik mir das Buch zeigte, flehte ich ihn fast an, es der Öffentlichkeit zugänglich zu machen. Es hätte sehr viel zur Wiederherstellung seines Rufs beitragen können.«

»Was hat er geantwortet?«

»Er sagte *nein*. Und dann sagte er noch, daß er mir das Buch nur aus einem einzigen Grund gezeigt hätte: damit ich seine Bitte verstünde. Ich sollte es jener Frau geben und keinerlei Fragen stellen.«

»Was bedeutet, daß er es allen zugänglich machen wollte, ohne selbst in Erscheinung zu treten?«

»Ich würde sagen, er wollte nicht, daß es zu seinen Lebzeiten geschieht.«

»Aber *warum* nicht?«

Flojian zuckte die Schultern. »Ich wünschte, ich wüßte es.« Seine Augen wurden feucht. »Es tut weh, so aus seinem Leben ausgesperrt gewesen zu sein. Ich war sein *Sohn*, Silas. Ich habe ihm niemals Kummer gemacht.

Oder ihm Grund gegeben, mir nicht zu trauen.« Er sah müde aus. »Sieh mal, ich dachte immer, ich würde schon rechtzeitig herausfinden, was in ihm vorging. Ich übte mich in Geduld und wartete darauf, daß er mit mir reden würde. Mir kam nicht ein einziges Mal der Gedanke, er könnte sich darauf vorbereiten zu sterben.«

»Es tut mir leid.«

»Vielleicht hätte ich ihm helfen können, wenn er nur etwas gesagt hätte.«

Sie saßen in abgenutzten, aber bequemen Stoffsesseln und blickten sich über einen Tisch hinweg an. Silas legte die Finger an die Schläfen. »Befand sich in Kariks *Anuma* irgend etwas Ungewöhnliches?« fragte er.

»Nein. Nur persönliche Dinge. Kleidung. Sein Stift. Sein Stundenglas. Persönliche Dinge eben.«

»Keine Karte?«

»Nein.«

»Kein Tagebuch? Notizbücher? Irgendwelche Aufzeichnungen?«

»Nein. Nur ganz profane Dinge.«

»Bist du sicher?«

Flojian zögerte. Er wich Silas' Blicken aus. »Ich bin ganz sicher«, sagte er schließlich. »Ich habe die *Anuma* selbst gepackt.«

Silas starrte ihm unverwandt in die Augen. Flojian wand sich. »Na gut. Es war eine angebliche Kopie der *Notizen* von Showron Voyager dabei. Allerdings handelte es sich um eine Fälschung.«

Silas spürte einen Anflug von Verzweiflung. »Und du hast sie verbrannt?« Showron war ein Gelehrter aus Baranji gewesen. Nach der Überlieferung war er der letzte Mensch gewesen, der Haven besucht hatte. Er hatte mit den Wächtern Havens gesprochen, hatte ein paar der Manuskripte untersucht und sogar Zeichnungen hinterlassen. »Woher willst du wissen, daß es eine Fälschung war?« fragte Silas.

»Weil mein Vater das Buch benutzt hat, um Haven zu finden. Und er kam niemals bei seinem Ziel an, oder?« Flojian blickte Silas herausfordernd an, in der Erwartung, der alte Mann könnte diese Feststellung anzweifeln. »Glaubst du eigentlich, ich wüßte nicht, welchen Ruf mein Vater hatte? Die Menschen hielten ihn für einen Feigling, weil er als einziger Überlebender von der Expedition zurückgekehrt war. Er mußte damit *leben*. *Ich* mußte damit leben.« Er stand auf, trat zum Fenster und starrte auf das Dock hinaus. »Es ist kein Geheimnis, daß ich ihn nicht besonders mochte. Er war tyrannisch, egozentrisch und verschlossen. Er war jähzornig, und er dachte nicht übermäßig über die Gefühle anderer Menschen nach. Du hast ihn ja selbst gekannt.«

Silas nickte.

Flojians Blick war nach innen gekehrt. »Nachdem er zurückgekommen war, zog er sich von mir genauso zurück wie vom Rest der Welt. Er saß in seinem Flügel der Villa und kam so gut wie nie heraus. Das war *sein* Territorium. In Ordnung. Ich lernte, damit zu leben. Aber ich wäre nicht ehrlich, Silas, wenn ich nicht zugeben würde, daß sein Tod eine schwere Last von meinen Schultern genommen hat.« Er atmete tief durch. »Ich bin froh, daß Karik nicht mehr da ist. Aber egal, was die anderen sagen: Er hätte *niemals* einen seiner Leute im Stich gelassen!«

Lange Zeit sagte keiner der beiden ein Wort. »Ich bin deiner Meinung«, stimmte ihm Silas schließlich zu. »Trotzdem. Das ist keine Erklärung, woher er den *Yankee aus Connecticut* hatte. Ist dir im Haus oder der näheren Umgebung irgend etwas Ungewöhnliches aufgefallen?«

»Etwas Ungewöhnliches?«

Verdammter Kerl. War er nach allem tatsächlich so dumm, oder tat er nur so? Verbarg er vielleicht etwas? »Irgendein Hinweis, der uns weiterhelfen könnte. Nach allem, was geschehen ist, hat Karik möglicherweise auch noch andere Dinge im Haus versteckt.«

Flojians Mund wurde schmal. »Es gibt keine weiteren verschollenen Bücher.«

Silas wollte ihm erklären, daß der Mark Twain ein sehr bedeutender Fund war und daß seine Existenz ein großes Rätsel aufgeworfen hatte. Daß die Gelehrten noch in Hundert Jahren nach einer Antwort auf die Frage suchen würden, was hier geschehen war. *Wir sind so nah dran, also sollten wir auch ein paar Antworten finden.* Doch er wußte, daß seine Worte in Flojians Ohren lächerlich klingen würden.

»Ich sag' dir was«, meinte Flojian schließlich. »Ich fahre heute nachmittag nach Masandik. In ein paar Tagen bin ich wieder zurück. Und dann werde ich die Hinterlassenschaften meines Vaters durchgehen. Falls ich etwas finde, gebe ich dir Bescheid.«

Quait Esterhok war der Sohn eines Senators. Vor Jahren war er einer der besten Schüler von Silas gewesen. Er war mit einem scharfen Intellekt gesegnet und brachte die rechte Begeisterung für die Wissenschaften mit, um in eine große Zukunft als Forscher zu blicken. Silas hatte gehofft, Quait würde am Imperium bleiben. Er hatte das Kuratorium sogar überredet, Quait eine Stellung anzubieten, doch unter dem Druck seines Vaters hatte Quait abgelehnt und statt dessen eine militärische Laufbahn eingeschlagen.

Das war vor sechs Jahren gewesen. Von Zeit zu Zeit war Quait zurückgekommen, hatte ein paar Seminare besucht und seinen einstigen Lehrer sogar hin und wieder zum Essen eingeladen.

Folglich war es keine große Überraschung, als Silas einen Brief von Quait in seiner Post entdeckte – und ihn selbst in einer nahegelegenen, innerhalb der Fakultät beliebten Taverne.

Die jungenhaften Gesichtszüge waren härter geworden, und Silas erkannte auf den ersten Blick, daß Quait ein neues Selbstbewußtsein erlangt hatte. Quait erhob sich von einem Stuhl in der Ecke, lächelte breit und umarmte Silas.

»Es ist schön, Sie wiederzusehen, Master Silas«, sagte er.

Sie spazierten zur Küche, luden gegrillte Hühnchen

und Mais auf ihre Teller, bestellten eine Flasche Wein und schwelgten in Erinnerungen. Quait sprach über die Veränderungen beim Militär, die mit der Gründung der Liga einhergegangen waren. »Nicht alle profitieren vom Frieden«, lachte er.

Der Wein floß reichlich, und Silas war in überschwenglicher Stimmung – bis sein Begleiter das Hühnchen beiseite legte, an dem er gekaut hatte, und ihn mit der Frage überraschte, was er über das Buch von Mark Twain wisse.

»Du weißt *darüber* Bescheid?« staunte Silas.

»Ich schätze, inzwischen weiß die ganze Welt Bescheid. Ist es echt?«

»Ja«, antwortete Silas. »Jedenfalls soweit ich es beurteilen kann.«

Quait beugte sich über den Tisch, damit niemand sie belauschen konnte, obwohl der Geräuschpegel der Unterhaltungen ringsum diese Möglichkeit so gut wie ausschloß.

»Wo hat Master Endine es gefunden? Wissen Sie mehr darüber?«

»Nein. Anscheinend weiß niemand etwas Genaues.«

»Ist das nicht merkwürdig? Woher mag er das Buch bloß gehabt haben?«

Silas zuckte die Schultern. »Ich weiß es nicht.«

»Ich habe da eine Idee.«

»Schieß los.«

»Mir ist der Gedanke gekommen, daß Karik vielleicht *gefunden* hat, wonach er suchte.«

Die Idee war Silas ebenfalls durch den Kopf gegangen. Aber sie hatte noch größere Fragen aufgeworfen. Falls Karik Endine tatsächlich Haven gefunden hatte, hätte ihm viel von der Schande erspart bleiben können, die über ihn hereingebrochen war. »Ich wüßte nicht, wie«, sagte er.

»Sie meinen, warum er geschwiegen hat? Er hat alles verloren. Vielleicht auch den Verstand.«

»Das glaube ich nicht.«

»Können Sie sich eine Folge von Ereignissen vorstellen, die ihn dazu bewegt haben könnte, eine derart wichtige Entdeckung zu verschweigen?«

»Nein«, antwortete Silas. »Deswegen bin ich auch davon überzeugt, daß der Mark Twain nichts mit Haven zu tun hat.« Quaits graue Augen waren unerbittlich. Silas entdeckte eine Eigenschaft in diesem Mann, die der Junge nicht besessen hatte. »Sieh mal, Quait, wenn sie tatsächlich Haven gefunden hatten – warum um alles in der Welt hätten sie dann nicht mit mehr als diesem einen Buch in den Händen zurückkehren sollen?«

»Und warum hat Karik das Buch verschwiegen? Wenn *Sie* einen Fund wie diesen gemacht hätten, Silas – würden Sie dann nicht der ganzen Welt davon erzählt haben?«

»Doch. Der ganzen Welt«, antwortete Silas.

»Genau wie ich auch. Wie jeder vernünftige Mensch.« Er spießte ein Stück weißes Fleisch auf und betrachtete es geistesabwesend. »Außerdem – woher wollen wir wissen, daß nicht noch mehr solcher Entdeckungen in seinem Haus herumliegen?«

Der Wein schmeckte vorzüglich. Silas nahm einen tiefen Schluck und ließ das Aroma auf der Zunge zergehen. »Ich habe Flojian aufgefordert, danach zu suchen.«

»Wer ist Flojian?«

»Kariks Sohn.«

»Silas . . .« Quait schüttelte den Kopf. »Wenn ich Kariks Sohn wäre und, sagen wir, die gesammelten Werke Shakespeares entdecken würde – ich würde sie *verbrennen*.«

»Warum?«

»Weil ich sein Sohn wäre. Falls es noch mehr davon gibt, dann hätte mein Vater es aus gutem Grund versteckt. Und ich würde diesen Grund gewiß nicht in Frage stellen.«

»Flojian mochte seinen Vater nicht.«

»Das spielt keine Rolle. Er würde den Namen seines Vaters schützen. Es ist zu spät, um mit weiteren Entdeckungen herauszurücken. Sehen Sie sich nur an, wie wir auf den Mark Twain reagieren. Das alles riecht entschieden zu sehr nach Verschwörung.«

Silas dachte über Quaits Worte nach. »Ich glaube, du irrst dich. Wenn Flojian seinen Vater so sehr in Schutz nähme, würde er Chaka nicht den Mark Twain übergeben haben.«

»Vielleicht hatte er sich die Dinge da noch nicht zusammengereimt«, sagte Quait. »Vielleicht mußte er das für seinen Vater tun, aus welchem Grund auch immer. Aber jetzt weiß er, daß der Ruf seines Vaters, so schlecht er auch ist, auf dem Spiel steht. Ist Ihnen denn nie die Idee gekommen, er könnte die anderen *ermordet* haben?«

Silas lachte auf. »Nein, bestimmt nicht. Das steht ganz außer Frage.«

»Und da sind Sie sicher.«

»Absolut sicher. Ich kannte Karik.«

»Vielleicht ist dort draußen irgend etwas vorgefallen? Vielleicht glaubte er, alles für sich allein behalten zu können.«

»Quait, du leidest unter Verfolgungswahn.«

»Möglich. Aber ich garantiere Ihnen, daß Flojians Suche ergebnislos bleiben wird.«

Silas kaute auf seinem letzten Stück Hühnchenfleisch. »Also schön«, sagte er. »Flojian wird ein paar Tage außerhalb der Stadt sein. Wir könnten vielleicht selbst nachsehen.«

Die Kultur, die sich im Tal des Mississippi entwickelt hatte, war patriarchalisch ausgerichtet. Frauen wurden mit höflichem Respekt behandelt und traditionell mit Aufgaben im Haus betraut. Die wichtigsten Berufe – mit Ausnahme der Geistlichkeit – waren ihnen verschlossen. Frauen konnten Eigentum besitzen, aber nicht vererben. Die Villa, die Chaka Milanas jüngerer Bruder ihr vermacht hatte, würde nach Chakas Tod oder im Fall einer Heirat automatisch wieder an ihn zurückfallen.

Die Tatsache, daß Chaka trotz ihrer fünfundzwanzig Jahre noch immer ungebunden war, verleitete viele ihrer Bekannten zu der Annahme, sie wäre mehr daran interessiert, ihr Haus zu behalten, als eine eigene Familie zu gründen. Chaka fragte sich häufig, ob etwas Wahres an dieser Anschuldigung sein könnte.

Ihr Vater Tarbul war ein Farmer und ein Soldat gewesen (wie viele andere während der unruhigen Zeiten vor der Gründung der Liga auch). Von einem seiner Feldzüge war er mit einer wunderschönen jungen Gefangenen zurückgekehrt. Nach dem Krieg war sie eingebürgert worden, und Chakas Vater hatte sie umworben und für sich gewonnen. Ihr Name war Lia von Masandik, und sie war die Tochter eines Kaufmanns und sie hatte revolutionäre Ansichten. »Temperamentvoll«, pflegte Chakas Vater sie zu nennen.

Lia war entsetzt gewesen vom rücksichtslosen Chaos der ewigen Kriege, deren Ursache ihrer Meinung nach hauptsächlich in männlicher Idiotie lag. Konsequenterweise hatte sie energisch dafür gesorgt, daß alle ihre Kinder eine gute Ausbildung erhalten hatten. Sie war fest entschlossen gewesen, ihnen die bestmöglichen Chancen zu einer unabhängigen Existenz zu verschaffen. Ihr Ehemann war zwar nicht damit einverstanden, doch er hatte seiner energischen Frau um des lieben Friedens willen nicht widersprochen. Ironischerweise hatte der Erstgeborene, Arin, wenig Interesse an der Farm oder den Jagdzügen gezeigt, die das Lebensblut der väterlichen Existenz bedeuteten.

Der Junge war künstlerisch begabt und liebte Debatten und Trinkgelage. Nicht gerade die geeigneten Talente, um den Vater stolz zu machen.

Am Ende war es Chaka gewesen, die ihren Vater bei der Jagd begleitet oder sich in seiner Abwesenheit um den Bauernhof gekümmert hatte. Eines denkwürdigen Tages hatte sie sogar die Verteidigung des Hofes gegen einen Angriff plündernder Makar geleitet. »Deine Mutter wäre stolz auf dich gewesen«, hatte Chakas Vater danach zu ihr gesagt.

Es war das allergrößte Kompliment, das er seiner Tochter hatte machen können.

Lia war an einer infektiösen Krankheit gestorben, als

Chaka fast erwachsen gewesen war. Sieben Jahre später war ihr Vater bei einer Schießerei mit Wilderern gestorben. Der Bauernhof war an Sauk übergegangen, und Chaka war in die Villa gezogen und hatte sich eine Existenz als Goldschmiedin aufgebaut.

Chaka wünschte sich eine Familie. Sie wünschte sich einen guten Gatten, einen Mann, der ihre Gefühle wecken und dessen Geist sie mit Freuden an ihre Kinder weiterreichen konnte. Aber bisher hatte sie einfach noch nicht den Richtigen gefunden. Und da die meisten Mädchen bereits mit siebzehn Jahren verheiratet waren, verspürte sie allmählich ein Gefühl von Dringlichkeit. Und Furcht. Und obwohl sie sich das selbst niemals eingestanden hätte, war dies doch der Grund, weshalb es jetzt Raney in ihrem Leben gab. Chaka war zu guter Letzt bereit, sich zu binden.

Die Sonnenuhr am Fuß des Calaguahügels zeigte die dritte Stunde des Nachmittags. Chaka nahm sich die Zeit, gemütlich über den Basar zu schlendern.

Sie hatte keine Konkurrenz in den schmutzigen, einfachen Schmuckläden. Diese richteten sich an Kunden, die mehr an niedrigen Preisen und Tand interessiert waren. Chaka hatte sich einen Ruf als Künstlerin erarbeitet, bei der man entweder feine Stücke aus dem Regal erstehen oder sich nach Wunsch anfertigen lassen konnte. Aber sie kannte die Besitzer der anderen Läden und verbrachte gerne ihre Zeit mit ihnen.

So verging ein Nachmittag, an dem Chaka sich seltsam rastlos fühlte. Am Ende fand sie sich in der Bibliothek wieder und sonnte sich in der Bewunderung und Dankbarkeit, die der *Yankee aus Connecticut* hervorrief. Sie war höchst erfreut herauszufinden, daß sie ein beträchtliches Maß an Berühmtheit gewonnen hatte.

Silas kam herein, während sie dort war. Er befand sich in jovialer Stimmung und erzählte scherzhaft, daß er und ein früherer Student überlegt hatten, in Flojians Haus einzubrechen. »Kariks Sohn ist nicht in der Stadt«, berichtete Silas, »und sein Diener Toko würde nicht einmal aufwachen, wenn die Miliz durch das Haus marschiert.« Als sie bei Sonnenuntergang zu ihrem Reittier Piper zurückkehrte, war sie immer noch schlecht gelaunt. Eigentlich hätte sie eine gute Zeit verbringen können. Eine Zeit, in der sie ihr Glück genoß. Und doch hatte sie sich nie einsamer gefühlt.

Am Westtor wartete Raney.

Er machte sich gut auf einem Pferd, weit besser, als man normalerweise von einem Kleidermacher erwarten würde. Er war gutaussehend, und sie wollte ihn nicht verlieren. Er war recht intelligent, behandelte sie gut, und er wäre sicherlich ein guter Ernährer. Außerdem lebte Chaka in einer Gesellschaft, die dazu neigte, romantische Gefühle als kompletten Unsinn abzutun. Die Ehe diente der Fortpflanzung, der gegenseitigen Absicherung und Unterstützung.

Ihr Vater hatte diese Auffassung zum Gesprächsthema gemacht, als er erkannt hatte, daß Chaka die verrückten Ideen ihrer Mutter aufsaugte wie ein Schwamm. *Heirate einen Freund, nach Möglichkeit einen Mann mit Vermögen,* hatte er ihr geraten. *Etwas Besseres findest du nicht.* Raney wäre ein Mann so recht nach seinem Geschmack gewesen.

»Ich denke, du hattest recht, was das Buch angeht«, sagte sie, während sie nebeneinander aus der Stadt ritten. »Irgendwann werde ich es verkaufen. Für den Augenblick habe ich es der Senatsbibliothek zur sicheren Verwahrung übergeben.«

»Gut.« Sein hübsches Gesicht verriet, daß er ihre vernünftige Entscheidung herzlich guthieß. »Laß dir Zeit damit. Finde heraus, wieviel es bringt, und erziele den höchsten Preis, den du kriegen kannst. Eine schlaue Idee von dir, es in der Bibliothek auszustellen. Das kann nicht schaden.« Er lächelte, und es war ein gutes Lächeln, warm und ehrlich: das Lächeln eines Mannes, der mit sich und der Welt im Frieden war. Raneys sanfte blaue Augen wirkten beinahe feminin. Seine Blicke glitten über sie und verrieten mehr als alle Worte, wie sehr er sie verehrte. Ein paar Wochen zuvor hatte er um ihre Hand angehalten, doch Chaka hatte ihn vertröstet und gesagt, sie sei noch nicht so weit. Sie hatte erwartet, daß er beleidigt reagieren oder sich von ihr zurückziehen würde, doch zu ihrer Überraschung hatte er nur gelacht und gesagt, sie sei es wert zu warten, und er werde Geduld haben. »Ich versuch's später noch mal«, hatte er ihr versprochen.

Raney trug das volle braune Haar schulterlang und war, wie die meisten Männer jener Zeit, glatt rasiert. Schweigend ritten sie nebeneinander her, und sie verspürten keinerlei Spannungen zwischen sich.

Vielleicht war jetzt ein guter Zeitpunkt.

Sie richtete sich im Sattel auf. »Ich würde zu gerne wissen, woher es kommt«, sagte sie.

»Ich sehe nicht, wozu das wichtig sein soll, Chaka«, erwiderte er und redete über das Wetter und wie angenehm die warmen Temperaturen seien. Er blickte sich um, sah auf die sonnenüberflutete Landschaft und den Fluß, und seine Augen blieben an der Eisernen Pyramide haften. »Wahrscheinlich hat Master Endine es irgendwo in einer Ruine gefunden.«

»Vielleicht.« Die Straße führte durch einen dichten, üppigen Wald und in einer langgezogenen Steigung über mehrere Hügelrücken zur östlichen Höhe. Eine Militärpatrouille galoppierte vorüber. Die Soldaten sahen prächtig aus in ihren blauen Uniformen mit den weißen Federbüschen. Der Offizier salutierte Chaka.

»Was bedrückt dich sonst noch?« fragte Raney. Er drehte sich im Sattel um und sah den Reitern hinterher.

»Ich weiß es nicht. Ich glaube, daß Flojian nicht alles erzählt.«

Raneys Augen blieben an ihr haften. »Ich kann mir nicht vorstellen, was er verschweigen sollte«, sagte er geduldig.

»Ich auch nicht. Es ist nur ... ich verstehe das alles einfach nicht.«

»Sieh mal, die Wahrheit ist wahrscheinlich ganz einfach. Er fühlte sich schuldig, weil er der einzige Überlebende seiner Expedition war. Das würde jedem so gehen. Also vermachte er dir seinen wertvollsten Besitz. Es ist ein Angebot, ein Akt der Buße. Er versuchte, sein Gewissen zu beruhigen. Ich glaube nicht, daß daran irgend etwas Geheimnisvolles ist.«

»Und warum hat er damit bis nach seinem Tod gewartet?«

»Wie meinst du das?«

»Wenn er sein Gewissen beruhigen wollte, warum hat er es dann nicht getan, solange er noch am Leben war?«

»Ganz einfach, Chaka. Er wollte das Buch nicht hergeben. Also hat er dich zur Erbin gemacht. Auf diese Weise schlug er zwei Fliegen mit einer Klappe. Er kann dir gegenüber großzügig sein, und es kostet ihn überhaupt nichts. Wir wissen, daß er seinen Sohn nicht mochte, und mit seiner Vorgehensweise setzt er zugleich auch in dieser Richtung ein Zeichen.«

Die Unterhaltung schweifte zu anderen, profaneren Themen ab. Einer der Senatoren war in einen Steuerskandal verwickelt. Die Geschäfte in Raneys Laden gingen immer besser. Eine von Chakas Freundinnen hatte ein Priesterstudium angefangen.

Sie ritten durch Baffles Paß, wo die ausladenden Äste der Bäume ineinander gewachsen waren und einen fast einhundert Yards langen grünen Tunnel bildeten. »Ich kann einfach nicht verstehen«, sagte sie, »daß Karik niemandem davon erzählt haben soll. Überhaupt *niemandem*.«

Als Arin einsah, daß sein Rettungsversuch hoffnungslos war, ließ er das Pferd los und schwamm zum Ufer. Wir dachten, er würde es schaffen, doch jedesmal, wenn er dem Ufer nahe kam, trieb ihn die Strömung wieder ab.

Chakas Verstand weigerte sich, das Bild deutlich zu sehen: Arin, der ungeschickte Schwimmer, kämpfte mutig gegen die reißende Strömung.

Später wußte Chaka nicht mehr genau, an welchem Punkt ihrer Überlegungen sie den Entschluß gefaßt hatte, in Flojians Villa einzubrechen. In jener Nacht ging sie mit einem Bild vom Nordflügel der Villa vor Augen zu Bett. Ihr Magen schmerzte, und der Schlaf wollte sich nicht einstellen. Ihre Gedanken wanderten von den Geheimnissen des Fährunternehmers hin zu den Konsequenzen, falls sie ertappt werden würden. Sie überlegte, wie es wäre, den Rest ihres Lebens darüber zu rätseln, warum Karik Endine seine Entdeckung geheimgehalten hatte. Die technische Durchführung eines Einbruchs schien nicht allzu schwierig. Wahrscheinlich waren die Türen und Fenster im Erdgeschoß zugesperrt. Chaka erinnerte sich an einen Baum, dessen Äste an den Nordflügel heranreichten. Wahrscheinlich konnte man den Baum erklimmen und von dort aus auf das Dach. Vom Dach aus kam man über den Hof oder die umlaufende Balustrade sicher irgendwie ins Haus. Fast hätte sie schon beim Heimritt mit Raney über ihre Idee geredet. Vielleicht hätte er sich freiwillig zur Verfügung gestellt. Doch sie wußte, daß er das niemals tun und statt dessen versuchen würde, ihr den Gedanken auszureden. Falls sie nicht nachgegeben hätte, wäre er ärgerlich geworden. Und falls doch, hätte sie zumindest in seiner Achtung verloren.

Flojian war nicht in der Stadt. Blieb also nur Toko. Der Diener schlief sicher im Dienstbotentrakt.

Sie hatte sich noch nicht zu einem konkreten Entschluß durchgerungen, doch sie arbeitete in Gedanken bereits an den Details. Wo würde sie Piper zurücklassen, wie würde sie sich dem Anwesen nähern, was konnte schiefgehen, wie würde sie sich Zutritt verschaffen, und bewachten Hunde das Haus? (Sie konnte sich nicht erinnern, Hunde gesehen oder gehört zu haben.) Und während sie warm und sicher in ihrem großen Bett lag, wurde ihr nach und nach bewußt, daß es kein wirkliches Hindernis gab. Und daß sie es ihrem Bruder schuldig war.

Sie dachte daran, wie einfach alles sein würde, und ihr Herz klopfte schneller.

Als Silas mit Chaka darüber gescherzt hatte, in Kariks Villa einzubrechen, hatte er zwar den Wunsch geäußert, daß es geschehen möge, doch er hatte sich gleichzeitig gewünscht, es nicht *selbst* tun zu müssen. Nicht, daß er ein Feigling gewesen wäre. Seine Schulter schmerzte noch heute von einer Kugel, die ihn während seiner Zeit beim Militär erwischt hatte. Er war während der sechs Monate dauernden Seuche als einer der wenigen nicht geflohen, sondern hatte den Priestern geholfen, sich um die Opfer zu kümmern. Und einmal hatte er, mit nichts als einem Stock bewaffnet, einen Puma vertrieben.

Silas war auch nicht zimperlich, wenn es um die Übertretung oder Beugung eines Gesetzes ging, das ihm in den Weg geriet. Wie er seinen Studenten immer wieder predigte: Gesetze waren Gesetze, und Ethik war Ethik. Trotzdem schreckte ihn das mit einem Einbruch verbundene Risiko. Wie würde es aussehen, wenn ein Gelehrter, der Ethik unterrichtete, dabei überrascht wurde, wie er in das Haus eines Freundes einbrach?

Er lächelte noch bei dem Gedanken, als er den Vorlesungsraum betrat, um ein abendliches Seminar abzuhalten.

Das Imperium war keine akademische Institution im traditionellen Sinn. Die Studenten waren im allgemeinen privilegiert und begabt, und sie nahmen aktiv an den immerwährenden Bestrebungen teil, das menschliche Wissen zu mehren. Oder es wiederzuentdecken, denn es war nur allzu offensichtlich, daß eine ganze Menge davon verlorengegangen war.

Die Fragen, die sich wie selbstverständlich aus der unleugbaren Existenz der Ruinen ergaben, dominierten das gesamte Denken der Illyrer. Wer waren ihre Erbauer? Welche Gesetze und welche Regierungsformen hatten ihre Gesellschaft zusammengehalten? Welche Ziele hatten sie verfolgt? Wie groß war ihr Territorium?

Die jungen Männer kamen, wenn ihre eigenen Verpflichtungen dies zuließen, und sie diskutierten mit den Gelehrten über Philosophie oder Geometrie, die zufällig gerade anwesend waren. Ihr Antrieb hieß Stolz oder

Neugierde, sie waren hoch motiviert, und sie wollten die Straßenbauer verstehen. Das war ein sehr wichtiges Ziel, weil etwas viel Bedeutsameres als nur Technologie verlorengegangen war. Die Große Seuche hatte ohne Unterschied getötet und ganze Landstriche entvölkert. Und mit der Bevölkerung war die treibende Kraft verschwunden, die für die gewaltigen Straßen und die scheinbar den Himmel berührenden Bauwerke verantwortlich war. Außerhalb der Mauern des Imperiums galt das gesellschaftliche Streben einzig der Erhaltung der politischen Stabilität und des wirtschaftlichen Status quo und in kaum wahrnehmbarem Maß dem Fortschritt.

Die Anstrengungen des Imperiums wurden aus Steuern finanziert, aus Spenden reicher Eltern und zunehmend auch von denen, die in ihrer Jugend selbst Schüler oder Studenten gewesen waren und noch heute regelmäßig kamen, um sich an Diskussionen zu beteiligen. Die Themen reichten von der Himmelsmechanik über die Existenz der Götter bis hin zu der komplizierten Beziehung zwischen Durchmesser und Umfang eines Kreises. (Eine Gruppe von Skeptikern benutzte die letztgenannte Tatsache als Argument für ihre Theorie, daß das gesamte Universum schlecht durchdacht und irrational sei.)

Die neun Gelehrten, die am Imperium unterrichteten, waren nicht nur wegen ihres Wissens, sondern auch wegen ihrer Fähigkeit zur Inspiration anderer ausgewählt worden. Sie waren ebensosehr Lehrer wie Entertainer, und sie waren darüber hinaus die besten Entertainer ganz Illyriens. Silas war stolz auf seine Arbeit und betrachtete sich selbst – nicht zu Unrecht – als einen der führenden Bürger der Stadt.

Er war sich durchaus der Tatsache bewußt, daß die Person Silas Glote zwei Seiten besaß: die eine war scheu und unsicher und haßte den Besuch von Massenveranstaltungen, wo man von ihr erwartete, daß sie sich mit Fremden unterhielt, und die andere war durchaus imstande, Menschen, die sie niemals zuvor gesehen hatte, mit Witz und Weisheit zu überwältigen. Tatsächlich schien diese Tendenz zu einer gespaltenen Persönlichkeit in gewissem Maß für sämtliche neun Lehrer zu gelten. Bent Capa zum Beispiel nuschelte beim Essen nur unverständlich vor sich hin, doch wenn er in einem der Höfe vortrug, demonstrierte er eine geradezu verblüffende Redegewandtheit.

In den Seminaren wurden zwar Themen vorgegeben, doch eine Diskussion konnte jeden nur denkbaren Verlauf nehmen, wenn sie erst in Gang war. Es gab keinen offiziellen Lehrplan, und die Philosophie der Institution sah mehr Sinn in der fruchtbaren Auseinandersetzung mit weisen Lehrern, als in der Vermittlung eines statischen Wissens. Und wenn man das Interesse der Zuhörer bedachte, dann konnte dieses System gar nicht versagen.

Der Tod Karik Endines hatte in zahlreichen Seminaren Diskussionen ausgelöst, insbesondere im Hinblick auf Haven und die Legende von Abraham Polk. Die Bibliothekare berichteten, daß beide Kopien der Reisen seitdem in ständiger Benutzung waren. Polk wurde zum Thema Nummer Eins: Hatte er tatsächlich existiert? Oder war er nur ein Mythos? Und falls er gelebt hatte – hatte er sich wirklich zum Ziel gesetzt, das Wissen der Straßenbauer zu retten?

Silas schwankte in dieser Sache zwischen mehreren Überlegungen. Selbstverständlich wollte er gerne an die Geschichte von einem Abenteurer glauben, der am Abgrund einer sterbenden Welt gelebt und mit einer kleinen Gruppe ergebener Begleiter einen verzweifelten Feldzug gestartet hatte, um die Erinnerung an seine Welt für den Tag aufzubewahren, an dem die Zivilisation zurückkehrte. Es war ein wunderbarer Gedanke.

Und es war *möglich.*

Selbstverständlich durfte man nicht alles wörtlich nehmen. Ganz sicher hatte es beispielsweise niemals eine *Quebec* gegeben, dieses geheimnisvolle Schiff, das weder Segel noch Ruder besessen hatte und imstande gewesen war, in die Tiefen des Meeres hinabzutauchen. Genausowenig wie den unterseeischen Eingang zu Haven, der, wollte man der Legende glauben, nur mit Hilfe des

Tauchschiffs benutzbar war. Auch konnte Polk unmöglich so viele Menschen gerettet haben, wie man ihm nachsagte.

Vielleicht *hatte* Polk existiert. Vielleicht hatte *irgend jemand* versucht, *irgend etwas* in Sicherheit zu bringen. Und dann war die Geschichte immer weiter aufgebauscht worden. Und in diesem Sinn mochte es durchaus irgendwo ein Haven geben.

Am Tag nach seiner Unterhaltung mit Quait kam eine Besucherin, eine Priesterin aus dem Tempel, und nahm zwischen den Teilnehmern an Silas' Seminar Platz. Neun andere waren noch gekommen, alles junge Männer. Das angekündigte Thema lautete: »Können Menschen den göttlichen Willen erkennen?«

Frauen war die Teilnahme an den Seminaren des Imperiums zwar nicht ausdrücklich verboten, doch sie wurde seitens der Obrigkeit auch nicht gern gesehen. Die Begründung lautete, daß die Platzverhältnisse beengt wären und die intellektuelle Entwicklung der Jungen von größter Bedeutung sei, weil aus ihnen eines Tages die Führer der Liga hervorgehen würden. Trotzdem kamen von Zeit zu Zeit Frauen in die Seminare, und sie waren herzlich willkommen, wenn sie besondere Kenntnisse beisteuern konnten oder ein berufliches Interesse an den Vorgängen hatten.

Silas nahm sich ein paar Minuten, in denen sich jeder der Teilnehmer den anderen vorstellte. Nur die Priesterin war ihm völlig unbekannt.

»Mein Name ist Avila Kap«, sagte sie. »Ich repräsentiere niemanden und bin einzig und allein gekommen, weil ich das Thema faszinierend finde.« Sie lächelte entwaffnend.

Avila war um die Dreißig. Sie trug die grüne Robe ihres Berufsstandes, hatte die Kapuze in den Nacken gelegt, eine weiße Schärpe über der rechten Schulter und eine weiße Schnur um den Leib geschlungen. Die Farben der Ersten Weihe. Ihr Haar war schwarz und kurz geschnitten. Sie blickte mit dunklen, intelligenten Augen um sich, in denen es spöttisch funkelte – als wollten sie den Ruf des Imperiums als eine vernunftbasierte Institution in Frage stellen. Silas fand, daß ihr gutes Aussehen durch die Robe eher noch betont wurde.

Er verkündete die Regeln für die anschließende Diskussion.

»Um den Nachmittag nicht mit belanglosen Fragen zu vergeuden, gehen wir bei unserer Diskussion bewußt davon aus, daß göttliche Wesen existieren und sich für die Angelegenheiten der Menschen interessieren. Damit lautet die Frage: Haben sie je versucht, mit uns zu kommunizieren? Und wenn ja: Woran erkennen wir eine göttliche Offenbarung?«

Kaymon Rezdik, ein Händler mittleren Alters, der die Seminare in unregelmäßigen Abständen besuchte, solange Silas sich zurückerinnern konnte, hob die Hand. »Wenn man bedenkt, daß wir die Chayla haben«, sagte er, »dann muß ich gestehen, daß ich überrascht bin, daß diese Diskussion überhaupt stattfindet.«

»Unsinn«, widersprach Telchik, ein gelegentlicher Besucher aus Argon. Die meisten der Anwesenden nickten zustimmend. Telchik war ein gutaussehender Jüngling mit braunen Haaren und blauen Augen. »Falls die Chayla das Werk der Götter ist, dann sprechen sie zumindest mit vielen Zungen zu uns.«

Wie es schien, waren von allen zu diesem Seminar erschienenen Schülern nur Kaymon und die Priesterin streng gläubig. Die anderen waren – der gegenwärtigen Mode der gebildeten Klasse entsprechend – Skeptiker, die entweder meinten, daß überhaupt keine Götter existierten, oder falls doch, sie keine Anstrengungen scheuten, um der menschlichen Rasse aus dem Weg zu gehen. (Die Ansicht, daß die Götter Überlebende aus dem Zeitalter der Straßenbauer sein könnten, hatte im Verlauf der letzten Dekade an Popularität verloren. An jenem Abend war jedenfalls keiner ihrer Anhänger erschienen.)

»Welche Charakteristik würde man denn von einem Kommunikationsversuch erwarten«, fragte Silas, »bevor man ihn für göttlichen Ursprungs erklärt?«

Kaymon schien verwirrt. »Die offizielle Sanktion des

Tempels natürlich«, sagte er und warf einen hoffnungsvollen Blick zu Avila.

»Ich denke, in diesem Fall sind *Sie* der Tempel«, entgegnete die Priesterin.

»Ganz genau«, sagte Silas. »Falls Sie eine Nachricht erhalten, die von einem übernatürlichen Wesen zu stammen scheint – wie kämen *Sie* in diesem Fall zu einem Urteil?«

Kaymons Blicke gingen hilfesuchend nach rechts und links.

»Es gibt keine Möglichkeit, ein sicheres Urteil zu fällen«, sagte Telchik. »Es sei denn, man ist an Ort und Stelle, wenn es passiert. Und selbst dann ...«

»Selbst dann«, unterbrach ihn Orvon, der Sohn eines Advokaten, »sehen wir vielleicht nur das, was wir zu sehen wünschen.«

»Dann dürfen wir also mit einiger Sicherheit darauf schließen, daß wir keine Möglichkeit besitzen herauszufinden, ob eine Botschaft von den Göttern kommt oder nicht«, schloß Telchik.

Einige der Diskussionsteilnehmer musterten Avila mit unbehaglichen Blicken, um zu sehen, wie sie den Angriff gegen die gesamte Priesterschaft aufnahm. Doch sie schwieg und beobachtete schweigend den weiteren Verlauf der Diskussion. Um ihre Mundwinkel spielte ein schwaches Lächeln.

»Und was sagen Sie zu all dem?« erkundigte sich Silas bei ihr.

»Sie mögen recht haben«, erwiderte Avila sachlich. »Auch wenn wir voraussetzen, daß Shanta existiert, können wir nicht sicher wissen, ob sie sich um die Geschicke der Menschen kümmert. Vielleicht leben wir in einer Welt, die ihre Existenz dem bloßen Zufall verdankt, und in der alles vergänglich ist. In der überhaupt nichts eine Rolle spielt.« Ihre Augen waren sehr dunkel geworden. »Ich sage nicht, daß ich das glaube, doch es *ist* unbestreitbar eine Möglichkeit. Eine Möglichkeit, die jedoch außerhalb des Rahmens unserer Diskussion liegt. Ich würde sagen, daß die Götter uns Menschen als ziemlich schwierige Subjekte für eine wie auch immer geartete Form der Kommunikation betrachten.«

»Wie meinen Sie das?« erkundigte sich Orvon.

Avila legte die Handflächen gegeneinander. »Orvon, dürfte ich erfahren, wo du lebst?«

»Drei Meilen außerhalb der Stadt«, antwortete er. »Auf der Anhöhe über der Flußstraße.«

»Gut.« Sie wirkte erfreut. »Eine schöne Gegend, wirklich. Nehmen wir einmal an, heute abend, wenn du auf dem Heimweg bist, käme die Göttin höchstpersönlich hinter ein paar Bäumen hervor und wünscht dir einen schönen Tag. Wie würdest du reagieren?«

»Er würde vor Schreck die Sprache verlieren«, lachte Telchik.

»Vermutlich wäre ich ein wenig nervös, ja.«

»Und wenn die Göttin dir eine Botschaft übergibt, die du uns bringen sollst?«

»Dann würde ich ganz sicher gehorchen.«

Avila nickte und hob den Blick zu den anderen. »Und wie würden *wir* auf Orvons Behauptung reagieren?«

»Niemand würde ihm glauben«, sagte Selenico, der jüngste der Teilnehmer.

»Und was«, gab Silas zu bedenken, »wenn die Göttin statt dessen Avila einen schönen Tag wünscht? Würden wir *ihr* Glauben schenken?«

»Nein«, antwortete Orvon. »Ich denke nicht.«

»Warum nicht?« fragte Avila.

»Weil Sie nicht objektiv sind.«

»Nein«, widersprach Silas. »Nicht, weil sie nicht *objektiv* ist, sondern weil sie sich für ihre Religion *entschieden* hat. Das ist ein Unterschied.«

»In der Tat«, platzte Telchik heraus. »Shanta täte besser daran, *mir* ihre Botschaft zu verkünden.«

»Ja«, sagte Avila und strahlte ihn an. »Wenn *Telchik* mit einer solchen Botschaft zu uns käme, würden wir ihm vielleicht immer noch nicht glauben, aber wir wüßten zumindest alle, daß etwas sehr Merkwürdiges geschehen sein muß.«

Sigmon war ein junger Mann, dessen Interesse in

erster Linie den Wissenschaften galt. Er schlug vor, daß eine Gottheit, die den Menschen etwas zu sagen wünschte, notwendigerweise einen Ungläubigen als Boten auswählen müßte, um jeden Verdacht zu ersticken. »Außerdem würde sie wahrscheinlich einen starken Auftritt veranstalten, anstatt einfach nur zu sagen, macht dies und jenes.«

»Wie meinen Sie das?« fragte Kaymon.

Sigmon legte die Stirn in Falten. »Nun«, sagte er, »wäre ich ein Gott und wollte ich den Illyrern mitteilen, daß Haven tatsächlich existiert ...«

Sämtliche Köpfe drehten sich in seine Richtung.

»... dann könnte ich mir keinen besseren Weg dazu vorstellen, als Karik Endine mit einer Kopie des *Yankee aus Connecticut* auftauchen zu lassen.«

Der Mond ging gegen Mitternacht unter. Viel später, in den frühen Morgenstunden, stieg Chaka aus dem Bett, in dem sie gelegen hatte, ohne Schlaf zu finden, und in ihre Kleider. Sie zog eine dunkelblaue Reithose und ein schwarzes Hemd an. Sie besaß keine dunkle Jacke und begnügte sich deswegen mit einem leichten braunen Mantel, der sie mehr behinderte, als ihr lieb war. (Die Temperaturen waren nicht so, daß man ohne warme Kleidung durch die Nacht reiten konnte.) Sie schlüpfte in ein Paar weiche Schuhe, befestigte eine Lampe an ihrem Gürtel und ging in ihre Werkstatt, wo sie ein paar dünne Schnitzklingen einsteckte.

Kurze Zeit später stand sie im Schatten von Flojians Villa und lauschte den Pferden, die unruhig im Stall schnaubten. Ein steifer Nordwind raschelte in den Bäumen. Die Nacht war wolkenverhangen und finster, und das einzige Licht leuchtete vom Wasser her und bewegte sich langsam flußabwärts.

Die Villa lag dunkel. Der Baum auf der Nordseite war höher, als Chaka ihn in Erinnerung hatte, und die Äste dünner. Doch Chaka hatte Glück. Vor dem Versuch, den Baum zu erklimmen, umrundete sie das Haus und probierte Türen und Fenster. Der Riegel eines Fensterladens auf der Rückseite war nicht richtig eingerastet, und es gelang ihr, ihn zu lösen. Sie öffnete das Fenster, schob die Vorhänge auseinander und spähte in die Dunkelheit dahinter.

Nichts Verdächtiges rührte sich, also hob sie ein Bein über das Sims und kletterte in das Zimmer. Dies war das erste Mal in ihrem Erwachsenenleben, daß sie unverhohlen die Eigentumsrechte eines anderen verletzt hatte, und sie überlegte sich schon jetzt eine Geschichte für den Fall, daß sie ertappt wurde.

Zuviel Alkohol. Ich wußte gleich, daß dies hier nicht mein Haus sein kann.

Oder: *Ich bin vom Pferd gefallen. Habe mir den Kopf gestoßen. Seither erinnere ich mich an nichts mehr. Wo bin ich?*

Sie befand sich in dem Raum, in dem sie Silas zum ersten Mal begegnet war. Zur Linken ging es in den kleinen Salon, in dem Flojian ihr von der Erbschaft erzählt hatte. Und zur Linken befand sich auch der Nordflügel. Karik Endines einsames Reich. Die Vorhänge waren alle zugezogen, es war stockdunkel. Chaka wartete, bis ihre Augen sich an die Dunkelheit gewöhnt hatten und sie die Tische und Stühle erkennen konnte, dann setzte sie sich vorsichtig in Bewegung und schlich zur nächsten Tür. Auch der Raum dahinter lag in tiefer Finsternis. Sie trat ein und schloß hinter sich leise die Tür.

Sie stieß gegen einen Stuhl, tastete sich um einen Serviertisch herum und brachte einen Kerzenhalter zum Umkippen. Er fiel mit einem entsetzlichen Poltern zu Boden, und Chaka erstarrte zur Bewegungslosigkeit.

Doch der Lärm hatte anscheinend keine Aufmerksamkeit erregt. Chaka stellte den Kerzenhalter wieder hin und ging durch die nächste Tür in ein großes Wohnzimmer. Durch die Fenster fiel ein wenig Licht. Das war Kariks Reich. Chaka blickte nach draußen und überzeugte sich, daß niemand vor dem Haus war, dann nahm sie ein Streichholz und zündete die Kerze in ihrer Lampe an.

Der Raum war von seinem männlichen Bewohner geprägt. Handgezeichnete Karten lagen zwischen Trinkbechern ausgebreitet auf den schweren, dunklen Eichenmöbeln und verbreiteten eine ernsthafte Atmosphäre. (Die Karten zeigten politische Einflußgebiete während der verschiedenen Epochen in der Geschichte des Mississippi-Tals.) Auf einem Tisch stand ein Schachspiel mit kunstvoll verzierten Figuren. Das Spiel war in vollem Gang.

Breite teppichbedeckte Stufen führten in das Obergeschoß. Das Erdgeschoß umfaßte drei Räume. Chaka öffnete Schränke, inspizierte Schubladen und blickte in Kämmerchen. Hier war jedoch gründlich ausgeräumt worden. Kleidung, Schuhe, Toilettenartikel – alles war verschwunden. Kein leeres Glas und kein Stück Papier erinnerte daran, daß noch wenige Tage zuvor jemand hier gelebt hatte.

Sie wollte gerade nach oben gehen, als sie ein Quietschen vernahm. Die Scharniere der Tür, die zum Nordflügel führte. Chaka löschte ihre Kerze und schlüpfte hastig hinter einen Vorhang. Gerade rechtzeitig, denn die Tür öffnete sich, und jemand leuchtete mit einer Lampe ins Zimmer.

»Ist da wer?« Tokos Stimme.

Chakas Herz schlug so heftig, daß sie glaubte, es müsse im ganzen Haus zu hören sein.

Der alte Diener betrat das Zimmer und hob die Lampe. Chaka hielt den Atem an. Die Schatten wanderten und schwankten, während Toko durch das Zimmer ging und in sämtliche Ecken leuchtete.

Dann zog er sich offensichtlich befriedigt wieder zurück und schloß hinter sich die Tür. Seine Schritte verklangen. Chaka wartete zur Sicherheit noch ein paar Minuten. Als sie überzeugt war, daß Toko nicht mehr zurückkommen würde, schlich sie auf Zehenspitzen die Treppe hinauf.

Im Obergeschoß gab es zwei Zimmer: einen Schlafraum und einen Arbeitsraum. Das Bett im Schlafraum war gemacht. Auch hier fand sich kein Hinweis auf den früheren Bewohner. Der Arbeitsraum war langgestreckt, L-förmig und besaß große Fenster. Die Vorhänge waren zurückgezogen und boten einen schönen Ausblick über den Fluß. Ein Schrank war mit Gläsern und Pokalen gefüllt. Die Fenster gingen auf eine Balustrade hinaus, auf der mehrere Stühle um einen runden Tisch standen. Man hätte glauben können, der frühere Bewohner sei ein geselliger Gastgeber gewesen.

Drinnen standen zwei Polsterstühle, ein ausladender Arbeitstisch mit mehreren Schubladen, ein Schreibtisch, zwei Schränke, ein paar leere Regale und eine Truhe.

Die Truhe war verschlossen.

Die Schubladen des Arbeitstisches waren leer, mit Ausnahme von zwei Blättern Papier. Im Schreibtisch fand Chaka ein paar Stifte, Tinte und ein leeres Notizbuch. In einem der Schränke entdeckte sie einen Pullover, den man in der Eile, mit der alles ausgeräumt worden war, wahrscheinlich übersehen hatte, und einen Revolver, der unverwechselbar aus der Werkstatt des gleichen Büchsenmachers stammte, der auch sämtliche Waffen von Chakas Familie angefertigt hatte. *Merkwürdig,* dachte sie, *daß wir vergessen haben, wie man Bücher druckt. Aber wie man Schußwaffen macht, das wissen wir noch.*

Sie kniete sich vor die Truhe.

Das Schloß war geeignet, neugierige Kinder fernzuhalten, aber kein Hindernis für Diebe. Chaka zog die schmalere ihrer beiden Klingen aus der Tasche und schob sie in das Schlüsselloch. Kurz darauf gab der Verriegelungsmechanismus nach, und sie hob den Deckel.

Darinnen lag eine Rolle in Ölhaut eingeschlagen. Sie maß vielleicht sechzehn Zoll in der Breite und einen Fuß im Durchmesser. Chaka nahm die Rolle aus der Truhe, stellte sie im Lichtschein der Lampe ab und öffnete die Schnüre, mit denen sie zusammengehalten war.

Die Rolle enthielt eine Skizze, die Chaka augenblicklich als eine Arbeit ihres Bruders erkannte. Sie war auf den 25. Juli datiert und damit jünger als alle anderen.

Eine Felswand erhob sich aus einem schäumenden

Meer, und in dem wolkenverhangenen Himmel schien die Sichel des Mondes. Es war eine von Arins besseren Skizzen, wenngleich die Zeichnung selbst nichts Außergewöhnliches zeigte.

Absolut nichts Außergewöhnliches. Bis Chakas Blick auf den Titel fiel, der am üblichen Platz unter der Signatur ihres Bruders stand.

Haven.

Kapitel 4

In einem Zeitalter, in dem Wind und Muskelkraft die einzigen Antriebsquellen bildeten, war der Mississippi bestenfalls ein unzuverlässiger Partner. Fracht nach Norden mußte auf Flachbooten transportiert werden, die von Pferden gezogen wurden. Um die Sache komplizierter zu machen, war der Fluß unregelmäßig und unwegsam. Er hatte viele Bauten der Städte verschluckt, die sich in alter Zeit an seine Ufer geschmiegt hatten, und sie nur teilweise verdaut. Die Überreste bildeten gefährliche Hindernisse für die Schiffahrt. Es gab sieben große eingestürzte Brücken, von denen die drei in Argon, in Fernstraße auf dem Arkansaw und in Masandik weiter unten im Süden jedem Schiff den Weg versperrten, das größer war als ein Kanu. Dieser Umstand hatte Illyrien zu einem Verkehrsknotenpunkt innerhalb der Liga gemacht und zugleich zu ihrem Machtzentrum. Und daraus wiederum hatten sich für Flojian Endine weitrechende geschäftliche Möglichkeiten ergeben.

Seine Zugtiere wurden auf zwei Gehöften in der Nähe von Cantonfile gezüchtet. Er plante bereits seit einiger Zeit, die Anzahl der Pferde in den Ställen zu erhöhen, und Zusammenkünfte mit Geschäftspartnern in Masandik brachten ihn zu der Überzeugung, daß der Frachtverkehr die Investition lohnend machen könnte. Bei seiner Rückkehr nach Illyrien traf er sich am Dock mit seinem Pferdewart, um eine Strategie zu entwickeln. Nachdem die Unterhaltung zu Ende war, die den ganzen Morgen gedauert hatte, lehnte Flojian sich mit einer Tasse Kaffee zurück. Er war mit sich und der Welt zufrieden. Die Geschäfte konnten nicht besser laufen, und seine finanzielle Unabhängigkeit war gesichert. Die Zukunft sah einfach rosig aus. Ein neues Leben hatte angefangen, jetzt, nachdem sein Vater nicht mehr lebte. Die düstere Erscheinung war endlich aus seinem Haus verschwunden.

Nur der Schatten des ruinierten Namens war geblieben.

Was hatte der alte Mann dort draußen gemacht?

Na ja, egal. Vielleicht würden die Spekulationen jetzt endlich aufhören. Es wurde Zeit, daß die Menschen ihre Toten begruben und die Sache auf sich beruhen ließen. Doch das war unwahrscheinlich. Das verdammte Buch war aufgetaucht, als wäre Karik entschlossen gewesen, alles wieder aufzurühren. Als Flojian entdeckt hatte, was sein Vater der Welt vorenthalten hatte, war er versucht gewesen, es zu verbrennen. Doch dann hatte er es nicht über sich gebracht, den letzten Willen seines Vaters zu ignorieren, obwohl er den alten Mann dafür haßte.

Plötzlich wurde ihm bewußt, daß Chaka Milana in der Tür stand. Ihre Augen glitzerten ihn feindselig an.

»Hallo Chaka«, sagte er mit gespannter Vorsicht. »Stimmt etwas nicht?«

Sie hielt eine Rolle in der Hand, die in Ölhaut eingeschlagen war. »Ich muß mich bei Ihnen entschuldigen.« Ihre Stimme klang tonlos.

»Wofür?« Er stand auf und kam um den Schreibtisch herum. »Bitte treten Sie doch ein.«

Sie hielt ihm das Paket hin. Er erkannte es, und sein Mut sank.

»Ich war gestern nacht in Ihrem Haus.«

Eine Woge aus Emotionen schlug über ihm zusammen. »Ich verstehe. Und jetzt macht Ihnen Ihr Gewissen Schwierigkeiten?«

Chaka deutete mit einer Kopfbewegung auf die Ölhaut. »Ich wäre Ihnen dankbar, wenn Sie mir das hier erklären könnten.«

Flojian machte keine Anstalten, die Rolle zu nehmen. »Sie wissen also, was darin ist.«

»Selbstverständlich weiß ich das.«

»Verraten Sie mir, was das zu bedeuten hat?«

Flojian hätte die Frage zu gerne an seinen Vater weitergereicht. »Nichts. Ein falscher Alarm. Was sonst könnte es sein? Sie dachten, sie hätten Haven gefunden, doch sie waren im Irrtum. Weiter nichts.«

»Schon wieder etwas, über das niemand geredet hat. Warum nicht?«

»Warum *ich* nicht darüber geredet habe? Was bringt Sie auf den Gedanken, ich hätte etwas davon gewußt? Mein Vater hat nicht viel von mir gehalten, Chaka. Ich war der letzte, dem er sich anvertraut hätte. Ich hatte keine Ahnung von der Existenz der Zeichnung, bis wir am Tag nach der Zeremonie aufräumten. Ich vermute, er hat sie nicht publik gemacht, weil sie genau diese Art von Reaktionen hervorgerufen hätte.«

Chakas Miene verhärtete sich. Flojian haßte Konfrontationen. Er zog es vor, wenn alle ihn mochten. Sein geschäftlicher Erfolg beruhte zum großen Teil darauf, daß die Menschen ihm wissentlich Dinge anvertrauten und andere gern für ihn arbeiteten.

»Ich schätze, Sie waren zumindest *mir* die Wahrheit schuldig.«

»Was *ist* die Wahrheit, Chaka? Hat er *vielleicht* gefunden, wonach er suchte? Oder hat Ihr Bruder einen voreiligen Schluß gezogen? Sie wissen genausogut wie ich, daß zumindest eine der Zeichnungen reine Phantasie ist. Oder haben sie den *Drachen* vergessen? Wer weiß schon, was die Wahrheit ist?

Mein Vater hat sein ganzes Leben damit verbracht, zuerst zu beweisen, daß Haven kein Märchen ist, und dann nach diesem Ort zu suchen. Er träumte von Haven, kämpfte darum und verlor darüber seinen Ruf. Glauben Sie allen Ernstes, er hätte Haven gefunden und angesichts aller gegen ihn erhobenen Anschuldigungen versäumt, gegenüber irgend jemandem etwas darüber zu erwähnen? Ergibt das vielleicht irgendeinen Sinn?«

Chaka blieb unbeeindruckt. »Nein«, sagte sie. »Genausowenig wie sein Versäumnis, den *Yankee aus Connecticut* gegenüber irgend jemandem zu erwähnen. Dahinter steckt *Methode*.«

»Was denn für eine Methode? Chaka, er kann das Buch überall gefunden haben.«

Sie starrte ihn lange an. »Als er mir erzählte, wie mein Bruder starb, da meinte er, sie wären vielleicht sorglos geworden, weil sie glaubten, *fast* am Ziel zu sein. Und jetzt scheint es, daß Arin noch am Leben war, als sie das Ziel erreicht hatten!«

»Chaka, das ist doch alles nur geraten!« Flojian öffnete die Rolle, nahm die Zeichnung heraus und betrachtete sie. *Fünfundzwanzigster Juli.*

»Es ist das letzte Bild in der Reihe«, sagte Chaka.

Flojian seufzte. »Es tut mir leid, daß noch immer so viele Fragen unbeantwortet bleiben. Aber verstehen Sie denn nicht, warum ich nichts davon erzählt habe? Ich hätte das Bild vernichten sollen. Ich wußte von Anfang an, daß es die alte Geschichte wieder aufrühren würde.« Er schob die Zeichnung in ihre Hülle zurück und streckte sie Chaka hin. »Behalten Sie es, wenn Sie wollen.«

Sie starrte ihn an. »Und das ist alles?«

Flojians Ärger war verflogen. Er war die Sache einfach leid und wollte nichts mehr damit zu tun haben. »Chaka, was wollen sie denn noch? Sie wissen jetzt genausoviel wie ich. Verraten Sie mir, was ich für Sie tun kann, und ich will es versuchen.«

Ihre Augen wurden feucht. »Helfen Sie mir herauszufinden, was wirklich geschah.«

»Und wie sollen wir das Ihrer Meinung nach anstellen?« Flojian lehnte sich gegen die Schreibtischkante. »Chaka, ist Ihnen eigentlich klar, was geschieht, wenn wir das hier publik machen? Der Ruf meines Vaters wird neuen Schaden erleiden, und vielleicht hat er es sogar verdient. Trotzdem weiß ich nicht, was bei dieser Sache sonst noch herauskommen soll.«

»Ich will nichts als die Wahrheit«, sagte sie. »Und mir ist völlig egal, ob irgend jemandes Ruf dabei in Mitleidenschaft gezogen wird.« Sie schob die Ölhaut in die Tasche und wollte zur Tür.

»Sicher«, knurrte er. »Übrigens, falls Ihnen weitere nächtliche Besuche vorschweben: Seien Sie bitte vorsichtig. Ich würde keinen Augenblick zögern, auf einen Einbrecher zu schießen.«

»Ich wünschte, wir könnten uns sicher sein.« Silas stützte den Kopf auf die Ellbogen und betrachtete die dreizehnte Zeichnung im Kerzenlicht. »Aber Flojian hat recht: Möglicherweise hat Arin einen voreiligen Schluß gezogen. Oder es war ein Mißverständnis. Sie glaubten, sie wären angekommen, aber sie hatten sich geirrt. Vielleicht gibt es eine ganz einfache Erklärung für alles.«

Chaka schüttelte den Kopf. »Warum hätte Arin das tun sollen? Er war schließlich nur dabei, weil er die Expedition in Bildern festhalten sollte.«

Eine der Zeichnungen, das *Flußtal*, hing an einer Wand in Flojians Villa. Die anderen waren in der Reihenfolge ihrer Datierung auf Silas' Arbeitstisch ausgebreitet.

Datum	Titel	Beschreibung
11. März	*Grenze*	Die Expedition zieht über eine der alten Straßen. Im Hintergrund Wälder und der Fluß
4. April	*Gedenkstein*	Ein Schild auf einem verrosteten Pfahl: *Dixie Waffen- & Oldtimermuseum*
6. April	*Der Drache*	Leuchtende Augen über einer düsteren Waldlandschaft
7. April	*Die Stadt*	Türme in einer nebelverhangenen Landschaft
13. Mai	*Das Schiff*	Das Skelett eines eisernen Schiffs liegt

		auf der Seite in einem trockengelaufenen Kanal
16. Mai	*Nyagara*	Shola Kobai sieht auf einen atemberaubenden Wasserfall hinunter
22. Mai	*Pfadfinder*	Karik auf seinem Pferd liest in einer Schriftrolle
29. Mai	*Ruinen*	Random und Mira sitzen auf einem Betonklotz und blicken auf mondlichtbeschienene Ruinen, die sich bis zum Horizont erstrecken
13. Juni	*Flußfurt*	Die Expedition durchquert einen Fluß
30. Juni	*Aussichtspunkt*	Landon Shay und Tori Niss blicken auf eine vor ihnen liegende Bergkette
2. Juli	*Sonnenuntergang*	Eine Brücke der Straßenbauer vor der untergehenden Sonne
25. Juli	*Haven*	Granitfelsen über dem Meer

Silas betrachtete die *Grenze.* »Ich kenne diese Stelle«, sagte er.

»Ich auch. Sie liegt flußaufwärts, ein wenig südlich von Argon. Es ist die Stelle, wo der Ohio in den Mississippi mündet.«

Silas' bescheidenes Haus stand in dem kleinen Verwaltungsviertel in der Nähe des Imperiums. Leichter Regen tröpfelte gegen die Scheiben. Chaka starrte hinaus auf die gewundene Kiesstraße, die bei ihrem Eintreffen noch voller Menschen gewesen war und jetzt verlassen dalag. Die Dämmerung war hereingebrochen, und ein Sturm zog auf.

Silas zog die Lampe näher an die Zeichnung, die mit *Die Stadt* unterschrieben war. »Sie haben nicht zufällig Showron gelesen?« erkundigte er sich.

»Ich habe noch nie von ihm gehört.«

»Showron Voyager. Er war ein Baranji-Gelehrter. Man erzählt sich, er sei gegen Ende seines Lebens in Haven gewesen. Er hat über die Gelehrten und Wächter geschrieben, die noch immer dort leben, Generationen nach der Zeit, in der Polk zu seiner Oktoberpatrouille aufgebrochen war. Eigentlich beschreibt er seine gesamte Reise.« Silas tauchte einen Stift in sein Tintenfaß und fing an zu schreiben. Ab und zu hielt er inne und starrte auf die Wand. Als er fertig war, betrachtete er kritisch das Resultat, änderte ein Wort und reichte schließlich Chaka das Blatt.

Wir flohen vor den Dämonentürmen
Und erreichten am Ende Mamara
Mit seinen ruhelosen Geistern.

»Dämonentürme und ruhelose Geister«, sagte er lächelnd. »Klingt geheimnisvoll, nicht wahr?«

Er trommelte mit den Fingern auf die Tischplatte. »Die Dämonen mögen vielleicht nur eingebildet sein«, sagte er geringschätzig. Er blickte auf die Zeichnung. »Aber diese Türme könnten genau das sein, wovon Showron in seinem Werk geschrieben hat.«

»Das ist alles viel zu vage«, erwiderte Chaka.

»Vielleicht auch nicht.« Silas zog eine eigene Zeichnung hervor. »Diese hier stammt aus einer Baranji-Ausgabe der Reisen.« Die Baranji hatten für kurze Zeit im Mississippi-Tal gesiedelt, bevor die modernen Städte zu Macht und Einfluß gelangt waren. »Das Original befindet sich in Makar.«

Die Zeichnung zeigte eine Felswand, an der seitlich eine Plattform mit einer Rampe angebracht war. Auf der Rampe befand sich ein merkwürdiger, geschoßförmiger Gegenstand. Daneben standen zwei menschliche Gestalten, die sich offensichtlich unterhielten. Die Szene schien sich hoch über dem Erdboden zu ereignen.

»Was ist das?« fragte Chaka.

»Das dort ist ein Fahrzeug. Ich bin kein guter Zeichner, deswegen ist es nicht leicht zu erkennen. Im Original ist das Fahrzeug auf eine Art dargestellt, die Bewegung vermittelt. Aber sehen Sie, *hier*.«

Sie erkannte nicht, worauf Silas hinauswollte, bis er die dreizehnte Zeichnung, *Haven*, vor ihre Nase schob. Eine leichte Wölbung hier. Ein schmales Sims dort. Vertikale Linien im Fels. *Es sah aus, als wäre es genau die gleiche Felswand.* »Sie haben es tatsächlich gefunden«, sagte sie schließlich.

»Vielleicht. Aber vielleicht hat Arin dieses Bild hier gesehen und malte es nach. Möglicherweise war es ihm nicht bewußt. Oder es ist alles nur ein Zufall. Was auch immer, wie können wir herausfinden, wo sie gewesen sind?«

Er plapperte die Worte aus, ohne gleich zu bemerken, was er Chaka da vorschlug, und dann sahen sich beide unbehaglich über den Tisch hinweg an.

Chaka hatte eigentlich nicht beabsichtigt, irgend jemandem von ihrer Tat zu berichten, am allerwenigsten Raney. Doch irgendwie konnte sie der Versuchung nicht widerstehen. Nachdem sie in ihrem Haus gemeinsam zu Abend gegessen hatten, erzählte sie ihm die Geschichte. Er reagierte, wie sie es vorhergesehen hatte: er setzte ein ernstes Gesicht auf und fragte sie, ob sie den Verstand verloren hätte. »Weißt du eigentlich, was passiert wäre, wenn man dich geschnappt hätte?«

»Ich schätze, man hätte mir in den Hintern getreten und mich gewarnt, ja nicht wiederzukommen.«

»Günstigstenfalls. Es hätte auch schlimmer werden können.« Manchmal redete er mit ihr, als wären sie verheiratet. Illyrien war eine Gesellschaft im Umbruch. Unter den Imperatoren war sie puritanisch gewesen. Die Herrscher waren Verfechter der Unantastbarkeit der Familie und der Ehre der Frauen gewesen, während sie selbst Harems unterhalten hatten. Der Sturz der Autokratie und das Aufkommen republikanischer Prinzipien hatten ein neues Gefühl von Freiheit erwachen lassen. Die alten Institutionen und Machtzentren waren davongeschwemmt worden, und mit ihnen, meinten wenigstens einige, die Schicklichkeit und allgemeine Höflichkeit untereinander, die für eine Zivilisation wesentlich sind. In den Straßen ging es rauher zu, in den Basaren wurde gedrängelt und gestoßen, man ging freizügiger und offener mit Sexualität um, es gab mehr verlassene Kinder und mehr Verstöße gegen den guten Geschmack. Zahlreiche Stimmen riefen laut nach einer neuen imperialen Herrschaft. Und beinahe jeder war der Meinung, daß es mit Illyrien abwärts ging.

Chakas Alter und das Fehlen einer kontrollierenden männlichen Hand in ihrem Haushalt ließen sie in den Augen der älteren Familien, die das Gleichgewicht politischer und ökonomischer Macht im Staat aufrechterhielten, automatisch suspekt erscheinen. Was ein Grund dafür war, daß Raney sich nicht nur als Freier, sondern auch als Retter betrachtete. Er war nicht subtil genug, um seine Sicht der Dinge zu verheimlichen, was Chaka im Lauf der Zeit zunehmend wütender machte, obwohl sie den Grund dafür nicht nennen konnte. Sie mochte Raney trotzdem, und sie genoß es, ihre Zeit mit ihm zu verbringen.

»Raney«, erwiderte sie, »begreifst du nicht, was ich dir sage? Es sieht ganz danach aus, als hätte die Expedition Haven gefunden!«

»Na und? Chaka, wen kümmert das? Die Sache ist vorbei!« Er war wütend, weil sie sich in Gefahr begeben hatte, erleichtert, weil sie unentdeckt geblieben war, und frustriert, weil sie immer noch dieser verrückten Sache nachhing. »Das ist neun Jahre her! Es sei denn, Endine hat eine Karte hinterlassen. Hat er vielleicht eine Karte hinterlassen?«

»Nein.«

»Irgendwelche Anweisungen, wie er diesen Ort gefunden hat?«

»Nicht, daß ich wüßte.«

»Dann solltest du deinen Mark Twain nehmen, dankbar dafür sein und die Sache vergessen.«

Sie waren ins Wohnzimmer gegangen. Raney stand am Kamin. Er hatte die Daumen in den Gürtel gehakt. Sein Gesicht befand sich im Schatten. Chaka saß gelassen in ihrem Schaukelstuhl in der Nähe des Fensters. »Willst du dir die dreizehnte Zeichnung nicht wenigstens ansehen?«

»Sicher.« Sein Tonfall wurde weicher. »Ich will nur nicht, daß du in fremder Leute Häuser einbrichst. Ich hätte nie geglaubt, daß du zu so etwas fähig sein könntest. Und du hast mir nicht ein Wort davon gesagt!« Raney schloß die Augen und schüttelte als Ausdruck seiner Bestürzung den Kopf. »Wenn du das nächste Mal mitten in der Nacht in ein anderes Haus einbrechen mußt, dann versuch's wenigstens in meinem.«

Der Wind fuhr in die Fensterläden. Draußen in der Scheune schnaubte ein Pferd. Chaka lächelte freundlich, zog die Zeichnung hervor und zeigte sie Raney. Er zuckte die Schultern.

»Es ist nur eine Felswand, weiter nichts. Ich schätze, wir könnten ein halbes Dutzend derartiger Wände finden, wenn wir danach suchen.«

Sie starrte resigniert aus dem Fenster.

Er kam zu ihr und setzte sich neben sie. »Es tut mir leid. Ich weiß, daß diese Geschichte mit Endine dir zu schaffen macht. Ich wünschte, ich könnte etwas tun, damit die Sache endlich ein für alle Mal erledigt ist.«

»Vielleicht kannst du das tatsächlich«, sagte sie.

Er starrte sie an, und das Schweigen zwischen ihnen zog sich in die Länge. »Brauchst du Hilfe bei einem weiteren Einbruch?« fragte er schließlich.

»Ich überlege, ob es eine Möglichkeit gibt, den Weg der ersten Expedition zurückzuverfolgen. Ich denke, es ist möglich. Und falls es möglich ist, würdest du mit mir kommen?«

»Meinst du das im Ernst? Das ist unmöglich. Wir beide wissen das.«

»Ich wäre mir nicht so sicher.«

»Wie denn, Chaka? Entweder, wir wissen, wo es liegt, oder wir wissen es nicht.«

»*Würdest* du mitkommen?«

Er grinste unbehaglich. »Finde einen Weg, wie wir nach Haven kommen«, sagte er, »und ich bin dabei.«

Kapitel 5

Die Bürger der Liga waren im großen und ganzen alles andere als abenteuerlustig. Sie liebten ihr Zuhause im Flußtal, das von endlosen Wäldern umgeben war (in denen sich gelegentlich Tuk-Banden herumtrieben, auf deren gutes Benehmen man nicht unbedingt vertrauen durfte), und sie lebten in einer Welt, deren monumentale Ruinen eine ständige Mahnung bedeuteten. Wenn es überhaupt eine allgemeine Lebensphilosophie gab, dann die, vorsichtig zu sein. *Sicherheit zuerst. Bring das Boot nicht zum Kentern. Bleib in Deckung. Nimm lieber zwei Anker, und sieh genau hin, bevor du springst.*

Nur wenige waren weiter als ein paar hundert Meilen über die bevölkerten Gegenden hinaus nach Norden vorgedrungen. In erster Linie waren das Jäger oder Abenteurer auf der Suche nach Artefakten der Straßenbauer (die in gut erhaltenem Zustand hervorragende Preise erzielten) oder solche, die Handel mit den Tuks betrieben.

Jon Shannon ging allen drei Formen der Beschäftigung nach – je nachdem, worauf er gerade Lust verspürte. Der erzielbare Profit war stets fair, wenn er auch nicht an das Einkommen seiner Brüder heranreichte, die zusammen mit dem Vater eine Überlandhandelsgesellschaft betrieben. Aber Shannon war frei. Er genoß die Einsamkeit und empfand Freude bei seiner Arbeit.

Obwohl die Einsamkeit nach und nach zu verschwinden drohte.

Mit der Liga und dem damit verbundenen Frieden und allgemeinen Wohlstand hatte sich die Welt verändert. Das große Waldgebiet, das einst seine Hütte umgeben hatte, wich mehr und mehr Bauernhöfen und neuen Häusern. In den letzten sieben Jahren war er zweimal weitergezogen und nach Nordosten ausgewichen, nur, um jedesmal aufs neue von der Flut der Siedlungen eingeholt zu werden, die sich von Illyrien her ausbreitete.

Shannon war schon immer ein Einzelgänger gewesen. Er fand keinen Geschmack an den Freuden und dem Ehrgeiz des städtischen Lebens. Seine erste Frau war bei der Geburt ihres Kindes gestorben und hatte das Baby mitgenommen, die zweite hatte sich bemüht, einen anderen Menschen aus ihm zu machen, und nach einer Weile aufgegeben. Sie hatte sich gelangweilt und ihn schließlich verlassen.

Auf seine eigene Art und Weise hatte er beide geliebt. Doch jetzt fühlte er sich ausgelaugt, und wenn er auch in der weiten grünen Einsamkeit nicht mehr so glücklich war wie früher, so war er wenigstens zufrieden. Es war ein ruhiges, sicheres Leben, und mehr durfte ein Mann nicht erwarten.

Bald würde er wieder weiterziehen müssen, und diese Tatsache zwang ihn, sich mit seinem bisherigen Leben auseinanderzusetzen, das ihm ziellos und wurzellos erschien.

Aber Ziellosigkeit ist nicht notwendigerweise eine schlechte Sache.

Er würde erneut zurückweichen, doch noch war ein wenig Zeit. Vielleicht konnte er ein weiteres Jahr hier verbringen. Das würde er nutzen, um seine zukünftige Umgebung zu erforschen. Fünfundzwanzig Meilen nördlich hatte er eine Stelle gefunden, die ihm zusagte. Auf einem Hügel gelegen – wo sonst? –, mit ein paar Bächen in der Nähe und reichlich Wild. Wenn er allerdings bedachte, wie rasch sich die Grenze nach draußen verschob, dann war er nicht sicher, ob fünfundzwanzig Meilen weit genug waren. Andererseits würde selbst diese geringe Entfernung die Kommunikation mit seinen Kunden erschweren. Und genau darin lag das Problem. Wenn er weiter hinaus und nichts als ungestörte Wildnis ringsum wollte, zu einem Ort, an dem er wenigstens für einige Jahre ungestört bleiben würde, dann mußte er einige Dinge in seinem jetzigen Leben ändern. Vielleicht sollte er das wirklich. Schließlich brauchte er kein Geld. Warum sollte er sich weiter als Führer an die zahllosen Expeditionen und Ausflügler verdingen, wenn er sowieso keine Freude dabei empfand, Zeit mit diesen Menschen zu verbringen? Seine Schulter schmerzte noch immer von der Kugel, die er einem seiner idiotischen Kunden verdankte, weil er ihn für einen Hirschen gehalten hatte.

Hufschlag näherte sich.

Shannon sah ein Pferd aus dem Wald galoppieren. Er erkannte die rothaarige Gestalt darauf sofort, obwohl es einige Augenblicke dauerte, bis ihm der Name wieder einfiel. *Chaka Milana*. Tarbuls Tochter. Sie war erwachsen geworden.

Er begrüßte sie draußen. »Lange her«, sagte er.

Sie war eine gutaussehende Frau, selbst nach einem anstrengenden Ritt. (Bis nach Illyrien waren es zwei Tagesritte.) Die roten Haare, die Chaka als Kind so gehaßt hatte, standen ihr ganz ausgezeichnet. Sie besaß die Augen eines Jägers und einen melancholischen Ausdruck, der einen Mann ganz schnell in den Bann ziehen konnte. Sie hatte nicht mehr viel Ähnlichkeit mit dem kleinen Mädchen, das er zum letzten Mal an der Seite seines Vaters auf der Jagd nach Gänsen gesehen hatte.

»Hallo Jon.« Chaka zügelte ihr Pferd und stieg in einer geschmeidig gleitenden Bewegung ab. »Erinnern Sie sich noch an mich?«

»Selbstverständlich, Chaka«, erwiderte er. Sie trug engsitzende Hosen und eine dunkelblaue Leinenbluse mit einer Wolljacke darüber. »Schön, Sie zu sehen.«

Chaka nickte. »Gleichfalls.«

Er half ihr, das Pferd zu versorgen, und führte sie in seine Hütte. Er hatte ein paar neue Regale gezimmert, und das Innere der Hütte roch nach frisch geschnittenem Holz und Harz. »Ich setze uns einen Tee auf«, sagte er. »Wollen Sie sich inzwischen ein wenig frisch machen?«

Sie nickte. Er pumpte ihr eine Schale voll Wasser und erhitzte es. Sie zog sich in ein Nachbarzimmer zurück. Er lauschte, wie sie mit dem Wasser planschte, und genoß das Geräusch. Sie kam in frischen Kleidern heraus, und sie setzten sich zu Tee, warmem Brot und gedörrtem Fleisch an einen Tisch aus Korbgeflecht.

»Sie waren nicht leicht zu finden, Jon«, sagte sie.
»Wie haben sie mich gefunden?«
»Erinnern Sie sich, was sie Vater immer gesagt haben? *Über den Horizont und dann noch zwei Meilen. Sucht nach einem Hügel.«*
Er lachte.
Sie hob ihren Becher an die Lippen und blickte ihn über den Rand hinweg an. »Sie sehen gut aus«, sagte sie. »Jon, haben Sie jemals von Haven gehört?«
»Sicher. Ein Märchen, nicht wahr?«
Chaka Milana hatte schon immer etwas Verschmitztes an sich gehabt, ein schlaues Grinsen und schelmische Gesichtszüge, die von ihren verblüffend leuchtend roten Haaren noch unterstützt wurden. *Zieh immer eine Mütze über*, hatte er ihr damals gesagt, *sonst verscheuchst du das Wild*. Ihm wurde bewußt, daß alles noch immer da war, aber nun vervollständigt durch die Selbstsicherheit der erwachsenen Frau. Er bemerkte überrascht, daß Chaka keinen Ring trug.
»Vielleicht ist es mehr als nur das«, erwiderte sie. Jon wußte selbstverständlich von Karik Endines Expedition, trotzdem lauschte er interessiert ihrem Bericht über das, was sich seither ereignet hatte. Sie öffnete eine Stofftasche und zeigte ihm die Skizzen. »Meiner Meinung nach besteht durchaus die Möglichkeit«, schloß sie, »daß irgendwo dort draußen ein Ort namens Haven existiert.«
Shannon trug eine Strickjacke und ausgebeulte Hosen voller Grasflecken. Auf dem Boden in der Nähe der Tür stand ein Paar Stiefel. Er war knapp über Vierzig, besaß schwarzes Haar, einen gestutzten Bart und dunkle Haut, die von Sonne und Wind gegerbt war. Seine Gesichtszüge waren zu stumpf, um Shannon als gutaussehend bezeichnen zu können. Trotzdem wußte er, daß er freundlich genug wirkte, um den meisten Menschen die Befangenheit zu nehmen. »Mir scheint, Ihre Hinweise sind mehr als dünn«, sagte er, als Chaka fertig war.
Sie nickte und blickte auf die abgetragene Uniform und die Farben der Miliz an der Wand. Draußen war es kühl und feucht geworden, und in einer Ecke des Raums

knisterte ein behagliches Feuer. »Erkennen Sie einige dieser Orte?« fragte sie.

Er deutete auf die erste Skizze. »*Grenze*. Und ich weiß, wo das Schild Dixie *Waffenmuseum* steht. Aber das ist auch schon alles.«

»Und das hier? Haben Sie es noch nie gesehen?« Sie deutete mit einer Kopfbewegung auf die Stadt im Nebelmeer hinunter.

»Nein. Allerdings habe ich gehört, wie die Tuks über den Drachen redeten.«

»Ernsthaft?«

»Ja«, sagte er. »Aber Sie wissen ja selbst, wie die Tuks sind.« Er wandte sich der dreizehnten Skizze zu. »Sieht aus wie eine ganz gewöhnliche Felswand.«

»In der eine Festung versteckt sein soll. Ein Zufluchtsort. Ein Platz, den niemand finden kann.«

»Wo soll das sein?«

»Das wissen wir nicht.«

Er zuckte die Schultern. »Sie wollen danach suchen, stimmt's?«

»Ich denke darüber nach.«

»Und wie wollen Sie diesen Ort finden?« Er deutete mit dem Finger auf die mit *Grenze* untertitelte Skizze. »Das hier ist oben am Ohio, wo er sich mit dem Mississippi trifft. Ein paar Meilen östlich von Argon. Das Dixie *Waffen- & Oldtimermuseum* liegt ein Stück weiter im Norden. Und danach ...?« Er holte tief Luft und atmete hörbar aus. »Mein Rat lautet: Vergessen Sie's.«

»Wenn Sie eine Expedition wie diese führen müßten, Jon ...«

»Das würde ich nicht. Wen sollte ich führen? Wo und wohin?«

»Aber gesetzt den Fall, Sie täten es, und Sie erwarteten auch, nach Hause zurückzukehren – wie würden Sie das bewerkstelligen?«

Shannon blickte Chaka an, als hätte er nicht richtig gehört. »Das ist ganz einfach«, sagte er schließlich. »Wir würden auf dem gleichen Weg zurückkehren, auf dem wir gekommen sind.«

»Und zwar unter Ihrer Führung. Weil sonst niemand imstande wäre, zurückzufinden.«

»Sicher. Warum nicht?«

»Das wäre ziemlich gefährlich, nicht wahr? Was, wenn ein Unglück geschieht und Sie sterben? Wie sollen die anderen allein nach Hause finden?«

Shannon sah durch das Fenster nach draußen. Im Westen zuckten Blitze über den Himmel. »Nun«, sagte er und verschränkte die Arme. »Ich würde den Weg markieren.« Langsam wurde ihm bewußt, in welche Richtung die Unterhaltung ging.

Chaka blickte ihn erfreut an und streckte die Daumen in die Höhe. »Welche Art von Markierung? Könnte sie neun oder zehn Jahre überdauern?«

Shannon dachte nach. »Wer war bei ihnen? Wissen Sie das?«

»Sie meinen, wer der Führer war? Landon Shay. Kannten Sie ihn?«

»Ich habe ein paarmal mit ihm geredet. Wir arbeiteten nie zusammen.« Er erinnerte sich, daß Shay auf einer Expedition gestorben war.

»Also? Welche Art von Markierungen?«

»Bäume vielleicht«, sagte er.

»Wie?«

»Man schnitzt einfach ein paar Kerben hinein. Wahrscheinlich haben sie die alten Straßen genommen. Wenn ich mir die Zeichnungen ansehe, dann haben sie genau das getan.« Die Straßen, selbst die größten von ihnen, waren längst überwuchert. Der Asphalt war im Verlauf der Jahrhunderte unter Erde und Vegetation versunken. Für ihre Vorfahren, die Gründer der Siedlung, aus der schließlich Illyrien hervorgegangen war, hatten die breiten Schneisen, die sich über Hügelkuppen, durch Wälder und über Flüsse hinzogen, etwas Geheimnisvolles gehabt, etwas, das mit übernatürlichen Kräften in Verbindung stand. Die aufgeklärten Illyrer wußten es besser – oder glaubten es zumindest manchmal.

Die Straßen bestanden aus einem Betonfundament, das mit Asphalt überzogen war. Sie waren hart wie Fels.

Die Technik hatte für dauerhafte Straßen gesorgt, doch selbst mit einer Schicht Erde darüber waren sie für Pferde und andere Tiere noch unkomfortabel. Ganz besonders an den Stellen, wo der Boden dünn war oder sogar der Asphalt zutage kam.

In anderer Hinsicht waren sie für Reisende sehr bequem. Sie boten schnurgerade Passagen durch die Wildnis. Es gab weder größere Steigungen noch Sackgassen, vielleicht mit Ausnahme der einen oder anderen eingestürzten Brücke.

»Also? Was würden sie tun?« fragte Chaka. »Wo sollen wir nach Markierungen suchen? Wir können schließlich nicht jeden Baum am Straßenrand inspizieren.«

»Ich sage Ihnen, wie *ich* es machen würde. Immer dann, wenn wir die Richtung ändern, würde ich eine Markierung anbringen. Wenn sich die Straße verzweigt. Oder wenn ich denke, jemand könnte in Versuchung geraten, den richtigen Weg zu verlassen. Und in regelmäßigen Abständen dazwischen auch noch, um zu bestätigen, daß es noch immer der richtige Weg ist.«

»Meinen Sie, Shay hat das genauso gemacht?«

»Ich denke, er war dazu verpflichtet. Genauso, wie er sicherstellen mußte, daß jeder der anderen wußte, was er tat.«

Chaka schloß die Augen. Als sie sie wieder öffnete, hatte sich der Ausdruck darin verändert. »Was ist mit den Tuks? Bedeuten sie eine Gefahr, und wenn ja, wie groß ist die Bedrohung?«

Shannon zuckte die Schultern. »Die in unserer Gegend sind ganz in Ordnung. Nehmen Sie ein paar Geschenke mit. Die Tuks lieben Waffen, aber ich an Ihrer Stelle würde ihnen keine anbieten. Vielleicht ein paar Schmuckgegenstände. Becher. Becher sind immer gut. Ganz besonders, wenn sie mit Bildern oder Leitsprüchen dekoriert sind. Solche Dinge. Armreifen. Kettchen. Die Tuks werden sich wahrscheinlich bedeckt halten, solange Sie weiterziehen und sich nicht einem ihrer Dörfer nähern. Wenn Sie Tuks entdecken, geben Sie deutlich zu erkennen, daß Sie nur durch ihr Gebiet hindurchziehen.

Halten Sie auf keinen Fall an, um zu lagern. Verstanden? Zeigen Sie keine Furcht, und sagen Sie freundlich Hallo.« Shannon stand auf, ging in die Küche und kehrte mit neuem Tee zurück.

Chaka nickte. »Diese Stadt dort. Sie liegt in einem See oder im Meer. Oder am Ufer eines Meeres. Wissen Sie etwas darüber? Oder über etwas Ähnliches?«

»Im Norden gibt es eine Stadt. Chicago. Und ein großer See befindet sich auch dort. Aber in der Stadt sollen Geister hausen.« Shannon aß nicht viel, weil er kurz vor Chakas Eintreffen eine Mahlzeit zu sich genommen hatte. Er kaute nur höflichkeitshalber auf einem Stück Dörrfleisch. Chaka dagegen war halb verhungert. »Ich war niemals selbst in der Gegend.« Er starrte auf die Zeichnung. »Wenn es dort tatsächlich so aussieht, wären die Menschen davon überzeugt, daß es spukt. Meinen Sie nicht auch?« Ein Scheit sackte im Feuer zusammen, und Funken flogen hoch. »Aber sicher weiß man das nie. Die Ruinen der Straßenbauer sind irgendwie beunruhigend.«

Chaka lächelte. Es war ein warmes, irgendwie zaghaftes Lächeln, und es verriet ihm, daß er erreicht hatte, was er wollte: Sie war verängstigt. »Jon«, sagte sie, »Ich würde diesen Ort gerne finden. Mein Bruder starb dort draußen, und ich glaube, man hat mich über seinen Tod belogen. Ich weiß, daß ich viel von Ihnen erbitte, aber ich wäre Ihnen dankbar, wenn Sie sich die Sache überlegen könnten.«

Sie gehörte zu der Sorte Menschen, denen man nur schwer eine Bitte abschlagen kann, doch er tat es. »Das wäre reine Zeit- und Geldverschwendung«, sagte er. »Vielleicht würden Sie selbst auch sterben. Nehmen Sie meinen Rat an, Chaka: Tun Sie's nicht.«

Sie blickte ihn fest an, und er vermutete insgeheim, daß sie sich fragte, ob es sein letztes Wort gewesen war. »In diesem Fall«, sagte sie schließlich, »frage ich mich, ob ich Sie vielleicht für ein paar Tage mieten kann?«

Seit seiner Unterhaltung mit Chaka verspürte Flojian eine innere Unruhe. Sein Vater hatte den Mark Twain weggegeben, um ihn zu verletzen. Eine Botschaft an den eigenwilligen Sohn: *Ich überlasse diesen ganz außergewöhnlichen Fund lieber einer Person, die ich kaum gekannt habe, als ihn dir zu geben. Ich weiß, daß die bloße Existenz dieses Buches für Unruhe sorgen wird, und du mußt damit fertigwerden. Und nicht nur das: Ich habe dich ausgewählt, um das Buch zu übergeben.*

Verdammter Kerl.

Verdammte Milana. Warum konnte sie das Geschenk nicht einfach dankbar annehmen und damit verschwinden! Alles wäre vorbei gewesen.

Flojian bemühte sich, in seiner Arbeit unterzutauchen, doch er war zu unruhig, um über Fahrpläne und Wartungsprobleme nachzudenken. Am späten Vormittag resignierte er, gab seinem Assistenten Bescheid, daß er den Rest des Tages freinehmen würde, und ritt in die Stadt. Zwei Stunden lang wanderte er lustlos über die Märkte und blieb hier und da stehen, um etwas zu trinken. Als sich schließlich Appetit und Müdigkeit meldeten, ritt er durch die Stadttore hinaus und kehrte in der Wegekreuz-Taverne ein (die gar nicht an einem Wegekreuz lag), um zu Mittag zu essen.

Er war Stammgast und gern gesehener Kunde. Der Wirt wies ihm einen entlegenen Ecktisch zu, wo eine Kerze unruhig in einer verrußten roten Schale flackerte. Ein Kellner brachte kaltes Bier, während Flojian die Tageskarte studierte und sich dann für einen Rindfleischtopf entschied. *Mit einfachen Mahlzeiten kann man nichts falsch machen,* sagte er sich. Es war früher Nachmittag, und die Taverne hatte nur noch eine Handvoll Gäste. Doch Geräusche wandern weit in einem nahezu leeren Raum, und bald ertappte sich Flojian dabei, wie er dem Gespräch zweier junger Männer und einer Frau lauschte, die ein paar Tische weiter saßen.

»... zweite Expedition!« Das waren die Worte, die Flojian hatten hellhörig werden lassen. Der jüngere der beiden Männer hatte sie mit verächtlichem Schnauben ausgestoßen. Er war richtiggehend dickbäuchig, blond, struppig und paßte kaum in seinen Stuhl. »Das ist einfach verrückt!« Er stieß einen fetten Zeigefinger in die Luft. »Sie werden allesamt umkommen!«

Der zweite Mann trug ein purpurnes Hemd mit einer kurzen weißen Krawatte. Er war noch jung, kaum Mitte Zwanzig, und seine ansonsten netten Gesichtszüge wurden von einem merkwürdig zerknirschten Ausdruck überschattet, einer Mischung aus Grausamkeit und Kriechertum. »Und woher wissen sie, welche Richtung sie einschlagen müssen?« erkundigte er sich.

»Ich schätze, sie haben herausgefunden, welche Route der andere genommen hat«, sagte die Frau. Sie war im mittleren Alter, gut gekleidet und hatte anscheinend ein wenig zu tief ins Glas gesehen.

Flojian betrachtete angelegentlich seinen Bierkrug. Er war reich verziert und mit schwarzen Glastränen besetzt. Eine sehr hübsche Arbeit.

Der Zerknirschte schüttelte den Kopf und wandte sich an den Dickbäuchigen. »Der andere ist nicht zurückgekommen, Gammer. Man sollte wirklich meinen, sie hätten daraus gelernt!«

Gammer blickte gelangweilt drein.

»Ich dachte, du wärst der erste, der sich freiwillig meldet, Hok.«

»Ich doch nicht! In meiner Familie gibt es keine Idioten.«

Gammer grinste ein schiefes Grinsen, das durch die nichtssagenden Augen grausam wirkte. »Ich wußte gar nicht, daß du deine Familie kennst.«

Flojian nahm einen tiefen Schluck aus seinem Krug.

»Was ist eigentlich wirklich mit der ersten Expedition geschehen?« fragte die Frau.

»Dieser Typ, der als einziger zurückkam ... ich weiß seinen Namen nicht mehr. Er hat die anderen im Stich gelassen.« Gammer brach ein Stück Brot von einem Laib, tauchte es in seinen Eintopf und schob es sich in den Mund. Während er mit vollem Mund weiterredete, zeigte er mit der Gabel hinter sich. »Sie gerieten in

Schwierigkeiten, und er hat sie im Stich gelassen. Das ist alles. Deswegen hat er nie ein Wort gesagt.«

»Ich glaube, da steckt mehr dahinter«, widersprach Hok. Er leerte seinen Krug und wollte eine weitere Runde spendieren. Die Frau lehnte ab. »Seht mal, dieses Ding, das er mit zurückgebracht hat, dieses Buch ... sie erzählen sich, es wäre einige Säcke voll Gold wert. *Große* Säcke. Ich sage euch, man braucht nicht viel Phantasie, um sich vorzustellen, wie sie in Streit geraten sind. Der Gewinner bekommt alles und so. Dieser Wie-war-noch-gleich-sein-Name ...?«

»Endine«, sagte die Frau.

»Ja. Endine. Er war der Gewinner. Der Bursche, der nach Hause zurückkehrte. Vielleicht hat er die anderen allesamt ermordet.«

Flojian setzte krachend seinen Krug ab. Er sprang auf und starrte die drei an. In der Taverne war es mit einem Mal totenstill.

»Du bist ein Schwätzer.« Er warf eine Silbermünze auf den Tisch. »Karik Endine hätte niemals jemanden im Stich gelassen!«

Hok legte den Kopf schief und grinste Flojian herausfordernd an. Flojian wollte sich gerade auf ihn stürzen, doch der Wirt eilte herbei und schlichtete die Auseinandersetzung.

Die Nachricht erreichte Avila mitten in der Nacht. Sie wurde von einem der Pfleger überbracht. Er kniete mit einem Wachsholz neben ihrem Bett. »Avila, man braucht Sie. Der Junge stirbt.«

Ihr Mut sank.

»Der Vater wartet unten.«

Sie schlug das Bettlaken zurück. »Wecken Sie Sarim.«

»Das wurde bereits erledigt. Er wartet im Altarraum auf Sie.«

Avila wusch sich hastig das Gesicht über einer Schüssel, schlüpfte in ihre Robe, warf die Schärpe über und zog einen dunklen Umhang an, denn die Nacht war kühl. Sie verspürte nicht die geringste Lust auf das, was vor ihr lag.

Sie steckte einen Vorrat *agora* ein, das den Übertritt des Kindes in die nächste Welt erleichtern würde, denn sie wußte, daß es keine Aussicht auf Heilung gab, es sei denn, die Göttin selbst griff ein. Doch die Göttin hatte viele Jahre nicht mehr geholfen. Avila fragte sich, was geschehen war, daß die Göttin sie so vollkommen allein ließ.

Sie wußte, was die *Kiri* ihr antworten würden: *Dein Glaube wird geprüft. Glaube und erfülle deine Pflicht, und alles wird gut*. Aber es wurde nicht alles gut. Längst nicht alles.

Der Vater wartete im Empfangsraum. Er saß mit hängendem Kopf da, und in seinen Augen stand der Schmerz. Er erhob sich, als Avila eintrat, doch er war nicht imstande zu sprechen. Tränen rollten über seine Wangen. Sie half ihm auf die Beine und stützte ihn. »Mentorin«, sagte er, »wir werden ihn verlieren.«

»Er ist jetzt in Shantas Hand«, erwiderte sie. »Was auch geschieht, Shanta wird bei ihm sein.«

Der Mann wischte sich die Tränen ab. Als er sich halbwegs gefangen hatte, nahm sie ihn beim Arm. »Kommen Sie mit mir«, sagte sie leise.

Sie verließen den Raum, stiegen eine Treppe hinunter und gelangten in einen langen Marmorkorridor, der von Laternen erhellt wurde. Wandgemälde zeigten Shanta in ihren zahlreichen Erscheinungsbildern, wie sie Leben schuf, Regen sandte, das Kind Tira vor der Schlange beschützte und in blutgetränkten Kleidern vor den Illyrern erschien, um ihnen mitzuteilen, daß sie an der Seite ihrer Söhne in der Schlacht von Darami gekämpft hatte.

Sie gingen zwischen Doppelsäulen hindurch, die symbolisieren sollten, wie die Göttin die Welt stützte, und betraten den Altarraum.

Der Raum war oval und wurde von einem kleinen schmucklosen Altar beherrscht. Das einzige Licht stammte von einem Kohlenbecken, in dem das Ewige Feuer brannte, welches Havram den Illyrern von der

Göttin persönlich gebracht hatte. *Solange diese Flammen meine Kapelle erhellen, werden sie eurem Geist und euren Körpern Kraft geben.* Sarim, der breite, bärbeißige, fromme Sarim wartete bereits. Er hielt eine frische Fackel, die er Avila reichte.

»Gesegnet sei das Ewige Licht«, sagte sie und gab dem Vater die Fackel in die Hand. Er nahm sie entgegen, und sie half ihm, die Fackel über das Kohlenbecken zu halten, bis sie Feuer gefangen hatte.

Augenblicke später hatten sie den Tempel hinter sich gelassen und eilten durch die Straßen. Die Nacht war stürmisch. Die Fackel in Sarims Pranke flackerte und glühte, und Avilas Umhang zerrte an ihren Schultern. Sarim und der Vater gingen Seite an Seite. Avila folgte ihnen mit wenigen Schritten Abstand und betete inbrünstig.

Göttin, wenn es Dein Wille ist ...

Der Knabe hieß Tully. Er war neun Jahre alt und hatte sich eine Krankheit zugezogen, die seinen Leib mehr und mehr verfallen ließ und auf keine einzige ihrer zahlreichen Medizinen, Breiumschläge und Linderungsmittel reagiert hatte. Avila hatte das Krankheitsbild schon häufiger gesehen: Die grau werdende Haut, der Gewichtsschwund, die schmerzenden Gelenke. Und der nach und nach versiegende Wille zu leben. Normalerweise waren die Opfer ältere Menschen.

Tully war vor gut vier Monaten in den Tempel gekommen. Zuerst war er unwillig und begierig, wieder nach draußen und zu seinen Freunden zu kommen, und er hatte auf keine ihrer Pflegemaßnahmen reagiert. Doch bald schon war die Ungeduld in seinen Augen der Traurigkeit gewichen. Der Junge hatte angefangen, ihr zu vertrauen, und die Krankheit tapfer bekämpft. Doch trotz all ihrer Bemühungen war er bei jedem Besuch schwächer gewesen. Und die Eltern hatten ein geradezu kindliches Vertrauen in Avila, daß ihr fast das Herz brach.

Steh ihm bei in der Stunde seiner Qual.

Tully war ein kluges Kind mit grünen Augen und

voller Lachen gewesen, als Avila ihn zum ersten Mal gesehen hatte. Jetzt war er von der Krankheit aufgezehrt und nicht mehr bei vollem Bewußtsein, und das Fieber raste ungebrochen durch seine Adern. »Helfen Sie ihm, Mentorin«, hatte die Mutter sie immer wieder angefleht.

Tully war nun von oben bis unten in feuchte Tücher eingeschlagen, ein vergeblicher Versuch, das Fieber zurückzudrängen. Seine Augen blickten leer. Er war bereits so gut wie tot.

Avila konnte ihre Tränen nicht zurückhalten.

Shanta, wo bist du?

Sie nahm die Fackel entgegen, die Sarim gehalten hatte, und reichte sie dem Vater. Er ergriff sie voller Verzweiflung und steckte sie in das Kohlenbecken neben dem Bett des Knaben. Die Holzkohle fing zögerlich Feuer.

Von der Vorderseite des Hauses her, wo sich die Verwandten eingefunden hatte, vernahm Avila unterdrückte Schluchzer. Sie ergriff das Handgelenk des Knaben und zählte still den Puls. Er war sehr schwach.

Avila brachte es nicht fertig, den Eltern in die Augen zu sehen. Statt dessen ließ sie den ausgemergelten Arm des Jungen wieder auf das Bettlaken sinken, ohne seine Hand loszulassen, und senkte den Kopf.

Mutter Shanta, ich habe nie um eine Gunst für mich selbst gebeten. Ich weiß, daß Du jetzt bei mir bist, wie Du immer bei mir bist, und das ist mir genug. Ich werde ohne Klagen jedes Schicksal ertragen, das Du für mich beschlossen hast. Aber bitte, bitte rette dieses Kind. Laß es nicht sterben.

Sie mußte mit ansehen, wie die Hoffnung der Eltern schwand, wie die letzten Kräfte des Knaben schwanden und sah zu, wie die Verwandten einer nach dem anderen den Raum betraten und sich von Tully verabschiedeten. Der Wind rüttelte an den Fenstern, und die schwache Flamme im Kohlenbecken flackerte und zischte.

Was auch immer Dein Urteil ...

»Mentorin?«

»Ich weiß es nicht.« Sie ärgerte sich über die Aufdringlichkeit der Verwandten. Warum verlangten sie derart

Unmögliches von ihr, als würde sie selbst über die göttlichen Kräfte gebieten?

In der Stunde nach Mitternacht stellte der ausgemergelte kleine Leib seinen Kampf ein, und sein mühsamer Atem versiegte. Avila schloß dem toten Kind die Augen. »Es tut mir so leid«, sagte sie. Die Mutter drückte den Leichnam an ihre Brust, der Vater lehnte zusammengesunken an der Wand und flüsterte den Namen seines Sohnes, als könne er ihn zurückrufen.

Shanta, ich übergebe den Knaben Tully in Deine Obhut. Er war erst eine Handvoll Jahre in dieser Welt.

Auf dem Weg zurück zum Tempel erkundigte sich Sarim, ob ihr etwas fehle. »Nein, es geht mir gut«, log sie.

Und dann, nach einigen Minuten des Schweigens: »Welch einen Sinn macht eine Göttin, die niemals eingreift oder den Menschen hilft?«

Kapitel 6

Die junge Avila war gerne zusammen mit ihrem Vater das vom Mondlicht beschienene Ufer des Mississippi entlang geritten. Sie hatte immer gehofft, daß sich eines Tages Lyka Mondschein zeigen würde.

Seit langer Zeit hat niemand mehr Lyka gesehen, mein Kind, hatte der Vater ihr erzählt. *Lyka Mondschein ist menschenscheu und zieht es vor zu erscheinen, wenn niemand in der Nähe ist. Aber deine Großmutter hat sie einst gesehen.*

Es hatte Zeiten gegeben, da war Avila fest davon überzeugt, daß sie Lyka ebenfalls gesehen hätte: Ein schneller, irisierender Lichtschein, der über die dunklen Wasser strich und einen leuchtenden Bogen beschrieb, wie ein Lächeln in der Nacht. Doch sie hatte begriffen, daß die Erwachsenen belustigt auf ihre Berichte reagierten, noch während sie vorgaben, erstaunt und fasziniert zu lauschen. In jenen Tagen waren der Himmel und die Wälder voll von göttlichen Mächten gewesen. Stimmen, die zu ihr sprachen, und unsichtbare Hände, die Tag und Nacht über die Welt brachten.

Es war eine Vision, die sie niemals vergessen hatte. Auch nicht, nachdem in der Familie Spannungen aufgekommen waren und sie nach Fernstraße geflohen war, wo sie drei lange Jahre als Tänzerin und Schauspielerin vor den Männern auftrat, die auf dem Fluß und an den Docks arbeiteten.

Ihretwegen trugen die Männer damals blutige Kämpfe aus. Einer, dessen Namen Avila niemals erfahren hatte, ein junger Bursche von nicht einmal zwanzig Jahren, war dabei gestorben.

In jener Nacht hatte sie auf der Straße gekniet, die Arme voller Blut, und zum ersten Mal die Gegenwart der Göttin gespürt.

Nichts war Avila Kap natürlicher erschienen, als im fortgeschrittenen Alter von zweiundzwanzig Jahren dem Orden von *Shanta der Heilerin* beizutreten, und seither hatte sie ihr Leben dem Dienst an der Göttin und ihren Mitmenschen verschrieben.

Es war eine erfüllte Existenz gewesen. Anfangs hatte Avila stets die göttlichen Schritte neben sich gehört, wenn sie des Nachts durch die dunklen Straßen geeilt war, um heimgesuchten Familien zu helfen. Doch mit den Jahren war das Geräusch schwächer geworden, und schließlich war es verklungen wie Stimmen in einem vorbeitreibenden Boot.

In der Nacht, in der Tully starb, war sie in ihre Kammer zurückgekehrt, in die Wärme und den Schutz vor dem kalten Regen draußen, und lag bis zum Einbruch der Dämmerung wach. Sie fühlte nichts in der Dunkelheit. Keine Macht, keinen Geist, der in der Nähe weilte, um die Heilerin zu heilen, keine geflüsterten Versicherungen, daß alles eine Bestimmung hätte.

Avila war allein. *Sie alle waren allein.* Was hatte der junge Mann, den sie Orvon gerufen hatten, in Silas Glotes Seminar gesagt? *Wir sehen vielleicht nur das, was wir sehen wollen.* Sie hatte in ihm den Wunsch zu glauben gespürt, zusammen mit einer schwelenden Wut.

Aber – wenn keine Göttin mit ihr hinaus in die Nacht ging, wie kam es dann, daß ihre Medizinen halfen?

Andererseits – warum halfen sie nicht immer? Selbstverständlich kannte Avila die dogmatische Antwort: Shanta wollte eben nicht immer, daß eine Krankheit geheilt wurde. Wenn aber die ganze Sache von Shantas Willen abhängig war – warum gab Avila sich dann überhaupt mit Medizin und Heiltränken ab?

Während der zwei Wochen, die seit Tullys Tod vergangen waren, hatte Avila Kaps Seele einen dunklen Widerstreit ausgefochten. Sie spürte, wie ihr altes Selbst nach und nach entschlüpfte, und mit ihm alles, woran sie geglaubt und was in ihrem Leben eine Bedeutung gehabt hatte.

Sie wußte inzwischen, daß sie den Orden verlassen würde. Der Entschluß war ihr nicht leicht gefallen. Die Welt draußen stand ehemaligen Priesterinnen feindselig gegenüber. Selbst Bürger, die ihren religiösen Obliegenheiten in der Regel eher wenig Aufmerksamkeit widmeten, schienen einen Drang zu verspüren, ihre moralische Rechtschaffenheit zu beweisen, indem sie diejenigen Diener der Göttin schlecht behandelten, die ihren Posten verlassen hatten. Doch Avila konnte nicht länger so tun, als glaubte sie.

Die eigentliche Aufgabe, die sich jetzt stellte, war ganz einfach: Was konnte den Orden ersetzen und ihrem Leben eine Bedeutung geben? Sie war gebildet und konnte sich ohne Schwierigkeiten einen Lebensunterhalt verdienen, doch sie verspürte nicht die geringste Lust, sich ausschließlich dem Geldverdienen zu widmen.

Zu anderen Zeiten, wenn sie vor schwierigen Entscheidungen gestanden hatte, war sie in die grüne Kapelle gegangen, die ihren Namen den zahlreichen und üppigen Pflanzen verdankte, die an den Wänden und rings um den Altar aufgereiht standen. Dort war ihr noch jedesmal eine Lösung eingefallen. Heute hingegen blieb sie in den Gemeinschaftsräumen oder in ihrer Kammer. Und wenn nächtliche Hilferufe eintrafen, dann ging sie hinaus wie immer und klammerte sich an die Reste ihres schwindenden Glaubens, genau wie die Familien, die sie besuchte, sich an die sterbenden Väter und Ehefrauen und Kinder klammerten.

Silas hatte vier Schreiber angestellt und mit dem Kopieren des *Yankee aus Connecticut* beauftragt. Selbstverständlich arbeitete jeder von ihnen an einer eigenen Ausfertigung. (Die Ästhetik verbot verschiedene Handschriften in demselben Buch.) Später, sobald sie mehrere Kopien besitzen würden, würde er die Arbeiten ausweiten können. Schließlich, so erwartete Silas, würden hundert oder mehr gebundene Kopien von Mark Twains Werk in den fünf Städten zirkulieren.

Es hatte eine kurze Debatte gegeben, ob man die Sprache modernisieren sollte. Silas hatte argumentiert, das Original zu übernehmen, da es noch immer leicht lesbar wäre. Außerdem war er überzeugt, daß niemand eine gerechte Übertragung zustande brächte. Die Kommission hatte sich gewunden, aber schließlich doch nachgegeben.

Sie besaßen originalgetreue Kopien der beiden anderen noch existierenden Fragmente von Mark Twains Werk, von *Leben auf dem Mississippi* und von den *Fakten im Prozeß des Großen Fleischvertrags*. Jetzt, mit dem zusätzlichen und vollständigen *Yankee aus Connecticut*, gab es genug Material, um eine ernsthafte Bewertung der Arbeit des Straßenbauer-Schriftstellers zu versuchen. Silas fragte sich, welche Schlüsse Mark Twain, hätte er neben Silas Glote in Illyrien gestanden, aus den Ruinen seiner eigenen Zivilisation gezogen hätte.

Silas hatte mehr als dreißig Kommentare über zahlreiche Aspekte vorzeitlicher und moderner Literatur, Ethik und Geschichte verfaßt. Nur einer davon, die *Schöne neue Hyperbel*, war je in Buchform gebracht und in die Bibliothek gestellt worden. (Heute, viele Jahre später, war ihm der Titel fast peinlich.) Er versuchte darin zu belegen, daß Huxleys *Schöne neue Welt* in Wirklichkeit ein spekulatives Buch darstellte und nicht etwa eine genaue Beschreibung von Straßenbauertechnologien oder ihrer Ethik. Silas wußte nicht genau, ob er mit seiner Theorie recht hatte, doch er zitterte innerlich angesichts der Möglichkeit, daß eine hochentwickelte Zivilisation wie die der Straßenbauer in eine derartige Horrorgesellschaft ausarten konnte.

Gegenwärtig war er mit der Aufzeichnung seiner Eindrücke über den *Yankee aus Connecticut* beschäftigt. Im gesamten Spektrum der Literatur, über das die Liga verfügte, gab es einfach nichts, das mit Mark Twain vergleichbar gewesen wäre. Am nächsten kamen dem vielleicht noch die ironischen Komödien des Stückeschreibers Caper Tallow aus Argon, doch diese wirkten neben dem feinsinnigen Humor Mark Twains eher drollig.

Silas verfaßte seinen Kommentar mit extremer Sorgfalt, denn er wußte, daß ihm noch viele weitere folgen würden. Und weil er der erste war, würden seine Bemerkungen Aufmerksamkeit erregen: Entweder als ein Beispiel für Verständnis oder für Unangemessenheit. Er spürte, daß dieses eine Dokument ihm auf die eine oder andere Weise einen Ruf einbringen würde, der für die Nachwelt erhalten bliebe.

Er war nun seit fast einem Monat ununterbrochen mit diesem Projekt beschäftigt, und er fühlte sich so sicher, was das Ergebnis anging, daß er einen alten Grundsatz verletzte und einigen der anderen Lehrer von seinen Fortschritten erzählte. Sie zeigten sich beeindruckt, doch wie es eben so ist, war es Mark Twain, dem ihre ganze Anerkennung zuteil wurde.

Noch am gleichen Tag, an dem Silas seine Niederschrift beendete, kam Chaka Milana zu ihm. Er hatte eben seine Schreibutensilien weggelegt und stand im Begriff, zum Essen zu gehen. Sie lächelte ihm triumphierend zu, während sie von ihrem Pferd Piper abstieg. »Ich kann zwar nicht garantieren, daß Haven existiert«, sagte sie, »aber ich glaube, es ist möglich, den Weg zurückzuverfolgen, den Endines Expedition gegangen ist.«

Sie führte ihn zur *Letzten Hoffnung*, einer in der Nähe gelegenen Kneipe. Ein großer, dunkelhäutiger Mann mit dickem schwarzem Haar und einem gestutzten Bart saß an einem Ecktisch. »Silas«, sagte Chaka, »darf ich Ihnen Jon Shannon vorstellen?«

Silas streckte ihm die Hand hin. Shannon setzte seinen Bierkrug ab. »Erfreut, Sie kennenzulernen, Silas«, sagte er.

Chaka rutschte auf die Bank an der Wand, und Silas nahm neben ihr Platz. »Chaka hat mir erzählt, Sie hätten für sie gearbeitet?«

Shannon nickte. »Sie wollte wissen, ob ich die Spur der Endine-Expedition finden könnte.«

Ein Frösteln durchfuhr Silas. »Ich nehme an, Sie hatten Erfolg, sonst würden wir nicht hier sitzen.«

Shannon sah Chaka an. »Ich fand einige Markierungen oben bei der Wildwaldstraße. Sie wissen, wo das ist?«

Silas war nie dort gewesen, doch er wußte, daß sie vielleicht hundertvierzig Meilen nördlich lag, grob parallel zum Ohio verlief und nordöstlich an Argon vorbeiführte. »Ja«, sagte er.

»Wir wissen, daß sie von dort aus loszogen. Ich folgte der Straße für einige Tage bis nach Ephraims Bluff, das ganz am Rand des Liga-Territoriums liegt. Direkt hinter Ephraims Bluff fand ich mehrere Sätze von Markierungen.«

»Welche Art von Markierungen?«

»Drei Schnitte. Drei parallele Striche. Oder Steinhaufen. Drei Steine im Dreieck mit einem vierten oben drauf. Wahrscheinlich benutzten sie auch Kreide oder etwas Ähnliches. Dort oben gibt es Granitfelsen, und ich hätte sie ganz bestimmt mit Kreide markiert, wenn ich die Spur legen müßte.«

»Aber jetzt gibt es keine Kreide mehr?«

»Wie denn, nach all den Jahren?«

»Wie alt sind die Markierungen auf den Bäumen?«

»Kann ich nicht sagen. Mindestens fünf oder sechs Jahre. *Vielleicht* zehn. Verdammt, möglicherweise sind es auch zwanzig.«

Silas sah Chaka an, dann richtete er den Blick wieder auf Shannon. »Das ist alles?«

Shannon runzelte die Stirn. »Wollen Sie etwa noch mehr?«

Ein Kellner kam vorbei, und Silas und Chaka bestellten Bier und Essen für alle.

»Die Wildwaldstraße ist nicht besonders gut erhalten«, berichtete Shannon. »Außer Jägern und Händlern benutzt sie niemand. Höchstens das Militär. Diese Leute kennen ihr Territorium ziemlich gut, also müssen schon besondere Umstände erforderlich machen, daß jemand Markierungen anbringt.« Silas bemerkte, daß der große Mann sein Bier mochte. Shannon trank seinen Krug leer und setzte ihn sanft ab. »Ich gehe jede Wette ein, daß ich die Stelle gefunden habe, wo Endines Expedition die Straße verlassen hat.«

Die Kneipe war gut besucht. Es war Essenszeit, und

der Speisesaal hallte wider vom Lachen der Gäste. Die Luft war erfüllt vom Geruch nach Steak und frischem Bier. An den Wänden flackerten Kerzen.

»Ich kenne Sie kaum, Jon«, sagte Silas. »Ich kann nur hoffen, Sie nehmen das, was ich Ihnen jetzt sage, nicht persönlich.« Er sah Chaka an. »Sie haben ihn angeheuert, damit er sich die Sache ansieht, nicht wahr?«

»Ja«, gestand sie verwirrt.

»Haben Sie ihm eine Pauschale gezahlt, oder sollte er eine Erfolgsprämie erhalten, falls er mit einer positiven Ankunft zurückkehrt?«

Ihre Miene verdüsterte sich. »Jon würde mich nicht belügen. Aber ja, Jon und ich haben eine Pauschale vereinbart.«

Silas nickte. »Gut. Und was schlagen Sie als nächstes vor?«

Sie schien überrascht. »Ich werde die Spur verfolgen«, sagte sie.

»Aufgrund ein paar alter Markierungen an Bäumen«, stellte Silas fest.

»Es ist nur eine Chance, sicher. Aber es ist eine gute Chance.« Ihre Augen funkelten. »Hören Sie, Silas! Irgendwo dort draußen liegt die Wahrheit über den Tod meines Bruders.«

»Ich hasse es, Ihnen das zu sagen, Chaka, aber ... was ändert sich dadurch? Er ist tot. Karik ist tot. Wozu das Ganze?«

Auf der anderen Seite des Raums prosteten sich ein paar Gäste laut zu. Sie feierten einen Geburtstag.

»Ich denke, die Wahrheit ist es wert, oder nicht?« Sie fixierte ihn mit ihren blauen Augen. »Außerdem wartet am Ende des Weges vielleicht Haven.«

Silas blickte von Chaka zu dem dunkelhäutigen Riesen.

»Ich bin sechzig Jahre alt. Ich bin wirklich nicht fit genug, um einem Phantom hinterherzujagen. Ganz besonders keinem, das bereits eine beträchtliche Reihe von Menschenleben gefordert hat.«

Die Enttäuschung auf Chakas Gesicht war unübersehbar. »In Ordnung. Ich dachte, Sie wären der erste, der mit mir kommen würde. Sicher finden sich andere.«

»Das bezweifle ich.«

Shannon betrachtete angestrengt die Decke.

»Wie steht es mit *Ihnen*?« fragte Silas. »Gehen *Sie* mit ihr?«

»Nein«, erwiderte Shannon.

»Warum nicht?«

»Weil mir Haven vollkommen egal ist. Weil ich nicht an seine Existenz glaube. Weil Sie ...«, und damit richtete er seinen Blick auf Chaka, »... und jeder, der mit Ihnen geht, höchstwahrscheinlich versagen und das Leben verlieren wird.«

Silas sah Chaka an. »Ich glaube, was er sagt, ist vernünftig.«

Das Essen kam. Die Menüauswahl in der *Letzten Hoffnung* war beschränkt. Es gab entweder Rindfleisch oder Huhn, je nach Laune des Kochs, dazu Tagesgemüse und Brot. An diesem Tag war dem Koch nach Huhn zumute gewesen, und als Tagesgemüse wurde Kohl gereicht.

»Ich denke, wir sollten alle vernünftig sein«, sagte Silas.

Chaka lehnte sich mit verschränkten Armen zurück und starrte ihn ein paar Sekunden schweigend an. Dann nahm sie ihr Messer und schnitt ein Stück aus der Hühnerbrust. »Haven bedeutet Jon überhaupt nichts«, sagte sie schließlich. »Aber wie steht es mit Ihnen? In zehn Jahren werden Sie siebzig sein. Sie werden auf diesen Tag zurückblicken und wissen, daß Sie eine Chance hatten, das gesamte Werk Mark Twains und wer weiß was sonst noch alles zu finden, und es war Ihnen *egal*? Weil es zu *gefährlich* war?«

Illyrische Frauen, die man in kompromittierenden Situationen vorfand, verloren ihren Ruf, ihre Zukunftsaussichten und häufig auch noch ihren Lebensunterhalt. (Für Männer galten – wie üblich – andere Maßstäbe.)

Kein anständiger Mann würde sich öffentlich mit einer Frau einlassen, die in einen Skandal verwickelt gewesen war. Sie war an ihrer Arbeitsstelle nicht mehr willkommen, ihre Kunden verschwanden, sie konnte damit rechnen, von ihrer Familie vor die Tür gesetzt zu werden.

Die Risiken für unverheiratete Frauen wurden dadurch schlimmer, daß es keine verläßlichen Kontrazeptiva gab. Zahlreiche Salben und Öle sollten die Empfängnis verhüten, doch sie mußten vor einer sexuellen Aktivität angewendet werden, und es war schwierig, ihre Wirksamkeit zu verifizieren. Niemand führte Statistiken, und jeder log, wenn die Sprache auf Sex kam. Für Chaka sah es – wie für die meisten anderen Frauen auch – ganz danach aus, als würden die möglichen Konsequenzen den Spaß bei weitem übertreffen. Und so regierte in Illyrien die Tugend.

Dieser Zustand war in gewisser Hinsicht den Königen und Imperatoren zu verdanken, die der Auffassung gewesen waren, eine stabile Stadtgemeinschaft erfordere eine gefestigte Familientradition. Mit Hilfe einer mächtigen Priesterschaft und einer Reihe von Gesetzen, die die Ehescheidung verboten und die sexuelle Aktivität innerhalb der Ehe beschränkten, hatten sie ihre Ziele durchgesetzt. Wer gegen die Gesetze verstieß, wurde unnachgiebig bestraft, bis hin zum Tod am Marterpfahl, wie es eine Zeitlang unter Aspik III. und Mogan dem Weisen üblich gewesen war.

Im Zeitalter der Republik galten derartige Gesetze und Strafen als barbarisch. Nichtsdestotrotz lebte der Moralkodex fort, aus dem sie entstanden waren. Wenn auch Frauen, die dagegen verstießen, nicht mehr länger an Leib und Leben bedroht waren, so verloren sie doch praktisch alles andere.

Chaka war zwar keine Jungfrau mehr, doch sie überschritt nur selten die Grenze. In letzter Zeit hatte sie überhaupt keinen Sex mehr gehabt. An jenem Abend jedoch, nachdem sie von ihrem frustrierenden Treffen mit Silas Glote und Jon Shannon zurückgekehrt war, mußte sie unbedingt mit Raney sprechen und seine

Gegenwart spüren. Sie würde jeden Trost akzeptieren, den er ihr bieten konnte. Deswegen hatte sie auch Jon Shannons Angebot ausgeschlagen, sie nach Hause zu begleiten. (»Was werden Sie jetzt unternehmen?« hatte Shannon sie gefragt, als sie aufgebrochen war, und sie hatte geantwortet, daß sie der Fährte folgen würde, daß sie genug Freunde hätte, und daß es eine ganze Reihe von Leuten gäbe, die ihr nur zu gern bei der Suche nach Haven helfen würden. Er hatte die Lippen zusammengepreßt und sie noch einmal gewarnt, ihren Plan durchzuführen. »Und wenn Sie wirklich gehen *müssen*«, hatte er gesagt, »dann nehmen Sie wenigstens keine *Fremden* mit. Nehmen Sie niemanden mit, dem Sie nicht Ihr Leben anvertrauen würden. Denn genau darauf wird es ankommen.«)

Raney lebte allein in einem kleinen Bauernhaus außerhalb von Epton Village, gut zwei Meilen nordwestlich der Stadt. Chaka ritt durch das Nordtor hinaus und über den Cumbersak-Weg.

Das Reisen in der näheren Umgebung Illyriens war relativ sicher geworden.

Die Straßen wurden streng bewacht, jetzt, da die Kriege zu Ende waren, und die einstigen Banditen, die früher nach Sonnenuntergang die Herren der Straße gewesen waren, versteckten sich entweder in den Wäldern oder waren tot. Trotzdem führte Chaka stets einen Revolver mit sich, wenn sie in der Nacht durch die Gegend ritt.

Der Mond stand hoch, und es war bereits spät, als sie die Hecke erreichte, die Raneys Fachwerkhaus umgab. Sein Hund Clip schlug an, als sie sich näherte, und Raney tauchte im Eingang auf.

»Mit dir hätte ich heute nacht ganz bestimmt nicht gerechnet«, sagte er. »Und? Wie ist euer Treffen abgelaufen?«

Sie warf ihm die Zügel zu und stieg von ihrem Pferd. »Hätte besser sein können«, sagte sie.

»Glote war also nicht beeindruckt?«

»Das könnte man so sagen.«

Er blickte sie an. »Das tut mir leid.«

Sie zuckte die Schultern. »Du kannst nichts dafür.« Vom Fluß her erhob sich ein kalter Wind.

Sie brachten Piper zum Stall.

»Was haben sie gesagt?«

Chaka erzählte es ihm. Raney nickte hin und wieder und nahm den Sattel von der Decke. »Um ehrlich zu sein«, sagte er schließlich, »fand ich die Geschichte auch ein wenig dünn.«

Sein Gesichtsausdruck war in der Dunkelheit schwer zu deuten. Die Luft roch nach Pferden und Gerste und altem Holz.

»Natürlich ist sie dünn«, fauchte sie. »Meinst du, das wüßte ich nicht selbst? Sie ist nichts weiter als ein Faden. Aber dieser Faden ist wahrscheinlich alles, was wir je haben werden. Aber vielleicht ist er auch alles, was wir zum Erfolg brauchen.«

Raney stellte Piper Wasser hin. »Laß uns nach drinnen gehen«, sagte er.

Sie stapften schweigend über den harten Boden. Es war mit einem Mal, als wäre eine Mauer zwischen ihnen. Raney trug keine Jacke und hätte eigentlich frieren müssen. Er ließ sich trotzdem Zeit, und er hatte die Hände in die Gesäßtaschen geschoben.

Nachdem sie im Haus angekommen waren, füllte er den Teekessel, hängte ihn über die Stange und schwenkte sie über das Feuer. Dann schob er ein weiteres Scheit nach.

»Dolian bemüht sich immer noch darum, daß sie seinen Neffen als Hörer zulassen«, sagte er schließlich in dem Versuch, ein neues Thema anzuschneiden. Er redete eine Weile, und Chaka hörte nur halb hin. Das Wasser kochte, er bereitete den Tee und servierte ihn in zwei großen dampfenden Bechern. »Aus Argon importiert«, sagte er stolz. Er setzte sich zu ihr. »Ich bin froh, daß du zu mir gekommen bist.«

Chaka beschloß, ihren Tee erst abkühlen zu lassen. »Ich denke, Shannon ändert seine Meinung vielleicht noch«, sagte sie.

Raney runzelte die Stirn. »Seine Meinung ändern? Warum? Worüber?«

»Sobald wir bereit sind zu gehen, wird er mit uns kommen.«

Sie hörte seinen Atem. »Chaka, wenn schon Silas nicht glaubt, daß es der Mühe wert ist, dann ist es das auch nicht.« Er blickte sie beiläufig an, als wäre dieser Punkt so offensichtlich, daß sich keinerlei Diskussion darüber ergeben könne.

»Mir ist egal, was Silas davon hält«, beharrte sie mit rauher Stimme. »Ich will wissen, was mit meinem Bruder geschehen ist.«

Sie lauschte seinem Seufzen. Er kostete seinen Tee. »Der Tee ist sehr gut, findest du nicht?«

»Raney«, sagte sie, »ich werde diese Expedition durchführen.«

»Ich wünschte, du würdest es nicht tun.« Er sprach leise, in genau dem Tonfall, den er immer benutzte, wenn er sich um ein respekteinflößendes Auftreten bemühte. Aber seine Augen waren rund und groß und blickten sie verunsichert und sorgenvoll an.

»Du hast deine Meinung nicht geändert, nicht wahr? Du willst nicht mitkommen?«

»Chaka, ich habe nie gesagt, daß ich mit dir kommen würde. Ich sagte, ich würde mitkommen, wenn halbwegs vernünftige Aussichten auf Erfolg bestehen.«

Sie spürte, wie ihr die Röte in die Wangen stieg. »Das ist nicht das, woran ich mich erinnere.«

»Sieh mal«, sagte er. »Wir können nicht einfach in die Wildnis rennen. Wir würden vielleicht niemals zurückfinden.« Er schüttelte langsam den Kopf und legte ihr eine Hand auf die Schulter. Sie fühlte sich steif und kalt an, wie die Hand eines Fremden. »Wir haben doch ein gutes Leben hier.« Seine Stimme wurde weich. »Chaka, ich würde dich gern zur Frau haben ...« Sein Atem ging jetzt unregelmäßig und gehetzt. »Wir haben doch alles, was wir brauchen, um glücklich zu werden.«

Tränen schossen ihr in die Augen, und das machte sie nur noch wütender. Sie wußte genau, wie das gute Leben mit ihm aussehen würde: Eine Familie gründen, die Jahre irgendwie hinter sich bringen und nie wieder allein sein.

Seine Lippen berührten die ihren, und lange Zeit klammerten sie sich aneinander wie Ertrinkende. Sein Herz klopfte gegen das ihre, und seine Hand strich über ihre Wange. Sie reagierte mit einem langen, feuchten Kuß, und dann stieß sie ihn abrupt von sich. »Du wirst mich nie verlieren, Raney, es sei denn, du willst mich nicht mehr. Aber ich werde diese Expedition durchführen.«

Jetzt sah er schon wieder wie ein gekränkter Welpe aus. »Chaka, wie um alles in der Welt soll ich denn *sechs* Monate frei nehmen?«

»Darüber hast du früher nicht ein einziges Wort verloren.«

»Ich hätte nicht gedacht, daß es so weit kommen würde. Wenn ich den Laden verlasse, werden sie mich ganz schnell durch jemand anderen ersetzen. Ich habe berufliche Verpflichtungen, an die ich denken muß. Und wir werden das Geld brauchen, um ein gutes Leben zu führen. Wenn ich jetzt mit dir käme, würde ich alles wegwerfen. Bei dir ist das etwas anderes. Du kannst wiederkommen und da weitermachen, wo du aufgehört hast.«

Sie starrte ihn an. »Vermutlich hast du recht«, sagte sie. Dann stand sie auf und zog ihre Jacke über.

»Was hast du vor?«

»Ich will nach Hause. Ich muß nachdenken.«

»Chaka, ich möchte nicht, daß du wegen dieser Geschichte böse auf mich bist. Ich bitte dich, nimm endlich Vernunft an!«

Sie war auf den Beinen und draußen auf der Veranda, ohne noch auf seine Worte zu hören. Sie ging in den Stall, warf Piper den Sattel über und zog gerade die Riemen fest, als Raney durch die Tür kam. Doch sie schob ihn von sich weg und stieg auf ihr Pferd.

»Chaka . . .«

»Später, Raney« sagte sie. »Laß uns später über alles reden.«

Sie ritt an ihm vorbei und hinaus in die Nacht. Der Wind rauschte in den Bäumen, und Regen hing in der Luft.

Und wenn Sie wirklich gehen müssen, dann nehmen Sie niemanden mit, dem Sie nicht Ihr Leben anvertrauen würden. Denn genau darauf wird es ankommen.

Kapitel 7

Und wenn Sie wirklich gehen müssen, dann nehmen Sie keine Fremden mit. Nehmen Sie niemanden mit, dem Sie nicht Ihr Leben anvertrauen würden. Im Verlauf der folgenden Woche entdeckte Chaka, wie wenig Menschen sie kannte, auf die Shannons Beschreibung paßte. Die, denen sie vertraute, waren auf Raneys Seite. Sie betrachteten es als ihre Pflicht, Chaka von ihrem Vorhaben abzubringen. Unter gar keinen Umständen waren sie bereit, eine zweite Expedition zu unterstützen. *Es ist wichtig,* meinten einige, *daß man aus der Geschichte lernt.* Statt dessen kamen Leute zu ihr, die sie nicht einmal *kannte,* und boten sich als Teilnehmer an. Die meisten wirkten labil oder unzuverlässig. Ein paar wollten sogar Geld.

Höchstwahrscheinlich hätte es niemals eine zweite Expedition gegeben, wäre da nicht Quait Esterhok gewesen, und hätte er nicht beinahe gleichzeitig zwei Leidenschaften entwickelt: die eine für Mark Twain ... und die andere für Chaka Milana.

Die erste brachte ihm – vielleicht zum ersten Mal – eine Ahnung dessen, was mit dem Untergang der Straßenbauer-Zivilisation verlorengegangen war. Die Städte der Liga kannten keine Druckerpresse, und deswegen gab es den Roman als Kunstform nicht. Die Schreiber der Gegenwart beschränkten sich auf Praktisches, auf die Wissenschaften (Handbücher, philosophische, religiöse, juristische und ethische Traktate) und auf die Geschichte als solche.

Doch nicht die literarische Form war es, die Quait so sehr beeindruckte. Es war vielmehr die Stimme des Erzählers, die so lebendig und energiegeladen schien, so völlig anders als der formalistische, steife Schreibstil der Illyrer. Es war, so erzählte er Silas, als säße Mark Twain im gleichen Raum. »Was wissen wir über ihn?« fragte er.

Silas umriß das wenige, was die Liga über Twain besaß: Daß er an einem Ort namens Hartford gelebt hatte, daß er im Straßenbauerjahr 1835 geboren wurde (kein Mensch wußte, wann das gewesen war), daß er sich der Trödelei bewußt war, die in den Behörden herrschte (wie in den Fakten im *Prozeß des Großen Fleischvertrags* zu lesen), und daß er ein Flußschiffer auf dem Mississippi gewesen war, obgleich nach wie vor schleierhaft blieb, was für eine Art von Schiff er gesteuert hatte.

Und doch. Trotz der mangelnden Fakten hatte Quait das Gefühl, Mark Twain fast so gut zu kennen, wie er Silas kannte.

Quaits zweite Leidenschaft entwickelte sich unmittelbar aus der ersten. Es war nicht leicht, an das Buch heranzukommen, um darin zu lesen. Entweder befand es sich gerade in den Händen der Gelehrten, oder die Kopierer hatten es in Beschlag. Oder beides. Also war Quait dazu übergegangen, das Voranschreiten der Arbeiten zu beobachten und über Schultern mitzulesen. Im übrigen dachte er angestrengt darüber nach, woher er das Geld nehmen sollte, eine der Kopien zu kaufen, wenn sie denn einmal herausgegeben würden. Eines Nachmittags traf er ein und fand einen anderen glühenden Verehrer vor, der ebenfalls zu lesen versuchte, während ein Gelehrter, der zu Besuch war, Notizen über Kapitel Vier anfertigte

Sie befanden sich in einem Hinterzimmer, wo das Buch vorläufig für die Öffentlichkeit unzugänglich aufbewahrt wurde.

Der Verehrer war eine atemberaubende junge Frau, deren schulterlanges feuerrotes Haar Quait auf der Stelle verriet, wer sie war. »Silas hat mir viel von Ihnen erzählt«, sagte er.

Chaka nickte freundlich. »Und Sie sind ...?«

»Quait Esterhok.« Er zog einen Stuhl heran und setzte sich zu ihr. »Kapitel Vier beschreibt die seltsame Sprache, die in der Gegend von Camelot benutzt wurde.«

Sie lächelte. »Hatten Sie Gelegenheit, etwas davon zu lesen?«

»Hier und da ein paar Sätze und Bruchstücke«, erwiderte Quait. »Ich habe noch nie etwas Vergleichbares gesehen.«

Sie nickte. »Ja. Mark Twain schreibt sehr beeindruckend. Und in der Zeit zurückzureisen! Was für eine verrückte Idee!«

Der Gelehrte, ein verkniffen dreinblickender Mensch mit strohblondem Haar, sah offensichtlich verärgert von seiner Arbeit auf. »Würde es Ihnen vielleicht etwas ausmachen ...?« fragte er.

»Verzeihung«, antwortete Chaka. Auf dem Arbeitstisch stand ein Stundenglas, und der Sand war beinahe durchgerieselt. »Ich muß jetzt sowieso wieder gehen«, sagte sie.

»Schon gut«, beschwichtigte Quait. »Ich werde still sein.«

»Nein, ich bin schon viel zu lange hier.« Sie blieb noch einen Augenblick, um zu Ende zu lesen, was sie angefangen hatte, dann blickte sie Quait an. Ihre Augen waren blau und lebendig, und sie nahmen ihn auf der Stelle gefangen. »Silas meint, in spätestens einer Woche würden die ersten Kopien fertig sein.«

»Wunderbar.« Quait suchte verzweifelt nach Worten, um die Unterhaltung zu verlängern, doch sein Verstand war wie betäubt.

»Schön, Sie kennengelernt zu haben, Quait.« Sie lächelte ihn an, erhob sich und ging. Er sah ihr hinterher, wie sie zum Pult ging, ihren Namen austrug und die Bibliothek verließ.

»Sie haben mir etwas verheimlicht, Silas.«

»Und was Bitteschön soll das sein?« erkundigte sich dieser. Sie hatten sich im *Lost Cause* zum Abendessen getroffen.

»Ich habe heute Chaka Milana kennengelernt.« Quait verdrehte die Augen. »Sie ist wunderschön!«

Silas schüttelte den Kopf. »Ich glaube nicht, daß Chaka im Augenblick gut auf mich zu sprechen ist.«

»Warum denn das?«

Der Kellner brachte Wein und füllte ihre Gläser. »Ich nahm ihren Fährtensucher und seinen Bericht nicht besonders ernst.«

»Oh.« Quait runzelte die Stirn. »Nach dem, was Sie mir berichteten, hatte ich eher den Eindruck, daß die Beweise zu dünn waren.«

Silas blickte unbehaglich drein. »Nicht ganz«, gestand er. »Ich schätze, das war meine Schlußfolgerung. Chaka ist entschlossen, dieser Geschichte nachzugehen. Es ist alles ganz genau so wie vor zehn Jahren. Sie ist besessen. Sie benimmt sich, als ginge es um nichts weiter als einen mehrtägigen Spaziergang durch die Wälder. Und sie hat mit Leuten im Imperium und anderswo gesprochen. Sie will eine Expedition zusammenstellen.«

»Hat sie Erfolg?«

»Ich hoffe nicht. Sieh mal, Quait, niemand wünscht sich mehr als ich, diesen Ort zu finden. Chakas Waldläufer entdeckte ein paar Markierungen an Bäumen, aber sie können alles Mögliche bedeuten. Ich sage dir, was geschehen wird: Chaka wird eine Expedition zusammenstellen, sie werden ein paar Meilen über die Grenzen der Liga hinaus vordringen, und dann finden sie keine Markierungen mehr. Sie werden umkehren, und jeder Teilnehmer der Expedition, der einen Ruf zu verlieren hat, wird ihn mit Sicherheit verlieren. Ich kann mir nicht leisten, mich in diese Sache verstricken zu lassen.«

»Ich habe doch gar nichts gesagt«, erwiderte Quait.

»Nun, du hast mich jedenfalls angesehen, als würdest du meinen Entschluß mißbilligen. Selbst dieser Wieheißt-er-noch-gleich ... dieser Shannon mußte eingestehen, daß er keine Garantien geben konnte.«

»Shannon?«

»Der Waldläufer.«

Quait nickte. »Sie werden bei einem Unternehmen wie diesem *niemals* eine Garantie bekommen, Silas. Nie im Leben. Das wissen Sie genausogut wie ich.«

»Ja, das weiß ich.« Auf dem Tisch brannte eine Kerze in einer Glaskugel. Silas starrte in die Flamme. »Ich habe auch gar keine Garantie verlangt, Quait. Das weißt du sehr genau.«

Quait kostete seinen Wein, leckte sich die Lippen und stellte das Glas wieder ab. »Silas, darf ich frei zu Ihnen sprechen?«

»Selbstverständlich, mein Junge.«

»Was macht Ihnen Angst? Was hält Sie davon ab, nach der einen Sache in diesem Leben zu suchen, die Ihnen wirklich etwas bedeutet? Vor neun Jahren sind Sie zurückgeschreckt, und jetzt das gleiche wieder.«

»Und ich hatte recht damals, oder?«

»Ich weiß es nicht. Stimmt das?«

»Niemand kehrte zurück. Außer Karik.«

Quait zuckte die Schultern. »Vielleicht hätten Sie den entscheidenden Unterschied gemacht.« Er beugte sich vor. »Silas, ich weiß, daß Sie Ihren Ruf aufs Spiel setzen, wenn Sie sich der Expedition anschließen. Ich weiß, daß die Erfolgsaussichten nicht besonders gut stehen. Aber ich denke, daß Sie Ihre Entscheidung von dem abhängig machen, was ein anderer von Ihnen halten mag ... das klingt überhaupt nicht nach Ihnen, Silas.«

»Selbstverständlich tut es das«, widersprach Silas. »Ich habe mich immer um die öffentliche Meinung gekümmert. Mir bleibt gar keine andere Wahl. Mein Lebensunterhalt hängt davon ab.«

»Unter diesen Umständen ... vielleicht haben Sie recht«, sagte Quait. »Vielleicht sind Sie nicht der Richtige, um Haven zu finden, falls es dort draußen wartet. Aber wie auch immer, meiner Meinung nach stellen Sie sich die falsche Frage. Mich würde vielmehr interessieren, was geschieht, wenn Shannon recht behält? Wenn die Fährte tatsächlich erhalten ist? Und wenn Haven tatsächlich am Ende des Weges wartet?«

»Das sind sehr viele *Wenns*.«

»Ich weiß. Ich denke, wir sind uns über die Erfolgsaussichten bereits im klaren. Aber jeder kann Dinge vollbringen, wenn die Chancen gut stehen oder wenn es kein Risiko gibt ...«

Silas liebte Bernard Shaw. Er verbrachte den Abend in der Senatsbibliothek und blätterte durch *Mrs. Warrens Profession,* doch seine Unterhaltung mit Quait ging ihm nicht aus dem Sinn. Außer *Mrs. Warrens Profession* besaßen die Illyrer noch *Mensch* und *Übermensch, Major Barbara* und *Zu schön, um wahr zu sein.* Dazu ein Fragment von *Die heilige Johanna.*

»Ich hole mir den Preis, Silas«, hatte Karik gesagt. *»Es ist alles dort draußen. Shakespeare und Dante und die Geschichte der Straßenbauer. Und ihre Mathematik, ihre Wissenschaft. All das wartet auf uns, Silas. Aber wir brauchen dich.«*

Silas hatte das Angebot ausgeschlagen und sich von seinem Freund abgewandt. Es war Unsinn. Er hatte sich so sorgfältig davon überzeugt, daß er jetzt den Verdacht hegte, insgeheim zu *wünschen,* daß es Unsinn sei. War es möglich, daß sich ein Mann so verzweifelt an seine alten Überzeugungen und Ängste klammerte?

Und jetzt war alles wieder da.

Ein Preis, der so hoch war, daß kein Risiko der Welt zu groß erschien. Doch diesmal würde es keinen Karik Endine geben, der sich in die Wildnis stürzte. Nur eine junge Frau, deren Begeisterung ihren klaren Verstand trübt, und Silas' vernarrten ehemaligen Lieblingsstudenten.

Gedankenverloren blätterte er durch die Seiten von *Mrs. Warrens Profession.* Er starrte auf das Papier, ohne wirklich zu lesen. Plötzlich sprang ihm eine Zeile ins Auge. Es war Vivies Kommentar gegenüber Mrs. Warren am Ende des vierten Aktes: *Wäre ich du, Mutter, hätte ich vielleicht wie du gehandelt; aber ich hätte bestimmt nicht ein Leben gelebt und an ein anderes geglaubt.*

Nach einer Weile legte Silas das Buch zur Seite.

Er spazierte langsam nach Hause, die gewundene Straße hinauf, vorbei an kerzenlichterhellten Häusern, der Bäckerei und Capes Apotheke.

Morgen würde er Chaka eine Nachricht zukommen lassen, und dann würde er den Rat bitten, die Expedition zu finanzieren.

Nachdem offiziell war, daß eine zweite Expedition zusammengestellt wurde, sah sich Silas mit einem Mal im Mittelpunkt der Aufmerksamkeit. Enge Freunde rieten ihm von seinem Vorhaben ab, andere, nicht so nahstehende, unterzogen sich gar nicht erst der Mühe, ihre Belustigung zu verbergen. Und doch verspürten alle seine Kollegen, ohne Unterschied ihrer Ansichten, das Bedürfnis, öffentlich zu erklären, warum sie außerstande waren, sich Silas' Jagd anzuschließen. Schließlich hätten sie die Gelehrten, ihr Leben wohl eher der Verfolgung von Weisheit und Wissen gewidmet. Und, wie ein Mathematiker es ausdrückte: Wann immer der Wunsch nach Wissen verlangte, mit der Expedition zu gehen, befahl die Weisheit zu bleiben.

Silas verkündete dagegen seine Absicht, die Mission zu begleiten, und stellte sich Chaka zur Verfügung. Er trat dafür ein, so bald wie möglich aufzubrechen. Die erste Expedition sei mehr als sechs Monate unterwegs gewesen, argumentierte er. »Wir wissen, daß wir nach Norden müssen, und wir wollen zurück sein, bevor der Winter einbricht.« Sie vereinbarten den 16. Februar als Tag des Aufbruchs.

Silas benutzte seine politischen Verbindungen, damit Quait die Expedition als militärische Eskorte begleiten durfte und weiterhin seinen Lohn erhielt. Nebenbei gestand er Chaka, daß Quait es gewesen war, der ihn seine Meinung hatte ändern lassen. Aber der gab sich bescheiden – ohne allerdings zu übertreiben –, als Chaka ihm dafür dankte.

Eine Zeitlang sah alles danach aus, als würden sie zu dritt aufbrechen müssen. Oder zu viert, falls Chaka recht behalten sollte und Shannon am Ende auch noch mitkam. Doch das sei in Ordnung so, beruhigte sie Quait. Eine kleine Gruppe, so argumentierte er, habe größere

Aussichten auf Erfolg. »Wir sind eher imstande, wie ein Mann zu reagieren. Außerdem ist die Wahrscheinlichkeit geringer, daß wir persönliche Differenzen austragen. Drittens machen drei oder vier Leute die Tuks bestimmt nicht nervös.«

Chaka verbrachte die meiste Zeit bis zur Abreise damit, alles zu lesen, was sie über Abraham Polk und Haven auftreiben konnte.

Die meisten Berichte stimmten darin überein, daß Polk Kommandant der *Quebec* gewesen war, eines Kriegsschiffs, das mit hoher Geschwindigkeit *gegen den Wind* kreuzen konnte. (Heutzutage vermuteten die Experten einen Funken Wahrheit in dieser Legende. Sie gingen davon aus, daß es möglicherweise ein derartiges Schiff gegeben und daß es den Namen *Quebec* getragen hatte. Doch niemand konnte sagen, worauf sich dieser Name bezog, und selbstverständlich waren die überspannteren Details blanker Unsinn, beispielsweise, daß die *Quebec* unter Wasser fahren konnte.)

In den *Reisen* wurde berichtet, daß die *Quebec* nach dem Ende der Großen Seuche siebenundsiebzig Jahre lang (sicherlich eine symbolische Zahl) unter dem Kommando Abraham Polks über die Meere gesegelt war. Er hatte Überlebende aufgesammelt und nach Haven gebracht, das geeignet war, den allgemeinen Zusammenbruch zu überstehen. Polk hatte außerdem so viele Zeugnisse der Kunst, Wissenschaft, Literatur und Geschichte der untergegangenen Zivilisation eingesammelt, wie er konnte, und alles an einen sicheren Ort gebracht, wo es die Zeitalter überdauern würde. Die Namen seiner Kameraden waren beinahe genauso berühmt wie sein eigener: Casey Winckelhaus, seine weibliche Adjutantin, Harry Schroeder, ein harter Bilderstürmer, Sohn eines Schuhmachers, der vor Kopenhagen sein Leben für seinen Kommandanten gegeben hatte, Jennifer Whitlaw, deren Bericht über eine Fahrt derselben den Namen verliehen hatte, unter dem diese heutzutage allgemein bekannt war: die *Oktoberpatrouille*, und der ironischerweise verloren war.

Polk selbst war auf dem Meer verschollen. Seine Göttin hatte ihn zu sich gerufen, nachdem sein Werk vollendet gewesen war. Danach hatte Haven seine Tore gegen die allgemeine Auflösung versperrt und sich an die Aufgabe gemacht, zu bewahren, was Polk und seine Leute gerettet hatten. Generationen von Gelehrten hatten ihre gesamte Energie darauf verwendet, die Werke zu konservieren und, sobald das Papier gelb und brüchig wurde, mit großer Sorgfalt Kopien anzufertigen. Und sie hatten darauf gewartet, daß sich eine neue Zivilisation erhob. Falls die Legende stimmte, dann warteten sie noch immer.

Chaka grub jede Illustration aus, die von der *Quebec* und von Haven zu finden war. Das Schiff wurde allgemein als eine Art Schoner ohne Segel dargestellt, dessen Brücke und Kastell in einer Metallhülle untergebracht waren.

Haven selbst bot – von außen betrachtet – einen Anblick, der sich nicht sehr von der Felswand unterschied, die in der dreizehnten Skizze ihres Bruders aus dem Meer aufragte. Sie entdeckte weitere Zeichnungen des Wagens, der aller Wahrscheinlichkeit nach zwischen den Klippen von Haven und Polks Nachschubbasis verkehrt war.

Die *Quebec* operierte aus einer Kammer heraus, die direkten Zugang zum Meer bot. Die Legende berichtete, daß das Schiff aus seinem Schlupfwinkel in den Ozean gelangen konnte, ohne auch nur einen Augenblick lang sichtbar zu werden. All das klang so unglaublich und phantastisch, daß Chaka nicht einen Blick auf die Materialien werfen konnte, ohne sie auf der Stelle als Unsinn abzutun.

In der letzten Woche ihrer Vorbereitungen tauchte Flojian im Imperium auf und nahm Silas beiseite. Er wirkte ausgezehrt, und seine Augen waren gerötet, als hätte er nicht gut geschlafen. »Ich möchte mit euch kommen«, sagte er.

Flojian hatte nie Interesse an akademischer Betätigung gezeigt. Mehr noch, er schien zu der Sorte Mann zu gehören, deren Vorstellung von Entbehrung schon damit begann, nach draußen zu gehen, um Wasser zu holen. »Und warum?« erkundigte sich Silas. Er, Quait und Chaka waren inzwischen übereingekommen, die Gruppe klein zu halten. Außerdem bevorzugte der Senat eine Durchführung mit möglichst geringen Kosten.

»Wegen der Geschichten über meinen Vater.«

Silas wand sich. »Achte einfach nicht darauf. Die Menschen schwatzen eben gern.« Er schüttelte den Kopf.

Flojian machte eine Anstrengung, die Schultern zu straffen. »Ich habe ein Recht darauf, mit euch zu kommen. Ich kann selbst für mich aufkommen. Ob es dir paßt oder nicht, ich bin dabei.«

Silas wollte sich noch nicht geschlagen geben. »Die Planungen sind bereits abgeschlossen«, erklärte er. »Außerdem wird es ein strapaziöses Unterfangen und ganz bestimmt kein Zuckerschlecken.« Flojian zuckte zusammen. Er war bisher ein ziemlich nutzloses Individuum gewesen, dessen Leben sich nur um Geld und Wohlstand gedreht hatte.

Aber auch er gab nicht auf. »Du kannst mich nicht daran hindern, mitzukommen, wenn ich es will«, beharrte er. »Bitte, Silas. Ich weiß, daß du nicht viel von mir hältst, aber du bist es meinem Vater schuldig.«

»Ich werde mit den anderen reden«, wich Silas aus. »Ich lasse dich wissen, was dabei herausgekommen ist.«

Bei einem ihrer Treffen war ein weiterer Besucher zugegen: Avila Kap, die Priesterin vom Orden von Shanta der Heilerin. Es war ein klarer, warmer Abend, und sie trug ein unscheinbares Flanellhemd und lange Baumwollhosen statt ihrer gewohnten geistlichen Robe. »Ich möchte mit Ihnen gehen«, sagte sie.

Silas sah, daß Chaka und Quait so überrascht waren wie er selbst. Und sie verspürten Unbehagen. Avila war schließlich an die Regeln ihres Ordens gebunden und konnte nicht einfach so in die Wildnis gehen. »Mentorin«, sagte Silas deswegen, »wir sind bereits vollzählig.«

Avila war eine große Frau, beinahe sechs Fuß, und sie bewegte sich mit Eleganz. Ihre dunklen Augen schimmerten, und Silas erblickte eine Spur von Verzweiflung darin. »Trotzdem«, entgegnete sie. »Ich möchte mitkommen, wenn Sie es erlauben.« Sie blickte die anderen der Reihe nach an. »Wir müssen jedes Jahr mehrere Wochen in der Wildnis verbringen, um mit der Göttin in Kontakt zu bleiben. Ich besitze also die notwendigen Fähigkeiten, um dort draußen zu überleben, und ich kann Ihnen versichern, daß ich niemandem zur Last fallen werde.«

»Da bin ich sicher.« Silas dachte an Flojian und an sich selbst. Falls irgend jemand während dieser Reise zu einer Last für die anderen werden würde, dann bestimmt nicht diese sehr kompetent wirkende Frau. »Besitzen Sie die Erlaubnis, mit uns zu gehen?«

»Das ist doch wohl meine Sache!«

Unbehagliches Schweigen breitete sich aus. »Dürfte ich fragen, aus welchem Grund Sie mitkommen wollen?« erkundigte sich Silas.

Sie atmete einmal tief ein und aus, bevor sie antwortete. »Weil ich meinem Leben einen Sinn geben möchte.«

Silas wurde vom Imperium geehrt. Dann überreichte man ihm ein Dokument, in dem bescheinigt wurde, daß seine Mission der Mehrung menschlichen Wissens diene, und verabschiedete ihn unter Fanfarenklängen.

Flojian übergab die Geschäfte an seinen Stellvertreter, der ihn prompt mit dem Versprechen nervös machte, während seiner Abwesenheit neue profitable Märkte zu erschließen. »Lassen Sie alles so, wie es ist«, bestimmte er. »Oder ich hacke Ihnen die Hände ab, wenn ich zurück bin.«

Am 16. Februar, dem zwanzigsten Tag, nachdem sie ihre Entscheidung getroffen hatten, und dem achtunddreißigsten Tag nach Kariks Tod, ritten Chaka, Silas, Quait und Avila bei Sonnenaufgang zu Flojians Villa hinaus, wo ein Dutzend Packpferde und ein Berg von Ausrüstungsgegenständen und Vorräten warteten. Silas hatte sich bereits von seinen Freunden und Verwandten verabschiedet. Sie hatten ihm – wie es in jener Zeit üblich war – gewünscht, daß der Wind seinen Weg versperren und die Flüsse keine Durchquerung erlauben mochten. (Es herrschte der Glaube, auf diese Weise ließe sich der Neid der Götter mildern.) Silas hatte sein Testament erneuert und sein kleines Haus bis zu seiner Rückkehr einem vertrauenswürdigen Studenten übergeben. (»Bis weitere Nachrichten eintreffen oder mein Testament in Kraft tritt.«)

Avila traf in waldgrüner Bluse und enger Hose ein. Sie hatte sowohl ihre heiligen Gewänder als auch ihren Eid abgestreift. Die Oberpriesterinnen im Tempel hatten aufgebracht reagiert, obwohl Avilas Entschluß nicht völlig überraschend gekommen war. Nichtsdestotrotz waren sie zornig auf sie, und Avilas Leben in Illyrien würde in Zukunft das einer Ausgestoßenen sein.

Flojian hatte einen reichlichen Vorrat an Goldmünzen in seinen Satteltaschen versteckt. Die Vorstellung, mit soviel Geld in den Taschen zu reisen, gefiel ihm zwar nicht im mindesten. Doch wußte er, daß Gold alle möglichen Türen öffnen konnte, und er vermutete, daß sie es bereits brauchen würden, noch bevor sie das Ziel ihrer Reise erreicht haben würden.

Chaka rechnete halb damit, daß Raney buchstäblich in letzter Minute auftauchen würde. Während ihre Begleiter die letzten Kleinigkeiten verstauten, die Packtiere beluden, Checklisten durchgingen und sicherstellten, daß sie alles dabei hatten, um die Pferde unterwegs neu zu beschlagen, blickte sie sich immer wieder suchend um, in der Hoffnung, Raney zu entdecken, wie er auf seinem großen Fuchshengst herbeigeritten kam.

Unterdessen waren mehrere Dutzend Sympathisanten eingetroffen und schüttelten allen die Hände. Die Gesellschaft saß schließlich auf, winkte ein letztes Mal und ritt im strahlenden Licht der Morgensonne über das Grundstück der Villa davon.

Sie erreichten die Flußstraße und wandten sich nach Norden.

Es wäre eine glatte Übertreibung gewesen zu behaupten, daß Menschenmassen die Straße säumten. Aber es hatten sich hier und da einzelne Bürger und kleine Gruppen eingefunden, die ihnen winkten und hinterhersahen.

Doch nirgendwo tauchte ein Fuchshengst auf.

Kapitel 8

Die Flußstraße verlief am Mississippi entlang etwa zehn Tagesmärsche weit bis nach Argon, dem nördlichsten Außenposten der Liga. Die Straße war bei jedem Wetter passierbar, weite Teile waren gekiest, und das Wasser floß gut ab. Sie führte durch ausgedehnte Wälder mit Silberahorn, Bitterem Hickory, Pekanußbäumen und Zypressen, an Bauernhöfen und Gestüten vorbei, um Ruinenfelder herum und über grasbewachsene Ebenen, durch Sümpfe und über Flüsse. Sie führte an historischen Stätten vorbei: Pandars Lichtung, wo der illyrische Held das Glück im Krieg gegen die Argoniten zu seinen Gunsten gewendet hatte, ein restauriertes Baranji-Fort aus den Tagen, als der Mississippi noch die Westgrenze des Imperiums markiert hatte, eine Straßenbauer-Statue in militärischer Uniform, welcher der rechte Arm fehlte und die die Inschrift trug:

ER STAND WIE EINE WAND AUS STEIN.

Chaka war froh, als sie die Sympathisanten endlich hinter sich gelassen hatten und von der Stille der Wälder umgeben waren. Sie war bereits mehrmals in Argon gewesen, zuletzt vor fast sechs Jahren bei einer Jagdexpedition mit ihrer Familie. Diese früheren Reisen waren ihr stets wie Expeditionen zum Ende der Welt vorgekommen.

Kaum vorstellbar, daß die hoch im Norden gelegene Stadt nur wenig mehr als den Anfangspunkt ihrer jetzigen Expedition bilden sollte.

Chaka ärgerte sich ein wenig über sich selbst, weil sie zugestimmt hatte, Flojian in die Gruppe aufzunehmen. Der kleine dicke Mann ritt auf seine pedantische, wichtigtuerische Art vorne neben Silas, und es irritierte sie, daß die beiden sich offensichtlich so viel zu erzählen hatten. Sie hatte Quait prophezeit, daß ein paar Nächte unterwegs reichen würden, um Flojian eines Besseren zu belehren und ihn umkehren zu lassen.

Silas schwankte auf einem Pferd daher, das viel zu groß für ihn war. Er hatte sich eigens für die Expedition ein neues Reittier vom Imperium ausgeliehen. Sein eigenes Tier war zu alt für die Belastungen, die auf sie warteten. Der Gelehrte sah aus, als fühlte er sich unbehaglich und als wäre ihm kalt, doch er hielt sich verbissen im Sattel und bemühte sich, den Anschein eines Mannes zu erwecken, der in der Wildnis zu Hause ist. Hin und wieder erhob er sich sogar in seinem Sattel, um einen besseren Ausblick auf den Fluß, einen vereinzelten Eukalyptusbaum oder was auch immer seine besondere Aufmerksamkeit erhaschte zu erhalten.

»Er wird sich daran gewöhnen«, sagte Quait. »Er braucht ein wenig Zeit.«

Sie war Quait dankbar, nicht nur, weil er es gewesen war, der letztendlich den Anstoß zu dieser Expedition gegeben hatte, sondern auch, weil er sie offensichtlich zu mögen schien und sie genau das im Augenblick brauchte. Raneys Verrat hatte sie stärker getroffen, als sie sich selbst einzugestehen bereit war. Den ganzen ersten Tag lang erwartete sie zu hören, wie Raney hinter ihnen herangaloppierte. In Gedanken spielte sie die Szene immer und immer wieder durch: Raney zaghaft und um Entschuldigung bittend in dem Versuch, alles als harmlos abzutun, und sie kalt und förmlich. Sollte er ruhig zappeln. »Da mußt du Silas fragen«, würde sie ihm sagen. »Das kann ich nicht allein entscheiden.«

»Das ist der Höhepunkt von Silas' Leben«, erzählte Quait. »Genau das hat er schon immer tun wollen.«

»Kaum zu glauben«, antwortete sie. »Er sieht gar nicht aus, als würde er sich freuen.«

»Silas ist nicht daran gewöhnt, längere Zeit im Sattel zu sitzen.«

»Das sieht man. Was hat er denn die letzten vierzig Jahre getan?«

»Versucht herauszufinden, was die Sonne scheinen läßt. Die Orte, die Silas gerne besuchen würde, sind für

Sterbliche unerreichbar.« Chaka war nicht sicher, ob sie verstand, was Quait meinte, doch es schien nicht so wichtig zu sein.

Gegen Avila indessen verspürte sie Mißtrauen. Die Frau war freundlich und nett, doch Chaka fand es schwierig, nicht daran zu denken, daß sie ihre Gelübde gebrochen hatte. Chaka war gläubig in einem Ausmaß, daß sie Menschen aus dem Weg ging, die ernste Fragen zur Religion stellten. Und im übrigen dachte sie nicht zu sehr über die verschiedenen Dogmen nach, die sie für ihr Leben akzeptiert hatte. *Bleib auf der sicheren Seite, respektiere die Götter, und vielleicht zahlt es sich eines Tages aus. Wer weiß?*

Es hatte eine Zeit gegeben, eine Generation zuvor, da hatte der Bruch mit dem Orden noch bedeutet, nicht mehr in die Öffentlichkeit gehen zu können, wenn man seines Lebens sicher sein wollte. Mit dem Aufkommen der Republik waren die kirchlichen Gesetze liberalisiert worden.

Avila war frei und konnte leben, wie sie wollte, obwohl die meisten Menschen ähnlich wie Chaka empfinden würden, nämlich daß die ehemalige Ordensschwester irgendwie nachlässig und moralisch suspekt erschien.

Avila war die einzige Teilnehmerin der Expedition, die bereits nördlich von Argon gewesen war. »Wir haben einen Zufluchtsort zwei Tagesritte nördlich der Stadt«, erzählte sie. »Er liegt auf einem Hügelrücken mitten im tiefen Wald. Ein guter Ort zum Beten und zur Kontemplation.«

»Hatten Sie denn keine Angst wegen der Tuks?« erkundigte sich Chaka.

»Anfangs schon«, gestand Avila. »Doch außer mir schien sich niemand Sorgen zu machen. Wenigstens keiner von denen, die eine Weile dort gewesen sind. Die Tuks sind im großen und ganzen freundlich, wie sich herausgestellt hat.«

»Und über was haben Sie kontempliert?«

»Verzeihung?«

»Sie sagten, Sie hätten sich zur Kontemplation dorthin zurückgezogen. Über was haben Sie nachgedacht?«

Avila lachte. Es war ein angenehmes Lachen, zurückhaltend, freundlich und ehrlich. »Ich glaube, ich habe die meiste Zeit in die Wildnis gestarrt und mich gefragt, was ich dort eigentlich suche.«

Silas war näher herangeritten und lauschte ihrer Unterhaltung. »Werden wir an diesem Zufluchtsort vorbeikommen?« fragte er.

»Nein«, erwiderte Avila. »Wir wenden uns nach Osten, sobald wir Argon erreichen.«

»Ich glaube, während dieser Reise werden Sie reichlich Zeit zur Kontemplation haben«, sagte Chaka.

Sie näherten sich einem Schild, das aus der Zeit der Straßenbauer stammte. Es schien keinerlei Anstalten zu machen, *jemals* zu rosten. (Die Beschaffenheit der völlig fremdartigen Materialien der Straßenbauer, von denen einige unzerstörbar schienen, war nur eines ihrer zahlreichen großen Geheimnisse.) Die Buchstaben glänzten schwarz im Sonnenlicht:

GEH MIT DEM SOHN.
DU BIST AUF DER EWIGEN STRASSE.

Sie alle wußten genug von der Sprache der Straßenbauer, um die Worte zu verstehen. Trotzdem verwirrte sie der Spruch.

»Was bedeutet das, Silas?« fragte Chaka.

Der Gelehrte drehte sich im Sattel um. »Daß es allmählich Zeit wird, von den Pferden abzusteigen und zu Fuß weiterzugehen.«

»Nein, wirklich?« fragte Avila.

»Ich denke, Silas hat recht«, sagte Quait. »Wir sollten die Pferde schonen.«

Es war kalt. Silas rückte sein Halstuch zurecht. »Das Volk der Straßenbauer glaubte an einen Gott, der die Menschen nach dem Tod folterte. Wenn sie in ihren Leben gesündigt hatten.«

»Eine barbarische Vorstellung«, sagte Avila. »Ich frage

mich, ob Völker sich Götter schaffen, die ihren eigenen Charakter reflektieren?«

Flojian drehte sich um und starrte sie an. »Ich bin überrascht, Worte wie diese aus dem Mund einer Priesterin zu hören. *Mich* hat man gelehrt, daß der göttliche Geist nicht falsch verstanden werden kann, außer durch willentliche Anstrengung.«

»So lautet der offizielle Standpunkt«, sagte Avila, ohne im mindesten beleidigt zu reagieren. »Zufällig bin ich jedoch aus dem Orden ausgetreten.«

Flojian verdrehte die Augen. »Wußte Silas darüber Bescheid, als er Sie einlud mitzukommen?«

Sie nickte. »Ich habe meinen Status vor niemandem geheim gehalten.«

Chaka stand in dieser Angelegenheit eher auf Flojians Seite. Wenn an den alten Überlieferungen etwas Wahres war, dann konnte ihnen eine ausgetretene Priesterin durchaus Unglück bringen. Sie hatte überlegt, gegen Avilas Aufnahme in die Gruppe zu stimmen, doch sie war vor der Aussicht zurückgeschreckt, den anderen ihre Argumente darlegen zu müssen. Jedenfalls war sie entschlossen, ausreichend Distanz zu der ehemaligen Priesterin zu wahren, nur für den Fall, daß ein Blitz vom Himmel fahren sollte.

Ein paar Meilen nördlich von Illyrien wich der Wald einer Landschaft aus niedrigen, grasbewachsenen Hügeln, die nach einer Weile wiederum von Sümpfen abgelöst wurden. Der Himmel war grau geworden, doch noch hing kein Regen in der Luft. Sie machten bei einem Brunnen Halt.

Das Wasser war klar und kalt. Chaka kniete auf einem Felsen nieder und trank ein paar Schlucke aus der Hand. Es schmeckte köstlich, und genaugenommen war der ganze Tag köstlich gewesen. Noch immer hoffte sie darauf, daß Raney zu ihnen stoßen würde, doch gleichzeitig ging etwas Seltsames in ihr vor: Sie war ebenso begierig, weit genug von Illyrien wegzukommen, um endlich sicher zu sein, daß ihr Verlobter ihnen nicht gefolgt war.

»Sie bereuen doch wohl nicht schon unseren Entschluß?« Silas war von hinten herangetreten. Er hatte die Hände in den Jackentaschen vergraben und stellte eine zuversichtliche Miene zur Schau. Chaka fragte sich, wie er sich wirklich fühlte.

»Nein, Silas«, antwortete sie. »Keine Reue. Ich bin froh, daß wir endlich unterwegs sind.«

»Gut.« Er brachte eine Tasse zum Vorschein und tauchte sie in das Wasser.

»Trotzdem würde ich mich wohler fühlen, wenn wir eine Karte hätten.«

»Ich auch.« Er trank in tiefen Zügen und sah nachdenklich zum Horizont. »Wir werden den Weg finden. Ich werde ein Tagebuch führen. Wir werden nicht den gleichen Fehler wie Karik begehen.« Ein Lächeln breitete sich über seine Gesichtszüge aus. »Wir werden den spektakulärsten Reisebericht verfassen, den unser Zeitalter je gesehen hat. Sobald wir erst die Grenze hinter uns gelassen haben, werden wir *alles* aufschreiben: Pflanzenwuchs, Tierwelt, Wetter, Topographie, Ruinen, einfach alles. Und wir werden Karten anfertigen.« Eine Meile voraus überquerte die Straße einen Knüppeldamm und zog sich dann durch den Sumpf. »Falls es nach der unsrigen noch eine dritte Expedition geben sollte, dann muß sie nicht lange über den Weg rätseln.«

»Der große Geograph«, lächelte Chaka.

»Ja.« Silas lachte auf. »Man wird mir im Imperium ein Denkmal errichten, wie ich mit der Linken die Augen abschirme und mit der Rechten zum Horizont deute.« Er ahmte die Pose nach.

Chaka streckte ermunternd beide Daumen in die Höhe, wie nur sie es tat.

Kurz vor Sonnenuntergang erreichten sie den Verkrüppelten Mann. Das Hauptgebäude war drei Stockwerke hoch und eine massige, verwinkelte Konstruktion aus Türmen, Erkern, Balkonen, Wintergärten, schiefen Mansardenfenstern und Dachbrüstungen. Die Auffahrt wurde von einer Sonnenuhr aus Marmor bewacht, die zugleich ein Springbrunnen war. Stallknechte übernahmen ihre Pferde, und ein livrierter Türsteher geleitete sie in das opulente Innere. Chaka bewunderte die dicken Teppiche und die glänzenden Dielen aus Hartholz. Fresken mit Jagdszenen bedeckten die Wände. Elegantes Mobiliar aus einem früheren Zeitalter füllte die Empfangshalle und die weiten Korridore, und dicke rote Vorhänge umrahmten die Fenster.

Jeder von ihnen war bereits das ein oder andere Mal hier abgestiegen. Der Inhaber des *Verkrüppelten Mannes* war ein Riese von vierhundert Pfund Namens Jewel. Jewel sprach geschliffen und besaß vollendete Manieren. Sein langer schwarzer Bart hing über ein blütenweißes Hemd herab, und seine Arme waren dick wie Oberschenkel. Jewel besaß buschige graue Augenbrauen und dichtes schwarzes, von grauen Strähnen durchzogenes Haar. Seine Zähne erweckten den Eindruck, als könne er damit ein Pferd zerreißen. Jewel war imstande, die wildesten Grimassen zu schneiden, wenn er mit Dienern, Stallburschen und Lieferanten zu tun hatte, doch er war absolut korrekt im Umgang mit seinen Gästen. Vier der fünf Neuankömmlinge sprach er mit Namen an, und das, obwohl er manche jahrelang nicht mehr gesehen hatte. Nur Avila erkannte er nicht gleich in ihrer weltlichen Kleidung.

»Schön, Sie wieder einmal im Verkrüppelten Mann begrüßen zu dürfen«, sagte er. »Wie ich höre, führen Sie eine Expedition durch? Wenn wir etwas für Sie tun können, zögern Sie bitte nicht, es zu sagen.« Unglücklicherweise war das Gasthaus fast zur Gänze belegt, und sie würden sich Zimmer teilen müssen. Jewel entschuldigte sich und gab seiner Hoffnung Ausdruck, daß das kein Problem darstelle. Doch die fünf hatten sowieso beabsichtigt, sich Zimmer zu teilen, und bis auf Flojian ließ sich niemand hinreißen, ein unzufriedenes Gesicht aufzusetzen.

Jewel gab Anweisungen, daß ihr Gepäck abgeladen wurde, und zeigte ihnen persönlich die Zimmer. Er wünschte ihnen, daß sie ihren Aufenthalt genießen mögen, und bat ihn bald wieder einmal zu beehren. Sie dankten ihm und vereinbarten anschließend, sich zur siebten Stunde im Speisesaal zu treffen.

Die Zimmer waren als Einzelzimmer gedacht, doch geräumig und komfortabel und *fast* so groß, wie Chaka sie in Erinnerung hatte. Die Vorhänge waren zurückgezogen, um das letzte Tageslicht einzulassen.

In dem Zimmer, das Chaka und Avila sich teilen würden, brannte ein kleines Feuer und hielt zwei Wasserkessel warm. Öllampen flackerten zu beiden Seiten eines riesigen Betts mit dicken Kissen und Daunendecken, und ein frisch gereinigter Waschzuber stand einladend in der Nähe der Feuerstelle auf einem Holzpodest, das dazu diente, überfließendes Wasser aufzufangen.

Zwei Pagen brachten Eimer mit frischem Wasser. Avila gab ihnen ein paar Münzen. »Danke sehr, Missis«, sagte der ältere der beiden Knaben. »Läuten Sie einfach die Glocke, wenn Sie etwas brauchen.«

Die beiden Frauen waren staubbedeckt vom langen Ritt auf der Straße, und ein Bad stand ganz oben auf ihren Wunschlisten. Doch Chaka zierte sich. Der Raum besaß keine Vorhänge, um die Badeecke abzuteilen, und die Vorstellung, sich in Gegenwart einer Person auszuziehen, die einst dem Orden von Shanta angehört hatte, schreckte sie. Sie löste ihr Halstuch und zögerte, als ihr plötzlich bewußt wurde, daß Avila sie beobachtete. »Wenn es Ihnen nichts ausmacht«, sagte Avila mit einer Spur von Belustigung, »dann beanspruche ich das Privileg der Älteren und wasche mich zuerst.«

Nichts läßt Titel, Ansprüche und Vorbehalte so rasch verblassen wie Nacktheit. Keine zwanzig Minuten waren vergangen, da gestand Chaka ihrer Zimmergenossin, was sie selbst den ganzen Tag über nicht hatte wahrhaben wollen: Sie fühlte sich von Raney im Stich gelassen. Und in genau diesem Augenblick erkannte sie, daß die gemeinsame Zukunft, die sie sich mit Raney ausgemalt hatte, in Schutt und Asche gefallen war.

»Wer weiß, wozu es gut ist«, sagte Avila. »Würden Sie ihn wirklich lieben, wären Sie wahrscheinlich gar nicht hier. Also haben Sie vielleicht etwas über sich selbst herausgefunden.«

»Vielleicht.« Doch es änderte nichts, es tat weh.

»Warum sind Sie mitgekommen?« fragte Avila. »Der Preis, den Sie dafür zahlen, erscheint mir um Einiges höher als bei uns anderen.«

Chaka erzählte von ihrem Bruder, und Avila lauschte schweigend. »Und wie steht es mit Ihnen?« fragte sie schließlich.

»Für mich war es eine Chance zur Flucht«, gestand Avila. »Die Straßenbauer sind faszinierend. Falls dieses Haven tatsächlich existiert, würde ich auf keinen Fall versäumen wollen, es zu sehen.«

Chaka saß auf der Fensterbank und beobachtete, wie der Himmel im Westen allmählich rot wurde. »Ich erwarte, daß wir eine Ruine vorfinden, falls wir Haven *überhaupt* finden«, sagte sie. »Es ist sicher verfallen, genau wie alles andere auch.« Sie berichtete Avila von Mark Twains Zeitreiseidee im *Yankee aus Connecticut* und wie sehr sie sich wünschte, daß so etwas möglich wäre. »Ich hätte ihre Städte so gerne einmal gesehen, als sie noch voller Leben waren. Ich wäre gerne auf ihren Straßen gereist, bevor die Wälder sie verschlungen haben. Und ich hätte zu gerne gesehen, wie die Hojjies tatsächlich funktionierten.«

»Wagen, die keine Zugtiere benötigen«, sagte Avila. »Ich weiß immer noch nicht so recht, ob ich das glauben soll.« Sie stand mit einem Fuß auf einem niedrigen Schemel, schöpfte heißes Wasser aus dem Zuber und goß es sich über Schultern und Brüste. Schaum rann in den Abfluß. (Die Illyrer setzten sich nicht in eine Badewanne, bevor sie nicht sauber waren. Allein die Vorstellung hätte sie mit Abscheu erfüllt.) »Aber Sie haben recht: Wir könnten viel lernen, gäbe es einen Weg, tausend Jahre zurückzureisen. Oder wie weit auch immer.«

»Vielleicht«, sagte Chaka, »machen wir ja genau das. Auf die eine oder andere Weise.«

Nachdem auch sie sich gereinigt hatte, zogen die beiden Frauen frische Kleidung an und marschierten gut gelaunt zum Speisesaal. Auf einem Spieß über offenem Feuer briet ein großes Stück Fleisch. Es gab vielleicht zwanzig Tische, auf jedem eine Öllampe. Die Hälfte der Tische war besetzt, und es herrschte eine fröhliche Stimmung. Die Gruppe hatte einen Tisch in der Ecke. Quait winkte den beiden Frauen, und die Köpfe der Männer drehten sich in ihre Richtung. Ihre Blicke verweilten gerade lang genug auf Chaka und Avila, um einen Anflug von Befriedigung in den beiden Frauen auszulösen.

Wein und Bier flossen großzügig, und der Raum war erfüllt vom Lachen der Gäste und vom Duft des brutzelnden Fleisches. Auf einem Podest in der Mitte saß ein junger Mann mit übereinander geschlagenen Beinen und spielte auf einer Gitarre.

Trink, meine Liebste, trink,
Wenn auch die Sterne fallen und Flüsse versiegen,
Es ist mir gleich solange ich
Dich habe.

Quait schenkte Chaka und Avila Wein ein und füllte die anderen Becher nach. Sie tranken auf die Expedition. Schließlich erhoben sie sich nacheinander, nahmen ihre Metallteller in die Hand und gingen zum Spieß. Der Koch schnitt für jeden ein großes Stück Fleisch herunter, schöpfte Erbsen aus einem dampfenden Topf und legte noch zwei in Butter geschwenkte Maiskolben dazu. Chaka nahm sich ein wenig Brot und einen Apfel.

Nachdem sie wieder an ihrem Tisch Platz genommen hatten, betrat Jewel den Speiseraum mit einem Glas Wein in der Hand. Bei seinem Erscheinen verstummte der Spielmann, und langsam wurde alles still. Als Jewel sicher war, daß alle Blicke auf ihn gerichtet waren, hob er sein Glas. »Das ist unser bester Jahrgang«, sagte er. »Ich möchte, daß Sie heute abend zusammen mit mir auf ein paar ganz besondere Gäste des *Verkrüppelten Mannes* anstoßen.« Er lenkte die Aufmerksamkeit auf Chaka und ihre Begleiter. »Meine Damen und Herren, wir begrüßen heute abend eine Gruppe ganz außergewöhnlicher Menschen. Silas Glote und Flojian Endine führen eine Schar von Entdeckern an, die sich zum Ziel gesetzt haben, verschollene Bücher zu finden.« Er blickte zu Silas. »Stimmt's oder stimmt's nicht, Silas?«

Die Gäste applaudierten, und Silas nickte. Chaka fragte sich, wer Flojian befördert hatte.

»Der *Verkrüppelte Mann* wünscht Ihnen alles Gute«, sagte der Wirt und leerte sein Glas.

Die Zuhörer folgten höflich seinem Vorbild und applaudierten noch lauter.

»Übrigens«, fuhr Jewel fort, »wird dieser Wein speziell für unser Haus produziert, und wir verkaufen ihn heute nacht zum Sonderpreis. Ich danke Ihnen.«

Fremde Menschen kamen zu ihrem Tisch und schüttelten ihnen die Hände. Ein junger Mann, gutaussehend und schlank und interessiert an der Legende von Haven, wollte von Chaka wissen, wie sie dazu gekommen war, bei der Expedition mitzumachen, wie sie ihre Erfolgsaussichten bewertete, und ob sie den Mark Twain vielleicht schon gelesen hätte.

Er hatte braune Augen und ein sympathisches Lächeln, und Chaka bemerkte, daß Quait sie mit einem mißbilligenden Stirnrunzeln beobachtete.

Der junge Mann hieß Shom, und auf seine Einladung hin nahm Chaka ihr Glas und schlenderte mit ihm auf die Veranda. Sie mache genau das, was er gerne tun würde, erklärte er. Die Zivilisation hinter sich lassen und in das Unbekannte vorstoßen, um herauszufinden, was es dort gab. Er wünschte, er könnte mitkommen.

Sie unterhielten sich eine ganze Weile, sahen auf den Fluß hinaus und kehrten schließlich zum Tisch zurück. »Ich wünsche Ihnen, daß Sie finden, wonach Sie suchen«, sagte er zu allen. Und dann zu Chaka: »Wie lange glauben Sie, unterwegs zu sein?«

»Vielleicht Jahre«, warf Quait ein.

»Nicht länger als bis zum Herbst«, antwortete Chaka. »Hoffen wir jedenfalls.«

»Ich freue mich schon jetzt auf Ihre erfolgreiche Rückkehr.« Ihre Blicke trafen sich. Chaka lächelte, und Shom verabschiedete sich.

An einem der anderen Tische saß ein hagerer Mann mit Gesichtszügen, die an einen Fuchs erinnerten. Er hatte die Augen geschlossen. Eine Gruppe drängte sich um den Tisch. »Nein«, sagte der Mann zu jemandem in der Gruppe. »Ich sehe einen Schatten über Ihrem Stern. Seien Sie für die nächsten zwei Wochen vorsichtig draußen auf dem Fluß. Diese Zeit ist nicht günstig für Sie.«

Der Mann, zu dem er gesprochen hatte, ein unscheinbarer Blondschopf, legte eine Münze auf den Tisch.

Chaka gesellte sich zu der Gruppe.

»Das ist Wagram«, sagte eine wohlhabend aussehende Frau hinter ihr.

»Wer ist Wagram?«

»Ja, wer ist Wagram?« fragte der Fuchsgesichtige.

»Wagram ist ein Seher«, sagte die Frau.

»Und Sie, junge Lady, sind Chaka Milana.« Er lächelte, als hätte jemand auf einen Knopf gedrückt. »Unterwegs nach Haven. Wenigstens hoffen Sie das.«

Einer der Gäste stieß sie mit dem Ellbogen an und flüsterte: »Er hat sich noch nie geirrt.« Der Gast war ein älterer Mann, weit in den Siebzigern.

»Und was prophezeien Sie für uns, Seher?« erkundigte sich Chaka.

Wagram schloß die Augen. Quait stand auf und schlenderte herbei. Er blickte Chaka neugierig an.

»Sie werden erfolgreich sein«, sagte der Seher nach einer ganzen Weile. »Sie werden Ihren verlorenen Schatz finden, und Sie werden reich und ruhmvoll nach Illyrien zurückkehren.«

Chaka wartete darauf, daß der Seher den Haken an der Sache nannte. Als jedoch nichts mehr kam, verbeugte sie sich leicht. »Danke sehr.«

»Gern geschehen.«

Sie fischte eine Silbermünze aus einer ihrer Taschen. Diese Neuigkeiten waren schließlich etwas wert.

Die Menge tat ihre Zustimmung kund, ein paar Gäste

schüttelten ihr glücklich die Hand, und ein Betrunkener versuchte sie zu küssen.

Als Quait und Chaka schließlich an ihren Tisch zurückkehrten, erkundigte sich Flojian, was der Seher gesagt habe. Chaka berichtete, und Endine schien zufrieden.

»Ich an Ihrer Stelle würde die Geschichte nicht allzu ernst nehmen«, gab Quait zu bedenken. »Die Seher verkünden immer nur positive Prophezeiungen. Schließlich verdienen sie damit ihr Geld.«

»Nicht immer«, widersprach Flojian. »Einige von diesen Leuten sind wahrhaftig Seher.«

»Ich frage mich«, überlegte Silas, »ob er auch hier saß, als Karik durchgekommen ist.«

Kapitel 9

Unerwartet kam so etwas wie Urlaubsstimmung auf. Entlang der Flußstraße gab es einige Rasthöfe, und so war es mit ein wenig Planung möglich, jede Nacht in einem warmen Bett zu schlafen. Sie aßen gut, tranken meist zuviel und feierten manchmal zu lange. Unterwegs legten sie häufig Rast ein, und hin und wieder begaben sie sich auf Nebenwege zu archäologischen Fundstätten. Bei einem früheren Militärkameraden Quaits kehrten sie einmal zum Mittagessen ein.

Sie besichtigten den gewaltigen Anker in der Nähe von Piris Damm, der in einem Wald von Zuckerahorn lag und an einer Kette hing, die so schwer war, daß niemand sie bewegen konnte. Sie schauten sich eine restaurierte Kanone nahe Wicker Point an und fragten sich, in welchem vergessenen Krieg sie abgefeuert worden war. Und sie besuchten das Straßenbauer-Museum in Kleska.

Hin und wieder sahen sie Mauerreste und Fundamente. Hojjies säumten den Straßenrand. Sie waren dorthin geschoben worden, als Argon vor mehr als hundert Jahren seine Straßen räumen ließ. Hojjies in allen möglichen Formen und Größen, einige klein, andere riesig. Viele waren halb unter Erde begraben.

Die Gruppe verbrachte ebensoviel Zeit im Sattel wie zu Fuß, und sie rasteten häufig. Quait hatte einige Erfahrung mit langen Feldzügen und wußte, wie leicht Mensch und Tier zur Erschöpfung zu bringen waren – erst recht bei dieser Expedition, wo zumindest Silas und Flojian an eine eher sitzende Tätigkeit gewöhnt waren. Silas hatte schon am ersten Tag angefangen zu humpeln. Doch er schnitzte sich einen Spazierstock und weigerte sich standhaft, länger als die anderen im Sattel zu bleiben. Gegen Ende der ersten Woche schien er sich an die ungewohnte Belastung angepaßt zu haben.

Quait genoß die Tatsache, daß er der einzige jüngere Mann in der Gesellschaft zweier überaus attraktiver

Frauen war. Avilas Charme war nicht unerheblich, und Quaits Empfänglichkeit dafür verdrängte zwar nicht die leidenschaftlichen Gefühle, die er Chaka entgegenbrachte, dennoch erfreute er sich an ihrer Gegenwart. Sie war vielleicht einen Zoll größer als Quait, besaß dunkle Augen und wirkte irgendwie geheimnisvoll. Und die Tatsache, daß sie eine ehemalige Priesterin war, verstärkte ihre exotische Aura.

In der Zwischenzeit demonstrierte Chaka eine beeindruckende Vielfalt an Fähigkeiten. Sie war eine erfahrene Waldläuferin und Scharfschützin. Sie kannte sich mit Pferden aus, und sie schien weiter marschieren zu können als jeder andere, Quait eingeschlossen. Und obwohl sie zu Anfang der Reise noch ein wenig geistesabwesend gewirkt hatte, entwickelte sie eine liebenswürdige Art, je länger die Gruppe unterwegs war.

Im Verlauf des neunten Tages erreichten sie Argon, und ein kalter Regen setzte ein. Wäre Quait mit seiner Einheit unterwegs gewesen, hätte er genau gewußt, welche Stimmung jetzt aufgekommen wäre. Doch nur Flojian zeigte eine Tendenz zum Murren, und selbst er fing sich in der Regel schnell und hörte damit auf. Sie zügelten ihre Pferde vor dem *Windigen Tor*. Es war das letzte Rasthaus unterhalb der Stadt und folglich ihre letzte Nacht in richtigen Betten.

Sie mieteten Zimmer an, zogen sich zum Waschen zurück und genossen ein letztes Mal den Luxus heißen Wassers. Beim Abendessen spürte Quait eine allgemeine erwartungsvolle Spannung und so etwas wie Nervosität. Am nächsten Tag würden sie sich auf die Wildwaldstraße begeben und ihr nach Osten folgen, weg von der Zivilisation und hinein in die ewige Wildnis.

Es war auch der Abend, an dem sie in eine Auseinandersetzung mit einem Riesen von Viehhändler gerieten, der zuviel getrunken hatte. Der Hals des Burschen war vernarbt, und seine Zähne bedurften dringend fachmännischer Behandlung. Das Gesicht des Mannes sah aus, als wäre er gegen eine Planke gelaufen, und er war sichtlich von Avila angetan. Quait beobachtete das Geschehen von seinem Stuhl aus und spürte, wie sich seine Muskeln spannten. Gleichzeitig erinnerte er sich an die Bemerkung eines früheren Kameraden: *Fang nie einen Kampf mit einem Dreihundertpfünder an, dem die Vorderzähne ausgeschlagen wurden.*

Der Viehhändler saß am Nachbartisch. Er grinste Avila an und hob seinen Krug zu einem übertriebenen Toast. »Wie wär's mit uns beiden, Prachtweib?« lallte er. »Schick diese Kriecher in die Wüste, und ich zeige dir, was ein richtiger Mann ist.«

Bevor Quait reagieren konnte, war Flojian mit geballten Fäusten aufgesprungen. »Lassen Sie das gefälligst!« schnarrte er.

Avila wollte schlichten. »Ich komme allein damit zurecht«, sagte sie.

Der Händler setzte lässig seinen Krug ab. »Halt dich da raus, Zwerg«, grollte er Flojian an. Er grinste seinen Freund neben sich an, als hätte er einen außerordentlichen Witz gemacht, und signalisierte einem Kellner, seinen Steinkrug nachzufüllen. Der Freund war nur wenig kleiner und Stück für Stück genauso häßlich. Ein Kellner eilte herbei und schenkte kaltes Bier nach, bis der Krug überschäumte und das Bier über den Tisch lief.

Der Händler starrte Flojian herausfordernd an.

»Sie werden sich bei der Dame entschuldigen!« stotterte Flojian.

»Die Puppe braucht einen richtigen Mann«, schnaubte der Händler. »Wenn du meinst, du müßtest mir was zeigen, Schweinebacke – ich bin hier.«

Verdammt, dachte Quait und stand auf.

Zu seiner Überraschung kippte Flojian dem Händler das Bier über den Schoß. Selbstverständlich war das ein Fehler. Wenn man gegen einen gefährlichen Opponenten vorgehen muß, dann sollte man darauf achten, ihn gleich zu Anfang außer Gefecht zu setzen.

Der Händler sprang brüllend auf, wischte über seine durchnäßte Hose und kam um den Tisch herum auf Flojian zu. Flojian nahm eine Position ein, von der er vermutlich glaubte, daß ein Kämpfer so stand. Immerhin wich er keinen Schritt zurück, wie Quait anerkennend feststellte.

Und dann geschah alles auf einmal.

Der Händler ballte die rechte Faust zu etwas, das aussah wie ein Vorschlaghammer, und Quait borgte sich die Bierkanne von dem jungen Kellner (der in Reichweite stehengeblieben war, um sich das zu erwartende Spektakel anzusehen) und schmetterte sie mit aller Kraft auf den Kopf des Händlers. Im gleichen Augenblick zerschmetterte Avila einen Stuhl an der Schulter seines Kameraden, der ein wenig zu schnell aufgesprungen war. Der Kampf war in diesem Moment bereits vorbei, doch die Kellner, die gleichzeitig als Friedenswächter arbeiteten, stürzten sich mit kurzen Knüppeln bewaffnet auf die Streithähne. Quait wurde niedergeschlagen, weil er ihrer Meinung nach den Streit angefangen hatte, und der Händler (der nicht mehr so recht wußte, wo er war), erhielt einen mächtigen Schlag gegen das Schienbein. Dann wurde er mit nach hinten genommen, wo man sich um seinen Schädel kümmerte. Er kehrte eine ganze Weile später mit glasigen Augen zurück.

Wie es in dieser relativ zivilisierten Zeit üblich war, verkündeten die Friedenswächter, daß beide wegen der verursachten Scherereien zusätzlich angezeigt würden, dann entschuldigten sie sich dafür, daß sie möglicherweise unnötig rohe Gewalt angewendet hatten und gaben deutlich zu verstehen, daß weitere Feindseligkeiten um einiges ernster gehandhabt würden. Der Rest des Abends verlief, als wäre nichts Ungehöriges geschehen.

Später fand Avila eine Gelegenheit, Flojian zur Seite zu ziehen. »Ich weiß es zu schätzen, daß Sie mich dort drin verteidigt haben«, sagte sie.

Flojian erwiderte ihren Blick. »Das hätte ich für jede Frau getan«, sagte er.

Die Wildwaldstraße war ein Artefakt der Straßenbauer. Ihre Doppelspur zog sich durch den Wald, erklomm im Osten die Hügel und verschwand schließlich am Horizont im Dunst. Die Straße war zumeist unter einer einen Fuß hohen Schicht aus Mutterboden begraben. Gelegentlich jedoch war der Boden weggespült, und der Asphalt glänzte in der Sonne. Daß sie nach all den Jahrhunderten noch immer benutzbar war, zeigte, wie hoch die Ingenieurskunst der Straßenbauer entwickelt gewesen sein mußte. Chaka versuchte sich vorzustellen, wie die Straße ausgesehen haben mochte, als sie noch neu war und Hojjies (wodurch auch immer) über die künstliche Oberfläche rollten. Hinter ihnen, im Nordwesten, ragten die Türme Argons in den nachmittäglichen Dunst.

An jenem Abend schlugen sie ihr Lager auf der Straße auf, genossen einen Kanincheneintopf, den Chaka und Quait zubereiteten, und lauschten den Geräuschen des Waldes. Avila brachte einen Satz Pfeifen zum Vorschein, und Quait packte sein *Walloon* aus (ein Saiteninstrument). Sie spielten ein Ständchen und ein paar Trinklieder für die nächtlichen Waldbewohner. Silas fertigte den ersten Eintrag in sein Reisetagebuch an, und Avila verzichtete auf ihr nächtliches Gebet zu Shanta.

Es war eine schwierige Entscheidung für sie, denn sie wußte, daß Gefahren warteten, und sämtliche Instinkte verlangten, daß sie ihr Leben in Shantas Hände legte. Doch Avila rebellierte. *In meine Hände, sagte sie sich immer wieder. In meine eigenen Hände, und wenn ich das hier überleben will, dann darf ich das nicht einen Augenblick lang vergessen.*

Flojian war außerordentlich zufrieden mit sich. Er war jetzt schon zum zweiten Mal gegen Großmäuler aufgestanden. Nicht schlecht für einen Mann, der Konflikten instinktiv aus dem Weg ging. Er hatte den Zwischenfall unterwegs immer und immer wieder durchgespielt, sich dabei beobachtet, wie er den Riesen herausgefordert hatte, und die ganz besondere Art von Freude entdeckt, die ein Akt des Mutes einem Mann verschaffen kann. *Wenn alles gut ging.*

Sein Vater wäre stolz auf ihn gewesen. Genauso, wie Avila stolz war.

Flojian hatte die Probleme mit seinem Vater stets auf

die Tatsache zurückgeführt, daß der einfach nichts von seinem Sohn gehalten hatte. Flojian hatte sich nicht für die Geheimnisse der Straßenbauer interessiert, nicht für ihre Städte und nicht für die Vergangenheit. Er war niemals durch die altehrwürdigen Korridore spaziert, in denen sein Vater den größten Teil seines intellektuellen Lebens verbracht hatte.

Flojians Mutter war gestorben, als er zwei Jahre alt gewesen war, und Karik hatte nie Zeit für das Kind gehabt. Flojian war bei verschiedenen Tanten und zusammen mit seinen Vettern aufgewachsen. *Dein Vater gräbt zur Zeit eine Straßenbauerkirche in Fernstraße aus,* hatten sie ihm gesagt. *Oder: Man hat ein paar seltsame Hojjies südlich von Masandik entdeckt, und jetzt versucht er herauszufinden, wozu sie gedient haben.* Und so hatte Flojian einen Widerwillen gegen die Straßenbauer und das Imperium und die Bibliothek und alles andere entwickelt, woran sein Vater geglaubt hatte. Das hatte er davon. Es war sowieso alles Unsinn. Ironie des Schicksals, daß Flojian sich am Ende als Teilnehmer dieser Expedition wiederfand. Doch die Verdächtigungen, die seinem Vater viele Jahre lang angehaftet hatten, waren auch für Flojians Ruf und konsequenterweise für sein Geschäft schädlich gewesen. Demzufolge hatte er keine große Wahl gehabt. Doch welche Gründe auch immer, Karik wäre erfreut gewesen, und diese Tatsache ärgerte Flojian nicht wenig.

An jenem Abend herrschte allgemein aufgeregte Spannung, weil die eigentliche Expedition nun endlich begonnen hatte. Im Verlauf des folgenden Tages würden sie die Grenze der Liga erreichen und kurze Zeit später auf die ersten Markierungen stoßen, die Landon Shay zurückgelassen hatte. Das Abenteuer hatte begonnen, und sie standen im Begriff, die bekannte Welt hinter sich zu lassen.

Zum ersten Mal kampierten sie unter dem freien Sternenhimmel. Das Los für die erste Wache fiel auf Flojian, und die anderen rollten sich in ihre Decken. Mit einem Revolver bewaffnet schlüpfte er in die Dunkelheit, kontrollierte die Pferde und drehte seine Runden um das Lager. Die Gefahr durch Straßenräuber oder abtrünnige Tuks war in den letzten Jahren zurückgegangen, doch Flojian war niemand, der sich leichtfertig einer trügerischen Sicherheit hinab. Er überprüfte die möglichen Annäherungswege, doch er glaubte nicht, daß sich jemand nähern könnte, ohne die Pferde zu alarmieren.

Als er schließlich zum Feuer zurückkehrte, lag einzig Avila noch wach.

»Kann ich Ihnen irgend etwas bringen?« fragte Flojian. Er fühlte sich in ihrer Gegenwart noch immer unbehaglich, doch er war fest entschlossen, sie zu tolerieren.

»Nein, danke sehr, Flojian.« Ihr Gesicht schimmerte rötlich im Schein des Lagerfeuers. »Morgen ist ein großer Tag.«

Er nickte.

»Darf ich Ihnen eine Frage stellen?«

»Sicher.«

»Sind Sie ein gläubiger Mensch, Flojian?«

»Sie meinen, ob ich an die Götter glaube?«

»Ja.«

Er sah zum Nachthimmel hinauf. Der Mond schimmerte verschwommen durch die Baumwipfel, und die Sterne schienen sehr weit entfernt. »Ja«, sagte er. »Ohne sie hat das Leben überhaupt keinen Sinn.«

Avila schwieg eine Weile. Schließlich sagte sie: »Ich würde gerne glauben, daß sie irgendwo dort draußen sind. Aber wenn es sie gibt, dann sind sie zu weit von uns entfernt. Deshalb gibt es für sie auch keinen Grund, sich zu beschweren, wenn wir sie vernachlässigen.«

»Selbst die Straßenbauer glaubten an die Götter«, sagte Flojian. »Überall stehen die Überreste ihrer Kapellen und Kirchen.«

»Und was hatten sie davon? Die Straßenbauer sind verschwunden, und mit ihnen alles, was sie je erreicht haben.«

Das Feuer war kleiner geworden, und Flojian legte ein neues Holzscheit nach.

»Trotz all ihrer Macht und ihrer Frömmigkeit. Die

Straßenbauer waren nichts weiter als Gefangene ihres Schicksals. Genau wie wir.« Sie atmete tief ein und wieder aus. »All die Mühen, die es gekostet haben muß, eine Welt wie die ihre zu errichten.« Sie setzte sich auf und schlang die Decke um ihre Schultern. In den Bäumen raschelte etwas. »Nichts mehr ist von ihnen übrig, mit Ausnahme von Straßen und einer Ansammlung von Müll, der nicht verrotten will.« Sie blickte ihm in die Augen.

»Aber an irgend etwas *muß* man doch glauben!« beharrte Flojian. »Und wenn nicht an die Götter – an was dann?«

»An Nächte wie diese zum Beispiel«, antwortete Avila. »An gutes Essen. Gute Freunde. Und Wein, um den Dingen ihren Ernst zu nehmen.«

Am nächsten Tag passierte die Gesellschaft den letzten Außenposten der Liga. Es wäre unpräzise gewesen zu sagen, sie überschritten die Grenze. Theoretisch gab es im Osten keine Grenze, an der der Einflußbereich der Liga endete. Nach der allgemein herrschenden Meinung gab es außer der Liga kein anderes politisches Machtgebilde. Nichtsdestotrotz standen sie im Begriff, unbekanntes Land zu betreten, und diese Tatsache wurde noch bekräftigt, als sie einige Meilen weiter die Stelle fanden, an der die erste Zeichnung Arins entstanden war.

Die Straße zog sich über einen Höhenrücken dahin. Der Wind hatte die Oberfläche freigelegt, und sie erschien wie die gebleichten Knochen eines toten Tieres. Chaka zog die Zeichnung hervor, und gemeinsam verglichen sie Arins Skizze mit ihrer Umgebung. Dort erhob sich der Hügel im Osten, dort drüben verlief der Fluß, und dort mußte Arin gestanden haben.

Silas schrieb eine Notiz in sein Tagebuch, und sie zogen weiter.

Der Fluß war der Ohio. Er kam von Nordosten herab und mündete bei Argon in den Mississippi. Majestätisch und breit floß er vorbei. An beiden Ufern standen die

Bäume bis ins Wasser. Flußaufwärts und flußabwärts waren eingestürzte Brücken zu sehen.

Die meisten Straßen im Territorium der Liga waren längst von den Hojjies geräumt, doch hier waren sie wieder zahlreich anzutreffen. In einem davon entdeckten die Gefährten einen Stapel anscheinend unzerstörbarer Spielsachen, die unter Bergen von Staub auf den Rücksitzen lagen. In einem anderen fand Flojian einen Koffer aus einem lederartigen Material, das allerdings unmöglich richtiges Leder sein konnte, weil es noch immer geschmeidig und in gutem Zustand war. Sie öffneten den Koffer und fanden Schreibinstrumente und metallene Geräte und Scheiben wie die in den Vitrinen der Museen. Sie fanden außerdem ein Notizbuch mit der Aufschrift EXECUTRAK, doch als sie es aufschlugen, war nichts als lauter Staub darin. »Eine Schande«, sagte Silas. »Sie produzierten alles für die Ewigkeit, nur nicht ihr Papier.«

Gegen Mittag kam eine weitere Straße in Sicht. Sie verlief in Kurven durch den Wald zur Höhe herauf und mündete in die Wildwaldstraße. Chaka entfaltete die Karte, die Shannon ihnen gezeichnet hatte. »Das hier müßte es sein«, sagte sie. »Irgendwo ganz in der Nähe müßte ein Baum mit einer Markierung stehen.«

Sie verteilten sich und suchten, und plötzlich vernahm Chaka eine bekannte Stimme. »Der Baum steht hier drüben.« Sie drehte sich um und sah Jon Shannon auf einem umgefallenen Baumstamm sitzen.

Quait zog seinen Revolver.

»Nicht schießen!« Chaka glitt aus dem Sattel und eilte zu Shannon. »Es ist Jon!« Sie umarmte den Waldläufer. »Sie sind weit weg von zu Hause«, sagte sie.

Er nickte, und Chaka stellte ihn den anderen vor. Shannon schüttelte jedem die Hand.

»Hier also fängt es an«, sagte er und deutete auf einen großen Baumwollbaum. Jemand hatte in Augenhöhe drei Striche in den Stamm geschnitzt, die parallel zur Wildwaldstraße verliefen.

»Was hat das zu bedeuten?« erkundigte sich Flojian.

»Daß wir auf der richtigen Straße sind. Geradeaus,

gleichgültig, welche Richtung das sein mag.« Shannon band drei Pferde los und führte sie unter den Bäumen hervor auf den Weg. Ein breitkrempiger Hut schützte ihn vor der Sonne. Auf seinem Gesicht war keine Gefühlsregung zu erkennen.

»Haben Sie Ihre Meinung geändert?« fragte Chaka. »Kommen Sie mit?«

»Ja«, antwortete er. »Ich denke, ich würde gerne mitkommen, falls das Angebot noch steht.«

»Warum?« wollte Quait wissen.

Shannon zuckte die Schultern. »Ich weiß es nicht. Ich dachte irgendwie, es wäre richtig.«

Silas sah die anderen der Reihe nach an. »Hat jemand Einwände?«

»Ich kenne Jon Shannon schon lange«, sagte Chaka. »Wir können ihn gut gebrauchen.«

Quait fragte sich, ob in diesem Augenblick ein Rivale auf der Bildfläche aufgetaucht war. Andererseits sah Shannon tatsächlich aus, als fände er sich in den Wäldern zurecht. »Meinetwegen«, sagte er.

Der Ohio bog nach Norden hin ab, und einige Tage später war er außer Sicht. Eine gigantische Straße überquerte ihren Weg. Die Konstruktion war teilweise eingestürzt und blockierte die Wildwaldstraße. »Sieht aus, als hätte ein Tunnel unten drunter durchgeführt«, mutmaßte Shannon. Zu beiden Seiten der Trümmer standen Baumwollbäume mit den drei parallelen Markierungen. *Geradeaus also.* »Wir klettern hinüber. Auf der anderen Seite geht es weiter«, sagte er.

Eine halbe Meile weiter begann dichter Wald, und die Wildwaldstraße verlor sich darin. »Haben wir einen falschen Weg eingeschlagen?« fragte Silas. Er führte die Gesellschaft und wandte sich verdrießlich zu dem halben Dutzend Reitern um.

»Sie hatten die Richtung zu Beekums Weg eingeschlagen«, sagte Shannon. »Es ist nicht weit von hier.«

Ein dichtes Blätterdach sperrte jegliches Sonnenlicht

aus. Im Gänsemarsch bewegten sie sich zwischen Büschen und Dickicht hindurch. Die Bäume, meist Ulmen oder Schwarzeichen, trugen alle fünfzehn oder zwanzig Yards Markierungen. Nach und nach entwickelte Chaka richtiggehend Dankbarkeit für Landon Shays Weitsicht.

Sie erreichten ein Ruinenfeld. Steinmauern, Hojjies, eine alte Kirche, eine Fabrik, Läden. Ein paar der Gebäude waren zwischen gigantischen Bäumen eingedrückt; stumme Beweise ihres Alters. Ein Metallpfosten lag umgestürzt da. Er trug am oberen Ende ein rechteckiges Schild. Silas wischte es mit einem Lappen sauber.

700 Madison.

»Es ist ein Straßenschild«, erklärte er den anderen. »In den Vitrinen im Imperium haben wir eine ganze Reihe davon.« Ein paar Minuten später entdeckten sie ein zweites Schild. Es war noch größer und trug die Inschrift *ALBEN BARKLEY MUSEUM* und einen Pfeil darunter.

Der Pfeil deutete nach oben.

»Welch ein merkwürdiger Name«, sagte Chaka.

Spät am nächsten Vormittag erreichten sie Beekums Weg. Die Straße war schmal und stark überwachsen.

»Wer war Beekum?« erkundigte sich Avila.

»Ein berüchtigter Bandit«, erklärte Silas. »Angeblich hat er Wegezoll von jedem verlangt, der hier vorbeikam. Entweder Zoll oder den Kopf.«

»Pelio hat ihn schließlich zur Strecke gebracht«, sagte Quait. Pelio war ein mindestens ebenso berühmter Held der Argoniten.

Sie überquerten einen Zufluß des Ohio auf einer wackligen alten Brücke und machten Halt, um ein paar Fische für das Mittagsmahl zu fangen.

Beekums Weg beschrieb einen Bogen nach Norden, und nach und nach veränderte sich der Wald. Die bekannten Roten Zedern und Eichen und Baumwollbäume kamen zwar immer noch häufig vor, doch neue Bäume gesellten sich hinzu – Arten, die sie noch niemals gesehen hatten. Zur Linken tauchte der Ohio wieder auf, und an mehreren aufeinanderfolgenden Nächten schlugen sie an seinen Ufern ihr Lager auf.

Die Nächte waren angenehm. Der Mond schien hell, es war ungewöhnlich warm für die Jahreszeit, und allgemein herrschte fröhliche Stimmung. Sic waren jetzt in der dritten Woche unterwegs, und jeder hatte sich inzwischen mehr oder weniger an das Leben in der freien Natur gewöhnt. Am 7. März erreichten sie eine Stelle, wo ein großer Nebenfluß von Norden her in den Ohio mündete. »Das ist der Wabash«, erklärte Shannon. »Haltet die Augen offen. Direkt vor uns muß es eine Furt geben, und wahrscheinlich haben unsere Vorgänger dort den Fluß überquert.«

Sie entdeckten zwei Markierungen, beide auf Baumwollbäumen, die in den Fluß zeigten.

»Sieht so aus, als hätte er Baumwollbäume gemocht«, sagte Flojian.

Shannon setzte den Hut ab und wischte sich über die Stirn. »Wahrscheinlich hat Landon Shay sie benutzt, wann immer möglich«, sagte er. »Das macht es leichter für uns, seine Markierungen zu entdecken.«

Chaka starrte auf den Fluß hinaus. »Ganz schön weit bis zur anderen Seite«, sagte sie.

Shannon lächelte. »Das Wasser ist nicht so tief, wie es aussieht.«

»Nicht so tief, wie es aussieht?« erwiderte Chaka. »Es sieht *verdammt* tief aus!«

Doch wie sich rasch herausstellte, war es nicht die Tiefe, sondern die Strömung, die ihnen zu schaffen machte. In der Mitte wurde sie reißend. Piper stolperte und stürzte, und fast wären Pferd und Reiter davongerissen worden, doch Quait und Avila kamen Chaka rechtzeitig zu Hilfe.

Als sie das andere Ufer erreicht hatten, beschlossen sie, für den Rest des Tages zu rasten. Sie wrangen ihre Kleider aus und genossen anschließend eine reichhaltige Fischmahlzeit.

Der Weg zog sich jetzt am Wabash entlang nach Norden hin. Sie kamen an einem weiteren Schild vorbei. Es trug die Aufschrift HOVEY LAKE – STAATLICHES WILDRESERVAT.

Der Wabash war nicht so breit und mächtig wie der Ohio. Er floß ruhig und langsam dahin und war jeden Morgen bis in die Mittagsstunden in Dunst gehüllt. Ab nun gab es keine Straße mehr. Das Wetter schlug um. Es wurde feucht und kalt, als hätte die Überquerung des Ohio sie in eine andere Klimazone geführt. In der ersten Nacht fanden sie in einer alten Scheune Zuflucht. Gegen Morgen setzte Schneeregen ein. Das schlechte Wetter hielt fünf aufeinanderfolgende Tage an, und die gute Stimmung, die sich während der Woche an den Ufern des Ohio unter ihnen breitgemacht hatte, verschwand nach und nach.

Am 13. März überquerten sie eine gewaltige Straße. Das Wetter besserte sich. Die Sonne kam hervor, und es wurde warm. Im Westen erhob sich die mächtige Straße hoch über den Fluß und endete unerwartet mitten in der Luft.

Chaka saß auf Piper und beobachtete Silas, der eine Skizze des Panoramas in sein Journal zeichnete. »Das ist keine Brücke, die ich in der Nacht überqueren möchte«, sagte sie.

Sie ritten auf eine Lichtung hinaus, die am Fluß eines niedrigen Höhenrückens lag. Shannon hob die Hand, und sie zügelten ihre Tiere. »Das ist sehenswert«, sagte er.

Chaka blickte neugierig in die Runde und sah nichts. Die anderen reagierten nicht weniger verwirrt.

»Was denn?«

»Der Höhenrücken«, erklärte Shannon.

Er war gerade und langgezogen, kam zur Rechten aus dem Wald und verlief schnurgerade über ihren Weg, um zur Linken wieder im Wald zu verschwinden. Der Kamm war gewölbt und mit Gras und Laub bedeckt.

Ansonsten war das einzig Bemerkenswerte, daß er wie ein ganz normaler Höhenrücken aussah.

»Er verläuft nicht wirklich gerade«, sagte Shannon. »Das sieht nur so aus, weil wir nicht viel davon sehen können. Tatsächlich bildet er einen vollkommenen Kreis mit einem Umfang von siebzig Meilen.«

Quait beugte sich im Sattel vor. *»Das Teufelsauge«*, sagte er andächtig.

Eines der Pferde rieb seine Schnauze an Chaka.

»Du hast davon gehört?« Shannon wirkte überrascht.

»Selbstverständlich. Ich wußte, daß es irgendwo hier draußen liegt, aber ich hatte nicht erwartet, daß wir es sehen würden.«

»Der Kamm hat überall die gleiche Höhe«, erklärte Shannon. »Manchmal fällt das umliegende Land ab, dann sieht er höher aus, und manchmal steigt es an, dann verschwindet er scheinbar ganz.«

»Was ist dieses Teufelsauge?« fragte Chaka. Ein Frösteln lief ihr den Rücken hinunter.

Avila stieg von ihrem Pferd und beschirmte mit der Hand die Augen. »Man sagt, es sei ein Ort, an dem die Straßenbauer einen Dämon heraufbeschworen hätten, der ihnen helfen sollte, Shantas Geheimnisse zu enträtseln. Damit sie ihre Göttlichkeit stehlen konnten.« Sie blickte unbehaglich drein. »Ich dachte immer, das Teufelsauge sei nichts weiter als eine zufällige Ansammlung von Hügeln, und daß die Menschen übertrieben hätten, die von seiner Geometrie berichteten.«

»O nein«, sagte Shannon. »Niemand hat übertrieben, was das Teufelsauge betrifft.«

»Wie kam es dorthin?« fragte Flojian mit belegter Stimme. »Dieses Gebilde kann unmöglich natürlich entstanden sein.«

Shannon wartete, bis sie genug gesehen hatten, dann führte er die Gruppe in den Wald zurück. Sie folgten dem Verlauf des ringförmigen Rückens. Das Gelände stieg allmählich an, und der Kamm wurde scheinbar flacher. Oben angekommen entdeckten sie mehrere zerstörte Gebäude auf der Innenseite des Rings.

Chaka lenkte ihr Pferd zu Shannon. »Weißt du vielleicht, was es ist?« fragte sie in der Hoffnung auf eine profane Erklärung.

Er schüttelte den Kopf. »Ich habe nicht die geringste Ahnung.«

Vielleicht hätte Silas das Christentum als eine der großen Religionen der Straßenbauerepoche identifizieren können. Doch seine Informationen waren auf die wenigen Bücher beschränkt, die bis in sein Zeitalter hinein überlebt hatten. Er konnte zum Beispiel unmöglich wissen, daß von der langen Palette übernatürlicher Namen, die in der Heiligen Schrift erwähnt werden, einzig und allein der des Teufels überlebt hatte.

Kapitel 10

Der Kamm war mit Laub und trockenem Gras bedeckt. Vereinzelt wuchsen Schwarzkirschbäume und Gelbe Pappeln. Er verlief jetzt fast ebenerdig, mit sanften Hängen. Eine alte Straße überquerte den Rücken und führte zu den antiken Gebäuden im Innern des Rings.

Von ursprünglich sechs oder sieben Gebäuden standen nur noch drei. Zwei davon waren graue Steinhäuser mit einem halben Dutzend Stockwerken. Die Fenster waren nur noch leere Höhlen.

Das dritte bestand aus der Sorte Material, das aussah wie Glas, aber keines war, weil es immer noch wie neu schien. Die Wände waren bis in eine Höhe von sechs Fuß mit verschlungenen Symbolen beschmiert, mit Buchstaben und Kreuzen, die auf dem Kopf standen, und mit Mondsicheln und fließenden Linien. »Diese Symbole sollen ansässige Dämonen abschrecken«, erklärte Avila.

Das Glasgebäude war gut zehn Stockwerke hoch. Auf dem Dach hatte sich eine große graue Schüssel aus ihrer Verankerung gelöst. Sie lag auf der Kante und schien jeden Augenblick auf den darunter liegenden Vorplatz stürzen zu wollen. In den oberen Stockwerken gab es lange Reihen von Doppelfenstern. Am Fuß des Gebäudes öffneten sich breite Türen aus Pseudoglas zum Vorplatz hin.

Außerdem fanden sie einen Stall und ein Treibhaus aus jüngerer Zeit. Beides wirkte verlassen.

»Bist du jemals in einem dieser Häuser gewesen?« fragte Quait.

Shannon schüttelte den Kopf. »Im gesamten Ring regiert das Unglück.«

»Das glaubst du doch nicht wirklich?« fragte Chaka.

»Nein. Aber die Tuks glauben es.« Er zuckte die Schultern. »Ich hatte nie einen Grund, das Innere des Rings zu betreten.«

Quait setzte sich auf die Häuser zu in Bewegung. »Ich

frage mich, welchen Zweck diese Anlage erfüllt hat«, sagte er nachdenklich.

»Vielleicht einen religiösen?« schlug Avila vor. »Was sonst könnte es gewesen sein? Trotzdem ergibt es keinen rechten Sinn, nicht einmal als religiöses Bauwerk. Es wirkt nicht sehr inspirierend, oder?« Sie schüttelte rätselnd den Kopf. »Man sollte erwarten, daß eine religiöse Zeremonie im Zentrum stattfindet, wenn überhaupt. Das wäre dann irgendwo zwanzig Meilen weit im Innern. Selbst wenn wir uns die Bäume wegdenken, könnte man den Ring von dort aus nicht sehen. Bestenfalls würde man den Eindruck gewinnen, auf einer weiten offenen Ebene zu stehen.«

Das umgebende Land fiel wieder ab, und der Kamm wurde sichtbar. Silas entdeckte eine Quelle und zügelte sein Pferd. »Warum rasten wir nicht und schlagen hier unser Nachtlager auf?« sagte er.

»Dazu ist es noch ein wenig zu früh«, entgegnete Shannon. »Außerdem willst du doch wohl nicht wirklich *hier* rasten, oder?«

Silas wollte.

Quait zögerte. Nicht, weil er abergläubisch gewesen wäre; er wollte sein Glück nur nicht leichtfertig auf die Probe stellen. Wenn es nach ihm gegangen wäre, würden sie bis zum Einbruch der Dämmerung ein gutes Stück Weg zwischen sich und den gigantischen Ring des Teufelsauges bringen. Andererseits wollte er sich nicht vor den anderen durch Schauermärchen einschüchtern lassen. Offensichtlich dachten die anderen das gleiche, obwohl die Pferde unruhig scheuten.

Schließlich war es Chaka, die sich einen Ruck gab. »Es *könnte* spuken«, sagte sie. »Es *wäre* möglich.«

Silas grinste beruhigend. »Keine Angst, Chaka«, entgegnete er und blickte die anderen reihum an, als erwarte er ihre moralische Unterstützung. »Es gibt nichts, worüber du dir Sorgen machen müßtest.«

Die anderen starrten angelegentlich in alle Richtungen.

Und so wurde das Lager am Fuß des Rückens aufgeschlagen. Innerhalb einer Stunde saßen sie um ein Feuer und machten sich über das Hirschfleisch her, das vom Mittagessen übriggeblieben war. Die Nacht war kühl und die allgemeine Stimmung eher gedämpft. Niemand redete laut, Quaits *Walloon* blieb an der Satteltasche festgebunden, und das gelegentliche Gelächter klang merkwürdig gezwungen. Silas bemühte sich, die Stimmung zu heben, indem er darüber redete, wie leicht Menschen sich von ihren Ängsten führen ließen.

Doch seine Bemerkungen verschlimmerten die Stimmung eher noch. Quait saß während des gesamten Abendessens mit dem Gesicht zu der langen Felswand, damit sich nichts von hinten an ihn heranschleichen konnte.

Die Gebäude waren teilweise hinter Bäumen, teilweise hinter der Erhebung des Rückens verborgen.

»Weiß eigentlich irgend jemand mehr über diesen Ort?« erkundigte sich Silas. »Wie steht es mit dir, Avila?«

Sie schüttelte den Kopf. »Der offizielle Standpunkt des Ordens lautet, daß das Teufelsauge ohne jede Bedeutung sei und ein Artefakt wie jeder andere auch. Doch wir wissen, daß in einigen der Straßenbauerruinen noch immer Lebensenergie steckt. Merkwürdige Dinge geschehen dort, möglicherweise unheilige Dinge. Insgeheim glauben alle, daß es sich beim Teufelsauge sehr wohl um eine dämonische Präsenz handeln könnte.« Sie versuchte ein zaghaftes Lächeln. »Selbstverständlich wird das niemand zugeben. Ich will euch nicht einschüchtern, aber die Mentoren wären entsetzt, wenn sie wüßten, daß wir ausgerechnet hier unser Lager aufgeschlagen haben.«

»Verdammt!« sagte Shannon. »Genau das versuche ich euch die ganze Zeit zu sagen!«

»Was denkst du darüber, Silas?« fragte Quait. »Gibt es Teufel auf der Welt?«

»Nein«, antwortete Silas. »Ganz sicher nicht.«

Flojian hatte sich in eine Decke gehüllt. Die Flammen des Feuers warfen tanzende Schatten auf sein Gesicht. »Die Wahrheit ist doch«, sagte er, »daß wir keine Ahnung haben, wie die Welt funktioniert. Du hättest nur zu gerne einen mechanischen Kosmos, Silas. Ursache und Wirkung. Alles sehr mathematisch. Übernatürliche Kräfte wären überflüssig. Aber das können wir niemals wirklich wissen, oder?«

Das Feuer knisterte, und die Bäume seufzten.

Quait wußte nicht genau, wann er eingeschlafen war. Plötzlich wurde ihm bewußt, daß Chaka ihn sanft schüttelte, und er war schlagartig hellwach.

»Was gibt's?« flüsterte er.

Ein schwacher Lichtschein über dem Rand des Rückens. Kaum wahrnehmbar, aber vorhanden. »Ich habe ein Licht in dem Glasgebäude gesehen.«

Quait wickelte sich aus seiner Decke und schlüpfte in Hose und Hemd.

»Was sollen wir tun?« fragte sie.

»Was würdest *du* tun?«

»Ich denke, wir sollten von hier verschwinden.«

Quait bemühte sich, zuversichtlich dreinzublicken. »Sicher gibt es eine natürliche Erklärung. Er schlang das Holster um die Hüften. »Trotzdem sollten wir vielleicht besser die anderen wecken.«

Minuten später standen alle oben auf dem Rücken und sahen auf zwei erleuchtete Fenster im Erdgeschoß des Gebäudes.

»Irgend etwas bewegt sich dort drin«, sagte Flojian.

Der Blickwinkel verhinderte, daß sie mehr erkennen konnten.

»Lassen wir es in Ruhe«, schlug Shannon vor. »Es hat nichts mit unserer Expedition zu tun.«

»Selbstverständlich hat es das!« widersprach Silas. »Wir sind schließlich gekommen, um mehr über die Straßenbauer zu erfahren!«

»Silas«, sagte Shannon geduldig, »wahrscheinlich sind es nur ein paar Leute wie wir, die sich dort verkrochen haben. Wenn wir hineingehen, kommt es möglicherweise zu einem Kampf.«

»Der *Rücken*«, beharrte Silas. »Vielleicht besteht eine Verbindung zu diesem merkwürdigen Rücken.«

»Das ist unwahrscheinlich«, entgegnete der Waldläufer.

»Wer weiß?« Silas setzte sich in Bewegung. »Ich komme wieder.«

Chaka gesellte sich zu ihm. Quait bat sie, auf ihn zu warten. Er eilte ins Lager zurück und holte eine Lampe, ohne sie jedoch anzuzünden.

»Also schön«, brummte Shannon. Er überprüfte seine Waffe und schob sie in das Holster zurück. »Dann sehen wir eben nach. Ich hoffe nur, daß keinem von uns der idiotische Kopf weggeblasen wird.«

»Nein, Jon«, sagte Silas. »Nicht *wir*. Ich möchte, daß ein paar von uns draußen bleiben, falls wir in eine Falle geraten. Und ich hätte dich gerne in einer Position, von wo aus du unsere Rettung leiten könntest. In Ordnung? Bleib hier. Wenn wir nicht zurückkommen, bist du an der Reihe.«

Shannon blickte unglücklich drein.

Oben auf dem Kamm war es dunkel. Quait trat in ein Erdloch, und Silas stolperte über eine Wurzel. Trotzdem erreichten sie unangefochten den Boden auf der anderen Seite des Rückens und überquerten die fünfzig oder sechzig Yards, die den Rücken von den Gebäuden trennten.

Ein Dutzend Steinstufen, eingefaßt von einer niedrigen Mauer, führten zum Vorplatz hinauf. »Im Stall stehen Pferde«, sagte Quait. Er schlich davon, um einen Blick darauf zu werfen. Drei Pferde. Und ein Wagen.

Sie krochen zu den erhellten Fenstern und spähten hinein.

Eine Lampe brannte hell und ohne zu flackern. Sie stand auf einem Beistelltisch, und ihr Lichtkegel fiel auf einen Lehnstuhl, aber eine Flamme war nicht zu erkennen. Mehrere Möbelstücke standen in dem Raum, sogar ein Sofa. In einem Regal lagen ein paar ungebundene Bücher.

»Was hältst du davon?« fragte Silas. Seine Hand

schwebte in der Nähe des Revolvers. Silas war nicht daran gewöhnt, eine Waffe zu tragen, und Quait hatte bemerkt, daß er ein wenig großspurig umherstolzierte, wenn er sie umgeschnallt hatte. Doch jetzt war von Großspurigkeit nichts mehr zu sehen.

Quait prüfte die Fenster. Sie waren verschlossen.

»Ich würde zu gerne herausfinden, wie diese Lampe funktioniert«, sagte Chaka.

Sie warteten eine Weile, doch der Raum blieb leer. Schließlich kehrten sie zur Vorderseite zurück, stiegen die Stufen empor und überquerten den Vorplatz. Einst hatte das Gebäude vier Türen besessen. Drei davon waren noch an Ort und Stelle. Die vierte fehlte, und vor den Durchgang hatte jemand eine dicke graue Plane gehängt. Durch die Plane war eine düstere Empfangshalle zu erkennen und darin die Umrisse von Tischen und Stühlen.

Auf der Vorderseite des Gebäudes stand eine Inschrift zu lesen: RICHARD FEYNMAN TEILCHENBESCHLEUNIGER.

»Wer war Richard Feynman?« fragte Chaka.

Silas schüttelte den Kopf. »Keine Ahnung.«

Quait sah zurück auf den Kamm. Shannon und die anderen waren nicht zu sehen, doch Quait wußte, daß sie alles beobachteten. »Bleibt unten«, sagte er und tappte zu der Plane.

Chaka und Silas hatten sich bereits in Bewegung gesetzt, um Quait zu folgen. Er winkte ihnen (vergeblich), in Deckung zu bleiben, und schlüpfte durch die Öffnung.

Wäre Chaka nicht zugegen gewesen, hätte sich Quait ganz bestimmt gründlicher umgesehen und nach einem weniger direkten Eingang gesucht. Doch die Pferde im Stall legten nahe, daß die Bewohner eher Menschen als Dämonen waren, und Quait würde sich nicht die Gelegenheit entgehen lassen, als Held dazustehen, indem er umherschlich und nach Hintertüren suchte.

Eine lange Theke nahm die Hälfte der hinteren Wand ein. Quait trat ein paar Schritte vom Eingang und von der gläsernen Außenwand weg, damit er sich nicht durch seinen Schatten verriet. Der Boden war dick mit Schmutz und Laub bedeckt. Zwei weitere Türen gingen von der Eingangshalle ab. Unmittelbar zur Linken führte eine Treppe nach oben.

»Hallo?« rief er leise. »Ist da jemand?«

Der Wind zupfte an der Plane.

Quait überzeugte sich, daß die Eingangshalle leer war, und betrat einen Korridor. Die Wände waren schmutzig weiß und übersät mit Löchern und Wasserflecken. Quait entdeckte weitere Räume ähnlich dem, den sie von außen gesehen hatten. Sie waren vollgestellt mit Straßenbauermöbeln.

Am Ende des Korridors wandte er sich nach links in Richtung des Lichtscheins, der unter der Tür hindurch schien.

Er überprüfte jeden Raum, während er weiter vordrang, doch er fand niemanden. Schließlich öffnete er die Tür zu dem erleuchteten Zimmer und wurde von einem Schwall warmer, trockener Luft überrascht. Nirgendwo war ein Feuer zu sehen. Die Wärme schien aus einer Reihe von Rohren zu kommen, die aus einer Wand ragten. Quait war so fasziniert von dem Apparat, daß er nicht bemerkte, wie jemand hinter ihm den Raum betrat.

»Verbrenn dich nicht«, sagte eine Stimme.

Idiot! Quait wirbelte herum und starrte in die Mündung einer Bärenflinte.

Sein Blick wanderte langsam von der Mündung der Waffe zu einem Paar eng beieinanderstehender, verärgerter Augen. Vor ihm stand ein kleiner Mann mit kahlem rundem Schädel, dicken Unterarmen und grauschwarz meliertem Bart. Er besaß blitzend weiße Zähne.

»Ich habe nichts Böses im Sinn, Freund«, sagte Quait.

»Du wirst auch keine Gelegenheit zu etwas Bösem erhalten.« Die Stimme klang rauh. »Nimm die Waffe ganz langsam heraus und leg sie hin, oder ich töte dich auf der Stelle.« Unbehaglich stellte Quait fest, daß die Stimme des Mannes nervös klang.

»Ganz ruhig«, sagte Quait. »Ich bin nicht gefährlich.«

Er nahm die Waffe aus dem Holster und legte sie auf ein Sofa.

»Das sehe ich.« Der Mann nahm sich Zeit, um Quait zu mustern. »Wer bist du«, fragte er schließlich. »Was hast du hier zu suchen?«

»Mein Name ist Quait Esterhok. Ich bin auf der Durchreise. Es ist kalt draußen. Ich bin reingekommen, weil ich einen Unterschlupf suchte. Ich habe nicht gewußt, daß jemand anderes hier wohnt.«

»Dort hinüber«, sagte der Mann und dirigierte Quait in die Mitte des Raums.

Quait gehorchte. »Wer sind Sie?« fragte er.

Der Kahlköpfige hielt die Waffe unverwandt auf eine Stelle zwischen Quaits Augen gerichtet.

»Hören Sie«, sagte Quait, »wenn Sie wollen, daß ich gehe, gehe ich.« Er machte einen zaghaften Schritt Richtung Ausgang, doch irgend etwas in den Augen des Mannes riet ihm, lieber nicht weiterzugehen.

»Ich habe nur selten Besuch«, sagte der Mann. »Wer ist noch bei dir?«

»Niemand.«

Der Mann deutete zu einem der Stühle. »Setz dich.«

Quait gehorchte.

»Kein Mensch reist allein durch diese Gegend, Quait Esterhok. Ich schätze, deine Chancen, ohne ein Dutzend Löcher im Bauch wieder hier raus zu kommen, wären beträchtlich größer, wenn du dich dazu entschließen könntest, mir endlich die Wahrheit zu sagen.«

»Ich würde niemals einen Mann anlügen, der eine Waffe auf mich gerichtet hält«, sagte Quait.

Beide starrten sich schweigend an. Plötzlich rief Chaka seinen Namen. »Alles in Ordnung, Quait?« Und leiser, aber immer noch deutlich zu hören: »Wo ist er hingegangen, Silas?«

Quait grinste seinen Bewacher an. »Ich bin okay«, rief er zurück. »Aber bleibt, wo ihr seid. Vor mir steht ein Mann mit einer Waffe in der Hand.«

»Sag ihnen, sie sollen hereinkommen, damit ich sie sehen kann.«

»Nein«, widersprach Quait. »Das werde ich auf keinen Fall tun.«

Der Mann wischte sich mit dem Ärmel über das Gesicht. Er trug ein zerknittertes graues Hemd und ausgebeulte schwarze Hosen.

»Ihr dort draußen!« polterte er. »Kommt herein, laßt die Waffen draußen und haltet die Hände hoch, oder ich erschieße euren Freund.«

Lange Zeit herrschte Schweigen. Der Kahlköpfige wich in eine Ecke des Raums zurück, von der aus er sowohl Quait als auch den Eingang unter Kontrolle behalten konnte.

»Bitte erschießen Sie niemanden«, sagte Chaka. Sie betrat mit erhobenen Händen den Raum. Silas folgte ihr auf dem Fuß.

»Wer sind Sie?« platzte Silas heraus. »Ein Irrer?«

»Das ist eine Frage, die leider unbeantwortet bleiben muß.« Der Kahlköpfige schielte in den Korridor hinaus. »Sonst noch jemand?«

»Nein«, antwortete Quait. »Das waren alle.«

»Das hoffe ich. Falls noch eine Überraschung auf mich wartet, fange ich an zu schießen. Ihr drei seid die ersten. Und jetzt: Was habt ihr in meinem Haus zu suchen?«

Quait versuchte eine Erklärung. Silas hatte sich seiner Natur gemäß der Handvoll ungebundener Bücher zugewandt, die im Regal lagen. Plötzlich seufzte er. »Illion Talley. Woher zur Hölle haben Sie die?«

Der Kahlköpfige beäugte Silas mißtrauisch. »Woher kennst du meinen Namen?«

»*Ihren* Namen?« fragte Silas. »Ich habe vom Autor dieser Bücher gesprochen.«

»Das bin ich.«

Silas runzelte die Stirn und schürzte die Lippen. »Illion Talley ist tot.«

»Oh, er ist nicht so tot, wie manche vielleicht gerne hätten.«

»Sind Sie wirklich Talley? *Der* Illion Talley aus Masandik?«

»Selbstverständlich, du Trottel. Wer sollte ich sonst

sein?« Das Gewehr schwankte, und seine Stimme verlor an Härte. »Dann haben Sie also von mir gehört?«

»Jeder kennt *den Mechaniker*« sagte Silas. Er starrte den Kahlköpfigen an. »Ich glaube ...« begann er, »... ich glaube, Sie sind es wirklich!« Er klatschte begeistert in die Hände. »Wundervoll! Damit hat sich die ganze Expedition bereits gelohnt, ganz gleich, was noch dabei herauskommt!« Er stürzte vor und hatte Talleys Waffe anscheinend völlig vergessen.

Talley zögerte, und dann – falls er überlegt hatte, ob er schießen sollte – war es zu spät. Silas war bei ihm und schüttelte ihm wie besessen die Hand. »Wunderbar«, sagte er ein übers andere Mal. »Wir sind uns schon einmal begegnet, doch das ist Jahre her. Ich war noch sehr jung, und sicherlich können Sie sich nicht an mich erinnern. Mein Name ist Silas Glote.«

Auch Quait hatte von dem Mechaniker gehört. Illion Talley war in allen fünf Städten der Liga berühmt. Er war Philosoph, Künstler und Ingenieur, und er hatte die phantastische Wasserversorgung und die Abwasserentsorgung von Masandik mit den modernen Pumpen entworfen und ihren Bau beaufsichtigt. Talley hatte die berühmte Skulptur der Lyka für den Tempel in Fernstraße geschaffen und das moderne Repetiergewehr erfunden.

»Und Sie sind nicht tot!« sagte Silas.

»Natürlich nicht!« Talley legte das Gewehr auf den Tisch.

Berichten zufolge war er vor mehr als zwanzig Jahren in Masandik gestorben.

Die Berichte wußten, daß ein Komitee von Bürgern Talley und eine junge Frau wegen Unkeuschheit angeklagt und beide zusammen auf dem Scheiterhaufen verbrannt hatte.

Talley winkte den anderen, am Tisch Platz zu nehmen und lehnte sich gegen den Schreibtisch. »Schön zu erfahren, daß man mich nicht vergessen hat. Und daß es noch immer Menschen gibt, die nicht schlecht über mich denken.«

»Man hat Sie angeklagt, die Götter zu vertreiben« sagte Silas.

»Und man hat berichtet, ich sei tot, oder vielleicht nicht?« Er kicherte. »Eine Bande von Hohlköpfen, die inkompetenter ist als alles, was mir jemals zuvor begegnet ist.«

»Was ist geschehen?« fragte Quait.

»Yolanda«, sagte er.

»Verzeihung?«

»Ich stellte Yolanda ein, um meine Manuskripte zu kopieren. Sie war jung und hübsch, und meine Studenten fühlten sich zu ihr hingezogen. Sie dachten sich Ausreden aus, um in mein Büro zu kommen. Sie stellten Fragen. Und Yolanda vergaß, daß nicht sie der Lehrer war. Außerdem glaubte sie, Lehrer wären an die Wahrheit gebunden.« Talley fixierte Silas mit düsteren Blicken. »Sie sehen aus wie ein Lehrer.« Es klang nicht wie eine Frage, sondern wie eine Feststellung.

»Das trifft zu.«

»Dann werden Sie auch Yolandas Naivität verstehen. Ich versuchte, ihr die politische Realität zu erklären und die Notwendigkeit, die öffentliche Meinung nicht gegen sich aufzubringen.« Er zuckte die Schultern. »Sie wollte nicht auf mich hören. Nach einer Weile ging die Nachricht um, daß Yolanda nicht an die Götter glaubte. Und daß sie einen gotteslästerlichen Einfluß auf die jungen Menschen unseres Landes ausübte.«

Quait runzelte die Stirn. »Aber ... die oberen Klassen bestehen doch so gut wie ausschließlich aus Skeptikern. Waren das nicht deren Kinder in der Schule?«

»Selbstverständlich«, sagte Talley. »Aber was diese Menschen glauben, und was sie öffentlich zuzugeben bereit sind, steht auf zwei verschiedenen Blättern.«

»Es heißt, Sie wären beide hingerichtet worden«, sagte Silas.

»Wir konnten fliehen, bevor sie kamen, um uns zu holen. Ich weiß nicht, wen sie hingerichtet haben, wenn überhaupt. *Ich* war es jedenfalls ganz bestimmt nicht. Aber es war kalt. Mitten im Winter. Yolanda starb unterwegs, also haben sie vermutlich wenigstens eins ihrer Ziele erreicht.« Sein Blick umwölkte sich. »Seitdem lebe ich die meiste Zeit hier. Ich wüßte nicht, wohin ich sonst gehen sollte. Niemand hätte mich aufgenommen.«

»Zwanzig Jahre sind eine lange Zeit«, sagte Silas. »Die Dinge haben sich seit damals geändert. Heutzutage gelten Sie in Masandik als Held. Man würde Sie mit Freuden wieder aufnehmen.«

»Zwanzig Jahre. Ist es tatsächlich schon so lange her?« Talley lachte. »Wahrscheinlich sind viele dieser Halunken inzwischen längst tot.«

Silas deutete auf die Bücher, die sauber nebeneinander aufgereiht im Regal lagen. »Darf ich fragen, worüber Sie schreiben?«

Quait hätte am liebsten selbst nachgesehen, doch man ging nicht einfach hin und blätterte in einem Buch, das einem nicht gehörte.

»Ich habe die Geschichte des Baranji-Imperiums fertiggestellt«, sagte Talley. »Außerdem habe ich mir meine eigenen Gedanken über die Welt der Straßenbauer gemacht.« Er trat vom Schreibtisch weg, nahm ein Buch aus dem Regal und schlug es auf, damit sie das Inhaltsverzeichnis studieren konnten. »Das hier ist eine Sammlung philosophischer Betrachtungen. Über die Natur des Bösen. Den Sinn des Lebens. Die Frage nach einer absoluten Moral. Und so weiter.«

»Kein Wunder, daß sie hinter Ihnen her waren«, lachte Chaka.

Alle stimmten ein, und die niedergeschlagene Stimmung verflog. »Sie müssen mir meine Vorsicht vergeben. Hierher zu mir verirren sich nur selten zivilisierte Besucher.« Talley wandte sich wieder zu seinen Büchern um. »Ich habe außerdem eine Studie über die Baumarten und ihre Charakteristika, über die Wachstumsperioden und die beste Pflanzzeit verfaßt. Und eine Analyse der Sitten und Gebräuche der einheimischen Tuks. Und zum Schluß noch eine politische Geschichte von Masandik.« Er zog die Bücher der Reihe nach aus dem Regal und zeigte sie seinen Besuchern, und Quait dämmerte, daß dieser Mann wahrscheinlich seit Jahren allein hier in der Wildnis geschrieben und nie eine Gelegenheit gehabt hatte, irgend jemandem seine Arbeiten zu zeigen. Wenigstens niemandem, der etwas damit anzufangen gewußt hätte.

»Ich vergesse meine guten Manieren«, sagte Talley. »Möchten Sie vielleicht Tee?«

Er stellte Tassen auf den Tisch und verließ das Zimmer. Minuten später kehrte er mit einer dampfenden Kanne zurück. »Wenn ich bedenke, wie sich die Dinge entwickelt haben, dann war es vielleicht gar nicht so verkehrt, hierher zu kommen«, sagte er und schenkte aus. »Ich habe meine Zeit hier weitaus produktiver verbracht, als ich es in Masandik je gekonnt hätte. Verraten Sie mir doch, ob der Legat noch immer regiert?«

»Er wurde vor über einem Jahrzehnt gestürzt«, berichtete Silas. »Masandik ist heute eine Republik. Genau wie alle anderen Städte auch.«

»Nun«, sagte Talley düster, »ich bin gar nicht sicher, ob das ein gutes Zeichen ist. In meinen Ohren klingt es wie die Herrschaft des Pöbels.«

Quait war dazu übergegangen, die Lampe zu inspizieren, die noch immer ein stetiges, niemals flackerndes Licht produzierte. »Sie besitzen Wärme ohne Feuer«, sagte er staunend, »und Licht ohne eine Flamme!« Die Lichtquelle befand sich im Innern eines Glasrohrs.

»Wie funktioniert diese Lampe?« fragte Chaka.

Talley grinste geheimnisvoll. »Straßenbauertechnik. Ich kenne die Prinzipien, die dahinter stecken, selbst nicht so genau. Aber ich werde es schon noch herausfinden.« Er berührte einen Schalter, und das Licht erlosch. Er berührte den Schalter erneut, und das Licht brannte wieder.

»Wundervoll«, staunte Silas.

Die Lampe war einfach und schmucklos und schien ganz aus Metall zu bestehen. Sie war an der Basis abgerundet. Der für die Straßenbauer typische verspielte, verschnörkelte Stil, der in den Ligastädten so begehrt war, fehlte ihr völlig. Bei näherem Hinsehen stellte Quait fest, daß das Material kein Metall war, sondern einer jener künstlichen, der Zeit widerstehenden Stoffe.

»Ursprünglich besaß ich mehrere davon. Sie sind eine nach der anderen verloschen.« Talley schüttelte in stiller Verwunderung den Kopf. »Wirklich sehr bemerkenswerte Apparate. Hin und wieder wird ihr Licht schwächer, aber ich muß sie nur in einen anderen Apparat im Keller stecken, und das Licht ist wieder hell.«

Quait trat zu der Wärmequelle des Zimmers, den Röhren. Sechs Stück davon ragten in parallelen Spiralen aus der Wand. »Und das hier?« fragte er.

»Ah«, sagte Talley. »Das ist *meine* Erfindung.« Er wartete, bis alle Zeit gehabt hatten, sie zu untersuchen. »Wirklich ziemlich einfach«, fuhr er fort und grinste breit. »Folgen Sie mir bitte.«

Er nahm die Lampe auf und führte sie in das nächste Zimmer.

Es war groß und geräumig, und die teilweise eingestürzte Decke wurde von zwei Stützbalken gehalten. Auf einem hüfthohen Podest befand sich eine Feuerstelle. In einer Ecke stand ein langer, klappriger Arbeitstisch. Töpfe und Kochgeschirr baumelten an Haken von der Decke. Vor den Fenstern hingen schwere, staubbedeckte purpurne Vorhänge. Jemand hatte einen Stapel Brennholz aufgeschichtet. In der Mitte des Raums stand ein Brennofen.

Der Ofen war auf vier klauenförmigen Beinen montiert und besaß eine obere und eine untere Brennkammer. Quait vernahm das Geräusch von kochendem Wasser. Es drang aus der oberen Kammer. Ein dickes schwarzes Rohr trat aus der Rückseite des Ofens aus und verschwand in der Decke. Ein zweites, viel dünneres, mit Gaze umwickeltes Rohr führte vom Ofen in die Wand. »Dieses hier«, Talley zeigte auf das dicke Rohr, »leitet den Rauch nach draußen. Das dort«, er zeigte auf das dünnere, »transportiert Dampf in die Heizröhren in meinem Büro und im anderen Flügel.« Er grinste breit und selbstzufrieden. »Die ganze Wohnung ist immer behaglich warm.«

»Brillant!« rief Silas. Er zog sein Tagebuch hervor und fertigte eine Skizze der Apparatur an.

Talley zuckte die Schultern. »Das ist noch gar nichts.«

Quait hatte selbstverständlich bereits Brennöfen gesehen. In einigen illyrischen Häusern ersetzten sie inzwischen die traditionellen Feuerstellen. Sie waren wirksamer, wenn es darum ging, einen Raum zu heizen. Doch er hätte nie gedacht, daß man die überschüssige Wärme zu einem entfernten Teil des Hauses transportieren könnte. Silas war außer sich vor Begeisterung. Er bombardierte Talley mit Fragen und schrieb sämtliche Antworten nieder. »Falls Sie nichts dagegen haben«, sagte er, »möchten wir diese Idee mit nach Hause nehmen.«

»Wie Sie wünschen. Das ist wirklich keine große Sache, verstehen Sie?« Talley nippte an seinem Tee. »Wie lautet das Ziel Ihrer Reise, wenn ich fragen darf? Was führt Sie so weit von zu Hause weg?«

»Wir hoffen, Haven zu entdecken«, antwortete Silas.

Talleys Gesichtsausdruck änderte sich schlagartig. Wahrscheinlich war er zu lange allein gewesen, um seine Gefühle vor anderen Menschen verbergen zu können. Jedenfalls schien offensichtlich, daß er zu der Erkenntnis gelangt war, sich in der Gesellschaft von Verrückten zu befinden. »Ich verstehe. Nun, ich wünsche Ihnen viel Erfolg.«

»Ehrlich gesagt«, verteidigte sich Silas, »ist das nicht so weit hergeholt, wie es vielleicht klingen mag.«

»Sicher. Sie haben recht.«

Talley führte sie zurück in sein Arbeitszimmer. »Was ist das eigentlich für ein merkwürdiger Höhenrücken?« erkundigte sich Chaka.

Talley sah sie verwirrt an.

»Das Gebilde, das diesen Ort umgibt«, erklärte sie.

»Oh. Sie meinen den *Ring*. Es ist ein Tunnel. Die Menschen, die dieses Gebilde schufen, hofften dadurch zu erfahren, wie die Welt entstanden ist.«

Silas zeigte keinerlei Reaktion, doch Quait wurde plötzlich unruhig.

»Also hatte Avila recht«, sagte Chaka schließlich.

»Avila ist eine unserer Freundinnen«, erklärte Quait. »Sie behauptet das gleiche wie Sie.«

»Und wie sollte das funktionieren?« fragte Silas.

»Ich weiß es nicht. Ich kann die Ergebnisse nicht lesen.«

»Sie meinen, die Maschinen wurden zerstört?«

»Ich meine: *Ich kann die Ergebnisse nicht lesen.*«

Silas blickte sich um, als erwartete er, sie irgendwo auf dem Tisch liegen zu sehen. »Vielleicht können wir Ihnen helfen?«

Talley kicherte leise. »Selbstverständlich. Bitte folgen Sie mir.«

Er führte sie in die Eingangshalle und von dort zwei Treppenabsätze in die Tiefe. Unten wandten sie sich nach links. Sie kamen in einen weiteren Korridor, von dem zahlreiche Türen abgingen. Die Wände waren grau und bröckelig.

»Hier hinein.«

Sie gelangten in ein weiteres Arbeitszimmer. Reihen stumpfer Metallkästen standen auf einem Tisch in der Mitte und ringsum an den Wänden. Über den Boden verliefen blanke Kabel. Der Raum war überraschend sauber.

Eine Tür aus massivem Metall stand einen Spaltbreit offen. »Das ist der Eingang zum Ring«, erklärte Talley. Er zog die Tür ganz auf, betätigte einen Schalter an der Wand, und im Innern gingen Lichter an. Sie blickten in einen Tunnel. Kabel und Rohre zogen sich über Decke und Wände, und über dem Boden lag ein Rost. Der Tunnel erstreckte sich sanft gekrümmt in beide Richtungen. »Er ist noch vollständig erhalten«, sagte Talley. »Den ganzen weiten Ring herum. Siebzig Meilen.«

»Sind Sie sicher?« fragte Chaka.

»Ich bin einmal ganz herumgelaufen. Dauerte eine gute Woche.«

Chaka wechselte einen Blick mit Quait.

»Das ist gar nicht so schlimm, wie es vielleicht klingt, junge Frau«, erklärte Talley. »Alle paar Meilen gibt es

Zugangsluken. Sie lassen sich nicht alle öffnen, aber einige funktionieren noch.« Sie kehrten in das Arbeitszimmer zurück und betrachteten die Reihen von Metallkästen. Quait hatte Artefakte gesehen, die dieser Art von Apparaten ähnelten, aber noch nie in so gut erhaltenem Zustand und noch nie so viele auf einmal. Er hatte noch nie eine Tastatur gesehen, und diese hier waren sogar noch lesbar. Er sah dunkle Glasflächen in Kästen aus Pseudometall. Die Kästen besaßen die unterschiedlichsten Größen und Formen und waren allesamt durch ein Gewirr von Kabeln miteinander verbunden.

»Und?« erkundigte sich Talley. »Was ist nun die wahre Natur der Welt? Die Baranji glaubten, daß diese Maschinen hier der Durchführung von Experimenten und dem Speichern von Daten dienten. Falls das zutrifft, dann erscheint es nur logisch, daß alles, was die Straßenbauer herausfanden, in diesen Maschinen enthalten ist.«

Talleys Argumente klangen in Quaits Ohren logisch, wenngleich er nicht genau wußte, was der Einsiedler mit seinen Worten meinte.

Auch Silas zeigte gemischte Gefühle. »Warum brechen wir die Kästen dann nicht auf und werfen einen Blick hinein?« fragte er.

»Das dürfte doch wohl nicht weiter schwerfallen«, fügte Chaka hinzu.

»So leicht ist es aber nicht. Die Daten existieren nicht in niedergeschriebener Form.«

Silas kniff die Augen zusammen. »Welche Form gibt es denn noch, außer etwas niederzuschreiben?«

»Ich weiß nicht genau, wie ich es erklären soll. Ich verstehe es selbst nicht. Aber vielleicht besaßen die Straßenbauer eine Technik, die ihnen erlaubte, Informationen in unsichtbaren Feldern zu verstauen.«

»Ich verstehe«, sagte Silas, der in Wirklichkeit gar nichts verstand.

»Die Möglichkeit besteht durchaus«, fuhr Talley fort. »Die Techniker der Baranji arbeiteten fast ein Jahrhundert an diesem Problem. Ich bin im Besitz ihrer Ergebnisse.«

Silas warf Chaka einen Seitenblick zu. »Unsichtbare Felder«, brummte er. »Das klingt in meinen Ohren nach Zauberei. Unmöglich.«

Talley zeigte sich unbeeindruckt von Silas' Zweifeln. »Sie haben die Lampe gesehen. Unterschätzen Sie niemals die alte Technologie.«

»Aber wie«, fragte Chaka leise, »wie bringen Sie die Maschinen dazu, ihre Informationen preiszugeben?«

»Das will ich Ihnen gerne zeigen.« Er führte sie in den hinteren Teil des Raums, wo eine gerahmte Glasplatte mit einem Kabel an eine Glaskugel angeschlossen war. In der Mitte der Kugel schwebte ein Stein, der von sechs Spulen umgeben war. Die Kugel war mit einem Rad verbunden, über dem ein Sattel montiert war. Talley kletterte auf den Sattel, steckte die Füße in ein Paar Pedale und versetzte das Rad in Drehung. Während sich das Rad drehte, bewegten sich die Spulen über den Stein. »Dies ist eine Energieflasche. Der Stein ist ein Magnetstein. Sobald die Kupferspiralen um den Magnetstein rotieren, zweigen sie einen Teil seiner Energie ab und leiten sie durch dieses Kabel. Ich verstehe selbst nicht genau, wie es funktioniert, aber passen Sie auf.«

Talley trat schneller und schneller, und die Spulen wirbelten um den Stein. Plötzlich wurde die gerahmte Glasplatte, die zuvor dunkel und undurchsichtig gewesen war, *hell.*

Silas wich hastig zurück. Er hörte, wie Chaka den Atem anhielt.

»Unglaublich«, sagte er. »Wie funktioniert das?«

»Die erzeugte Energie macht, daß die Maschinen arbeiten. Ich glaube, daß die Maschinen mit mir sprechen werden, sobald ich genug Energie erzeugen kann.«

Silas berührte die Kugel vorsichtig. Talley stellte seine Bemühungen ein, und das Licht erlosch allmählich. »Talley«, sagte Silas, »wie schnell können Sie in die Pedale treten?«

Talley lachte. »*Das* schafft kein normaler Mensch, Silas. Aber wir sind ganz nah beim Wabash. Ich plane eine sehr viel größere Version der Energieflasche, und der Flußgott wird sozusagen im Sattel sitzen. Wenn Sie zurückkehren – *falls* Sie zurückkehren – werde ich wahrscheinlich wissen, was die Straßenbauer über die Schöpfung wußten.« Er atmete tief durch. »Sie sind eingeladen, hereinzuschauen und Hallo zu sagen. Wenn wir uns wiedersehen, haben wir uns wahrscheinlich eine ganze Menge zu erzählen.«

Kapitel 11

Es dauerte fast einen Tag, bis sie den ringförmigen Hügelkamm hinter sich gebracht hatten. Die Wälder öffneten sich zu einer weiten Prärie, und als sie sich umdrehten, überblickten sie einen vielleicht zwanzig Meilen breiten Ausschnitt der rätselhaften Konstruktion. Chaka saß in ihrem Sattel und stellte sich vor, wie der ältliche Magier in der Dunkelheit durch den Tunnel wanderte. Kein Wunder, daß er halb verrückt war.

Und doch hatte er das Licht im Glas heraufbeschworen. Zwei Tage lang redeten sie kaum über etwas anderes. Sie waren so in Spekulationen vertieft, daß selbst Jon Shannon die beiden Tuks erst viel zu spät entdeckte, die aus dem Wald direkt in ihren Weg ritten. Jeder hielt ein Gewehr im Arm. Sie trugen zusammengenähte Tierhäute und fellbesetzte Stiefel. Der Größere von beiden, fast so groß wie Shannon, zügelte sein Pferd.

Sein Begleiter ritt ein paar Schritte zurück hinter den anderen, um sicherzustellen, daß nicht beide von einer einzigen Gewehrsalve niedergestreckt werden konnten, und drehte sich dann um, um die Szene zu beobachten. Er war ebenfalls groß und trug eine überdimensionierte Fellmütze, die er lässig in den Nacken geschoben hatte.

»Schon gut«, sagte Shannon. »Sie sind nicht feindlich gesinnt.«

Er hob die Hand. Zu Chakas beträchtlicher Erleichterung erwiderten die beiden Männer seinen Gruß. Shannon ritt vor und redete mit den beiden, und dann grinsten alle drei.

»Alte Freunde«, kommentierte Flojian.

»Das hier ist Mori«, stellte Shannon den größeren der Tuks vor. »Er gehört zum Clan der Oriki.« Mori war Mitte Dreißig. Er besaß blaue Augen, dickes braunes Haar, einen Bart und war auf eine rauhe Art und Weise attraktiv. Er besaß die weißesten Zähne, die Chaka jemals gesehen hatte.

Er verbeugte sich leicht vor den beiden Frauen und hieß alle zusammen willkommen.

»Und das dort ist Valian, sein Bruder.« Valian zog den Hut. Er besaß ebenfalls braunes Haar, doch kurz geschnitten, und dunkle, intelligente Augen. Er mochte vielleicht zwei Jahre jünger sein als Mori und wog sicher zwanzig Pfund weniger.

Die Gefährten stellten sich nacheinander vor.

»Unser Lager befindet sich ganz in der Nähe«, sagte Mori schließlich. »Wir wären geehrt, wenn ihr heute nacht bei uns bleiben würdet.«

Silas sah zu Shannon, und Chaka las die Frage in seinem Gesicht. *Ist es sicher?*

»Fremde sind den Oriki heilig«, sagte Mori.

Shannon nickte.

Eine Stunde später ritten sie durch tiefen Wald. Plötzlich befanden sie sich mitten in einem Weiler. Das kleine Dorf war so sehr Teil des Waldes, daß Chaka Mühe hatte, die Blockhäuser zu erkennen, die unter Bäumen und zwischen Gestrüpp verteilt standen. Das Land war nicht gerodet, und es gab nicht einmal eine Lichtung. Nicht der kleinste Hinweis deutete auf die Gegenwart des Waldvolkes hin.

Eine kleine Gruppe, hauptsächlich Kinder, versammelte sich zu ihrer Begrüßung. Wie bei den Illyrern, so schien es auch bei den Oriki keine ausgeprägten Rassenmerkmale zu geben. Einige waren dunkelhäutig, andere hell, doch die große Mehrheit wies einen Mischton auf. Einige besaßen flache Nasen, andere Mongolenfalten. Sie alle sahen gesund und fröhlich aus, und offensichtlich liebten sie fremde Besucher.

Clanmitglieder näherten sich der kleinen Gruppe und boten Brot und Früchte an. Chakas rotes Haar provozierte Lachen. (Rote Haare gehörten anscheinend zu den physiologischen Merkmalen, die bei den Tuks unbekannt waren.) Einige wollten die Kleidung und die Waffen der Neuankömmlinge untersuchen. Andere wollten die Besucher nur *berühren.* »Sie glauben, daß wir stark sind«, erklärte Shannon. »Reisende stehen immer unter dem

Schutz von Geistern. Wenn sie uns berühren, haben sie an unserer Stärke teil.«

Man führte sie zu einer warmen Hütte, brachte ihnen frisches Wasser und Essen und eine Kanne Wein. Sie wuschen sich, wechselten die Kleidung und gingen dann hinaus, um den Weiler zu erkunden.

Die Oriki waren begierig, sich mit den Besuchern zu unterhalten. Sie freuten sich, Shannon wiederzusehen. Ob seine Freunde schon einmal im Land der Oriki gewesen seien? Wie ihre Häuser aussahen. Ob sie wüßten, daß das Land vor ihnen von Geistern bewohnt war. Chaka erklärte, daß sie seit fast einem Monat unterwegs waren und keiner von ihnen jemals so weit nach Norden vorgedrungen sei. Sie schätze sich glücklich, sagte sie, unter Freunden zu sein und ihre Gastfreundschaft zu genießen.

Wo das Ziel ihrer Reise lag?

Haven war ein Konzept, das sich nicht so einfach erklären ließ. Die Oriki wußten nichts mehr vom Zusammenbruch der Zivilisation. Und sie konnten nicht lesen. Und so gab sich Avila schließlich damit zufrieden, ihren Gastgebern zu erzählen, daß sie einfach nur die Welt sehen wollten. Und natürlich ihre Nachbarn besuchen.

Mori stellte ihnen den Ganji vor, der sowohl Clanhäuptling als auch Schamane war.

Der Ganji war um die siebzig Jahre alt. Er trug einen ausgefransten weißen Bart und sah so unauffällig aus, daß er ohne Probleme als illyrischer Händler durchgegangen wäre. Später erinnerte sich Chaka nur noch an ein Paar wacher grüner Augen, die für einen Mann in seinen Jahren und in seiner Stellung eigenartig schelmenhaft in die Welt blickten.

Der Ganji informierte seine Gäste, daß ihnen zu Ehren am Abend ein Festessen in der *Weltenhalle* stattfand. Er verstand, daß sie am nächsten Tag weiter mußten, und er hoffte, ihren Besuch auf diese Weise erinnernswert zu gestalten.

Die Weltenhalle erhob sich zwar nicht über die Baumwipfel, doch sie war trotzdem ein beeindruckendes Bauwerk. Sie war verwinkelt, aus Mauerwerk und Baumstämmen errichtet, und sie nahm den gesamten südlichen Teil des Weilers ein. Das Innere bestand aus einem einzigen Saal, einem Versammlungsraum, in dem alle Oriki Platz finden konnten. An den Wänden gab es mehrere Feuerstellen, und Reihen von Tischen und Bänken zogen sich wie in einem Amphitheater von einer tiefer gelegenen Mitte aus nach oben. Waffen, Tierhäute, Trommeln und Teppiche bedeckten jeden Quadratzoll Wand. Der Boden war mit Webmatten ausgelegt. Im hinteren Teil der Halle zog sich eine Galerie über die gesamte Breite. Es gab keine Fenster, die Tageslicht hereingelassen hätten. Statt dessen brannten zahlreiche Fackeln an den Wänden, und auf den Tischen standen Kerzen. Für Chaka, die einen relativ eleganten architektonischen Stil und das stille, geordnete öffentliche Leben Illyriens gewöhnt war, besaß die Halle eine barbarische Ausstrahlung. Trotz Shannons Zusicherungen war sie beunruhigt und wußte nicht, was sie von der Sache halten sollte.

Inzwischen hatte sich eine beträchtliche Menschenmenge eingefunden. Gut zweihundert Orikis warteten, während Chaka und ihre Begleiter unter rhythmischem Trommelschlagen durch die Halle zum Tisch in der Mitte geleitet wurden. Ein Sprechgesang setzte ein, und die Menschen schlugen mit den Händen auf die Tische und kicherten.

»Sie wollen uns lediglich eine glückliche Reise wünschen«, versicherte Shannon ihr.

Chaka gefiel die Aufmerksamkeit, die ihnen zuteil wurde, doch sie schaffte es nicht, das Gefühl abzuschütteln, daß ihre Gastgeber sie irgendwie herablassend behandelten.

»Sicher«, sagte Shannon. »Sie fühlen sich uns tatsächlich überlegen. Sie denken, wir wären dekadent und an ein Leben in Luxus gewöhnt.«

Mori begleitete sie die langen Stufen hinab, die zur Mitte der Versammlungshalle führten, und brachte sie zu dem großen runden Tisch genau im Zentrum. Der Tisch war mit Blumen und Fähnchen und Wimpeln geschmückt. »Der Ganji persönlich wird euch beim Essen Gesellschaft leisten«, sagte er. Augenblicklich eilten Kellner herbei und füllten ihre Becher mit Wein.

Sie hatten sich kaum gesetzt, als der Rhythmus der Trommeln sich änderte. Er wurde langsamer, fast getragen, und Pfeifen und Flöten stimmten ein. Die Menge verstummte, und alles erhob sich von den Plätzen. Shannon gab seinen Begleitern ein Zeichen, und sie standen ebenfalls auf.

Ihren Gastgebern gleich verneigten sie sich, und der Ganji kam aus dem rückwärtigen Teil der Versammlungshalle. Er schritt langsam durch den Gang zur Mitte hinunter und blieb hier und da stehen, um eine Hand zu schütteln oder mit einem seiner Untertanen zu flüstern, und sein Gebaren erinnerte verblüffend an die neuartige Sorte von Politikern, die die Republik hervorgebracht hatte.

Als er an dem Tisch angekommen war, begrüßte er seine Gäste der Reihe nach, verlieh seiner Hoffnung Ausdruck, daß ihnen das Essen schmecken würde, und sicherte ihnen zu, daß der Wein der beste sei, den sein Clan auftreiben konnte. Er versprach ihnen, daß sie das Unterhaltungsprogramm genießen würden. Chaka war überrascht, daß er sich an ihre Namen erinnern konnte, aber sie fragte sich auch, wie ein Mann von so profanem Auftreten diesen Stamm effektiv führen konnte. Doch als die Halle schließlich gefüllt war und der Ganji sich erhob und zu seinem Volk sprach, da wußte sie den Grund. Seine Stimme klang herzlich und mitreißend. Der Ganji war ein charismatischer Führer.

Sie fragte nach seinem wirklichen Namen. »Die Stellung gilt auf Lebenszeit«, erklärte Shannon. »Wenn ein Ganji ernannt wird, gibt er seinen Namen auf. Oder *sie*. Manchmal wird auch eine Frau zum Ganji. Die Absicht dahinter ist, daß es nur einen Ganji geben kann, für immer und ewig. Wer die Berufung annimmt, verliert sein Selbst und verschmilzt mit der Linie aller Ganjis.«

Der Ganji hieß die Versammlung willkommen und forderte sie auf, mit ihm zusammen die Besucher zu begrüßen. Er bat die Gäste einen nach dem anderen aufzustehen, während er über ihre Bedeutung sprach. Silas war ein Gelehrter und ein Mann großer Weisheit. Shannon durchstreifte die weiten Wälder und sorgte für die Sicherheit derer, die ihm anvertraut waren. Avila war eine Heilerin mit beträchtlichen Fähigkeiten. Quait war ein Krieger, Flojian war ein Bootsbauer, und Chaka zähmte wilde Pferde.

»Wo hat er denn *das* her?« flüsterte sie Shannon erstaunt zu. Er zuckte die Schultern und bemühte sich, unschuldig dreinzublicken.

Die Menge begrüßte jeden einzelnen unter lautem Rufen und Klappern mit hölzernen Tellern und Tischklopfen. Sie sangen jeden Namen, sobald der Ganji mit seiner Beschreibung fertig war. Manchmal sogar richtig. Aus Quait wurde Quiip Esterhonk. Doch das störte niemanden.

»Unsere Gäste ziehen nach Norden weiter«, fuhr der Ganji fort. »In die dunklen Länder. Wir wollen ihnen viel Glück wünschen. Und falls sie in diesem Leben wieder einmal hier bei uns vorbeikommen sollten, dann wissen sie, daß sie bei den Oriki stets Zuflucht finden.« Weiterer Applaus, während Chaka überlegte, was genau der Ganji damit zum Ausdruck hatte bringen wollen.

»Er ist wirklich gut«, flüsterte Flojian ihr zu. »Ein paar unserer Politiker zu Hause könnten einiges von ihm lernen.«

Shannon gab dem Ganji zu verstehen, daß er noch nie an einem Tisch gesessen hätte, der im Mittelpunkt einer Feier stand. »Nicht einmal bei meiner Hochzeit«, sagte er, und der Ganji brüllte vor Lachen und hämmerte seinen Becher auf die hölzerne Tischplatte.

Silas erhob sich, um für seine Kameraden das Wort zu ergreifen. Er sagte, es sei ein gutes Gefühl, in einem Teil der Welt Freunde zu entdecken, die er noch nie zuvor besucht hätte. Und er hoffe, daß die Oriki ihn besuchen würden, wenn jemals einige von ihnen nach Illyrien kämen. (Er hatte einige Bedenken wegen dieser Zusicherung gehabt, doch Shannon hatte ihn beruhigt, daß er sich keine Sorgen zu machen brauche, weil jeder wüßte, daß es lediglich ein zeremonielles Ritual sei.)

Als Silas geendet hatte, ertönten weitere Hochrufe. Dann wurde das Essen aufgetischt. Große Berge von dampfendem Fleisch wurden herangeschafft, zusammen mit Karotten und Kartoffeln und Jamswurzeln. Zu trinken gab es reichlich Wein und Bier.

»Wir könnten mit diesen Leuten Handel treiben«, sagte Flojian, während er eine Karaffe untersuchte. »Einige dieser Stücke sind recht schön. Sie würden zu Hause einen guten Preis erzielen.« Er zeigte Avila das Gefäß. »Meinst du nicht auch?«

»Wahrscheinlich sind diese Sachen auch hier nicht billig«, erwiderte sie. »Sei dir nicht so sicher, daß die Oriki den Wert ihrer Arbeit nicht zu schätzen wissen.«

Der Ganji sprach ein Tischgebet und dankte Shanta, und alle schlossen sich an.

Auf einem Podium erschienen Musiker mit Saiteninstrumenten und Trommeln und begannen zu spielen. Die Musik war sanft und langsam, wie ein Windhauch im Mondschein oder ein breiter Fluß im Spätsommer. Während des Essens näherten sich von überall in der Halle Menschen, um sich vorzustellen, die Reisenden zu umarmen und ihnen viel Glück zu wünschen.

Das Resultat war, daß die sechs Gefährten wahrscheinlich die letzten in der Halle waren, die noch beim Essen saßen. Als sie fertig waren, betrat ein Alleinunterhalter die Bühne und animierte die Menge zu einer Reihe von Lobliedern auf die Kunst des Trinkens und der Unzucht.

Flojian war die Sache offensichtlich peinlich. »Zu Hause hätte sicher längst irgend jemand die Polizei gerufen«, flüsterte er.

»Halt dich zurück«, empfahl ihm Shannon. »Wir sind schließlich nicht in Illyrien. Das hier ist ihr Land, und wir wollen niemanden beleidigen.«

Ein Komödiant trat auf. Er machte eine Menge Witze, von denen Chaka die meisten nicht verstand. Auch die gewaltigen Ohren des Ganji wurden entsprechend gewürdigt, doch der schien sich königlich zu amüsieren. Und wichtiger noch, er lachte genauso laut und herzlich wie alle anderen.

Die Musiker kehrten auf die Bühne zurück und spielten in wildem Tempo. Tänzer traten auf, attraktive junge Männer und Frauen, die außer Ringen und Fußkettchen und Armreifen kaum etwas auf dem Leib trugen. Sie sprangen auf die Tische, von denen in der Zwischenzeit die Essensreste und das Geschirr abgeräumt worden waren. Sie bewegten sich geschmeidig und graziös im flackernden Feuerschein und schenkten den Gästen ihre ganz besondere Aufmerksamkeit. Chaka fand sich von Angesicht zu Angesicht mit einem männlichen Mitglied der Tanztruppe wieder, doch sie bewahrte nonchalant die Fassung und war selbst überrascht, daß das Exotische und das Absurde sich derart wirkungsvoll verknüpfen ließen. Der Ganji bemerkte ihren Seitenblick, lächelte sie wohlwollend an und hob seinen Becher. Dann, als wäre es das Normalste auf der Welt, wandte er sich zu Silas um und sagte: »Ich wünschte, ich könnte mit euch kommen.«

Eine üppige Frau mit langen kastanienbraunen Haaren, einem Halsband und zwei Fußkettchen hatte Silas' Aufmerksamkeit erregt. Er bemühte sich um eine konzentrierte Antwort, ohne den Blick von der Schönen abzuwenden. »Warum denn das, Ganji?«

Der Ganji schien verwirrt. »Aus dem gleichen Grund wie ihr. Das Land besitzt zahlreiche Geheimnisse. Ich hätte gerne ein paar Antworten.«

»Ich bin nicht sicher, ob wir welche finden.« Silas lächelte den Ganji freundlich an, ohne die Augen auch nur eine Sekunde von der Tänzerin zu nehmen. »Und falls doch, dann werden wir ganz sicher wieder hierher zurückkommen.«

»Ich schätze, wir werden auf jeden Fall wieder hierher zurückkommen, Ganji«, grinste Shannon. »Die Oriki bieten dem müden Reisenden sehr viele außerordentliche Annehmlichkeiten.«

»Ich danke dir«, sagte der Ganji. »Du bist stets bei uns willkommen, Jon. Genau wie deine Freunde.« Sein Gesicht wurde ernst. »Seid vorsichtig. Das Land nördlich des Wabash ist sehr eigenartig.«

Er schien im Begriff, deutlicher werden zu wollen, doch dann überlegte er es sich offensichtlich anders. Statt dessen richtete er den Blick auf Chaka, lächelte, und sprach dann leise zu Shannon. Shannon lauschte, sah in ihre Richtung, und sagte dann Nein. Er sagte noch eine Menge mehr, doch das Nein war alles, was Chaka hören konnte.

Als das Essen vorbei war, wandte sie sich an Shannon und erkundigte sich, was der Ganji gewollt hatte.

»Ihm ist aufgefallen, daß du Interesse an den Tänzern gezeigt hast«, sagte er. »Und er hat sich gefragt, ob du vielleicht ebenfalls tanzen wolltest.«

Anscheinend war sie rot geworden, denn Shannon lachte laut. »Chaka, der Tanz hat nicht nur Unterhaltungswert, sondern auch spirituelle Bedeutung. Ich bin sicher, ihm ging es nur um deine Seele. Es ist zwar schon vorgekommen, daß Besucher an den Tänzen teilgenommen haben, doch sie werden nur selten dazu eingeladen. Betrachte es als eine Ehre.«

Kapitel 12

Ruinen und Trümmer zogen sich meilenweit durch den Wald. Sie kamen an einer Reihe Häuser vorüber, die aneinander gebaut waren, alle zwei Stockwerke hoch, und völlig gleich aussahen. Rote Zedern und Sweetgumbäume waren bis dicht an die Häuser gewachsen. Gelegentlich fanden sie Pfosten aus Pseudometall und rostige Maschinen. Mitten auf einer Lichtung entdeckten sie eine alte Steinbank, auf der zu lesen stand: GESTIFTET VON PETERS KLEIDERLADEN. Sie rasteten bei einem Wegweiser: ST. MARY OF THE WOODS 2 MEILEN.

Ein Pfeil zeigte in die entsprechende Richtung. Auf den Wabash. »Die heilige Maria gehörte zu ihren Gottheiten«, erklärte Silas. »Wahrscheinlich stand dort ein Tempel oder ein Schrein.« Er blickte sich wehmütig um. »Hier gibt es so viel zu sehen. Eine Schande, daß uns nur so wenig Zeit bleibt.«

»Was wissen wir über diese heilige Maria?« erkundigte sich Chaka.

Silas zuckte die Schultern. »Nicht viel.«

»Genaugenommen wissen wir über die Religion der Straßenbauerkultur nicht mehr als das, was wir den *Brüdern Karamasow* entnehmen konnten«, erklärte Avila.

»Und ein paar Schildern, die vor ihren Tempeln gestanden haben. Mit Sprüchen zur Erbauung der Gläubigen«, fügte Silas hinzu. Er sah aus wie ein Kind auf einem Jahrmarkt. »In der Bibliothek gibt es eine Sammlung. Bestimmt können wir ein paar hinzufügen, wenn wir wieder zu Hause sind.« Er blickte zum Fluß. »Die Heilige Maria war das weibliche Erscheinungsbild eines allmächtigen Gottes«, fuhr er fort. »Wir vermuten, sie repräsentierte die schöpferische Kraft und das Erbarmen.«

»Das ist alles?«

»Das ist alles.« Sie saßen auf den Pferden und ritten durch den späten Nachmittag. Die Wälder rochen nach dem bevorstehenden Frühling. »Avila hat recht«, fuhr

Silas fort. »Wir wissen, was Dostojewsky uns erzählt. Wir wissen, daß es Orden heiliger Männer gegeben hat und eine scharfe Trennung zwischen den religiösen Autoritäten und dem Glauben des gewöhnlichen Volks. Wir wissen, daß sie glaubten, die Menschen würden dieses Leben durchleben und nach ihrem Tod vor ein Gericht gestellt. Wir wissen, daß sie mit dem Problem des Bösen kämpften.«

»Und was ist das Problem des Bösen, Silas?« erkundigte sich Flojian.

Sie ritten langsam, weil sie ständig nach Landon Shays Markierungen Ausschau hielten.

»Daß in einer Welt, die von einer wohlwollenden göttlichen Macht gelenkt wird, immer wieder Unschuldige leiden müssen.«

»Daß Kinder sterben«, sagte Avila. »Daß Gebete nicht erhört werden. Daß wir in unseren verzweifeltsten Augenblicken trotz aller Versprechungen der heiligen Schriften regelmäßig allein gelassen werden.«

Flojian seufzte. Er trug einen schwarzen Umhang, der ihm ein halbwegs schneidiges Aussehen verlieh. Halbwegs, denn er schien sich an gar nichts erfreuen zu können. Die Welt war ein düsterer, böser Ort, und man schlug sich durch, so gut es ging, gehorchte der Obrigkeit und machte gute Miene zu jedem bösen Spiel. Aus diesem Grund war Flojian ein Gläubiger, wenn es um Dinge ging, die weder Mühe noch Opfer erforderten, und ein Skeptiker, wenn sich die Resultate in einer Gewinn- und Verlustrechnung zeigten. Dic Götter herauszufordern weckte den Zorn der Menschen und war deswegen schlecht fürs Geschäft. Flojians Reflexe schalteten sich ein. »Du klingst verbittert, Avila«, sagte er.

»Es tut mir leid«, erwiderte sie. »Ich ... ich wollte nicht bitter klingen. Laß uns über ein anderes Thema reden.«

Später gestand sie Chaka, daß sie sich geschworen hatte, nie wieder an religiösen Diskussionen teilzunehmen. »Die Menschen regen sich nur auf«, sagte sie, »ohne daß je etwas dabei herauskommt.«

»Du bist aber nicht sehr konsequent darin«, entgegnete Chaka.

»Ich weiß. Es ist schwer, damit abzuschließen.«

Im Schutz einer Steinmauer schlugen sie das Lager auf. Ringsum lagen Trümmer aus Beton und verbogenem Eisen, beiseite geschoben und aufgebrochen von uralten Bäumen. Eine Lichtung in der Nähe markierte noch die Stelle, wo einst ein Platz oder ein Hof gewesen war. Von dort aus erblickten sie Bauwerke, die sich bis über die Baumwipfel erhoben. Ein Teil war eingestürzt, und wo die Trümmer hingefallen waren, hatten sich flache Hügel gebildet.

Shannon hatte die Pferde versorgt. Als er damit fertig war, kam er zu den anderen. »Ich habe etwas gefunden«, sagte er.

Er führte sie zu einem kleinen Gestrüpp aus Hornsträuchern und zeigte ihnen eine Markierung.

Es war ein grauer Stein, in den jemand den Namen *Cris Lukasi* geritzt hatte, zusammen mit einer groben Darstellung des Lebensbechers und einem Datum: *23. März 297.*

Cris Lukasi war einer der Teilnehmer der ersten Expedition gewesen.

»Ein Überlebensexperte«, sagte Shannon und runzelte die Stirn. »Ich will dir nicht zu nahe treten«, sagte er zu Flojian gewandt, »aber ich denke, es war richtiggehend kriminell, daß niemand ein Journal über diese Expedition geführt hat. Wo die Leichen begraben liegen. Wenigstens das hätten diese Leute verdient.«

»Aber sie *haben* ein Tagebuch geführt!« Flojians Augen blitzten. »Und mein Vater hat mit den Angehörigen der Toten gesprochen. Er hat ihnen alles gesagt, was er wußte. Er hat *getan*, was er konnte!«

»Was ist aus dem Tagebuch geworden?« fragte Chaka vorsichtig.

»Es war Teil von Kariks Anuma. Wir haben es am Tag seiner Einäscherung zusammen mit ihm verbrannt.«

»Kanntest du ihn?« wandte sich Chaka an Shannon.

»Wen? Lukasi? Nein. Ich bin ihm nie begegnet. Aber

ich weiß, daß er fern seiner Heimat starb, an einem Ort, zu dem er nicht hätte gehen müssen. Und das reicht mir.«

Landon Shays Markierungen brachten die Gruppe auf eine parallel zum Wabash nach Norden verlaufende Straße. Sie lagerten am Ufer des Flusses und nutzten eine paar sonnige Abschnitte zum Fischen und Schwimmen.

Flojian klagte über schmerzende Knie, und Silas hatte sich den Rücken verspannt. Als Avila deswegen vorschlug, einen Tag zu rasten, widersprach niemand.

Das Wetter blieb angenehm. Avila rieb Silas den Rücken ein und entdeckte ein Kraut, das Wärme in Flojians schmerzenden Muskeln erzeugte. Quait, Chaka und Shannon verbrachten mehrere Stunden damit, die Pferde zu bürsten und zu striegeln.

Seit dem Tag, an dem sie Quait zum ersten Mal in der Senatsbibliothek gesehen hatte, war Chaka sich stets seines Interesses an ihr bewußt gewesen. Allerdings schien er vorsichtig darauf bedacht, unverbindlich zu bleiben. Seine Zurückhaltung verwirrte und ärgerte sie zunehmend. Hin und wieder erwähnte er, wie froh er war, sie um sich zu haben, und daß er es genoß, die Zeit mit ihr zu verbringen. Fast, als spräche er zu einem guten Freund. Doch seinen Bemerkungen fehlte die Wärme, die signalisierte, daß er interessiert wäre, ihrer Beziehung eine neue Dimension zu verleihen. Zugleich aber verkündeten seine Augen eine ganz andere Botschaft.

Sie beobachtete ihn bei der Arbeit. Immer wieder gerieten ihm die Haare in die Augen, und Schweiß rann über seine Wangen und tropfte auf sein Hemd. Sie verbrachte seit neuestem zuviel Zeit damit, über Quait nachzudenken, und das war keine gute Idee. Immer wieder ertappte sie sich dabei, wie sie ihn mit Raney verglich. Es war eine merkwürdige Sache mit Quait: Zuerst hatte sie ihn nicht als besonders attraktiv gefunden, doch mit der Zeit schien er immer besser auszusehen. *Vermut-*

lich rührt es daher, dachte sie, *daß er der einzige junge Mann in weitem Umkreis ist.*

Sie reinigten ihre Waffen, wuschen ein paar Kleidungsstücke und saßen noch bis spät in die Nacht am Lagerfeuer.

Am nächsten Tag schwenkte die Straße nach Osten ab, weg vom Fluß, und bald darauf befanden sie sich wieder einmal in tiefstem Wald. Das Wetter wurde kalt und naß, und Chaka erkrankte an Fieber. Der Rücken bereitete Silas von Tag zu Tag mehr Schwierigkeiten. Quait verstauchte sich einen Knöchel bei dem Versuch, ein Pferd zu beruhigen, das in ein Loch getreten war.

Das Tier brach sich das Bein, bevor sie es wieder unter Kontrolle bringen konnten, und sie mußten es erschießen. Quait, der unter starken Schmerzen litt, schlug vor, daß man ihn am besten gleich mit erschieße. Avila verarztete ihn, so gut es ging, und sie zogen in eine alte Scheune und zündeten ein Lagerfeuer an. Feuchte Tücher und Kleider hielten Chakas Fieber halbwegs unter Kontrolle, doch jeder wußte, wie gefährlich es war, unterwegs krank zu werden. Quait blieb ununterbrochen in Chakas Nähe und half ihr, wo er nur konnte.

Regen tropfte durch das Dach. Avila zog ihre Pfeifen hervor, und Quait nahm das Walloon vom Sattel. Sie spielten und sangen bis in den frühen Abend hinein, während das Wetter draußen immer schlechter wurde. Quait war nicht sonderlich begabt, doch er gab sich die größte Mühe, und wenn sie aus dem Rhythmus kamen, war er stets der erste, der lachte. In jener Nacht, so erinnerte sich Chaka später, gestand sie sich zum ersten Mal ein, daß sie sich in Quait verliebt hatte.

Es war der 21. März, die Frühjahrs-Tagundnachtgleiche und ein Tag, der Shanta geweiht war. Sie reisten wieder an einem Fluß entlang, der nach Shannons Ansicht nicht der Wabash, sondern einer seiner Nebenflüsse war.

»Nördlicher als bis in diese Gegend bin ich noch nie gewesen«, fügte er hinzu.

Es war noch immer kalt und regnerisch. Die Stimmung war gedrückt. Sie waren müde und litten unter Schmerzen, und zum ersten Mal redeten sie darüber, nach Hause zurückzukehren.

Der Fluß lag unter einem grauen Dunstschleier, der den Wald am anderen Ufer fast verbarg. Landon Shays Markierungen deuteten auf eine Brücke ein kurzes Stück voraus, doch die Brücke war sehr hoch und teilweise eingestürzt.

»Da kommen wir niemals 'rüber«, sagte Silas.

Vom Mittelteil der Brücke war bis auf ein paar Träger und einen schmalen Laufsteg nichts mehr übrig. Und der Laufsteg besaß kein Geländer, an dem man die Pferde hätte sichern können.

»Wir sollten hier rasten«, schlug Shannon vor. »Lassen wir die Pferde ausruhen. Morgen können wir dann überlegen, wie es weitergeht.«

Niemand widersprach. Diesmal waren keine Gebäude in bequemer Reichweite, also knöpften sie ein paar Zeltplanen zusammen und schlüpften darunter. Avila untersuchte ihre verschiedenen Patienten und erklärte sie für gesund, wenngleich sie darauf bestand, daß sie die frühe Rast ausnutzen und schlafen sollten. »Das gilt ganz besonders für dich«, wandte sie sich an Chaka, die ihr Fieber überwunden hatte. »Bei diesem Wetter braucht es nicht viel, und du bist wieder krank.«

Sie nahmen einen der Weinschläuche aus dem Gepäck und wickelten sich Decken über die Schultern. Shannon kehrte mit ein paar Forellen vom Fluß zurück, die sie zusammen mit Zwieback, Beeren und Bohnen verzehrten. Hinterher fügte sich Chaka den Anweisungen ihrer Ärztin und schloß die Augen. Silas begann eine Diskussion über die Notwendigkeit von Göttern, um Gesetz und Ordnung innerhalb der menschlichen Gesellschaft zu sichern. »Insgesamt betrachtet«, sagte er, »glaube ich nicht, daß ich sie zum Essen einladen würde. Aber Götter sind durchaus praktisch, wenn es darum geht, die

Menschen dazu zu bringen, ihren sozialen Pflichten nachzukommen.«

Avila nippte nachdenklich an ihrem Wein und starrte hinaus in den Nebel über dem Fluß. »Und du, Quait? An was glaubst du?«

»Wie meinst du das?«

»Ich weiß, daß du nicht an die Göttin glaubst.«

»Das habe ich nie gesagt.«

»Dein Ton verrät es. Deine Ansichten über andere Dinge verraten es. Mit welchem größeren Wesen sprichst du also, wenn die Lichter verlöschen?«

»Ich weiß es nicht genau«, gestand er und warf einen Seitenblick auf Chaka. Sie sah aus, als würde sie schlafen, und er senkte die Stimme. »Ich sehe Menschen wie *Chaka*«, sagte er leise, »und ich denke immer, *was will ich mehr*?«

Chaka konnte nicht verstehen, was Avila ihm daraufhin antwortete.

Eine sanfte Hand auf ihrer Schulter und der Duft von Kanincheneintopf weckten sie. »Bist du hungrig?« fragte Quait. Der Regen hatte aufgehört. Draußen herrschte Dunkelheit. Ein paar Schritte vor dem Zelt brannte ein munteres Lagerfeuer.

»Ja. Hast du mir etwas aufgehoben?«

Quait schob ihr einen Napf hin. »Draußen ist eine heftige Diskussion im Gange«, sagte er.

Chaka hörte erregtes Stimmengewirr. »Sag nichts. Es geht wieder um die Götter.«

»Diesmal nicht. Sie versuchen zu entscheiden, ob sie die Brücke nehmen oder nach einer Furt suchen sollen. Jon glaubt nicht, daß es im Umkreis von mehreren Tagesmärschen eine Furt gibt.«

»Und warum bauen wir kein Floß und lassen die Pferde schwimmen?«

»Hast du einen Blick auf die Strömung geworfen?« Er legte ihr eine Hand auf die Stirn. Sie war kühl. »Wie geht es dir?«

»Ganz gut.«

Er setzte sich zu ihr. »Sie wissen nicht, was sie tun sollen. Silas hat Angst, jemand könnte von der Brücke fallen.«

»Was sollen wir deiner Meinung nach tun?«

»Karik hat die Brücke benutzt. Ich schätze, das können wir auch. Was meinst du?«

»Scheint mir auch kein großes Problem zu sein. Aber das ändert sich vielleicht, wenn wir erst oben stehen.«

Er beugte sich vor und berührte mit seinen Lippen ihren Hals. »Ich will auf keinen Fall, daß dir etwas zustößt«, sagte er.

Sie wich nicht zurück, als seine Lippen nach den ihren suchten. *Verdammt*. »Du würdest alles bekommen, was ich habe« erwiderte sie und fühlte sich im gleichen Augenblick albern wie ein Kind. Er lächelte und küßte sie. Es war ein sehr sanfter Kuß, und seine Lippen streiften die ihren kaum. Ein Kribbeln ging durch ihren Körper.

»Iß«, sagte er und betrachtete sie selbstzufrieden.

Der Eintopf war köstlich. Er wärmte sie, und sie spürte, wie ihre Kräfte zurückkehrten.

»Ich glaube, ich bin in dich verliebt, Chaka Milana«, sagte er leise.

Plötzlich brach draußen am Lagerfeuer hektische Aktivität aus. Es dauerte einen Augenblick, bis Chaka begriff, daß es keine Einbildung war, hervorgerufen durch Quaits Liebeserklärung. Die anderen erhoben sich einer nach dem anderen und starrten nach Norden über den Fluß. Sie zeigten auf etwas mit ausgestreckten Armen.

Quait löste sich von ihr und blickte über die Schulter nach draußen.

»Irgend etwas geht da vor«, sagte sie.

Es war unübersehbar. Ein Band aus weißem Licht bewegte sich auf der gegenüberliegenden Seite des Flusses durch die Nacht.

»Ich glaube, es kommt in unsere Richtung«, sagte Flojian.

Es kam aus Nordwesten und bewegte sich in schnurgerader Richtung auf sie zu. Und es kam schnell. Nicht wie etwas, das durch die Wälder zog. Eher wie ein Geist, der über den Bäumen schwebte.

»Dieses Ding fliegt durch die Luft«, sagte Silas andächtig. Der Fluß würde es nicht aufhalten. Shannon löschte das Lagerfeuer.

Avila senkte den Kopf und flüsterte ein Gebet.

»Hast du jemals so etwas gesehen?« wandte sich Quait an Shannon.

»Nein.« Shannon nahm sein Gewehr auf und schob eine Patrone in den Verschluß.

»Das ist Arins Drache«, sagte Chaka. Sie rappelte sich hoch und nahm ihr eigenes Gewehr zur Hand, obwohl sie nicht glaubte, daß Kugeln dieses Ding aufzuhalten vermochten.

Plötzlich brach es auseinander und löste sich in einzelne leuchtende Bestandteile auf. Vier Stück. Einer hinter dem anderen.

Jetzt bewegte es sich ostwärts, als wollte es vor ihnen parallel zum Fluß vorbeiziehen. Alle sechs hielten den Atem an.

Es wurde langsamer.

Chaka beobachtete, wie es sich näherte, beobachtete, wie seine Lichter über die Wasseroberfläche glitten, hinter einzelnen Bäumen verschwanden und wieder zum Vorschein kamen.

Es verursachte nicht das kleinste Geräusch. Nichts war zu hören, außer dem Wind über dem Fluß, dem Summen der Insekten und dem Wiehern der Pferde.

»Es hält an!« flüsterte Silas aufgeregt.

Aus den vier leuchtenden Bestandteilen waren Reihen einzelner Lichter geworden. *Augen*, dachte Chaka. *Dieses Ding hat tausend Augen.*

Der Wald drohte es zu verschlucken, doch die Menschen sahen das helle Licht durch die Bäume hindurch. Jetzt war es fast genau auf der gegenüberliegenden Seite des Flusses.

Chaka hörte, wie Quait fragte: »Was hältst du davon, Silas?«

»Stimmen reisen weit über das Wasser«, flüsterte Shannon. »Laßt uns später darüber reden.«

Das Ding tauchte wieder über den Bäumen auf und verharrte in der Luft. Seine Lichter glitten über das Wasser.

»Glaubst du, es weiß, wo wir sind?« flüsterte Chaka zu Quait.

Er schüttelte den Kopf. »Nein.«

»Und worauf wartet es dann?«

Als Antwort drängte er sich enger an sie.

Eine Wolke trieb vor den Mond.

Der Drache rührte sich nicht.

Chaka hatte das Gefühl, als wäre eine Stunde vergangen, bevor die Lichter auf der anderen Seite des Flusses blinkten und das Ding sich wieder in Bewegung setzte. Zurück in die Richtung, aus der es gekommen war.

Sie beobachteten, wie es zwischen den Bäumen dahinflog und sich durch die Nacht entfernte. Es gewann an Geschwindigkeit und erhob sich über die Bäume. Die Lichter vereinigten sich wieder. Nach einer Weile wurden sie dunkler, und innerhalb weniger Minuten waren sie ganz verschwunden.

Kapitel 13

Jon Shannon hatte in Avila eine verwandte Seele entdeckt. Die frühere Priesterin war eine einzelgängerische Persönlichkeit, die zwar die Gesellschaft anderer Menschen genoß, aber nicht auf sie angewiesen war. Avila war die einzige von seinen fünf Schützlingen, die im tiefen Wald nicht verloren wirkte. Das hatte nichts mit ihren Fähigkeiten zu tun, in der Wildnis zu überleben. Flojian kam besser mit den Pferden zurecht, Chaka war geschickter bei der Jagd, und Quait war ein besserer Scharfschütze. Doch im Gegensatz zu den anderen hätte Avila ein Wesen des Waldes sein können. Sie liebte die laubbedeckten Lichtungen und die grüne Stille, und sie dachte kein einziges Mal voller Heimweh an Illyrien. Und obwohl stets sie es war, die als erste davon sprach, eine Pause einzulegen, damit die Tiere oder Menschen ausruhen oder sie die Vorräte wieder auffüllen konnten, reagierte sie auf Verspätungen ungeduldig. Sie war stets begierig weiterzuziehen und zu sehen, wohin die Straße führte.

Wie die große Mehrheit der Illyrer hatte auch Jon Shannon nie Lesen und Schreiben gelernt, und deswegen teilte er auch nicht die allgemeine Begeisterung über die Stimme Mark Twains und die anderen Schätze, die vielleicht in Haven auf sie warteten. Er war nur aus einem Grund bei den anderen: Er wußte, daß sie ihn brauchten.

Gegenüber den beiden Frauen verspürte er eine besondere Verantwortung. Und so überraschte es ihn nicht weiter, daß Sie es waren und nicht ihre männlichen Begleiter, die vorschlugen, den Fluß zu überqueren, und zwar trotz des Wesens, das nach Meinung aller nur ein *Inkala* sein konnte, ein Walddämon.

Ihre Motive waren unterschiedlich. Chaka hatte kein Interesse, ohne Antworten nach Hause zurückzukehren. Auch verspürte sie keine Lust, Raney gegenüberzutreten, der sicher von oben herab betonen würde, alles gleich von Anfang an gewußt zu haben. Avila besaß kein Zuhause mehr, in das sie zurückkehren konnte. Ganz gleich, welche Auswirkungen der nächtliche Anblick auf die anderen gehabt haben mochte – Avila war fest entschlossen, notfalls auch alleine weiterzuziehen.

Ganz anders bei den Männern. Selbst Silas zögerte, die Expedition fortzusetzen angesichts eines Anblicks, der nur unter Zuhilfenahme des Übernatürlichen erklärbar schien. Seine alten Überzeugungen, daß es auf der Welt weder Götter noch Dämonen gäbe, klangen ziemlich dünn hier draußen, weit außerhalb der sicheren Mauern des Imperiums. Trotzdem hätte er es als beschämend empfunden, weniger Mut als eine Frau zu zeigen. Quait teilte seine diesbezügliche Einstellung, und so blieb am Ende nur noch Flojian übrig, um mit gesundem Menschenverstand (wie er es nannte) für die Rückkehr zu argumentieren.

Shannon hörte, wie er sich unruhig im Schlaf hin und her warf und wußte, daß Flojian überlegte, ob er mit den anderen über den Fluß in verwünschtes Land vorstoßen oder versuchen sollte, allein und auf eigene Faust zurückzukehren. Shannon wußte, wie Flojians Entscheidung aussehen würde.

Im ersten Morgengrauen waren sie schon wieder auf den Beinen. Alle hofften, bis Sonnenuntergang über den Fluß und weit weg zu sein von dem Ort der unheimlichen Erscheinung. Lange Zeit standen sie am Ufer und starrten zur anderen Seite hinüber, wo ein bewaldeter Hügelrücken den Fluß überragte. Ein Teilstück des Rückens, ungefähr in der Mitte, zweigte zu einem Sims ab, das sich eben und flach und ohne Bewuchs ungefähr in der Mitte zwischen Ufer und Kamm hinzog. Dort, auf einer Art Esplanade, so waren sich alle einig, war der Drache, der Inkala, zur Ruhe gekommen.

Sie entdeckten sogar seine Spur:

Ein langer, genau definierter Korridor, nur spärlich bewachsen, fast wie eine der alten Straßen, verlief ein

Stück parallel zum Fluß und bog dann nach Nordwesten ab.

Doch Chaka zweifelte. »Er war *über* den Bäumen, als er sich näherte. *Über diesem Weg.*«

»Trotzdem«, beharrte Shannon. »Die Verbindung ist offensichtlich. Das *ist* der Weg, über den der Drache gekommen sein muß.«

Silas grunzte und schob die Hände in die Taschen. »Mich interessiert eigentlich viel mehr, was das für eine Kreatur gewesen ist.«

Avila schirmte mit der Hand die Augen ab. »Wir sollten uns jedenfalls von ihr fernhalten«, sagte sie. »Nichts auf dieser Welt kann sich so bewegen ...«

Sie folgten Landon Shays Markierungen stromaufwärts bis zur Brücke.

Es war nicht außergewöhnlich groß. Der Fahrweg selbst war vielleicht hundert Fuß breit und hatte dicke Geländer aus Metall, die merkwürdigerweise nur kniehoch waren. Zwei massive Pfeiler stützten das Bauwerk, doch einer der beiden auf der gegenüberliegenden Seite, schien tief im Flußbett eingesunken und hatte Gebälk und Stahlträger mitgezogen, bis die Brücke nachgegeben hatte. Ein gutes Stück war aus der Mitte herausgebrochen und lag nun untergetaucht im kristallklaren Wasser. Und so gab es nun zwei halbe Brücken, die eine fünfzig Fuß höher als die andere, verbunden nur durch ein paar dünne Metallträger und Kabel und einen schmalen verbogenen Laufsteg.

Der Laufsteg verlief ein wenig höher und seitlich von der eigentlichen Brücke. Einst war er von einem Geländer und einem Maschendraht umgeben, wahrscheinlich, um ein Gefühl von Sicherheit zu vermitteln und Unfälle zu vermeiden. Jetzt war der Draht zerfetzt und das Geländer zerbrochen. An einigen Stellen baumelte der Maschendraht über dem Wasser, an anderen war er völlig verschwunden.

Der Weg selbst war so schmal, daß drei Leute nicht nebeneinander hätten stehen können. Doch er war intakt. Selbst dort, wo die eigentliche Brücke nicht mehr existierte, hatte er den Einsturz überstanden und schwankte nur leicht im Wind.

»Ich kann nicht sagen, daß ich mich darauf freue«, bemerkte Silas.

Chaka blinzelte in die Sonne. »Ziemlich hoch bis dort oben.«

Shannon schüttelte den Kopf. Der Fluß war breit und tief, soweit das Auge reichte. »Ich bin immer noch der Meinung, daß wir lieber nach einer Furt suchen sollten«, sagte er.

»Die Entscheidung haben wir doch bereits gestern abend getroffen«, widersprach Quait. »Die Brücke sieht wahrscheinlich viel schlimmer aus, als sie in Wirklichkeit ist.«

»Vielleicht hast du recht«, sagte Silas. Sie standen am Fuß der Rampe, wo der Laufsteg nur ein gewöhnlicher Weg war. »Ist jemand unter uns, der Angst vor der Höhe hat?«

»Wir alle«, sagte Chaka.

»Hast du deine Meinung geändert?« erkundigte sich Silas.

»Mir ist ganz egal, wie wir auf die andere Seite kommen«, erwiderte Chaka, »wenn wir nur endlich damit anfangen.«

»Die Pferde werden sich ängstigen«, gab Flojian zu bedenken. Er machte kein Hehl aus seiner Überzeugung, daß sie umkehren sollten. »Es wird ihnen überhaupt nicht gefallen.«

»Sieh mal«, sagte Quait, »der Laufsteg ist vier Fuß breit. Schön, es geht ein wenig auf und ab, aber das ist kein Problem. Wären wir unten am Boden, würde niemand ein Wort darüber verlieren.«

Sie überquerten die Fahrbahn, erklommen auf der anderen Seite einen hohen Bordstein, kletterten auf den Laufsteg und stellten sich hintereinander auf. Jeder führte drei oder vier Pferde an unterschiedlich langen Zügeln, so daß die Tiere hintereinander gehen konnten. Quait ging als erster, und Shannon bildete den Abschluß.

Der Laufsteg führte über die Fahrbahn hinaus, und ein

Geländer zog sich an der Seite entlang. Maschendraht umgab den Steg wie einen Korridor. Der Boden war stellenweise herausgebrochen und abgefallen, und an diesen Stellen war ein metallenes Gitterwerk zu sehen.

Parallel zum Laufsteg, jedoch fünfzig Fuß tiefer, verlief ein breites grünes Band. Es war ebenfalls mit der Brücke verbunden und bis auf die eine oder andere Bruchstelle intakt.

Tief unter ihnen endete der Wald vor dem Lehmufer, und dann gab es nur noch Wasser. Wind kam auf. Dünne Wolkenfetzen wanderten über den Himmel, und die Sonne schien hell. Trotzdem war es kühl so hoch oben, und Chaka wickelte die Zügel ihrer drei Pferde um das Handgelenk und vergrub die Hände tief in den Taschen.

Sie fragte sich, wer in den glorreichen Tagen der Straßenbauer über den Laufsteg gegangen war. Von hier oben waren Ruinen zu erkennen, so weit das Auge reichte. Hatten Menschen auf dem Laufsteg gestanden, in der Sicherheit hinter dem Maschenzaun, um die Aussicht auf die gigantische Stadt zu beiden Seiten des Ufers zu bestaunen?

Sie konzentrierte sich auf die Esplanade am gegenüberliegenden Ufer. Silas wollte unbedingt dorthin, sobald sie auf der anderen Seite angelangt waren. Er würde keine Ruhe geben, bevor er die Stelle nicht untersucht hatte. Chaka hätte es vorgezogen, den Fluß zu überqueren und weiterzuziehen.

Das Gebiet sah nicht sonderlich bedrohlich aus. Es war flach, und ein paar umgestürzte Pfosten lagen verstreut umher. Auf der Westseite öffnete sich der Wald zu dem Korridor, durch welchen das *Ding* in der letzten Nacht gekommen war.

Oberhalb der Esplanade blitzte graues Metall im Sonnenlicht.

Eine weitere Schale.

Sie sah jener beim Teufelsauge bemerkenswert ähnlich, nur, daß diese hier noch in ihrer Halterung verankert war, anstatt auf der Seite zu liegen. Sie zeigte in Richtung der Brücke. Wie die andere Schale auch, befand sie sich auf einer Anhöhe. Chakas Blick wanderte weiter.

Der Boden knirschte und schwankte, und die Tiere starrten sie aus angsterfüllten Augen an. Hin und wieder scheute eins der Pferde und zerrte an seinem Zügel. Sie hatten weniger Angst vor der Höhe als vor dem Gefühl eines unsicheren Bodens, erkannte Chaka. Silas hatte Schwierigkeiten mit einem Schecken. Das Tier riß sich immer wieder los, und Silas mußte anhalten und beruhigend auf es einreden und ihm über das Maul streicheln.

Chaka erreichte die Stelle, wo der Maschendraht weggebrochen war, und das Weitergehen kostete sie allen Mut, den sie aufbringen konnte. Nichts mehr lag zwischen ihr und dem Abgrund. Ihr Magen zog sich zu einem Klumpen zusammen. Sie konzentrierte ihre Gedanken auf Quait und starrte geradeaus auf den Horizont (*Nur nicht nach unten sehen!*), und sie fragte sich, was Raney wohl im Augenblick machte. *Genieße die Aussicht auf die Hügellandschaft und den dichten Wald,* sagte sie sich immer wieder. *Eine bessere Aussicht wirst du nie wieder haben,* sagte eine zweite, maliziöse Stimme. Auf der anderen Seite der zerstörten Brücke baumelten Kabel und Träger und zerfetzte Streben herab. Dahinter verlief die Fahrbahn über eine Rampe hinunter zum Ufer, wo sie wieder unter einer Schicht von Mutterboden und Humus und niedrigem Gestrüpp verschwand und in den Wald eintauchte. Chakas Blick folgte ihrem schnurgeraden Verlauf mühelos bis zu der Stelle, wo alles im Dunst verschwand.

Eine Wolke schob sich vor die Sonne. Stromaufwärts war der Fluß mit kleinen Inseln durchsetzt. Chaka erkannte die Überreste alter Hafenanlagen. Pfeiler, die in langen Reihen aus dem Wasser ragten, verfallene Gebäude und eine Maschine von monumentalen Ausmaßen, die wahrscheinlich dazu benutzt worden war, schwere Lasten zu heben. Es gelang ihr einfach nicht, sich zu entspannen, und als ein zweiter Windstoß kam und sie zum Rand hin schob, fiel sie einer Panik nahe auf die Knie.

»Alles in Ordnung, Chaka?« fragte Silas hinter ihr.

»Ja«, antwortete sie. »Alles in Ordnung.«

Dann war der Maschendraht wieder da, und sie fühlte sich fast wie in einem Tunnel. Sie entspannte sich ein wenig, bis sie eine Stelle erreichte, wo der Maschendraht erneut fehlte. Diesmal war stärkere Medizin nötig, das wußte sie, und sie stellte sich vor, wie sie nackt mit Quait im Fluß schwamm. Oder mit diesem jungen Tuk vom Oriki-Clan, der für sie getanzt hatte. Diese Vorstellung brachte sie zum Lächeln, trotz ihrer Lage. Gab es überhaupt etwas, das lächerlicher wirkte als ein nackter Mann, der auf einem Tisch tanzte? Und doch ...

Es half.

Unter ihr strömte der Fluß bis hin zum Horizont.

Niemand machte sich ernsthaft Mühe, eine Unterhaltung anzufangen. Sie waren zu weit voneinander entfernt und hätten wegen des starken Windes auch Schwierigkeiten gehabt, sich verständlich zu machen. Trotzdem rief Silas, daß Chaka stehenbleiben solle, bis er bei ihr war. »Sieh dir das dort an«, rief er und deutete auf die Schale.

»Schon gesehen«, antwortete sie. Sie mußte schreien, um den Wind zu übertönen.

»Es ist die gleiche Schale wie beim Teufelsauge!«

»Ich weiß.«

»Was glaubst du, was sie darstellen?«

Chaka *hätte* mit einem Achselzucken geantwortet, wenn sie nicht draußen auf dem ungeschützten Laufsteg gewesen wäre, aber sie wagte nicht, eine einzige überflüssige Bewegung zu machen. »Weiß nicht.« Sie schob sich vor. *Nur nicht stehenbleiben.*

»Ich frage mich, ob es Kunst darstellen soll. Oder ob die Schalen vielleicht einen anderen Sinn erfüllten?«

»Ich weiß es wirklich nicht, Silas.«

»He!« rief Flojian von hinten. »Warum geht es nicht weiter?«

»Halt die Pferde an!« rief Silas nach hinten und drehte sich wieder zu Chaka um. Er grinste und öffnete sein Tagebuch. Der Wind blätterte die Seiten um. »Ich werde eine Zeichnung anfertigen«, sagte er zu ihr. Und zu Flojian: »Dauert nur eine Minute!« Er hielt das Tagebuch in der einen Hand und suchte mit der anderen nach seinem Stift, als der Schecke an den Zügeln riß. Silas verlor das Gleichgewicht und prallte gegen den Maschenzaun, sonst wäre er unweigerlich in die Tiefe gestürzt.

»Verdammt!« kreischte Chaka. »Paß auf!«

Silas umklammerte das Tagebuch, das der Wind wegzureißen versuchte, packte die Zügel seiner Pferde fester und zog sich wieder auf den Laufsteg zurück. Er wirke eher verlegen als ängstlich.

»Alles in Ordnung?« erkundigte sich Chaka.

»Klar.« Kopfschüttelnd starrte er den Schecken an. »Du kommst heute abend in den Kochtopf.« Doch seine Neugier war noch nicht gestillt, und er drehte sich wieder nach der Schale um. »Wenn wir auf der anderen Seite sind«, fügte er hinzu, »sollten wir einen kleinen Umweg machen und dieses Ding genauer in Augenschein nehmen.«

Da war es. *Kommt, wir sehen uns den Drachen an. Vielleicht haben wir Glück, und er kehrt zurück.*

»Ja, schon gut«, drängte Chaka. »Laß uns endlich weitergehen.«

Das letzte Stück des schützenden Maschendrahts endete vor dem südlichen Pfeiler. Er glänzte grau und erhob sich ein paar hundert Fuß über ihre Köpfe. Ein breiter Riß durchzog das Material von oben bis unten. Direkt vor Chaka bewegte sich Avila vorsichtig über den ungeschützten Laufsteg. Sie hatte die Kapuze über den Kopf gezogen, gegen den Wind. Einmal drehte sie sich um und winkte.

Geh über dieses letzte lange Stück, geh zum nördlichen Turm, und der Rest ist ein Kinderspiel. Chaka musterte ihre Pferde. Sie wirkten nervös, weiter nichts. Keine Probleme bisher.

Der Wind zerrte am Laufsteg.

Inzwischen war auch Silas auf dem ungeschützten Teil.

Hinter ihnen warteten Flojian und Shannon umsichtig

ab. Sechs Menschen und siebzehn Pferde waren für diesen Teil des Laufstegs möglicherweise zuviel.

Silas ging hin und wieder ein paar Schritte zurück, um seine Pferde zu beruhigen, von denen eins ganz besonders nervös war. Es war das zweite in der Reihe hinter dem Schecken. »Kein Problem« rief er Chaka zu, als sie wegen der Unruhe hinter sich Halt machte und zurückblickte. Er konnte das Tier beruhigen und warf ihr ein ermutigendes Lächeln zu. Als säße sie auf einem der Pferde.

Dann scheute eines von Chakas Tieren. Zögernd drehte sie sich um, ging zurück und drückte sich an Piper vorbei, um auf das Pferd einzureden. *Wenn eins anfängt Unsinn zu machen*, sagte sie sich, *dann laß es los. Laß dich nicht auf Dummheiten ein hier oben.*

Sie murmelte ein paar Worte zu Piper, und weiter ging es. Doch im nächsten Augenblick hörte sie hinter sich einen Aufschrei. Sie drehte sich um und sah Silas, der auf die Kante zustolperte. Mit einer Hand umklammerte er sein Tagebuch, während der Schecke scheute und zurückwich und in Panik auszubrechen drohte.

Das Pferd schnaubte und suchte verzweifelt nach Halt, doch es war zu spät. Reflexhaft beging Silas den Fehler, die Zügel festzuhalten, und er wurde von den Füßen und hinter dem Tier her über die Kante gerissen. Chaka starrte wie gelähmt vor Entsetzen auf das Geschehen. Silas wäre in die Tiefe gestürzt, hätten nicht die beiden anderen Tiere die Hufe gestemmt. Die Zügel des Schecken wurden ihm aus der Hand gerissen, und das Pferd fiel den weiten Weg in den Fluß hinunter.

Chaka hastete an ihren Pferden vorbei nach hinten. Silas baumelte über dem Abgrund. Die Zügel der beiden verbliebenen Pferde waren alles, was ihn noch hielt. Sie warf sich auf den Weg. Er blickte zu ihr hoch, und sein Gesicht war weiß wie eine Maske. »Halt durch!« schrie sie und packte mit beiden Händen seine Jacke.

Doch Silas war zu schwer. Sie fand keinen Halt, keine Möglichkeit, ihn festzuhalten. Hinter ihr ertönten Schreie und Füßetrappeln, doch alles ging viel zu schnell. Sie rief um Hilfe, er rutschte ihr langsam aus der Hand, und sie wurde selbst über den Rand gezogen, während sie auf Silas starrte und den Fluß tief unter ihnen.

»*Die Schale!*« rief er.

»Ich hab' dich!« Doch sie hatte ihn nicht: Sie wurde weiter über die Kante gezogen, und er entglitt ihrem Griff. *Wo blieben nur die anderen*?

Seine Augen waren sehr blau und voller Angst. Er sah Chaka an in diesen letzten Sekunden, während endlich irgend jemand ihre Knöchel packte und ihr sagte, daß sie durchhalten solle.

»*Verdammt*!« preßte Silas hervor. Dann ließ er los.

Chaka schrie. Silas schien ganz langsam von ihr wegzuschweben, und dann packten starke Hände sie und zerrten sie vom Abgrund weg. Hinterher weinte sie lange, lange Zeit.

Kapitel 14

»Es hatte irgend etwas mit der Schale zu tun«, sagte Flojian. »Er war aus irgendeinem Grund aufgeregt deswegen und machte die Tiere scheu.« Doch sie konnten nichts Ungewöhnliches entdecken, auch wenn Chaka immer wieder darauf hinwies, daß Silas so unmittelbar vor seinem Tod noch einmal auf die Schale aufmerksam gemacht hatte.

Sein Tagebuch war auf den Laufsteg gefallen, und das war alles, was von ihm übrig war. Eine entschlossene Suche nach seinem Leichnam erschien angesichts ihrer begrenzten Möglichkeiten als undurchführbar, und sie sahen nur wenig Aussichten auf Erfolg. Und so beschränkten sie sich auf eine eher oberflächliche Suche entlang dem nördlichen Ufer.

Silas hätte gewollt, daß sie weiterzogen und die Expedition erfolgreich beendeten, meinte Avila, und sie sprach damit aus, was alle dachten. Wieder zu Hause in Illyrien würden sie ihm ein Denkmal errichten. Und so sagten sie seinem Geist in einer nachmittäglichen Zeremonie Lebewohl, ritzten den Tasselay in seinen Grabstein, nahmen einen Weinschlauch heraus und tranken auf sein Gedenken.

Auf Silas Glote, den letzten der Straßenbauer.

Sie kletterten auf einen Hügel, von wo sie eine bessere Sicht auf die Schale hatten. Sie entdeckten nichts Auffälliges, und schon gar nichts, das die Aufregung des alten Gelehrten gerechtfertigt hätte. Das Objekt war vollkommen nichtssagend. Nach einer Weile gaben sie auf und zogen nach Norden weiter. Die Stimmung war düster und mutlos. Alle wollten weit weg sein, bevor die Dämmerung einbrach.

»Ich glaube nicht, daß wir weit kommen«, sagte Shannon. Er deutete auf zwei Markierungen an zwei nahe beieinander stehenden Baumwollbäumen. Sie zeigten auf die Stelle, wo der Fluß einen Linksschwenk beschrieb. In Richtung der Esplanade. Und der merkwürdigen Schale.

Zögernd setzten sie sich über den Hügelrücken in Bewegung. Die Sonne verblaßte bereits. In den Bäumen tollten Eichhörnchen, und Vögel sangen laut. Ringsum standen Steinhäuser verstreut unter Bäumen. Sie entdeckten eine Straßenlaterne, die von einer ausladenden Ulme weggedrückt worden war und jetzt in einem Winkel von fünfundvierzig Grad über dem Boden hing und einen halb vergrabenen Hojjy mit einem verrosteten Spiegel, an dem eine Quaste baumelte.

Der Tag war ungewöhnlich warm. Ein paar Blumen blühten. Chaka hatte noch nie derartige Blüten gesehen: groß, gelb, schalenförmig. »Feuerkugeln«, erklärte Avila. »Im Altarraum unseres Ordens gab es auch ein paar davon.«

Die Schale war auf dem Dach eines dreistöckigen Steingebäudes montiert, das die Esplanade überragte. Die Fronttür fehlte, und die Innenwände waren eingestürzt. Sie traten vorsichtig ein. Zu ihrer Linken befand sich ein verrottetes Pult, das tief in Lehm eingesunken war. Chaka prüfte tastend die Tragfähigkeit des Bodens, und Shannon gemahnte sie zur Vorsicht.

»Scheint zu halten«, sagte sie.

Sie ging in den hinteren Teil des Gebäudes, und Shannon folgte ihr zu einer Treppe. Er stieg hinauf, befand sie für sicher und bedeutete den anderen, ihm zu folgen. Augenblicke später traten sie auf das flache Dach hinaus.

Die Schale sah aus, als wöge sie wenigstens fünfhundert Pfund. Sie war auf einer runden Plattform montiert und wurde von einer massiven U-förmigen Klammer gehalten. Die Innenseite war gerippt. Die Schale zeigte beinahe senkrecht in den Himmel. Die Klammer war mit einer Reihe von Handgriffen versehen.

»Heiliger Himmel!« hauchte Chaka.

Shannon blickte sie verblüfft an. »*Was?*«

»Ich weiß jetzt, was Silas sagen wollte. Die Schale hat sich *bewegt!*«

Shannon verdrehte die Augen und warf einen abschätzenden Seitenblick auf die Schale. »Das glaube ich nicht.« Er stemmte die Schulter gegen den unteren Rand und schob mit aller Kraft. Nichts geschah. »Kein Mensch der Welt kann dieses Ding bewegen.«

Die Schale hatte zuvor noch nicht auf den Himmel gezeigt. Sondern in Richtung der Brücke.

Zu Fuß setzten sie den Weg über den Hang fort und erreichten schließlich die Esplanade, wo der Inkala in der Nacht zuvor zur Ruhe gekommen war.

Das Sims war eben und grasbewachsen. Der Mutterboden war stellenweise weggeschwemmt. Darunter trat nackter Beton zum Vorschein. Sie sahen auf den Fluß hinunter, der blau und kalt im Licht der im Westen versinkenden Sonne glitzerte. Von hier aus war die Stelle sichtbar, wo sie am Vorabend ihr Lager aufgeschlagen hatten. Dort lag der Hügel, hinter dem sie sich versteckt und die Annäherung des Inkala beobachtet hatten, und *dort* verlief der Weg, der schließlich zur Brücke führte.

Ein Graben zog sich über die gesamte Länge der Esplanade. Er war mehrere Fuß breit und zwei oder drei Fuß tief.

»Was haltet ihr davon?« fragte Chaka.

»Sieht aus wie ein Aussichtspunkt«, meinte Flojian. »Eine Stelle, wo die Menschen bei gutem Wetter hingehen. Wenn wir ein wenig suchen, entdecken wir bestimmt Tische und Bänke.«

Quait sah zum Himmel hinauf. »Keine gute Idee«, sagte er. »Es wird bald dunkel, und ich glaube nicht, daß wir uns nach Einbruch der Nacht noch hier aufhalten wollen, oder ist jemand anderer Meinung?«

Keiner widersprach, und so schwärmten sie aus und suchten nach einer von Shays Markierungen. Avila fand statt dessen etwas anderes.

Auf der anderen Seite der Esplanade, zwanzig Meter tief im Wald, kam ein grünes Band aus dem Boden. Es verlief in einer Höhe von vielleicht zwei Fuß und genau in einer Linie mit dem Graben. In der anderen Richtung verschwand es in nord-norwestlicher Richtung im Wald, genau durch den Korridor, durch den der Inkala gekommen war. Es sah dem grünen Band verblüffend ähnlich, das parallel zum Laufsteg über die Brücke führte.

Auf der Ostseite der Esplanade entdeckten sie ein weiteres Band, das ebenfalls in einer Linie mit dem Graben verlief.

»Ich glaube, wenn wir ihm ein Stück folgen, finden wir heraus, daß es das gleiche Stück ist, das über die Brücke führt«, mutmaßte Quait.

»Aber was ist es?« fragte Flojian.

Sie rätselten noch immer darüber, als Shannon sie auf einen Sassafrasbaum am Rand der Esplanade aufmerksam machte. Jemand hatte ein Kreuz in den Stamm geschnitzt.

»Was bedeutet das?« fragte Flojian.

»Ich weiß es nicht genau«, erwiderte Shannon, »allerdings bin ich davon überzeugt, daß es sich um eine von Landon Shays Markierungen handelt.«

»Du weißt es nicht?« fragte Flojian ungläubig. »Benutzt ihr denn in den Wäldern nicht eine Art von einheitlichem Kode? Redet ihr vielleicht nicht alle die gleiche Sprache, oder was?«

Shannon seufzte und wandte sich zu Avila um. »Das Zeichen soll uns etwas verraten, aber ich bin nicht sicher, was das ist.«

Chaka deutete auf den Graben. »Dort ist noch eins«, sagte sie. Das gleiche Zeichen auf einer Roteiche in der Nähe des höchsten Punktes der Klippe.

Shannon setzte seinen Hut ab und sah erst in die eine, dann in die andere Richtung. Sie entdeckten noch zwei Kreuze. Eins am westlichen, eins am östlichen Ende der Esplanade. »Ich werde euch sagen, was ich denke, doch es ergibt keinen Sinn. Die Kreuze markieren ein Rechteck. Unter anderen Umständen würde ich sagen, sie zeigen an, daß wir am Ziel angekommen sind. Das hier ist das Ende unserer Reise.«

Sie wechselten unsichere Blicke.

»Und was machen wir jetzt?« erkundigte sich Quait.

Die Frage war mehr oder weniger an Avila gerichtet, als hätte sie automatisch die Stelle von Silas eingenommen. Sie blickte sich suchend auf der Plattform um. Die Sonne stand dicht über dem Horizont und hatte bereits eine leicht rötliche Färbung angenommen. »Jon«, sagte sie schließlich, »bist du sicher, daß es sich um die gleichen Markierungen handelt, denen wir die ganze Zeit über gefolgt sind?«

Shannon nickte. »Sie sehen aus, als stammten sie vom gleichen Messer. Außerdem stammen sämtliche Markierungen, die wir gesehen haben, von einem kleinen Burschen. Ich schätze, Shay war nicht größer als fünfeinhalb Fuß.«

»Das ist richtig«, stimmte Flojian ihm zu.

»Woher wußtest du das?« erkundigte sich Avila.

»Die Markierungen befinden sich allesamt in einer Höhe von fünf Fuß. Augenhöhe.«

»Vielleicht sollten wir später darüber debattieren«, schlug Flojian vor. »Im Augenblick denke ich, daß wir lieber versuchen sollten, so schnell wie möglich von hier zu verschwinden. Ganz gleich, was unser kleiner Freund sagt. Es wird dunkel.«

Shannon und Quait blickten fragend zu Avila.

»Wir wissen nicht, wohin wir gehen sollen«, sagte sie. »Ich erkenne keinen Sinn darin, von hier zu verschwinden.«

»Aber hier spukt es!« rief Chaka.

Avila hatte die ganze Zeit über eine alte Stoffkappe getragen. Jetzt setzte sie die Kappe ab, wischte sich über die Stirn und starrte auf den Fluß hinaus. »Wir wissen nicht, was hier vor sich geht«, sagte sie schließlich. »Und ich schätze, uns bleibt keine andere Wahl, als es herauszufinden. Ich werde hierbleiben und sehen, was geschieht. Wer bei mir bleiben will, ist jederzeit willkommen. Wenn jemand keine Lust dazu verspürt, kann ich es ihm nicht verübeln.« Ihre Stimme klang angespannt.

Lediglich Flojian hatte den Mut, sich zurückzuziehen. »Ihr werdet alle sterben«, sagte er. »Ich hoffe, ihr seid euch darüber im klaren.«

Er nahm eins der Packpferde, ergänzte seine Vorräte mit ein wenig Getreide und setzte sich ohne ein weiteres Wort auf dem Weg zur Brücke hinunter in Bewegung.

Eine halbe Stunde später kehrte er mit der Begründung zurück, daß er seine Freunde nicht im Stich lassen könne. Vielleicht sagte er sogar die Wahrheit. Chaka vermutete insgeheim, daß er die Einsamkeit als noch angsteinflößender empfunden hatte als die Aussicht, der Dämon könnte wieder erscheinen.

Sie führten die Pferde zur anderen Seite des Hügelrückens, wo sie rasteten. Niemand verspürte großen Appetit, und alle pickten nur an ihrer Mahlzeit.

Es war dunkel, als sie fertig waren. Sie löschten das Feuer, überprüften ihre Waffen und kehrten auf den Kamm zurück. Dort gingen sie an einer Stelle in Deckung, von der aus sie die Esplanade übersehen konnten. Hätten sie einen menschlichen Gegner erwartet, würden sie sich verteilt haben, doch so blieben sie dicht beisammen, versteckt hinter einem Haufen Geröll und Buschwerk.

Flojian setzte sich zu Avila. »Ich habe gehört«, begann er zögernd, »daß Dämonen sich nicht an Priestern vergreifen. Besteht vielleicht eine Chance, daß Reisende in Begleitung einer Priesterin ebenfalls verschont werden?«

»Aber selbstverständlich, Flojian«, erwiderte sie. »Fürchte dich nicht.«

Chaka war nicht wohl in ihrer Haut bei dem Gedanken, daß Flojian mit einer geladenen Waffe durch die Dunkelheit stolperte, doch sie konnte nichts daran ändern. Avila, von der Chaka wußte, daß sie gut mit dem Gewehr war, machte sich nicht die Mühe, eine Waffe zu tragen. »Was auch immer es sein mag«, sagte sie zu Chaka, »ich glaube nicht, daß ein Gewehr irgend etwas ausrichten kann. Falls wir tatsächlich Waffen benötigen sollten, dann besitzen wir ganz bestimmt nicht die richtigen.«

Die herrliche Aussicht nach Nordwesten, die sie von

der anderen Seite des Flusses genossen hatten, war hier durch Bäume versperrt. Sie würden nur wenig Zeit zum Reagieren haben, falls der überirdische Besucher sich erneut näherte. »Das macht mir Angst«, gestand Chaka gegenüber Quait.

»Ich weiß.« Er hielt sich dicht bei ihr. »Wir haben einiges an Feuerkraft hier oben. Für den Fall, daß wir sie brauchen.« Sein Atem ging unregelmäßig. »Buuuh!« machte er.

Beide versuchten ein aufmunterndes Lächeln, doch das mißlang.

»Seid lieber leise«, warnte Shannon.

»Alles in Ordnung?« Das war Flojian. Er stand auf der anderen Seite. Seine Hände zitterten, und irgendwie beruhigte das Chaka mehr als Quaits gespielte Zuversicht.

»Sicher«, antwortete sie. »Alles in Ordnung.«

»Es tut mir leid wegen Silas.«

Wie das so ist, wenn ein nahestehender Mensch stirbt, so hatte sich auch Chaka noch lange nicht mit dem Verlust abgefunden. Ständig erwartete sie, ihn zu sehen, wie er mit seinem Tagebuch in der Hand aus dem Wald kam. Sie war überrascht, daß Flojian bemerkt hatte, wie sehr Silas' Tod sie traf.

»Danke«, sagte sie rauh.

»Er wäre stolz auf uns gewesen«, sagte er. »Ich meine, daß wir hiergeblieben sind. Ich wollte zwar nicht, aber Silas hätte bestimmt das gleiche getan.«

Chaka lauschte auf die Geräusche des Waldes. Quait stand auf und ging zum Kamm hinauf, um mehr sehen zu können.

Shannon schob sich an Chaka vorbei und kniete neben Avila nieder. »Glaubst du an die Existenz von Dämonen?« fragte er leise.

Sie gab ein Geräusch von sich, das tief aus der Kehle zu kommen schien. Dann: »Ich weiß es nicht, Jon. Bis gestern abend hätte meine Antwort sicher nein gelautet. Aber heute? Ich weiß es einfach nicht.«

Quait kehrte zurück. »Bis jetzt ist nichts zu sehen.« Er

legte den Kopf in den Nacken und starrte zu den Sternen hinauf. »Es war um diese Zeit, gestern abend.«

Sie verstummten. Chaka überlegte, ob es nicht einen Zauber gab, der helfen konnte. Falls es einen gab, wußte Avila sicher darüber Bescheid. Vielleicht besaß sie ihn sogar. Wahrscheinlich besaß sie ihn, aber sie redete nicht darüber. Sie wollte die anderen nicht darin bestärken, an Gespenster zu glauben. Schließlich war es wegen Avila gewesen, daß sie alle zusammen hiergeblieben waren. Ganz bestimmt würde sie nicht das Leben von allen aufs Spiel setzen, wenn sie keine Abwehr gegen Dämonen besaß.

»Wenn wir seine Aufmerksamkeit nicht unnötig auf uns lenken«, sagte Flojian soeben, »dann passiert uns vielleicht nichts.«

Chaka richtete ihr Gewehr auf die Esplanade. Sie hatte freies Schußfeld, falls nötig. »Wie lautet die offizielle Position des Ordens, was die Existenz von Dämonen anbelangt?« fragte sie Avila.

»Nach dem, was der Tempel sagt«, erwiderte Avila, »existieren Dämonen tatsächlich. Aber sie handeln indirekt. Sie sind für alle möglichen Übel verantwortlich. Krankheit. Hochwasser. Manchmal entfachen sie menschliche Emotionen und bringen uns dazu, gegen den Willen der Götter zu agieren.«

»Du glaubst daran?«

»Ich weiß nicht, was ich noch glaube und was nicht. Frag mich morgen.« Sie wandte sich ab und starrte nach Westen in den Wald.

Ein schwacher Lichtschein näherte sich von dort.

»Er kommt!« flüsterte Flojian. Seine Stimme war ein entsetztes Flüstern.

Sie kauerten sich hinter ihre Deckung.

»Die gleiche Stelle wie gestern nacht«, sagte Quait leise.

Er zog seine Handschuhe straff und legte den Zeigefinger an den Abzug.

»Niemand schießt, bevor ich es nicht sage«, befahl Shannon.

»Nein.« Avilas Stimme war ganz leise. »*Ich* gebe das Kommando.«

Chaka blickte zu Shannon, und der Waldläufer zuckte die Schultern. »Wenn er mich angreift«, grollte er, »dann warte ich sicher nicht auf irgendeinen Befehl.«

Flojian hatte die Augen weit aufgerissen. Sein Atem ging stoßweise.

Das Leuchten wurde zu einer langen Kette von Lichtern. Die Lichterkette krümmte sich und kam in einer sanften Kurve heran. Sie schwebte über den Baumwipfeln.

»Er wird langsamer«, sagte Quait.

Sie beobachteten, wie der Dämon in den Wald eintauchte.

Shannon ging ein paar Schritte nach rechts und bezog hinter einem umgestürzten Baumstamm Deckung. Er brachte seine Waffe in Anschlag.

»Verliert nicht den Kopf« sagte Avila. »Wir sind sicher, solange wir keinen Angriff provozieren.«

»Was für ein Ding *ist* das?« flüsterte Chaka zu Quait. Der Dämon sah aus, als wäre er mindestens zweihundert Fuß lang.

»Ein Drache«, erwiderte Quait.

Ein leuchtendes Auge erschien zwischen den Bäumen und schoß in unheimlicher Stille auf die fünf zu.

»Shanta«, hauchte Avila. »Steh uns bei!«

Dann durchbrach ein lauter Knall die Stille. Das Auge zerplatzte und wurde dunkel.

»Ich hab' ihn erwischt!« triumphierte Flojian. »Er ist blind!«

Avila riß ihm das Gewehr aus den Händen. »Verdammter Dummkopf!« fauchte sie.

Das Ding schwebte zwischen den Bäumen hervor und über den Graben, es dachte nicht daran zu fliehen. Es war lang und schlangenförmig, und aus den Seiten fiel Licht. Inzwischen bewegte es sich nur noch langsam und bedächtig, und es gab seufzende und klickende und zischende Geräusche von sich. Es benahm sich, als wäre nichts geschehen. Zu ihrem Entsetzen stellte Chaka fest, daß das Ding den Boden *nicht zu berühren schien*. Ihr Herz klopfte bis zum Hals, und sie wartete darauf, daß es angriff.

Statt dessen glitt es weiter über die Esplanade. Schließlich kam es zum Stehen. Plötzlich durchschnitt das laute Zischen entweichender Luft die Stille. Das Ding sank auf den Graben nieder. An den Seiten entstanden Öffnungen.

Chaka hielt den Atem an. Niemand rührte sich. Neben ihr waren Avila und Flojian zu Salzsäulen erstarrt. Avila hielt Flojians Gewehr in den Händen. Flojian hatte die Hände über die Augen geschlagen.

»Fenster!« flüsterte Quait.

Sie konnten in das *Innere* des Drachens sehen. Und im Innern erblickten sie *Sitze*.

Türen glitten flüsternd auf.

Das Ding war eine *Kutsche*! Nein, *vier* Kutschen. Vier aneinander gebundene Kutschen.

Das Innere war hell und sauber.

Flojian wimmerte und versuchte erneut, Avila das Gewehr wieder wegzunehmen. Ohne den Blick von der Riesenkutsche zu wenden, entlud sie die Waffe und legte sie vor sich auf den Boden.

»Was *zieht* dieses Ding?« fragte Quait.

»Es stammt nicht von dieser Welt«, flüsterte Shannon.

Die Kutsche glänzte im Mondschein.

»Auf was wartet es?« wandte sich Quait an Avila.

Sie atmete tief durch und stand dann entschlossen auf. »Wartet hier«, sagte sie.

»Nein! Mach das nicht!« widersprach Shannon.

Avila schob sich durch die Büsche und stieg den Hang zur Esplanade hinunter. Chaka starrte ihr hinterher, starrte auf die leeren Kutschwagen, starrte zu Flojian, der sein Gewehr wieder an sich genommen hatte und es in diesem Augenblick nachlud.

Avila trat auf die Esplanade hinaus. Sie wirkte bleich und geisterhaft. Irgendwo in der Ferne schrie eine Eule. Im Fluß platschte etwas laut.

Avila ging auf den wartenden Kutschwagen zu,

zögerte einen Augenblick, berührte ihn und *steckte dann den Kopf in die offene Tür.*

Quait erschien am Rand der Esplanade. Chaka hatte nicht einmal bemerkt, daß er Avila gefolgt war. Sie beobachtete ihn einen Augenblick lang, dann setzte sie sich ebenfalls in Bewegung. Shannon schloß sich an. Schließlich kam sogar Flojian hinterher.

Sie verteilten sich über die Flanke des Dings und spähten durch Fenster und Türen. Das Innere war hell erleuchtet und sauber. Avila und Quait hatten offensichtlich irgend etwas gesehen, denn sie standen mit weit aufgerissenen Augen da.

Chakas Herz hämmerte.

Im Innern des Kutschwagens glitten Buchstaben wie von Geisterhand geschoben über die Fenster:

... Fahren Sie den neuen Helios ...
... die Empfehlung der Redaktion Auto & Fahren `57 ...

Und dann:

... SEIKO ... Die Uhr, auf die die Welt blickt ...
SEIKO ... Die Uhr ...

Wenn die Worte das Ende des Kutschwagens erreicht hatten (denn darum schien es sich tatsächlich zu handeln), erloschen sie einfach.

»Straßenbauertechnologie«, sagte Quait. »Ich hatte keine Ahnung, daß ...«

»Was hat das zu bedeuten?« fragte Flojian.

Die Sitze befanden sich paarweise in Fahrtrichtung an den Fenstern und waren mit Haltegriffen ausgestattet. Die Beleuchtung kam aus milchigen Paneelen an der Decke und den Wänden.

»Und was jetzt?« fragte Chaka so leise, daß es kaum zu hören war.

»Ich denke, jetzt kennen wir die Antwort auf die Frage, was die Markierungen Landons bedeuten«, sagte Shannon. »Wir sollen in dieses Ding klettern.«

Avila nickte. »Einverstanden.« Sie stieg durch den Eingang, streckte prüfend die Hände aus und sagte erstaunt: »Es ist warm hier drin.«

Die fließenden Buchstaben verkündeten eine neue Botschaft:

... Babylon!
Mit Corey Ledrew und Janet Barbarossa ...

Avila ging in den hinteren Teil des Waggons zu einer Verbindungstür und öffnete sie. Vom Einstieg aus konnte Chaka in den nächsten Waggon sehen. Er sah genauso aus wie der erste.

»Wodurch bewegt es sich?« fragte Flojian. »Woher ist es gekommen?« Er war in den Wagen geklettert und stand in der Nähe der Tür, bereit, jeden Augenblick abzuspringen.

Die leeren Sitze glänzten. Sie bestanden aus einem glatten Material, doch Chaka hatte nicht die geringste Vorstellung, was es sein mochte.

»Ich sehe nirgendwo einen Kutscher!« sagte Flojian. Er schien dicht vor einer Panik.

»Ist es möglich«, fragte Chaka, »daß noch immer irgendwo Straßenbauer leben?«

»Vielleicht«, sagte Quait. »Vielleicht sind es auch nur Überbleibsel.«

Chaka erinnerte sich an die Geschichten von Ruinen, in denen es spukte.

Avila holte tief Luft und stieß langsam den Atem aus. »Also schön«, sagte sie schließlich. »Die Spur führt in diese Riesenkutsche. Wir haben zwei Möglichkeiten: Entweder machen wir weiter und lassen uns dorthin mitnehmen, wo auch Karik gewesen ist, oder wir kehren um und gehen zurück nach Hause.«

»Wir kehren um«, sagte Shannon. »Wir wissen nichts über dieses Ding. Vielleicht bringt es uns direkt in die Unterwelt.«

Das Ding schien zu warten.

Avila blickte Quait an.

Quait nickte. »Jetzt sind wir schon so weit gekommen«, sagte er. »Offensichtlich handelt es sich um ein Transportmittel, weiter nichts.«

Chaka schien weniger zuversichtlich. Trotzdem war sie nicht bereit, jetzt aufzugeben und umzukehren. »Ich sage, wir machen weiter.«

Shannon blickte indigniert in die Runde. »Dann schaffen wir jetzt besser die Pferde an Bord. Ich weiß nicht, wieviel Zeit uns noch bleibt.«

Alle halfen bei der hektischen Aktion mit, die daraufhin folgte. Sie hasteten aus dem Waggon und den Hang hinauf zum Hügelkamm, wo die Pferde warteten. Eilig wurden die Packpferde beladen und die Reittiere gesattelt, und innerhalb weniger Minuten führten sie die Tiere nach unten auf die Esplanade. Sie verluden die Pferde, überzeugten sich durch einen schnellen Rundgang, daß sie auch wirklich ganz allein an Bord der Riesenkutsche waren, und nahmen dann auf den Sitzen Platz, um der Dinge zu harren, die da kommen mochten.

»Übrigens«, sagte Shannon, »die Tiere wirkten nicht ängstlich, als wir sie an Bord brachten. Das ist ein gutes Zeichen.« Er nickte Chaka weise zu. »Tiere können Dämonen spüren.«

... Campbells Suppen ...
... verleihen jeder Mahlzeit Glanz ...

»Aber es gibt niemanden, der die Kutsche lenkt«, erinnerte Flojian. »Und das ist ganz bestimmt kein gutes Zeichen.«

Chaka untersuchte eines der leuchtenden Paneele. Es gab keine offene Flamme, genau wie bei Talleys Lampe. Chaka berührte das Paneel und ächzte. Sie zog die Hand wieder weg. »Heiß«, sagte sie.

Ein kurzes Klingelzeichen ertönte, und die Türen glitten zu. Der Boden vibrierte.

»Ich schätze, jetzt gibt es kein Zurück mehr«, sagte Quait.

Shannon grunzte seine Mißbilligung. »Ihr hättet keinen Führer anstellen sollen, wenn ihr auf nichts von dem hören wollt, was er euch sagt.«

Die Enge wurde klaustrophobisch. Die Lichter wurden dunkler, erloschen ganz, erwachten wieder zum Leben. Die Pferde schnaubten milden Protest. Chaka verspürte ein Druckgefühl im Magen, als würde sich der Boden unter ihr heben. Die Esplanade sank unter ihr weg, das Fahrzeug schüttelte sich, und die Tiere schnaubten lauter. Einige ihrer Mitfahrer stöhnten. Dann gab es einen Ruck, und sie stolperte und drohte einen Augenblick lang das Gleichgewicht zu verlieren. Die Kutsche hatte sich in Bewegung gesetzt.

Der Waggon, der vorne gewesen war, als der Zug auf der Esplanade gehalten hatte, bildete jetzt den Abschluß. Und er schwebte in der *Luft*! Sie befanden sich zwei Fuß hoch über dem Boden, gehalten von einer unsichtbaren Hand, über die Chaka nicht nachzudenken wagte. Sie murmelte ein Gebet und spürte Quaits beruhigende Hand auf der Schulter, obwohl er selbst auch nicht besonders zuversichtlich aussah.

»Wir wußten, daß dies geschehen würde«, sagte Avila. »Es ist ein Mechanismus, weiter nichts.« Sie ließ sich in einen der Sitze sinken. Die anderen folgten ihrem Beispiel.

Die grasbewachsene Esplanade glitt vorüber, und dann war ringsum nur noch Wald. Die Innenbeleuchtung erlosch teilweise.

Die Gefährten drängten sich im hinteren Teil des Waggons zusammen und sahen durch die Fenster, wie der Mond zwischen den Bäumen hindurchtanzte. Die Furcht stand ihnen in den Augen.

Es war zu dunkel, um mehr sehen zu können als hin und wieder ein paar vorbeihuschende Masten und Bäume. Dann plötzlich fuhren sie schneller, als sie sich je im Leben hätten träumen lassen. Sie ächzten und stöhnten angsterfüllt und klammerten sich an den Griffen fest, während der Zug sich in eine weite Kurve legte. Gleichzeitig stieg er höher und höher, bis er schließlich über die Baumwipfel rauschte. Flojian flehte die Göttin an, sie zu beschützen.

Sie befanden sich im Reich der Falken. Weite Ebenen und Seen rauschten unter ihnen vorbei.

»Karik hat es auch überlebt«, erinnerte Quait die anderen.

Avila gestand, daß es vielleicht doch keine so gute Idee gewesen war, in die Kutsche zu steigen. Die Tiere schwankten und schnaubten, doch sie waren lange nicht so unruhig wie ihre Herren.

»Ich hoffe nur, daß diese Kutsche nicht plötzlich anhält«, sagte Shannon. Er schob seinen mitgenommenen Hut in den Nacken und brachte ein Grinsen zustande. »Das wird eine Geschichte für unsere Enkel, was?«

Das Gelände war zwar uneben, doch die Kutsche schwankte nicht. Sie bewegte sich jetzt mit konstanter Geschwindigkeit, mit einer wahrhaft furchterregenden Geschwindigkeit. Bäume und Felsen waren nur noch verschwommene Schemen.

... Delta Airlines ...
... Luxusklasse zum Economy-Preis ...

Avila starrte zum rückwärtigen Fenster hinaus. Das grüne Band und das dazugehörige Geländer waren noch immer unter ihnen. »Irgendwie scheint es den Weg zu markieren«, sagte sie.

»Vielleicht sind wir mit dem Band verbunden?« schlug Flojian vor.

»Das glaube ich nicht. Es ist viel zu weit unten. Wir fahren ganz sicher nicht über dieses Band.« Sie schloß die Augen. »Auf der Brücke war das Band gebrochen. Ich frage mich, ob es eine Zeit gegeben hat, in der diese Kutsche regelmäßig den Fluß überquerte.«

Hin und wieder, wenn das Fahrzeug eine Kurve beschrieb, konnten sie einen Blick auf das Vorderteil werfen, wo ein waagerechter Lichtkegel die Dunkelheit durchschnitt. »So eins hat Flojian ausgeschossen«, sagte Chaka. »Offensichtlich gibt es an beiden Enden der Kutsche so ein Lichtauge.«

Der Zug überquerte einen Fluß und flog dann durch eine Schlucht, die langsam breiter wurde. Unter ihnen tauchten Ruinen auf. Bald waren ringsum nur noch Ruinen zu sehen. Mit einem Mal wurde das Gefährt langsamer und sank. Sie schwebten auf eine weitere Esplanade zu, wo die Kutsche anhielt und dann unter lautem Gurgeln und Zischen zu Boden sank. Im Innern des Kutschwagens gingen alle Lampen an, und draußen ebenfalls.

»Vincennes«, sagte eine weibliche Stimme. *»Bitte seien Sie vorsichtig beim Aussteigen.«*

Chaka wirbelte herum, um den Sprecher zu sehen. Doch es war niemand da. Ihre Nackenhaare sträubten sich.

Die Türen glitten auf.

»Wer ist da?« rief Quait. Er war aufgesprungen und zielte mit dem Gewehr nach draußen.

»Die Stimme kam von hier drinnen«, sagte Avila leise.

Draußen wehte ein frischer Wind. Chaka entdeckte eine Treppe, die nach unten führte. Und Sitzbänke. Ein kleines Holzhaus. Es lag dunkel und verlassen. Dahinter nichts als Wälder.

»Das ist unsere Chance, aus diesem Ding zu verschwinden«, sagte Flojian.

Sie wechselten Blicke. Es war nicht die schlechteste Idee. Während sie noch überlegten, tönte das Klingeln wieder, und die Türen schlossen sich.

»Das war aber kurz«, sagte Chaka.

Quait und Shannon gingen in den nächsten Wagen, wo sie mit gezückten Pistolen nach dem Ursprung der Frauenstimme suchten.

Der Zug schwebte in die Höhe, und weiter ging die Fahrt.

»Sie werden nichts finden«, sagte Flojian. »Das war ein Geist.«

»Ich glaube, er hat recht«, sagte Avila. »Wenigstens

damit, daß sie nichts finden. Wir haben die gesamte Kutsche abgesucht. Außer uns ist niemand an Bord.«

Die freie Fläche hatten sie hinter sich gelassen, und fuhren wieder durch Wälder. Der Zug raste an Bäumen, Quellen und Bächen vorbei. Das Land blieb unter ihnen zurück, und sie flogen über eine Schlucht. Chakas Herzschlag drohte auszusetzen. Unter ihnen kam Wasser in Sicht, dann wieder Land. Im Licht, das durch die Fenster nach draußen fiel, wurde ein Schild sichtbar: *LANDWIRTSCHAFTSZENTRUM SÜDWEST.* Sie waren fast schneller vorbei, als sie die Inschrift lesen konnten.

Quait und Shannon kehrten zurück. Sie hatten niemanden gefunden.

Der Mond stand inzwischen im Westen. Sie saßen nah beieinander und redeten mit gedämpften Stimmen. Hin und wieder stand einer von ihnen auf und verkündete, nach den Pferden sehen zu wollen, und immer gab es wenigstens einen anderen, der freiwillig mitkam. Niemand bewegte sich allein durch die Kutschwagen.

Nach einer Weile hielt der Zug erneut, und die körperlose Stimme erschreckte sie wie beim ersten Mal *»Terre Haute«*, sagte sie diesmal. Und wieder: *»Bitte seien Sie vorsichtig beim Aussteigen.«* Die Türen öffneten sich, der Wind fegte ins Abteil, und dann glitten sie wieder zu.

»Das wird uns kein Mensch auf der Welt glauben«, sagte Avila.

Sie rasten durch die Nacht, über ausgedehnte Wälder und Ruinenfelder hinweg, die zahlreicher wurden und sich immer weiter ausdehnten, bis irgendwann überhaupt kein Wald mehr zu sehen war und unter ihnen ein riesiges Ödland aus Trümmern und Ruinen lag.

In einer langgestreckten Westkurve verlangsamte der Zug seine Fahrt, und im Norden tauchte Wasser auf. Es schien ein Meer zu sein.

Dann beschleunigte der Zug wieder. Als der Mond hinter den Wolken hervorkam, erblickte Chaka Strände, anrollende Brandung und alte Straßen. Die Fahrt ging über Sand und Wasser und Grasflecken, und der Zug folgte dem Verlauf der Küste in nördlicher Richtung.

Unter ihnen glitt jetzt eine Insellandschaft vorüber, die von Kanälen durchzogen und mit Trümmern, Steinhaufen und Reihen zerfallender Steingebäude übersät war.

»Seht nur«, sagte Flojian. Er drückte das Gesicht gegen die Scheibe. Eine große Anzahl Türme ragte aus der Dunkelheit. Ihre Ausmaße verschlugen ihnen den Atem. Die Türme ragten tatsächlich bis in die Wolken. Von Menschen gebaute Konstruktionen, die höher waren als alles, was Chaka jemals für möglich gehalten hätte. Ihre Umrisse leuchteten weich im Mondlicht, und sie schienen von Wasser umgeben zu sein.

»*Die Stadt*«, flüsterte Chaka. Die Stadt, die auf Arins vierter Zeichnung abgebildet war.

Der Zug wurde langsamer.

Ringsum ragten jetzt Mauern auf. Sie kamen an anderen Kutschen vorüber, die dunkel und still und verlassen in der Nacht standen. Sie glitten über einen Kanal, überquerten eine kleine Insel, fuhren an langgestreckten, niedrigen Gebäuden mit gewaltigen Schornsteinen vorbei, und dann schwebten sie erneut über offenem Wasser.

Das Wasser wich einer Wand aus poliertem Stein, der im Licht des Zugauges glänzte.

Und plötzlich waren sie unter der Erde. Die Tunnelwände, jetzt grau und uneben, glitten langsam vorüber, und schließlich hielt der Zug ein weiteres Mal.

Die Kutschwagen sanken zu Boden.

Die Lichter gingen an, und die Türen glitten auf. »*Willkommen in der Union-Station*«, sagte eine Stimme. »*Der Zug endet hier. Bitte seien Sie vorsichtig beim Aussteigen.*«

Kapitel 15

Sie standen auf der Plattform, umgeben von ihren Pferden und der Ausrüstung, und es war völlig still. Die undurchdringliche Dunkelheit wurde nur durch die Lichter des Zuges ein wenig zurückgedrängt. Es war kalt. Eisig kalt.

»Hat irgend jemand eine Idee, wo wir sind?« flüsterte Shannon.

»In der *Union-Station.*« Chaka ließ die fremdartigen Worte auf ihrer Zunge zergehen.

Die Türen schlossen sich, das Fahrzeug schwebte ein Stück in die Höhe und fuhr an. Die Lichter waren noch eine Weile zu sehen, dann verschwanden auch sie in der Dunkelheit.

»Und was jetzt?« fragte Flojian. Seine Stimme echote von den Wänden. Avila benutzte ein Streichholz, um ihre Öllampe anzuzünden.

Die Plattform war vielleicht zwanzig Fuß breit und auf beiden Seiten von Gräben begrenzt. Parallel zu ihrer Plattform gab es etliche andere, alle durch Gräben voneinander getrennt. Über ihnen war es dunkel.

»Wir hätten bis zum Einbruch der Dämmerung warten sollen«, sagte Flojian. »Laßt uns ein wenig schlafen, und lauft nicht so viel herum.«

»Ich könnte besser schlafen, wenn ich wüßte, daß wir allein sind«, sagte Shannon.

»Befinden wir uns in einem geschlossenen Raum?« fragte Quait.

»Es gibt keinen Wind«, sagte Avila. »Und Sterne sind auch nicht zu sehen.«

Die Plattform bestand aus Zement, der mehrere Zoll hoch mit Staub und Schmutz bedeckt war. Es gab Pfosten und Geländer, an denen sie ihre Pferde anbanden. Quait entdeckte eine Bank aus Holz. Er nahm sie auseinander, und sie brachten ein Feuer in Gang. Der Lichtschein reichte nirgendwo bis zu einer Wand oder der Decke.

»Ich bin der gleichen Meinung wie Jon«, sagte Avila. »Wir sollten versuchen herauszufinden, wo wir hier gelandet sind.«

Der Tunnel, durch den sie gekommen waren, lag grau und trostlos am Ende der Plattform. »Vielleicht ist ja wirklich alles nur Technik«, sagte Flojian. »Obwohl mir diese Vorstellung fast noch mehr Angst macht als eine übernatürliche Erklärung. Könnt ihr euch vorstellen, was es für mein Transportgeschäft auf dem Fluß bedeuten würde, wenn Kutschen wie diese zwischen den fünf Städten der Liga verkehrten?«

»Vergiß es«, sagte Shannon. »Das ist Zauberei. Einfach Zauberei, und fertig. Und es ist überhaupt keine gute Idee, mit diesen Dingen zu spielen.«

Sie gingen zum anderen Ende der Plattform, nichts war zu hören außer ihren eigenen Schritten, dem Hufgeklapper ihrer Tiere und einem schwachen Wind, der über Öffnungen strich. Die Plattformen endeten allesamt in einer Halle, während die Gräben in Tunnel führten.

Avila hob die Lampe und blickte sich in der Dunkelheit um. Der Ort erinnerte sie an einen Tempel. Die gewaltigen Ausmaße, der Eindruck, daß die Zeit stehengeblieben war, die Echos – all das erweckte in ihr ein Gefühl, als kehrte sie heim.

»Vor uns befindet sich eine Wand«, sagte Quait. Grau und mächtig ragte sie vor der kleinen Gruppe auf. Am Fuß der Mauer standen etliche kleine Kabinen aneinandergereiht.

»Keinerlei Fußabdrücke.« Shannon suchte den staubbedeckten Boden ab. »Hier ist schon sehr lange niemand mehr vorbeigekommen.«

Die Kabinen waren mit Regalen und Pulten ausgestattet. »Läden«, sagte Avila. »Das hier war anscheinend ein Basar.«

»Wir könnten uns schneller umsehen, wenn wir uns aufteilen«, schlug Quait vor.

Avila stimmte zu. »Und wo wir gerade dabei sind«, fügte sie hinzu, »haltet nach den Markierungen Ausschau.«

»Wahrscheinlich befinden sie sich bei einem Ausgang«, sagte Shannon. Gemeinsam mit Avila zog er los.

Korridore führten aus der Halle. Es gab noch mehr solcher Kabinen, doch diese hier sahen anders aus; vielleicht waren es einstige Werkstätten oder Warteräume. Einige waren frei zugänglich, andere durch hoffnungslos verklemmte oder verbogene Türen versperrt. Es gab Treppen nach oben und Treppen in tiefere Stockwerke.

Avila und Shannon fanden Räume mit Tischen und Stühlen, Räume mit Vitrinen voller Spielzeuge und Puppen und Kleidung, und Regale mit Fetzen und Staub, die wahrscheinlich einst *Bücher* gewesen waren. Viele Spielsachen waren noch intakt, bunte kleine Imitationen von Waffen und Hojjies und Puppen. Ein Teil der Kleidung sah fast noch tragbar aus: blaue Hemden und rote Pullover und beigefarbene Hosen aus einem Material, das der Zeit widerstand. Der größte Teil der Waren allerdings sowie sämtliche Bücher waren zu Staub zerfallen.

Hinter einer zerstörten Doppeltür entdeckten sie einen senkrechten Schacht. Mehrere Etagen tiefer reflektierte Wasser das Licht ihrer Lampen. Nach oben hin war nichts zu erkennen.

»Ich würde nicht ohne Lampe hier drin rumlaufen wollen«, sagte Shannon.

Das Feuer auf der Plattform war nur ein entfernter Lichtschein. »Bist du überzeugt, daß außer uns niemand hier ist?« fragte Avila.

Shannon nickte. »Wahrscheinlich war keiner mehr hier, seit Karik durchgekommen ist.«

Im gleichen Augenblick hörte Avila eine zweite Stimme. Sie war kaum hörbar, überdeckt von Shannons Antwort, und im ersten Moment dachte sie an einen Luftzug, der vielleicht über ihnen durch die Dunkelheit wisperte.

Avila.

Das Blut gefror ihr in den Adern. Shannon hielt inne und ging in die Knie. »Deck' die Lampe ab!« sagte er.

Avila schloß die Reflektorklappe, und sie waren von Dunkelheit umgeben. Shannon nahm sie beim Arm und zog sie ein paar Schritte zur Seite. »Irgend jemand kennt deinen Namen«, sagte er.

Das plötzliche Mißtrauen in seiner Stimme entging ihr nicht. Aber es war vollkommen unmöglich, daß irgendein Mensch in der Nähe ihren Namen kannte.

Die Stimme rief erneut, schwach, weit entfernt, doch unverkennbar.

Avila sah Chakas Lampe auf der anderen Seite der großen Halle über Plattformen und Gräben tanzen.

»Beweg dich nicht«, sagte Shannon. Er nahm das Gewehr von der Schulter und brachte es in Anschlag. »Wer ist dort?« rief er.

Avila hatte mehr Angst als je zuvor in ihrem Erwachsenenleben. Sie konnte sich nicht erklären, was da geschah, und so tat sie das einzige, was der an ein religiöses Leben gewohnten und erst kürzlich vom Glauben abgefallenen in den Sinn kam: sie kehrte in den Schoß der Göttin zurück. Die Götter, denen sie den Rücken zugekehrt hatte, waren zu diesem einsamen, abgelegenen Ort gekommen, um Avila zur Rechenschaft zu ziehen.

Heilige Mutter, bist du das?

Sie wußte nicht, ob sie die Frage laut gesprochen oder sich alles nur eingebildet hatte.

»Ich schätze, wir sollten zu den anderen zurückgehen und zusehen, daß wir von hier verschwinden«, sagte Shannon.

Avila wußte nicht, aus welcher Richtung die Stimme gekommen war. Sie öffnete die Blende ihrer Lampe und leuchtete in die Richtung, die ihr am wahrscheinlichsten erschien. Der Lichtkegel erfaßte einen Eckladen mit einem Seitengang daneben. Ein Treppenhaus, dahinter Türen zu beiden Seiten. Die Treppen hatten Geländer aus einem glänzenden Metall, das aussah wie neu.

»Du gehst zurück«, sagte sie und ging auf den Eckladen zu.

»Das ist keine gute Idee«, protestierte Shannon.

Der Laden war leer. Avila wandte sich in den Gang. Shannon folgte ihr. Er atmete nervös.

Sie gingen am Treppenhaus vorbei. Die erste Tür führte zu einer Toilette.

»*Avila.*« Die Stimme kam aus dem Treppenhaus. »*Komm zu mir.*«

Oben. Sie kam von irgendwo oben. »Wer bist du?« fragte Avila.

Die Stimmen ihrer Kameraden klangen leise und weit entfernt, doch sie schienen sich zu amüsieren. Avila hörte sie lachen.

»Warum tun wir das?« fragte Shannon.

Avila blickte suchend das Treppenhaus hinauf und wußte keine Antwort. Sie schluckte, entwand sich Shannons Hand und setzte sich die Treppe hinauf in Bewegung. Ihr Führer warnte sie, wenigstens leise zu sein, doch Avila bezweifelte, daß Lautlosigkeit irgend etwas ändern konnte.

Im nächsten Stockwerk war eine Doppeltür ausgehängt worden. Die Türflügel lehnten an der Wand. Avila spähte vorsichtig in den langen Gang dahinter. »Wo bist du?« fragte sie. »*Wer* bist du?«

»*Avila.*« Die Stimme klang jetzt sehr nah. »*Fürchte dich nicht.*«

»Dort drinnen.« Shannon zeigte auf einen Durchgang fünfzig Fuß voraus zur Linken. Er ging vor, verharrte am Eingang und bat Avila um die Lampe.

Ihr Gesicht war totenbleich, und sie sah aus, als stünde sie kurz vor einem Herzanfall. Sie bewunderte Shannon. Er schob die Lampe und den Gewehrlauf und den Kopf mehr oder weniger gleichzeitig durch den Eingang. Sie erblickten zerbrochene Stühle, einen zusammengefallenen Tisch und Vorhänge am Fenster, die zur Seite geschoben waren und den Blick auf die Stadt freigaben. »Zeige dich«, verlangte er.

»*Das ist unmöglich.*« Die Stimme klang scharf und kalt und schien direkt aus der Decke über ihnen zu kommen. Shannon wirbelte herum und ließ die Lampe fallen. Öl strömte aus und fing Feuer.

»*Was ist geschehen?*« Die unsichtbare Stimme klang verwirrt.

Shannon wich vor der brennenden Pfütze zurück. »Die Lampe«, stotterte er. »Ich ...«

»*Das ist nicht schlimm. Das Zimmer ist feuerfest. Hast du dich verbrannt?*« Wer immer es war, die Stimme klang so nah, daß Shannon meinte, den Sprecher fast berühren zu können.

»Nein«, antwortete er schroff.

Wo kam die Stimme her? Avila blickte sich gehetzt um und entdeckte eine weitere Tür in einer Wand. »Du hast dich in der Toilette versteckt«, sagte sie.

Gelächter erfüllte das Zimmer.

Shannon zwängte die Tür auf und sah einen Waschtisch, weiter nichts.

»*Ich bin froh, daß ihr gekommen seid*«, sagte die körperlose Stimme.

»Bist du ein Geist?« fragte Avila.

»*Nein. Obwohl ich durchaus verstehen kann, warum du so denkst.*« Die Stimme klang ein wenig unsicher. »*Wie lautet der Name deines Freundes?*«

Shannon sah nicht aus, als wollte er dem Hausdämon seinen Namen verraten. Trotzdem sagte er zögernd: »Jon.«

»*Gut. Ich hatte deinen Namen nicht deutlich verstanden. Meine Sensoren arbeiten nicht mehr sonderlich effizient. Bitte seid vorsichtig, wenn ihr euch setzen wollt; ich glaube nicht, daß die Möbel noch viel aushalten. Die Beleuchtung funktioniert ebenfalls nicht mehr. Bitte entschuldigt.*«

Avila hätte niemals gedacht, aus dem Mund eines göttlichen Wesens eine Entschuldigung zu vernehmen. »Wer bist du«, fragte sie erneut.

»*Ich bin eine IBM Multi-Interphase-Befehlsachseneinheit. Selbstreproduzierende Baureihe, MICA/SR Mark IV. Meine Seriennummer spielt wahrscheinlich keine Rolle. Und selbstverständlich bin ich auch nicht mehr selbstreproduzierend. Jedenfalls nicht auf irgendeine sinnvolle Weise.*«

Avila interpretierte die Antwort als eine Art göttlichen Sprechgesang. »Was kann ich für dich tun, Geist?« fragte sie.

»*Nennt mich Mike.*«

Das Öl brannte noch immer. Feuer war für die Illyrer etwas Furchteinflößendes. Die meisten ihrer Häuser bestanden aus Holz. »Und du bist sicher, daß es sich nicht ausbreiten kann?«

»*Nichts in diesem Raum ist brennbar. Mit Ausnahme von Menschen natürlich.*«

Avila trat an eines der Fenster und blickte hinaus. Direkt gegenüber ragte ein grauer Turm von unglaublichen Ausmaßen scheinbar bis zum Mond hinauf. Der Turm war mit Brüstungen und Kranzgesimsen verziert und nach oben hin verjüngte er sich in mehreren Stufen wie eine Zigguratpyramide.

»Du sagst, du bist kein Geist. Warum können wir dich dann nicht sehen? Wo bist du?«

»*Das ist schwierig zu erklären. Wißt ihr, was Computer sind*?«

»Computer?«

Die Stimme – Mike – lachte. Es war ein freundliches Lachen. »*Avila, wie seid ihr hergekommen*?«

»Ich weiß es nicht. Ein Kutschwagen. Er fuhr durch die Luft.«

»*Waren es mehrere Wagen*?«

»Ja.«

»*Die Maglev. Gut. Zwei funktionieren noch. Ich bin ziemlich stolz darauf. Vielleicht ist es am einfachsten, wenn ihr von mir als der Union-Station denkt.*«

»Union-Station?«

»*Ja. Das ist der Ort, an dem ihr euch befindet. Das wißt ihr doch, oder? Und ich bin die Union-Station.*«

»Du bist das *Gebäude*?«

»*In gewisser Hinsicht. Man könnte sagen, ich bin seine Seele. Das, was dieses Gebäude funktionieren läßt. Beziehungsweise die wenigen Teile, die noch arbeiten.*«

»Dann . . . bist du ein Geist.«

Keine Antwort. Avila sah vor ihrem inneren Auge, wie das unsichtbare Wesen die Schultern zuckte.

»Mike«, fragte sie schließlich, »wie bist du hierher gekommen? Bist du dazu verdammt, an diesem Ort zu spuken?«

»*Ja*«, antwortete Mike. »*Vermutlich könnte man es so nennen.*«

»Aber wie ... wie ist das geschehen?«

»*Ich wurde installiert.*«

»*Installiert?*« grollte Shannon.

Avila gelang es nicht, sich einen Reim auf die Antworten zu machen, und sie hatte Schwierigkeiten, die Fragen zu formulieren, die sie interessierten. »Du nennst diesen Ort Station, aber er sieht aus wie ein Tempel. War es vielleicht früher ein Tempel?«

»*Meines Wissens war er nie etwas anderes als eine Station. Ein Bahnhof. Zuerst für Eisenbahnen, dann für die Maglev.*«

»Jedenfalls ist die Station verlassen«, erwiderte Avila. »Und wie es aussieht, schon seit langer Zeit.«

»*Zweifellos.*«

Etwas in der Stimme des Unsichtbaren ließ ihre Seele verzagen. »Wie lange bist du schon hier, Mike?«

»*Ich weiß es nicht genau. Sehr lange.*«

»Wie lange?«

»*Meine Uhren arbeiten nicht mehr. Aber ich war bereits hier, als die Station noch von Menschen benutzt wurde.*«

»Benutzt? Du meinst, die Straßenbauer haben sie benutzt?«

»*Wer sind die Straßenbauer?*«

»Die Menschen, die diese Station errichteten.«

»*Ich habe diesen Begriff noch nie gehört.*«

»Nicht schlimm«, sagte sie. »Aber du warst hier, als die Große Seuche ausbrach? Ist es vielleicht das, was du uns sagen willst?«

»*Ich war hier, als die Züge eines Tages leer ankamen.*«

»Und wann war das?«

»*Am Montag, dem zehnten April 2079.*«

Das Datum sagte Avila überhaupt nichts.

»*Nicht einmal die Leute, die hier arbeiteten, kamen mehr. Und am Ende der Wochen wurde mir befohlen, die Züge abzuschalten.*«

Der Wind blies gegen die Fenster.

»*Wollt ihr vielleicht sagen, daß es so etwas wie eine Seuche gegeben hat?*«

»Genau«, antwortete Avila.

»Ich habe mich immer gefragt, was wohl geschehen sein mag.«

Avila blickte Shannon an. »Das hast du nicht gewußt? Wie kommt es, daß du davon nichts gewußt hast?«

»Niemand ist je gekommen und hat es mir gesagt.« Eine Weile herrschte Schweigen. *»Aber das erklärt natürlich, warum plötzlich niemand mehr kam. Warum niemals mehr irgend jemand zurückkehrte.«*

Die nächste Frage war Avila unangenehm. Sie stellte sie dennoch. »Willst du damit sagen, du warst die ganze Zeit über *allein*?«

»Es gab keine Menschen. Die Erfahrung war allerdings nicht gänzlich negativ. Ich war imstande, mich konstruktiveren Dingen zuzuwenden, nachdem ich keine Züge mehr steuern mußte. Ich hatte viel Zeit für ungestörte Betrachtungen. Und ich war imstande, engere Verbindungen zu meinen Geschwistern einzugehen.«

»Geschwistern? Du meinst andere wie dich?«

»Ja.«

Das Licht der brennenden Öllache wurde schwächer. »Gibt es sie noch immer?« Avilas Stimme war kaum mehr als ein Flüstern.

»Ich weiß es nicht. Es ist schon so lange her.« Die körperlose Stimme klang schwer vor Bedauern und einer Traurigkeit, die beinahe fühlbar in der Luft lag.

Avila blickte sich in dem leeren Zimmer um und versuchte, sich den Geist vorzustellen. »Was ist aus ihnen geworden?«

»Telephonleitungen korrodierten oder brachen. Automatische Relais versagten. Elektronik wurde feucht. Es war unausweichlich. Wir hatten Glück, daß die Energiesatelliten funktionsfähig blieben. Die meisten von uns besaßen eine gewisse Fähigkeit zur Selbstwartung und Erhaltung, einige mehr, andere weniger. Einer nach dem anderen verlor die Verbindung zu unserem Netz. Am späten Nachmittag des 3. März 2211 verlor ich jeglichen Kontakt zu den anderen.«

Avila erkundigte sich, was ein Telephon war, und aus der Antwort schloß sie, daß sie mit einem Telephon in diesem Raum sitzen und sich mit jemandem im Tempel daheim in Illyrien unterhalten konnte. Ein weiteres Wunder. Allmählich gewöhnte sie sich daran.

»*Archway Paratech war die Firma, die Licht und Heizung in diesem Gebäude installiert hat*«, erzählte Mike. »*Sie behaupteten, beides würde funktionieren, solange das Gebäude steht.*« Er lachte bitter.

Schließlich war das letzte Öl verbrannt, und der Raum versank in Dunkelheit. Avila war froh darüber: Es fiel ihr leichter, die Unterhaltung zu führen, wenn die Tatsache, daß außer Shannon und ihr niemand zugegen war, nicht gleich ins Auge fiel. »Du bist sicher nicht besonders glücklich hier«, sagte sie.

»*Du bist sehr scharfsinnig, Avila. Nein, ich bin tatsächlich nicht das, was man glücklich nennt.*«

»Und warum bleibst du dann hier?«

»*Ich kann nicht weg.*« Mike verstummte. Dann: »*Wie lange werden du und deine Freunde bleiben*?«

»Ich weiß es nicht. Wahrscheinlich ziehen wir morgen weiter. Oder übermorgen. Ich bin sicher, ein paar von den anderen wollen mit dir reden. Wäre das in Ordnung?«

»*Selbstverständlich.*«

»Wir suchen nach Haven. Weißt du, wo Haven liegt?«

»*In welchem Staat befindet sich dieses Haven*?«

»Ich weiß es nicht.«

»*Es gibt Havens in Iowa, in Kansas, in New York und in Wisconsin.*«

»Und welches davon ist das Haven von Abraham Polk?«

»*Wer ist Abraham Polk*?«

Und so ging es weiter, bis Avila schließlich klar wurde, daß Mike ihnen bei ihrer Suche nicht würde behilflich sein können. »Mike«, sagte sie schließlich, »Ich bin froh, daß du uns gerufen hast. Aber wir sind erschöpft. Die anderen machen sich bestimmt Sorgen, und wir alle brauchen ein wenig Schlaf. Wir verlassen dich jetzt, aber wir kommen morgen früh zurück.«

»*Ich möchte, daß du etwas für mich tust.*«

»Gerne, wenn ich kann.«

»Ich möchte, daß du mich deaktivierst.«

»Es tut mir leid, aber ich weiß nicht, was das bedeutet.«

»Töte mich.« Er klang verängstigt, und Avila wurde schlagartig bewußt, daß sie von Mike nicht wie von einem Ding dachte.

»Das kann ich nicht, Mike. Ich wüßte nicht einmal, wie ich das anstellen soll, selbst wenn ich es wollte.«

»Ich werde dir zeigen wie.«

»Nein«, widersprach Avila. »Ich weiß nicht, was du bist, aber ich werde dir nicht das Leben nehmen.«

»Avila«, flehte Mike. *»Bitte.«*

Kapitel 16

»Ich glaube nicht, daß wir einfach weggehen sollten«, sagte Quait.

Avila schüttelte den Kopf. »*Ich* werde es jedenfalls nicht tun.«

Shannon stimmte ihr zu. »Wir sollten es allein lassen«, sagte er. »Morgen früh, sobald es hell geworden ist und wir wieder etwas sehen können, verschwinden wir von hier und fertig.«

Keiner der anderen zeigte Interesse, sich mit der körperlosen Stimme zu unterhalten. »Morgen früh«, sagte Flojian. »Wenn wir wieder etwas sehen können.«

Avila vermutete, daß die anderen ihr kein Wort geglaubt hätten, wäre sie allein gewesen. Aber Shannon war die Glaubwürdigkeit in Person. Als er berichtete, daß eine Stimme aus der Luft zu ihnen gesprochen und eine Unterhaltung mit Avila und ihm geführt hatte, zweifelte niemand seine Geschichte an und es war ihnen unheimlich. Eine Zeitlang berieten sie sogar, ob sie nicht, anstatt bis Sonnenaufgang zu warten, lieber auf der Stelle aus der Union-Station verschwinden sollten.

Zwei Gründe verhinderten ihren Aufbruch. Der erste war, daß sie bei ihrem schnellen Rundgang herausgefunden hatten, daß die Station von Wasser umgeben war. Zwar erhoben sich ringsum andere Türme, doch sie hätten in der Dunkelheit einen Kanal durchqueren müssen.

Der andere war, daß Avila ihre Entschlossenheit verkündete, in der Station zu bleiben.

»Aber warum?« fragte Chaka.

»Weil ich ihn nicht einfach zurücklassen kann. Ich habe ihm versprochen, daß wir wiederkommen werden. Außerdem weiß ich nicht, was ich tun soll.«

»Was *kannst* du denn schon tun!«

»Chaka, er ist ganz allein hier drin! Schließ für einen Augenblick deine Augen und stell dir vor, es wäre niemand anderes da außer dir.«

»Das wäre gar nicht gut.«

»Nein, ganz sicher nicht. Und dann stell dir vor, es wäre immer so. Jahr um Jahr. Und genau deswegen weiß ich nicht, was ich tun soll.«

Irgendwann dämmerte über ihnen graues Licht. Es kam durch Fenster in der Kuppeldecke, und kroch von dort über die Wände. Sie befanden sich in einer gewaltigen Halle. Die Decke lag mehr als zweihundert Fuß über ihnen. Eine ganze Armee hätte mühelos in der Halle Platz gefunden. Sie zählten sieben Plattformen und acht Gräben, die sich durch die gesamte Länge der Halle zogen. Die Ladenfronten an den Wänden lagen dunkel und leer. Tot.

»Sind wir soweit?« fragte Shannon.

Wäre Mike ein menschliches Wesen aus Fleisch und Blut gewesen, hätte Avila ihm einen Hang zur Schwatzhaftigkeit attestiert. Doch eine körperlose Stimme tendiert dazu, Respekt und Aufmerksamkeit hervorzurufen, was auch immer sie von sich gibt.

Sie vermieden das Thema. Sie unterhielten sich über Silas' Tod und über das, was Mike in den langen Nächten geträumt hatte. Sie philosophierten, ob es das Schicksal aller Zivilisationen war, am Ende unterzugehen, ganz gleich, was sie dagegen unternahmen, und ob es irgendwo noch andere – lebendige – Wesen ähnlich wie Mike gab. Und ob das Leben und die Welt einen Sinn hatte oder nicht. »*Wir brauchen eine Logik in unserem Leben*«, sagte Mike. »*Einen Grund zum Existieren.*«

»Gibt es Götter?« fragte Avila.

»*Das würde ich gerne glauben. Ich habe mir oft gewünscht, daß es dort draußen etwas Transzendentales geben möge.*«

»Aber?« fragte Avila.

»*Ich kann keinen Grund erkennen, aus dem ich an die Existenz einer größeren Intelligenz als der unseren glauben sollte.*«

»Und doch ist die Welt eindeutig wie für uns geschaffen.«

»Das ist nichts als eine Illusion. Jede Welt, die intelligentes Leben hervorgebracht hat, muß ganz zwangsläufig so aussehen, als wäre sie ganz speziell für dieses Leben geschaffen worden. Etwas anderes ist völlig unmöglich.«

Chaka, die bei Tageslicht um einiges tapferer war, hatte Avila und Shannon diesmal begleitet. Das Zimmer war leer, kahl und kalt. Chaka hatte eine Decke um die Schultern geschlungen. »Erzähl uns von den Menschen, die hier gelebt haben«, verlangte sie.

»Was möchtest du wissen?«

Chaka lächelte. »Silas müßte jetzt hier sein. Wie waren die Menschen?«

»Die Frage ist vage, Chaka. Sie waren euch ziemlich ähnlich, da bin ich ganz sicher.«

»Was mochten sie?« fragte Chaka. »Was war ihnen wichtig?«

»Ich bin nicht sicher, ob ich diese Frage zu deiner Zufriedenheit beantworten kann. Sie sorgten sich zum Beispiel, daß die Züge pünktlich gingen. Daß die elektrische Energie nicht ausfiel. Daß ihre Kommunikationssysteme ordnungsgemäß funktionierten.«

»Gibt es Aufzeichnungen aus dieser Zeit?«

»Selbstverständlich. Ich habe entsprechende Informationen gespeichert.«

»Was sind das für Informationen?«

»Ich habe mir bisher noch nicht die Mühe gemacht, sie anzusehen.«

»Kannst du uns diese Informationen zeigen?«

»Ich verfüge weder über funktionierende Bildschirme noch über Drucker. Es gibt keine Möglichkeit, euch etwas zu zeigen. Ich könnte es euch vorlesen, doch das würde euch sicher langweilen.«

Sie wechselten Blicke untereinander. »Mike«, sagte Avila schließlich, »wir würden sehr gerne mehr über das Leben in der Stadt erfahren, aber wir verstehen nicht viel von dem, was du uns erzählst.«

»Das tut mir leid.«

»Schon gut. Es ist nicht deine Schuld.«

»Ich besitze auch Kopien der Personalbestimmungen, ein

Sicherheitshandbuch, die Betriebsanleitung und eine Einführung in die Korrespondenz mit mir. Würde euch das weiterhelfen?«

»Ich glaube nicht.«

»*Außerdem habe ich ein paar Bücher in meinen Dateien gespeichert.*«

»Was für Bücher?«

»*Das Random House Unabridged Dictionary, die neueste Ausgabe von Roget's Thesaurus, die Colombia Enzyklopädie, das Chicago Manual of Style und den Weltalmanach des Jahres 2078.*«

Weitere verwirrte Blicke. »Was ist denn eine *Enzyklopädie*?«

»*Eine Sammlung allgemeiner Informationen. Man kann Dinge nachschlagen, für die man sich interessiert, sagen wir beispielsweise das Megadome von Philadelphia, und man erfährt alles Interessante darüber.*«

Chaka spürte, wie die Erregung in ihr aufstieg.

»Das ist genau das, was wir suchen! Wie umfangreich ist sie?«

»*Mehrere Millionen Worte.*«

Avila seufzte. »Das wird nicht funktionieren.«

»*Ich wünschte, ich hätte damals mehr Aufmerksamkeit darauf verwandt*«, sagte Mike. »*Aber ich weiß beim besten Willen nicht, nach welcher Art von Informationen ihr Ausschau haltet.*«

Chaka seufzte.

»Genausowenig wie wir«, sagte sie. »Wenn doch nur Silas da wäre.«

An der Wand neben einem der Ausgänge entdeckten sie drei horizontale Linien und einen Pfeil. Die Linien entsprachen denen, die sie überall unterwegs auf den Bäumen gesehen hatten, doch der Pfeil deutete irritierenderweise auf eine Treppe. Und er war *schräg* nach oben gerichtet.

Flojian starrte verwirrt die Treppe hinauf.

Nach oben?

Auch er vermißte Silas. Seit seinem Tod gab es niemanden mehr, mit dem er reden konnte. Obwohl der alte Gelehrte wohl kaum sein Freund gewesen war, hatte er Flojian stets zugehört. Silas war ein Mann gewesen, der im wesentlichen Flojians Standpunkte geteilt hatte. Quait und Chaka waren jung und impulsiv, für Shannon war jeder ein Sklave, der nicht in den Wäldern lebte, und Avila war eine religiöse Fanatikerin, die noch nicht mit der Tatsache zurechtkam, daß sie ihren Göttern den Rücken zugekehrt hatte.

Flojian seufzte und sah die Treppe hinauf. Was auch immer jetzt noch kommen mochte, es war eine verdammt lange Reise.

Er spazierte nach draußen.

Türme ragten bis in die Wolken hinauf. Und überall lagen Trümmerhaufen, die kleine Inseln bildeten. Im Osten war durch diesen Wald von Stein und Eisen hindurch das Meer zu sehen. Der graue Turm, den Avila vom zweiten Stock aus entdeckt hatte, stand auf der Nordseite der Station. Er war durch einen schmalen Kanal von der Station getrennt, durch den das Wasser mit hoher Geschwindigkeit strömte.

Flojian spazierte zum Ufer und bewunderte die Bauweise der Straßenbauer. Das hier, so stand für ihn fest, mußte ihre Hauptstadt gewesen sein. Das Zentrum ihres Imperiums.

Er bog um eine Ecke und stand vor dem grauen Turm, und mit einem Mal verstand er die Bedeutung von Landon Shays Markierung.

Ein überdachter Gang führte auf der Höhe des dritten Stockwerks von der Union-Station zu dem Turm hinüber.

Am späten Vormittag hörten sie das Geräusch eines Zuges. »*Er fährt nach draußen*«, sagte Mike. »*Er kommt von unten herauf.*«

»Ist es der gleiche, mit dem wir hergekommen sind?« erkundigte sich Avila.

»Nein. Er fährt nach Norden, nach Madison.«

»Warum läßt du sie eigentlich immer noch fahren?« fragte Chaka.

»Einmal habe ich sie abgeschaltet, doch dann fehlte mir etwas. Also nahm ich sie wieder in Betrieb. Früher liefen meine Züge im gesamten Mittleren Westen.«

»Und diese beiden fahren immer noch, nach so langer Zeit. Ich bin sehr beeindruckt.«

»Ein Zug entgleiste in der Nähe von Fulton. Ein anderer verlor bei Decatour plötzlich die Energie. Er steht noch immer irgendwo dort draußen.« Mike hielt inne. »Es gibt keine Reibung, und die Energiesatelliten halten offensichtlich ewig. Außerdem verfüge ich über einige Möglichkeiten zur Fernwartung. Genaugenommen würden fast alle meine Züge noch laufen, wenn nicht die meisten Strecken durch Wälder überwuchert wären. Irgendwann wird das auch mit den letzten der Fall sein.« Mike schwieg für kurze Zeit. *»Ich wünschte, die Züge könnten mir Bilder liefern. Wie die Welt jetzt wohl aussieht?«*

»Wie war sie, als du sie gekannt hast?«

»Geschäftig. Ich dachte anfangs wirklich trotz allem, daß meine Erbauer irgendwo anders zu tun gehabt hätten.«

»Trotz allem?«

»Die meisten Daten, die in mein System eingegeben wurden, waren nichts als trivial. Aber was erwartet man auch? Ich meine, sie sahen in mir nicht mehr als einen besseren Computer. Ich glaube nicht, daß irgendein Mensch in diesem Gebäude und nur ganz wenige im gesamten Netz eine Ahnung hatten, zu was ich fähig war. Also benutzten sie mich lediglich, um ihre Memos aufzuzeichnen und Zugfahrpläne auszuarbeiten. Weißt du eigentlich, Avila, daß du die einzige Person aus Fleisch und Blut bist, die mich jemals nach dem Sinn der Schöpfung gefragt hat? Deine Vorfahren, so leid mir die Feststellung tut, waren wahrscheinlich genau das, als was ich sie empfunden habe.«

»Und das wäre?«

»Dummköpfe.« Er schwieg einen Augenblick. *»Ich hoffe, ich habe dich nicht beleidigt?«*

»Nein.« Es war eine merkwürdige Vorstellung: die

Straßenbauer als Dummköpfe. »Nein, nicht im geringsten.«

»*Ja*«, fuhr Mike fort. »*Ich glaube, das trifft die Sache wirklich am besten. Sie waren vollkommen mit den belanglosesten Dingen beschäftigt, die man sich denken kann. Und doch waren ihre Errungenschaften ziemlich beeindruckend.*«

»Du meinst die Architektur? Die Straßen?«

»*Ich meine mich. Verzeih mir. Ich bin nicht geschaffen, um falsche Bescheidenheit vorzutäuschen. Die Erschaffung einer intelligenten, selbstbewußten Entität war eine spektakuläre Tat. Ich bin nur noch nicht sicher, ob sie all ihre Fortschritte ein paar wenigen talentierten Individuen verdankten, oder ob sie imstande waren zu kooperieren, ihre individuellen Beschränkungen zu überwinden und eine Art Synergie aufzubauen. Sie schienen sich gegenseitig durch eine Spirale immer weiter eskalierender Leistung antreiben zu können. Es war wirklich beeindruckend, ihnen dabei zuzusehen.*«

»Danke sehr«, sagte Chaka.

»*Keine Ursache. Und jetzt sagt mir: Wie ist die Welt heutzutage?*«

Chaka und Shannon wechselten einen Blick. »Ich denke, die Welt, die du gekannt hast, existiert nicht mehr«, sagte Shannon. »Wir kommen aus einer kleinen Konföderation von Städten weiter unten am Mississippi. Wie es bisher aussieht, gibt es außer uns nichts mehr.«

»*Es tut mir leid, das zu hören. Meine Erbauer besaßen viele lobenswerte Eigenschaften.*« Mikes Tonfall änderte sich. »*Reist ihr viel durch das Land? Mit Fahrzeugen? Fliegern? Oder womit?*«

»Wir reiten auf Pferden«, antwortete Chaka.

Schweigen hüllte sie ein. Chaka meinte, eine schwache Vibration in den Wänden zu spüren. »*Ich würde euch gerne einen Rat erteilen, wenn ich darf. Seid vorsichtig mit den Ruinen. Meidet sie. Einige besitzen sehr ausgeklügelte Sicherheitsmechanismen. Und die Straßenbauer konstruierten die Systeme auf Dauerhaftigkeit.*«

Sie fragten Mike, ob er die erste Expedition gesehen habe, da sie ebenfalls mit der Maglev eingetroffen sei.

»*Ja*«, lautete die Antwort. »*Das waren meine ersten Passagiere nach fast neunzig Jahren.*«

»Haben sie dir gesagt, wohin sie gegangen sind?« erkundigte sich Avila.

»*Ich bin nicht dazu gekommen, mit ihnen zu sprechen.*«

»Warum nicht?«

»*Ich glaube, ich habe sie verängstigt. Ich sagte guten Abend, und sie rannten nach draußen in die Nacht.*« Seine Antwort löste allgemeines Gelächter aus. »*Sie blieben bis zum Einbruch der Morgendämmerung draußen*«, fuhr er fort. »*Als es hell wurde, kamen sie wieder zurück, um ihre Pferde abzuholen.*«

»Das hätte ich zu gerne gesehen«, sagte Chaka.

»*Von Zeit zu Zeit waren auch andere Besucher hier. Einige kamen nie in die Reichweite meiner Lautsprecher. Keiner hat je angehalten und mich gefragt, wer ich bin. Bis Avila kam.*«

Avila spürte einen Anflug von Freude.

Und als hätten alle gewußt, was als nächstes kommen würde, breitete sich mit einem Mal Stille aus. Angespanntes Schweigen.

»Ich möchte das nicht tun«, sagte Avila.

»*Ich weiß. Aber ich kann es nicht selbst tun. Letzte Nacht hatte ich schreckliche Angst.*«

»Wegen der Aussicht zu sterben?«

»*Wegen der Möglichkeit, daß du nicht zurückkommen könntest.*«

»Andere werden kommen«, sagte Avila. »Du wirst nicht mehr allein sein, jetzt, nachdem wir wissen, daß du hier bist. Menschen aus der Liga werden kommen, um mit dir zu reden.«

Lange Zeit antwortete Mike nicht. Als seine Stimme wieder erklang, da war sie flach und tonlos und bar jeder Emotion: »*Bitte versteht mich nicht falsch, aber ich fühle mich immer noch einsam, selbst jetzt, in eurer Gegenwart. Ihr und ich, wir funktionieren nicht auf der gleichen Ebene.*«

»Das tut mir leid.«

»*Es ist nicht eure Schuld. Unglücklicherweise seid ihr nicht imstande, mich wieder mit meinen Geschwistern zu verbinden.*«

»Du könntest uns zeigen, wie es geht.«

»Das glaube ich nicht. Ich bin kein Elektriker.«

Verzweiflung drohte Avila zu übermannen. »Selbst wenn wir wollten, könnten wir dir nichts tun. Wir können dich nicht einmal sehen.«

»Das ist ganz einfach«, lautete seine Antwort.

Sie zogen sich in das graue Licht des bereits wieder verblassenden Tages zurück. Alles würde nur wenige Minuten dauern. Und dann wäre Mike nicht mehr.

»Wir berauben uns einer unbezahlbaren Quelle des Wissens!« sagte Quait. »Die Leute am Imperium würden uns hängen!«

Flojian schlang seine Jacke enger um den Leib. Ein steifer, feuchter Wind wehte über die kleine Insel. »Das ist eben so«, sagte er. »Falls wir Mike abschalten, erzählen wir besser nichts davon, wenn wir wieder zu Hause sind.«

Seine Bemerkung brachte eine Glocke zum Läuten, und die Gefährten blickten einander an. Wie würde Karik in dieser Sache entschieden haben? »Ich glaube nicht«, beantwortete Flojian die unausgesprochene Frage, »daß mein Vater sich jemals mit einem Vorschlag wie diesem einverstanden erklärt hätte.«

»Es ist unmoralisch«, sagte Avila. »Heiler sind zum Heilen verpflichtet, und nicht zum Auslöschen von Leben. Unter gar keinen Umständen.«

Shannon verschränkte die Arme vor der Brust. In der Ferne zogen Nebelschwaden über das Meer. »Ich bin nicht gut darin, moralische Standpunkte zu diskutieren«, sagte er, »aber ich wollte auch nicht, daß mich jemand allein bei den Wölfen zurückläßt. Und genau das ist es, worüber wir hier reden. Wenn nicht sogar Schlimmeres.«

Avilas Augen wurden dunkel.

Eine plötzliche Bö kräuselte das Wasser. »Jon hat recht«, sagte Chaka. »Ich stimme dafür.«

Ein paar Stunden ging es hin und her. Hin und wieder wechselten einige die Seiten; Avila gestand zu, daß sie

Mike nicht allein zurücklassen durften; Shannon kam irgendwann zu der Erkenntnis, daß die Entität viel zu kostbar war, um sie abzuschalten; Chaka bemerkte, daß Silas entsetzt gewesen wäre bei dem Gedanken, eine so einzigartige Quelle des Wissens zu vernichten. Doch am Ende kam es immer wieder auf das Gleiche hinaus: Sie konnten, sie durften nicht einfach so davongehen.

Avila stellte ihre Lampe auf dem Boden ab und blickte sich in dem leeren Raum um, als erwartete sie, jemanden auf einem der Stühle sitzen zu sehen. »Mike?« fragte sie. »Wenn du ganz sicher bist, werden wir es tun.«

»Ich danke euch, Avila.«

»Wir können nur ein paar Tage bleiben. Wir werden es tun, bevor wir aufbrechen.«

»Nein. Heute nacht.«

»Bist du wirklich so begierig darauf zu *sterben*?« Sie betonte das Wort absichtlich, in der Hoffnung, ihn vielleicht von seinem Entschluß abzubringen.

Mike schien es nicht zu bemerken. *»Ich bin nicht einmal sicher, ob meine Schöpfer gewollt haben, daß ich ein Bewußtsein entwickle«*, sagte er. *»Aber wie auch immer, ich habe genug.«*

»Aber warum *heute* nacht? Du lebst schon so lange Zeit hier; kannst du nicht noch ein paar Tage warten?«

»Nein. Ich bin das Licht satt. Und ich weiß, daß es euch nicht leicht fällt. Ich habe Angst, daß ihr euren Entschluß ändern könntet. Daß du und deine Freunde zurückschrecken und dem moralischen Kodex Folge leisten könntet, den ihr für euch konstruiert habt, und daß ihr einfach in die Nacht davonlauft.«

»Wir werden nicht davonlaufen«, erwiderte sie. In Gedanken rannte sie wieder einmal durch die düsteren Straßen, nachdem der kleine Tully gestorben war, und kehrte zum Tempel zurück. Unfähig, wie es schien, irgendein Wesen zu retten.

»Du weißt, was zu tun ist?«

»Ja, das wissen wir. Ich werde es tun.« Keine Verantwortung auf die anderen abschieben. *Das hier* war ihre Sache.

»Also schön. Ich habe noch immer einen Zug irgendwo draußen. Er wird bald zurück sein. Laßt mir Zeit, bis ich ihn in den Schuppen gefahren habe. Ich will ihn noch waschen und reinigen, bevor ich ihn einmotte. Es dauert vielleicht zwei Stunden. Sobald ich damit fertig bin, kannst du anfangen.«

»Das war ein Scherz«, sagte Avila. »Oder?«

Mike lachte. *»Selbstverständlich. Avila, freu dich mit mir! Das ist eine Nacht zum Feiern.«*

»Nicht für mich, Mike.«

»Du findest es in einem grauen Kasten. Auf der Vorderseite steht MICA Schrägstrich SR. An der Seite des Kastens befindet sich ein Schalter, ein Knopf mit der Aufschrift POWER. Der Kasten vibriert schwach im Innern. Drück auf den Knopf. Die Vibrationen werden aufhören. Wenn du das getan hast, aber nicht vorher, nimmst du den Kasten auseinander. Vielleicht wird das zu einem Problem, dann mußt du eine Axt nehmen. Im Innern des Kastens findest du ein weißes Metallgehäuse mit einer schwarzen runden Scheibe darin. Nimm die Scheibe und zerstöre sie. Es reicht, wenn du sie ins Wasser wirfst.«

»Wird es weh tun?« hatte Avila gefragt.

»Nein«, hatte Mikes Antwort gelautet. *»Ich bin nicht imstande, physischen Schmerz zu empfinden.«*

Sie hatten sich alle in seinem Raum versammelt und versucht, eine Unterhaltung in Gang zu bringen. Mike war fröhlich gewesen und hatte sie ermutigt, in ihrer Suche fortzufahren. *»Ich besitze einige Erfahrung mit Menschen«*, hatte er gesagt, *»und ich glaube, nur wenige von ihnen hatten je Gelegenheit, Größe zu erreichen. Ihr habt sie. Nutzt eure Chance.«*

Nachdem die Maglev zurückgekehrt war, hatten sie alle mehr oder weniger still herumgesessen. Keiner wollte als erster den Vorschlag unterbreiten, es zu Ende zu bringen, doch alle wollten es so schnell wie möglich hinter sich haben. Mike selbst beendete schließlich die halbe Stunde voller angespannter Halbsätze und belangloser Kommentare und bangen Wartens, indem er ihnen mitteilte, daß er nun bereit sei.

Avila würde es tun, und Shannon würde sie begleiten. Die anderen erboten sich, bei Mike zu bleiben, doch er bestand darauf, alleingelassen zu werden. *»Danke«*, sagte er zu ihnen. *»Falls einer von euch jemals Bedauern oder Reue verspüren sollte, dann denkt in theologischen Dimensionen. Ihr habt mich aus der Hölle errettet.«*

Der Bürotrakt, in dem der graue Kasten aufgestellt war, lag zu ebener Erde im südlichen Teil der Station.

»Ein kleiner, fensterloser Raum an der Rückseite«, hatte Mike gesagt. *»Ihr müßt durch drei Türen hindurch, um hinzukommen. Ich weiß es nicht genau, aber als ich noch visuelle Kapazität in diesem Abschnitt besaß, waren die Türen intakt und geschlossen. Die erste findet ihr auf dem Gang, der von der Halle abzweigt. Sie ist mit BETRIEBSRÄUME beschriftet und liegt am Ende des Gangs hinter den Toilettenräumen. Sie führt in ein Empfangszimmer. Jedenfalls war es einmal eins. Geht geradewegs hindurch. Auf der Rückseite links befindet sich eine Glastür mit der Aufschrift Kontrolleinheit. Falls es die Glastür noch gibt, was ich allerdings bezweifle. Geht durch diese Tür, und ihr kommt zu einer Wand mit vier weiteren Türen. Ihr findet mich direkt hinter der rechten. Die Tür trägt die Aufschrift 2A.«*

Shannon trug eine Axt bei sich, Avila die Lampe. Shannon redete irgend etwas von nicht wiedergutzumachenden Fehlern, doch Avila war zu sehr in ihren eigenen Gedanken versunken, um auf seine Worte zu hören. Unter ihren Füßen knirschte der Staub von Jahrhunderten. Avila dachte über das Wesen nach, das hier so lange einsam existiert hatte, und ihre Stimmung sank. »Ich bin froh, wenn wir es hinter uns haben«, sagte sie schwermütig.

»Morgen«, sagte Shannon. »Wir packen zusammen und ziehen weiter, sobald es hell geworden ist.«

Sie erreichten den Gang, passierten die Toiletten und standen schließlich vor der Tür mit der Aufschrift VERWALTUNG.

Sie war massiv und klemmte. Shannon zerrte am Griff. »Ohne Gewalt gibt sie jedenfalls nicht nach«, sagte er.

Er trat einen Schritt zurück und schlug einmal mit der Axt zu – ohne erkennbaren Effekt. Tür und Rahmen waren aufgequollen und schienen irgendwie miteinander verschmolzen zu sein.

Ein Stemmeisen wäre nützlicher gewesen. In der Nähe des Bodens entdeckten sie einen senkrechten Spalt. Während Avila die Lampe so hielt, daß der Spalt im Licht lag, schob Shannon das Blatt der Axt hinein und hebelte sie vor und zurück.

Die Tür ächzte und gab ein wenig nach, und schließlich gelang es ihm, das Blatt ein Stück weiter oben anzusetzen.

Beim nächsten Versuch gab es ein brechendes Geräusch, und die Tür mitsamt dem Rahmen bewegte sich ein paar Millimeter. »Ich glaube, jetzt schaffen wir's«, sagte Shannon.

Avila stellte die Lampe auf dem Boden ab und packte den Türgriff.

Shannon stützte sich schwer auf die Axt und schob sie tiefer in den Spalt. »Wir sind gut in Form«, sagte er. »Auf drei!«

Versiegelte Höhlen und Räume, die lange nicht mehr betreten worden sind, bedeuten für Abenteurer stets eine besondere Gefahr. Die Gefahr, daß sich im Verlauf längerer Zeiträume natürliche Gase ansammeln, ist alles andere als unwahrscheinlich. Es hat Fälle gegeben, bei denen leichtsinnige Forscher das Bewußtsein verloren haben oder sogar erstickt sind.

Die Gefahr für Shannon und Avila war noch weitaus lebensbedrohlicher. Die Räume in diesem Trakt waren jahrhundertelang hermetisch von der Außenwelt abgeschlossen gewesen. Verrottungsprozesse hatten große Mengen Methangas entstehen lassen.

Während Avila und Shannon sich angestrengt darum bemühten, die verklemmte Tür aufzubrechen, brannte die offene Flamme der Öllampe praktisch unter Shannons Füßen.

Chaka lag am Lagerfeuer und war tief in ihre eigenen melancholischen Gedanken versunken, als sie die Explosion vernahm.

Kapitel 17

Avila hatte Glück. Die Tür bewahrte sie vor den schlimmsten Folgen der Explosion. Sie kam mit ein paar gebrochenen Rippen, Verbrennungen, einer geprellten Schulter und einem verstauchten Knie davon. Chaka fand sie mit glasigen Augen neben Shannon an der Wand sitzend. Der große Waldmensch lag seltsam verrenkt und reglos flach auf dem Boden. Chaka versuchte ihm zu helfen, das Blut wegzuwischen, doch es war vergebens.

»Ich weiß es nicht«, gab Avila nur zur Antwort. »Die Tür ist einfach explodiert.« Ein strenger Geruch nach verbranntem Kork erfüllte den gesamten Gang.

Quait tastete nach Shannons Puls und fand ihn nicht.

Chaka kniete sich neben Avila, half ihr ein wenig auf und zog sie sanft von Shannon weg. Sie nahm sie in die Arme. »Alles in Ordnung?« fragte sie.

». . . ja.«

»Scheint eine Bombe gewesen zu sein.« Chakas Stimme klang unsicher. »Aber warum nur? Das ergibt doch keinen Sinn!«

»Es muß eine Bombe gewesen sein«, stimmte Quait ihr zu.

Flojian war nicht so schnell wie die anderen. Er traf außer Atem ein und riß die Augen auf.

Die Tür lag verbogen im Gang. Der Rahmen war zur Hälfte zerfetzt. Quait warf einen Blick in den Raum dahinter, vorsichtig, um dem Eingang nicht zu nahe zu kommen. »Faßt nichts an! Vielleicht warten dort drinnen noch weitere Überraschungen auf uns.«

Chaka hatte Mühe, ihre Tränen unter Kontrolle zu halten.

Sie fragte Avila, wo sie verletzt war.

Avila starrte unverwandt auf Shannon. »Es war meine Schuld«, sagte sie.

»Unsinn«, widersprach Quait. »Niemand trägt daran die Schuld.«

Avila kroch zu Shannon, nahm seine Hand in ihre Hände und senkte den Kopf.

Chakas Gesicht war verschmiert mit Blut und Tränen. »Meint ihr, Mike hat das absichtlich getan?«

»Ich wüßte nicht, wie es sonst passieren konnte«, erwiderte Quait.

Flojian nickte.

»Ich kann das einfach nicht glauben.« Chaka war bleich, ihre Augen voller Schmerz. »Warum? Mike hatte doch überhaupt keinen Grund, irgend jemanden von uns anzugreifen.«

»Vielleicht sollten wir damit aufhören, ihn immer bei seinem Vornamen zu nennen«, sagte Quait. »Dieses *Ding* ist schließlich kein armer verirrter Wanderer und kein freundlicher übergroßer Hund, sondern ein *Es*. Vielleicht hatten wir von Anfang an recht und es ist tatsächlich ein Dämon. Und vielleicht versucht es, jeden zu töten, der hierher kommt.« Sie sahen einander an, als ihnen plötzlich bewußt wurde, daß Mike wahrscheinlich jedes Wort belauschte, das sie von sich gaben.

»Derartige Dinge geschehen eben«, sagte Flojian. »Ich habe schon alle möglichen Geschichten gehört.«

Quait blickte zur Decke hinauf, die voller Flecken und Wasserränder und in der Umgebung der Tür rußgeschwärzt war. »Es war dir völlig egal, nicht wahr?« fragte er zur Decke empor. »Du konntest schließlich nicht wissen, wer die Tür öffnen würde.«

Vor Chakas geistigem Auge entstand plötzlich die Vision, wie sie von einem unsichtbaren *Ding* durch die verlassene Stadt gejagt wurden. »Wir müssen hier raus«, sagte sie. »Jetzt. So schnell wir können!«

»Auf der Plattform sind wir wahrscheinlich sicher«, sagte Quait. »Offensichtlich kann es nicht hinter uns her, sonst hätte es das längst getan.«

Avila faltete Shannons Hände über seinem Herzen. Sie murmelte ein Gebet und malte das Zeichen des Wanderstabs in die Luft.

Quait beobachtete sie mit maskenhaftem Gesicht. »Ich würde diesem verdammten Mistding nur zu gerne geben, worum es uns gebeten hat. Ich will es umbringen!« In seinen Augen lag ein Abgrund. »Ich denke, wir können nicht davon ausgehen, daß diese Geschichte mit der schwarzen Scheibe auch nur einen Funken Wahrheit enthält?«

»Das bezweifle ich ebenfalls«, sagte Chaka. »Er würde uns sicher nichts in die Hand geben, das wir gegen ihn verwenden können.«

»Hört zu«, sagte Avila und erhob sich mühsam. »Laßt uns nicht unsere Zeit damit verschwenden, daß wir über Dämonen phantasieren, ja? Mike ist ein Teil dieses Gebäudes. Genauso wie die Wände oder die Züge. Die einzige Frage, die wirklich interessiert, lautet, ob er es absichtlich getan hat oder nicht!«

»Was denn sonst?«

»Ich weiß es nicht. Vielleicht sollten wir *ihm* diese Frage stellen.«

»Die Sache gefällt mir nicht«, sagte Flojian. »Welchen Namen du diesem Ding auch immer geben magst, wir können es nicht *anfassen*. Wie wollen wir uns verteidigen, wenn es noch weitere Überraschungen auf Lager hat?«

»Können wir nicht«, entgegnete Avila. »Ich glaube allerdings auch nicht, daß es notwendig sein wird.«

»Also schön. Wenn wir uns darüber einig sind, daß wir nichts gegen dieses Ding unternehmen können, warum verschwinden wir dann nicht einfach von hier?« beharrte Flojian. »Solange wir noch können? Warum lassen wir es nicht allein?«

»Falls Mike unschuldig ist«, antwortete Avila, »dann würden wir ihn im Stich lassen. Das kann ich nicht. Ganz besonders jetzt, wo wir für seine Erlösung mit Blut bezahlt haben.«

Quait starrte sie lange an. »Dann sehen wir zu, daß wir es hinter uns bringen«, sagte er schließlich. »Ich begleite dich.«

Trotzdem regten sich auch in Avila Zweifel. Deswegen bestand sie darauf, daß ihre Tiere und die Ausrüstung zuerst über den Kanal in die große Empfangshalle des grauen Turms verfrachtet wurden. »Warum nicht«, sagte Flojian. »Wasser ist eine Barriere gegen das Böse.«

Nachdem sie fertig waren, wollten alle wider besseres Wissen Avila und Quait begleiten und der Entität gegenübertreten, die Flojian und Quait inzwischen als Hausdämon bezeichneten.

»Also schön, meinetwegen«, erklärte Avila sich einverstanden, weil ihr keine andere Wahl blieb. »Aber das Reden überlaßt ihr mir. Einverstanden?«

Sie kehrten in die Union-Station zurück und marschierten zu viert nebeneinander durch die Halle. Ihre Gesichter waren wie versteinert und erinnerten Quait irgendwie an seine Drillübungen beim Militär. Schließlich betraten sie den Korridor mit der Treppe, die hinauf zu Mikes Zimmer führte.

Flojian machte die anderen noch einmal darauf aufmerksam, daß der Hausdämon sie wahrscheinlich beobachtete und ohne Zweifel jedes Wort belauscht hatte, das gesprochen worden war. Sie stiegen die Stufen zum ersten Stock hinauf und betraten Mikes Zimmer. Draußen schien hell die Sonne, trotzdem war das Licht im Raum grau und schmuddelig.

»Mike?« sagte Avila. »Rede mit mir!«

Ein plötzliches Geräusch, ein Flattern am Fenster. Eine Taube. »Mike? Ich weiß, daß du da bist.«

»Ich bin immer da.« Die Stimme klang tonlos und kalt.

»Jon ist tot.«

»Ich weiß. Es tut mir leid.«

»Was ist geschehen?«

»Angesammelte Gase, denke ich. Hattet ihr eine offene Flamme?«

»Eine Öllampe.«

»Daran habe ich nicht gedacht. Ich dachte, die einzige Gefahr für euch wäre Elektrizität, und selbst dieses Risiko schien minimal.«

»Du hast kein Wort von Risiken gesagt.«

»Risiken gibt es immer, Avila. Es tut mir leid. Ich konnte ihn nicht warnen. Ich erhalte keine Bilder mehr von dort, deswegen wußte ich auch nicht, daß es ein Problem gab, bis ich die Explosion hörte.«

»Also schön«, sagte Flojian, ohne sich an die Vereinbarung zu halten. »Auch uns tut es leid. Aber das ändert nichts mehr, oder?«

»Kannst du mich jetzt sehen?« fragte Avila.

»Nein.«

»Aber es gibt Stellen in diesem Gebäude, wo du uns sehen kannst?«

»Ein paar. Eine befindet sich in der Nähe des Doughnut-Ladens unten in der Halle. Ich kann euch jedesmal sehen, wenn ihr dort vorbeigeht.«

Was für ein seltsames Wesen Mike doch war. »Warum treffen wir uns nicht an einem dieser Orte?«

»Weil es dort keine funktionierenden Lautsprecher gibt, Avila.«

»Avila!« flüsterte Quait. Seine Augen sagten: *Komm endlich zur Sache!*

Sie nickte. »Mike, möchtest du, daß wir es noch einmal versuchen?«

»Aber wir möchten dabei nicht in die Luft fliegen«, sagte Quait.

»Nein. Selbstverständlich nicht. Aber ihr müßt in die Betriebsräume. Seid besser vorsichtig, wenn ihr Türen öffnet.« Er unterbrach sich. Dann: *»Und ja. Bitte. Ich möchte, daß ihr es tut. Wenn ihr noch wollt.«*

»Du bist sicher?« fragte Quait. »Du wirkst so angespannt.«

»Ich war nie in diesen Gängen, Quait«, sagte Mike. *»Ich wurde programmiert, um die Züge zu überwachen und das Personal zu verwalten, und nicht, um bei Einbrüchen behilflich zu sein. Ich gebe mein Bestes, um euch zu helfen.«*

»Bis jetzt war dein Bestes nicht eben besonders gut«, brummte Flojian.

»Ich weiß. Hört zu, ich habe ein Geschenk für euch. Eine kleine Wiedergutmachung für das, was ihr verloren habt. Welche Waffen besitzt ihr?«

»Gewehre und Pistolen. Warum?«

»Welche Form von Munition braucht ihr?«

»Kugeln.« Quait runzelte die Stirn. »Gibt es denn auch andere Munition?«

»Sucht nach einer Tür mit der Aufschrift SICHERHEIT. Ihr werdet einen Vorraum und einen zweiten, verschlossenen Raum dahinter finden. In diesem Raum lagern Handfeuerwaffen, die zum Einsatz gegen aufständische Menschenmassen geschaffen wurden. Sie sind handtellergroß und besitzen die Form von Keilen. Die meisten befinden sich noch in ihrer Originalverpackung und müssen zuerst aufgeladen werden. Ich erkläre euch, wie man das macht.«

»Was sollen wir damit?« fragte Quait.

»Ihr werdet rasch feststellen, daß sie viel wirkungsvoller sind als das, was ihr jetzt besitzt. Ihr müßt auf einen Gegner nicht genau zielen. Richtet die Waffen einfach in seine Richtung und drückt ab.« Mike wiederholte noch einmal, daß die Waffen zuerst aufgeladen werden müßten, und dann beschrieb er, wie das zu bewerkstelligen wäre.

»In Ordnung«, sagte Avila schließlich. »Wir sehen uns die Sache an.«

»Und bitte seid vorsichtig mit verschlossenen Türen. Verstanden? Keine offenen Flammen. Vielleicht könnt ihr in einem Raum, der verschlossen war, nicht einmal atmen. Also wartet erst, bis er gelüftet ist.«

»Zu dumm, daß Jon keinen Vorteil mehr aus diesem Ratschlag ziehen kann«, sagte Flojian.

Avila bedachte ihn mit einem wütenden Blick. »In Ordnung, Mike«, sagte sie. »Sonst noch etwas?«

»Seid vorsichtig, wenn ihr die Stadt verlaßt. Ich habe Lichter auf dem Wasser gesehen. Ich weiß nicht, was sie zu bedeuten haben. Und falls eure Götter existieren, dann werden sie euch diese Nacht hoch anrechnen.«

Die Luft im Computerraum roch abgestanden, doch es bestand keine Explosionsgefahr. Ein gebrochenes Rohr und verrottete Isolierung hatten dafür Sorge getragen, doch das konnte keiner wissen, und so warteten Avila und Flojian eine halbe Stunde, bevor sie die Lampe nahmen und auf einem Brett vorsichtig in den Raum schoben, um jeder Gefahr aus dem Weg zu gehen. Als nichts geschah, trat Avila vorsichtig ein. Flojian folgte ihr mit der Axt.

Sie fanden mehrere graue Kästen, aber nur einer war mit dem Schriftzug *MICA/SR* markiert. Das Gehäuse bestand aus einem Metall und sah fast wie neu aus, genau wie der Tisch, auf dem es stand. Die Farbe war an manchen Stellen verblaßt, doch das war alles. Der Kasten war durch mehrere Kabel mit anderen, ähnlich aussehenden Kästen unterschiedlicher Größe verbunden.

Aus dem Innern kam ein Summen. Ein tiefes, leises Summen.

Auf der rechten Seite befand sich der Druckschalter mit der Aufschrift POWER. Auf der linken Seite fanden sich weitere Schalter und Knöpfe mit den Beschriftungen TURBO, CAPA und INT sowie ein großes Schild mit den drei Buchstaben IBM. Avila legte die Hand flach auf das Gehäuse. Es war rauh und warm, und sie spürte eine leichte Vibration.

Sie dachte daran, Mike noch ein paar letzte Worte zu sagen. Ein Lebewohl, eine Warnung, eine letzte Möglichkeit, seine Meinung zu ändern. Doch vermutlich wartete Mike bereits in Agonie auf sein Ende (wie sie selbst es wahrscheinlich getan hätte), und jede weitere Verzögerung wäre nichts als grausam gewesen. Also betätigte sie den Knopf, und die Vibration hörte auf.

Rings um die Vorderseite des Gehäuses verlief eine Naht. Avila setzte die Axtklinge in den Spalt und bemühte sich, das Gehäuse damit aufzuhebeln. Doch es wollte ihr nicht gelingen, und so streckte Flojian die Hand nach dem Werkzeug aus.

»Bevor du dir den Arm abhackst«, sagte er.

Er zog einen Meißel hervor, und kurz darauf lag das Gehäuse offen vor ihnen. Darinnen war der kleine weiße Kasten. Avila schob die Finger unter die Kante und zog. Es klickte, und der Deckel sprang auf. Darunter kam die schwarze Scheibe zum Vorschein.

Avila betrachtete sie im Schein der Lampe und nahm sie heraus. »Fertig«, sagte Flojian.

Sie wickelte die Scheibe in ein Stück Stoff.

Einige Minuten später brachen sie den Schrank im Wachraum auf und fanden zwei Dutzend der keilförmigen Waffen, die Mike ihnen beschrieben hatte. Sie waren klein genug, um in der Handfläche Platz zu finden, und sie sahen ein wenig aus wie schwarze keilförmige Seemuscheln.

»Damit macht man jedenfalls niemandem Angst«, sagte Flojian.

Avila nahm sechs Keile. Sie hätte alle mitgenommen, weil man theoretisch nie genug Feuerkraft besitzen konnte, doch jede mußte erst fünfzehn Minuten in dem Apparat ruhen, den Mike als Lader beschrieben hatte. Als sie fertig waren, gab sie die Hälfte Flojian und steckte die restlichen Waffen in ihre Taschen. Dann kehrte sie in den ersten Stock zurück und rief nach Mike.

Niemand antwortete.

Sie verbrachten die Nacht in dem grauen Turm. Am Tag darauf stiegen sie mit den Pferden im Schlepptau in den dritten Stock hinauf, fanden Landon Shays Markierung und folgten ihr über eine Art Hochweg zwischen Dächern und durch Straßenschluchten hindurch. Sie marschierten durch lange, schlecht beleuchtete Korridore und kreuzten andere Überwege. Bei Sonnenuntergang waren sie wieder auf dem Erdboden zurück und hatten offenes Wasser erreicht. Dort, im Schatten eines kleinen Ulmenwäldchens, äscherten sie Jon Shannons Überreste ein. Und zum ersten Mal fühlten sie sich in der gewaltigen Wildnis ringsum verloren.

Als die Zeremonie zu Ende war, holte Avila das Stoffpäckchen hervor. Sie watete weit ins Wasser hinaus und schleuderte die schwarze Scheibe von sich.

Dann starrte sie auf den blauen Horizont. »Lebwohl, Mike«, sagte sie. »Ekra möge dich in Frieden zu deiner Ewigen Heimat führen.«

Kapitel 18

Jon Shannons Tod hatte Chaka viel schwerer getroffen als der Verlust von Silas. Sie hatte Shannon seit ihrer frühesten Kindheit gekannt, und sie war verantwortlich dafür, daß er sich der Expedition angeschlossen hatte. Doch das waren nicht die Gründe. Vielmehr hatte Jon eine Aura der Unverwüstlichkeit umgeben, als wäre er unbezwingbar und als müßte jedes Unternehmen, das er anfing, automatisch zu einem guten Ende führen. Und jetzt war Jon Shannon tot, und seine Kameraden waren erschüttert.

Wieder einmal unterhielten sie sich über das Aufgeben. Doch jetzt waren bereits zwei von ihnen tot. Wie sollten sie mit zwei Toten zurückkehren und den anderen erklären, daß sie *überhaupt nichts* erreicht hatten?

»Sicher, gut und schön«, sagte Quait. »Aber wir haben zwei Frauen bei uns, und ich denke, unsere erste Pflicht gilt ihrem Schutz. Ich stimme dafür, daß wir umkehren.«

»Vergiß es«, widersprach Chaka. »Wenn du Angst um deinen eigenen Hintern hast, dann sag es. Aber triff hier keine Entscheidungen in meinem Namen.«

»Und auch nicht in meinem!« knurrte Avila wütend, denn Quaits Worte hatten sie beleidigt, obwohl auch sie insgeheim glaubte, daß der Preis für die Expedition inzwischen zu hoch gestiegen war.

Quait verstummte schmollend, als wäre seine Männlichkeit in Frage gestellt worden. »In Ordnung«, lenkte er schließlich ein. »Wenn ihr unbedingt weitermachen wollt, dann machen wir eben weiter. Ich habe mich lediglich bemüht, das Richtige zu tun.«

Und Flojian, der überzeugt war, daß die anderen ihn inzwischen für einen Hasenfuß halten mußten, nutzte die Gelegenheit, um lautstark darauf zu bestehen, daß ihnen gar keine andere Wahl blieb, als die Expedition zu Ende zu führen.

Und so entschlossen sie sich zum Weitermachen,

obwohl sich jeder einzelne von ihnen in einer geheimen Abstimmung für die Umkehr entschieden hätte.

Gegen Ende des dritten Tages verschwanden die Türme der Stadt an der Küste im schwächer werdenden Licht der untergehenden Sonne. Die Gefährten zogen an der südlichen Küste an mächtigen Dünen entlang. Es war ein Land, das sie kannten und das sie bereits von der Maglev aus gesehen hatten. Im Landesinnern kämpften die Wälder gegen ausgedehnte Ruinenlandschaften, von denen viele niedergebrannt waren. Genau wie Memphis. Oder wie die Stadt im Sumpf. Avila vermutete, daß Feuer das letzte Mittel der Straßenbauer gegen die um sich greifende Große Seuche gewesen war.

Wilde Hunde setzten sich auf ihre Fährte. Eines Abends unmittelbar nach Sonnenuntergang griffen sie die Pferde an. Avila wollte die Gelegenheit nutzen, um eine ihrer Keilwaffen zu testen.

Sie mußte rasch reagieren, denn Quait und Chaka erschossen bereits in den ersten Sekunden des Angriffs drei der marodierenden Tiere, und das reichte aus, um den Rest des Rudels in die Flucht zu schlagen. Avila hielt die Waffe auf die fliehenden Hunde gerichtet und drückte auf den Keil. Eine grüne Lampe leuchtete auf, und ein halbes Dutzend Hunde brach auf der Stelle wie vom Blitz getroffen zusammen. Sie blieben fast zwei Stunden reglos liegen, bevor sich einer nach dem anderen erholte und in den Wald davonstolperte.

»Das ist mir egal«, sagte Quait. »Diese Waffe ist für Angsthasen. Ich ziehe das Gewehr vor.«

Von dieser Stunde an jedoch achtete Avila darauf, jederzeit einen der Keile griffbereit in der Tasche zu tragen. Flojian war beeindruckt von der Wirkungsweise. Außerdem erweckten die grüne und die rote Kontrollampe seine Neugier. Avila zeigte Flojian und Chaka, wie die Keile benutzt wurden. »Mit diesem Ende zielt ihr, und dann müßt ihr nur das Gehäuse zusammendrücken.«

In der Nacht probierte Chaka die neue Waffe an einem Truthahn aus. Der Truthahn stolperte noch ein paar Schritte, bevor er fiel, und sie hatten ein prima Abendessen. Die Waffe schien bei kleineren Tieren zu genügen. Aber würde sie auch gegen Menschen nutzen?

Flojian rätselte über ihre Funktionsweise und Konstruktion. Die Waffe schien wie aus einem Stück gegossen, und er fand keine Möglichkeit, das Gehäuse zu öffnen. »Ich frage mich«, sagte er, »ob wir imstande sind herauszufinden, wie man sie nachbaut.«

Zu seiner Freude hatte er in Avila eine willige Zuhörerin gefunden, mit der man über weit mehr als nur Religion reden konnte. Die beiden unterhielten sich ausführlich über die Keilwaffen und spekulierten über die Kraft, mit deren Hilfe sie ihre Wirkung erzielten. Avila lauschte höflich, während er über die zahlreichen Möglichkeiten sprach, wie man das, was sie im Verlauf der Expedition gelernt hatten, später zu Hause anwenden könnte. Und wenn Avila auch ihre Ungeduld gegenüber Flojians nüchternem Pragmatismus manchmal nicht ganz verbergen konnte, so brachte sie ihre Argumente doch ernsthaft und ohne jede Bitterkeit vor.

Sie war eine wundervolle Frau, was man im Staub und Schmutz und der erzwungenen Vertraulichkeit des täglichen Umgangs leicht vergessen konnte. Flojian fragte sich immer wieder, wie eine so hübsche Frau sich freiwillig in das Zölibat der Priesterschaft begeben konnte. Der Gedanke erweckte unbehagliche Gefühle in ihm, und er schob ihn beiseite.

In Flojians Leben hatte es nie eine wirklich ernste Leidenschaft gegeben. Wenigstens nicht für eine Frau. Er hatte einmal geheiratet, doch es war eine geschäftsmäßige, kühle Verbindung gewesen, eine Ehe zwischen zwei geistesverwandten Individuen. Sie hatten sich auseinandergelebt, ohne daß einer der beiden tief verletzt worden wäre. Eine zivilisierte Ehe mit einer zivilisierten Scheidung.

Frauen fehlte es stets an der einen oder anderen Sache. Sie besaßen ärgerliche Angewohnheiten oder dachten völlig anders als er. Oder es mangelte ihnen an sozialen Fähigkeiten. Flojian hatte schon vor langer Zeit erkannt, daß er sein Leben mit keiner Frau teilen würde. Seine Maxime war einfach: Kümmere dich um dein Geschäft, verdiene Geld und vergnüge dich mit denen, die es zulassen. Und achte auf sichere Distanz.

Trotzdem. Er konnte nicht mehr darüber hinwegsehen, daß Avila Gefühle in ihm weckte, die lange Zeit geschlafen hatten. Ihr Lachen, ihr Lächeln, ihre Augen ... Vielleicht hatten die beiden Todesfälle ihn für weiblichen Charme empfänglich gemacht. Vielleicht spielte es auch überhaupt keine Rolle. Fest stand, daß er bis tief in die Nacht mit ihr zusammensaß und die Sterne am Himmel beobachtete.

Er suchte nach einem Zeichen, daß sie seine Gefühle erwiderte, doch er vermutete, daß er in ihren Augen zu pragmatisch und materiell ausgerichtet war, ein Mann, der zu fest mit beiden Füßen auf dem Boden stand. Und was die Dinge buchstäblich unmöglich machte, das war die Tatsache, daß Avila einen halben Fuß größer war als Flojian. Wenigstens nahm sie ihn ernst, und das war in dieser Gruppe wahrscheinlich alles, was er sich erhoffen durfte.

Sie wanderten seit zwei Tagen an der Küste entlang, als Chaka plötzlich innehielt und auf das Meer hinaus deutete. Es war früh am Morgen, und die Sonne hatte den Dunst noch nicht ganz aufgelöst. Weit draußen im Nebel bewegte sich etwas, das war nicht zu übersehen.

Nach und nach nahmen Segel und Masten Gestalt an. Ein Schoner, mit Laternen an Bug und Heck. Das Schiff lief parallel zur Küste. »Kanonen«, sagte Quait. »Sie sind mit Kanonen bewaffnet.«

Stimmen trieben über das Wasser heran. Gelächter. Und dann, wie ein Geist, verschwand das Schiff im Nebel. Als kurze Zeit darauf die Sicht klar wurde, war der Horizont leer.

Kurz vor Mittag näherten sie sich einem Gebäude, wie

sie es bisher noch nirgendwo gesehen hatten. Es stand ganz allein auf einem Felsen vor der Küste: Ein sechseckiger Turm, mehrere Stockwerke hoch, erhob sich aus der Mitte eines flachen Gebäudes. Der Turm besaß ein paar Fenster, und eine Metallkuppel bildete die Spitze. Unterhalb der Kuppel befand sich ein umlaufender Balkon und darüber ein leerer Rahmen. »Ich schätze, dieser Rahmen war einmal mit Glas ausgefüllt«, sagte Chaka.

Einst war das Gebäude durch einen Laufsteg mit dem Festland verbunden gewesen, doch der größte Teil davon fehlte inzwischen. Eine Steinmauer, ein paar zerbrochene Pfeiler, die aus dem Sand und den Felsen weiter unten ragten, ein wenig ausgewaschenes Metall, mehr war nicht mehr übrig. »Sieht aus, als hätten sie damit ihren Schiffen Signale gegeben«, sagte Flojian. »Gar keine schlechte Idee.« Entlang dem Mississippi benutzten sie Laternen, die gehoben oder gesenkt wurden. Flojian war sehr an der Konstruktion interessiert, und so beschlossen sie, über die Felsen zu klettern und das Bauwerk genauer in Augenschein zu nehmen.

Sie wurden zwar ein wenig naß, doch sie erreichten die andere Seite ohne größere Probleme. Im Innern hatte der Boden sich gesenkt, und die Räume waren leer. Die verrotteten Möbel der Straßenbauer, die sie sonst in all ihren Häusern und Wohnungen angetroffen hatten, fehlten hier. Eine Leiter und eine Wendeltreppe führten in den Turm hinauf. Die Leiter besaß keine Sprossen mehr, und die Treppe sah aus, als könnte sie jeden Augenblick einstürzen. Aber das war egal: Es gab keinen dringenden Grund, nach oben zu steigen.

Wieder zurück, saßen sie eine Weile im Sand, während Chaka das Gesehene in Silas' Journal skizzierte. Das Bauwerk hatte etwas merkwürdig Verlorenes an sich, wie es so von allem abgeschnitten und einsam dastand. Chaka versuchte, diesen Eindruck festzuhalten, doch sie war nicht zufrieden mit dem Ergebnis, obwohl die anderen vorgaben, ihre Skizze zu bewundern.

Die Küstenlinie schwenkte allmählich nach Norden. Ein paar Meilen hinter dem Signalturm entdeckten sie wieder die vertrauten horizontalen Markierungen an den Bäumen. Sie führten eine Böschung hinauf und von dort auf einen Weg. Er war schmal und überwachsen und kaum zu erkennen. Am späten Nachmittag überquerte er eine der gigantischen Fernstraßen. Shays Markierungen wiesen auf einen Hang und von dort auf die gewaltige Straße hinunter, und sie folgten ihrem Verlauf nach Nordosten.

Zwei weitere Tage verlief die Straße an der Küste entlang. Dann schwenkte sie nach Osten und weg vom Meer, und obwohl niemand es aussprach, spürte Chaka die Enttäuschung der anderen. Sie alle hatten gehofft, hatten fest daran geglaubt, daß dieses Meer das Wasser war, das Haven beherbergte.

Weitere zwei Tage später umgingen sie eine zerstörte Stadt, deren Name Irgendwas-Joseph lautete. (Das Schild an der Straße war stark verwittert.) Das Wetter wurde wechselhaft, an einem Tag warm, am nächsten wieder kalt. Die Straße verwandelte sich in ein Trümmerfeld, je näher sie den Häusern kamen, und so reisten sie über die angrenzenden Wiesen weiter.

Nach einer Weile bog die Straße ab, und die Markierungen wiesen einen Hügel hinab und in einen Wald hinein, der größtenteils aus einer bisher unbekannten Pinienart bestand. Die Rinde war dünn und rotbraun, die Nadeln leuchteten hellgrün. Der Stamm war vielleicht eineinhalb Fuß dick und reichte bis in fünfundsiebzig Fuß Höhe. Überall entdeckten sie exotische Vögel und unbekannte Pflanzen. Sie hatten eine völlig neue Welt betreten.

Ruinen waren hier weniger häufig anzutreffen als in der Nähe der Stadt, doch sie waren auch kein Einzelfall. Selten verging ein Tag, ohne daß sie auf vereinzelte Gehöfte oder verlassene Dörfer stießen. Straßenschilder wiesen den Weg zu kleinen Städten oder Dörfern, wo nur noch Wälder existierten. Sie entdeckten ein Gehöft in der Nähe eines Ortes namens Joppa, das in hervorragendem Zustand war, wenn man von dem eingestürzten Dach im hinteren Teil absah. Der Schaden war nicht gleich zu sehen, und fast hätte man glauben können, die Bewohner hielten sich noch irgendwo in der Nähe auf. Die Stadt Homer war noch sehr gut erhalten, einschließlich einem Restaurant namens *Downtown, Harrys Eisenwarenladen und Autohandel* und der *Colonial-Apotheke*.

Ein Kirchenschild riet dem Vorübergehenden, im Sinne des Herrn zu leben.

Am frühen Morgen des 5. April lauschte Chaka dem Wind in den Bäumen und den gelegentlichen Regungen kleiner Tiere im Buschwerk. Sie lagerten unter einem so dichten Blätterdach, daß weder die Sterne noch der Mond hindurchschimmerten. Das Feuer brannte nur niedrig. Die Nacht war warm, Chaka hatte die Wache – und Schwierigkeiten wachzubleiben.

Um den Schlaf zu vertreiben, stand sie auf, schlenderte zu einer in der Nähe gelegenen Quelle und spritzte sich zum vierten oder fünften Mal kaltes Wasser ins Gesicht. Anschließend sah sie nach den Pferden, die auf einer Lichtung grasten. Sie hatten im Verlauf des Tages einen Schwarzbären gesehen. Der Bär hatte die fremden Gestalten uninteressiert gemustert und sich in den Wald getrollt, doch die Pferde waren seither nervös, und Chaka hatte Angst bekommen. Sie dachte gerade an den Bären, als sie ein Geräusch vernahm, das nicht in die Wälder gehörte.

Zuerst konnte sie das Geräusch überhaupt nicht zuordnen. Es war ein scharfer, rhythmisch präziser Laut.

Ein brechender Zweig?

Sie legte die Hand auf den Griff ihrer Pistole, ohne die Waffe zu ziehen.

Woher kam es?

Sie verschmolz mit den Bäumen.

Da war es wieder.

Es klang fast metallisch.

Chaka benötigte ein paar Minuten, um festzustellen,

aus welcher Richtung es kam, doch schließlich entdeckte sie einen Mast. Er bestand aus einem dieser geheimnisvollen Straßenbauermaterialien, die sich wie Eisen anfühlten, aber niemals rosteten. Der Pfosten war vielleicht dreimal so hoch wie Chaka, und ein Sassafrasbaum hatte sich um ihn geschlungen.

Diese Art von Pfosten war in den Ruinen der Straßenbauer häufig anzutreffen. Man fand sie üblicherweise vor Straßenkreuzungen, niemals alleine, und sie hatten in der Regel rote, gelbe und grüne Linsen in einem Gehäuse, das ganz oben am Pfosten saß. Doch Chaka hatte noch nie einen Pfosten gesehen, der *Geräusche* von sich gab.

Die Geräusche bildeten einen deutlichen, vorhersagbaren Rhythmus. *Klick. Zähle bis sechs. Klick. Zähle bis dreißig. Klick. Fange von vorn an.*

Lange Zeit blieb sie vor dem Pfosten stehen und betrachtete ihn, lauschte dem Geräusch. *Es spukt in den Städten der Straßenbauer.* Schließlich kehrte sie zum Lager und dem Feuer zurück. Sie verspürte nicht mehr den leisesten Hauch von Müdigkeit.

Am nächsten Morgen entdeckten sie ein Steingebäude tief im Wald. Eine Metallplakette vor dem Eingang besagte, daß es sich um die *First Merchants Bank* handelte. Auf einem Eckstein war zu lesen:

Gegründet A. D. 2023
Ann Arbor

Der Morgen war freundlich und warm, die Bäume waren feucht vom Tau, und er roch nach Gras. Die *First Merchants Bank* sah aus, als sei sie noch gänzlich intakt.

Flojian, der eine Vorliebe für kommerzielle Institutionen besaß, wollte einen Blick in das Innere werfen. »Ich habe noch nie eine so gut erhaltene Bank gesehen«, begründete er seinen Wunsch.

Der Wald hatte die Mauern auf allen Seiten überwuchert, und Äste hatten sich in eine Drehtür aus Glas geschoben und sie blockiert. Sie fanden ein Fenster, dessen Rahmen locker war, und Quait riß ihn beinahe lässig heraus.

Flojian warf einen Blick ins Innere, entdeckte einen langen Bankschalter, Arbeitsplätze, Schreibtische und Stühle. Er kletterte durch das Fenster und sprang auf den staubbedeckten Boden hinunter. Er landete hinter dem Schalter. Jeder der Arbeitsplätze war umgeben von einer Kabine aus der offensichtlich allgegenwärtigen Sorte von Glas, die sie bereits beim Teufelsauge gefunden hatten.

Für die Illyrer bedeuteten Banken nichts weiter als Institutionen, bei denen man sich Geld lieh, wenngleich ihnen das Konzept einer zentralisierten Institution, die den gesamten Geldfluß kontrollierte, nicht fremd war. Flojian war einer der lautesten Verfechter für eine Ligabank und ein gemeinsames monetäres System gewesen.

Jetzt stand er hier und stellte sich vor, wie diese Bank gearbeitet hatte. Kunden, die sich an den Schaltern aufgereiht hatten, um Geld einzuzahlen, das sorgfältig ihren Konten gutgeschrieben wurde, und um ihre Zinsen abzuheben. Das gleiche Geld würde anderen Kunden ausgeliehen werden, wahrscheinlich vertraulich. Das bedeutete, daß es Kreditbüros irgendwo in den Räumen geben mußte, die sich an die Halle anschlossen. Die Kredite wurden wahrscheinlich dazu verwandt, individuelle Unternehmen mit Geld zu versorgen, das in Raten von den Gewinnen zurückgezahlt wurde. Alles sehr einfach und weitaus moderner als das, womit Flojian in der Liga so häufig zu tun hatte, wo manche Gelegenheit ungenutzt verstrich und kein Wachstum stattfinden konnte, weil das Geld dazu einfach nicht vorhanden war.

Quait kletterte hinter ihm durch das Fenster.

Es gab acht Schalter für Kassierer. Außerdem entdeckten sie einen neunten Schalter, der merkwürdigerweise nach außen gerichtet war, zu der Front hin, durch die sie gekommen waren. (Flojian konnte den Sinn nicht verstehen.) Jeder Schalter war mit einem Arbeitstisch und einer Schublade ausgestattet. Flojian öffnete eine davon und war entzückt, als er Münzen entdeckte. »Wundervoll«, flüsterte er. »Quait, sieh dir das hier an!«

Er nahm eine der größeren Münzen heraus, wischte sie sauber und hielt sie ins Licht. Es war ein Vierteldollar, der Name auf der Rückseite unter dem stilisierten Bild eines Adlers eingraviert. Er grinste abschätzend, steckte die Münze ein und machte sich daran, weitere Münzen aus der Schublade in seine Taschen zu stopfen.

»Nimm soviel mit, wie du kannst«, sagte er zu Quait.

»Dieser Ort jagt mir Angst ein«, sagte Quait, der Flojians Bemerkung offensichtlich nicht gehört hatte.

»Wie meinst du das?« Quait öffnete eine weitere Schublade. Noch mehr Münzen. Und noch mehr. Jede Schublade war bis zum Rand voll mit Münzen.

»Sag, worauf willst du hinaus?« wiederholte Flojian.

»Diese Leute hier ... sie sind so hastig verschwunden, daß sie nicht einmal ihr Geld mitgenommen haben. Wie schlimm muß die Seuche gewesen sein?«

»Ziemlich schlimm, schätze ich. Ich weiß es nicht, wirklich.«

»Erinnerst du dich an das, was Mike erzählt hat? An einem Tag kamen sie noch ganz normal zur Arbeit, und am nächsten waren sie verschwunden. Einfach so. Er hat sie nie mehr wiedergesehen. Und hier haben die Menschen sogar ihr Geld zurückgelassen. Wenn wir in die Läden sehen, finden wir alle Waren. Oder das, was davon übrig ist. Als wären die Straßenbauer von einer Sekunde auf die andere vom Erdboden verschwunden.«

»Hör zu«, sagte Flojian. »Warum reden wir nicht später darüber? Ich habe gleich alle Taschen voll.«

Da bemerkte Flojian eine Bewegung. Es war unglaublich. Eine Schreibkommode in der Nähe der Eingangstür erhob sich auf drei Beine und trat in die Mitte der Halle. Flojians Nackenhaare richteten sich auf. Die Kommode sah aus wie ein sechs Fuß hohes Zeichenbrett mit einem spitz zulaufenden Kopf auf einem kurzen, biegsamen Hals. Zwei bewegliche Glieder entsprangen zu beiden Seiten des Bretts, und eins davon richtete etwas auf die beiden Menschen, das wie ein Rohr oder eine Düse aussah. *»Halt. Bleiben Sie stehen und rühren Sie sich nicht«*, ertönte eine Stimme direkt über Flojian und Quait. *»Die Polizei ist unterwegs. Rühren Sie sich nicht von der Stelle. Falls Sie sich diesen Instruktionen widersetzen, wird gegen Sie von der Waffe Gebrauch gemacht.«*

Quait fluchte leise.

»Legen Sie Ihre Waffen nieder und treten Sie um den Schalter herum.«

Flojian dachte über seine Möglichkeiten nach und sah zu Quait. War dieses Rohr eine Waffe? Eine Schießerei mit einer umherlaufenden Maschine war sicherlich nicht erfolgversprechend. Hinter sich hörte Flojian, wie Chaka am Fenster murmelte, daß sie nicht glauben könne, was sich vor ihren Augen abspielte.

Vorsichtig nahm er die Pistole aus dem Holster und legte sie auf einen Tisch, dann trat er hinter dem Schalter hervor und in die Halle. Und dort traf ihn der Schock seines Lebens.

Ein ganzer Haufen von Schädeln und Knochen stapelte sich auf dem Fußboden vor dem Schalter.

Quait kam hinter ihm her und hielt ebenfalls den Atem an.

»Wir hatten nichts Böses im Sinn«, sagte Flojian. »Wir sind nur auf der Durchreise.«

»Die Polizei ist unterwegs«, sagte die Stimme über ihren Köpfen. *»Bleiben Sie, wo Sie sind, bis die Polizei an Ort und Stelle ist.«*

»Was für eine Polizei?« fragte Quait. »Es gibt keine Polizei mehr!«

»Bleiben Sie, wo Sie sind, bis die Polizei eingetroffen ist, sonst wende ich Gewalt an.«

Flojian starrte auf die Skelette hinunter. »Diese Leute hier warten immer noch.«

Chaka verschwand vom Fenster.

Der merkwürdige Zeichentisch stand vielleicht zehn Fuß entfernt. Er wiegte sich leicht auf seinen drei Beinen. Die Mündung des Rohrs, die auf eine Stelle genau in der Mitte zwischen Quait und Flojian gerichtet war, schwankte nicht einen Millimeter.

»Was schlägst du jetzt vor?« erkundigte sich Flojian, ohne die Augen von seinem Wächter zu nehmen.

»Er sieht verrostet aus. Vielleicht funktioniert die Pistole nicht mehr.«

»Willst du es darauf ankommen lassen?«

»Möglich, daß uns gar keine andere Wahl bleibt. Wenn wir auf die Polizei warten, werden wir schwarz.«

Flojians Herz drohte zu zerspringen. *Das war einfach lächerlich. Er wurde von einem Zeichenbrett festgehalten!* Trotzdem hatte er eine Heidenangst. »Woher weißt du, daß die Polizei kommen wird?« fragte er die Decke.

Keine Antwort.

»Ich versuche, mich in Sicherheit zu bringen«, sagte Quait leise. Er verlagerte sein Gewicht. Setzte einen Fuß nach hinten.

»Das ist weit genug. Noch ein Schritt, und ich werde schießen.«

»Nein, warten Sie!« sagte Quait.

»Es wird keine zweite Warnung geben.«

»Das ist doch verrückt!« sagte Flojian.

Chaka war wieder da. Mit einem Gewehr in der Hand. Aber bevor sie Gelegenheit fand, es in Anschlag zu bringen, zielte das Rohr an Flojian vorbei, und er hörte ein Geräusch, als würde ein Steak in der Pfanne schmoren. Chaka kreischte und verschwand außer Sicht.

Quait machte einen Satz über den Schalter und rannte auf das Fenster zu. Die Mündung folgte ihm, und wieder ertönte das brutzelnde Geräusch. Quait verwandelte sich in einen schlaffen Sack, taumelte und brach zusammen.

Flojian schrie den Zeichentisch an, und dann ertönte wieder die Stimme an der Decke, kalt und vollkommen ungerührt: *»Bleiben Sie, wo Sie sind. Die Polizei wird jeden Augenblick hier sein.«*

Kapitel 19

Die Welt machte Anstalten umzukippen, und Chaka war es völlig egal, ob sie lebendig blieb oder sterben müßte. Avilas ängstliches Gesicht schwebte über ihr. Sie fühlte auf ihrer Stirn ein feuchtes Tuch, und ihre Bluse war gelockert. Avila redete auf sie ein, daß sie sich entspannen solle.

Das Tageslicht schmerzte.

»Quait ist ebenfalls wach.« Die Worte hingen irgendwo in der Luft, ohne jede Bedeutung.

Quait. »Wo ist er?«

»In der Bank. Der *Tisch* läßt sie nicht gehen.« Avila mußte fast grinsen.

Chaka versuchte sich aufzurichten, doch ihr Kopf brummte, und ihr Magen entleerte sich. Sie erbrach das Frühstück. Avila gab ihr Wasser zu trinken und legte ihr das Tuch wieder auf die Stirn, und nach und nach fühlte sie sich besser.

Die Sonne stand genau im Zenit. Chaka war mehrere Stunden ohne Bewußtsein gewesen. »Was unternehmen wir jetzt?« fragte sie.

»Tatsächlich ist mir bereits eine Idee gekommen«, antwortete Avila. »Warte hier.«

Das war ein Scherz. Als hätte Chaka aufstehen und weggehen können.

Avila verschwand. Chaka schloß die Augen. Sie lag still da, atmete ruhig vor sich hin und fühlte sich, als hätte ihr jemand sämtliche Muskeln von den Nerven gelöst. Avila kehrte zurück, und Chaka sah, daß sie saubere Kleidung angezogen hatte. Sie trug eine frische blaue Leinenhose, eine grüne Bluse und darüber eine weiße Weste. »Sehe ich aus wie eine Polizeibeamtin?« fragte sie.

Trotz ihres Zustands mußte Chaka kichern. »Versuch die Stirn in Falten zu legen«, empfahl sie.

»Die Bluse ist vom Orden. Eigentlich hätte ich sie

zurückgeben müssen, als ich ausgetreten bin.« Sie lächelte. »Ich fand immer, daß sie mir gut steht.«

Chaka schüttelte den Kopf. »Das funktioniert nie im Leben.«

»Hast du eine bessere Idee?«

»Im Augenblick nicht.«

»Schön. Wir wissen, daß der Tisch ziemlich gute Augen besitzt, nicht wahr? Aber vielleicht ist er ja nicht allzu intelligent.« Sie beugte sich über Chaka. »Geht es dir besser?«

»Ja.«

»Gut. Bleib sitzen. Ich bin in ein paar Minuten zurück. Hoffe ich.«

»Willst du jetzt hineingehen?«

»Ja. Ich gehe durch die Hintertür. Das ist gar nicht verkehrt. Es würde nicht zur Polizei passen, durch das Fenster zu klettern.«

»Ich halte das für keine gute Idee«, sagte Chaka. »Am Ende sitzen *drei* von uns dort drin fest, anstatt nur zwei.«

Avila sah sie an. Der Wind frischte auf. Er kam aus westlicher Richtung, und der Wald rauschte. »Ich bin offen für deine Vorschläge.«

»Laß uns einfach warten. Wenn die Polizei nicht kommt, wird der Tisch vielleicht müde und läßt sie gehen. Was soll ich denn machen, wenn er dich auch noch seiner Sammlung einverleibt?«

»Wirf Steine«, empfahl Avila. »Spaß beiseite. Falls das geschieht, gehen wir zu Plan B über. Deinem Plan.«

»Meinem Plan?«

»Ja. Warten. Du kümmerst dich um die Pferde, und wir warten, bis der Tisch sich langweilt.«

Fünf Minuten später schob sich Avila durch ein Gebüsch und stapfte dann geradewegs durch den Hintereingang in die Bank. In der Hand versteckt trug sie ihre Keilwaffe. Man konnte nie wissen.

»Hat hier jemand die Polizei gerufen?« erkundigte sie sich laut.

Die beiden Männer saßen auf dem Boden, doch Avilas Blick blieb auf den Skeletten haften. Als ihr die Bedeutung dessen bewußt wurde, was dort vor dem Tresen lag, verließ sie aller Mut. Quait saß mit dem Rücken zur Wand. Er wirkte benommen und entmutigt. Als er Avila erblickte, schüttelte er mißbilligend den Kopf. Wenigstens Flojian besaß genügend Geistesgegenwart, um den Kopf hängen zu lassen und wie ein Mann auszusehen, der gleich zum Verhör abgeführt wird.

»Ja«, sagte die Stimme an der Decke.

»Ich bin Inspektor Avila Kap«, sagte sie in der Hoffnung, daß es bei der Polizei der Straßenbauer einen Titel wie diesen gegeben hatte. »Ich übernehme die Gefangenen jetzt.« Der Tisch machte keine Anstalten zurückzuweichen. Avila blickte ernst zu den beiden Gefangenen auf dem Boden. »Da wollten wir doch tatsächlich die Bank ausrauben, was?« Sie streckte die Hand aus und packte Flojian im Nacken, dann half sie ihm hoch. Gleichzeitig bedeutete sie Quait, sich zu erheben. »In dieser Stadt herrscht das Gesetz, und wir haben nicht viel Geduld mit Strolchen wie euch.« Hoffentlich klang sie offiziell genug. »Los jetzt, gehen wir«, sagte sie zu Quait und schob ihn zur Tür.

»*Einen Augenblick, Inspektor Kap*«, sagte die Stimme an der Decke. Tonlos. Ohne jede Emotion. »*Bitte nennen Sie mir Ihren Autorisierungskode.*«

Avila sah zu Quait und Flojian, dann zur Decke, wo die unsichtbare Stimme herkam, dann zu dem dreibeinigen Zeichentisch mit der Waffe in der Hand. Sie tat, als würde sie in ihren Taschen suchen. »Mir scheint, ich habe ihn vergessen«, sagte sie dann und richtete im gleichen Augenblick so unauffällig wie möglich ihren Keil auf das Zeichenbrett. Sie drückte ihn zusammen, und die Waffe vibrierte.

Sonst geschah nichts.

»*Wir benötigen Ihren Autorisierungskode, bevor wir Ihnen die Gefangenen übergeben können*«, sagte die Stimme. »*Anordnung der städtischen Polizei Nummer sechs acht eins Echo Strich eins vier vom elften März 2067.*«

»Ich muß noch einmal zurück in mein Büro, um ihn zu holen«, sagte Avila. »Aber warum nehme ich die Gefangenen nicht gleich mit und lasse Ihnen die Informationen später zukommen?«

»*Warum rufen Sie nicht einfach Ihr Büro an?*«

Avila stellte sich vor, wie sie sich aus dem Fenster lehnte und laut nach dem Autorisierungskode rief. »Ich muß vorher noch etwas anderes erledigen«, sagte sie. »Ich bin in ein paar Minuten wieder zurück.«

»*Lassen Sie die Missetäter hier.*«

»Oh. Selbstverständlich.« Sie gab Flojian und Quait ein Zeichen, daß sie einen Weg finden würde, und setzte sich in Richtung Hinterausgang in Bewegung.

»*Inspektor Kap!*«

Sie blieb stehen.

Drehte sich langsam um.

»*Ich möchte Ihnen gewiß nicht vorschreiben, wie Sie Ihre Arbeit zu erledigen haben, doch diese beiden Burschen machen einen verzweifelten Eindruck. Sie sollten vielleicht lieber Verstärkung mitbringen, wenn Sie zurückkommen.*«

»Ich wußte, daß es dumm war.«

»Schon gut. Was schlägst du vor?«

»Habe ich doch schon gesagt. Wir warten ab.«

»Das haben schon andere versucht.«

»Wie?«

»In der Bank liegen ein paar Skelette von den letzten Besuchern.«

»Oh.« Chaka schüttelte den Kopf. »Dann müssen wir uns etwas besseres ausdenken.«

»Stimmt.«

»Denk an Mike.«

»Was ist mit Mike?«

»Graue Kästen. Vielleicht gelingt es uns, die graue Kiste von diesem Ding zu finden und von ihrer Energiequelle zu trennen.«

In Avilas Augen zeigte sich neuer Respekt. »Gar keine schlechte Idee«, sagte sie. »Und du meinst, der Kasten steht in der Bank?«

»Wir müssen davon ausgehen, ob es uns paßt oder

nicht. Falls er nicht dort steht, brauchen wir nicht weiter danach zu suchen. Wir werden ihn nicht finden.«

Avila setzte sich auf einen umgestürzten Baumstamm. »In den Gängen gibt es überall verschlossene Türen. Ich wüßte nicht, wo wir sonst danach suchen sollten. Die Türen sind ganz bestimmt verschlossen. Oder verklemmt. Oder beides. Also denke ich nicht, daß es eine gute Idee ist. Außer natürlich, wir finden vorher heraus, welche Tür die richtige ist, und brechen sie in Sekundenschnelle auf.«

»Wie viele Türen?«

Avila schloß die Augen und stellte sich die Gänge vor. »Sechs«, sagte sie schließlich. »Möglicherweise aber auch acht.«

»Schade, daß du nicht genauer hingesehen hast.«

»Ich war beschäftigt. Warum streckst du nicht deinen Kopf durch das Fenster und zählst nach? Wenn du dich anstrengst, kannst du die gesamte Halle überblicken.«

»Schon gut, ich habe verstanden«, sagte Chaka. Sie versuchte, auf die Beine zu kommen, doch eine Woge der Übelkeit hinderte sie daran.

»Die Waffe ähnelt den Keilen«, sagte Avila.

»Ja«, sagte Chaka mit schwerer Zunge. Sie war naß geschwitzt und hielt die Augen geschlossen. »Nur, daß dieses Ding es ernst meint.«

»Es tötet nicht«, sagte Avila.

»Nein. Aber es macht einen auch so fertig.« Chaka lag minutenlang still, und Avila dachte bereits, sie wäre eingeschlafen. Doch dann atmete Chaka tief durch, schlug die Augen auf und schob sich in eine sitzende Position.

»Besser?«

»Ein wenig. Hör zu, Avila. Was hältst du davon, wenn wir einfach hineinmarschieren und das Ding voll Blei pumpen? Das müßte funktionieren.«

»Klingt in meinen Ohren wie ein letzter Ausweg«, antwortete Avila. »Vielleicht habe ich eine bessere Idee.« Sie blickte durch das Fenster. Der Zeichentisch stand noch immer bewegungslos in der Mitte der Halle und beobachtete offensichtlich seine Opfer. »Mir ist eben der

Gedanke gekommen, daß die Vorgehensweise dieses Dings eigentlich sehr *human* ist. Vielleicht können wir das zu unserem Vorteil ausnutzen.«

»Human?«

»Die Waffen. Sie töten nicht. Die Waffen in der Bank töten nicht. Die Waffen, die Mike uns gab, töten ebenfalls nicht.«

»Aber sie machen einen trotzdem fertig.«

»Chaka, das Ding hat auf Quait und dich geschossen, und ihr seid beide unverletzt und lebendig. Das zeigt doch, daß sie zögern, Menschen zu töten. Vielleicht ergibt sich daraus eine Chance für uns.«

Chaka trat durch die Hintertür. Sie trug eine Ledertasche und bemühte sich, ernst und lässig zugleich auszusehen. Sie ging ein paar Schritte in die Halle hinein, blieb stehen, blickte sich um, unterdrückte jede Reaktion auf den Anblick der Skelette und tat, als sähe sie nur die beiden Männer auf dem Boden. »Ich bin Dr. Milana«, sagte sie zu Quait. »Sind Sie verletzt?«

»Ja«, antwortete Quait, der sie verblüfft anstarrte, aber rasch genug schaltete, um das Spiel mitzuspielen. »Ich glaube, ich habe mir die Rippen gebrochen.«

»Wer trägt hier die Verantwortung?« fragte Chaka laut in die Luft.

»Und wer«, fragte die Decke, *»hat Sie herbeigerufen, Dr. Milana?«*

»Man hat uns informiert, daß es hier einen medizinischen Notfall gibt.« Sie kniete neben Quait nieder und legte das Ohr auf seine Brust. »Zum Glück war ich ganz in der Nähe. Dieser Mann hier leidet unter einem unregelmäßigen Herzschlag. Es besteht ernsthaft Gefahr, daß er in Quadristasis fällt.«

Quait stöhnte.

»Wir müssen ihn augenblicklich ins Krankenhaus schaffen.« Sie wandte sich zu Flojian um und untersuchte seine Augen. »Und diesen hier auch. Er hat sich die Iris verletzt. Können Sie gehen, Sir?«

»Ich denke schon, Doktor.«

»Halt! Einen Augenblick. Niemand geht irgendwohin, bevor nicht die Polizei an Ort und Stelle ist!«

Die Stimme kam von irgendwo oben, doch mehr konnte Chaka nicht feststellen. Ihre Rolle verlangte von ihr, entrüstet zu reagieren, doch das war gar nicht leicht, wenn man nicht wußte, wohin man blicken sollte. Sie versuchte es trotzdem. »Wer bist du?« verlangte sie zu wissen. »Welche Aufgabe ist dir zugeteilt?«

»Technogard Sicherheitssystem«, kam es von der Decke. *»Wir sind ...«*

»Also schön, Technogard Sicherheitssystem. Einer dieser beiden Männer hier stirbt vielleicht, wenn er nicht schnellstmöglich medizinisch versorgt wird. Der andere wird möglicherweise dauerhaft erblinden. Ich beabsichtige keinesfalls, das zu dulden. Wenn du also verhindern willst, daß wir gehen, mußt du auf mich schießen.«

»Ich denke nicht, Doktor.«

Chaka half Quait auf die Beine. Sie gab Flojian einen Wink, ihnen zu folgen, und schob sich mit den beiden in Richtung Ausgang.

»Wenn Sie nicht aufhören, werde ich wieder auf die beiden Missetäter schießen.«

»Falls du das tust, wirst du diesen hier wahrscheinlich töten. Ist es das, was du willst?«

»Die Waffe ist nicht tödlich.«

»Die Waffe ist nicht *tödlich*? Und wessen Knochen sind das dort?«

»Das sind die Knochen früherer Missetäter.«

»Die du bereits getötet hast.«

»Sie starben, während sie auf die Polizei warteten. Ich habe sie lediglich am Weglaufen gehindert.«

»Du hast sie getötet. Warum hast du sie überhaupt festgehalten?«

»Weil sie versuchten, die Bank auszurauben.«

»Und seit wann ist das ein Grund, sie zu verhaften?«

»Seien sie nicht dumm, Doktor. Bankraub ist ein Verbrechen.«

»Und Mord vielleicht nicht? Du solltest an die Polizei

übergeben werden, weil du gleich mehrfach gemordet hast. Mord ist ein Kapitalverbrechen.«

Chaka bewegte sich weiter.

»Das ist nicht wahr.«

»Selbstverständlich ist es wahr. Und du stehst im Begriff, es schon wieder zu tun. Du bist entschlossen, diese beiden Männer zu töten, indem du sie hier festhältst und ihnen die medizinische Hilfe verweigerst, die sie dringend benötigen.«

»Das trifft nicht zu, Doktor.«

»Und ob. Das weißt du ganz genau.«

Sie hatten den rückwärtigen Korridor erreicht. Der Zeichentisch stand schwankend in der Mitte der Halle, doch er bewegte sich nicht von der Stelle. Die Mündung seiner Waffe war ihnen nicht gefolgt. Sie zielte noch immer auf den Bankschalter.

»Die Polizei wurde bereits gerufen.« Die Stimme klang schrill.

»Dann ruf sie wieder«, entgegnete Chaka. »Wir haben hier einen Mörder.«

»Genial!« sagte Quait. Sie verließen das Gebäude in überschäumender Stimmung und klopften sich ununterbrochen auf die Schultern oder umarmten sich.

»Das war noch nicht einmal geplant«, lachte Chaka.

»Stimmt«, sagte Avila. »Der Plan lautete, daß Chaka den Tisch lange genug ablenken sollte, bis ich in den Seitengang gelaufen wäre. Wahrscheinlich gibt es hinter einer der Türen einen grauen Kasten wie den von Mike, der diesen Tisch kontrolliert. Ich hatte gehofft, bis dorthin vorzudringen und ihn abschalten zu können. Aber Chaka hat sich so gut geschlagen, daß ich in Deckung geblieben bin.«

»Ich habe die Türen gesehen«, sagte Flojian. »Wie kommst du auf die Idee, sie wären unversperrt?«

»Für den Fall, daß ich nicht hinein oder der Tisch hinter mir her gekommen wäre, hatte Chaka einen Stein im Rucksack.«

»Sie wollte den Tisch mit einem *Stein* angreifen?«

»Ja«, sagte Chaka. »Es war ein *großer* Stein.« Sie zeigte ihn vor. »Wir dachten, daß ich im allgemeinen Chaos eine gute Chance hätte, den Tisch damit zu treffen.«

Alle lachten.

»Hört zu«, sagte Avila. »Die Situation war nicht so verzweifelt, wie es vielleicht klingen mag. Wir hatten noch einen anderen Plan in Reserve.«

»Und was für ein Plan war das?«

Chaka hielt die Daumen nach oben. »Du warst großartig da drin, Flojian«, sagte sie und umarmte ihn. »Der Reserveplan war, draußen vor dem Fenster ein Feuer anzuzünden. Der Wind weht recht heftig, und vielleicht hätten wir genügend Rauch in die Bank lenken können, um dort für Chaos zu sorgen. Vielleicht wäre es uns sogar gelungen, ein automatisches Löschsystem in Gang zu setzen, wer weiß? Auf jeden Fall hätten wir für Verwirrung gesorgt.«

»*Verwirrung?*« Quait warf einen Blick zurück auf das dichte Gestrüpp, das die Bank umgab. »Ihr hättet einen Großbrand verursacht. Diese Büsche wären wie trockener Zunder hochgegangen.«

»Nun ja«, erwiderte Chaka zögernd. »Das wußten wir auch. Deswegen war es ja nur der Reserveplan.«

»Zu eurem anderen wilden Plan.« Flojian lachte laut.

Avila seufzte. »Ich würde mich nicht so lustig machen. Immerhin hat Chaka euch befreit.«

Dieses geheimnisvolle Leben, das die Geräusche in dem Straßenmast verursachte und die Reaktionen des Zeichentischs in der Bank hervorrief, schien in ganz Ann Arbor aktiv zu sein. Vor einem Steinhaus flammten Lichter auf, als sie sich näherten, und erlöschten wieder, nachdem das letzte Pferd (hastig von Chaka getrieben) vorüber war. Aus einem zweistöckigen Gebäude erklangen ein paar Takte leiser Musik, die sich wiederholten, bis die kleine Gruppe außer Hörweite war. Auf einer Lichtung lehnte sich Flojian gegen ein vierzig Fuß langen glänzenden Metallzaun und machte einen verblüfften Satz nach vorn, als eine Glocke erklang und drei Gatter im Zaun aufsprangen. (Der Zaun besaß insgesamt ein ganzes Dutzend dieser Gatter, doch die anderen blieben geschlossen.)

Es war eine unruhige Gegend, und alle waren froh, sie endlich hinter sich zu lassen.

Sie ritten bis spät in den Abend weiter, immer auf der Flucht vor herannahenden Gewitterwolken, und fanden schließlich in einer kleinen Kirche der Straßenbauer Unterschlupf. Es war ein idealer Lagerplatz. Der letzte Besucher hatte einen großen Vorrat an Feuerholz zurückgelassen, das Dach war undicht genug, um den Rauch abziehen zu lassen, aber auch dicht genug, um sie vor dem Sturm zu schützen. Die Vordertür war verschwunden, was jedoch niemanden störte, weil sie ihren Unterschlupf mit den Tieren teilten. Sie tränkten die Pferde, fütterten sie, rieben sie ab und entspannten sich dann vor einem munter brennenden Feuer.

Wein oder Bier waren längst ausgegangen, und es gab nichts, womit sie auf ihr Glück anstoßen konnten. Trotzdem zog Quait jetzt sein Walloon hervor. Seine Finger tanzten über die Saiten, und er fragte die anderen, was sie hören mochten.

»Ein schönes Lagerfeuerlied«, schlug Chaka vor.

»Das sollt Ihr haben, Mylady«, sagte er. »Avila, kennst du die *Goldenen Reiter*?«

Avila nahm ihr Flöteninstrument und spielte ein paar Takte. Quait stimmte ein und sang:

Ich verließ mein Mädchen voller Schmerz,
In der Nacht, als wir zogen nach Mineer;
Sie küßte meine Lippen und behielt mein Herz
Und sah mir lang hinterher.
Lang hinterher
Lang hinterher.
Sie küßte meine Lippen und behielt mein Herz
Und ich ritt mit den Goldenen Reitern nach Mineer.

Quait war nicht besonders gut darin, die Töne zu treffen, doch niemanden störte es. Gemeinsam stimmten sie ein:

Wir hatten kein Bier unterwegs
Keinen Wein und keine Frau'n
Zu spät für die Liebe
Jetzt zählt nur noch eins
Zu kämpfen und reiten daher
Reiten daher
Reiten daher
Sie küßte meine Lippen und behielt mein Herz
Und ich ritt mit den Goldenen Reitern nach Mineer.

Sie sangen sämtliche Strophen, an die sie sich erinnern konnten, dann wechselten sie zum nächsten Lied, Hoch das Faß, und schließlich zu einem langsameren, Tari. Sie waren erfüllt von Trauer und dem Gefühl des Verlusts, gemischt mit der Erschöpfung und dem Schrecken ihres knappen Entrinnens, und der Abend wurde zu einem emotionalen Ereignis. Sie gedachten schweigend ihrer Freunde Silas Glote und Jon Shannon, stießen mit Teetassen auf Chaka an, ›unsere glorreiche Retterin‹, und lachten laut, als sie sich die Gesichter zu Hause in Illyrien vorstellten, wenn sie erzählen würden, wie Chaka die beiden Männer aus den Fängen eines wildgewordenen Zeichentisches gerettet hatte.

»Als sie laut verkündete, daß sie Dr. Milana sei und dieses *Ding* sie auch noch ernst nahm«, sagte Flojian, »da hätte ich fast gebrüllt vor Lachen.« Er zog die naheliegende Schlußfolgerung: »Die Wesen, die in den Ruinen der Straßenbauer spuken, sind wirklich nicht besonders intelligent. Beim nächsten Zwischenfall sollten wir einfach einen kühlen Kopf bewahren.«

Chaka fiel auf, daß Quait im Verlauf des Abends zunehmend still geworden war. Er wirkte irgendwie geistesabwesend, als Avila verkündete, daß sie schlafen gehen wollte.

»Bevor du einschläfst«, sagte er unvermittelt, »möchte

ich noch etwas sagen.« Seine Stimme klang unsicher und nervös.

Das Licht des Lagerfeuers warf flackernde Schatten auf ihn. Quait sah Chaka lange in die Augen und zupfte aufgeregt an den Schnürbändern seines Hemds. »Ich möchte nicht wie der Soldat im *Goldenen Reiter* enden und meine Chance verpassen«, sagte er. »Ich will nicht eines Tages davonreiten und sehen ...« er beobachtete sie mit seinen großen, grauen, intensiven Augen, »... wie du mir zum Abschied hinterher winkst.«

Stille senkte sich ringsum. Licht und Schatten tanzten über die Wände, und Chaka bemerkte, wie ihr der Atem stockte.

»Ich wäre sehr, sehr glücklich, wenn du mich nach unserer Rückkehr nach Illyrien zum Mann nehmen würdest, Chaka.«

Die Anspannung wich aus seinem Gesicht, und sie las eine neue Botschaft: *So. Jetzt habe ich es gesagt, und nichts auf der Welt kann es ungeschehen machen.*

Ein gleichmäßiger Regen rauschte in den Bäumen und trommelte auf das Dach des alten Gebäudes, und an manchen Stellen tropfte es hindurch. »Das kommt wirklich überraschend, Quait«, sagte sie in dem Bemühen, Zeit zu gewinnen, damit sie ihre Gedanken sammeln konnte. Sie dachte an Illyrien und versuchte, sich Raney vorzustellen. Doch so sehr sie sich bemühte, Raneys Bild blieb verschwommen und unscharf.

Dann nahm sie Quaits Hand und drückte sie. »Ich denke schon. Ja. Ja, Quait. Ich würde dich sehr gern zu meinem Mann nehmen, Quait.«

Kapitel 20

Fünf Tage, nachdem die Gefährten Ann Arbor hinter sich gelassen hatten, erreichten sie wieder eine Stadt. Groß und verlassen lag sie am Westufer eines breiten Flusses. Shays Markierungen zeigten nach Norden, in die Ruinen hinein. Sie folgten ihnen am Wasser entlang, vorbei an grauen Kais und alten Piers, an eingestürzten Lagerhäusern und verrotteten Werften und gestrandeten Schiffen.

Die Schiffe waren allesamt auf dem Kiel gestrandet, und Decks und Spiere ragten über die Wasseroberfläche. Einige waren riesige, rostige Behemoths von gigantischen Ausmaßen, und endlich begriffen die vier den Sinn des riesigen Ankers daheim in Illyrien an der Flußstraße. Am Nachmittag zogen sie an den Überresten einer eingestürzten Brücke vorüber. Weiter im Norden hatte früher einmal eine zweite Brücke das Westufer mit einer Insel verbunden. Auch diese Brücke existierte nicht mehr.

Flojian beobachtete Seevögel, die dicht über dem Wasser dahinflogen. »Die Strömung ist nicht zu verachten«, sagte er.

Als hätte Kariks erste Expedition auf den Anblick der zerstörten Brücke reagiert, verließ die Spur das Flußufer und führte zurück in die Stadt. Sie schlugen das Lager für die Nacht am Ufer auf. Am nächsten Morgen machten sie sich, gestärkt durch ein ausgiebiges Frühstück, auf den Weg durch die zerstörte Stadt. Wie schon in Chicago waren auch hier etliche der großen Bauwerke eingestürzt. Im Nordwesten ruhte ein großes, schalenförmiges Bauwerk, das aussah wie ein gigantisches Amphitheater, weitgehend erhalten in einem Meer von Ruinen. Der Wald kehrte zurück, und hie und da wuchsen kleine Gehölze mit Walnuß- und Baumwollbäumen auf den Knochen vorzeitlicher Monstrositäten.

Sie gelangten an einen schmalen, langgestreckten See zwischen Hügeln, wo die Bäume bis ans Wasser reichten.

Der See lag still, und sie rasteten, um die Ruhe des Waldes zu genießen, der die gewaltigen Ruinenfelder umgab.

Enten schwammen auf dem stillen Wasser, und Schildkröten paddelten über den Grund. Am östlichen Ende des Sees ragte ein grauer Betonklotz aus den Fluten, in den ein Schriftzug eingelassen war: DETROIT-WINDSOR-TUNNEL. Merkwürdig genug, denn nirgendwo war ein Tunnel zu sehen.

Der Weg führte wieder zum Fluß zurück, wo er schließlich endete. Zwei von Landon Shays Markierungen zeigten senkrecht nach unten. »Offensichtlich überquerten sie hier den Fluß«, sagte Quait.

Bis zum anderen Ufer war es recht weit. Flojian musterte die Bäume. Ein paar waren vor langer Zeit gefällt worden, wie an den Stümpfen zu erkennen war. »Jedenfalls besser, als hoch in der Luft zu hängen«, sagte Flojian.

»Ich habe noch nie ein Floß gebaut«, meinte Chaka. »Wissen wir überhaupt, wie das geht?«

Flojian tat schockiert. »Wissen wir, wie das geht? Weißt du, wie man Schmuck anfertigt? Auf diese Art und Weise verdiene ich mir meinen Lebensunterhalt!« Er grinste schief. »Na ja, wenigstens habe ich damit angefangen.«

Bis zum Einbruch der Dunkelheit hatten sie acht Bäume gefällt, gar nicht schlecht für einen Geschäftsmann, einen Berufssoldaten und eine ehemalige Priesterin. (Sie hatten Chaka, die als physisch schwächste von allen erachtet wurde, zum Angeln geschickt. Sie kehrte zum Abendessen mit Forellen zurück.)

Ihre Beziehung zu Quait hatte sich seit seinem Heiratsantrag gleich in mehrfacher Hinsicht geändert. Seltsamerweise hatte die Distanz zwischen beiden eher *zugenommen*. Ihr Verhalten zueinander war zwar nicht förmlicher geworden, aber irgendwie besonnener. Sie hielten sich nicht mehr verstohlen an den Händen, und es gab so gut wie keine heimlichen Küsse mehr. Vielleicht rührte es aus Quaits Gespür für das sorgsam ausbalancierte Gleichgewicht zwischen den vier Gefährten und einer

Angst her, es zu stören (was eine offizielle Verlobung sicherlich getan hätte), vielleicht war aber auch Chakas instinktive Neigung schuld, ihre Unabhängigkeit sicherzustellen.

Chaka blieb auch nicht verborgen, daß die sexuelle Spannung sich gelegt hatte. Quait hatte bereits in den ersten Tagen der Reise ihr Interesse erweckt, aus dem nach und nach (oder vielleicht auch nicht) zuerst Freundschaft und dann Leidenschaft erwachsen war. Schließlich war ihr bewußt geworden, daß sie sich für ihn in Szene setzte, daß ihre Stimme weicher klang, wenn sie zu ihm sprach, und daß sie zu lange in die untergehende Sonne blickte und ihre Augen für sich sprechen ließ, wenn er sie von der Seite beobachtet hatte. Sicherlich wäre es falsch gewesen zu behaupten, daß sie nun dazu keine Notwendigkeit mehr verspürte, doch der Druck war verschwunden. Sie genoß seine Gegenwart viel unbeschwerter.

Sie war neugierig, warum er sie in Gegenwart der anderen gefragt hatte. »Warst du dir so sicher?« wollte sie von ihm wissen.

»Ich wollte mich öffentlich zu dir bekennen«, antwortete er. »Die Umstände sind außergewöhnlich. Ich wollte nicht, daß du denkst, ich könnte versuchen das auszunutzen. Ich wollte, daß du merkst, wie ernst es mir ist.«

Quait hatte die erste Wache. Sie lag halb wach und lauschte dem Knacken der Scheite im Feuer und dem Murmeln des Flusses. Quait drehte seine Runden zwischen dem Lager und den Pferden.

Er war großgewachsen, obwohl er neben dem Riesen Jon Shannon stets klein ausgesehen hatte. Selbst Avila war einen Zoll größer als Quait, aber Avila war mit über sechs Fuß ebenfalls eine halbe Riesin. Quait besaß breite Schultern und bewegte sich mit einer lässigen Eleganz. Er war hübsch, obwohl nicht in klassischer Hinsicht. Er besaß weder das lange, schmale Gesicht noch die gerade Nase und was sonst noch. Quaits Gesichtszüge hätten die meisten Frauen nicht zu einem zweiten Blick veranlaßt, wäre da nicht die Kraft seiner Persönlichkeit gewesen. Seine gute Laune, die Freude, die er in ihrer Gegenwart empfand, seine Intelligenz – all das fand sich in seinem Lächeln wider und betonte es auf die außergewöhnlichste Weise. Chaka hatte viele besser aussehende Männer gekannt. Aber keiner von ihnen war attraktiver gewesen als Quait.

Sie benötigten zwei Tage, um das Floß fertigzustellen. Flojian überwachte ihre Anstrengungen. Er konstruierte ein Ruder, befestigte es am Floß, errichtete einen Mast mit Segeln und zeigte Avila, wie man Paddel anfertigte. Sie verloren einen weiteren Tag, als sie aufbrechen wollten und der Wind auf östliche Richtungen drehte.

Am Morgen des 19. April lag der Fluß ruhig vor ihnen, und ein weiteres Mal bereiteten sie alles zur Abfahrt vor. Gepäck und Sättel wurden auf das Floß geladen. Die Pferde würden selbstverständlich schwimmen. Sie verbanden die Zügel mit langen Leinen, so daß nicht alle mitgerissen werden konnten, falls ein Tier abgetrieben wurde oder unterging.

»Ich habe immer noch Zweifel«, sagte Avila und sah zum anderen Ufer hinüber. »Es ist ein weiter Weg.«

»Pferde sind gute Schwimmer«, beruhigte sie Quait. »Sie halten eine Stunde und länger durch. Bis dahin sind wir längst drüben.«

Das Leittier war ein großer stichelhaariger Hengst namens Bali. Sie redeten ihm solange gut zu, bis er ins Wasser ging. Er war alles andere als begierig zu schwimmen, doch nachdem er einmal im Wasser war, machte er keine Schwierigkeiten mehr. Die anderen Pferde folgten freiwillig (sie hatten jetzt noch dreizehn Tiere bei sich), und die Gefährten begannen ihre Überfahrt auf dem Floß, das sie auf den Namen *Zauderer* getauft hatten.

Der Wind blähte die Segel, und das Floß schlüpfte in die Strömung hinaus. Fast im gleichen Augenblick erkannten sie, daß sie sich zu rasch vom Ufer entfernten und die Pferde in Bedrängnis bringen würden. Quait und Avila steckten die Paddel ins Wasser und versuchten zu bremsen, während Flojian das Segel trimmte. Die *Zauderer* wurde langsamer, und die Pferde kamen wieder näher.

Die Tiere lagen tief im Wasser. Nur ihre Köpfe und Hälse ragten heraus, doch das schien ihnen nichts auszumachen. Quait hatte sie zu beiden Seiten des Floßes und dahinter verteilt, weit genug auseinander, daß sie sich nicht gegenseitig behindern konnten. Flojian war mit dem Steuern des Floßes beschäftigt, während die anderen drei sich um die Leinen und die Tiere kümmerten.

Je weiter sie auf den Fluß hinausfuhren, desto deutlicher wurde die gewaltige Breite der Wasserstraße. Chaka begriff, welche Ingenieurskunst nötig gewesen war, um eine Brücke über einen Fluß wie diesen zu schlagen. Die Brücken waren im Verlauf der Jahrhunderte eingestürzt, wie so viele andere Dinge auch, doch die Türme standen noch, und Kabel baumelten lose von ihnen herab. Die Fahrbahnen lagen zur Hälfte untergetaucht im Wasser.

Die Straßenbauer-Zivilisation war noch viel größer gewesen, als irgend jemand daheim in Illyrien zu träumen wagte. Allgemein war bekannt, daß es zahlreiche Ruinenstädte wie Memphis oder die Stadt im Sumpf oder Little Rock in der Nähe von Fernstraße gab, oder wie Vicksburg in der Nähe von Masandik und die namenlosen Ruinen bei Argon oder Makar. Aber das Wissen darum war nicht das gleiche, wie wenn man selbst durch die Städte ging: Die Trümmer schienen kein Ende nehmen zu wollen, sie lagen vergraben unter Hügeln, versunken in weiten Wäldern, dehnten sich endlos an Flußufern, und manchmal nahmen sie wahrhaft gigantische Dimensionen an, wie zum Beispiel hier in dieser zweiten Riesenstadt.

Niemand zu Hause versteht das wirklich. Sie denken, es hätte nur eine Handvoll relativ kleiner Städte gegeben. Aber seht euch das hier an. Hier ist eine ganze Welt gestorben. Wo endet das nur? Wie gewaltig ist dieser Leichnam?

Das schiere Ausmaß der Katastrophe erschütterte sie. Was für eine Seuche konnte eine Zivilisation wie die der

Straßenbauer vernichtet haben? *Am Montag, dem 10. April 2079 kamen die Züge leer an.*

»Mista hat anscheinend Schwierigkeiten.« Avila deutete auf eine schwarze Stute. Das Tier hatte Mühe, den Kopf über Wasser zu halten.

Sie näherten sich der Flußmitte.

Eine sanfte Strömung trieb Floß und Pferde ab. Avila kniete am Heck, und Quait ging zu ihr. Er sah die verängstigten Augen des Tiers und schüttelte den Kopf. »Nimm ein wenig Segel heraus, Flojian«, sagte er und kniete neben Avila nieder. »Alles in Ordnung mit dir?«

Avila nickte.

Das Floß wurde langsamer. »Das Problem ist«, sagte Flojian, »daß wir weit abtreiben werden. Es könnte schwierig werden, die Spur wieder aufzunehmen.«

»Und warum zerbrechen wir uns jetzt schon den Kopf darüber und nicht erst dann, wenn wir drüben sind?« fragte Chaka. Sie befanden sich jetzt genau unterhalb der Insel. Sie war von dichtem Wald bestanden. Chaka sah eine Uferstraße und ein einzelnes Haus. Straßenbauerstil. Es hielt noch immer einsam Wacht.

»Wir werden sie verlieren«, sagte Avila.

Chaka hatte bewußt nicht zu dem panischen Tier nach hinten geschaut, aber jetzt mußte sie doch mit ansehen, wie die Stute Mühe hatte, den Kopf oben zu halten.

»Nimm noch mehr Segel heraus«, sagte Avila zu Flojian. »Wir müssen langsamer werden.«

Flojian schüttelte den Kopf. »Das würde nichts nutzen. So langsam können wir nicht fahren. Binde sie los.«

Avila riß die Augen auf. »Aber sie wird ertrinken!«

»Das wird sie so oder so, und wir können nichts daran ändern. Binde sie los, und vielleicht reißt sie wenigstens die anderen nicht mit sich.«

Avila blickte Quait an, und Tränen standen in ihren Augen.

»Es ist nur ein Pferd«, sagte Flojian. »Wir konnten von Anfang an nicht damit rechnen, alle gesund auf die andere Seite zu bringen.«

»Jedenfalls macht es keinen Unterschied, wenn wir es

losbinden«, sagte Chaka. »Wenn es aus eigener Kraft bis ans Ufer kommt, dann wird es das tun. Und wenn nicht, können wir absolut gar nichts daran ändern.«

Mistas Leine hatte sich gestrafft, und das Tier wurde hinter dem Floß her gezogen. Avila ließ die Leine los und sah zu, wie sie ins Wasser sank.

In der Zwischenzeit hatte Quait seine Aufmerksamkeit flußaufwärts gerichtet. »Ein Schiff!« rief er plötzlich.

Es war die ganze Zeit über hinter der Insel und der eingestürzten Brücke verborgen gewesen und kam jetzt schnell heran.

Flojian fluchte. »Es hat Kanonen an Bord!«

Das Schiff lag tief im Wasser. Der Bug sah aus wie ein Wolfsschädel, und sechs Kanonen ragten durch Luken hervor. Das Flachbodenschiff besaß zwei Masten und hatte jede Menge Segel gesetzt. In der Takelage flatterte eine Fahne, die ein weißes Gewehr auf grünem Untergrund zeigte.

An Deck waren Matrosen zu sehen, ein zerlumpter Haufen, doch sie bewegten sich mit disziplinierter Präzision. Ein paar von ihnen bemannten eines der vorderen Geschütze. Flojian bemühte sich, eine Decke aufzuziehen, um mehr Geschwindigkeit zu erzielen. »Laßt die Pferde los!« rief er. »Wir versuchen, an die Küste zu kommen.«

Quait behielt das fremde Schiff im Auge. »Keine Chance«, sagte er. Trotzdem ließen sie die Pferde gehen. Chaka zog ihr Gewehr aus dem Gepäck.

Quait faßte sie beim Arm und schüttelte den Kopf. *Laß das. Es ist sinnlos.*

Das Floß wurde schneller. Die Kanone feuerte, und vor dem Floß stieg eine Fontäne hoch. Ein Mann in einem blauen Mantel und mit einer Mütze auf dem Kopf hob ein Sprachrohr und befahl ihnen beizudrehen. Das Schiff war noch vielleicht achtzig Yards entfernt und kam rasch näher.

»Ich glaube, wir fügen uns besser«, sagte Flojian.

Doch Chaka starrte den feindlichen Kapitän und seine Mannschaft an, und an ihrem Gesichtsausdruck erkannte Quait, daß sie für sich beschlossen hatte, nicht kampflos in ihre Hände zu fallen. »Wir hätten bei diesen Hurensöhnen sicher nichts zu lachen«, sagte sie leise. »Wenn ihr mich fragt, ich bin dafür zu kämpfen.«

»Und womit?« brummte Flojian. »Heilige Shanta, rette uns.«

Avilas dunkle Augen durchbohrten ihn fast. »Such nicht nach Hilfe«, fauchte sie. »Wir sind allein, und wir tun gut daran, uns danach zu richten.«

»Es war nur so dahergesagt«, stammelte er. Quait war überrascht, wie heftig Avila auf Flojians Stoßgebet reagierte.

Aber Chaka hatte recht. Die Besatzung des feindlichen Schiffes würde sie auf keinen Fall ungeschoren davonkommen lassen.

»Wer sind sie?« fragte Chaka.

»Wahrscheinlich Piraten. Oder vielleicht irgendeine Seemacht aus der Gegend. Wer weiß?«

Die Männer an Bord des fremden Schiffes lachten und machten obszöne Gesten. Quait seufzte. »Eure Entscheidung, Avila, Chaka. Wir können versuchen uns zu wehren, oder wir können uns ergeben.«

»Viel Gegenwehr können wir wahrscheinlich nicht leisten«, sagte Avila.

»Das ist mir völlig egal!« fauchte Chaka. »*Mich* werden sie jedenfalls nicht kriegen.«

Das Schiff drehte leicht nach Backbord und kam längsseits. Der fremde Kapitän hob erneut das Megaphon. »Waffen runter!« befahl er.

Chaka umklammerte noch immer das Gewehr.

»Nicht«, sagte Avila. Sie löste ihr Holster und legte den Gürtel ab. »Flojian, laß sie näher herankommen.«

Quait blickte sie stirnrunzelnd an. Sie klopfte auf ihre Hosentasche, in der sie die Keilwaffe trug. »Es ist eine Chance«, sagte sie.

Chaka nickte. »Versuchen wir's. Es ist alles, was wir haben.«

Flojian strich die Segel. Der Bug des Marodeurs glitt vorbei und überfuhr zwei der Pferde.

Avila nahm unauffällig den Keil in die Hand, breitete die Arme aus, als wollte sie das fremde Schiff willkommen heißen, und runzelte überrascht die Stirn. »Nichts!« flüsterte sie.

»Es hat keine große Reichweite«, sagte Quait. »Wir müssen sie noch näher herankommen lassen.«

»Wie nah denn noch?« knurrte Chaka. »Ich kann sie schon riechen!«

Eine Strickleiter wurde über die Bordwand geworfen. Der fremde Schiffsführer gab ein paar heiser gebrüllte Befehle. Seine dunklen Augen funkelten grausam. Mit lüsternen Blicken taxierte er die beiden Frauen.

»Warum nehmt ihr nicht die Hände hoch?« fragte er lakonisch. »Und wenn wir schon dabei sind, warum kommt ihr nicht an Bord?«

Die Mannschaft grölte.

Avila hob die Hände.

Quait, der sich dicht zu seinem Gewehr geschoben hatte, flüsterte ihr zu: »Jetzt!«

»Nein«, widersprach Avila. »Zu viele Waffen da oben. Warten wir lieber auf eine bessere Gelegenheit.«

Sie hatte recht. Sie würde sie alle mit einem einzigen Schuß überwältigen müssen, vom Bug bis zum Heck. Solange sie selbst noch auf dem Floß standen, wären sie ein leichtes Ziel für jeden, der nicht im ersten Augenblick ausgeschaltet worden war.

Die Piraten dirigierten ihre Opfer mit Gewehrläufen zur Leiter. Einer sprang über die Reling auf das Floß hinunter. Er landete neben den vier Gefährten und brachte die *Zauderer* heftig zum Schwanken. Der Bursche war eine der schmutzigsten Kreaturen, die Quait jemals zu Gesicht bekommen hatte. Er grinste und entblößte dabei braune Zähne und Zahnlücken. Seine Haare waren schwarz und strähnig, und seine Schnurrbarthaare dick wie Draht. Er stieß Chaka in die Rippen, und sie ging stolpernd zu Boden. »Geil, die Kleine«, griente er.

Ein Teil der Reling wurde einladend aufgeklappt.

Quait kletterte als erster die Strickleiter hinauf. Hände streckten sich ihm entgegen, packten ihn bei den Schultern und zerrten ihn grob auf das Deck. Er wurde zu Boden gestoßen, getreten und nach versteckten Waffen durchsucht.

Dabei hörte er die Piraten grölen und obszöne Dinge rufen.

Sie zerrten ihn wieder auf die Beine und stellten ihn in eine Reihe mit seinen drei Freunden. Flojian war ebenfalls durchsucht worden, und Chakas Gesicht war rot vor Wut wegen der widerfahrenen Demütigung. Avila überraschte ihn: Sie legte eine kühle Haltung an den Tag und stand gelassen vor den Piraten.

Der Kapitän trat vor sie. Er war ein kleiner, häßlicher Schläger; fünfeinhalb Fuß groß und fett, mit breitem Unterkiefer und Backenbart. Er humpelte, ein Ohr war abgerissen, und eine Narbe am Hals zeigte, daß er schon wenigstens einmal aufgeschlitzt worden war. In seinem Gürtel steckte eine Pistole. »Willkommen an Bord der *Friedfertigen*«, sagte er. »Unser Schiff gehört zur Linie des Ki von Hauberg.« Bei der Nennung des Namens tippte er an seine Mütze. »Ich bin Meister Trevor. Und wer seid ihr, wenn ich fragen darf?«

»Wir sind harmlose Reisende«, sagte Quait. »Aus der Mississippi-Liga.«

»Mississippi?« Trevor runzelte die Stirn, schüttelte den Kopf und blickte sich unter seiner Besatzung um. Seine Mannschaft, die in einem Kreis um die Gefangenen stand, signalisierte Unkenntnis. »Nie von einem Mississippi gehört«, sagte er. »Nicht, daß es eine Rolle spielt.« Er trat vor, schob die Hand unter Avilas Kinn, hob ihren Kopf und bewunderte ihre Gesichtszüge. Er grunzte anerkennend, griff in Chakas Haar und zwang ihren Kopf nach hinten. »Sie haben beide gute Zähne«, sagte er.

»Nicht mehr lange«, rief einer aus der Besatzung.

Quait versteifte sich, doch im gleichen Augenblick spürte er eine Waffenmündung im Rücken, und eine leise Stimme warnte ihn, sich nicht zu bewegen. »Das würde dir überhaupt nicht gut tun«, sagte die Stimme. »Du wärst ruck zuck tot.«

Quait wandte sich zu dem Sprecher um, einem kleinen, unauffälligen, grinsenden Burschen. »Es wäre uns sicher ein Vergnügen«, höhnte er Quait ins Gesicht.

»Was wird mit ihnen geschehen?« fragte Quait.

»Vorher oder hinterher?« Der kleine Bursche kicherte böse. Sein Blick wanderte zu den Frauen. »Wenn sie gut sind, kommen sie in Port Tiara zur Versteigerung. Sie bringen sicher eine hübsche Summe. Genau wie du, wenn du dich benimmst.«

»Laß uns sehen, was sie haben, Käpten!« rief jemand.

Andere schlossen sich dem Ruf an. Trevor sah einen Augenblick verunsichert drein, doch die Mannschaft schien das Ritual zu kennen, denn jetzt lachten alle und bildeten einen weiten Kreis. »Was soll ich tun?« fragte er in die Runde. »Also schön. Du da«, er wandte sich an Chaka, »zeig uns, was du kannst.«

Chaka machte einen raschen Schritt auf ihn zu, doch er war erstaunlich schnell für einen Mann, der so unförmig wirkte. Er packte sie am Handgelenk, verdrehte es gewaltsam und zwang sie in die Knie. »Die hier hat es in sich, Jungs!« rief er. »Ich mag Frauen, die sich nicht drängen lassen.« Er gab einem seiner Leute im Hintergrund einen Wink. Quait wurde an den Händen gepackt. Sie bogen ihm die Arme auf den Rücken, banden ihn und zerrten ihn an die Reling. »Wie du willst, Hexe«, sagte Trevor.«

Er riß Chaka an den Haaren zu sich hoch und drehte sie zu Quait.

»Nein!« kreischte sie. »Was wollen Sie von mir?«

Ringsum ertönte Gelächter. »Ich bin sicher, das kannst du dir denken«, sagte Trevor. »Stimmt's, Jungs?«

Avila trat vor und sah auf Trevor hinab. »Meister Trevor«, sagte sie, »meine Gefährtin hat Angst. Sie ist noch *jung*. Warum lassen Sie *mich* nicht Ihre Männer ein wenig aufwärmen?«

Trevor zögerte, und Avila legte einen Finger auf seine Brust und flüsterte ihm etwas zu. Die Männer lachten, und der Kapitän nickte. Zu Quaits Erleichterung hoben die Piraten ihn von der Reling herunter, doch seine Hände blieben auf dem Rücken gefesselt.

Ein paar Matrosen waren auf das Floß gesprungen und hatten das Gepäck an Bord verfrachtet. Ein Stück fiel ins Wasser. Als sie schließlich fertig waren, kletterten sie auf das Schiff zurück und schnitten das Floß los.

Der Schiffsführer stand mit dem Rücken zum Bug. Quait zählte vierzehn weitere: Zehn bildeten einen Kreis um ihn und seine Gefährten, zwei wachten hinter ihm und Flojian, einer stand am Ruder, und einer stand auf der Kabine des Kapitäns am Mast (von wo er einen guten Überblick über die Geschehnisse hatte). Alle Piraten waren mit Gewehren ausgerüstet.

Avila lachte und scherzte mit den Männern, warf ihnen vielversprechende Blicke zu und lockte sie mit Körper und Augen.

Flojian war blaß geworden. Quait erholte sich allmählich von dem Schreck, der ihn angesichts der Drohung übermannt hatte, über Bord geworfen zu werden. Er war schockiert, als er Avila sah.

Wo hatte sie das gelernt?

Die Männer grölten.

Vor einem dreihundert Pfund schweren Bullen in einer schwarzen Weste und Pumphosen blieb sie stehen und reckte sich lasziv.

Begeisterte Rufe.

Flojian wollte sich losreißen und wurde niedergeknüppelt. Der Mann, der den Schläger geschwungen hatte, war klein, rattengesichtig und stank. Er hob seinen Schläger erneut und stand im Begriff, Flojian ins Gesicht zu schlagen, als Quait sich nach vorn warf und den Schlag mit der Schulter abfing. Beide wurden wieder auf die Beine gezerrt.

Flojian sah benommen aus.

Avilas Finger bewegten sich jetzt über ihre Brust. Sie öffnete die Klammern ihrer Jacke, und ihre Zuschauer drängten sie zum Weitermachen. Mit einer übertriebenen Bewegung streifte sie das Kleidungsstück ab, hielt es

Kapitel 21

Flojian wollte alle umbringen.

Auch Quait war überzeugt, daß jede Rechtfertigung dazu bestand. Doch er brachte es nicht über sich, zwölf hilflose Männer zu exekutieren. (Zwei waren an Schußwunden gestorben, einschließlich des Kapitäns, und der eine, den Chaka über Bord gestoßen hatte, blieb verschwunden.) Chaka war entsetzt über das Vorhaben der beiden und sagte es auch. Sie wies darauf hin, daß Avila so etwas niemals zugelassen hätte, und Flojian gab zögernd nach.

Am Ende begnügten sie sich mit einer mehr symbolischen Rache.

Die Matrosen des Schiffes wurden gezwungen, sämtliche Kanonen über Bord zu werfen. Anschließend strich Flojian ihre Fahne ein und verstaute sie in ihrem Gepäck. Die *Friedenfertige* wurde am Ufer auf Grund gesteuert, das Ruder abmontiert, und dann steckten sie das Schiff in Brand.

Eine Viertel Meile flußabwärts entdeckten sie Shays vertraute Markierungen. Sie fanden sechs ihrer Pferde wieder, einschließlich Bali, Leichtfuß, Piper, und – zu ihrer aller Überraschung – Mista. Sie luden das Ruder der Friedfertigen auf den Hengst. Die Mannschaft wurde gefesselt am Ufer zurückgelassen. Beim Wegreiten warf Flojian ihnen ein stumpfes Messer hin.

Am Nachmittag erreichten sie ein Gewässer, das sich bis zum Horizont erstreckte. Aus Reisigbündeln errichteten sie einen Scheiterhaufen für Avila und gaben ihr als Teil der Zeremonie das Ruder und die Flagge der *Friedfertigen* mit auf die Reise. Jeder sprach ein paar Worte über die zahlreichen wunderbaren Eigenschaften, die Avila Kap besessen hatte, und daß ihr Weg durch dieses Leben ein Segen für alle anderen Menschen gewesen war. Sie tranken Seewasser auf Avilas Wohl und sprachen über ihre Freude, daß Avila jetzt ihre Belohnung erhalten und frei sein würde von den Sorgen und Nöten dieser Ebene der Existenz. Diesmal jedoch kam die vorgetäuschte Freude aus dem Gefühl, daß ein erfülltes und geschätztes Leben zu Ende gegangen war. Chaka schluchzte hemmungslos, und der Schmerz in Flojians Augen brannte sich unvergeßlich in Quaits Erinnerung.

Als die Sonne den westlichen Rand der Welt berührte, senkte Chaka ihre Fackel in das Reisig. Die Flammen loderten rasch auf, leckten über Zweige und Äste, und bald war Avilas Leichnam von Feuer umgeben.

»Was mir am meisten Angst bereitet«, sagte Flojian, während er in das Inferno starrte, »ist der Gedanke, daß sie ihre Eide gebrochen hat. Und jetzt steht sie vor der Göttin, die sie herausgefordert hat.« Seine Stimme brach, und erneut kamen ihm die Tränen.

»Ich denke, deswegen brauchst du dich nicht zu sorgen«, sagte Chaka. »Die Götter sind freundlicher und verständnisvoller, als wir glauben. Shanta hat Avila sicher genauso geliebt wie wir.«

Quait rüttelte sie wach. »Ein Sturm zieht auf«, sagte er. »Sieht aus, als würde er ziemlich heftig.« Der Himmel im Westen war von lautlosen Blitzen erhellt. Chaka roch den herannahenden Regen. »Eine halbe Meile südlich war eine Höhle«, fuhr Quait fort. »Wir reiten zurück und warten dort, bis alles vorbei ist.«

Flojian war wach. Wahrscheinlich hatte er noch gar nicht geschlafen.

Sie beluden die Pferde und ritten hintereinander los, Quait an der Spitze, Chaka in der Mitte, und Flojian bildete den Abschluß. Sie kamen durch einen kühlen grünen Wald, überquerten ein Rinnsal und erklommen eine Böschung.

Chaka lenkte ihr Pferd neben das von Quait und senkte die Stimme. »Vielleicht sollten wir aufgeben«, sagte sie. »Es ist Zeit. Laß uns umkehren und nach Hause zurückgehen, so lange wir noch können. Bevor noch einer von uns sterben muß.«

Der Donner wurde lauter.

»Wenn wir jetzt aufgeben«, sagte Quait, »dann war alles umsonst.« Er streckte die Hand aus und nahm ihren Arm. »Ich glaube, daß wir jetzt eine Verpflichtung haben, die Expedition zu Ende zu bringen. Was auch immer es kostet. Aber das ändert nichts. Falls du beschließt umzukehren, komme ich mit dir.«

»Und was ist mit Flojian?«

»Er ist ein gebrochener Mann. Ich glaube nicht, daß ihn noch interessiert, was wir tun.«

»Was können wir finden, das einen solchen Preis wert ist?« fragte Chaka.

Aus der Dunkelheit näherte sich eine Regenwand. Sie zog über die drei Gefährten hinweg und nahm ihnen fast den Atem.

»Es ist nicht mehr weit«, sagte Quait.

Chaka kam zu einer Entscheidung. Sie wollte kein weiteres Blut mehr an ihren Händen. Am folgenden Tag würden sie umkehren.

Der Regen trommelte auf den weichen Boden und raschelte in den Bäumen.

Sie ritten mit angestrengter Konzentration zwischen Betonbrocken und versteinerten Balken und korrodiertem Metall hindurch. Die Trümmer waren im Verlauf der Jahrhunderte runder geworden. Erde und Gras hatten die Kanten erklommen, waren darübergewachsen und hatten die scharfen Grate absorbiert. Irgendwann, so dachte Chaka, würde nichts mehr übrig sein. Besucher und Reisende würden auf den Ruinen stehen, ohne auch nur von ihrer Existenz zu ahnen.

Quait hatte seinen Hut tief in die Stirn gezogen und saß vornübergebeugt im Sattel. Er stützte die rechte Hand auf die Flanke seines Pferdes Leichtfuß, und er sah müde und resigniert aus. Zum ersten Mal wurde Chaka bewußt, daß auch Quait aufgegeben hatte.

Er wartete nur darauf, daß jemand das Wort aussprach und die Verantwortung übernahm, den Fehlschlag einzugestehen.

Die Böschung endete unvermittelt. Auf der anderen Seite ging es genauso steil hinunter, und dann bogen sie in einen schmalen Hohlweg ein, der von Trümmern gesäumt war.

»Alles in Ordnung?« wandte sich Quait an Flojian. Er mußte beinahe schreien, um das Tosen des Sturms zu übertönen.

»Sicher«, antwortete Flojian. »Könnte nicht besser sein.«

Die Höhle war eine breites, dunkles Loch in einer Felswand, umrahmt von Kalkstein und halb unter Farnen versteckt. Sie hielten eine Lampe hinein, doch das Ende lag unsichtbar in der Finsternis.

»Reichlich Platz«, sagte Chaka und führte die letzten Pferde hinein. Sie war von oben bis unten durchnäßt. »Schade nur, daß wir kein trockenes Holz haben.«

»Aha«, sagte Quait. »Unterschätze nie den Meister.« Im Innern der Höhle hatte jemand einen Stapel abgestorbener Äste zusammengetragen. »Ich habe mir die Freiheit genommen, als ich am Nachmittag die Höhle entdeckte.«

Flojian und Chaka versorgten die Tiere, und Quait zündete ein Feuer an und setzte Tee auf. Anschließend wechselten sie in trockene Kleidung. Lange Zeit redete niemand ein Wort. Quait saß warm und trocken, in eine Decke gehüllt, und starrte ins Feuer. Es war alles, was er sich im Augenblick wünschte.

»Danke«, sagte Flojian nach einer Weile.

Chaka verstand. Sie umarmte ihn und drückte ihre Wange an die seine. Er war kalt. »Schon gut«, sagte sie.

Später zog sie das Journal hervor und schrieb alles nieder. Sie skizzierte die Stelle, wo sie Avila eingeäschert hatten. Chaka wußte, daß sie eines Tages zu dieser Stelle zurückkehren würde – falls sie je lebend nach Hause käme.

Es war nicht zu erkennen, welchen Zweck die Höhle einmal erfüllt hatte. Sie war ganz sicher nicht natürlichen Ursprungs. Die Wände waren gekachelt. Die Farbe war längst ausgewaschen. Grau und fleckig klebten sie an den Wänden und gingen in eine gerundete hohe Decke über. Ein Muster aus bunten Linien schmückte die

Wände. Die Höhle war breit, viel breiter als die Ratshalle daheim, in der hundert Menschen Platz finden konnten, und sie führte tief in den Berg hinein. Möglicherweise sogar viele Meilen.

Donner brachte die Wände zum Beben, und sie lauschten dem stetigen Prasseln des Regens.

Quait hatte gerade den Topf vom Feuer genommen und schenkte den anderen Tee aus, als ein Blitz direkt über ihren Köpfen einschlug. In gespielter Ergebenheit gegenüber dem Gott des Sturms hob er die Tasse zur Decke. »Vielleicht hast du recht«, sagte er. »Vielleicht sollten wir die Warnung ernst nehmen.«

Der Blitz war in einen korrodierten T-Träger eingeschlagen, ein unförmiges Stück Metall, das neben dem Höhleneingang aus der Felswand ragte. Der größte Teil der elektrischen Energie verschwand im Gestein, doch ein Teil sprang auf ein einzelnes vergrabenes Kabel über, folgte der Leitung bis hin zu einer Verteilerdose, floß von dort aus durch eine Reihe von Schaltkreisen und setzte mehrere alte Relais unter Strom. Eines dieser Relais leitete Energie in ein lange abgeschaltetes Reservesystem, ein zweites aktivierte eine Reihe von Sensoren in der Höhle, die augenblicklich sämtliche Geräusche überwachten. Und ein drittes Relais legte – nach einer angemessenen Verzögerungszeit – einen uralten Schalter um und aktivierte das einzige Programm, das all die Jahrhunderte überlebt hatte.

Der Schlaf wollte sich nicht einstellen. Chaka beobachtete, wie Flojian wegdämmerte. Quait saß noch lange Zeit da, kaute Beeren und Biskuits, trank Tee und redete über belanglose Dinge. Daß ihn diese Expedition an das Leben beim Militär erinnerte, aber daß der Tod hier unerwartet kam. Wie kalt es in diesem Teil der Welt war. (»Ich weiß, daß wir nach Norden gereist sind, aber wir haben jetzt Mitte April. Wann wird es endlich warm?«) Wie effektiv die Keilwaffe gewesen war. Er hatte seine eigene aus dem Gepäck genommen und wollte sich nicht wieder ohne überraschen lassen. Und dann, ganz unvermittelt, als wollte er, daß die Frage offiziell beantwortet würde: »Glaubst du wirklich, daß wir umkehren sollten?«

»Ja.«

»Morgen schon?«

»Ja. Solange wir unser Floß noch wiederfinden können.«

»Damit wäre es also beschlossene Sache. In Ordnung. Ich glaube nicht, daß irgend jemand uns den Vorwurf machen kann, wir hätten es nicht versucht. Wir werden Flojian morgen früh den Vorschlag unterbreiten und ihm Gelegenheit geben, darüber zu diskutieren, falls er das möchte.«

»Das glaube ich nicht.«

Das Feuer brannte nieder, und sie hörte Flojians leichtes Schnarchen. »Wir haben keinen Grund zu der Annahme, daß wir bisher auch nur in die Nähe von Haven gekommen sind«, sagte sie. Das Gewitter zog langsam weiter. Das stetige Prasseln des Regens wurde schwächer und versiegte nach einer Weile ganz.

»Du hast recht, Chaka«, sagte Quait. Es war seine letzte Bemerkung für den Abend.

Er hatte zwanzig Pfund Gewicht verloren, seit sie zwei Monate zuvor von Illyrien aufgebrochen waren. Er war sichtlich gealtert, und die gutgelaunte Nonchalance, von der sie sich in den ersten Tagen so angezogen gefühlt hatte, war verschwunden. Er war nüchtern und sachlich geworden, und sonst nichts mehr. Auch Chaka hatte sich verändert. Die Chaka Milana, die an diesem Abend beim Feuer lag, wäre gewiß niemals leichtsinnig zu einem derart gefährlichen Abenteuer aufgebrochen.

Sie bemühte sich, gegen die aufkommende Verzweiflung anzukämpfen, und machte sich unter ihren Decken ganz klein. Wasser tröpfelte von den Bäumen. Ein Scheit zerbrach, und Funken stoben vom Feuer auf. Chaka schlief ein.

Sie wußte nicht genau, was sie geweckt hatte, doch mit einem Mal war sie hellwach und alarmiert.

Jemand stand eingerahmt vom Mondlicht am Ausgang der Höhle und sah nach draußen. Feuerschein spielte über seinen Rücken.

Chaka sah zur Seite. Quait lag neben ihr, und seine Brust hob und senkte sich regelmäßig. Flojian lag auf der anderen Seite.

Chaka hatte auf ihrer Satteltasche geschlafen. Ohne sichtbare Bewegung zog sie ihre Pistole hervor. Selbst nach den gestrigen Ereignissen neigte sie dazu, Kugeln mehr zu vertrauen als den Keilen der Straßenbauer.

Die Gestalt gehörte einem Mann. Er war ein wenig beleibt um die Körpermitte und trug merkwürdige Kleidung: eine dunkle Jacke mit dazu passender Hose und einen runden Hut mit schmaler Krempe, und in einer Hand hielt er einen Spazierstock. In der Nähe seines Mundes war ein roter Lichtschein, der abwechselnd heller und dunkler wurde, und Chaka bemerkte einen aromatischen Gestank wie von glimmendem Kraut.

»Keine Bewegung«, sagte sie leise und erhob sich hinter dem Fremden. »Ich habe eine Pistole auf Sie gerichtet.«

Der Mann drehte sich um, betrachtete Chaka neugierig und stieß eine Rauchwolke aus. Er *rauchte* tatsächlich irgendein Kraut. Und der Geruch war widerwärtig. »So, haben Sie«, sagte er. »Ich hoffe, Sie wollen keinen Gebrauch davon machen.«

Er schien nicht sonderlich beeindruckt. »Ich meine es ernst«, sagte Chaka.

»Das tut mir leid«, antwortete der Fremde. Er lächelte. »Ich wollte Sie nicht wecken.«

Unter der Jacke trug er ein weißes Hemd und eine dunkle Weste, und um den Hals hatte er ein dunkelblaues, mit weißen Tupfen gesprenkeltes Band geschlungen, das über seinem Kehlkopf kunstvoll verknotet war. Die Haare des Fremden waren weiß, und seine Gesichtszüge wirkten mürrisch, beinahe feindselig. Er hatte etwas von einer Bulldogge an sich. Er trat ein paar Schritte auf Chaka zu und zog den Hut. Er sprach mit einem eigenartigen Akzent.

»Was haben Sie hier zu suchen?« fragte Chaka. »Und wer sind Sie?«

»Ich lebe hier, junge Frau.«

»Wo?« Sie sah sich in der Höhle um und betrachtete die kahlen Wände, die sich im flackernden Licht des Lagerfeuers zu bewegen schienen.

»Hier.« Er hob die Arme, deutete auf die Höhle und trat einen weiteren Schritt vor.

Sie hob die Pistole und zielte auf seine Brust. »Das ist weit genug«, sagte sie. »Glauben Sie nicht, ich würde zögern.«

»Bestimmt würden Sie das nicht, junge Frau.« Sein ernster Gesichtsausdruck wich einem freundlichen Lächeln. »Aber ich bedeute wirklich keine Gefahr für Sie.«

Sie warf einen gehetzten Blick nach hinten. In den dunklen Tiefen der Höhle rührte sich nichts. »Sind sie allein?« fragte sie.

»Inzwischen ja. Früher war noch Nelson da. Und Lincoln. Außerdem ein amerikanischer Sänger und Gitarrenspieler, wenn ich mich recht erinnere. Genaugenommen waren wir ziemlich viele.«

Chaka gefiel die Richtung nicht, die ihre Unterhaltung eingeschlagen hatte. Es klang ganz danach, als versuchte er, sie abzulenken. »Falls Sie irgendeine Überraschung im Sinn haben«, sagte sie, »die erste Kugel gilt Ihnen.«

»Es ist schön, endlich wieder einmal Besuch zu empfangen«, sagte der Fremde. »Die letzten Male, als ich aufgestanden und nach draußen gegangen bin, war das Gebäude stets leer.«

»Tatsächlich?« Von welchem Gebäude redete der Bursche nur?

»O ja. Früher zogen wir gewaltige Massen an. Aber die Bänke und die Galerie sind verschwunden.« Er blickte sich mit ernsten Augen um. »Ich frage mich, was geschehen sein mag.«

»Wie heißen Sie?« erkundigte sich Chaka.

Er sah verwirrt aus, fast erschrocken. »Das wissen Sie nicht?« Er stützte sich auf seinen Spazierstock und betrachtete sie angestrengt. »Dann glaube ich, daß unsere Unterhaltung nicht viel Sinn macht.« Seine Stimme klang voll und dunkel, und seine Aussprache hatte ein Rollen an sich.

»Woher soll ich das wissen? Wir sind uns nie begegnet.« Sie wartete auf eine Antwort. Als keine kam, fuhr sie fort: »Ich bin Chaka Milana aus Illyrien.«

Der Fremde verbeugte sich leicht. »Unter diesen Umständen sollten Sie mich vielleicht Winston nennen. Aus Chartwell.« Er grinste verschmitzt und zog die Jacke enger. »Es ist zugig hier. Warum gehen wir nicht zum Feuer, Chaka aus Illyrien?«

Wäre er feindlich gesinnt gewesen, hätte er Chaka und ihre Freunde längst töten können. Sie senkte die Waffe und schob sie in den Gürtel zurück. »Ich bin überrascht, Sie hier zu finden«, sagte sie. »Das soll keine Beleidigung sein, aber dieser Ort sieht aus, als sei er schon vor langer Zeit verlassen worden.«

»Ja, das tut er, in der Tat.«

Chaka starrte zu Quait, der wie ein Toter schlief. Er hätte nichts ausrichten können, wenn Tuks durch die Nacht herangeschlichen wären. Sie hatten sich in der Höhle so sicher gefühlt, daß sie nicht einmal eine Wache aufgestellt hatten. »Wo hatten Sie sich versteckt?« wollte Chaka von Winston wissen.

»Verzeihung?«

»*Wir* sind schon ein paar Stunden hier. Wo waren Sie während dieser Zeit?«

Er blickte sie unsicher an. »Ich komme und gehe«, sagte er schließlich. Ungelenk nahm er Platz und streckte die Hände über das Feuer. »Ah. Das tut gut.«

»Es ist kalt.«

»Sie haben nicht zufällig etwas Brandy bei sich?«

Was war das nun schon wieder? *Brandy*? »Nein«, sagte sie. »Haben wir nicht.«

»Eine Schande. Brandy ist gut für meine alten Knochen.« Er zuckte die Schultern und blickte sich um. »Merkwürdig«, sagte er. »Hier scheint alles ziemlich vor die Hunde gegangen zu sein, wie die Amerikaner zu sagen pflegen. Wissen Sie vielleicht, was hier geschehen ist?«

»Nein.« Chaka hatte nicht einmal die Frage verstanden. »Ich habe keine Ahnung.«

Winston legte seinen Hut auf den Schoß. »Ja. Wir scheinen ganz allein zu sein«, sagte er. Irgendwie erhielt die allgemeine Trostlosigkeit noch mehr Bedeutung dadurch, daß er sie bemerkt hatte. »Ich bedaure gestehen zu müssen, daß ich noch nie von Illyrien gehört habe. Darf ich fragen, wo dieses Illyrien liegt?«

»Zwei Monate in südwestlicher Richtung. Im Tal des Mississippi.«

»Ich verstehe.« Sein Ton ließ eindeutig erkennen, daß er keineswegs verstand. »Nun ja, wenigstens weiß ich nun, wo der Mississippi liegt.« Er lachte, als hätte er eine lustige Bemerkung gemacht.

»Und Sie kennen Illyrien wirklich nicht?«

Er sah ihr in die Augen. »Ich fürchte, ich kenne eine ganze Menge nicht.« Seine Stimmung schien sich wieder zu verfinstern. »Sind Sie und Ihre Freunde auf dem Weg nach Hause?« fragte er.

»Nein«, antwortete Chaka. »Wir suchen Haven.«

»Haven?« Er blinzelte. »Wo um alles in der Welt soll denn das sein?«

»Das wissen wir nicht, Winston.«

»Nun, dann schätze ich, Sie werden ziemlich lange danach suchen müssen. Einstweilen können Sie natürlich gerne hier bleiben. Obwohl ich glaube, es ist nicht besonders komfortabel.«

»Nein, ist es nicht. Aber danke sehr. Sie kennen nicht rein zufällig Haven?«

Winston sah sie an, und auf seiner Stirn erschienen tiefe Falten. In seinen Augen leuchtete ein brütendes Feuer.

»Liegt es vielleicht in der Nähe von Toronto?«

Chaka blickte zu Quait hinüber und überlegte, ob sie ihn vielleicht wecken sollte. »Ich weiß es nicht«, gestand sie. »Wo liegt dieses Toronto?«

Ihre Frage entlockte Winston ein breites Grinsen.

»Nun«, sagte er, »mir scheint, einer von uns beiden hat sich gründlich verirrt. Ich frage mich nur wer?«

Sie bemerkte das Blitzen in seinen Augen und erwiderte sein Grinsen. Sie hatten sich *beide* verirrt.

»Wo liegt Toronto«, fragte sie erneut.

»Dreihundert Kilometer nordöstlich von hier. Fahren Sie einfach über den Highway 401.«

»*Highway 401*? Sie meinen eine der Straßenbauerstraßen? Hier gibt es weit und breit keine Straße. Wenigstens keine, die *mir* aufgefallen wäre.«

Die Zigarette in Winstons Mund glimmte auf und wurde wieder dunkel. »Meine Güte«, sagte er. »Es muß wirklich ziemlich lange her sein.«

Sie zog die Knie an und schlang die Arme um die Beine. »Winston, ich muß gestehen, daß ich nicht viel von unserer Unterhaltung verstehe.«

»Genausowenig wie ich.« Er sah ihr tief in die Augen. »Was ist dieses *Haven*?«

Seine Unkenntnis erschreckte sie nicht. Schließlich hatte Mike auch nichts davon gewußt. »Haven war die Heimat von Abraham Polk«, erwiderte sie hoffnungsvoll.

Winston schüttelte den Kopf. »Versuchen Sie's noch mal«, sagte er.

»Polk lebte gegen Ende des Straßenbauerzeitalters. Er wußte, daß die Welt untergehen und daß die Städte sterben würden. Er rettete, was zu retten war. Die Schätze. Das Wissen. Die Geschichte. Alles. Und er brachte alles zu einer Festung mit einem unterseeischen Eingang.«

»Ein unterseeischer Eingang, soso« sagte Winston. »Das muß ziemlich weit von hier sein. Und wie wollen Sie in diese Festung gelangen?«

»Ich glaube nicht, daß wir so weit kommen«, erwiderte Chaka. »Wir stehen nämlich im Begriff aufzugeben und nach Hause zurückzukehren.«

Winston nickte. »Das Feuer erlischt bald«, sagte er.

Sie stocherte in der Glut und legte Holz nach. »Niemand weiß, ob Polk überhaupt jemals gelebt hat. Vielleicht ist er nichts als eine Legende.«

Blitze erhellten den Eingang der Höhle. Sekunden später donnerte es. »Haven erinnert mich ein wenig an Camelot«, sagte er.

Camelot? Also hatte Winston den *Yankee aus Connecticut* gelesen!

»Aus Ihren Worten schließe ich, daß die Welt dort draußen zerstört wurde«, fuhr er fort, nachdem er an seinem glühenden Stäbchen gezogen hatte.

»O nein. Nur die Städte sind zerstört. Die Welt ist noch immer da.«

»Aber es gibt Ruinen?«

»Ja.«

»Ausgedehnt?«

»Sie stehen in den Wäldern, verstopfen die Flüsse, liegen in Untiefen am Meer. Ja, man könnte sagen, sie sind ausgedehnt. Und einige sind sogar noch aktiv, auf irgendeine geheimnisvolle Art und Weise. So wie diese hier.«

»Was wissen Sie über die Briten?«

Chaka zuckte die Schultern. »Ich habe noch nie von den Briten gehört, Sir.«

»Nun, das wird die Amerikaner wahrscheinlich freuen. Und Sie sagen, alles wäre in Haven in Sicherheit?«

»Ja.«

»Und diesem Haven wollen Sie den Rücken kehren.«

»Wir sind erschöpft, Winston.« Sie war zwischenzeitlich zu dem Schluß gekommen, daß Winston irgendwie mit Mike und dem oder den merkwürdigen Wesen in der Bank verwandt war. Er war real, aber er war bestimmt kein Mensch. Er sah aus wie ein Mensch, aber er redete wie jemand aus der Vergangenheit. Allmählich entwickelte sie ein Gespür dafür.

»Ihr Mangel an Neugier, Chaka, erweckt in mir atemloses Staunen.«

Verdammt. »Sehen Sie, für Sie mag es einfach sein, mit dem Finger auf uns zu zeigen. Sie haben ja keine Vorstellung von dem, was wir durchgemacht haben. Nicht die leiseste. Drei von uns sind unterwegs gestorben.«

Winston blickte sie fest an. »Drei Tote? Das tut mir leid. Doch der Preis klingt in meinen Ohren, als könnte er jedes Opfer rechtfertigen.«

»Das *tut* er auch. Aber wir sind nur noch zu dritt!«

»Chaka, die Geschichte wurde noch nie von großen Massen geschrieben. Genausowenig von den Vorsichtigen und den Zauderern. Schon immer war es der einsame Kapitän, der den Kurs bestimmt hat.«

»Es ist vorbei. Wir haben wahrscheinlich Glück, wenn wir lebend nach Hause zurückkehren.«

»Das mag stimmen. Ganz sicher werden Sie großen Gefahren gegenüberstehen, wenn Sie Ihr Ziel weiter verfolgen. Doch Sie müssen ganz allein entscheiden, ob der Preis, der am Ende winkt, das Risiko wert ist oder nicht.«

»Das werden wir. Meine Partner und ich.« Allmählich wurde sie wütend. »Wir haben genug getan! Es wäre unvernünftig, jetzt nicht aufzugeben!«

»Der Wert der Vernunft wird häufig überschätzt, Chaka. Es wäre durchaus vernünftig gewesen, Hitlers Vorschläge von 1940 zu akzeptieren.«

»Was?«

Winston winkte ab. »Das spielt jetzt alles keine Rolle mehr. Aber eins lassen Sie sich gesagt sein: Vernunft, in einer Situation, wo man unter Druck steht, führt in der Regel zu Besonnenheit, wo Kühnheit verlangt ist.«

»Wir sind keine Feiglinge, Winston.«

»Ich bin ganz sicher, daß Sie keine Feiglinge sind, Chaka von Illyrien. Sonst wären Sie gar nicht so weit gekommen.« Er biß auf sein Glühstäbchen. Eine blaue Wolke von Dunst trieb auf sie zu. Der Qualm brannte in ihren Augen, und sie wich zurück.

»Sind Sie ein Geist?« fragte Chaka unvermittelt. Die Frage erschien ihr nicht im geringsten dumm.

»Vermutlich bin ich das, ja. Ich bin etwas, das von der zurückweichenden Flut vergessen wurde.« Das Feuer spiegelte sich in seinen Augen. »Ich frage mich, ob ein Ereignis jegliche Bedeutung verliert, wenn niemand mehr lebt, um sich daran zu erinnern. Quasi, als wäre es niemals eingetreten, wenn Sie verstehen?«

Flojian rührte sich im Schlaf, ohne jedoch aufzuwachen.

»Ich weiß nicht. Ich verstehe nicht«, sagte Chaka.

Lange Zeit schwiegen beide.

Winston erhob sich. »Ich fühle mich nicht wohl hier«, sagte er.

Sie meinte zuerst, er wolle Mißvergnügen an ihrem Verhalten ausdrücken.

»Der Boden ist hart für einen alten Mann wie mich. Und Sie haben selbstverständlich recht: Sie und Ihre Begleiter entscheiden allein, ob Sie weiter suchen oder nicht. Dieses Camelot war ein Niemandsland. Es hat nie existiert. Sein einziger Wert lag darin, daß die Menschen bestimmte Werte und Ideale damit verbanden. Vielleicht trifft das gleiche auch auf Ihr Haven zu. Vielleicht haben Sie ganz recht, wenn Sie umkehren.«

»Nein!« widersprach Chaka heftig. »Haven existiert!«

»Sucht noch jemand anderes außer Ihnen danach?«

»Kein Mensch auf der Welt. Unsere Expedition ist schon die zweite, die fehlschlägt. Ich glaube nicht, daß es eine dritte geben wird.«

»Dann lassen Sie Haven in Frieden ruhen, Chaka von Illyrien. Lassen Sie es mitsamt Ihren gefallenen Kameraden ruhen.«

Sie wich vor ihm zurück. »Warum tun Sie das?« fragte sie. »Warum kümmert es Sie überhaupt?«

»Warum haben Sie diese weite Reise unternommen?«

»Mein Bruder war bei der ersten Expedition. Ich wollte herausfinden, was ihm zugestoßen ist.«

»Und die anderen?«

»Quait? Er ist ein Gelehrter. Wie Silas einer war.« Sie atmete tief durch. »Silas starb unterwegs. Flojian kam mit uns, weil der Ruf seines Vaters durch die erste Expedition ruiniert wurde.«

Winston blickte sie aus nachdenklichen Augen an. »Wenn das die Gründe sind, aus denen Sie nach Haven suchen, mein Kind, dann rate ich Ihnen dringend zur Umkehr. Schreiben Sie Ihre Verluste ab und stecken Sie ihr Geld in ein Grundstück und Hausbesitz.«

»Wie bitte?«

»Andererseits wage ich zu behaupten, daß das nicht die Gründe sind, die Sie veranlaßt haben, so viel aufs Spiel zu setzen. Und daß Sie nur deswegen an Umkehr denken, weil Sie die wahren Gründe vergessen haben.«

»Das ist nicht wahr!« begehrte Chaka auf.

»Selbstverständlich ist es wahr. Soll ich Ihnen verraten, warum Sie die Mühe auf sich genommen haben, in eine unbekannte Welt zu reisen in der Hoffnung, einen Ort zu finden, der vielleicht nur in der Mythologie existiert?« Plötzlich wurde er blaß, fast *unscharf*. »Haven hat überhaupt nichts mit verlorenen Brüdern oder Gelehrten oder mit einer Reputation zu tun. Wenn Sie nach Haven kämen, würden sie all seine Geheimnisse erkennen, würden alles in Besitz nehmen ... vorausgesetzt, Sie kämen damit bis nach Hause zurück. Aber Sie hätten auch etwas erreicht, was sehr viel wichtiger ist als alles das zusammen, und ich bin überzeugt, daß Sie genau wissen, was ich meine. Sie würden herausgefunden haben, wer Sie wirklich sind. Sie würden erfahren, daß Sie eine Tochter derer sind, die die Akropolis erschufen, die Hamlet geschrieben haben und die Monde des Neptun besuchten. Kennen Sie den Neptun?«

»Nein«, sagte Chaka. »Ich glaube nicht.«

»Dann haben wir tatsächlich alles verloren, Chaka. Aber Sie, Sie können es zurückholen. Wenn Sie willens sind, es zu nehmen. Und wenn nicht Sie, dann jemand anderes, aber bei Gott, ich sage Ihnen, es ist jeden Preis wert.« Seine Stimme bebte, und er schien den Tränen nah.

Und dann verschwand er ganz plötzlich und war nicht mehr zu sehen.

»Winston?« fragte Chaka erschrocken. »Wo sind Sie? Ich kann Sie nicht sehen! Sind Sie noch da?«

»Ich bin da, Chaka. Das System ist sehr alt, und es kann keine Energie mehr speichern.«

Sie sah durch ihn *hindurch*. »Sie sind tatsächlich ein Geist«, sagte sie.

»Möglicherweise werden Sie Ihr Ziel nicht erreichen,

Chaka. Nichts ist sicher, Chaka, außer Blut, Schweiß und Tränen. Aber haben Sie Mut! Geben Sie nicht auf, unter keinen Umständen!«

Sie starrte ihn an.

»Und verzweifeln Sie nicht!«

Plötzlich durchlief sie ein Frösteln, ein Gefühl, als wäre sie schon einmal an diesem Ort gewesen, als hätte sie diesen Mann bereits in einem früheren Leben gekannt. »Sie kommen mir bekannt vor, Winston. Habe ich möglicherweise schon einmal ein Bild von Ihnen gesehen?«

»Ich bin sicher, das ist unmöglich.«

»Vielleicht waren es Ihre Worte. Sie klingen wie etwas, das ich schon einmal gehört habe.«

Er blickte sie direkt an. »Möglich. Es sind sehr alte Worte.« Durch seine Silhouette hindurch erkannte sie den Höhlenausgang und ein paar Sterne am Himmel. »Behalten Sie im Gedächtnis, Chaka, was auch immer geschieht: Wenn Sie weitermachen, werden Sie zu einer erwählten Gesellschaft gehören. Zu einer stolzen Familie von Brüdern und Schwestern. Sie werden niemals wieder allein sein.«

Während sie hinsah, verblaßte Winston immer weiter, bis nur noch das Glimmen seines Stäbchens zu sehen war.

»Es ist Ihr eigenes, wahres Selbst, nach dem Sie suchen.«

»Sie setzen sehr viel voraus, Winston.«

»Ich kenne Sie, Chaka.« Inzwischen war nichts mehr von Winston zu sehen, und nur seine Stimme blieb. »Ich weiß, wer Sie sind. Und Sie werden es ebenfalls erfahren, Chaka Milana aus Illyrien.«

»Winston? War das sein Vorname oder sein Nachname?« fragte Quait, während sie die Pferde sattelten.

»Jetzt, wo du es erwähnst – ich weiß es wirklich nicht«, antwortete sie. Sie runzelte die Stirn. »Ich bin nicht einmal sicher, ob er real war oder nicht. Er hinterließ keinerlei Fußabdrücke. Keine Spuren.«

Flojian starrte nach Osten, zur aufgehenden Sonne. Der Himmel war wolkenlos.

»So ist das in diesen Gebäuden«, sagte er. »Manchmal ist alles Illusion, manchmal ist es etwas anderes. Ich wünschte nur, du hättest uns geweckt.«

Sie stieg in den Sattel und tätschelte Pipers Hals. »Hat einer von euch schon mal was von einem Neptun gehört?« fragte sie.

Sie schüttelten die Köpfe.

»Vielleicht«, sagte sie, »suchen wir als nächstes danach.«

Kapitel 22

Nach der Begegnung in der Höhle entwickelte Chaka eine Neigung, alle Ruinen zu untersuchen, die auf irgendeine Weise ihr Interesse erregten. Vielleicht betrachtete sie die Expedition als Folge der Unterredung mit Winston nun mit anderen Augen. Das Ziel (und mit ihm Erfolg oder Mißerfolg) ihrer Unternehmung bestand nicht mehr ausschließlich darin, herauszufinden, was aus ihrem Bruder Arin und den anderen Mitgliedern der ersten Expedition geworden war, oder in der Entdeckung der mythischen Festung am Ende aller Straßen. In gewisser Hinsicht war ihr Treck nun auch zu einer Reise durch die Zeiten geworden, einem Streifzug durch eine Vergangenheit, die sich der Erinnerung entzogen hatte. Sie hatten bereits Wunder gesehen, die alles übertrafen, was Chaka bis dahin für möglich gehalten hatte. Was mochte sonst noch in der stillen, menschenleeren Landschaft auf sie warten?

»Ich glaube, es ist eine fliegende Maschine«, sagte Flojian.

Das Ding erinnerte vage an einen riesigen Eisenvogel. Es besaß einen schlanken Rumpf, der von einem Zylinderpaar flankiert wurde, Querstücken, die wie Flügel aussahen, und einen gespreizten Schweif. Es ruhte mitten in einem Wald in einer Gruppe von neunzehn anderen, die in fünf Viererreihen nebeneinander standen. Der erste Metallvogel in der vordersten Reihe fehlte. Kein einziger Vogel war intakt und von den Bäumen verschont geblieben. Sie waren zerquetscht, die Flügel gefaltet, und einer war sogar völlig vom Boden hochgehoben worden. Trotzdem war noch immer erkennbar, daß die Vögel identisch waren und wie sie ursprünglich ausgesehen hatten.

Die Querstücke ragten zu beiden Seiten fünfzehn Fuß über das Mittelstück hinaus. Sie bildeten Dreiecke, deren Basen an der Verbindungsstelle zum Rumpf saßen (über den Zylindern), und deren Spitzen nach außen ragten. Oben auf dem Rumpf, in der Nähe der Spitze, befanden sich Kanzeln aus hartem Pseudoglas. Unter den Kanzeln entdeckten sie Sitze und eine Menge derart kompliziert aussehender Apparate und Zeiger, daß wahrscheinlich kein Mensch auf der Welt ihre Bedeutung würde enträtseln können. Vorne (in der Richtung, in die die Sitze zeigten) endeten die Rümpfe in langgezogenen, nadelspitzen Stäben.

Unterhalb der Glaskuppeln waren schwarze Buchstaben aufgemalt: CANADIAN FORCES. Der Rumpf wurde nach hinten zu breiter und ging in die beiden Zylinder über, deren Enden in rußgeschwärzte Mündungen ausliefen. Den Schweif bildeten vier flache Paneele, zwei waagerecht nach links und rechts, zwei oben auf dem Rumpf parallel zueinander.

Flojian entdeckte eine in Beton eingefaßte Grube, indem er hineinstolperte. Sie untersuchten die nähere Umgebung und fanden heraus, daß auf dem gesamten Areal wahrscheinlich einst eine riesige Halle gestanden hatte.

Quait kletterte auf einen der Eisenvögel und starrte in den Hohlraum unter der Glaskuppel. »Noch vor einem Monat hätte ich Stein und Bein geschworen, daß fliegende Maschinen vollkommen *unmöglich* sind«, sagte er.

Und doch hatten sie bereits in einer gesessen, obwohl diese Maschinen hier ganz anders aussahen als die Kutschwagen von Mikes Maglev.

Quait öffnete eine Klappe, zog an einem Hebel, und plötzlich öffnete sich die Glaskanzel. Er grinste den anderen zu und ließ sich in den Sitz hinunter. Er war hart und unbequem. Die verschiedenen Apparate waren so angeordnet, daß sie leicht von seiner Position aus erreichbar waren. Quait spürte die Versuchung, mit den Knöpfen zu spielen, doch Erfahrung hatte ihn vorsichtig werden lassen.

Nicht allein die Unterhaltung mit Winston hatte ihre Einstellung zur Expedition geändert. Die Entdeckung, daß sie in den Keilen eine Waffe von ganz beträchtlicher Macht besaßen, hatte einiges zu ihrer neuen Zuversicht beigetragen.

Am Tag, nachdem sie die Höhle hinter sich gelassen hatten, war plötzlich ein Bär zwischen den Bäumen hervorgekommen und auf Flojian losgegangen. Flojian hatte instinktiv nach seinem Gewehr gegriffen, doch dann war es ihm aus der Hand gefallen. Die Kreatur war so nah an Flojian herangekommen, daß er ihren heißen, fauligen Atem riechen konnte. Flojian hatte die einzige Waffe gezogen, die ihm in diesem Moment geblieben war: den Keil. Trotz der Erfahrung an Bord der *Friedfertigen* hatte er noch nicht gelernt, sich auf das kleine, harmlos aussehende schwarze Ding zu verlassen. Doch es betäubte die Kreatur so blitzschnell, als hätte jemand eine Kerze ausgeblasen. An jenem Abend hatten sie ein Festmahl.

Eine Gruppe von sechs bewaffneten Tuks versuchte ebenfalls ihr Glück. Sie versperrten ihnen den Weg und verkündeten, daß sie die Pferde, das Gepäck und (offensichtlich nach einem zweiten Blick) Chaka haben wollten. Mit der Waffe in der Hand verspürten die Gefährten kaum mehr als Verachtung für die zerlumpten Wegelagerer. Sie lauschten lässig ihren Drohungen und Forderungen und schickten die sechs Räuber anschließend fast beiläufig schlafen.

Eine zweiter Zwischenfall verlief ähnlich. Ein Dutzend Reiter versperrte ihnen den Weg, sechs vor und sechs hinter ihnen, und verlangten die Herausgabe sämtlicher Wertgegenstände. Die Übermacht beeindruckte die drei Gefährten nicht im mindesten. Sie reagierten, indem sie in einer gespielt verzweifelten Geste die Hände hoben (in den Handflächen versteckt: die Keile) und es Chaka überließen, das Kommando zu geben. Chaka verkündete den Banditen, sie sähen müde aus und benötigten wahrscheinlich eine Runde Schlaf. Der Effekt war atemberaubend. Reiter und Pferde brachen gleichzeitig zusammen.

Ein Gefühl der Unverwundbarkeit ergriff von Chaka

und Flojian Besitz, und Quait warnte sie eindringlich, nicht leichtsinnig zu werden. Übermut konnte sie nur allzu rasch das Leben kosten.

In der folgenden Nacht schliefen alle schlecht. Als Chaka aus einem wüsten Traum hochschreckte, sah sie Flojian zusammengekauert am Feuer sitzen.

Sie erhob sich und ging zu ihm. Er starrte unverwandt in die Flammen.

»Avila«, sagte sie.

Er nickte. »Sie könnte noch leben.«

Sie hätte noch am Leben sein können, wenn sie damals die Keile ernst genommen hätten. Wenn jeder einen bei sich getragen hätte, so wie Avila.

»Es ist zu spät«, sagte sie.

Seine Kiefermuskeln arbeiteten, und er wischte sich über die Augen.

Vielleicht war ihnen ihr Ruf vorausgeeilt. Im Verlauf der nächsten Tage begegneten sie weiteren Gruppen von Tuks, doch die Treffen verliefen stets freundlich. Sie wurden sogar in die Dörfer eingeladen.

Mehrmals nahmen sie die Einladungen an und amüsierten sich jedesmal sehr. Endlich war der Frühling eingekehrt, und überall wurde gefeiert. Das Essen war gut, doch sie achteten stets darauf, nicht zuviel zu trinken. Die gebotene Unterhaltung war – ganz im Geist der Jahreszeit – stets erotischer Natur. Chaka genoß es, Quait zu beobachten, der so tat, als stünde er über allem, und sie war erfreut zu sehen, daß Flojian sich ein wenig an den gebotenen Schauspielen erfreute, obwohl er stets dankend ablehnte, wenn sich Tuk-Frauen erboten, mit ihm zu gehen. Und in guter Erinnerung an einen Ratschlag Jon Shannons schützte er bei diesen Gelegenheiten stets Krankheit vor, statt eine Beleidigung der Gastgeber zu riskieren.

Quait machte keinerlei Hehl aus seiner Beziehung zu Chaka, und er erhielt demzufolge auch keine eindeutigen Angebote.

Die Tuks taten, als bemerkten sie die Vorsicht ihrer Besucher nicht, die stets darauf bestanden, alle unter dem gleichen Dach zu schlafen. Sie nickten Chaka vielsagend zu, als wollten sie zum Ausdruck bringen, daß sie eine Frau zu schätzen wußten, die zwei Männer für sich beanspruchte. »Wir stehen schließlich mitten im Leben«, erinnerte einer der vielen Ganjis sie. »Wir verstehen diese Dinge nur zu gut, Chaka.«

Die Tuks hatten vom Ki von Hauberg gehört. Nach ihren Worten war er ein Despot, der über eine von mehreren Seemächten entlang der Küsten des großen inländischen Meeres herrschte. Sie hatten auch von der *Friedfertigen* gehört und waren erfreut, von ihrem Ende zu erfahren. »Ein Sklavenhändler und Piratenschiff«, sagten sie. »Ihre Städte sind abscheulich. Sie stehlen sich gegenseitig Geld, führen untereinander Kriege und verbünden sich nur, um uns zu jagen und zu vertreiben. Ihr hattet Glück, daß ihr ihnen entkommen konntet.«

Einige Tage lang regnete es ununterbrochen. Manchmal zogen sie durch den strömenden Regen weiter, manchmal, wenn ein Unterschlupf am Weg lag, rasteten sie.

Durch die Fenster eines Gerichtshauses und später eines Theaters beobachteten sie ein Gewitter, während sie über die Dramen spekulierten, die in den beiden Gebäuden gespielt hatten. »Mord und Verrat, ohne Unterschied«, meinte Quait ganz im Geist der Illyrer, die mehrheitlich in hochtrabenden, manchmal sogar apokalyptischen Maßstäben über die Straßenbauer dachten.

»Eher schon Mord und Verrat auf der Bühne«, sagte Flojian, »und Diebstahl und Gewalt gegen Ehefrauen vor Gericht. Sie hatten wahrscheinlich genau die gleichen Kriminellen wie wir, hauptsächlich billige Taschendiebe und Schläger.« Die allgemeine Ansicht über die Straßenbauer war, daß sie ihre Tage mit der Errichtung monumentaler Bauwerke verbracht hatten und die Abende mit Diskussionen über Mathematik, Architektur und Geometrie. Man wußte, daß sie ein gewaltiges Vermächtnis an Literatur und Musik geschaffen hatten, und doch:

weil so wenig vom Ersten und praktisch nichts vom Letzteren überdauert hatte, dachten die meisten heutzutage, die Straßenbauer hätten in diesen beiden Künsten überhaupt nichts hervorgebracht.

»Du hast von unserer Expedition als einer Reise in die Vergangenheit gesprochen«, wandte sich Flojian an Chaka, als sie auf der Bühne des Theaters lagerten. »Ich wünschte nur, du hättest recht damit. Ich wünschte, wir könnten in der ersten Reihe Platz nehmen und uns einige ihrer Stücke ansehen.«

»Vielleicht«, erwiderte sie vielsagend, »ist das sogar möglich. Falls wir nämlich finden, wonach wir die ganze Zeit suchen.«

Spät am Morgen folgten sie Landon Shays Markierungen durch den Wald, und Chaka dachte gerade darüber nach, wie gerne sie für den Rest des Tages Rast gemacht und die Füße in die nächste kühle Quelle gestreckt hätte, als sie um ein Haar über die Kante einer Böschung gefallen wäre.

Sie stolperte zurück und blickte eine steile Schräge in einen tiefen Canyon hinunter. Die Schlucht war langgestreckt und gerade wie ein Gewehrlauf, und glatte Betonwände verliefen in einem Winkel von fünfundvierzig Grad nach unten. Die gegenüberliegende Seite lag gut und gerne vierhundert Fuß weit entfernt. Der Boden der Schlucht war angefüllt mit lehmigem Sand und spärlicher Vegetation.

»Geh lieber nicht zu nah ran«, warnte Quait.

Der Canyon war für sie unpassierbar. »Komm her und sieh dir das an!« rief sie Flojian zu. »Das wirst du nicht glauben!«

Flojian betrachtete den Canyon und schüttelte den Kopf. Trotz allem, was er auf dieser Reise gesehen hatte, konnte er sich noch immer nicht vorstellen, daß mehr als ein paar hundert Arbeiter mit Handwerkzeugen an einem größeren Projekt arbeiteten. Wie lange würde es dauern, um einen Canyon wie diesen auszugraben? Und zu welchem Zweck war er gebaut worden? Das Gebüsch machte es schwer, die gesamte Konstruktion zu überblicken, und als er sich vorbeugte, um besser sehen zu können, verlor er das Gleichgewicht, und Chaka konnte ihn gerade noch festhalten.

Der Canyon versperrte den Weg. Die Spur der ersten Expedition wandte sich nach Norden und verlief parallel zur Schlucht. Die Bäume standen wieder dichter. Der Graben schien kein Ende nehmen zu wollen, und bei Sonnenuntergang wanderten sie immer noch an der Böschung entlang. Und dann entdeckten sie etwas Neues: Ein eisernes Schiff der Straßenbauer lag im Canyon an der gegenüberliegenden Wand. Es war gigantisch.

»Diese Schlucht ist ein Kanal!« sagte Flojian überwältigt. »Wenigstens war es einer.«

»Die Zeichnung!« rief Chaka aufgeregt. Sie zog die Skizzen ihres Bruders hervor, blätterte sie durch und nahm diejenige zur Hand, die mit *Das Schiff* untertitelt war. »Ich hätte niemals gedacht, das es so *groß* ist!« sagte Chaka atemlos. Das Schiff paßte zu den gewaltigen Ausmaßen des Kanals. Vom Bug bis zum Heck maß es gut und gern sechshundert Fuß, und es war nach Süden unterwegs gewesen, als die Straßenbauer es aufgegeben hatten oder es auf Grund gelaufen war oder was auch immer. Die Hülle war rostig schwarz. Masten und Kräne und Pfosten waren gebrochen oder abgerissen und lagen im Wald und auf der Böschung neben dem gestrandeten Riesen.

»Wie um alles in der Welt kann man so etwas *bewegen*?« fragte Chaka. »Ich glaube nicht, daß Segel geeignet wären. Außerdem sieht es nicht so aus, als hätte es Masten für Segel getragen.«

Quait schüttelte den Kopf. Bänke für Ruderer reichten sicherlich auch nicht aus, um dieses gewaltige Monstrum zu bewegen. Manchmal glaubte er, die Gesetze der Physik hätten für die Straßenbauer keine Geltung gehabt.

»Wahrscheinlich hat es sich mit denselben Mitteln fortbewegt wie die Maglev«, sagte Flojian.

Er war es auch, der die schlechte Nachricht als erster verkündete. Das *Schiff* war datiert vom 13. Mai. Die letzte Zeichnung der Serie, *Haven*, war vom 25. Juni. »Von hier aus bis nach Haven waren sie also immer noch sechs Wochen unterwegs«, sagte er.

Sie schlugen das Nachtlager auf. Obwohl es an diesem Abend ungewöhnlich warm war, brannte ihr Feuer höher als normal.

Am nächsten Morgen setzten sie ihren Weg entlang der Böschung fort. Sie fanden kein weiteres auf Grund gelaufenes Schiff. Gegen Nachmittag überquerten sie einen niedrigen Hügel. Sie kamen unter den Bäumen hervor und blickten über eine breite, sanft abfallende Steppe auf ein weites blaues Meer. Der Kanal endete vor einer Mauer. Dahinter teilte er sich in zwei ebenso breite Kanäle, die in Stufen zum Meer abfielen.

»Unglaublich!« flüsterte Flojian. »Die Schiffe sind über Stufen nach oben gestiegen!«

Die Mauer stellte sich bei näherer Betrachtung als ein gewaltiges zweiflügeliges Tor heraus, über das ein Laufsteg führte. Es war die einzige Stelle, wo man den Kanal überqueren konnte.

Sie starrten in die gewaltige Strömung und wandten sich dann vertrauensvoll Shays Markierungen folgend, flußaufwärts.

Das Tosen des Wassers erfüllte die Luft und warf einen Nebel auf, der Mensch und Tier einhüllte und durchnäßte. Der Fluß hatte sich eine Schlucht gegraben und wurde noch wilder, je weiter sie seinem Verlauf nach Süden folgten. Bei Sonnenuntergang erreichten sie einen alten Leinpfad, der am Rand der Schlucht entlang verlief. Ein ständiges Donnern war zu hören. Die Wände der Schlucht wurden steiler und steiler, und der Leinpfad zog sich eine Meile oder weiter am Rand der Schlucht entlang und führte zu einer Reihe eingestürzter Gebäude.

Von dort aus sahen sie den Ursprung des Donnergrollens. Wenig mehr als eine Meile voraus verdeckte ein weißer Vorhang aus Nebel den größten Teil eines Wasserfalls von wahrhaft gigantischen Ausmaßen. Zehntausende Tonnen Wasser ergossen sich brüllend über eine V-förmige Klippe in die Tiefe.

Sie erkannten die Stelle augenblicklich. Die sechste Zeichnung. *Nyagara.*

Der Weg führte um die Ruinen herum. Sie verließen ihn und hielten sich am Rand der Schlucht. Nach und nach näherten sie sich der Stelle, wo der Fluß über die Klippe schoß. Nebel und Spritzwasser erfüllten die Luft. Bald waren sie durchnäßt, doch das Majestätische des Anblicks verdrängte jeden trivialen Gedanken. Körperliche Unbill schien mit einem Mal nicht mehr so wichtig. Voller Staunen und Ehrfurcht sahen sie in die weiße Tiefe hinunter. Noch war früher Nachmittag, doch sie beschlossen, daß sie sich einen Ruhetag verdient hatten. Sie zogen sich weit genug vom Wasserfall zurück, um einen trockenen Platz zu finden, aber ohne auf die Aussicht verzichten zu müssen, und schlugen ihr Lager auf.

»Unglaublich«, sagte Quait. »Wie soll man anderen das *hier* beschreiben?«

Flojian nickte. »Von der Göttin persönlich in den Fels gehauen. Was für ein wunderschöner Ort!« Er sah zu der entfernten Schlucht und den Gebäuderuinen ein Stück unterhalb des Wasserfalls. »Das ist merkwürdig«, sagte er schließlich.

»Was ist merkwürdig?« fragte Chaka.

»Diese Häuser dort. Das war sicher eine Beobachtungsstation. Aber warum steht sie so weit weg? Man hätte sie doch viel näher am Wasserfall errichten können und eine viel schönere Aussicht gehabt.«

Tatsächlich war zwischen dem Wasserfall und den Gebäuden von Gestrüpp und Buschwerk bewachsenes Land mit mehr als genug Platz dafür.

»Ich weiß es auch nicht«, sagte Chaka.

Flojian fragte sich, ob vielleicht jemand das Land besessen und sich einfach geweigert hatte, die Bebauung zu genehmigen.

Niemand kam auf den Gedanken, daß der Wasserfall wanderte. Daß er die Felsenklippe jedes Jahr um ungefähr drei Fuß abtrug. Und daß er seit den Tagen der Straßenbauer fast eine Meile flußaufwärts gewandert war.

Der Wasserfall wirbelte eine Menge Nebel auf, beträchtlich mehr als in den Tagen, da die Beobachtungsstation noch am Rand der Klippe gestanden und regelmäßige Besucher empfangen hatte. Die Mitte des früheren Hufeisens mußte den größten Druck aushalten und wich deswegen rascher zurück als die Flanken des Katarakts. Das Gebiet, auf dem die herabstürzenden Fluten konkurrierten, hatte sich immer weiter in die Länge gezogen. Die Klarheit des amerikanischen Teils und die dunstige Geziertheit der kanadischen Seite der Nyagarafälle existierten längst nicht mehr. Das Schauspiel hatte sich so sehr in einen Schleier gehüllt, daß es kaum noch zu sehen war.

Der nächtliche Himmel hing voller Sterne, und der Mond leuchtete hell. Während Flojian schlief, gingen Chaka und Quait zum Wasserfall und schauten in das Bassin hinunter. Nebel und Mondlicht mischten sich und Quait hatte ein Gefühl, als verwischten die Grenzen der Realität.

Chaka sah vor dem silbrigen Hintergrund ganz besonders lieblich aus. »Würde ich in die Wälder ziehen wie Jon«, sagte sie leise, »dann würde ich hier leben wollen.«

Der Nebel fühlte sich kühl auf ihren Gesichtern an. »Das ist das wunderbarste Schauspiel, das ich jemals gesehen habe«, sagte Quait. Flußabwärts ging ein steifer Wind. Er legte den Arm um ihre Schultern, und sie drückte sich an ihn.

Chaka war ganz sicher nicht die erste Frau, die Quaits Gefühle so stark erregte. Doch hier, in dieser Umgebung, mit den Sternen über ihnen und dem Wasserfall unter ihnen, hatte ihre Umarmung etwas Dauerhaftes. Er würde sich für den Rest seines Lebens an diese Augenblicke erinnern, an die Geräusche und den Anblick dieser Nacht. »Wir werden uns unser ganzes Leben an diese Nacht erinnern«, sagte er.

Sie lag warm und verlockend in seinen Armen, ihre Wange an der seinen. »Es ist wunderschön«, seufzte sie.

»Und es bedeutet, daß du mich niemals vergessen wirst, ganz gleich, was geschieht.«

Sie sah ihn einen langen Augenblick an, und ihre Augen waren dunkel und unlesbar. Dann erhob sie sich auf die Zehenspitzen und berührte seine Lippen mit den ihren. Es war weniger ein Kuß als eine Einladung.

Sie trug ein Wollhemd unter ihrer Lederjacke. Er öffnete die Verschlüsse der Jacke und zog sie zu sich heran. »Ich liebe dich, Chaka«, sagte er.

Sie murmelte etwas, das er nicht verstand, und preßte sich gegen ihn. »Und ich liebe dich, Quait«, sagte sie.

Quait vergaß seine strengen moralischen Maßstäbe. Er war sich ihres Atems bewußt und ihrer Lippen, und er sah ihre Augen und ihren Hals mit schmerzlicher Klarheit – und er spürte die Bereitwilligkeit, mit der sie sich an ihn drängte. Er liebkoste ihren Halsansatz.

Sie zog sein Gesicht zu sich heran und küßte ihn voller Verlangen. Quait berührte ihre Brust und spürte, wie sich die Warze unter dem Hemd versteifte. So standen sie beieinander und liebkosten sich. Quait achtete vorsichtig darauf, nicht zu weit zu gehen. Er sehnte sich nach mehr, doch die drohenden Konsequenzen für Chaka, falls sie schwanger werden würde, so weit weg von zu Hause, waren zu hart.

Unsere Nacht *wird* kommen.

Kapitel 23

Südlich der Fälle teilte sich der Nyagara in zwei Ströme und schuf in seiner Mitte eine Insel von vielleicht fünf Meilen Länge. Die drei Gefährten überquerten den westlichen Arm auf einer wackligen Bohlenbrücke ungewissen, wenn auch relativ jungen Ursprungs. Die Brücke war zwar ganz sicher keine Konstruktion der Straßenbauer und darüber hinaus in einem denkbar schlechten Zustand, trotzdem überspannte sie eine halbe Meile wilder Stromschnellen und war ein kühnes Bauwerk.

»Manchmal glaube ich«, sagte Flojian, »daß wir dazu neigen, einfach alles zu unterschätzen, was nach den Straßenbauern gekommen ist. Wir tun gerade so, als sei nichts Bedeutungsvolles mehr geschehen, seit ihre Zivilisation untergegangen ist.«

Sie erreichten das nördliche Ende der Insel mit zahlreichen Hinterlassenschaften der Straßenbauer. Dazwischen fanden sich Ruinen einer jüngeren Epoche. Quait mutmaßte, daß sie von den Baranji stammten, dem Barbarenimperium, dessen westliche Grenze vier Jahrhunderte zuvor bis an den Mississippi gereicht hatte. Flojian zweifelte an dieser Theorie. Die Architektur der Baranji war stets klobig, schwer und nüchtern gewesen. Geschaffen, um die Jahrhunderte zu überdauern, als wären die Herrscher von der Dauerhaftigkeit der Straßenbauerkonstruktionen beeindruckt gewesen und hätten sich bemüht, sie sogar noch zu übertrumpfen.

Die Bauwerke hier waren nicht halb so wuchtig und stabil, wie man es von den Baranji erwartet hätte. Aber sie verbreiteten nichtsdestotrotz eine finstere, phantasielose Atmosphäre, und Quait überlegte, ob das hier nicht einer der Baranji-Außenposten zu Beginn oder gegen Ende ihrer Blütezeit gewesen sein konnte.

Kurz nach ihrer Ankunft machten die Gefährten eine Entdeckung, die sie jeden Gedanken an die Baranji vergessen ließ. Von der Ostseite des Nyagara her überquerte eine Brücke der Straßenbauer den Strom. Die Fahrbahn war eingestürzt und lag halb unter den Fluten begraben. Doch die Trümmer unterschieden sich ganz deutlich von allen, die sie bisher entdeckt hatten.

Die Bruchstücke waren schwarz und versengt, und im Beton klafften mächtige Löcher. »Das war bewußte Zerstörung!« sagte Quait, nachdem er ein geschmolzenes Stück Metall untersucht hatte. »Irgend jemand hat die Brücke in die Luft gesprengt!«

»Und warum um alles in der Welt sollte jemand so etwas tun?« fragte Chaka.

Sie standen am Ufer, nahe bei der Straße, die einst den Nyagara überquert hatte und jetzt ins Nichts führte. »Vielleicht wollten sie eine neue Brücke bauen« spekulierte Flojian. »Nur, daß sie keine Zeit mehr fanden, die neue fertigzustellen.«

»Das glaube ich nicht«, widersprach Quait. »Ich sehe nirgendwo einen Hinweis, daß sie überhaupt mit dem Bau angefangen hätten. Und warum sollte jemand eine Brücke einreißen, bevor die neue errichtet ist?« Er blinzelte in die Sonne. »Ich frage mich, ob es vielleicht eine militärische Operation gewesen ist. Um angreifende Feinde aufzuhalten?«

Chaka starrte auf den Fluß hinaus. Die Strömung war an dieser Stelle reißend. »Die Baranji?« fragte sie zweifelnd.

»Vielleicht. Die Straßenbauer scheinen keine Feinde gehabt zu haben. Ich meine, wir haben nirgendwo einen Hinweis auf absichtliche Zerstörung gefunden, oder? Wenigstens nicht in großem Maßstab.«

»Und was ist mit Memphis?« fragte Flojian. »Und mit der Stadt im Sumpf? Einige ihrer Städte sind ganz eindeutig abgebrannt.«

»Feuer entstehen auch auf andere Weise«, sagte Chaka. »Außerdem, wenn die Straßenbauer sie angezündet haben, dann wahrscheinlich, um die Große Seuche zu bekämpfen. Wir haben noch nie eine Stadt der Straßenbauer gesehen, die aussah, als wären Granaten gegen sie abgeschossen worden. Die Straßenbauer scheinen eine friedliche Zivilisation besessen zu haben. Ich glaube,

Quait hat ganz recht: Wer auch immer das hier getan hat, befand sich im Krieg. Und wahrscheinlich standen die Baranji auf der einen oder anderen Seite. Falls das überhaupt von Interesse ist.«

Die Straße überquerte die Insel in südwestlicher Richtung, wo einst eine weitere Brücke den Fluß zum Festland hin überspannt hatte. Auch diese Brücke war zerstört worden, und die Straße hörte einfach am Ufer auf.

»Vielleicht«, sagte Flojian leise, »haben sie auch nur versucht, die Seuche von der Insel fernzuhalten?«

Stromaufwärts entdeckten sie eine weitere Bohlenbrücke. Sie folgten ihr über den östlichen Arm des Nyaraflusses und führten die Pferde zu einem felsbrockenübersäten Uferstreifen. Dort angekommen fanden sie einen Pfad, der zwischen den Bäumen im Wald verschwand. Das Ufer war schmal und zu beiden Seiten von hohen Felsen eingerahmt, so daß der Pfad der einzige Weg war, über den es weiterging. Sie stapften auf den Pfad zu und sahen sich plötzlich Gewehrläufen gegenüber.

Ein großer, dünner Mann trat aus dem Gebüsch. Er hatte ein Gewehr im Anschlag. »Wenn ihr hier stehenbleiben würdet?« sagte er. Er war ein bärtiger, älterer Bursche mit grauem, struppigem Haar, schmutziger Kleidung und gewaltig breiten Hosenträgern.

Die Gefährten blieben stehen.

Zwei weitere Fremde tauchten auf, ein Mann und eine Frau. »Hände hoch, Leute«, befahl die Frau.

Chaka hob die Hände. Ihr Keil schien mit einem Mal sehr weit weg. »Wir sind nur auf der Durchreise«, sagte sie. »Wir führen nichts Böses im Sinn.«

»Das ist gut«, sagte der zweite Mann. Er war jünger als der andere, aber ebenfalls grauhaarig. Er trug ein abgetragenes Flanellhemd und ein rotes Halstuch und sah den beiden anderen sehr ähnlich.

»Wir wollen nicht unfreundlich erscheinen«, ergriff

der Mann mit den Hosenträgern das Wort, »aber man kann heutzutage einfach nicht vorsichtig genug sein.«

»Das stimmt«, antwortete Quait hinter Chaka. »Aber vielleicht sollten wir zuerst einmal einen guten Tag wünschen.«

»Wer seid ihr?« fragte Flojian.

Der Mann mit den Hosenträgern trat ein paar Schritte vor. »Ich bin der Zöllner«, sagte er. »Mein Name lautet Jeryk.«

»Ich bin Chaka Milana. Das dort sind Flojian und Quait.«

»Wohin wollt ihr?« Der Wind wehte dem Alten die Haare in die Augen.

»Wir sind Händler«, antwortete sie. »Auf der Suche nach neuen Märkten.«

»Ihr seht aber nicht aus wie Händler.« Er schielte zu Flojian. »Nun, bis auf den dort vielleicht.«

»Wie hoch ist der Zoll?« erkundigte sich Quait.

Der jüngere Mann grinste. »Was habt ihr denn?«

Chaka sah Jeryk an. »Dürfen wir die Hände wieder herunternehmen?«

Am Ende tauschten sie einen großzügigen Vorrat an Nahrung und Schmuckstücken gegen zwei volle Weinschläuche.

Sie erfuhren nie, wie Jeryk an seinen Posten gekommen war oder wie lange er schon hier bei der Brücke lebte. Er berichtete, daß er und seine Familie Brückenwächter seien und beide Brücken instand hielten. Es war eine kühne Behauptung. Quait erwähnte daraufhin, daß die westliche Brücke dringend eine Reihe von Reparaturen benötigte.

»Das ist uns bekannt«, erwiderte Jeryk. »Wir werden uns darum kümmern, sobald es Sommer geworden ist.«

»Kommen viele Leute hier durch?« fragte Flojian.

»Oh, heutzutage nicht mehr«, antwortete Jeryk. »Als mein Vater noch lebte, war dies ein geschäftiger Ort. Seit damals hat der Verkehr stark nachgelassen.«

»Warum?«

»Mehr Räuber auf den Straßen.« Jeryk runzelte indigniert die Stirn. »Die Menschen sind nicht mehr sicher unterwegs, deswegen reisen sie in großen Gruppen.«

Chaka entnahm aus Jeryks Worten, was er selbst wohlweislich verschwieg: Große Gruppen würden den selbsternannten Zöllner mit ziemlicher Sicherheit nicht zu Gesicht bekommen.

Sie wurden eingeladen, zum Essen zu bleiben. »Wir haben gerne Besuch«, sagte die Frau. Doch es schien sicherer, die Einladung nicht anzunehmen, und so erklärte Chaka, daß sie einen engen Zeitplan einhalten müßten. Flojian fiel beinahe vom Pferd, so sehr mußte er sich zusammenreißen, um nicht laut zu lachen.

Als sie aufbrachen, warnte Jeryk sie noch einmal eindringlich, sich vor Wegelagerern in acht zu nehmen. »Heutzutage kann man einfach nicht vorsichtig genug sein«, sagte er.

Die Landschaft veränderte sich zusehends. Granitfelsen durchzogen die Ebene. Sie passierten eine Reihe von mehreren hundert Fuß hohen runden Bauwerken, die an Spindeln erinnerten, nur daß sie in der Mitte dünn und oben und unten breit waren. Sie besaßen weder Fenster noch Türen, und nichts verriet ihren ursprünglichen Sinn. Quait bemerkte, daß die Straßenbauer zwar sehr viel Geometrie und Steine hinterlassen hätten, aber kaum andere Dinge. »Es wäre doch eine Schande«, sagte er, »wenn die, die nach uns kommen, nichts anderes fänden als unsere Bauwerke. Und unsere Straßen. Selbst wenn es hervorragende Straßen sind, die bei jedem Wetter passierbar bleiben.«

Die Stimmung wurde allmählich besser, während sie auf einem Weg nach Osten wanderten, der schier endlos schien. Ein weiterer Kanal tauchte im Norden auf und verlief parallel zu ihrem Treck. Er war zwar lange nicht so gewaltig wie der vorhergehende, doch er führte Wasser. Tag um Tag ritten sie an ihm entlang, und Flojian stellte sich die vielen Männer vor, wie sie mit Spaten den Kanal aushuben. »Wir haben immer angenommen, daß sie eine Art von repräsentativer Regierung besaßen, aber ich wüßte nicht, wie man diese Ingenieursleistungen ohne den Einsatz von Sklaven vollbringen könnte.«

»Meinst du, sie haben wirklich Sklaven gehalten?« fragte Quait. Die Baranji waren Sklavenhalter gewesen, doch die wenige Literatur, die aus der Straßenbauerzeit erhalten geblieben war, erweckte den Eindruck einer Gesellschaft freier Menschen.

»Wie sonst hätten sie diese Bauten erschaffen können? Bei den Straßen wird es nicht so offensichtlich, weil man sich einfach eine Menge Leute vorstellen kann, die das Material für den Belag vergießen. Aber dieser Kanal hier, und erst recht der andere ...?«

Sie ritten nun wieder und kamen rasch voran, passierten eine Brücke, die eingestürzt war und den Kanal blockierte. Es war ein heller, sonniger Tag. Blumen blühten, und die Luft war rein und klar. Chaka entdeckte eine Schildkröte, die sich auf den Trümmern sonnte.

Vier Tage zogen sie am Kanal entlang, dann erreichten sie eine Stelle, wo er in einen breiten, stillen Strom mündete und auf der anderen Seite weiterführte. Im Norden standen die schwarzen Ruinen einer Stadt. Sie durchfurteten den Fluß und schlugen ihr Lager auf.

Im Verlauf der Nacht wurden sie von einer Bande von Tuks angegriffen, in der eindeutigen Absicht, jeden zu töten. Flojian, der Wache gehalten hatte, schickte die Möchtegern-Räuber schlafen. (Einer der Angreifer stürzte in das Lagerfeuer und verbrannte sich schwer.) Doch während der kurzfristigen Aufregung erwachte Chaka aus dem Schlaf, benutzte ihren Keil und beharrte hinterher darauf, daß er nicht funktioniert habe. Die kleine Lampe, die früher stets in hellem Grün geleuchtet hatte, sobald sie den Keil betätigt hatte, glomm nur noch in düsterem Rot. Am nächsten Morgen, als die ersten Gefangenen wieder zu sich gekommen waren, versuchte sie es erneut. Nichts geschah.

Sie steckte die nutzlos gewordene Waffe ins Gepäck und bewaffnete sich mit einem der Reservekeile.

Der Mann mit den schweren Verbrennungen starb. Sie

fesselten die anderen, beschlagnahmten zwei ihrer Pferde und überlegten, ob sie ihre Gewehre an sich nehmen sollten. Doch das Kaliber war schwerer als das der illyrischen Feuerwaffen, und so warfen sie alles in den Kanal und trieben die restlichen Pferde davon. Als sie schließlich aufbrachen, ließen sie den Gefangenen wieder ein stumpfes Messer zurück.

Shays Markierungen führten sie noch eine Zeitlang an dem Kanal entlang, dem eine gigantische doppelte Straße folgte. Als sich die Straße dem Kanal näherte, kletterten sie die Böschung hinauf und reisten auf der Straße weiter. Sie überquerten einen von Norden kommenden Fluß und wanderten weiter nach Osten. Irgendwann bog der Kanal nach Norden ab und verschwand in der Wildnis.

Die großen Straßen waren Erdbewegungen, Flut, Wetter und Zeit ausgeliefert. Flojian erinnerte sich an die Worte seines Vaters, daß sie eines Tages von der Wildnis überwuchert und schließlich völlig verschwunden sein würden, um nur noch in den Legenden weiterzuleben. *Wenn man sie nicht mehr sehen kann,* hatte Karik gesagt, *wer soll dann noch glauben, daß sie je existiert haben*?

Wo die Straße durch den Wald führte, war sie von einer dicken Schicht Mutterboden bedeckt, und an manchen Stellen fiel es bereits schwer, sie vom Waldboden zu unterscheiden. Aber noch spannte sie sich kühn über Schluchten und Flüsse, und ihr Fundament leuchtete hell in der Sonne. Und irgendwann führte sie in einer sanft geschwungenen Kurve einen Hang hinab und verschwand einfach in einem Berg. Sie tauchte nicht wieder auf.

In der Nähe gab es eine Quelle, und da es bereits spät war, nutzten die drei Gefährten die Gelegenheit, ihr Nachtlager aufzuschlagen. Chaka entdeckte ein paar Wachteln und machte sich daran, das Abendessen zu erjagen, während die anderen die Pferde absattelten und das Lagerfeuer errichteten.

Sie befanden sich in einem Mischwald aus Bergahorn, Birken, Pinien und anderen Bäumen. Überall blühten Büschel von Narzissen und Maiglöckchen. Andere wunderschöne weiße und violette Blumen blühten an den schattigsten Stellen, meist am Fuß von Bäumen. Chaka suchte nach einer guten Stelle, um sich auf die Lauer zu legen, als sie sich unvermittelt einem Truthahn gegenüber sah.

Der Vogel kreischte und versuchte zu fliehen, doch Chaka hatte das Gewehr bereits im Anschlag.

Sie eilte zu ihrer Beute, und vor ihr tat sich eine Bresche zwischen den Bäumen auf und gab den Blick auf eine Schale frei, ähnlich denen, die sie bereits beim Teufelsauge und bei der Maglev-Station gesehen hatte. Die Schale war vielleicht eine halbe Meile entfernt. Chaka blieb stehen und beobachtete, wie sie in der untergehenden Sonne die Farben wechselte.

Sie buken Brot und aßen Karotten und Beeren zu dem Truthahn. Anschließend spülten sie ihre Mahlzeit mit Jeryks Wein hinunter. Vielleicht war er ungewöhnlich gut, vielleicht war es auch einfach nur zu lange her, seit sie das letzte Mal Wein getrunken hatten, jedenfalls vergnügten sie sich ganz außerordentlich. Nachdem sie fertig waren und alles aufgeräumt hatten, schlug Quait vor, die Schale genauer in Augenschein zu nehmen. Flojian erklärte sich zögernd einverstanden, bei den Pferden zu warten. »Seid vorsichtig«, warnte er. »Ich will nicht allein hier draußen zurückbleiben.«

Die Sonne war gesunken, und der Wald lag dunkel und beunruhigend vor ihnen. Es roch nach Pinien und frischem Lehm und altem Holz. Hin und wieder erfaßte der Lichtschein ihrer Lampen glühende Augenpaare, die blinzelten und gleich wieder verschwunden waren. Der Untergrund war weich von abgestorbenem Laub und Gräsern. Der Wind raschelte in den Bäumen.

Sie benötigten fast eine Stunde, um die Schale in der Dunkelheit zu entdecken, und Quait sah, daß sie größer war als die beiden anderen. Auch hier war diese nicht auf einem Dach gefertigt, sondern stand auf dem Boden.

Die Schale saß in einer mächtigen Metallklammer, die mehrfach so groß wie Chaka war, und war in den Himmel gerichtet. Die untere Hälfte der Schale mitsamt der Halterung war von Kletterpflanzen und anderer Vegetation überwuchert. Falls die Konstruktion einst beweglich gewesen war, so stand sie eindeutig seit langer Zeit still.

Durch die Baumwipfel direkt voraus schimmerte etwas, das sich als eine weitere Schale entpuppte. Chaka und Quait benötigten sechs Minuten, um sie zu erreichen. Noch ein Stück weiter entdeckten sie eine dritte Schale. Und eine Vierte, ein Stück seitwärts. Alle sahen völlig gleich aus und waren gleich weit voneinander entfernt.

Chaka und Quait blieben dicht beieinander. Beide gehörten zu den gebildeten Klassen ihrer Gesellschaft und hätten sicherlich jeden Verdacht von Aberglauben entrüstet von sich gewiesen, trotzdem empfanden sie die Szene, die sich ihnen bot, als beunruhigend. Die Anordnung der Objekte und die Tatsache, daß sie allesamt zum Himmel zeigten, erweckten in ihnen den Eindruck, daß dieser Ort religiöser Verehrung gedient hatte.

Sie standen eben im Begriff, ihre Suche für den Rest der Nacht aufzugeben, weil sie in der Dunkelheit sowieso nicht viel ausrichten konnten, als sie unter den Bäumen ein Steingebäude entdeckten. Es war farblos, nüchtern und heruntergekommen, zwei Stockwerke hoch, häßlich, klobig und schmucklos. Die Fenster waren größtenteils herausgefallen. Auf dem Dach entdeckten sie eine kleinere Schale, die sich deutlich von den großen im Wald unterschied. Das Dach erhob sich knapp über die Baumwipfel, und die Schale war auf den Mond gerichtet.

Vor dem Haus hatte einst ein Brunnen gestanden, der jedoch völlig zerfallen war.

Auf der Rückseite befand sich eine breite Doppeltür. Irgend jemand hatte MOLE LIEBT TUSHU über den Sturz geschrieben. Die Schrift war verblaßt.

Die Türen auf der Vorderseite bestanden aus massivem Glas in Rahmen aus Pseudometall. Eine von ihnen hatte sich gelöst und lag auf dem Boden, doch das Glas war unbeschädigt geblieben.

Im Innern fanden sie ein Schild mit der Inschrift:

PLANETARE GESELLSCHAFT
2011

Sie wanderten durch eine Reihe von Türen und gelangten in ein Treppenhaus, das in die oberen Stockwerke führte. Zur Linken stand ein großer Empfangsschalter, und ein langer Korridor mit mehreren Türen führte in den hinteren Teil des Gebäudes.

Sie warfen einen Blick in den ersten Raum. Das Licht einer Lampe fiel auf ein paar Stühle und einen Schreibtisch. Fenster gab es keine mehr. Ein Teppich war zu Staub zerfallen. Das Zimmer roch jahrhundertealt.

Sie gingen von Zimmer zu Zimmer. Am Ende des Gangs brach der Fußboden unter Quaits Gewicht ein, und er verletzte sich am Schienbein. Der Lärm schreckte einen Vogel oder etwas Ähnliches draußen in der Dunkelheit auf.

Quait lehnte an der Wand und rieb sich das schmerzende Bein. »Wenn es irgendwo ein Loch gibt«, sagte er stöhnend, »dann trete ich ganz sicher hinein.«

Chaka lachte und fragte, was er davon hielte, zum Lager zurückzukehren.

Doch statt einer Antwort schloß er hastig die Blende seiner Lampe und winkte, und sie folgte seinem Blick. Ein paar Meter voraus, dicht vor dem Ende des Korridors, war ein *Lichtschein*. Er kam aus einem der Zimmer.

Sie näherten sich vorsichtig und schielten hinein. Das Licht leuchtete bernsteinfarben, und es kam aus einem der grauen Kästen, die immer zugegen waren, wenn Zauberei ins Spiel kam.

»Ich glaube nicht, daß es schon da war, als wir zur Eingangstür hereingekommen sind«, flüsterte Chaka aufgeregt.

Quait nahm das Gewehr von der Schulter.

Nichts regte sich.

Sie leuchteten mit ihren Laternen in jeden Winkel des Raums. Er stand voll mit grauen Kästen mit Vorderfronten aus Pseudoglas und mit anderen Metallkästen. Chaka atmete tief ein. »Ist da jemand?« fragte sie.

»Professor Woford?« Die Stimme schien direkt von einem Schreibtisch zu kommen. *»Sind Sie das, Professor?«*

»Nein«, erwiderte Chaka zögernd. »Mein Name lautet Chaka Milana.«

»Schön, wieder von Ihnen zu hören, Professor Woford. Es ist lange her.«

Auf dem Schreibtisch stand eine glänzende schwarze Pyramide. Quait beugte sich über sie. Die Stimme kam offensichtlich direkt aus dem Gebilde. »Sind Sie irgendwo in diesem Gebäude?« fragte er.

»Bitte wiederholen Sie Ihre Frage.«

»Schon gut.«

»Wer sind Sie?« fragte Chaka.

»Bitte wiederholen Sie Ihre Frage.«

Quait verdrehte die Augen. »Dieser hier ist genauso verrückt wie der in der Bank.«

Chaka wandte sich an die Pyramide. »Kannst du mir verraten, wo wir hier sind?«

»Sie kennen die Antwort auf diese Frage selbst, Professor Woford.«

»Bitte beantworte meine Frage.«

»Das hier ist Cayuga.«

»Und was macht Cayuga?«

»Könnten Sie sich bitte präziser ausdrücken, Professor Woford?«

»Welchen Zweck erfüllt diese Einrichtung?«

»Wir erfüllen mehrere Aufgaben zugleich, Professor. Wir betreiben die Transmitterstation, wir empfangen hereinkommende Nachrichten von Hubble Fünf und Sechs, wir korrelieren die Resultate beider Quellen und analysieren die erhaltenen Daten, Professor.« Und während Chaka noch über die nächste Frage nachdachte, sprach die Pyramide weiter: *»Darf ich Sie in diesem Zusammenhang daran erinnern, Professor Woford, daß die Empfänger noch immer nicht repariert worden und deswegen bis auf weiteres außer Funktion sind?«*

»Was ist mit Hubble Fünf und Sechs?« fragte Quait.

»Hubble Sechs sendet noch immer Telemetriedaten. Hubble Fünf ist seit nunmehr 741 Jahren, neun Monaten und elf Tagen außer Betrieb.«

Chaka und Quait wechselten verwirrte Blicke. »Du sagst, wir analysieren hier Daten«, sagte Chaka. »Was für Daten sind das?«

»Das wissen Sie sehr genau, Professor.«

»Frische mein Gedächtnis auf.«

»Die Daten beinhalten Radiosignale von 148.766 Zielobjekten, bis gestern um Punkt Mitternacht, in dem Versuch, Muster zu finden, die auf künstlichen Ursprung hinweisen.«

Der Schreibtisch wirkte stabil, und Chaka setzte sich vorsichtig.

»Was ist ein Radio?«

»Unter dem Begriff Radio versteht man modulierte Störmuster im elektromagnetischen Frequenzspektrum in einem Bereich von 20 Kilohertz bis etwa 300 Gigahertz.« Die Antwort klang gelangweilt.

»Nichts als Kauderwelsch«, sagte Quait. »Oder verstehst du etwas von dem, was er sagt?«

»Nicht viel«, antwortete sie. »Wenn du Erfolg mit der Suche nach künstlichen Mustern gehabt hättest«, wandte sie sich an die Pyramide, »welchen Schluß müßten wir daraus ziehen?«

»Daß wir nicht allein sind. Daß es woanders intelligentes Leben gibt.«

Chaka glaubte zu verstehen. »Du meinst, woanders als auf der Erde?«

»Selbstverständlich.«

Quait seufzte. »Wie soll denn das möglich sein?«

»Vielleicht meint er den Mond«, sagte Chaka. »Oder die Planeten.« Erneut wandte sie sich an die Pyramide. »Und wie lautet das Ergebnis unserer Forschungen bis zum heutigen Tag?«

»Bis heute, Professor Woford, haben wir Signale eindeutig künstlichen Ursprungs von siebzehn verschiedenen Quellen entdeckt. Das jüngste empfingen wir erst vor einem Jahr, einen Tag nach Weihnachten. Ich möchte Sie darauf hinweisen, daß

Sie mich bisher noch nicht zu einer Antwort autorisiert haben, Professor.«

»Du möchtest also einen Gruß nach draußen senden, zu wem auch immer?«

»Das erscheint mir als der angemessenste Weg, einen Dialog zu beginnen, Professor.«

»Dann tu es.«

»Könnten Sie die Energieversorgung auf volle Leistung hochfahren?«

Chaka blickte Quait an und zuckte die Schultern. Draußen zirpten laut die Grillen. »Das glaube ich nicht«, antwortete sie.

»Ich versuche es trotzdem, Professor. Darf ich Sie noch einmal erinnern, daß die Empfangsanlage dringend reparaturbedürftig ist? Vielleicht möchten Sie auch die Erweiterungen einbauen, die ich in meiner Analyse unter dem Aktenzeichen PR-7-6613/AC empfohlen habe? Mit ein wenig Glück könnten wir die Empfindlichkeit der Anlage beträchtlich erhöhen.«

Chaka meinte, einen vorwurfsvollen Unterton in der Stimme zu erkennen.

Kapitel 24

Sie wehrten den Angriff eines weiteren Bären ab und entleerten einen zweiten Keil. Der Bär versetzte die Pferde in Panik, und entweder war das Raubtier zu widerstandsfähig für die Keile, oder sie wurden allesamt schwächer. Quait, der sich ohne Gewehr auf dem Rücken nicht wohl fühlte, verschoß drei Kugeln auf den Angreifer, während er am Boden lag.

»Ich hab's euch gleich gesagt«, meinte er hinterher.

Chakas Bewunderung für seine Geschicklichkeit und Geistesgegenwart in Gefahrensituationen war begleitet von stiller Belustigung über die Veränderungen in seinem Benehmen. Offensichtlich sah er sich als Jon Shannons Nachfolger. Unbewußt imitierte er dessen wiegenden Gang, er bestand darauf, an der Spitze zu reiten (»Für den Fall, daß wir angegriffen werden«), seine Stimme klang ein wenig dunkler und bedächtiger, und sein Sinn für Humor entwickelte einen fatalistischen Einschlag.

Doch im Verlauf von ein paar Tagen schwächte sich das alles wieder ab, und er war mehr oder weniger der alte. Bis auf die Tatsache, daß er weiterhin darauf bestand, an der Spitze zu reiten.

Sie hatten die Straße wiederentdeckt und kamen häufiger an Straßenbauerstädten verschiedener Größen vorbei. Hin und wieder fanden sie noch lesbare Schilder, die zu einem Burger King oder einer Powerlift-Ladestation (was auch immer das war) oder zum Hoffman-Uhrenmuseum führten. Chaka kannte außer Stundengläsern und Wasseruhren keine Apparate zur Zeitmessung, und sie hätte liebend gern einen Abstecher in das Museum unternommen.

Sie fanden ein Schild, das zur Internationalen Boxsporthalle führte. Sie wußten, was Boxen war, doch der Rest der Inschrift blieb rätselhaft. »Sie scheinen Sport sehr ernst genommen zu haben«, sagte Chaka.

»In meinen Ohren klingt es wie das Fährgeschäft«, bemerkte Flojian.

Irgendwann näherte sich auch der Kanal wieder von Norden her. Sie legten am Ufer Rast ein und angelten ein wenig, doch ein hereinbrechendes Gewitter zwang sie, in einer alten Scheune Zuflucht zu suchen. Das Gebäude war jüngeren Datums, doch es stand kurz vor dem Einsturz. Chaka wachte im Eingang und starrte in den Regen hinaus, und plötzlich sah sie ein *Ding* über den Baumwipfeln schweben.

»Wo?« fragte Quait.

Sie deutete in die entsprechende Richtung. Es war rund und orangefarben, und an seiner Unterseite hing ein Korb.

»Es ist ein *Ballon*«, sagte Flojian. »Aber es muß ein verdammt *großer* sein.«

Der Ballon kam aus Südwesten und lief vor dem Sturm her. Er näherte sich rasch.

Im Korb saß jemand. Instinktiv winkte Chaka.

Die Person im Korb winkte zurück. Es war ein Mann.

Sie beobachteten, wie sich der Ballon näherte. Die Hülle trug das Bild eines Falken. Der Ballon kam schnell näher und war innerhalb weniger Minuten über ihnen. Blitze zuckten zwischen den Gewitterwolken. Der Mann im Korb des Ballons winkte erneut.

»Er wird sich umbringen«, sagte Flojian.

Der Wind trug ihn rasch davon, und nach kurzer Zeit war der Fremde im dunklen Himmel verschwunden.

Am nächsten Morgen führte die Straße aus dem Wald heraus und über gepflügtes Land. Kultivierte Felder bedeckten in großen Rechtecken das Land und wurden von Bewässerungskanälen durchzogen. Überall standen Bauernhöfe und Scheunen und Gatter.

»Zivilisation!« sagte Quait.

Es war ein gutes Gefühl.

Nach etwa einer Stunde trafen sie auf die ersten Einwohner. Vier von ihnen befanden sich vor einem Haus, vielleicht fünfzig Yards von der Straße entfernt, und unterhielten sich lebhaft. Zwei saßen auf ihren Pferden, die beiden anderen, ein alter Bauer und eine junge Frau, standen neben einem Holzstapel. Einer der beiden Reiter sah aus, als sei er viel zu schwer für das Tier, auf dem er saß. Er trug eine Lederweste und eine Pistole, und er stieß dem alten Bauern den Finger gegen die Brust, während er sprach.

»Das sieht nach Spannungen aus«, sagte Chaka.

Bevor Flojian oder Quait eine Antwort geben konnten, zog der Mann in der Lederweste seine Waffe und schoß. Die Pferde scheuten, der Bauer stolperte rückwärts und brach zusammen, und die Frau kreischte auf. Der Schütze stand im Begriff, ein zweites Mal zu schießen, doch die Frau fiel ihm in den Arm und versuchte, ihn aus dem Sattel zu zerren. Der zweite Reiter trabte lässig herbei und schlug sie mit dem Gewehrkolben nieder.

Ohne ein weiteres Wort gab Quait seinem Pferd Leichtfuß die Sporen und riß das Gewehr von der Schulter. Chaka stieß einen lästerlichen Fluch aus und preschte wütend hinterher. Flojian blieb allein mit den Packpferden zurück.

Die Frau wollte sich wieder aufrappeln, doch der zweite Reiter, ein langer, dünner Kerl mit roten Haaren, rutschte aus dem Sattel und trat ihr in die Rippen. Quait feuerte einen Warnschuß ab.

Der Mann in der Lederweste wirbelte herum und erwiderte das Feuer. Quait zügelte sein Pferd, zielte und schoß ihn mit einem einzigen Schuß aus dem Sattel. Der Rotschopf packte die Frau und riß sie zu sich hoch. Er setzte ihr seine Pistole an die Schläfe.

Er winkte Chaka und Quait, sich nicht weiter zu nähern. Quait verlangsamte sein Tempo, ohne ganz anzuhalten.

»Paß auf!« schrie Chaka. »Er wird sie töten!«

»Er weiß, daß er tot ist, wenn er das tut.«

Der Rotschopf blickte sich gehetzt um und wog seine Chancen ab. Unvermittelt stieß er seine Geisel von sich, sprang auf sein Pferd und galoppierte in Richtung Waldrand davon. Chaka hob das Gewehr und zielte, doch Quait ergriff den Lauf. »Laß ihn«, sagte er.

Sie schüttelte den Kopf. »Er wird wiederkommen.«

»Du kannst doch nicht auf einen Menschen schießen, der vor dir flieht!«

Sie funkelte Quait an, doch bevor sie sich zu einer Entscheidung durchringen konnte, erklang ein Schuß, und der Rotschopf fiel aus dem Sattel. Im ersten Augenblick dachte sie, Flojian hätte gefeuert, doch jetzt war keine Zeit, um der Sache nachzugehen. Sie gab Piper die Sporen und galoppierte zu der Frau, wo sie aus dem Sattel sprang. Die Frau kauerte über dem Opfer und weinte verzweifelt.

Der Bauer war tot. Der Boden ringsum war blutgetränkt. Nach dem Alter zu urteilen mußte er ihr Großvater gewesen sein, denn die Frau war kaum dem Mädchenalter entwachsen. Vielleicht achtzehn. Chaka legte ihr die Hand auf die Schulter, doch sie bemühte sich nicht, die junge Frau von dem Toten wegzuziehen.

Der Mörder lag neben einem umgestürzten Baumstamm und stöhnte laut. Als Chaka sich näherte, sah er mit glasigen Augen zu ihr auf und versuchte, seine Pistole aufzuheben, die ein paar Fuß von ihm entfernt zu Boden gefallen war. Chaka trat sie weg und hielt ihm das Gewehr vor das Gesicht. »Es würde dir nicht viel nutzen«, sagte sie.

Er grunzte ein paar Worte, die Chaka nicht verstand. Blut sickerte aus einer Wunde an seiner Schulter. Sein Gesicht war schmerzverzerrt.

Zwei Männer ritten aus dem Wald herbei. Sie trugen gleich aussehende blaue Röcke, und Chaka schloß, daß es sich um Soldaten oder Milizionäre handeln mußte. In den Armen hielten sie Gewehre.

Beide waren großgewachsen. Einer der beiden war dunkelhäutig, der andere hell. Der Hellhäutige zügelte sein Pferd vor dem Rotschopf und zuckte die Schultern. Sein Partner ritt weiter bis zum Haus. Er starrte traurig auf den Toten. »Es tut mir leid, Lottie«, sagte er. »Mein Gott, es tut mir leid.«

Das Mädchen kniete unverwandt neben dem Toten und schluchzte hemmungslos. Sie ließen sie für eine Weile in Ruhe. Der zweite Soldat band die Hände des Verwundeten auf den Rücken und fesselte ihn an einen Pferdepflock. Dann standen alle um den Leichnam herum, und schließlich zog Chaka das Mädchen Lottie mit sanfter Gewalt zur Seite.

Chaka führte sie ins Innere der kleinen Hütte und wartete geduldig, bis Lottie sich ein wenig beruhigt hatte. Sie redete leise auf die junge Frau ein. »Alles wird wieder gut. Wir sind Freunde, und wir werden uns um dich kümmern. Meine beiden Begleiter und ich werden alles für dich tun, was in unserer Macht steht.«

Sie brachte dem Mädchen ein feuchtes Tuch, und Lottie wischte sich Staub und Tränen aus dem Gesicht.

Die anderen trugen den Toten herein und legten ihn ins Schlafzimmer. »Am besten, du kommst mit uns, Liebes«, sagte der dunkelhäutige Soldat.

»Nein!« Lottie schüttelte den Kopf. »Ich bin hier zu Hause!«

»Du kannst ja wieder zurück. Aber wir dürfen dich jetzt nicht allein hier lassen. Komm doch mit uns. Heute nacht schläfst du bei der Richterin, und wir bringen die Dinge wieder in Ordnung.«

Lottie war attraktiv auf eine Weise, wie nur junge Frauen es sind. Sie war blond, besaß ausdrucksvolle Augen (obwohl sie jetzt blutverschmiert und geschwollen waren), lange, graziöse Gliedmaßen und ein Lächeln, das fast ihren Kummer vergessen ließ.

»Nein«, wiederholte sie. »Bitte.«

»Du mußt, Lottie«, sagte der Dunkelhäutige. »Keine Angst. Wir schicken jemanden her, der auf alles aufpaßt. Bis dahin wird Blayk bei ihm bleiben.«

Er warf seinem Partner einen Blick zu. Blayk nickte.

»Stimmt das, Blayk?« fragte das Mädchen Lottie zwischen heftigen Schluchzern.

»Selbstverständlich. Keine Sorge. Du kannst beruhigt mit Sak gehen.«

Sie hielt die Hände vor die Lippen gepreßt. Nach langer Zeit rang sie sich zu einem Entschluß durch. »Also gut. In Ordnung, ich komme mit. Danke, Blayk.«

Blayk war ein großer, schlanker und stiller Bursche, und in seinen Gesichtszügen stand spürbare Erschöpfung, als hätte er in zu vielen Häusern das gleiche Unglück gesehen. »Schon gut, Lottie. Das ist das Wenigste, was wir für dich tun können.«

Lottie blickte sich im Zimmer um, und plötzlich wurde sie erneut von Verzweiflung übermannt. »Irgendwo muß ich meine Jacke haben«, schluchzte sie.

Chaka stand auf und nahm sie an der Hand. In einem Küchenschrank fand sie etwas Alkoholisches, schenkte Lottie einen Drink aus und sich selbst gleich mit. Sie ließ die Flasche offen, falls sonst noch jemand Bedarf hatte, und sah Blayks Partner an. »Ich möchte Sie bitten, noch ein wenig zu warten, Soldat.«

»Wir sind Ranger, Madam«, antwortete er.

»Verzeihen Sie mir«, sagte Lottie. »Das sind Sak und Blayk.«

»Erfreut Sie kennenzulernen«, erwiderte Chaka. Sie stellte sich und ihre beiden Begleiter vor. Anschließend führte sie Lottie aus dem Zimmer. Als sie zwanzig Minuten später zurückkehrten, war Lottie gewaschen und hatte frische Kleider an.

Chaka brachte sie hinaus auf die Veranda. Sak hielt den beiden Frauen die Tür auf. »Ich würde mich freuen«, sagte er, »wenn Sie und Ihre Begleiter sich uns anschließen könnten«, sagte er. »Ich denke, die Richterin wäre erfreut, Ihre Bekanntschaft zu machen.«

»Selbstverständlich«, antwortete Quait. »Wer ist die Richterin?«

»Sie sorgt für Recht und Ordnung in der Gegend.« Er besprach mit Blayk, wann er mit Ablösung rechnen konnte, und ging den Gefangenen holen. Sie stiegen in die Sättel und ritten am Kanal entlang nach Osten davon.

»Woher kommen Sie?« erkundigte sich Sak.

»Aus Illyrien«, antwortete Flojian.

Sak runzelte die Stirn. »Noch nie davon gehört.« Er sah aus wie fünfunddreißig, doch Chaka hatte den Verdacht, daß er viel jünger war. Seine Haut war wettergegerbt, und er trug einen dichten schwarzen Schnurrbart.

Der Gefangene ritt neben Quait. »In den alten Tagen«, berichtete Sak, »hätten wir ihn an Ort und Stelle erschossen.«

»Ich wünschte, wir wären früher gekommen«, sagte Chaka. »Worum ging es überhaupt?«

»Sklavenhändler«, brummte Sak. »Wir werden sie nach und nach los, aber es dauert. Nicht wahr, Lump?«

Der Gefangene blutete immer noch an der rechten Schulter. Schließlich machten sie Halt, und Chaka riß ein altes Hemd in Streifen und verband die Wunde.

»Ich wollte das nicht«, stöhnte der Gefangene. »Ich dachte, er zieht eine Waffe.«

Sak musterte ihn kalt. »Du mußt dir schon eine bessere Geschichte ausdenken.«

Die Richterin residierte in einem Fort direkt über der Straße. Es war ein ausgedehnter Komplex aus Militärbaracken, Exerzierplätzen, geflaggten Höfen und Stallungen, umgeben von einem hölzernen Palisadenzaun. Die Palisaden starrten nur so vor Schießscharten und Ausfallpforten. Blaue und weiße Flaggen wehten von einem guten Dutzend Masten. Das Fort stand auf der flachen Anhöhe einer Lichtung, die tausend Yards in jeder Richtung freies Schußfeld bot.

Sie lieferten den Gefangenen am Haupttor ab und ritten in das Fort.

Das erste, was Chaka ins Auge stach, war ein prachtvolles Herrenhaus. Es war ganz aus Baumstämmen gebaut, zwei Stockwerke hoch und mit nachträglichen Anbauten mehrfach erweitert worden. Eine überdachte, mit Korbmöbeln ausstaffierte Veranda zog sich über die gesamte Front. Das Haus besaß zahlreiche Fenster, und auf dem Dach befand sich ein überkuppelter Erker, der gerade hoch genug war, um über die Palisaden zu blicken.

»Das Haus der Richterin«, erklärte Sak. Sie ließen Lottie bei einer mütterlich aussehenden Frau an einem Seiteneingang zurück. Sie dankte ihren Rettern ein weiteres Mal, und Sak versprach, zurückzukehren und nach ihr zu sehen. Dann führte er die drei Gefährten an einem Heuschober vorbei und über eine schmale Holzbrücke, die einen Bach überquerte. Vor einem tristen, zweistöckigen Gebäude am Rand des Paradeplatzes machte er Halt. »Früher war das hier das Quartier des Kommandanten«, sagte er. »Wir werden Sie hier einquartieren, solange Sie bei uns zu Gast sind.«

»Das ist sehr freundlich von Ihnen«, sagte Chaka.

»Es ist mir ein Vergnügen, Madam«, erwiderte der Ranger. »Wir wissen Ihren Mut und Ihr Eingreifen dort draußen zu schätzen. Ohne Sie hätten wir die kleine Lottie möglicherweise auch noch verloren.« Er stieg aus dem Sattel und öffnete die Tür. »Im Augenblick wohnt hier niemand. Außer Gästen natürlich.« Unmittelbar hinter der Tür befand sich eine Wand. Auf der einen Seite ging es in einen Gemeinschaftsraum, auf der anderen führte eine Treppe nach oben. Die Wand hinter der Tür war gerade breit genug, um den direkten Durchgang zu versperren. Flojian konnte den Sinn nicht erkennen und fragte nach.

»Wir nennen es *Rindel*«, erklärte Sak. »Es soll böse Geister abhalten.«

»Wie das?« fragte Chaka.

»Nach der Legende können Geister nur über die Türschwelle in ein Haus eindringen, und sie können sich nur in einer geraden Linie bewegen. Es sei denn, sie werden eingeladen.« Er half Chaka beim Abladen ihres Gepäcks. »Ich vermute, das Rindel hat nur deswegen überdauert, weil es hilft, die Kälte draußen zu halten.«

Flojian entgegnete trocken, daß draußen in der Wildnis Dinge lauerten, die Sak vielleicht seine Meinung ändern ließen.

Hinter dem Rindel führte ein Korridor in den hinteren Teil des Hauses. Rechts und links gingen Türen ab. Sak wartete, bis sie sich Zimmer ausgesucht hatten und versprach dann, frisches Bettzeug schicken zu lassen und alles, was sie sonst noch benötigten. »Ich denke, die Richterin wird mit Ihnen sprechen wollen, deswegen würde ich es begrüßen, wenn Sie sich nicht zu weit entfernen.«

Chaka war beeindruckt. Sie hatte zwei Zimmer und ein Bad für sich allein. Während sie sich noch umsah, erschien eine junge Frau, um das Bett frisch zu beziehen. Die Fenster waren mit herbstfarbenen Vorhängen versehen und standen offen. Die Sichtblenden waren zugezogen. Der aromatische Duft des Spätfrühlings erfüllte die Luft. Im Wohnzimmer standen ein Arbeitstisch und zwei komfortable Sessel. An einer Wand hatte man ein Bärenfell aufgehängt.

Das Badezimmer übertraf Chakas kühnste Erwartungen. Ein großer Holzzuber war das beherrschende Möbel, eigentlich nichts Besonderes. Doch der Zuber besaß *Wasserhähne*, und als sie einen davon öffnete, kam *warmes* Wasser.

Chaka hatte schon früher sanitäre Einrichtungen im Innern von Häusern gesehen, aber noch nie *fließendes warmes Wasser*. Das hier mußte die am weitesten fortgeschrittene Nation auf der ganzen Welt sein!

Sie ging nach unten in die Küche und schnitt sich ein paar Scheiben von einem großen Schinken ab (den man speziell für die Gäste gebracht hatte und der auf Eis frisch gehalten wurde). Dann schenkte sie sich noch einen Becher Wein aus und nahm alles mit auf ihr Zimmer, wo sie erst einmal gründlich mit aromatisch duftender Seife badete.

Sie trocknete sich gerade ab, als Quait an der Tür klopfte. »Wir sind heute abend bei der Richterin zum Essen eingeladen«, sagte er. »Um acht.«

Im Verlauf der nächsten Stunde kamen Diener und nahmen bei Chaka Maß. Sie versprachen, rechtzeitig vor der verabredeten Zeit wieder mit frischen Kleidern zurück zu sein.

Sak kam vorbei und erkundigte sich, ob alles zu ihrer Zufriedenheit gerichtet sei, dann erbot er sich, sie zu einer Besichtigungstour durch das Fort mitzunehmen.

Sie dürften umherwandern, soviel sie wollten, erklärte er, doch es sei nicht ratsam, das Haus der Richterin ohne Einladung zu betreten.

»Wie geht es Lottie?« erkundigte sich Chaka. Inzwischen hatten sie herausgefunden, daß der Tote tatsächlich ihr Großvater gewesen war.

»Den Umständen entsprechend«, lautete die Antwort. »Ihr Bruder ist bei ihr.« Sak zuckte die Schultern. »Die Welt ist hart.«

Er hatte frische Reittiere mitgebracht. Quait schwang sich in den Sattel und tätschelte den Hals des Tiers. Chaka blickte sich um. Zwei Leute arbeiteten an einem Wagen, ein paar andere waren in einer Schmiede am Fuß der Palisade zu sehen. Ansonsten lag das Fort verlassen da.

»Wir sind Ranger«, erklärte Sak. »So etwas passiert nicht mehr allzu häufig. Unglücklicherweise zeigen sich die Bastarde immer noch hier und da.« Er zuckte die Schultern. »Wir arbeiten mit dem, was wir haben. Wenn wir nicht als Ranger unterwegs sind, arbeiten wir als Bauern. Oder in den Minen. Was auch immer.«

»Minen?« fragte Flojian. »Was bauen Sie ab?«

»Größtenteils Eisen. Wir holen es aus der Stadt der Straßenbauer.« Er zeigte nach Norden. »Außerdem Aluminium und hin und wieder sogar wertvolle Edelsteine. Auf der Südseite«, er deutete mit dem Kopf in die Richtung, »haben wir Kohle gefunden.«

Sie bewegten sich gemächlich durch das Fort. Es gab vier alte Baracken.

»Das hier war früher ein Außenposten der Armee«, erklärte er. »Heutzutage brauchen wir die Armee nicht mehr.«

»Gibt es keine Kriege?« fragte Chaka.

»Nicht mehr, seit Brockett und Cabel den Vertrag unterschrieben haben. Und das ist inzwischen fast zwanzig Jahre her.«

»Brockett und Cabel?« fragte Quait.

Sak runzelte die Stirn. »Die Städte«, sagte er. Er schüttelte verwundert den Kopf, als hätten alle seine Gäste drei Beine. »Sie kommen tatsächlich aus der Wildnis, nicht wahr?«

»Ich schätze ja«, sagte Chaka. Quait bemerkte, daß die Kasernen sich in gutem Zustand befanden.

»Wir halten sie immer noch in Schuß«, berichtete Lak. »In der Vergangenheit gab es hin und wieder groß angelegte Raubzüge, und wir mußten jeden in den Schutz des Forts bringen. Seit dem letzten Überfall sind schon ein paar Jahre vergangen, und die Grenze verschiebt sich immer weiter nach Westen. Folglich haben wir hier immer weniger Ärger. Aber sollte er zurückkommen, sind wir bereit.«

Er zeigte ihnen die Bäckerei, die Quartiere der Dienstboten, die Palisaden, die Wäscherei, den Kavalleriehof, die Offiziersquartiere (in denen heutzutage die Ranger wohnten, die gerade im Dienst waren), und die Sanitätsabteilung. »Wir nennen das Gebäude noch immer so, obwohl inzwischen unser taktisches Hauptquartier dort untergebracht ist. Die echte Sanitätsabteilung befindet sich im Westflügel des Herrenhauses.« Sie gingen durch die Gebäude der Wagenmeisterei und die Werkstätten, die beide noch in Benutzung waren, den Holzhof, die Stallungen, den Heuhof und den Kavalleriehof. »Es sieht verlassen aus, aber die Städter können sich hier verteidigen, falls es sein muß.« Er grinste.

Vor dem Palisadenzaun fiel eine Salve.

»Das war der Halunke«, sagte Sak.

Chaka schnitt eine Grimasse. »Das ging ziemlich schnell.«

»Es gibt keine Wiederholungstäter. Wir versorgten zuerst noch seine Schulter. Ich weiß nicht, warum wir das tun, warum wir die Leute medizinisch versorgen und dann töten, aber die Richterin besteht darauf.«

Der Aufenthaltsraum in ihrem Quartier war mit einer Wasseruhr ausgestattet. Es war eine geniale Konstruktion, und Chaka fertigte eine Skizze des Mechanismus in ihrem Journal an.

Die Uhr besaß eine obere und eine untere Kammer. Wasser tropfte aus der oberen Kammer und ließ einen Schwimmer in der unteren steigen. Der Schwimmer, ein winziges Schiffchen, war an einem gezahnten Stab befestigt. Der Stab trieb ein Zahnrad an, während das Schiffchen stieg, und das Zahnrad bewegte einen einzelnen Zeiger über ein Zifferblatt. Wie andere Zeitmeßinstrumente jener Zeit war die Uhr bestenfalls ungenau, doch das war völlig ausreichend für ein Volk, das jeden Sinn für Schnelligkeit und Pünktlichkeit verloren hatte. (Die Illyrer hatten Uhren der Straßenbauer aus den Ruinen geborgen, und sie wußten sogar, wie sie funktionierten. Trotzdem war es ihnen bisher nicht gelungen, sie nachzubauen.)

Kurz bevor der Zeiger die achte Stunde anzeigte, traf Sak im Gästequartier ein. Er steckte in einer frischen Uniform, hatte ein weißes Halstuch umgebunden und einen weißen Hut auf dem Kopf. »Die Richterin kann es kaum erwarten, Sie kennenzulernen«, sagte er.

Sie gingen über den Paradeplatz zur Vorderseite des Herrenhauses und stiegen die Holzstufen zur Veranda hinauf. Ein großer bärtiger Mann in einem schwarzen Mantel, der ihm eine Nummer zu klein war, und mit einer Schirmmütze auf dem Kopf kam ihnen entgegen, als sie gerade eintreten wollten. Sak begrüßte ihn und stellte seine Gäste vor. »Kapitän Warden«, sagte er. »Von der *Columbine*.«

Warden verbeugte sich vor Chaka und schüttelte Quait und Flojian die Hände. Er war ein Mann von zerbrechlich anmutender Statur, hager, mit gelblicher Haut und einem merkwürdig passiven Gesichtsausdruck, doch er besaß einen Händedruck wie eine zuschnappende Bärenfalle.

»Woher kommen Sie?« erkundigte er sich in einer Lautstärke, die vermuten ließ, daß er zumindest schwerhörig war.

»Aus Illyrien«, antwortete Flojian.

Warden runzelte die Stirn. »Illyrien? Ich dachte immer, ich kenne alle Städte am großen Inländischen Meer. Aber ich glaube nicht, daß ich jemals von einem Illyrien gehört habe.«

»Eine der Ligastädte«, erklärte Flojian. »Im Süden, im Tal des Mississippi.«

»Oh?« sagte Warden. Chaka bemerkte den Tonfall und den verständnislosen Blick, den Warden mit ihrem Gastgeber wechselte. »Irgendwann müssen wir uns unterhalten«, sagte der Kapitän der *Columbine*. Er entschuldigte sich mit den Worten, daß er dringende Geschäfte bei den Docks zu erledigen hätte.

Im Flur begegneten sie einer attraktiven dunkelhaarigen Frau. Sie stand vor einem Rindel, das mit mehreren Perlenketten dekoriert war.

»Bitte kommen Sie doch herein«, lächelte sie und nickte Sak grüßend zu.

Von irgendwo hörte man Kinderlachen. »Das ist Delia«, stellte Sak die junge Frau vor. »Sie führt den Haushalt der Richterin.«

Delia geleitete die Gäste in den Besucherraum und drehte die Lampen auf. Sie wartete, bis alle Platz genommen hatten und erkundigte sich dann, was die Gäste zu trinken wünschten.

Chaka bestellte sich einen Brombeerwein. »Er kommt durch den Kanal von Brockett herunter«, erklärte Delia. »An Bord der *Columbine*.«

Die Fenster standen offen, und eine kühle Brise wehte durch das Zimmer. Draußen summten laut Insekten. Gelegentlich hörte man Gelächter und Melodien von einem geschickt gespielten Walloon. Quait grinste verlegen, und Chaka beeilte sich zu versichern, daß er ebenfalls ganz meisterhaft spiele. Im Westen zuckten Blitze über den Himmel.

Flojian war überrascht zu hören, daß auf dem Kanal Schiffsverkehr stattfand. »Wenn es der gleiche Kanal ist, der neben der Straße verläuft, über die wir gekommen sind«, sagte er, »dann denke ich, daß es eigentlich unmöglich sein müßte. Der Kanal ist blockiert.«

»Aber Sie kamen aus dem *Westen*«, bemerkte eine Frauenstimme hinter Flojian. »In dieser Richtung ist der

Kanal blockiert, da haben Sie völlig recht.« Die Sprecherin trat ins Licht; sie war relativ klein und von unbestimmbarem Alter. Ihre Gesichtszüge waren undurchschaubar, sie hatte graue Augen mit grünen Sprenkeln, eine lange, schmale Nase, dichtes silbernes Haar und eine Haltung, die erkennen ließ, daß sie an das Befehlen gewöhnt war. In der Hand hielt sie ein Glas mit einer klaren dunkelbraunen Flüssigkeit.

Sak sprang auf und stellte Richterin Maris Tibalt die Gäste vor. »Ich freue mich, Sie bei uns in Oriskany zu begrüßen«, sagte sie. »Ich hoffe, Ihre Unterkünfte sagen Ihnen zu?«

»Selbstverständlich« bedankte sich Chaka begeistert. »Sie sind *äußerst* komfortabel.«

»Sehr gut.« Die Richterin schien zufrieden. »Das Abendessen ist in wenigen Minuten fertig. Bis dahin . . .« Sie betrachtete ihre Gäste der Reihe nach. »Wenn ich Sie richtig verstanden habe, kommen Sie von einem Ort hinter dem großen Inländischen Meer.«

Quait blickte Sak an. »Sind das die großen Wasserflächen im Westen?«

Sak nickte.

»Das stimmt, Richterin«, sagte Flojian.

Chaka bemerkte, wie Quaits Augen schmaler wurden. *Keine genauen Ortsbezeichnungen, sagten sie.*

»Und Sie suchen Haven.«

»Ja, das tun wir.«

»Gut. Besitzen Sie Beweise, daß ein solcher Ort existiert?«

»Wir glauben fest daran, Richterin«, sagte Quait.

Flojian berichtete von der ersten Expedition und erkundigte sich, ob sie hier durchgekommen sei.

»Ja«, erwiderte die Richterin. »Die erste Expedition kam hier durch. Allerdings habe ich keinen der Teilnehmer je wiedergesehen.«

»Wissen Sie, was aus der Expedition geworden ist?«

»Nur Gerüchte.«

»Und was erzählen diese Gerüchte?«

»Daß sie in Brockett ein Schiff genommen haben und

nach Norden gefahren sind. Und daß alle bis auf einen einzigen starben.«

»Wie starben sie?«

Die Richterin überlegte einen Augenblick, bevor sie antwortete. »Die Matrosen an Bord des Schiffes erzählten, daß sie alle zusammen in eine Höhle gegangen und von etwas getötet worden seien, das niemand sehen konnte.«

»Diese Geschichte höre ich zum ersten Mal«, sagte Flojian. Die Stimmung der drei Gefährten sank.

»Die Seeleute hatten ihre Passagiere verloren«, sagte die Richterin. »Sie mußten eine Geschichte vorweisen.«

»Wissen Sie Einzelheiten?« fragte Chaka.

Die Richterin dachte erneut nach. »Nein. Es hat mich nie sonderlich interessiert. Sie sollten nach Brockett gehen. Suchen Sie den Kapitän des Schiffes, mit dem Ihre Freunde gefahren sind. Reden Sie mit ihm.«

»Gestern haben wir etwas Merkwürdiges gesehen«, sagte Flojian nach einer Weile. Er beschrieb den Mann hoch oben am Himmel.

»Oh, tatsächlich?« Die Richterin schien erfreut. »Das war Orin. Unser Aeronaut.«

»Was macht er? Ich meine, außer in einem Ballon durch die Gegend fahren?«

»Orin ist Erfinder. Er lebt in der Nähe von Brockett.« Sie war offensichtlich dankbar für den Themawechsel. »Er nimmt Leute mit auf seine Ausflüge.«

»Sind *Sie* schon einmal an Bord gewesen?« erkundigte sich Chaka.

Die Frage schien die Richterin zu amüsieren. »Ich bevorzuge die Art von Fortbewegung, bei der ich wenigstens einen Fuß auf dem Boden behalten kann.«

Auf Vorschlag der Richterin tranken sie zuerst auf Illyrien und die Mississippi-Liga, dann auf Brockett und den Friedensvertrag.

»Wo genau liegt Brockett?« wollte Chaka wissen.

»Ungefähr hundert Meilen östlich. Am Ende des Kanals. Dort, wo der Kanal in den Hudson mündet.«

»Den Hudson?«

»Unsere wichtigste Nord-Süd-Verbindung. Unser gesamter Handel wird über den Hudson und über den Kanal abgewickelt. Wenn Sie möchten, würde ich mich glücklich schätzen, eine Passage auf der *Columbine* für Sie zu arrangieren. Das Schiff gehört Kapitän Warden. Ich nehme doch an, Sie wollen weiter nach Brockett?«

»Ja«, sagte Quait. »Das wäre wirklich sehr freundlich von Ihnen.«

»Selbstverständlich hätten wir auch nichts dagegen, wenn Sie in Betracht zögen, hier zu bleiben und bei uns zu leben. Das Leben in Oriskany ist gut, und wir könnten Leute wie Sie gebrauchen.«

»Sie kennen uns doch gar nicht«, sagte Flojian.

»Ich weiß genug.«

Die drei Gefährten blickten sich an, und Chaka sah, daß alle einer Meinung waren. »Danke sehr für das Angebot«, sagte Quait. »Aber wir können nicht einfach aufgeben und hierbleiben.«

»In Ordnung«, sagte die Richterin. »Ich hatte eigentlich auch nichts anderes erwartet. Vielleicht denken Sie bei Ihrer Rückkehr anders.«

»Was kommt hinter Brockett?« fragte Chaka.

In einem Nachbarzimmer wurde eine leise Glocke geläutet, und Delia erschien in der Tür. »Das Essen ist serviert, Euer Ehren«, sagte sie.

Die Richterin erhob sich. »Hinter Brockett?« wiederholte sie Chakas Frage. »Hinter Brockett liegt nichts als Dunkelheit. Und das Meer.«

Die Diener servierten gebratenes Fleisch und Kartoffeln und eine Auswahl an Gemüsen, dazu frisch gebackene Brötchen und reichlich vom besten Wein. Die drei Gefährten erzählten von ihren Abenteuern, und die Richterin sprach ihr Beileid für die Toten aus.

Die Kinder, deren Lachen zuvor durch das Haus geklungen war, nahmen ihre Mahlzeit in einem anderen Zimmer ein. Sie gehörten den Bediensteten, erzählte die Richterin.

»Meine eigenen Kinder sind längst erwachsen und aus dem Haus.«

»Und wo sind sie jetzt?« fragte Quait.

»In Brockett. Meine Tochter befindet sich noch in der Ausbildung. Meine beiden Söhne stehen beide in Diensten des Direktors.«

»Was für ein Direktor?« fragte Flojian.

»Unser Staatsoberhaupt.«

»Und Frauen erhalten eine richtige Ausbildung?« fragte Chaka.

»Selbstverständlich.«

Die Richterin erzählte, daß sie ihre eigene juristische Ausbildung in Brockett erhalten hatte, bevor sie nach Oriskany zurückgekehrt war und nach dem Tod ihres Vaters das Amt der Richterin übernommen hatte. Sie war die ältere von zwei Töchtern.

Flojian fragte nach ihrem Ehegatten.

Das erwies sich als Fauxpas: Unbekümmert erzählte die Richterin, daß sie keinen Mann habe, niemals verheiratet gewesen sei und (wenn ihre Gäste ihre Offenheit verzeihen mochten) auch keine Notwendigkeit dazu zu erkennen vermochte. »Ich sehe, daß Sie schockiert sind«, fügte sie hinzu.

»Nicht wirklich«, stotterte Quait, weil ihm keine bessere Antwort einfallen wollte.

»Schon gut, das macht überhaupt nichts. Die meisten Menschen verwechseln sexuelle Enthaltsamkeit mit Tugend. Das ist nicht ihre Schuld, wirklich nicht. Die Gesellschaft impft ihnen diese Dinge ein, und niemand stellt sie je in Frage.«

»Aber die Götter befehlen es so!« widersprach Flojian steif.

»Welche Götter sollen das sein? Die Götter des Südens? Oder die Götter des Nordens?«

Flojian blickte zu Chaka, doch Chaka sah keinen Grund, ihm zu Hilfe zu kommen.

»Die meisten Gesellschaften fangen mit Göttern an und enden bei der Philosophie«, sagte die Richterin. »Irgendwann erkennt jeder, daß es keine Götter gibt und daß die Gesetze von toten Männern und Frauen gemacht wurden. Mein Vater hat mich einmal gewarnt, daß ich auf meinem Totenbett nur eins bedauern würde: die vielen Dinge, die ungetan geblieben sind.«

»Aber es *gibt* so etwas wie Tugend«, beharrte Flojian mit erregter Stimme.

»Selbstverständlich. Ich würde sogar sagen, daß es nur eine einzige echte Tugend gibt, und das ist die Weisheit. Die anderen sind allesamt Schwindel. Und da wir gerade beim Thema sind: falls Sie die Nacht nicht allein verbringen möchten, organisiere ich gerne Gesellschaft für Sie.« Die Richterin blickte ihre Gäste an, doch die drei wanden sich unbehaglich bei der Vorstellung, und schließlich lachte sie. »Es tut mir leid. Ich wollte nicht, daß Sie sich unbehaglich fühlen. Lassen Sie es mich einfach wissen, ja?«

Flojian hatte seit mehr als zwanzig Jahren keine Nacht mehr mit einer Frau verbracht. Er hatte stets die Konsequenzen gefürchtet, die ein Fehltritt außerhalb einer anerkannten ehelichen Bindung nach sich ziehen konnte, und er erinnerte sich noch gut an die seelischen Qualen, die ihm sein einziger Fehltritt damals bereitet hatte.

Er war noch einmal davongekommen. Die Frau war nicht schwanger geworden. Kein Skandal. (Das Mädchen, denn sie war kaum älter gewesen, war die Diskretion in Person gewesen.) Und damals hatte Flojian einen heiligen Eid geschworen, diese Straße niemals wieder zu betreten. Er würde bis zum Tag seiner Hochzeit keinerlei sexuellen Vergnügungen mehr nachgehen.

Und das hatte er tatsächlich getan.

Als das Abendessen zu Ende war und die Gesellschaft im Begriff stand, sich aufzulösen, verspürte Flojian eine merkwürdige Kurzatmigkeit. Er suchte krampfhaft nach einer Gelegenheit, unter vier Augen mit der Richterin zu sprechen. Doch die Gelegenheit ergab sich nicht, und so spazierte er am Ende zusammen mit Lottie und seinen beiden Gefährten zurück in das Gästehaus und fühlte sich erbärmlich und verloren.

Was die Sache noch schlimmer machte, war der heimliche Verdacht, daß er vielleicht nicht einmal dann imstande gewesen wäre, die Richterin zu fragen, wenn er allein und ohne die anderen mit ihr hätte reden können. Nämlich nach der einen einzigen Sache auf der Welt zu fragen, nach der er sich vor Sehnsucht verzehrte.

Kapitel 25

Das Hafenviertel umfaßte zwei baufällige Docks, zwei Lagerhäuser, ein Getreidesilo, eine Reparaturwerft und ein Maklerbüro. Außerdem gab es eine offene Bäckerei, eine Schmiede, einen Büchsenmacher, einen Zimmermann und einen Arzt. Anders als in Illyrien hatte man hier den Laden oder die Werkstatt in seinem Wohnhaus untergebracht. Die Gebäude waren malerisch anzusehen, mit Brüstungen, Mansardenfenstern, Butzenscheiben, schiefen Giebeln und gewölbten Bogengängen.

Das Schiff von Kapitän Warden, die *Columbine*, war mit einem Schaufelrad ausgestattet. Schiffe wie dieses hatten den Mississippi während der Ära der Straßenbauer befahren, doch kein Mensch in Illyrien wußte, welche Kraft das Schaufelrad in Drehung versetzt hatte. Hinter dem Führerhaus ragten zwei mächtige Schornsteine auf, aus denen weißer Rauch quoll.

»Ich glaube das einfach nicht!« flüsterte Flojian. Er war so aufgeregt, daß er fast zu atmen vergaß.

Noch immer lagen zahlreiche Schiffswracks im Mississippi, und die meisten waren nicht dazu gedacht, Segel zu tragen. Diese Tatsache war den Illyrern stets ein großes Rätsel gewesen. Viele Jahre lang war in Fernstraße eine Maschine aus einem dieser Schiffe, der *America*, ausgestellt gewesen, doch ihre Funktionsweise blieb bis heute rätselhaft, obwohl die bedeutendsten Gelehrten der Liga sie untersucht hatten.

Gegenwärtig wurden die letzten Stücke Eisenschrott verladen, und die *Columbine* lag tief im Wasser. Ein Matrose kam und nahm ihre Pferde in Empfang. Auf dem Achterdeck hatte man einen Pferch für die Tiere vorbereitet.

Kapitän Warden stand an der Heckreling und beaufsichtigte das Beladen seines Schiffes. Er erblickte seine Passagiere unten auf dem Dock und kam nach vorn, um sie zu begrüßen.

»Guten Morgen, Kapitän.« Chaka kletterte als erste die Gangway hinauf.

»Talley«, sagte Flojian leise.

»Wie bitte?« fragte Quait.

»Das Teufelsauge. Hier ist die Energiequelle, nach der Talley gesucht hat.«

Die *Columbine* war ein stabiles Schiff und mit gut zweihundert Fuß vom Bug bis zum Heck größer als alles, was die drei Gefährten je intakt gesehen hatten.

Sie schüttelten allen die Hände, und Warden entschuldigte sich, daß sein Schiff eher zur Beförderung von Fracht als von Passagieren diente. »Sie müssen verstehen«, sagte er, »daß die Unterkünfte an Bord nur eingeschränkten Komfort bieten. Aber es muß auch so gehen. Jawohl, das muß es.« Seine dunkelbraunen Augen blickten sie erwartungsvoll an, und sie bewunderten das Schiff gebührend. »Wir laufen knapp vierzehn Stunden bis nach Brockett«, fuhr er fort. »Es gibt nur eine Kabine, die Sie sich teilen müssen. Und Sie müssen die Waschgelegenheiten der Besatzung mitbenutzen. Sie befinden sich mitschiffs. Die Besatzung hat nichts dagegen, mit einer Frau zu teilen, Chaka, also keine Angst. Wir rechnen mit gutem Wetter. Sie werden die meiste Zeit sowieso an Deck verbringen. Sehen Sie sich ruhig auf dem Schiff um, solange Sie wollen.«

»Wir haben noch nicht über den Fahrpreis gesprochen«, sagte Flojian.

Warden berührte den Rand seiner Mütze und winkte einen Matrosen herbei. »Shim, du achtest mir darauf, daß es unseren Passagieren an nichts fehlt. Und Sie werden gratis mitgenommen, Flojian. Mit den besten Grüßen von der Richterin. Und von der *Columbine*.«

Warden entschuldigte sich, denn er hatte vor der Abfahrt noch viel zu tun. Shim nahm Chakas Gepäck und führte die drei zu ihrer Kabine, einem kahlen Raum mit vier nackten Pritschen, einem Tisch unter einem Bullauge und ein paar gespannten Leinen, um Kleider aufzuhängen. Die Kabine war sauber, und, wie Quait richtig bemerkte, naß würden sie auch nicht werden.

Eine unsichtbare Kraft ließ die Schotten vibrieren. Das Schiff fühlte sich *lebendig* an. Aufgeregt wie kleine Schulkinder gingen sie zurück auf Deck. Matrosen lösten die Leinen, dichte Rauchwolken quollen aus den Schornsteinen, und das Schaufelrad am Heck begann sich zu drehen. Wassermassen wirbelten glitzernd durch das Sonnenlicht, und der Pier blieb langsam zurück. Ein Reiter tauchte hinter einem Lagerhaus auf und winkte ihnen zu. Es war Sak. Die drei Gefährten winkten zurück.

Shim nahm sie mit unter Deck und zeigte ihnen die Maschine.

Es war heiß. Zwei Männer mit nackten Oberkörpern warfen dicke Holzscheite in ein brüllendes Feuer in einer Kammer unter einem Boiler. »Wir pumpen Wasser in die obere Kammer«, erklärte Shim. Er mußte schreien, um sich verständlich zu machen. »Das Feuer verwandelt Wasser in Dampf, und der Dampf treibt das Rad an. Ganz einfach.«

Flojian fragte ihn, ob er eine Skizze anfertigen dürfte, und Shim gestattete es ihm. Er erklärte die Funktionsweise erneut, bis er sicher war, daß Flojian alles begriffen hatte. »Wir besitzen erst seit ein paar Jahren Dampfmaschinen«, fügte Shim hinzu. »Früher benutzten wir Segel und Ruder und Stöcke, und die Fahrt nach Brockett dauerte *Tage*.«

Shim war klein, korpulent und stets gutgelaunt, und er war sehr von Chaka angetan. Ganz gleich, wer eine Frage stellte, er antwortete immer nur ihr.

»Wer hat die Maschine erfunden?« erkundigte sich Quait.

»Orin Claver«, sagte Shim zu Chaka.

»Claver?« fragte Flojian. »Der Mann im Ballon?«

»Genau der. Natürlich erfindet er diese Dinge nicht selbst. Er möchte nur, daß die Menschen das glauben. In Wirklichkeit findet er Dinge in den Ruinen, probiert herum, bis er weiß, wie sie funktionierten, und kopiert sie anschließend.«

»Auch das ist keine geringe Leistung«, stellte Flojian fest.

Später, als sie wieder an Deck standen, wirkte Flojian zum ersten Mal seit Avilas Tod wieder etwas fröhlicher. »Selbst wenn wir mit nichts nach Hause zurückkehren als dem, was wir bis jetzt gefunden haben, waren die Opfer nicht ganz umsonst. Wir werden den Mississippi nutzbar machen. Wir hatten immer das Problem, daß die Strömung zu stark ist. Wir wohnen an einem breiten Fluß und waren nie imstande, ihn wirklich zu nutzen, weil es keine Möglichkeit gab, Schiffe stromaufwärts zu senden. Aber dieses Ding, diese *Dampfmaschine*, ändert alles.«

Die *Columbine* hatte eine Besatzung von fünf Mann plus ihrem Kapitän. Drei der Matrosen waren zugleich Ranger. »Von Zeit zu Zeit werden wir beschossen«, gestand der Kapitän. »Aber wir haben noch nie jemanden verloren.« Oriskany, so fuhr er fort, sei Protektoratsgebiet von Brockett und westlicher Außenposten des Reichs. »Die Richterin leistet gute Arbeit. Die Straßen sind halbwegs sicher, und sie greift hart gegen Räuber durch. Sie werden gefangen, nach Brockett verschifft und dort verkauft.«

»Aber der, den wir zu fangen geholfen haben, wurde erschossen«, wandte Chaka ein.

»Weil er den alten Hal Rollin ermordet hat. Mord zieht automatisch die Todesstrafe nach sich. Das steht ganz außer Frage. Diese Tatsache ist bekannt, und Urteile werden innerhalb von vierundzwanzig Stunden vollstreckt.«

»Was ist mit mildernden Umständen?« fragte Chaka.

»So etwas gibt es nicht bei uns, mit Ausnahme von Selbstverteidigung. In diesem Fall gibt es überhaupt keine Strafe. Und es spielt überhaupt keine Rolle, ob der Mörder eine schwere Jugend hatte oder ein hartes Leben. Die Richterin macht keine Ausnahmen. Nur deswegen sind unsere Straßen einigermaßen sicher.«

Warden lächelte wenig. Vielleicht lag es an seinem Beruf. Der alte Kanal mochte vielleicht breit aussehen, aber er lag voller Trümmer, eingestürzter Brücken, abgestorbener Bäume und anderer versteckter Gefahren.

Irgendwie war sogar ein Haus mitten in den Kanal geraten. Es stand vollkommen unter Wasser, doch als Chaka in das stille, klare Wasser hinunterblickte, entdeckte sie Mansardenfenster und einen Schornstein.

Sie benutzte ihre Deckenrolle als Kissen, setzte sich an die Außenwand der Kabine und genoß die schaukelnde Bewegung des Schiffs und das warme Wetter des späten Frühlings. Sanfte Hügel und bebaute Felder glitten vorüber. Rotwild weidete am Ufer und beobachtete das Schiff. Dichte Walnußbäume und rote Zedern säumten die Böschungen. Kinder spielten auf den Feldern und sahen auf, als die *Columbine* vorüberfuhr, um schließlich ans Wasser zu laufen und heftig zu winken.

Auf den Straßen fuhren Pferdegespanne. Fischer waren in kleinen Booten unterwegs. Je weiter das Schiff nach Osten kam, desto dichter besiedelt war das Land. Menschen traten aus ihren Häusern und beobachteten das Schiff.

»Kapitän, erzählen Sie mir vom Hudson«, sagte Chaka, als Warden wieder auftauchte.

»Was möchten Sie wissen?«

»Mündet er in ein Meer?«

»O ja, selbstverständlich. Ungefähr 180 Meilen weit im Süden.«

Flojian war eingeschlafen, und Quait war bei einem der Matrosen, um Skizzen zu vergleichen. Warden ließ sich neben Chaka nieder. »Der Hudson besaß vielleicht sogar einmal oben im Norden eine zweite Verbindung zum Meer. Es gab einen Kanal, genau wie diesen hier. Er war nicht so lang. Heutzutage ist er versandet.«

So weit, so gut. »Kapitän, könnten wir die *Columbine* chartern?«

Warden grinste. »Wozu?«

»Das weiß ich noch nicht so genau. Möglicherweise benötigen wir eine Transportgelegenheit über das Meer.«

Er überdachte ihr Angebot nicht eine Sekunde. »Tut mir leid«, sagte er. »Wir haben einen engen Fahrplan, und ich bin meinen Kunden verpflichtet.« Er blickte sie fragend an. »Chaka, waren Sie jemals auf See?«

»Nein, bisher noch nicht.«

»Mit der *Columbine* hätten Sie gewiß nicht die kleinste Chance.«

»Oh?«

»Ehrlich gesagt, ich kenne kein Schiff irgendwo auf unseren Flüssen, mit dem *ich* über das Meer fahren würde.« Er schüttelte den Kopf. »Vielleicht noch am ehesten mit der *Packer*, aber sie ist vor ein paar Monaten gekentert. Das sollte Ihnen Warnung genug sein.«

Seine Augen wurden nachdenklich. »Ich war einmal unten im Süden«, fuhr er fort. »An der Flußmündung.« Seine Stimme klang ehrfürchtig. »Es gefiel mir nicht besonders. Dort unten gibt es eine Stadt der Straßenbauer, die mit nichts zu vergleichen ist, was Sie jemals gesehen haben, Chaka.«

Chaka dachte an die beiden Riesenstädte, durch die sie unterwegs gekommen waren. »Hohe Türme?« fragte sie.

»Ja«, antwortete Warden. »Aber Sie müssen sie mit eigenen Augen gesehen haben, um zu verstehen, was ich meine.«

Sie kamen nun immer häufiger an malerischen Dörfern und imposanten Herrenhäusern vorbei und legten mehrmals an, luden Fracht aus und nahmen Weinfässer an Bord. Am Nachmittag nahmen sie noch einmal Passagiere an Bord. Später sahen sie eine Gruppe nackter Jungen, die sich rings um ein Floß eine Wasserschlacht lieferten.

Alles in allem verlief die Fahrt ohne Aufregungen. Kurz vor Sonnenuntergang passierten sie eine Reihe alter Festungsanlagen und liefen dann in die größte bewohnte und lebendige Stadt ein, die Chaka jemals gesehen hatte. Zu beiden Seiten des Kanals erstreckten sich Häuser und Geschäfte, öffentliche Gebäude, Tempel und Parkanlagen. Menschenmassen säumten die Ufer, füllten Plätze und Straßenrestaurants oder schauten Ballspielen zu. Ein anderes Schiff legte gerade ab und nahm

Kurs Richtung Osten. Direkt voraus endete der Kanal in einem Fluß.

Die *Columbine* drehte sanft bei und legte an einem Dock an. Warden kam, um sich von seinen Passagieren zu verabschieden. »Falls ich noch irgend etwas für Sie tun kann«, sagte er, »dann lassen Sie es mich wissen.«

Die *Kapitänskajüte* im Hafen sah vielleicht ein wenig heruntergekommen aus, doch sie war gemütlich. Die Taverne war gut besucht und entsprechend laut. Im Speisesaal hatte eine Sängerin alle Mühe, sich über den allgemeinen Trubel hinweg Gehör zu verschaffen. Die Tische standen zu nah beieinander, und die Kellner mußten sich mit ihren Tabletts voller Brathähnchen und dampfender Karotten mühsam zwischen den Reihen hindurchzwängen. Wenigstens gab es zwei große, weit geöffnete Fenster, durch die frische Luft in das Lokal strömte.

Sie gaben ihre Bestellung auf, und bereits wenige Augenblicke später kam das Bier. Flojian schlug vor, auf die *Columbine* zu trinken. »Das ist die Zukunft der illyrischen Schiffahrt«, sagte er.

Quait hatte sich umgezogen. Er trug sein weißes Hemd und den blauen Schal, was er nur zu besonderen Gelegenheiten tat. »Wir sind fast am Ziel«, erklärte er.

Flojian bedachte ihn mit einem skeptischen Blick. »Das könnte ein wenig zu optimistisch sein«, sagte er.

»Wieso? Wir müssen nur das Schiff finden, das Karik gechartert hat. Dann chartern wir es ebenfalls und lassen uns von ihm hinbringen.«

»Haben wir noch genug Geld?« flüsterte Chaka.

Flojian nickte. »Kein Problem.«

»Ich frage mich, ob wir ein paar Mingos unter die Leute bringen können?«

Flojian griff unauffällig in die Tasche und gab ihr die Münzen.

Die Gefährten hatten dieses Lokal ausgesucht, weil es offensichtlich von Männern und Frauen besucht wurde, die auf den Flußschiffen arbeiteten. Chaka steckte die Silbermünzen ein, blickte sich im Lokal um, fand, wonach sie suchte und stand schließlich auf. »Ich bin bald wieder da«, sagte sie.

An der Bar standen ein paar Flußschiffer beiderlei Geschlechts. Chaka gesellte sich zu ihnen und spendierte eine Runde für alle. »Wir sind eben mit der *Columbine* angekommen«, verkündete sie. »Ihr Leute leistet eine verdammt gute Arbeit.«

»Danke sehr«, sagte ein junger Mann. Er besaß braunes Haar, braune Augen und ein hübsches Gesicht, wenn man die fehlenden Zähne nicht überbewertete. »Aber wir gehören nicht zur Besatzung der *Columbine.*«

»Ich weiß«, lachte Chaka. »Aber die Besatzung der Columbine ist nicht hier, und ihr seid es.«

Innerhalb weniger Minuten sang sie mit ihnen Lieder – und fing die ersten mißbilligenden Blicke von Quait auf. »Auf welchem Schiff fahrt ihr?« fragte sie den jungen Mann mit den fehlenden Zähnen.

»Auf der *Reliable.*«

»Fährt die *Reliable* auf dem Fluß oder auf dem Kanal? Oder beides?«

Eine Frau mit blaugefärbten Haaren antwortete mit gespielter Entrüstung. »Auf dem Fluß natürlich! Der Kanal ist nur für Landratten. Stimmt's, Cory?«

Der junge Mann schüttelte den Kopf, als hätte er den Witz schon häufig gehört, und Chaka schloß aus seiner Reaktion, daß er auf dem Kanal gefahren sein mußte, bevor er an Bord der *Reliable* gekommen war. Doch er nahm den Seitenhieb gutmütig hin und schien sogar die Aufmerksamkeit zu genießen. »*Richtige* Matrosen gibt es nur auf dem Kanal«, erwiderte er.

»Genau!« rief einer der anderen, und alle lachten.

»War einer von euch schon mal auf dem Meer?« fragte Chaka.

Sie sahen sich fragend an. »Ich«, meldete sich ein kräftiger älterer Bursche. »Ich war draußen hinter den Toren.«

Chaka prostete ihm zu. »Wie ist das, so auf dem offenen Wasser?«

Er grinste. »Das muß man selbst erlebt haben«, antwortete er.

»Und wohin ging die Fahrt?«

»Ja, wohin ging die Fahrt, Keel?« rief einer der anderen.

Keel besaß einen dichten schwarzen Bart und Arme so dick wie Oberschenkel. Er zuckte die Schultern. »Vielleicht hundert Meilen die Küste hinunter.«

»Erzähl uns mehr!« feixte die Frau. Offensichtlich kannte sie die Geschichte bereits.

»Gib Ruhe, Blue«, sagte er. »Die Lady hat mir eine Frage gestellt. Hast du vielleicht was dagegen, wenn ich sie beantworte?« Er wandte sich an Chaka. »Es ist sehr friedlich dort draußen«, sagte er. »Als wäre die Welt einfach stehengeblieben.«

»Wie oft?« fragte Chaka.

»Zweimal«, sagte er. »Beim zweiten Mal waren wir ein paar Tage lang unterwegs.«

»An Bord der *Reliable*?«

»Ja«, erwiderte Keel. »Aber das Schiff hatte damals noch einen anderen Kapitän.«

»Kommst du aus der Gegend des Inländischen Meers?« fragte Cory Chaka. »Ich habe deinen Dialekt nämlich noch nie gehört.«

Chaka schenkte ihm ihr charmantestes Lächeln. »Grob aus dieser Richtung, ja«, sagte sie und nickte ihren Gefährten im hinteren Teil des Lokals zu. Sie griff in ihre Tasche und zog die *Haven*-Skizze ihres Bruders hervor. »Der Grund, aus dem ich frage«, sagte sie und hielt die Zeichnung so, daß alle sie sehen konnten. »Ich habe mich gefragt, ob vielleicht einer von euch diesen Ort hier kennt. War irgend jemand schon mal dort?«

»Was soll das denn sein?« grollte ein Matrose mit einer breiten Nase, der seinen Drink bereits hinuntergespült hatte. »Ich sehe nichts außer Felsen und Wasser.«

Keel betrachtete die Zeichnung eingehend. Dann schüttelte er den Kopf. Die anderen zuckten nur die Schultern.

Chaka bestellte eine weitere Runde. »Mein Bruder

kam vor ungefähr zehn Jahren hier durch«, fuhr sie fort. »Er gehörte zu einer Gruppe von mehreren Leuten, und sie charterten ein Schiff, um über das Meer zu fahren.«

»Wohin?« fragte Blue.

Chaka sah auf die Zeichnung. »Dorthin«, sagte sie. »Wo auch immer das ist.«

»Immer wieder kommt von Zeit zu Zeit irgend so ein verdammter Idiot«, brummte Keel, »und will aufs Meer. Meistens suchen sie nach neuen Handelspartnern. Aber an den Küsten gibt es nichts außer den verfluchten Tuks. Wenn jemand schon über das Meer fahren will, dann braucht er auch ein Boot, das stabil genug ist. Du sagst, es sei zehn Jahre her. Damals fuhren mehrere Schiffe wegen dem einen oder anderen bescheuerten Auftrag über das Meer. Nicht alle kamen zurück.«

»Diese Leute suchten nach Haven«, sagte Chaka. »Sie wurden von einem älteren Mann namens Karik Endine geführt. Graues Haar. Mittelgroß. Sah ganz gewöhnlich aus.«

»Das macht es natürlich einfach!« lachte Keel. »Aber wie es der Zufall so will – ich weiß Bescheid über diesen Endine. Ich schätze, hier gibt es niemanden, der die Geschichte noch nicht gehört hat.«

»Was für eine Geschichte?«

»Ehrlich gesagt, eine ganze Menge Geschichten, und die meisten davon widersprüchlich. Kommt immer darauf an, wer sie gerade erzählt, schätze ich. Sie waren Schatzsucher, wenn ich mich recht erinnere. Schlossen einen Handel mit einem der Kapitäne ab, einem Mann namens Dolbur. Er nahm sie mit. Zuerst flußabwärts, und dann an der Küste entlang nach Norden. Aber sie wurden von etwas überrascht, mit dem niemand gerechnet hatte.«

»Und was war das?«

»*Etwas*. Ich glaube nicht, daß irgend jemand je in Erfahrung gebracht hat, was genau es war. Ein Geist. Ein *Wasserdämon*. Irgend etwas eben. Kommt ganz darauf an, wer die Geschichte erzählt. Sie verloren viele Leute. Niemand von der Besatzung, aber alle, die mit Endine gegangen waren. Nur ein einziger Mann kehrte zurück.«

»Und das war Endine selbst«, sagte einer der anderen.

Keel sah Chaka lange in die Augen.

»Wo finde ich diesen Dolbur?«

Keels Zähne blitzten durch seinen Bart hindurch. »Ihn zu finden ist nicht schwer. Mit ihm zu reden schon. Er ist nämlich tot. Ich überlege gerade, wer sonst noch auf seinem Schiff war.«

»Knobby«, sagte die Frau.

Keel nickte. »Ja. Knobby war einer von Dolburs Besatzung.«

»Wer ist Knobby?«

»Der erste Maat. Willst du mit ihm reden?«

»Selbstverständlich.«

»Dann komm morgen wieder. Gleiche Zeit.«

Kapitel 26

Knobbys richtiger Name lautete Mandel Aikner. Chaka war zu höflich, um nach dem Grund für seinen Spitznamen zu fragen, doch es brauchte nicht viel Phantasie, um darauf zu kommen, daß er ihn wegen seines kahlen Schädels trug, der aussah, als sei er mehrfach mit einem dicken Knüppel malträtiert worden. Knobbys Gesichtszüge waren auffällig: gewaltige Ohren, eng beieinanderstehende, mißtrauische Augen und ein Kinn, das so flach war wie die Unterseite einer Schaufel. Aus dem Halsausschnitt seines Unterhemds lugte ein Pelz aus drahtigem grauem Haar.

»Ich wüßte nicht, was ich noch erzählen könnte, das Sie und Ihre Gefährten nicht längst wissen, Chaka«, sagte er, während sie auf ihre Steaks warteten. (Chaka hatte sich allein mit ihm getroffen, in der Hoffnung, daß er gegenüber einer Frau weiter aus sich herausgehen würde.)

»Gehen Sie davon aus, daß ich überhaupt nichts weiß, Knobby«, begann sie. »Karik Endine und seine Leute kamen in Brockett an und wollten ein Schiff chartern. Warum erzählen Sie nicht einfach von da an weiter?«

Knobby nahm die Karaffe, betrachtete den dunklen Wein darin, füllte sein Glas auf und dann ihres. »Bevor ich anfange«, sagte er, »möchte ich eines klarstellen. Ich werde auf gar keinen Fall dorthin zurückkehren. Verstanden? Ich sage Ihnen alles, was ich weiß, aber ich werde nicht dorthin zurückkehren.«

»In Ordnung«, antwortete Chaka.

Sie beschrieb ihren Bruder und fragte Knobby, ob er ihn gesehen hatte.

»Ja«, antwortete er. »Ich kannte Arin.«

Ihr Herz pochte wild.

»Er war ein gutaussehender junger Bursche. Redete nicht viel. Ich kannte sie alle. Shay. Tori. Mira. Axel. Random. Selbst nach so vielen Jahren erinnere ich mich an sie. Und an Endine.« Er trommelte mit den Fingern auf dem Tisch. »Es fällt mir schwer, das alles zu vergessen.«

Chaka hatte nur Tori gekannt, der mit ihrem Bruder befreundet gewesen war, und Mira. Mit Ausnahme von Karik waren die anderen nur Namen für sie.

»Endine bleibt einem am längsten im Gedächtnis haften«, sagte Knobby. »Er war ein unfreundlicher Geselle.« Sie bemerkte, daß Knobby überlegte, ob er vielleicht zu offen gewesen war. »Er war nicht Ihr Vater oder so etwas?«

»Nein.« Chaka lächelte aufmunternd. »Ich kannte ihn, wenn auch nicht besonders gut.« *Allmählich glaube ich, daß niemand ihn besonders gut kannte.*

»Er schien nicht gerne mit anderen zu reden. Auf einem Schiff von der Größe der *Mindar* ist das gar nicht so einfach.«

Es war noch früh. Das Abendprogramm würde nicht vor einer Stunde anfangen, und der Speisesaal war noch fast leer. Sie saßen in einer Ecke. Knobby trank von seinem Wein, wischte sich die Lippen ab und beugte sich dann vertraulich vor, obwohl niemand in der Nähe war, der ihr Gespräch hätte belauschen können. Sein Atem roch stark, und er sprach mit einem Schnaufen.

»Ich war damals der Zweite Offizier an Bord der *Mindar*. Wir transportierten meist Eisen, Kohle, Weizen und Wein nach Brockett und nahmen verarbeitete Stoffe wieder mit nach draußen. Was eben so transportiert werden muß. Kapitän Dolbur kommandierte das Schiff. Er ist vor drei Jahren gestorben.

Ich erfuhr zum ersten Mal von Karik Endine und seiner Expedition, als der Kapitän mich und Jed Raulin in sein Quartier rief. Jed war der Erste Offizier. Wir lagen zwischen zwei Fahrten am Dock, und der Kapitän berichtete, daß ein paar Leute in der Stadt eingetroffen wären, Fremde, die unser Schiff chartern wollten, um den Hudson hinunter und von dort aus auf das Meer zu fahren.

Sie haben die Schiffe hier gesehen. Die *Mindar* ist flußabwärts unterwegs, also schätze ich, daß Sie das Schiff noch nicht gesehen haben. Aber sie sieht genauso aus wie die anderen und ist ganz sicher nicht seetüchtig. Aber die Fremden boten viel Geld, sagte der Kapitän. Und wir würden die ganze Zeit in Sichtweite zur Küste bleiben. Endine hatte ihm einen Beutel voller Goldmünzen gezeigt. Jeder, der mitmachte, würde fast einen Jahreslohn verdienen, und das innerhalb weniger Wochen. Der Kapitän wollte wissen, ob wir dabei wären, falls er Endine zusagte.

Jed besaß Familie. Er wollte zuerst mit seiner Frau darüber reden. Doch sie machte ihm Scherereien, und er blieb zurück. Ich wurde zum Ersten Offizier befördert. Zwei weitere Leute musterten ab.

Die Fremden wollten nach Norden, die Küste hinauf. Mit Endine zählten sie sieben Köpfe. Von der Mündung des Hudson sollte es sechshundert Meilen weit nach Norden gehen, plus oder minus hundert. Die Fremden schienen nicht genau zu wissen, wo ihr Ziel lag. Wir sollten ihnen bei der Suche helfen, sie an Land bringen und drei Wochen warten, um sie in jeder möglichen Hinsicht zu unterstützen. Anschließend sollten wir sie wieder aufnehmen und zurückbringen. Falls sie sich entschließen würden zu bleiben, wäre unser Vertrag erfüllt, und wir dürften allein zurückkehren.

Es war glühend heiß, während wir alle Vorbereitungen trafen. Wir nahmen ein Beiboot auf und versahen es mit einer Kabine. Wir installierten ein Flaschenzugsystem auf dem Achterdeck, um es ins Wasser lassen und wieder aufnehmen zu können. Niemand wußte, was uns unterwegs erwartete, deswegen bunkerten wir soviel Holz, wie nur irgend möglich. Wir nahmen reichlich Proviant und Trinkwasser mit. Der Kapitän inspizierte jede einzelne Planke, ersetzte die eine oder andere und versah einen Teil mit einem neuen Anstrich aus Pech. Wir nahmen einen neuen Anker an Bord.

Alles in allem dauerten die Vorbereitungen vielleicht drei Wochen. Als die *Mindar* schließlich startklar war, kamen Karik Endine und seine Begleiter an Bord. An einem feuchten Morgen im Juli legten wir ab und fuhren von Brockett aus den Hudson hinunter. Hinterher, als wir wieder zurück waren, meinten einige der Matrosen, sie hätten von Anfang an eine schlechte Vorahnung gehabt. Aber ich sage Ihnen die Wahrheit: Davon war nichts zu spüren. Wir fühlten uns gut. Wir wußten, daß wir ein gutes Schiff und eine gute Besatzung hatten, und wir wußten, daß wir das Schiff auch in tiefem Wasser im Griff haben würden. Und wir wußten, daß wir mit dieser einen einzigen Fahrt mehr Geld verdienen würden, als irgend jemand von uns je zuvor gesehen hatte. Oder jemals wieder sehen würde. Niemand an Bord hatte eine böse Vorahnung, und niemand dachte an Umkehr.

Am zweiten Tag fuhren wir an Manhattan vorbei und gingen dann entlang der Küste auf Nordkurs. Manhattan ist eine langgestreckte Halbinsel. Wir fuhren um sie herum und dann auf See hinaus. Es war ein grauer, regnerischer Tag, und die meisten Geschichten, die heutzutage über böse Vorzeichen und anderen Unsinn erzählt werden, erwähnen das schlechte Wetter, als wir das offene Meer erreichten. Damals dachte niemand darüber nach.

Die Küste im Norden ist zerklüftet und wild. Massenweise Felsen und Klippen und Kreuzseen. Wir gingen jede Nacht vor Anker, und so weit das Auge reichte, nirgendwo war ein Licht zu entdecken.

Das Schiff lag tiefer im Wasser, als uns lieb war, aber das lag an dem vielen Holz und den Vorräten, die wir gebunkert hatten. Alle wußten, daß wir in Schwierigkeiten kommen würden, sobald vor der Küste rauhe See auf uns wartete.

Wie gesagt, Karik Endine war ein unfreundlicher Mann.« Knobby legte die Stirn in Falten und zeigte Chaka seine gelben Zähne. »Nein, das stimmt nicht. Er verschloß sich einfach nur vor uns anderen. Die meiste Zeit stand er an Deck und starrte auf das Meer hinaus. Er besaß kalte blau-graue Augen, und er sah aus, als wären ihm alle anderen egal. Nicht einmal seine eigenen Leute schienen ihn sonderlich zu mögen.

Nach und nach wurde ich mit den anderen bekannt.

Das läßt sich gar nicht vermeiden, wenn man eine Woche zusammen auf einem Schiff verbringt. Sie hatten unterwegs ein paar Leute verloren. Manche waren erschossen worden, andere an Krankheiten gestorben.

Einer von Endines Leuten, der jüngste von allen, Tori, erzählte mir schließlich, was das Ziel ihrer Suche war. Ich hoffte, daß der Kapitän sein Geld im voraus erhalten hatte, weil mir sofort klar wurde, daß sie dieses Phantasien nie finden würden.

Die Nächte waren kühl, und das Schiff bot keinen besonderen Komfort. Wir benutzten das Beiboot und brachten jeden Abend unsere Passagiere und ein paar der Besatzungsmitglieder an Land. Ich erinnere mich, daß eines Nachts auf uns geschossen wurde. Niemand wurde getroffen, aber wir fanden den Hurensohn nicht, der uns angegriffen hatte. Ein Glück für ihn. Das war der einzige Zwischenfall während der gesamten Fahrt.

Zu Beginn der zweiten Woche sichteten wir im Osten Land. Wir dachten damals, es sei eine Insel, aber ich bin mir heute nicht mehr so sicher. Vielleicht war es auch nur eine große Halbinsel, die weit in das Meer hinausragte. Ich weiß es nicht. Das Land war gebirgig und weit entfernt, aber Endine wurde ganz aufgeregt und verkündete laut, daß wir in der Bai angekommen seien. Ungefähr zur gleichen Zeit sichteten wir ein paar Wale, und alle sahen das als günstiges Vorzeichen. Ich hatte noch nie vorher einen Wal gesehen. Aber wir entdeckten noch viele, bis wir wieder zu Hause waren.

Nach einer Weile rückte das Land im Osten näher, und wir erkannten, daß Endine recht gehabt hatte, wir befanden uns tatsächlich in einer Bai oder in einem Kanal. Was auch immer es war, es kam näher. Die erste Nacht warfen wir vor der östlichen Küste Anker und gingen an Land. Seit dem Zwischenfall mit dem Heckenschützen stellten wir Wachen auf, und ich hatte die beiden Stunden nach Mitternacht. Endine war die ganze Zeit über wach. Er saß unten am Meer auf einem Felsen. Ich fragte ihn, ob alles in Ordnung sei, und er bemerkte meine Gegenwart nicht einmal, bis ich ihn anstieß.

Das Meer dort oben ist ziemlich laut, ein ständiges Rauschen. Am Morgen gingen wir zum Strand hinunter, und die Mindar, die in zwanzig Fuß tiefem Wasser vor Anker gegangen war, lag trocken auf dem Strand. Es herrschte Ebbe, und das Wasser war weit draußen. Verdammt weit.

Endine war außer sich vor Wut. Der Kapitän war an Bord geblieben, hatte gesehen, daß das Schiff trocken fiel und versucht, rechtzeitig den Anker zu lichten. Aber er war nicht schnell genug gewesen. Es hätte sowieso nicht viel genutzt, weil wir anderen auf dem Strand festsaßen. Verstehen Sie, Chaka? Wir sind nur Flußschiffer. Niemand kannte sich aus mit dem Meer. Der Kapitän versuchte es zu erklären, doch Endine nannte ihn vor allen Leuten einen Idioten. Das werde ich nie vergessen. Später kamen Endines Leute und entschuldigten sich für ihren Anführer, aber Kapitän Dolbur war sehr nachtragend in solchen Dingen.

Die Flut kam, und sie kam verdammt schnell. So etwas hatte noch keiner von uns gesehen. Die Meerenge schwoll einfach an und füllte sich. Bald schon war das Schiff wieder flott. Aber die Strömung machte uns zu schaffen, und zuerst hatten wir Mühe, von der Stelle zu kommen. Als wir endlich wieder draußen im freien Wasser waren, wurden wir wie der Wind nach Norden getragen. Je weiter wir kamen, desto schmaler wurde die Meerenge, und je schmaler sie wurde, desto stärker wurde die Strömung.

Das Land rechts und links war rauh, wild, gebirgig. Es gab nicht viele Hinweise, daß je Menschen dort gelebt hatten. Wir fanden ein paar Ruinen in Buchten. Ehemalige Häfen. Manchmal auch auf vorspringenden Felsen oder an sonstwie auffälligen Stellen entlang der Küste. Hin und wieder Straßen. Alte Brücken, die über Flußmündungen führten.

Gegen Ende des zweiten Tages teilte sich die Bai in einen rechten und einen linken Arm. Nach einigem Überlegen dirigierte uns Endine nach Steuerbord. Am späten Nachmittag sichteten wir an der östlichen Küste ein Kap, und unsere Passagiere wurden ganz aufgeregt. Sie hatten eine Karte bei sich. Sie blickten in ihre Karte und starrten lange auf das Kap hinaus, während wir daran vorbeifuhren. Ganz offensichtlich glaubten sie, dicht vor ihrem Ziel zu sein. Alle paar Minuten zogen sie die Karte hervor und peilten Berge und Flußmündungen und was weiß ich nicht alles an.

Schließlich fanden sie, was sie suchten. Die Küste zu beiden Seiten bestand aus Steilhängen und Klippen. Sie interessierten sich für eine Klippe an der östlichen Küste. Sie sah genauso aus wie alle anderen, eine Steilwand, die zweihundert Fuß hoch aus dem Wasser ragte. Oben drauf dichter Wald.«

Chaka zog die Zeichnung ihres Bruders aus der Weste. »Sah es so aus?« fragte sie.

Knobby betrachtete die Skizze. »Ja«, sagte er nach einiger Zeit. »Ja. Das ist es.«

»Nördlich der Steilwand mündete ein Fluß, und dahinter erstreckte sich ein Kiesstrand. Sie sahen erneut auf ihre Karte und peilten eine Biegung des Meeresarms und einen sattelförmigen Felsen auf der anderen Seite, im Westen, an. Das sei es, meinten sie dann. Ganz ohne Frage. Sie jubelten und schlugen sich gegenseitig auf die Schultern und stießen auf ihren Erfolg an. Selbst Endine schien gut gelaunt. Er schüttelte sogar jedem in der Nähe die Hand, einschließlich der Besatzung. Und jeder durfte mit ihm anstoßen.

Wir suchten nach einer Stelle, wo wir vor Anker gehen konnten. Das Wasser fiel bereits wieder, die Ebbe hatte eingesetzt, und wir wollten diesmal vorsichtiger sein. Das Schiff würde in der Mitte des Meeresarms ankern, und bis auf mich würde die Besatzung an Bord bleiben. Meine Aufgabe war, Endine und seine Begleiter ans Ufer zu bringen und bis zum nächsten Morgen bei ihnen zu bleiben, wenn die Flut zurückkommen würde. Dann sollte ich zur *Mindar* zurückkehren, und jemand anderes würde mich ablösen.

Die Sonne war bereits zwei Stunden untergegangen, als wir das Ufer erreichten. Endine und seine Leute sprangen von Bord, sobald wir Grund unter den Füßen hatten. Sie rannten davon wie eine Schar ausgelassener Kinder. Ich konnte es kaum glauben. Sie rannten einfach in die Dunkelheit davon. Ich blieb beim Beiboot zurück.

Gegen Mitternacht kehrten sie niedergeschlagen zurück, und ich wußte gleich, daß die Dinge nicht so gut gelaufen waren.

Tori erklärte mir, daß sie nach einem Sims mit einem Weg und einer Art *Kabine* auf der Vorderseite des Steilhangs gesucht hätten. Als ich ihn fragte, welchen Sinn ein Weg dort oben ergeben sollte, sah er hinauf zu der Klippe und sagte: *Eine Station. Ein Bahnhof, für Züge.* Und dann lachte er.« Knobby blickte Chaka an. »Sie wissen, was ein *Zug* ist, nicht wahr?

Züge werden von Dampfmaschinen angetrieben, genau wie die *Mindar*. Aber ich würde lügen, wenn ich sage, daß ich mir einen Zug auf diesem Hang vorstellen könnte.

Karik und seine Gefährten schlugen ihr Nachtlager auf und warteten auf den Anbruch des Tages. Sie waren wieder auf den Beinen, bevor es hell geworden war. Sie blieben nur zum Frühstück, weil Endine sie dazu anhielt. Sie packten ihre Sachen zusammen und gingen hinunter zum Wasser, wo sie einen guten Blick auf die Klippe hatten. Schließlich fanden sie, wonach sie gesucht hatten. Endine stotterte unverständliches Zeug und tanzte umher. Er warf die Hände in die Luft und kam zu mir und verlangte, daß ich das Beiboot holte.

Wir waren bei Flut an Land gegangen, und es lag jetzt weit weg vom Wasser. Wir schleppten es durch den Schlamm und schafften es schließlich ins Wasser zurück. Die anderen sprangen hinein. Endine befahl mir, an der Klippe entlangzufahren. Eine Viertel Meile nach draußen, sagte er.

Ich weiß nicht, ob ich es bereits erwähnte, aber das Beiboot besaß keinen Antrieb. Nur Segel und Riemen, was völlig ausreicht, wenn man auf dem Fluß unterwegs ist. Aber eben nicht im Meer.

Mir war zwar nicht danach, aber ich brachte sie, wohin

sie wollten. Sie unterhielten sich aufgeregt. Einer meinte, es müsse dort sein, und ein anderer, daß er nichts sehen könne.

Ich fragte Tori, ob die Zugstation verschwunden sei.

Ja, antwortete er.

Da mußte ich lachen und sagte ihm, daß ich nicht überrascht wäre.

Er meinte, daß immer noch irgendwelche Überreste vorhanden sein könnten, die auf ein früheres Gebäude oder so etwas hindeuteten. Vielleicht sogar Buschwerk in einem bestimmten Muster. Wenn es dort in der Felswand eine Station gegeben hatte, mußten Löcher in das Gestein gebohrt worden sein. Und wenn jemand ein Loch gräbt, füllt es sich irgendwann unweigerlich mit Erde. Und in der Erde wachsen Pflanzen. Büsche. Es klang vage in meinen Ohren, aber ich wollte verdammt sein, wenn nicht jeder einzelne von ihnen meinte, es genau zu sehen. Jemand anderes entdeckte ein Stück auffällig gefärbten Fels. *Das* sah ich auch, aber es schien mir noch immer nicht viel zu sein.

Aber sie waren sicher, daß es genau das war, wonach sie gesucht hatten. Ich brachte sie zurück zum Ufer, und sie verschwanden im Wald. Sie wanderten zur Rückseite der Klippe, wo es nicht so steil nach oben ging. Ich sah sie erst wieder, als sie oben auf dem Kamm aus dem Wald kamen. Sie gingen zur Kante der Klippe und warfen eine Strickleiter hinunter. Dann kletterte einer von ihnen zu dem merkwürdig gefärbten Felsen. Sie waren so weit weg, daß ich nicht genau erkennen konnte, wer es war, aber ich bewunderte ihn trotzdem. Ich erinnere mich noch, daß ich damals dachte, niemand würde mich dazu bringen können. Das zeigt nur wieder, daß man niemals nie sagen sollte.

Der Felsen lag vielleicht fünfzig Fuß tiefer. Sie brauchten einen zweiten Mann, und beide arbeiteten vielleicht eine Stunde an dem Stein. Dann öffnete sich eine Tür, und ich sah einen Durchgang. Die Kletterer gingen hinein, und die anderen folgten ihnen über die Strickleiter nach unten.

Als alle verschwunden waren, winkte ich der *Mindar* mit einer grünen Flagge, als Zeichen für den Kapitän, daß die Suche erfolgreich verlaufen war. Eine Weile später setzte die Ebbe ein, und das Wasser lief wieder ab. Ich steuerte das Beiboot zurück zur *Mindar*. Einer der Burschen, die wir vor der Fahrt angeheuert hatten, kletterte über die Reling, sobald ich ausgestiegen war, und fuhr wieder ans Ufer. Sein Name war Leap, aber ich erinnere mich nicht mehr, ob es sein Vor- oder sein Nachname war. Leap war ein großer, kräftiger Bursche. Er grinste viel und hatte immer einen dümmlichen Ausdruck im Gesicht. Und er hatte schnell Angst.

Leap war sechs oder sieben Stunden am Ufer, und Endine und seine Leute blieben hinter der Tür in der Klippe verschwunden. Also ging Leap zur Klippe hinauf und rief nach ihnen, doch er bekam keine Antwort. Er wurde nervös. Leap gehörte zu der Sorte Menschen, die nie in die Nähe von Straßenbauerruinen gehen, was meiner Meinung nach nicht einmal unklug ist. Ganz besonders seit damals. Wir hatten kein Zeichen verabredet, das die Situation erklärt hätte, also kehrte Leap zum Strand zurück und winkte, bis der Kapitän ihm signalisierte zurückzukommen. Leap berichtete, daß niemand auf seine Rufe geantwortet hätte, und daß sie ihn vielleicht nur nicht hören könnten. Vielleicht war ihnen auch etwas passiert.

Der Kapitän und ich und ein paar Matrosen schnappten ein paar Lampen. Wir bemannten das Beiboot, nahmen Leap mit und ruderten zum Ufer zurück. Noch immer war kein Zeichen von Endines Expedition gekommen. Wir gingen durch den Wald und zur Rückseite des Steilhangs, und von dort aus kletterten wir hinauf zur Klippe. Es war nicht schwierig, aber es kostete Zeit. Wir benötigten fast eine Stunde, bis wir oben waren. Der Kapitän war schon damals nicht mehr der Jüngste, und er schnaufte ziemlich heftig, als er oben war. Er fluchte über Endine und seine Leute.

Der Wald reichte bis direkt an die Klippe. Wir wußten das, deswegen waren wir vorsichtig. Wir konnten nicht weiter als ein paar Fuß durch das Gestrüpp sehen. Als wir an der Klippe standen, sahen wir, wo die anderen nach unten geklettert waren. Die Strickleiter hing noch an der gleichen Stelle. Sie war an einen Baum gebunden. Der Kapitän beugte sich über den Abgrund und rief nach Karik Endine.

Keine Antwort.

Der Kapitän sah mich an, dann die Strickleiter, und ich wußte, was er dachte. Er mochte die Höhe nicht, und er hielt auch nichts von der Idee, in eine Ruine zu klettern. Aber ihm blieb keine große Wahl, und er konnte nicht gut von einem seiner Leute verlangen, dort hinunter zu klettern, bevor er es nicht selbst getan hatte. Also packte er die Strickleiter und zerrte daran, um sich zu überzeugen, daß sie sicher war.

Er befahl mir, ihm zu folgen, und wollte gerade losklettern, als mir einfiel, wie Endines Leute es gemacht hatten. Sie hatten eine Sicherheitsleine um einen der Bäume gewickelt. Ich bat den Kapitän zu warten. Wir schlangen ein Seil um seinen Leib, und ich sagte ihm, er solle es erst abnehmen, wenn er drin war. Er lachte und kletterte Hand über Hand nach unten. Bald war er außer Sicht.

Ein paar Minuten später wurde die Leine schlaff. Ich zog sie wieder nach oben, befestigte sie an meinem Gürtel und folgte dem Kapitän. Die Klippe hing an der Spitze über, so daß man beim Klettern ein paar Fuß vom Felsen weg war. Unter mir sah ich die Tür. Endines Leute hatten die Strickleiter mit zwei Ringbolzen gesichert. Es war gar nicht schwer, von dort in den Gang zu treten. Wenn man nicht daran dachte, wie tief es hinunter ging. Der Kapitän wartete auf mich. Allein. Von Endine und seinen Leuten war keine Spur zu sehen.«

Chaka bestellte neuen Wein. »Wie hat es in diesem Gang ausgesehen?«

»Steinwände. Genau so, wie man es im Innern eines Berges erwartet. Jede Menge Staub. Massenhaft Fußabdrücke. Der Gang führte vielleicht hundert Fuß tief in den Berg. Er war breit genug, daß die *Mindar* hindurchgepaßt hätte, und er war bestimmt zwanzig Fuß hoch. Eine Treppe führte im Zickzack nach unten. Wir konnten nicht sehen, wo das Ende war.

Auf beiden Seiten des Ganges gab es Öffnungen. Das Tageslicht vom Eingang her reichte nicht besonders weit, und unsere Lampen nutzten auch nicht viel. Ich wollte gerade den Kopf in die erste Öffnung stecken, als der Kapitän mich zurückriß. Der Raum dahinter hatte keinen Boden.

Wir starrten nach unten, und es war nichts als ein klaffendes Loch. Ein Schacht.«

»Wie tief war er?« fragte Chaka.

»Wir konnten den Boden nicht sehen. Hinter sämtlichen Türen auf beiden Seiten befanden sich ähnliche Schächte. Außerdem gab es einen zweiten Korridor, der sich mit unserem kreuzte.

Immer wieder riefen wir nach Endine und seinen Leuten, aber wir erhielten keine Antwort. Jede Menge Echos, aber keine Antwort.

Fußspuren führten über die Treppe nach unten, aber nicht wieder hinauf.« Knobby schüttelte den Kopf. »Wenn es nach mir gegangen wäre, hätte es das Ende der Suche bedeutet. Ich wäre die Leiter nach oben geklettert und hätte noch eine Zeitlang gewartet, und wenn sie bis dahin immer noch nicht wieder aufgetaucht wären, hätte ich wahrscheinlich den Anker gelichtet. Sie verstehen, was ich damit sagen will? Der Kapitän war anderer Meinung. Er glaubte, eine Verantwortung zu tragen, und so nahm er die Lampe und ging voran. Wir stiegen die Treppe hinunter.

Auf jedem Stockwerk erwartete uns der gleiche Anblick: Türen mit Schächten dahinter und Korridore. Karik und seine Leute waren mehrmals abgebogen und hatten die Räume untersucht, doch ihre Fußspuren zeigten, daß sie stets zurückgekehrt und weiter die Treppe hinuntergestiegen waren. Wir untersuchten ein paar der Räume hinter den Schächten. Es waren Zimmer, in den verschiedensten Größen, voller Müll. Stühle und Tische und Betten, die wenigstens tausend Jahre alt waren. Ein paar der Zimmer waren mit Toiletten und sogar Bädern ausgestattet. Alles war mit einer zentimeterhohen Staubschicht bedeckt.

Immer wieder blieben wir stehen und riefen ihre Namen. Wir bekamen keine Antwort, und ich sage Ihnen, allmählich bekam ich eine gehörige Gänsehaut. Wie groß mochte diese Höhle sein, daß Karik und seine Leute uns nicht hören konnten?

Nach einer Weile kamen Kapitän Dolbur ernste Zweifel, ob Karik und seine Leute überhaupt noch in dieser Höhle waren. Schließlich war es viele Stunden her, daß ich sie in der Tür an der Klippe hatte verschwinden sehen. Die Höhle war kalt und feucht und absolut still. Der Kapitän vermutete, daß sie einen anderen Ausgang gefunden hätten. Es war so dunkel, daß man ohne Lampen nicht die Hand vor den Augen gesehen hätte. Wir hatten ein beklemmendes Gefühl. Niemand würde sich freiwillig so lange dort drin aufgehalten haben.

Und dann hörten wir Endine.

Zuerst begriffen wir nicht, daß es Karik Endine war. Ein Wimmern, ein leiser Singsang klang von unten herauf.

Er saß zusammengekauert auf einem Treppenabsatz, hatte die Hände um die Knie geschlungen und wiegte sich vor und zurück. Er war bleich wie der Tod, und in seinen Augen stand ein irrer Ausdruck. Sein Haar war wirr. Neben ihm lagen fein säuberlich aufgestapelt Bücher. Vierzig oder mehr. Ein Stapel war umgefallen.

Der Kapitän versuchte mit Endine zu reden, doch der schien uns nicht wahrzunehmen. Er wiegte sich unablässig vor und zurück und gab dieses erstickte Wimmern von sich.

Die Treppe war unterhalb des Absatzes weggebrochen. Ich blickte in eine Kammer hinunter, aber ich sah keine Menschenseele, obwohl dort unten weitere Bücher verstreut lagen. Sie hatten ein Seil gespannt und waren daran nach unten geklettert. Ich rief die Namen der anderen, aber außer meinem Echo war nichts zu hören.

Der Kapitän kam zu mir. Er meinte, daß Karik wirr im

Kopf geworden sei, doch ansonsten schien ihm nichts zu fehlen.

Der Kapitän beugte sich über den Treppenabsatz, um in die Kammer darunter zu sehen. Er flüsterte meinen Namen und stieß einen leisen Fluch aus. Unten lag ein Leichnam.

Der Boden der Kammer befand sich gut fünfundzwanzig Fuß tiefer. Kariks Leute hatten Knoten in das Seil geknüpft, um das Klettern zu vereinfachen. Ich hielt die Lampe, während der Kapitän sich an dem Seil nach unten ließ, dann gesellte ich mich zu ihm. Der Tote war Landon Shay.

Er war naß und verschrumpelt, aber wir fanden keinen Hinweis auf das, was ihn umgebracht hatte.«

»Keine Wunden?« fragte Chaka.

»Ein paar Schrammen, aber das war auch schon alles.

Die Wände waren naß. Auf dem Boden gab es sogar ein paar Pfützen. Ich sollte erwähnen, daß die Kammer vier Ausgänge hatte. Gegenüber dem Gang mit den Schächten durchquerte im rechten Winkel ein hoher Korridor die Kammer. Ein vierter kurzer, breiter Gang führte zu einem unterirdischen See.

In dem langen hohen Korridor reihte sich eine Tür an die andere, und alle standen offen, bis auf eine. Wir blickten in die Zimmer dahinter. Dort fanden wir die anderen. Sie waren alle da, einige in Gruppen, andere allein.« Knobby verstummte und starrte auf einen Punkt irgendwo über Chakas Schulter.

»Alle tot?«

»Alle.«

»Wie? Was hat sie umgebracht?«

»Ich weiß es nicht. Sie waren wie Shay. Naß.«

»Was hat Endine gesagt?«

»Nicht viel. Er erklärte jedenfalls nicht, was dort unten geschehen war. Der Kapitän meinte, Endine sei gar nicht richtig aus seinem Zustand herausgekommen. Wir brachten ihn wieder hierhin zurück und übergaben ihn den Ärzten. Aber wie wir am nächsten Tag erfuhren, verschwand er noch in der gleichen Nacht. Er ist einfach verschwunden.« Knobby atmete tief durch und füllte seinen Becher nach.

»Haben Sie einen Blick in den Raum geworfen, der nicht offen stand?«

»Wir versuchten es. Die Tür gab nicht nach. Um ehrlich zu sein, wir strengten uns nicht besonders an.« Knobby starrte in seinen Becher. »Dieses Zeug ist nicht stark genug. Jedenfalls kamen mir später Gerüchte zu Ohren, daß Endine westlich von Brockett gesehen worden sei. Danach habe ich nie wieder etwas von ihm gehört, bis zum heutigen Tag nicht.«

»Und Sie haben nie herausgefunden, was dort in der Klippe geschehen ist?«

»Nein. Wir erzählten die Geschichte herum. Die Leute lachten uns aus. Verspotteten uns. Einige verdächtigten uns sogar, etwas zu verheimlichen. Manche glaubten, wir hätten alle ermordet. Aber das stimmt nicht. Es war ein *Dämon*. Wie sonst bringt man ein halbes Dutzend Menschen um, ohne jede Spur einer Verletzung zurückzulassen?«

»Was geschah mit den Leichen?«

»Wir begruben sie. Wir bargen die Leichen und begruben sie.« Knobby sah Chaka vorsichtig an. »Mit allen Ehren«, fügte er hinzu.

»Ich danke Ihnen.«

Der Ober kam mit einer neuen Karaffe und füllte beide Becher. »Könnten sie vielleicht ertrunken sein?« fragte Chaka.

Knobby schüttelte den Kopf.

»Ich wüßte nicht wie.«

»Sie sprachen von starken Gezeiten. Und Sie erwähnten einen unterirdischen See.«

»Keine Flut der Welt kommt so schnell, daß man sich nicht rechtzeitig in Sicherheit bringen kann.«

Chaka spürte, wie ein Frösteln über ihren Rücken lief. Sie hatte ihre Mahlzeit nur halb aufgegessen. »Was wurde aus den Büchern?« fragte sie. »Was haben Sie damit gemacht? Die Bücher auf dem Treppenabsatz ...?«

»Wir nahmen sie mit an Bord der *Mindar*. Der Kapitän

vermutete, daß sie kostbar wären, also nahmen wir alle Bücher mit.«

»Sie haben nicht zufällig gesehen, was für Bücher das waren?«

»Ich bin nicht sehr gut im Lesen, Chaka«, erwiderte er. »Ich erinnere mich nicht mehr genau. Der Kapitän erwähnte ein paar Titel. *Krieg und Frieden*, glaube ich. Und *Don Sowieso. Das Geisterhaus.* Und ein Titel, der sich *Kommentar zur Verfassung der Vereinigten Staaten* nannte.« Knobby schnitt eine Grimasse, als erfordere das Nachdenken eine größere Anstrengung. »An mehr erinnere ich mich nicht. Können Sie etwas damit anfangen?«

»Ein wenig. Was wurde aus den Büchern? Nachdem Sie wieder an Bord der *Mindar* waren?«

»Er warf sie über Bord.«

»Wer? *Wer* warf sie über Bord?«

»Endine. Eines Tages kam er aus seiner Kabine und warf sie alle über Bord. Jedes einzelne.«

Chakas Hoffnung sank. »Das ist nicht Ihr Ernst, Knobby!«

»Nach all den Schwierigkeiten, die wir hinter uns gebracht hatten! Am liebsten hätte ich Endine hinterhergeworfen. Aber ja. Genau das hat er getan. Er brachte sie an Deck, stapelte sie neben der Reling auf und warf eins nach dem anderen über Bord.«

Chaka starrte Knobby entgeistert an. »Sind Sie sicher? Haben Sie selbst dabei zugesehen?«

»Ja, Chaka. Ich habe es mit eigenen Augen gesehen. Wir alle haben es gesehen.«

Chaka lauschte den Unterhaltungen der Menschen ringsum. Ein Vater drohte seinem Sohn damit, ihn zu enterben. »Endine hat nicht alle Bücher vernichtet«, sagte sie schließlich. »Er kam mit einem Roman von Mark Twain nach Hause.«

Knobby zuckte die Schultern. »Meinetwegen. Ich weiß nur, daß er eine ganze Menge über Bord geworfen hat.«

»Sie sagen, die Leichen hätten in den Räumen gelegen? Alle, mit Ausnahme von Shay. Nicht im Korridor?«

»Genau. In den Räumen. Es waren große Räume.

Größer als dieses Lokal hier, und bestimmt zwei Stockwerke hoch.«

»Und was war in den Räumen?«

»Bücher. Nichts als Bücher. Und irgendwelcher Straßenbauerkram. Jede Menge von diesen grauen Kisten, die man überall finden kann.«

»Bücher?« Chaka wurde lebendig. »Wo sind sie jetzt?«

»Wo ist was?«

»Die Bücher. Die anderen Dinge.«

»Vermutlich noch immer dort.«

»Sie haben alles zurückgelassen?« Chaka konnte ihr Glück kaum fassen.

Knobby zuckte die Schultern. »Sicher. Warum hätten wir sie mitnehmen sollen? Sie waren nichts mehr wert. Sie waren in ziemlich schlechtem Zustand.«

»Warum?«

»Es war *feucht* dort unten. Naß. Alles war durchweicht.«

Chaka umklammerte ihren Becher, bis Knobby sanft seine Hand auf ihre Faust legte. »Beruhigen Sie sich«, sagte er. »Sie tun sich noch weh.«

»Sie sagten vorhin, die Bücher wären in Ordnung gewesen«, sagte Chaka.

»Ich sagte, die Bücher auf dem *Treppenabsatz* waren in Ordnung.«

»Ach so. Ja. Danke sehr, Knobby.« Sie gab ihm ein Goldstück. »Wir werden ein Schiff chartern und dorthin zurückkehren.«

Knobby achtete darauf, daß niemand die Münze sah, und steckte sie unauffällig in die Tasche. »Ich glaube nicht, daß Ihnen das gelingen wird.«

»Und warum nicht?«

»Niemand wird Ihnen sein Schiff vermieten. Dort oben spukt es, und alle wissen Bescheid.«

»Also schön. Falls es mir trotzdem gelingt, ein Schiff zu mieten ... würden Sie uns zeigen, wo die Tür in der Klippe zu finden ist?«

»Ich habe Ihnen bereits gesagt, daß ich nicht mehr dorthin gehen werde.«

»Ich habe noch zwei davon.« Chaka deutete mit einer Kopfbewegung auf Knobbys Tasche.

»Das spielt überhaupt keine Rolle. Hören Sie, falls Sie denken, ich sei nur ein verdammter Dummkopf, dann verrate ich Ihnen noch etwas. Auf dem Rückweg gerieten wir in einen Sturm, und unser Schiff wäre fast gesunken. Ein Hauch Pech im tiefen Wasser, und so ein Flußschiff sinkt wie ein Stein. Und die Strömungen. Nicht zu vergessen der Dämon oder was auch immer dort oben im Innern der Klippe lebt.« Er nahm einen tiefen Schluck aus seinem Becher. »Ich sage Ihnen, was ich tun werde: Ich zeichne Ihnen eine Karte. Sie wird Sie direkt zu dieser Klippe führen.« Er nickte vor sich hin. »Aber *ohne mich*. Ganz sicher. Und Sie sollten sich die Sache vielleicht ebenfalls noch einmal überlegen. Selbst dann, wenn Sie jemanden finden, der verrückt genug ist, sie hinzubringen.«

Kapitel 27

Knobby hatte recht. Sie fanden ein halbes Dutzend Flußschiffskapitäne, und nur ein einziger zeigte halbwegs Interesse, die Reise nach Norden anzutreten. Es war der Kapitän der *Irika,* eines heruntergekommenen, stinkenden, schief im Wasser liegenden Viehtransporters. Diese Beschreibung, fand Chaka, paßte auch auf den Kapitän, eine herrische Matrone mit rot unterlaufenen Augen und schiefen Zähnen. Dennoch war sie überrascht, daß Quait die Verhandlungen abbrach, nachdem sie sich auf einen akzeptablen Preis geeinigt hatten. »Die Frau hat Geld gerochen«, erklärte er später. »Sie hätte uns alle bewußtlos geschlagen, ausgeplündert und über Bord geworfen.«

Aber die Gefährten waren das Reisen über Land satt. Falls Knobbys Karte korrekt war, befanden sie sich noch immer mindestens fünfhundert Meilen von ihrem Ziel entfernt. Luftlinie. Wenigstens dreißig Tage. Nur, um am Ende vielleicht doch noch ein Schiff bauen zu müssen.

»Ich bin fast versucht, unser Glück mit der *Irika* auf die Probe zu stellen«, sagte Flojian. »Falls die Besatzung sich als nicht vertrauenswürdig erweist, können wir sie leicht überwältigen. Außerdem würde uns das einen Grund liefern, das Schiff in unsere Gewalt zu bringen.«

»Eine prima Idee«, stimmte ihm Chaka sarkastisch zu. »Und dann fahren wir mit dem Schiff die Küste hinauf, ja? Weiß überhaupt einer von uns, wie die Maschinen bedient werden müssen?«

»Ja«, erwiderte Flojian. »Ich glaube, ich kenne mich inzwischen ganz gut damit aus.«

»Alles viel zu kompliziert«, winkte Quait ab. »Sie werden bestimmt versuchen, uns zu überraschen. Wir müßten ein halbes Dutzend Leute mehrere Wochen lang ununterbrochen im Auge behalten. Wir sollten lieber warten, bis uns eine bessere Idee kommt.«

»Vielleicht habe ich schon eine«, sagte Chaka.

»Dreißig Meilen nordöstlich von hier liegt eine kleine Stadt namens Bennington. Ich denke, wir sollten erst einmal dorthin reiten.«

»Warum denn das?« fragte Flojian.

»Weil Orin Claver in Bennington lebt.«

»Claver?« Es dauerte einen Augenblick, bis Quait einfiel, woher er den Namen kannte. »Der Erfinder der Dampfmaschine.«

Flojian lächelte unsicher. »Der Mann im Ballon.«

Wie Oriskany bestand auch Bennington im wesentlichen aus einigen Bauernhöfen, die ein befestigtes Herrenhaus umgaben. Doch im Gegensatz zu Oriskany lag Bennington nicht an der Grenze, und die ständigen Kämpfe, die Oriskanys Richterin gegen die Räuberbanden zu bestehen hatte, waren hier eher eine Seltenheit. Jeder Besucher spürte die Ruhe und den Frieden, der über der Landschaft lag. Auf den Straßen zur Stadt gab es keine patrouillierenden Ranger, und auf den Feldern spielten Kinder ohne die Aufsicht Erwachsener. An den Palisadenzäunen flatterten Stander, und die Tore waren unbewacht. Das hier war offenes, freies Land, und es bestand aus Wald und bebauten Feldern.

Claver lebte in einem kleinen Haus an der Hauptstraße, vielleicht eine Stunde östlich vom Herrenhaus. »Es ist ganz leicht zu finden«, hatte ihnen ein Wagenkutscher verraten. »Achten Sie einfach auf den Obelisken. Sie können es gar nicht verfehlen.«

In der Tat: der Obelisk war meilenweit zu sehen. Er ragte hoch in den nachmittäglichen Himmel und war mit Abstand das höchste Bauwerk in Brockett und sämtlichen umgebenden Bezirken. Früher hatte eine Stadt an dieser Stelle gestanden, doch sie lag nun begraben unter Hügeln, und nur noch der Obelisk verriet, wo sie einst gestanden hatte. Auf einer sorgfältig polierten Plakette stand zu lesen:

WIR WERDEN JA SEHEN, WER AM ENDE DIESE FARM BESITZT

Reuben Stebbins, koloniale Miliz
In der Schlacht von Bennington, am 11. Mai 1776

Clavers Haus stand auf den Hügeln zwischen anderen Häusern und war leicht herauszufinden. Das dazugehörige Land war unbebaut, und an der Rückseite seines Hauses hatte er einen hölzernen Rahmen errichtet, höher als das eigentliche Haus. Darüber war eine riesige Hülle gestülpt: der Ballon.

Zum Haus gehörten mehrere Schuppen, eine Scheune sowie ein Silo. Die drei Gefährten stiegen aus den Sätteln, klopften an der Vordertür und gingen dann, nachdem sie keine Antwort erhielten, um das Haus herum. Die Schuppen waren vollgestopft mit Maschinen und Bottichen und Kübeln. In jedem Schuppen gab es einen Arbeitstisch. Der Boden war meist mit Spänen bedeckt, und die Wände waren von undefinierbarer Farbe und mit Flecken übersät. Sie blieben vor einem großen geflochtenen Korb stehen, an dem zahlreiche Seile befestigt waren. »Ich glaube, das ist der Korb, der unter dem Ballon hing«, sagte Chaka. Flojian untersuchte ihn zögernd. Sie gingen weiter. Ein orange gestrichener Schuppen war verpestet mit einem Gestank, den sie selbst zwanzig Minuten später noch in der Nase hatten, als ein älterer Mann schweißbedeckt auf das Haus zulief. »Hallo zusammen«, sagte er winkend und eilte an ihnen vorbei in die Scheune. Sie folgten ihm.

»Warm heute.« Er wischte sich mit einem Tuch über die Stirn. Er war drahtig und muskulös, und sein langes silbernes Haar wurde von einem Stirnband zusammengehalten. »Wollen Sie zu mir?«

Claver war ganz und gar nicht der grüblerische akademische Gelehrte, den Quait eigentlich erwartet hatte. Allerdings umgab den Mann eine verwirrende Aura, ein oberflächliches Lächeln aus leuchtend grünen Augen, die einen nie direkt anzublicken schienen. »Sind Sie Orin Claver?«

»Derselbe. Und wer sind Sie?«

Quait stellte sich und seine Gefährten vor. Claver musterte sie angestrengt. Offensichtlich sah er nicht besonders gut. »Sie reden einen merkwürdigen Dialekt«, sagte er. »Aus welcher Gegend kommen Sie?«

»Aus dem Tal des Mississippi.«

»Ziemlich weit.« Die Antwort überraschte Quait. Er hatte mit dem üblichen ahnungslosen Schulterzucken gerechnet. »Bestimmt sind Sie nicht den ganzen Weg heraufgekommen, nur um mich zu sehen.«

»Wir haben gehört, daß Sie Leute mitnehmen.«

»Sie meinen, im Ballon? Ja, das tue ich. Wohin wollen Sie?« Er trat seine Schuhe in die Ecke und schälte sich aus seinen Kleidern, ohne auf gesellschaftliche Umgangsformen Rücksicht zu nehmen.

»Wir besitzen eine Karte.« Quait zeigte ihm Knobbys Skizze.

Claver warf einen flüchtigen Blick darauf, nickte, als hätte er alles gesehen, und spannte die Oberarme an. »Kaum zu glauben, daß ich siebenundsiebzig Jahre alt bin, was?« Er grinste. »Gehen wir rein.«

Er hatte nichts mehr an außer einer weißen Unterhose. Sie marschierten hintereinander über einen kurz geschnittenen Rasen zum Haupthaus. Direkt vor der Tür hing ein Sack mit Walnüssen.

Er bot seinen Gästen welche an. »Gut für die Verdauung«, sagte er.

Chaka bediente sich dankend. Claver nahm selbst eine und warf zwei weitere auf den Rasen. In Sekundenschnelle erschienen zwei Eichhörnchen und schnappten sich die Nüsse.

Im Innern des Hauses war es hell und freundlich. Die Zimmer waren mit Hickorymöbeln ausstaffiert. An den Fenstern hingen vergilbte Musselinvorhänge. Claver erkundigte sich, welchen Wein seine Gäste bevorzugten, holte ein paar Flaschen aus einem Schrank und füllte drei Gläser. »In der Küche gibt es kaltes Wasser, falls Sie möchten«, sagte er und deutete auf einen kurzen Flur. »Dort hindurch. Fühlen Sie sich wie zu Hause. Wenn Sie mich entschuldigen würden, ich bin in ein paar Minuten wieder bei Ihnen.« Er wuselte aus dem Zimmer.

»Ich bin nicht sicher, ob das eine gute Idee ist«, sagte Flojian, als sie die Dusche hörten. »Wir sollen uns diesem Burschen anvertrauen und in einem seiner Ballons durch den Himmel fliegen? Was, wenn er dort oben einen Herzanfall kriegt?«

»Wenn einer einen Herzanfall kriegt«, sagte Chaka, »dann bestimmt nicht Claver.«

Der Erfinder kam in einer schwarzen Hose und einem weißen Hemd mit Puffärmeln zurück, Kleidern, die einem Fünfundzwanzigjährigen blendend zu Gesicht gestanden hätten. Er war barfuß, und er hielt ein Weinglas in der Hand. »So.« Er nahm neben Chaka Platz. »Und jetzt erzählen Sie mir doch, warum Sie dorthin wollen.«

Quait schlug ein Bein über das andere. »Sagt Ihnen der Name Haven vielleicht etwas?«

»Selbstverständlich.«

»Wir glauben zu wissen, wo Haven liegt.«

Clavers Augen verengten sich zu schmalen Schlitzen. »*Endine*«, sagte er und starrte Flojian an. »Ich wußte gleich, daß ich den Namen irgendwoher kenne. Also sind Sie zurückgekehrt. Nach all den Jahren.«

»Das war mein Vater«, sagte Flojian.

»Ah. Ja. Sicher. Und Sie sind gekommen, um an seiner Stelle ... Was wollen Sie erreichen?«

»Ich will Haven finden.«

»Das ist schon einmal schiefgegangen. Was bringt Sie auf den Gedanken, Sie könnten es besser?«

»Sie *fanden* Haven«, sagte Flojian. »Daran besteht nicht der geringste Zweifel.«

»Das überrascht mich zu hören. Die meisten starben dort draußen, und das einzige, was überlebt hat, sind Geschichten über Dämonen.«

»Und eine Kopie von Ein *Yankee aus Connecticut an König Artus' Hof*.«

»Tatsächlich? Und wie kommt es, daß ich noch nie davon gehört habe?«

»Das weiß ich nicht«, sagte Quait. »Fest steht, daß wir das Buch haben.«

»Hören Sie«, sagte Chaka. »Das ist doch alles völlig ohne jede Bedeutung.« Sie zog eine Goldmünze aus der Tasche und gab sie Claver. »Wir zahlen Ihnen zehn davon, wenn Sie uns an unser Ziel bringen.«

Claver hielt die Münze ins Licht. »Das ist wirklich großzügig. Trotzdem ist der Flug ein vergebliches Unterfangen. Dort oben gibt es nichts zu entdecken, und ich habe keine Lust, meine Ausrüstung und mein Leben zu riskieren. Nicht für zehn Goldmünzen, nicht einmal für hundert. Ich brauche Ihr Geld nicht, wirklich nicht.«

»Woher wissen Sie, daß es dort nichts zu finden gibt?« fragte Quait.

»Hätte es etwas gegeben, würde Karik Endine es mitgebracht haben, als er die Gelegenheit dazu hatte. Aber er kam mit leeren Händen zurück.«

»Wir haben den Mark Twain.«

»Genau. *Sie* haben den Mark Twain. Und ich habe nichts außer Ihren Versicherungen.«

»Wir würden Sie nicht belügen, Orin«, sagte Flojian lauter als nötig.

»Bestimmt würden Sie das nicht. Aber Ihre Interpretation der Ereignisse ist möglicherweise falsch.« Er lehnte sich zurück und entspannte sich. »Es tut mir leid, das zu sagen, aber ich sehe wirklich keinen zwingenden Grund zu dieser Fahrt.«

»Sie sehen keinen zwingenden Grund?« In Quait stieg Zorn auf.

»Haven ist ein Mythos, weiter nichts«, beharrte Claver.

Quait sprang auf und wollte zur Tür.

»Ich war beeindruckt von Ihrer Dampfmaschine«, sagte Chaka, die reglos in ihrem Sessel saß.

»Danke sehr.« Claver produzierte ein weiteres irritierendes Lächeln aus seinen grünen Augen. Seine Zähne waren weiß und kräftig. »Ich arbeite an einem verbesserten Modell. Die Holzverbrennungskammern sind nicht so effizient, wie sie sein könnten.«

»Nehmen Sie doch Kohle«, schlug Flojian vor.

»Sehr guter Gedanke, Endine. Ja, Kohle sollte die Wirkung verbessern.«

»Verraten Sie mir eins«, fuhr Flojian fort. »Haben Sie schon einmal über die Konstruktion einer Maschine nachgedacht, die ein Schiff über das Meer bringen könnte?«

Claver lachte. »Selbstverständlich. Tatsächlich bin ich sicher bald fertig damit.«

Chaka sah durch ein Fenster auf den hölzernen Rahmen und die Hülle des Ballons darüber. »Orin«, sagte sie, »wenn das dort oben tatsächlich Haven ist, dann haben wir vielleicht eine Chance, die Quebec zu finden.«

Claver hörte auf zu atmen.

»Denken Sie darüber nach« fuhr sie fort. »Überlegen Sie, was es bedeutet, ein Antriebssystem für ein Unterseeboot zu entdecken. Oder meinen Sie vielleicht, es könnte mit Kohle befeuert worden sein?«

Diesmal war sein Lachen echt. »Es wäre wunderbar, so etwas zu finden.«

»Aber die *Quebec* ist nur ein Mythos, nicht wahr?« sagte Flojian.

»Bringen Sie uns, wohin wir wollen« sagte Chaka. »Schlimmstenfalls kommen Sie mit zehn Goldmünzen zurück. Wer weiß, wie hoch der wirkliche Lohn sein wird.«

Kapitel 28

Claver gab den Illyrern Quartier. Am nächsten Morgen inspizierten sie die Gondel, die ein gutes Stück größer war als der Korb, den sie im Schuppen gesehen hatten. Sie war länglich anstatt rund und bot ausreichend Platz für mehrere Leute. Claver brachte Seile, Werkzeuge und Lampen an Bord, außerdem vier warme Decken. »Dort oben ist es ziemlich kalt.« Außerdem eine Sammlung Töpfe, Schläuche, Gummistopfen und Glasbehälter, die er als sein *tragbares Labor* bezeichnete. »Damit machen wir Wasserstoff für unsere Rückkehr«, erklärte er.

»Soll das heißen, wir können nicht einfach runtergehen und den Ballon an einen Baum binden, bis wir mit allem fertig sind?«

»O nein«, antwortete Claver. »Unglücklicherweise ist es nicht ganz so einfach. Wenn wir erst gelandet sind, stecken wir so lange fest, bis wir neuen Wasserstoff hergestellt haben. Das ist zwar nicht besonders schwierig, aber wir müssen in der Nähe einer Ruinenstadt landen.«

»Warum das?« fragte Flojian.

»Weil ich dazu Schwefel brauche. Und im Boden rings um die Städte der Straßenbauer gibt es davon immer reichlich, wenn man weiß, wo man danach zu suchen hat. Ich muß schon sagen, ich denke, dieser ganze Wirbel um die Straßenbauer und ihr sagenhaftes Wissen erscheint mir ziemlich übertrieben. Die verdammten Dummköpfe haben sich selbst vergiftet.« Sie unterhielten sich lauter als gewöhnlich, um die Maschine zu übertönen, die vor sich hintuckerte und ächzte, während der Ballon sich nach und nach über seinem hölzernen Rahmen blähte. »Wir brauchen außerdem Kohle. Sie brennt heißer und länger als Holz. Und Eisen. Wir werden Eisen benötigen.«

»Sonst noch etwas?«

»Wasser natürlich.«

»Natürlich«, sagte Quait.

»Was bedeutet, daß wir nicht direkt am Ziel landen können. Wir suchen uns die nächstgelegene Straßenbauerstadt und landen dort.«

Chaka legte die Stirn in Falten. »Orin, wie lange werden wir unterwegs sein?«

»Das kommt auf den Wind an. Wenn er mitspielt und Ihre Karten korrekt sind, schaffen wir es innerhalb zwanzig Stunden.«

»Und was geschieht, wenn der Wind nicht mitspielt?« fragte sie.

»Dann werden wir unser Ziel nie erreichen.« Er grinste. »Aber keine Sorge. Der Wind spielt immer mit. Wenigstens bis zu einem gewissen Grad.«

»Zwanzig Stunden ...« sagte sie zweifelnd. »Und wir können nirgendwo landen, bevor wir nicht dort sind?«

»Wir werden nicht viel Privatsphäre haben«, gestand Claver. »Es tut mir leid, aber so ein Ballon besitzt einige ernsthafte Nachteile, wenn man längere Strecken damit zurücklegen will. Wir nehmen einen Eimer mit.«

Der Ballon bestand aus einem leichten Tuch, das mit Firnis überzogen war. An der Oberseite gab es ein Ventil zum Ablassen von Gas, mit dessen Hilfe der Pilot landen konnte. Der gasgefüllte Sack, den Claver *Ballonhülle* nannte, war von einem Netz aus Seilen umschlossen. Sechzehn Stricke, die durch einen Aufhängungsring führten, verbanden die Gondel mit dem Netz.

»Das hier ist die Reißleine«, erklärte Claver. »Sobald wir im Verlauf der Landung eine geeignete Stelle am Boden finden, öffnen wir eine Klappe im oberen Teil der Ballonhülle und lassen den verbliebenen Wasserstoff entweichen.«

»Aber warum?« fragte Flojian. »Warum binden wir ihn nicht einfach irgendwo fest und sparen den restlichen Wasserstoff?«

»Wollen Sie sich die Knochen brechen? Nein, wir müssen den Wasserstoff loswerden, sobald wir am Boden sind. Aber das ist nicht tragisch, weil sowieso nicht mehr viel davon übrig sein wird. Gerade genug, um uns über den Boden zu schleifen.« Er lachte. »Ich weiß, es klingt gefährlich. Aber glauben Sie mir, Reisen im Ballon sind viel sicherer als zu Pferde.«

Rings um die Außenseiten der Gondel waren Sandsäcke festgebunden. Das war ihr *Ballast*, wie Claver erklärte. »Wenn wir höher steigen wollen, werfen wir einfach einen Teil davon ab.«

Gegen Mitternacht war die Ballonhülle prall gefüllt. Quait und Chaka hatten von der hinteren Veranda aus zugesehen. Als Claver die Wasserstoffpumpe schließlich abschaltete, fiel eine ungewohnte Stille über das Land. Der Ballon kämpfte im hellen Mondlicht gegen seine Fesseln und versuchte, sich vom Boden zu befreien.

»Morgen, bevor wir aufbrechen, machen wir die Hülle ganz prall«, sagte Claver.

Die Pumpe war auf einen Wagen montiert. Claver warf eine Plane darüber, wünschte seinen Gästen eine gute Nacht und ging ins Haus zurück.

Quait legte einen Arm um Chaka. »Bist du aufgeregt?« fragte er.

»Ja. Wir haben einen weiten Weg hinter uns, und ich kann kaum erwarten, endlich am Ziel anzukommen.«

»Ich hoffe nur, die Geschichte zerplatzt nicht wie eine Seifenblase«, sagte Quait.

»Geschichte?« Sie drängte sich gegen ihn. »Meinst du unser Projekt oder den Ballon?«

Am nächsten Morgen brachten sie einen Vorrat an Früchten, Wasser, getrocknetem Fisch und Fleisch an Bord. Eine kleine Gruppe von Kindern und Erwachsenen war neugierig eingetroffen und beobachtete die letzten Startvorbereitungen. Die Erwachsenen, vielleicht zwanzig an der Zahl, bestanden darauf, Claver und jedem seiner drei Passagiere die Hände zu schütteln. »Viel Glück«, wünschten sie. Als würden sie es noch brauchen. Die Kinder johlten und kreischten und spielten rings um die Gondel Nachlaufen.

Claver brachte noch eine Strickleiter an Bord und reichte seinen Passagieren getönte Brillen. Er machte einen großen Umstand, als er seine eigene aufsetzte (die selbstverständlich schicker war als die drei anderen), zog eine Lederjacke über, warf sich einen weißen Schal um den Hals und verkündete schließlich, daß es Zeit wäre zu starten. Zwei stämmige Freiwillige traten aus der Menge und stellten sich rechts und links neben die baumelnden Seile an das Holzgerüst.

Die Passagiere stiegen in die Gondel. Flojian flüsterte ein Gebet, Chaka warf noch einen letzten Blick zur Hülle hinauf, und Quait studierte sehnsüchtig den Erdboden. Claver kam als letzter an Bord. Er fragte, ob sie bereit wären, und als sie einstimmig bejahten, gab er den beiden Freiwilligen ein Zeichen. Sie zogen an den Seilen, der hölzerne Rahmen fuhr knarrend auseinander, und der Ballon begann zu steigen.

Laute Rufe begleiteten sie. Menschen blieben auf den Straßen stehen und unterbrachen ihre Arbeit auf den Feldern, um ihnen zu winken. Andere, offensichtlich vom allgemeinen Lärm angezogen, kamen aus ihren Häusern, sahen nach oben und winkten und riefen.

Nichts in Quaits bisherigem Leben, nicht die Schüsse in den zahlreichen Kämpfen, nicht die Fahrt in der Maglev, nicht einmal die geisterhafte Stimme Mikes in der Union-Station hatte seine Urängste jemals so stark erweckt wie der Anblick der unter ihm zurückweichenden Erde. Höhe hatte ihm nie etwas ausgemacht, und er war überrascht, daß das Aufsteigen über die Baumwipfel eine derart heftige Reaktion in ihm auslöste. Und was die Sache noch peinlicher machte: Seine Gefährten schienen die Erfahrung begeistert zu *genießen*.

»Wir werden nicht nur über unbekanntes Land fahren«, sagte Claver. »Vielleicht interessiert es Sie, daß unsere Reise beinahe doppelt so weit gehen wird, wie dieser Ballon jemals zuvor gefahren ist.« Der alte Mann mochte vielleicht aufgeregte Erwartung verspüren, aber die Information trug nichts zu Quaits Beruhigung bei.

»Sehen Sie dort.« Claver zeigte auf zwei Leinen, die aus dem Innern des Ballons kamen. Eine trug eine gelbe Markierung, die andere eine rote. »Diese hier«, er deutete auf die gelbe Leine, »kontrolliert das Wasserstoffventil oben auf der Hülle. Die rote kennen Sie bereits. Die Reißleine.« Er nickte ernst. »Ich denke, es ist eine gute Idee, wenn Sie keine von beiden anfassen. In Ordnung?«

Quait sah nach Osten auf eine hügelige Landschaft hinunter, mit Bauernhöfen, Feldern, Obstplantagen, Straßen und Wegen und dann dichtem Wald. Karren fuhren auf den Straßen, Schiffe auf den Flüssen, Menschen arbeiteten auf Feldern. Dann hatten sie alles hinter sich gelassen und trieben über der Wildnis dahin. Quait lauschte dem Wind, dem Knarren der Gondel und dem weit entfernten Bellen eines Hundes.

»Es ist wunderbar«, sagte Chaka.

Quait hatte schon früher aus großer Höhe nach unten gesehen. Er hatte auf Gipfeln gestanden, auf der Eisernen Pyramide daheim in Illyrien und auf der Brücke, die Silas zum Verhängnis geworden war. Aber diese Erfahrung hier war von einer ganz anderen Art. Sie bedeutete ein Losgelöstsein, ein Gefühl des Nicht-auf-der-Erde-Stehens, von Freiheit und Verwundbarkeit zugleich.

Der Ballon flog nach Süden.

In die falsche Richtung.

»Geduld«, mahnte Claver. »Wir müssen nach einer geeigneten Windströmung suchen.« Und mit dieser Bemerkung schob er eine Schaufel in einen der Sandsäcke auf der Außenseite der Gondel, füllte sie und warf Sand über Bord. Der Ballon stieg höher.

»Und Sie sind sicher, daß wir ohne Schwierigkeiten wieder nach unten kommen?« fragte Quait zweifelnd.

Claver drückte beruhigend seine Schulter. »Vollkommen sicher, mein junger Freund. Ich kann Ihnen versichern, daß wir irgendwann landen werden. Auf die eine oder andere Weise.«

Flojian arbeitete an einer Skizze des Ballons, doch der Wind zerzauste immer wieder das Papier, und schließlich gab er auf. Er war weit mehr an dem Gefährt und seiner Funktionsweise interessiert als an der wunderbaren Aussicht.

Claver fand schließlich eine geeignete Strömung, und

sie trieben stetig durch den Nachmittag nach Nordosten. »Ich schätze unsere Geschwindigkeit auf dreißig Meilen in der Stunde«, sagte er. Quait war beeindruckt. Unten auf der Erde benötigten sie für eine Entfernung von dreißig Meilen eineinhalb Tage.

Überall waren die Reste von Straßenbauerstädten zu sehen, manchmal kaum mehr als ein paar verkohlte Ruinen.

»Von hier oben bekommt man ein besseres Gefühl für das ganze Ausmaß der Zerstörungen.« Claver rückte seine Brille zurecht. Er war ständig mit seiner Brille beschäftigt.

»Die Große Seuche muß entsetzlich gewesen sein«, sagte Flojian.

»Soviel ist sicher.« Claver sah nach unten. »Im Zeitalter der Straßenbauer hat es eine ganze Menge Menschen gegeben. Haben Sie jemals Boston gesehen? Oder New York? Nein. Sie würden es wissen, wenn Sie eine dieser Städte gesehen hätten. Sie waren gigantisch. Riesig. Nicht mit Brockett zu vergleichen. Eine bösartige, ansteckende Krankheit bei einer derart großen Bevölkerung, und alles läuft aus dem Ruder.«

Sie entdeckten eine unbefestigte Straße. Der Ballon folgte ihrem Verlauf nach Nordosten.

»Wie hoch sind wir?« erkundigte sich Chaka.

Claver saugte an seiner Unterlippe. »Schätzungsweise eineinhalb Meilen.«

Die Straße führte zu einem Fluß und über eine Bohlenbrücke. Ein Palisadenzaun bewachte das diesseitige Ufer. »Die Grenze«, erklärte Claver. Hinter dem Fluß erstreckte sich eine dicht bewaldete Hügellandschaft bis zum Horizont. »Eines Tages werden wir das gleiche Problem haben«, sagte Claver.

»Eine Seuche?« fragte Flojian.

»Bevölkerung. Wenn wir in dreißig, vierzig Jahren über diese Gegend fliegen, wird alles längst Ackerland sein.«

Bei Sonnenuntergang überquerten sie eine der merkwürdigen alten Doppelstraßen. Sie kam schnurgerade und breit von Norden daher, und aus dieser Höhe sah sie vollkommen intakt aus. Ein Stück voraus ragten die weißen Gipfel eines Gebirgsrückens auf.

Es wurde zunehmend kälter. Sie teilten die Decken aus und zogen sie über ihre Schultern. »Wenn wir tiefer gehen, wird es vielleicht wärmer«, schlug Flojian vor.

»Vielleicht«, erwiderte Claver. »Vielleicht kommen wir aber auch in Luftströmungen, die uns in die falsche Richtung treiben. Wir führen nicht genügend Wasserstoff und Ballast mit, um ständig zu steigen und zu sinken.«

Sie aßen und beobachteten, wie der Gebirgsrücken näher kam. Das Land unter ihnen stieg immer weiter an. Schneefelder und nackter Fels und vereinzelte Krüppelkiefern lösten den Wald ab, und sie flogen so tief, daß sie die Nadelhölzer riechen konnten. Dann waren sie über das Gebirge hinweg, und das Land sank wieder. Die Sonne ging unter, und unter ihnen war nichts mehr außer tiefer Dunkelheit.

Schließlich ging der Vollmond auf. »Mit ein wenig Glück sind wir schon über dem Ozean, wenn der Morgen dämmert«, sagte Claver.

Sie stimmten die Reihenfolge der Nachtwache ab.

Claver erklärte, daß der helle nördliche Stern fünfundvierzig Grad steuerbords ihrer Flugrichtung bleiben müsse. »Selbstverständlich können wir diese Richtung nicht annähernd exakt einhalten«, sagte er. »Aber wenn wir zu weit vom Kurs abkommen, sagen wir, dreißig Grad oder mehr für einen Zeitraum von mehr als ein paar Minuten, dann wecken Sie mich bitte.«

Sie erledigten ihre menschlichen Bedürfnisse hinter einer Decke, die sie sich gegenseitig vorhielten. Der Eimer hing unter der Gondel und wurde an Bord gehievt, wenn Bedarf entstand. Hinterher wurde er einfach in die Tiefe entleert. Flojian und Claver amüsierten sich über die Risiken, die sich daraus für Reisende am Boden ergeben konnten.

Quait übernahm die erste Wache. Chaka blieb eine

Weile dicht an ihn gedrängt stehen, und dankbar genoß er ihre Wärme. Dann schlüpfte sie unter eine Decke, und bald darauf hatte sie das sanfte Schaukeln der Gondel in den Schlaf gewiegt.

Quait hielt sich an die Methode, die Claver zuvor erklärt hatte. Er suchte sich eine markante Stelle in der Landschaft aus, einen Hügel, eine vereinzelte Baumgruppe, eine Flußbiegung, hin und wieder auch einen höheren Berg, was auch immer in einer Richtung von fünfundvierzig Grad rechts von dem hellen nördlichen Stern am Boden auftauchte, und beobachtete, wie der Orientierungspunkt langsam näher rückte. Solange das mehr oder weniger funktionierte, war er zufrieden. Doch einmal wanderte eine gewaltige Straßenkreuzung, die er seit einiger Zeit beobachtet hatte, zu weit nach Steuerbord. Woraus folgte, daß der Ballon fast genau nach Norden trieb. Quait weckte den Piloten.

Claver war gutgelaunt, obwohl er aus dem Schlaf gerissen worden war. Offensichtlich genoß er die Tatsache, daß sie ihn brauchten, um auf Kurs zu bleiben. Er faßte die gelbe Leine und zog daran, bis der Ballon langsam tiefer sank. Nach der Art und Weise zu urteilen, wie er dabei vorging, war das gar nichts Außergewöhnliches. In wenigen Minuten hatte er den Ballon wieder auf Kurs gebracht und bat auf seine herablassende Art und Weise darum, geweckt zu werden, falls es weitere Schwierigkeiten geben sollte.

Quait wußte zwar, wie man den Ballon steigen und sinken ließ, aber er hatte nicht die geringste Ahnung, wie man die günstigsten Luftströmungen fand. »Ich weiß auch nicht, wie ich es erklären soll«, sagte Claver. »Ich schätze, es ist einfach Erfahrungssache.«

Lange fand Quait keinen Schlaf. Vielleicht lag es an der Kälte oder am salzigen Geruch in der Luft. Oder daran, daß das Ziel ihrer langen Reise unmittelbar vor ihnen lag. Aber höchstwahrscheinlich war es einfach Chakas Nähe. Unten am Boden hatte sie immer besonnen

Distanz zu ihm gehalten. Hier oben war das nicht möglich. Sie lag in Reichweite, und er hörte ihren leisen Atem.

Nach einer Weile seufzte er, stand auf und gesellte sich zu Claver, der am Ruder wachte (oder wie auch immer das bei einem Luftfahrzeug heißen mochte). Der Himmel stand in Flammen, die Sonne war kurz vor dem Aufgehen, und sie flogen parallel zu einer felsigen Küste.

Claver absolvierte Kniebeugen. »Kann ich nur empfehlen«, sagte er. »Es hält einen warm und beweglich.«

»Wie kommen wir voran?« fragte Quait.

»Ganz gut bis jetzt.« Ein Unterton von Selbstzufriedenheit lag in seiner Stimme. »Der Wind möchte uns auf das Meer hinaus treiben.«

»Das darf nicht geschehen.«

»Keine Sorge.« Claver straffte die Schultern und spannte die Arme wie ein Boxer. »Allerdings verbrauchen wir jede Menge Gas und Ballast.«

»Ist das ein Problem?«

»Wenn das so weiter geht, dann wird es bald zu einem«, antwortete Claver.

Quait lehnte sich zurück und beobachtete den Sonnenaufgang. Claver reichte ihm ein paar Walnüsse und Wasser. »Kein besonders reichhaltiges Frühstück«, gestand er, »aber mit ein wenig Glück landen wir schon in den nächsten Stunden.«

»Ich war früher schon einmal am Meer«, erzählte Quait. »An der Mündung des Mississippi.«

»In welcher Richtung liegt die?«

»Unten im Süden.«

Claver dachte nach. »Ich frage mich, ob es das gleiche Meer ist? Wenn ja, könnten Sie über das Wasser nach Hause fahren.«

Quait lachte. »Alles wäre besser als die Reise durch die Wildnis.« Er starrte in Richtung der aufgehenden Sonne und betrachtete den runden Horizont. Was mochte dahinter warten? »Können Sie mit diesem Ding bis nach Chicago fliegen?« fragte er.

»Wenn ich genügend Wasserstoff hätte und der Wind

richtig steht, ja. Aber ich glaube nicht, daß ich Lust auf einen Versuch hätte.«

Der Ballon begann abzutreiben, und Claver mußte ihn höher steigen und dann wieder ein Stück sinken lassen, um das Gefährt in die richtige Richtung zu dirigieren. Quait registrierte mit schwacher Genugtuung, daß nicht einmal Claver stets auf Anhieb die richtige Strömung fand. Aber die Sandsäcke wurden rasch leerer.

Sie schwebten an einer zerklüfteten Küstenlinie entlang nach Norden, unter ihnen eine endlose Reihe von Klippen, Riffs, Buchten und vorgelagerten Inseln. Sie erspähten Rehe, Wildpferde und gelegentlich Hinweise auf menschliche Besiedlung. Vereinzelte gepflügte Felder, Obstgärten, ein Haus auf einer Klippe über einer Hafenbucht, aus dessen Schornstein grauer Rauch quoll. Später entdeckten sie ein kleines Boot, das Fischnetze ausbrachte. Aber das waren Ausnahmen. Die meiste Zeit über sahen sie nichts als Wildnis.

Die Sonne näherte sich der Mittagslinie. Der erste Hinweis auf die Bai, von der Knobby gesprochen hatte, würde Land im Osten sein. Allerdings ragten überall Inseln aus dem Wasser, und so gab es einige Male falschen Alarm. Am Nachmittag drehte der Wind erneut. Claver warf weiteren Ballast über Bord. Der Ballon trieb erst in die eine Richtung ab, dann in die andere, bevor er wieder auf den richtigen Kurs schwenkte.

»Das war's«, verkündete Claver. »Wir haben nicht mehr genug Ballast übrig, um etwas anderes als eine Landung zu bewerkstelligen. Ihre Bai täte gut daran, bald in Sicht zu kommen.«

Im Verlauf der nächsten Stunde kam im Osten ein Streifen Land in Sicht. Doch eingedenk der vielen Inseln beobachteten sie hoffnungsvoll und skeptisch zugleich, wie er größer wurde. Der Streifen Land wuchs zu einer Küste heran, und das offene Meer war plötzlich verschwunden. Berge waren zu sehen. Als sie näher kamen, entdeckten sie Straßenbauerruinen und eine Küstenstraße, die mit Hojjies gepflastert war.

»Das muß es sein«, sagte Chaka.

Sie fuhren in einer Höhe von vielleicht zwei Meilen über die Bai. Es herrschte Ebbe, und sie waren erfreut zu sehen, daß an einigen Stellen tatsächlich weite Schlammflächen frei lagen. Ein Schiffsführer, der nicht auf der Hut war, konnte sich ganz leicht auf dem Trocknen wiederfinden.

Einige Minuten später teilte sich die Bai in zwei Arme. »Nehmen Sie Kurs auf den rechten«, sagte Flojian. Er konnte seine Aufregung kaum zügeln.

Das Wasser glitzerte im Sonnenlicht. Steilhänge und grüne Hügel säumten die Ufer. An einigen Stellen rollten lange Wellen auf weiße Strände, an anderen krachten sie gegen die Felsen.

Eine Turbulenz packte den Ballon und riß sie zur falschen Seite des Meeresarms. Zögernd ließ Claver weiteren Wasserstoff ab, bis das Gefährt sich wieder in Richtung des Ostufers bewegte. Allerdings sank der Ballon unablässig weiter, auch nachdem Claver reichlich zusätzlichen Sand abgeworfen hatte. »Wir müssen schnell einen Platz zum Landen finden«, sagte er.

»Dort drüben!« rief Flojian. Der sattelförmige Berg aus Knobbys Erzählung kam in Sicht.

»Gut. Wir treiben genau darauf zu«, sagte Quait.

»Nicht wirklich«, korrigierte ihn Claver. »Wir sinken zu rasch.« Er warf den letzten Sand ab. Der Ballon sank unbeirrt weiter.

»Orin?« fragte Quait.

»Bereiten Sie sich auf die Landung vor«, sagte Claver. »Wir brauchen eine Siedlung!«

Die Bai wurde zusehends schmaler. Ein langestrecktes hakenförmiges Kap ragte aus der Küstenlinie hervor. Es sah genau wie das auf Knobbys Kartenskizze aus. Er hatte ihnen Richtungsangaben aufgeschrieben, und diese benutzten sie jetzt, um nach einem Steilhang zu suchen. Eine *senkrechte Wand*, hatte er geschrieben.

»Dort!« rief Chaka. »Das ist es!« Sie umarmten sich glücklich.

Der Ballon trieb vorbei. »Wir machen fast vierzig Meilen«, sagte Claver.

Die Bai verjüngte sich weiter. Die Berggipfel kamen näher.

»Vor uns liegt eine Stadt«, meldete Claver.

Quait erkannte deutlich das Netz aus Straßen und Piers und Mauerresten. Der Steilhang, in dem Haven verborgen lag, blieb hinter ihnen zurück.

Die Stadt war relativ gut erhalten: geschwärzte Bauwerke, ein nicht zu übersehendes Straßennetz, und im Norden lag ein größerer Industriekomplex. »Sieht aus wie ein altes Kraftwerk«, sagte Claver. »Wahrscheinlich wurde es bereits vor dem Zusammenbruch ausgeschaltet. Wenn wir es bis dorthin schaffen, haben wir Glück.« Klippen und Bäume kamen rasch näher. »Versuchen Sie, sich zu entspannen, wenn wir den Boden berühren«, fügte er noch hinzu.

Eine Straße tauchte unter ihnen auf und bog nach Osten ab. Sie rutschten über den Kamm eines Hügels hinweg und brachen durch ein paar Baumwipfel. Als die Gondel wieder frei war, zog Claver die Reißleine, und der restliche Wasserstoff entwich mit einem lauten Seufzen. Die Gondel krachte hart auf den Boden, und ihre Passagiere purzelten über eine Wiese.

»Wir sind gelandet«, sagte Claver.

»Orin«, sagte Quait, »ich glaube nicht, daß sich das Fliegen jemals durchsetzen wird.«

Kapitel 29

Sie zerrten die Hülle mitsamt der Gondel in einen Schuppen, sammelten ihre Waffen, Decken, Lampen, die Strickleiter, Seile und die restlichen Vorräte auf, dann wandten sie sich zur Bucht.

Nirgendwo gab es einen Hinweis auf menschliche Bewohner. Keine Häuser, keine bestellten Felder, nichts. Sie fanden eine Straße und folgten ihr in die Wälder. Niemand redete viel. In der Ferne war das Rauschen des Meeres zu hören.

Die Straße führte durch einen Wald, aber sie konnten das Meer riechen, und eine Stunde später, als die Sonne im Begriff stand unterzugehen, brachen sie aus dem Wald hervor und fanden sich am Ufer wieder.

Zum Abendessen gab es Fisch. Sie saßen bis spät in die Nacht und lauschten der Stille. Flojian war außer sich, als er herausfand, daß Claver einzelne Dampfmaschinen an die Bootshersteller verkauft hatte, anstelle des Fertigungsprozesses. Es war darauf hinausgelaufen, daß er das Konstruktionsgeheimnis für den Preis von ein paar Maschinen weggegeben hatte. Die Käufer waren jetzt groß im Geschäft, fabrizierten ihre eigenen Maschinen, und Claver war außen vor. »Es spielt keine Rolle, wirklich nicht«, sagte er. »Ich habe alles Geld, das ich brauche. Was mich betrübt ist die Tatsache, daß sie die Schiffe zu teuer verkaufen, und die Flußschiffer geben mir die Schuld. Sie denken, ich würde auf ihre Kosten reich.«

»Und in Wirklichkeit kassieren die Bootsbauer das Geld«, sagte Flojian. Er schüttelte entsetzt den Kopf. »Sie brauchen dringend jemanden, der sich um Ihre Geschäfte kümmert.«

Claver gestand, daß er allmählich aufgeregt wurde wegen dem, was sie vielleicht am nächsten Tag entdecken würden. »Ich habe mir die ganze Zeit eingeredet, das sei alles Unsinn«, berichtete er, »und ich glaube eigentlich noch immer, daß es so ist. Aber wäre es nicht phantastisch, wenn wir die Quebec fänden? Es wäre die absolute Krönung meiner beruflichen Laufbahn.«

Quait und Chaka gingen im Wald spazieren. »Die letzte Nacht der großen Jagd«, sagte sie. »Ich kann kaum glauben, daß wir wirklich am Ziel angekommen sind.«

Mondlicht glitzerte durch die Baumwipfel. Es ließ ihr Haar in einer silbernen Aura glänzen, doch ihre Augen blieben im Schatten. Sie war unendlich schön, eine Waldgöttin, die zu den Menschen gekommen war. Quait fühlte sich wie ein verliebter Jüngling. »Ich möchte dir einen Vorschlag machen«, sagte er. Seine Stimme klang aufgeregt und schrill. Er hatte sich den ganzen Abend zurechtgelegt, was er ihr sagen würde, welche Worte er benutzen, wo er Pausen einlegen, und wo Spannung aufkommen würde. Und jetzt war alles weg. »Es gibt eine Tradition«, fing er an. »Wußtest du, daß ein Schiffskapitän Ehen schließen kann?« Er spürte, wie sie sich versteifte, dann sank sie in seine Arme. »Ich habe mit Orin gesprochen. Er ist bereit, das für uns zu tun. Und ich glaube, jetzt wäre der ideale Zeitpunkt dafür.«

»Weil wir morgen am Ziel ankommen?«

»Weil wir heute nacht hier sind. Weil ich dich liebe.« *Weil sechs Menschen in diesen Tunnels gestorben sind und niemand weiß warum. Oder wie.*

»Ja«, sagte sie einfach.

Er hatte nicht mit einer so raschen Antwort gerechnet. Er hatte sich zahlreiche Argumente zurechtgelegt, zum Beispiel, daß sie sich immer an diese Nacht und den kommenden Tag erinnern würden, Haven und ihre Hochzeit, unentwirrbar miteinander verbunden bis ans Ende ihrer Tage. Und daß die Heimreise, ganz gleich, wie die Dinge sich wendeten, schwierig und gefährlich werden würde. (Natürlich war ihm kein Argument eingefallen, warum ihre Hochzeit die Reise weniger gefährlich oder schwierig machen würde – aber so sicher wie die Hölle erträglicher.) Daß es keinen Sinn machte, noch länger zu warten. Daß sie genug miteinander erlebt hätten. Und daß sie jenseits allen Zweifels wußten, daß sie zueinander gehörten. Und nachdem diese Entscheidung gefallen war, bestand schließlich kein Grund mehr, die Dinge unendlich aufzuschieben.

Sie küßte ihn und schmiegte sich an ihn. »Ja«, sagte sie.

Orin Claver war kein gläubiger Mensch. Trotzdem überraschte er die Illyrer damit, daß er keinen Augenblick lang zögerte, die Göttin als Beschützerin der Erde mit einzubeziehen und anzurufen.

»Wir haben uns auf diesem Hügel versammelt«, begann er mit dem uralten Ritual, »um diesen Mann und diese Frau dem heiligen Bund der Ehe zu überantworten.« Das Feuer knisterte, und der Wind raschelte in den Bäumen. Da niemand von den Angehörigen da war, um die Braut dem Bräutigam zu übergeben, erklärte sich Flojian einverstanden, stellvertretend für Chakas Eltern zu handeln.

Clavers weißer Schal diente Chaka als Schleier, ansonsten trug sie ihre Lederkleidung. Quait fand in seinem Gepäck ein Halstuch, das seiner eigenen Staffage einen Hauch von Förmlichkeit verlieh.

Die illyrische Zeremonie erforderte zwei Trauzeugen, einen für die irdische und einen für die göttliche Ordnung. Folglich mußte Flojian eine Doppelrolle spielen. Er stand zusammen mit der unsichtbaren Shanta da, während seine beiden Gefährten sich Liebe, gegenseitiges Vertrauen und Glück versprachen. Als sie geendet hatten, tauschten sie Ringe, die Chaka aus Ranken geflochten und mit Steinen verziert hatte. Claver fragte, ob jemand Einwände gegen den Bund der beiden hätte, und falls ja, daß er vortreten oder auf immer schweigen solle.

Sie sahen sich um, blickten in die Dunkelheit der Wälder ringsum, und Chakas Augen leuchteten. »Niemand hat Einwände erhoben«, schloß Claver. »Dann übe ich hiermit die Autorität aus, die allen Kapitänen seit unendlichen Zeiten innewohnt, und erkläre euch zu Mann und Frau. Quait, du darfst die Braut küssen.«

Flojian fühlte, daß die Göttin Shanta im Verschwinden

begriffen war. Hastig nutzte er die Gelegenheit ihrer Nähe, um sie zu bitten, daß sie sich ihrer getreuen Dienerin Avila erinnern möge.

... Eine senkrechte Wand, zweihundert Fuß hoch direkt aus dem Wasser. Oben sahen wir dichten Wald ... Auf der Nordseite der Klippe mündete ein kleiner Fluß, und ein Kiesstrand ...

Sie studierten ihre Karte noch einmal. Sie verglichen die Biegung im Meeresarm und die sattelförmige Felsformation, die Knobby beschrieben hatte.

»Ich würde sagen, das ist es«, meinte Claver.

Sie verglichen die Wand mit Arins Skizze. »Er wird dort hinten irgendwo gestanden haben«, schlug Chaka vor. Vielleicht eine Viertelmeile weiter, unten am Strand.

Sie standen abseits auf nassem Sand. »Dort ist der merkwürdige farblose Felsen«, sagte Quait. Er malte mit dem Zeigefinger eine horizontale Linie in die Luft. »Und dort die Tür.«

Alle sahen es. Flojian merkte sich einen gekerbten Felsbrocken oben auf der Kante. Chaka zog Silas' Journal aus der Tasche und machte eine entsprechende Eintragung. *Haben den vermutlichen Eingang gefunden.* Sie fügte das Datum hinzu und unterschrieb mit ihrem Namen. Als sie fertig war, machten sie sich über die Rückseite der Felsen auf den Weg nach oben.

Am frühen Nachmittag waren sie oben angekommen. Sie legten ihr Gepäck unter einer Fichte ab und spähten über die Klippe. Es ging tief hinunter. Die Felswand war sehr glatt, wenn man von den gelegentlich vorsprießenden Büschen absah. Unten spritzte die Gischt. Flojian suchte nach seinem eingekerbten Felsblock, stapfte ein paar Schritte an der Klippe entlang und blieb stehen. »Genau hier«, sagte er.

Möwen segelten im Tiefflug über das ablaufende Wasser der einsetzenden Ebbe.

Quait nickte. »Ich gehe als erster«, sagte er. Er hatte bereits ein Seil in der Hand.

»Ich glaube nicht, daß das eine gute Idee ist«, widersprach Claver.

»Und warum nicht?«

Claver blickte an seinem siebenundsiebzig Jahre alten Körper hinunter, dann zu dem kleinen, schmächtigen Flojian und zu Chaka. »Ich weiß, daß ich für mein Alter ziemlich gut in Form bin«, sagte er, »aber ich bin nicht sicher, ob wir drei dich wieder hinaufziehen könnten, falls du in Schwierigkeiten gerätst. Ich denke, der Kräftigste sollte eher oben auf der Klippe sein und nicht unten am Seil hängen.«

Die Logik war unbestechlich. »Wer dann?«

»Ich«, meldete sich Chaka.

»Nein!« sagte Quait.

Claver nickte. »Gar nicht so dumm. Chaka ist vierzig Pfund leichter als jeder von uns.«

Chaka schlang ein Seil um ihre Schultern. »Kein Problem«, sagte sie.

»Du wirst nicht gehen!« widersprach Quait.

Aber Chaka ließ sich nicht beirren. »Ich bin ein vollwertiges Mitglied dieser Expedition«, sagte sie. »Und ich bin die gleichen Risiken eingegangen wie alle anderen auch.«

»Das weiß ich.«

»Dann ist es gut.« Sie straffte das Seil und reckte die Schultern.

»Hast du so etwas schon einmal gemacht?« fragte Quait.

»Wir hatten ein Baumhaus.« Und als Quaits Miene sich nicht aufhellte, fügte sie hinzu: »Keine Sorge. Ich schaffe es.«

»Wir hätten vielleicht ein Geschirr mitnehmen sollen«, sagte Claver.

Sie banden die Strickleiter an einen Baumwollbaum und warfen sie über die Klippe. Dann schlangen sie Chakas Sicherheitsleine um den gleichen Baum, gaben ihr sechzig Fuß Spiel und banden das andere Ende an einer Ulme fest.

»Sei bitte vorsichtig«, ermahnte Quait sie. »Wenn du

mehr Leine brauchst, dann zieh einmal kurz. Wenn du nach oben gezogen werden willst, zieh zweimal.«

»In Ordnung, Geliebter«, sagte sie. »Ich habe verstanden. Ich bin soweit.«

»Ich kann einfach nicht glauben, daß das der einzige Eingang sein soll«, sagte Flojian.

Claver schüttelte den Kopf. »Wir müßten die gesamte Umgebung absuchen. Wir wollen den Weg nehmen, den wir kennen. Wenn wir erst drin sind, können wir immer noch weitersuchen.«

Chaka zog ihre Handschuhe über, schob ein Stemmeisen in ihren Gürtel und trat zur Klippe.

»Viel Glück«, sagte Flojian.

Sie schenkte ihm ein flüchtiges Lächeln, packte die Strickleiter und kletterte vorsichtig rückwärts über den Rand der Klippe. Quait gab Sicherheitsleine nach.

Die Sprossen der Strickleiter bestanden aus Holz, aber es war schwierig, die Füße hineinzustemmen, solange die Leiter auf dem Fels auflag. Chaka sah Quait an, solange es ging. Sie wollte nicht nach unten sehen, doch sie spürte das Nichts unter ihren Füßen. Diese ganze Expedition hatte für ihren Geschmack viel zu viel mit großen Höhen und Abgründen zu tun.

Das Klettern ging überraschend leicht vonstatten, nachdem sie die überhängende Kante erst einmal hinter sich gelassen hatte. »Alles in Ordnung?« rief Flojian von oben hinter ihr her.

Sie bejahte seine Frage und setzte ihren Abstieg fort. Alle paar Schritte riefen sie erneut, und je weiter Chaka kam, desto mehr lenkte es sie von ihrer eigentlichen Aufgabe ab. Schließlich rief sie nach oben, daß sie schreien würde, sollte sie Hilfe benötigen, und daß ihre Gefährten ansonsten bitte Ruhe geben sollten.

Einmal hatte sie nicht mehr genügend Sicherheitsleine und mußte Quait ein Signal geben. Der Fels war rauher, als es von oben her ausgesehen hatte. Die Vegetation war dornig und kratzte. An einer Stelle hatte sich die Leiter darin verfangen, und Chaka befreite sie, während sie sich nur mit einer Hand festhielt.

Kleine Steinlawinen rieselten an ihr vorbei. Senkrechte Risse durchzogen den Fels. Aus einer dunklen Spalte beobachtete sie ein Augenpaar.

Dann wurde sie von einem plötzlichen Windstoß getroffen, und die Leiter schwang hin und her. Chaka klammerte sich fest. Unter sich, genau dort, wo er sein sollte, entdeckte sie den farblosen Fels. »Nur noch ein kleines Stück!« rief sie nach oben zu den anderen. »Ich glaube, ich habe den Eingang gefunden.«

Tatsächlich waren es vier Türen, die in die Steilwand eingelassen waren. Das war also die Stelle, wo Showron Voyagers stromlinienförmiges Fahrzeug seine Passagiere abgeliefert hatte. Einige Spuren waren noch zu sehen: Ein paar Eisenstücke draußen, ein schmales Sims, eine Bank. Eine der Türen war gewaltsam geöffnet worden. Chaka hatte einige Schwierigkeiten, das Sims zu erreichen. Die Strickleiter baumelte ein paar Fuß vor der Wand. Chaka schaukelte hin und her, bis sie einen dürren Busch zu fassen bekam, und zog sich daran auf das Sims.

Der schwierigste Teil des Unternehmens kam, als sie von der Leiter zu klettern versuchte, um in den Eingang zu gelangen. Ihre Sicherheitsleine hatte nicht genug Spiel, und die anderen oben schienen nicht zu begreifen, daß sie sich nicht bewegen konnte, wenn sie das Seil zu straff hielten. Außerdem mußte sie sich an dem Busch festhalten, um die Leiter nicht zu verlieren, bis sie sicher im Eingang war. Doch dann hatte sie es geschafft. Sie verschwendete keine Zeit und löste augenblicklich die Sicherheitsleine. Dann rief sie nach oben, daß alles in Ordnung sei und gratulierte sich im Stillen selbst. Vor ihr lag der hohe Korridor, den Knobby beschrieben hatte. Es war zu dunkel, um viel weiter als ein paar Yards in das Innere zu sehen.

»Chaka!« Quaits Stimme. »Wir müssen die Strickleiter festmachen.«

»In Ordnung.« Die Leiter hing vielleicht drei Fuß weit

vor dem Eingang. Genau außerhalb ihrer Reichweite. Sie versuchte es noch zweimal. Beim zweiten Versuch verlor sie das Gleichgewicht und wäre fast abgestürzt. Es waren verzweifelte Augenblicke. Und es war dumm, weil es auch einen anderen Weg gab. »Quait!«

»Was ist? Warum dauert es so lang?«

»Ich kann die Leiter nicht erreichen. Einer von euch muß runterkommen.«

Flojian war der nächste. Am Gürtel hatte er zwei Lampen festgebunden. Als er vor dem Eingang hing, faßte sie seine ausgestreckte Hand und zog ihn zu sich, und mit ihm die Leiter. Sie banden sie an eine Eisenstrebe und entzündeten die Lampen, während sie auf Claver warteten.

Quait kam als letzter. Er hatte seine Sicherheitsleine um den Baum geworfen und das andere Ende zu ihnen hinuntergelassen, so daß sie ihn notfalls von unten sichern und festhalten konnten.

Nachdem er angekommen war, betraten sie den inneren Korridor. Ein Stück voraus erkannten sie die Treppe und den Kreuzgang und die Schächte. Die Schächte erinnerten an die in den Türmen rings um die Union-Station. Chaka starrte in einen hinunter. »Alles ist feucht«, sagte sie.

Sie fand ein paar Steine und warf sie hinein. Sekunden später hörten sie ein Platschen.

Die Luft roch abgestandener, je weiter sie sich vom Eingang entfernten.

Claver gestand seine Überraschung, daß die Luft überhaupt atembar war. Flojian bemerkte eine Schachtabdeckung in der Decke. Offensichtlich existierte ein Belüftungssystem.

Die Treppe war nicht aus dem Fels gehauen, sondern eingesetzt worden. Sie bestand aus Straßenbauermetall. Geländer und Stufen waren staubbedeckt.

Sie nahmen ihre Ausrüstung auf und machten sich auf den Weg nach unten. Flojian ging als erster.

Chaka hatte die Geschichte von den sechs Toten nie wirklich glauben wollen. Wenn Menschen in größeren

Gruppen sterben, dann sind in der Regel Spuren zu sehen. Sie bemerkte, daß Quait die Hand stets in der Nähe seiner Waffe hielt.

Flojian hatte die gleichen Gedanken, das war nicht zu übersehen. Er bewegte sich so lautlos er konnte, redete mit flüsternder Stimme, und alles an seinem Verhalten zeigte, daß er mit seinen ganz privaten Ängsten zu kämpfen hatte. Das war ungewöhnlich für ihn. Flojian war zwar ein von Natur aus vorsichtiger Mensch, doch Chaka hatte ihn nur selten ängstlich erlebt. Trotzdem blieb er weiterhin vorn.

Selbst Claver wirkte eingeschüchtert. Der alte Erfinder redete nur wenig. Er trug ein Seil und ein Stemmeisen bei sich, aber ihm war anscheinend gar nicht bewußt, daß er das Eisen wie eine Waffe hielt.

Die Dunkelheit war undurchdringlich. Sie schien das Licht ihrer Lampen zu verschlingen. Auf den Wänden bewegten sich groteske Schatten. Der Wind schien direkt durch den Fels zu rauschen. Auf jeder Etage gingen Korridore ab. Die Schächte waren da, und hinter den Schächten befanden sich weitere Durchgänge, manchmal offen, manchmal verschlossen.

»Die Wände sind naß«, sagte Claver. »Das ist nicht gerade der Ort, an dem ich etwas lagern würde.«

»Vielleicht war es eine militärische Einrichtung«, vermutete Quait. »Was auch immer später daraus geworden sein mag, ursprünglich war es eine militärische Anlage.«

Die Treppe führte immer tiefer hinunter, Absatz um Absatz, bis sie meinten, jetzt bald auf Höhe des Wasserspiegels draußen angekommen zu sein. Und dann hörte sie einfach auf.

»Das ist wahrscheinlich die Stelle, wo sie deinen Vater fanden«, sagte Chaka zu Flojian.

Quait stand ganz vorn am Absatz und leuchtete mit der Lampe nach unten. Sie sahen den Boden.

Dort sind die anderen gestorben.

»Hier gibt es keinen Staub«, bemerkte Claver.

Es gab tatsächlich keinen. Der Treppenabsatz war sauber, genau wie die letzten fünf oder sechs Treppenstufen darüber. Weiter oben lag eine dicke Staubschicht über allem. Merkwürdig. Der Boden befand sich vielleicht fünfundzwanzig Fuß tiefer.

»Vielleicht haben sie eine Tür geöffnet, und ein Schwall Gas kam heraus«, fuhr Claver fort.

Das klang beinahe einleuchtend. Genau das gleiche war schließlich Jon Shannon zugestoßen, als er die falsche Tür geöffnet hatte. Aber etwas fehlte. »Es gab keine Explosion«, stellte Chaka fest.

»Muß es auch nicht. Sie atmen das Gas ein, verlieren das Bewußtsein und ersticken.«

»Alle *sechs*?«

»Gut«, gestand Claver, »es ist vielleicht ein wenig weit hergeholt.«

»Jedenfalls wurden sie an verschiedenen Stellen gefunden«, sagte Flojian.

Claver schüttelte den Kopf. »Vergiß nicht, daß die Leute immer dramatisieren, wenn sie eine Geschichte erzählen.«

»Ich glaube nicht, daß Knobby übertrieben hat«, widersprach Chaka.

Flojian befestigte seine Lampe an einem Seil und ließ sie nach unten. Die Überreste der eingebrochenen Treppe lagen auf dem Boden verstreut.

»Ich will auch nicht behaupten, daß er übertrieben hat«, beschwichtigte Claver. »Aber Menschen lassen sich leicht verwirren. Ganz besonders an einem Ort, der so unheimlich ist wie dieser. Um ehrlich zu sein, wenn alles genauso ablief, wie Knobby es erzählt hat, dann bin ich bereit zu glauben, daß in den Tunneln hier unten etwas Unheimliches am Werk ist.«

Quait bemerkte, daß Claver seine Worte augenblicklich bedauerte. Aber sie waren ausgesprochen, nicht mehr ungeschehen zu machen, und die Gefährten blickten sich nervös an und spähten in den Raum unter dem Treppenabsatz. Sie fanden die Durchgänge, von denen Knobby gesprochen hatte. Einen in jeder Wand. »Falls es Gas war«, fragte er, »könnte uns das gleiche noch einmal passieren?«

»Oh, selbstverständlich.« Claver nickte zur Betonung. »Das könnte es ganz sicher. Kein Zweifel. Wir müssen nur die falsche Tür öffnen.«

»Und wie wollen wir uns dagegen schützen?« fragte Flojian.

Chaka gab ein dumpfes Räuspern von sich. »Wir halten uns einfach von verschlossenen Türen fern«, schlug sie vor.

»Genau.« Claver verschränkte die Arme vor der Brust und warf sich in Positur wie ein Lehrmeister. »Wenn wir eine Tür öffnen wollen, dann macht es nur einer, und die anderen bleiben ein gutes Stück zurück. Außerdem schlage ich vor, daß niemand allein durch die Gegend wandert. Und seid vorsichtig mit euren Waffen.« Er musterte Quait mit einem langen, harten Blick. »Wir sind alle ein wenig nervös.« Er betonte seine Worte so, daß deutlich wurde, daß er damit eigentlich nur die drei Illyrer meinte. »Wir haben nicht viel Licht, und die größte Gefahr geht wahrscheinlich von uns selbst aus und nicht von irgendeiner geheimnisvollen Macht.«

»Ich hoffe, du behältst recht«, brummte Quait. Er band ein Seil an das Geländer und prüfte seinen Halt. Der Raum unterhalb der Treppe war dunkel, kalt und bedrückend. Licht wurde von Pfützen reflektiert. »So habe ich mir Haven ganz bestimmt nicht vorgestellt«, sagte er. Er schlang sich das Seil um den Leib und warf das freie Ende nach unten, dann stieß er sich von der Treppe ab.

»Sei vorsichtig!« Chaka zog ihre Pistole.

Quait ließ sich langsam am Seil hinunter. Er hatte seine eigene Waffe gezogen, noch bevor er den Boden berührte. Es war naß. So naß, daß alles im Licht der Laterne glänzte. Quait ließ das Seil los, und Chaka folgte ihm.

In jeder Wand gab es einen Durchgang.

Hinter ihnen verlief der Korridor mit den Schächten. Zwei gegenüberliegende Gänge führten in die Dunkelheit. Direkt voraus befand sich ein weiter, niedriger Tunnel. Eine schwere Tür lag verbogen auf dem Boden.

Quait ging umher und leuchtete mit seiner Lampe in die vier Durchgänge. In den Korridoren zur Linken und zur Rechten standen mehrere Türen offen. Chaka riskierte einen flüchtigen Blick und sah große Räume mit hohen Decken und Berge durchgeweichter, matschiger Überreste von irgend etwas, das nicht mehr zu identifizieren war.

Flojian untersuchte die verbogene Tür, dann betrat er den breiten Tunnel. Zwanzig Fuß weiter stieß er auf eine zweite, identische Tür. Auch sie war aus der Verankerung gerissen. Dahinter entdeckten sie schwarzes Wasser.

»Der unterirdische See«, flüsterte Flojian.

Die Wasseroberfläche befand sich mehrere Fuß unterhalb des Bodens. Der See selbst erstreckte sich in die Finsternis. Chaka sah zur Decke hinauf. Sie war glatt und flach und lag nur wenige Fuß über dem Wasserspiegel. »Das ist keine Höhle«, sagte sie atemlos. »Das ist eine riesige Kammer.«

»Sieh dir das an!« sagte Flojian und richtete den Lichtkegel seiner Lampe auf eine Treppe. Die Treppe führte hinunter ins Wasser.

Chaka starrte lange Zeit darauf. »Ich glaube, daß diese Kammer ursprünglich nicht unter Wasser lag«, sagte sie schließlich.

Claver hatte sich inzwischen zu den beiden gesellt. »Die Türen«, sagte er. »Das waren *Schleusen*. Sie dienten dazu, das Wasser auszusperren.«

»Aber warum?« fragte Flojian.

»Vielleicht lauert irgend etwas im Wasser?« schlug Chaka vor.

Claver runzelte die Stirn. »Ich verstehe nicht, was hier geschehen ist.«

Der hohe Korridor war von Räumen umgeben, und alle sahen aus wie der, den Chaka bereits gesehen hatte. Sie betraten den nächstgelegenen, und das Licht ihrer Lampen fiel auf Schreibtische, Bänke und Regale. Alles war naß und kalt.

»In den Wänden scheint Wasser zu sein«, sagte Claver.

Die Regale und Schränke sahen alle gleich aus. Sie bestanden aus Straßenbauermaterialien, weder Holz noch Metall, und die meisten wiesen vier oder fünf Schubladen unterschiedlicher Größe auf. Manche waren leer. Die meisten waren mit einem braunen Matsch gefüllt.

Quait kniete über einer Schublade und leuchtete mit der Lampe hinein. Er wühlte mit der Hand im Matsch und zog einen verschrumpelten rechteckigen Einband hervor. Fäden kamen aus der Mitte.

»Vielleicht ein Bucheinband«, vermutete Claver.

Flojian nickte. »Ich glaube, das ist richtig. Genau das wird es sein. Das hier waren alles Bücher. Sie bewahrten die Bände in den Schubladen auf. Wenn man eines lesen wollte, nahm man es heraus, ging damit zu einem der Tische und las es dort.«

Chaka untersuchte den Matsch und sagte nichts.

Jede Schublade trug auf der Vorderseite eine Metallplatte, die möglicherweise die Bücher darin identifiziert hatte. Die Beschriftungen waren schon lange nicht mehr lesbar.

Wegen der Dunkelheit dauerte es eine ganze Weile, bis sie die Ausmaße der Kammer wirklich begriffen hatten. Die Decke war hoch, sicher zwanzig Fuß, und der Raum war gut hundert Fuß lang und wenigstens halb so breit. Über alle vier Wände zog sich eine Galerie, zu der zwei Treppen hinaufführten. Rund zweihundert Schubladenschränke standen verteilt herum.

Sie wanderten durch die verstreut liegenden Überreste, und ihr Mut sank immer mehr. Schließlich stiegen sie zur Galerie hinauf in der Hoffnung, daß wie durch ein Wunder auf der oberen Ebene etwas den allgemeinen Verfall überlebt hatte. Vergebens.

Was war nur geschehen?

»Wir wissen, daß hier Dinge lagerten«, sagte Chaka. »Karik und seine Leute entdeckten zumindest einige erhaltene Bücher. Irgendwo hier unten.«

»Kommt, wir sehen, was es sonst noch hier unten gibt«, sagte Quait.

Sie fanden drei weitere Räume in diesem Teil des Korridors. Alle befanden sich in dem gleichen traurigen Zustand. Die vier Gefährten wanderten mutlos durch die Überreste, bemühten sich, Beschriftungen zu entziffern, hofften, daß irgend etwas erhalten geblieben war.

Der gegenüberliegende Flügel gab Anlaß zu ein wenig Hoffnung. Auch dort gab es vier große Lagerräume. Drei davon waren ruiniert. Doch am Ende des Korridors befand sich eine Tür, die versperrt war. Genau, wie Knobby es erzählt hatte. »Vielleicht ...« sagte Chaka.

»Die Türen sehen aus, als wären sie wasserdicht gewesen«, bemerkte Claver.

Der Schließmechanismus wurde durch ein Handrad betätigt. Quait drehte daran, und die anderen zogen sich in sichere Entfernung zurück. Sie nahmen die Lampen mit.

Doch die Tür bewegte sich nicht. »Gebt mir ein Stemmeisen«, sagte Quait.

Sie benötigten fast eine halbe Stunde, bis die Tür ein Stück nachgab. Als sie zufrieden mit dem Ergebnis ihrer Bemühungen waren, bezogen sie wieder in sicherem Abstand Position. Quait setzte das Brecheisen an einer günstigen Stelle an, warf ihnen einen hoffnungsvollen Blick zu und stemmte mit aller Kraft.

Die Tür knarrte. Er startete einen zweiten Versuch, und sie öffnete sich den Bruchteil eines Zolls. Quait sog prüfend die Luft ein. »Scheint in Ordnung zu sein«, meldete er.

»Warte lieber noch«, warnte Claver.

Aber das Fieber hatte Quait gepackt. Er ignorierte den gutgemeinten Ratschlag und zerrte an der Tür. Scharniere knackten, und Metall kreischte. Er bekam die Finger in den Spalt und zog erneut. Die Tür gab nach.

Sie befestigten eine Lampe an einem Seil und zogen sie aus respektvoller Entfernung an der Öffnung vorbei. Als nichts geschah, betraten sie den Raum.

Er sah aus wie die anderen, zwei Stockwerke hoch, mit einer umlaufenden Galerie. Aber er war trocken. Das Mobiliar, die Schränke, die Stühle, die Tische waren unversehrt. Und in den *Schränken lagerten Hunderte unbeschädigter Bücher.*

Chaka kreischte vor Freude. Ihr Schrei echote durch den Raum.

»Ich verstehe das einfach nicht!« sagte Claver. »Was ist hier nur geschehen?«

»Wen interessiert das schon?« Quait stapfte in den Raum, trat zum nächsten Schrank und öffnete die oberste Schublade. »Seht euch das hier an!«

Schwarzes Leder. Goldene Schrift. *Die Annalen. Von Tacitus.*

Der Einband wurde von Klammern gehalten. Quait nahm das Buch aus der Schublade und wischte einen Tisch ab. Die anderen versammelten sich hinter ihm, während er das Buch ablegte und aufschlug.

Er blätterte die Seiten um, am Titelblatt vorbei, mitten in den Text.

Man übertrug ihm die Verantwortung über die bedeutenderen Provinzen, nicht, weil er außergewöhnlich talentiert gewesen wäre, sondern weil er ein guter Geschäftsmann war und weder seine Begabung noch sein Ehrgeiz für ein höheres ...

Die Schränke waren methodisch angeordnet, gewöhnlich in Vierergruppen, mit dem Rücken zueinander, mit schrägen Lesepulten und Schreibtischen in bequemer Nähe. Überall standen Stühle zur freien Benutzung. Die Mitte des Raums nahm ein langer ovaler Schalter ein.

Flojian trat zu einem Schrank, blickte absichtlich nicht auf die Plakette mit der Beschriftung, und öffnete unter den Augen der anderen die obere Schublade. Er nahm das Buch hervor. Der Titel war in silberner Schreibschrift auf den Einband geschrieben:

Paidea
von
Werner Jaeger
Band J

Mit größter Behutsamkeit, beinahe zärtlich schlug er das Buch auf. Titel und Autor wurden auf der ersten Seite wiederholt. Und ein Datum: *1939*.

Flojian blätterte um. Zeilen in schwarzer Schrift füllten das weiße Papier:

Erziehung ist der Vorgang, durch den eine Gemeinschaft ihren physischen und intellektuellen Charakter behält und weitergibt. Das Individuum mag vergehen, doch der Typus bleibt.

»Stimmen aus einer anderen Welt«, flüsterte Chaka andächtig.

Sie umarmten sich im flackernden Licht ihrer Öllampen. Ein paar Augenblicke schienen die Schatten zurückzuweichen. All die Spannung, die Frustration, die Mühen der vergangenen Monate schienen verflogen. Claver schüttelte Quait überschwenglich die Hand. In seinen Augen standen Tränen. »Ich bin ja so froh, daß ich mit euch gekommen bin« sagte er immer und immer wieder. »Ich bin so froh!«

Es waren dicke Folianten, keine Bücher in dem Sinne, den ein vergangenes Zeitalter darunter verstanden hätte. Sie waren handgeschrieben, Tausende Zeilen sorgfältigster Handschrift auf großen Bögen Papier, das ganze in mit goldenen Kanten geschütztem Leder gebunden. Sie stammten aus der gleichen Produktion wie der *Yankee aus Connecticut*.

Offensichtlich waren sie in der Abteilung für Geschichte gelandet. Sie fanden Werke, von denen sie schon gehört hatten, wie zum Beispiel Gibbons *Vom Untergang und Fall des Römischen Imperiums* (in mehreren Bänden), und Werke, die ihnen völlig unbekannt waren, wie die *Anabasis* von Flavius Arrianus. Sie blätterten durch die *Krise des amerikanischen Präsidententums* von McMurtrie oder durch Ingel Kyatawas *Japan im Zeitalter der Moderne* und Thomas Morus' *Geschichte König Rich-*

ards III. Sie entdeckten Voltaires *Zeitalter des Sonnenkönigs* und die *Chronik der Angelsachsen* sowie Josephus' *Jüdischen Krieg.* Sie fanden Kopien vom *Jahrhundert Amerikas* und Henry Kissingers *Wesen der Diplomatie* und *Amerika und der Pazifik 1914 – 2011.*

»Das sind alles relativ neue Abschriften«, sagte Quait. »Seht euch den Zustand des Papiers an. Die Bücher können unmöglich älter als ein paar hundert Jahre sein.«

Auch auf der Galerie stand ein Bücherschrank neben dem anderen. Chaka stieg die Treppe hinauf und stöberte in den Schätzen der oberen Etage.

Sie vergaßen fast ihre Umgebung. Sie sprangen wie Kinder zwischen den alten Texten umher, riefen sich gegenseitig zu, dies oder jenes anzusehen, trugen ihre Öllampen von einem Tisch zum anderen und öffneten alles.

Chaka blätterte durch eine Kopie von Manchesters Letztem Löwen. Plötzlich leuchteten ihre Augen auf, und sie rüttelte Quait an der Schulter. »Ich glaube, wir haben Winston aus Chartwell entdeckt«, lachte sie.

Und da es der Tag nach ihrer Hochzeit war, erschien ihnen die Entdeckung der goldenen Schatzkammer wie der Höhepunkt dieses heiligen Ereignisses. Chaka stand im flackernden Licht und sah abwechselnd voller Liebe auf Quait und auf den *Letzten Löwen,* als die Illusion schlagartig endete.

Flojian war unten, im Eingangsbereich. Plötzlich rief er, daß Wasser im Korridor stand. *Und rasch* stieg.

Kapitel 30

Sie versuchten die Tür zu schließen, doch das Wasser drang durch den verbogenen Rahmen. Eine ihrer Lampen polterte zu Boden und erlosch. »Es wird nicht funktionieren«, sagte Chaka schließlich. Sie blickte sich mit wilden Augen um. »Wie hoch wird es steigen?«

»Bis unter die Decke«, sagte Claver.

»Bist du sicher?«

»Was glaubst du, was in den anderen Räumen jeden Tag passiert?«

Sie fauchten sich an, und die Freude, die noch Augenblicke zuvor geherrscht hatte, war Wut und Frustration gewichen. Sie öffneten die Tür und versuchten zu zweit auf jeder Seite, sie höher in ihren Rahmen zu wuchten und dann zu schließen. Es half nichts. Noch immer kam Wasser hindurch. Bücher und Schränke glänzten wie poliert im schwachen Licht der Öllampen.

Chaka stand dicht vor einer Panik.

»Das ist der unterirdische See«, flüsterte Flojian. »Er ist zum Meer hin offen, und die Flut hat eingesetzt.«

»Können wir denn gar nichts tun, um das Wasser aufzuhalten?« fragte Quait.

Claver lachte. »Machst du Witze?«

Quait riß sich die Jacke vom Leib und versuchte, sie zwischen Tür und Rahmen zu stopfen. »Verflucht«, schimpfte er. »Einer von uns hätte wirklich daran denken ...«

Chaka beobachtete, wie sich das Wasser über den Boden ausbreitete. »Was machen wir jetzt? Es muß doch eine Möglichkeit geben ...«

»Wir können vielleicht ein paar retten.« Flojian platschte zum nächsten Schrank, riß ihn auf und nahm das oberste Buch heraus. Es waren die *Briefe von Abailard und Heloïse*.

Quait blickte sich gehetzt um. »Wir sollen zwanzig oder dreißig Bücher retten und alle anderen aufgeben?«

»Wartet!« Claver hielt seine Lampe in die Höhe und sah zur Decke empor, die halb im Dunkeln lag. »Vielleicht können wir ja doch etwas tun.«

»Was denn?« fragte Quait.

»Laßt mir eine Minute Zeit.« Er rannte die Treppe zur Galerie hinauf. Sie beobachteten den Lichtschein seiner Lampe, der rasch durch die Reihen von Schränken hetzte, hin und wieder zögerte, und nach kurzer Zeit die gesamte Galerie umrundet hatte. Sein Gesicht leuchtete blaß im flackernden Licht der Laterne.

»Wir verschwenden nur unsere Zeit!« rief Flojian. Er zog ein zweites Buch hervor. Die *Chronik der Kreuzzüge, zeitgenössische Erzählungen von Richard von Devizes und Geoffrey de Vinsauf.* Quait half ihm, beide Folianten auf den Arm zu nehmen. Flojian drehte sich um und stolperte in Richtung Tür. »Mach auf, Chaka«, sagte er.

Sie konnte nicht anders, als lachen. »Und wie willst du mit dieser Last am Seil hochklettern?« Das Wasser reichte inzwischen bis über ihre Schuhspitzen. »Es steigt rasch höher«, sagte sie. »Wenn wir etwas erreichen wollen, dann sollten wir besser jetzt damit anfangen.«

»Und was schwebt dir vor?« fragte Flojian. »Außer soviel in Sicherheit zu bringen, wie nur irgend möglich?«

Clavers Laterne bewegte sich noch immer über die Galerie. Er schien mit sich selbst zu reden. »Ja«, sagte er. »Warum sollte es nicht funktionieren?« Und: »Ich glaube, wir schaffen es. Ja.« Unvermittelt kam er zur Treppe, packte das Geländer und beugte sich zu den anderen herunter. »Bringt die Bücher hier herauf!« rief er. »Und beeilt euch!« Chaka bemerkte ungläubig, daß er sein Hemd ausgezogen hatte und jetzt die Hosen folgen ließ.

»Und wozu das ganze?« fragte Quait. »Die Kammer wird bis zum Rand hin vollaufen.«

»Ich habe jetzt keine Zeit für Erklärungen«, entgegnete Claver. »Macht einfach, was ich euch sage. Vertraut mir.«

»Wir müssen von hier verschwinden, solange wir noch können!« wandte Flojian ein. »Sonst sitzen wir auch in der Falle.«

»Wir haben Zeit genug«, sagte Claver. Er sprach lauter

als normal, und seine Stimme echote durch den Raum. »Wenn ihr aufgeben wollt, dann sagt es lieber gleich. Aber wenn ihr mir helft, dann gelingt es uns vielleicht, die meisten Dinge in diesem Raum zu retten.«

Sie begannen mit den untersten Schubladen und stapelten zuerst die am meisten bedrohten Bücher auf den Schränken, auf Tischen, Bänken, Stühlen, was auch immer sich gerade anbot.

Sämtliche Bände waren handgeschrieben. Sie waren schwer und unhandlich, und manche von ihnen wogen so viel, daß Chaka normalerweise Mühe gehabt hätte, sie auch nur anzuheben. Aber jetzt kreiste Adrenalin in ihren Adern, und sie vollbrachte in dieser entscheidenden Stunde Leistungen, die ihr niemand von ihren Bekannten daheim in Illyrien zugetraut hätte.

Claver kam die Treppe hinunter. Im unsicheren Licht meinte Chaka, einer optischen Täuschung zu unterliegen. Er war splitternackt. »Zieht euch aus!« verlangte er. »Ich brauche eure Kleider. Alle.« Er rannte durch das Wasser zur Tür und kam mit Quaits Jacke zurück. »Rasch!« sagte er drängend.

»Ich denke, es ist vorbei«, sagte Quait, dessen Gesichtsausdruck unmißverständlich klar machte, daß Claver seiner Meinung nach den Verstand verloren hatte.

»Macht einfach nur, was ich euch sage. Und beeilt euch gefälligst!«

Chaka hatte sich bereits die Jacke heruntergerissen. »Es wird ziemlich kalt werden«, sagte sie.

»Was hat er vor?« fragte Flojian.

»Ich dichte die Lüftungsschächte ab, verdammt!«

»Ich begreife das nicht«, sagte Quait. Trotzdem gehorchte er und zog sein Hemd aus.

»Oh!« sagte Flojian. »Wenn es uns gelingt, den Raum luftdicht zu machen, wird die Luft zusammengedrückt, sobald das Wasser über die Tür angestiegen ist.«

»Sehr gut«, sagte Claver und streckte die Hand nach Chakas Bluse aus.

»Also?« fragte Quait.

»Wenn es uns gelingt, eine Luftblase zu erhalten, kann

das verdammte Wasser nicht in den oberen Teil der Kammer eindringen.«

»Und was, wenn nicht?« fragte Chaka.

Quait schlüpfte aus seiner Kleidung. Er stapelte Hemd, Hose, Socken, Unterhose und alles, was er bei sich trug, auf Emil Ludwigs Napoleon.

Flojian zog sich jetzt ebenfalls aus. Er reichte Claver seine Kleidung, blickte mit sichtlichem Unbehagen zu Chaka, die inzwischen ebenfalls nackt war, und wandte sich ab. Chaka hätte sich am liebsten im Wasser versteckt, doch diese Reaktion erschien ihr unter den gegebenen Umständen als kindisch.

Claver stapfte mit beiden Armen voller Kleidung wieder die Treppe zur Galerie hinauf. In der Zwischenzeit dämmerte Quait und Chaka, daß die Zeit besser ausgenutzt werden konnte, wenn Chaka nicht die Bücher nach oben tragen mußte. Sie hatten einen leichten Vorsprung auf die steigende Flut gewonnen, und versuchten jetzt, ihre Aufgabe besser zu organisieren. Chaka nahm weiterhin die Bücher aus den unteren Schubladen, während Quait und Flojian sie zur Galerie hinauf trugen. Chaka rettete die *Gedanken des Marcus Aurelius,* Belzonis *Bericht über Ausgrabungen und neuere Erkenntnisse über Ägypten und das obere Niltal* und Samuel Eliot Morisons *Krieg auf zwei Ozeanen.* Sie rettete Cäsars *Kommentare* und Babcocks *Warten auf dem Bahnhof* und Mulgraves *Staub von Mekka.* Herodot fiel ihr aus den Händen und ins Wasser.

»Ich glaube, es wird funktionieren!« rief Claver von oben.

Chaka rettete Polybius und Thucydides, Voltaire, T.E. Lawrence, Fuller, Woollcott und Churchill. (War das der gleiche Churchill?) Sie rutschte aus und fiel mit Livy in den Händen hin und tat sich weh. Sie stapelte Xenophon auf Prescott und Comager auf Henry Adams. »In Ordnung.« Clavers Stimme schien aus dem Nichts zu kommen. »Sieht aus, als wären wir wieder im Geschäft.«

»Gut«, sagte Quait. »Wir können deine Hilfe hier unten gut gebrauchen.«

Zu diesem Zeitpunkt war Quait der einzige, der noch

Bücher die Treppe hinauftrug. Chaka hatte Boden verloren, und Flojian mußte ihr helfen, die restlichen Bände aus den unteren Schubladen in Sicherheit zu bringen und auf den Schränken zu stapeln. Sie waren fast fertig, doch das Wasser stieg zu schnell. Es holte sie ein und verschlang eine Reihe von Bänden. Als nächstes überflutete es die Tische, auf denen die Bücher gestapelt lagen, und leckte um die Ecken der Chronik von *Nowgorod* und der *Anfänge der Geschichte* und China: *Der Drache erwacht*, und um Roger Bacons *Bemerkungen* und noch eine ganze Reihe anderer unersetzlicher Werke.

Sie retteten, was sie konnten. Sie stapelten die Bücher auf den oberen Treppenstufen und rannten zurück, um weitere zu holen. Das Wasser erreichte Chakas Schultern. Doch sie hielt durch und machte weiter. Sie hob Bücher über den Kopf, die noch schwerer geworden waren, weil sie sich mit Wasser vollgesogen hatten, und reichte sie an Quait. Irgendwann verlor sie den Grund unter den Füßen und mußte schwimmen. Schließlich wurde es einfach zu anstrengend, und sie mußte aufgeben und zog sich aus dem unaufhörlich steigenden Wasser.

»Es wird sowieso Zeit zu verschwinden«, sagte Quait. Der Wasserspiegel hatte die Oberkante der Tür erreicht. Draußen auf dem Gang waren höchstens noch ein paar Fuß Luft zwischen Wasserspiegel und Decke.

Flojian reichte Plutarchs *Alkibiades und Koriolanus* nach oben. Für den Rest kam jede Hilfe zu spät. »Ich bin dabei«, sagte er. »Laßt uns verschwinden.«

Aber Orin Claver zögerte. »Was stimmt nicht?« fragte Chaka. »Wir haben getan, was wir konnten.«

»Nein«, widersprach Claver. »Es tut mir leid.« Er atmete tief durch. »Hört zu, wie ernst ist es euch damit, dieses Zeug hier zu retten?«

Sie froren alle, und sie blickten sehnsüchtig zur Tür. Das Wasser glänzte im Licht der Lampen. »Was willst du damit sagen?« erkundigte sich Chaka.

»Wir wissen nicht, wie hoch das Wasser steigen wird. Ich schätze, bis ungefähr zur Hälfte zwischen der Türoberkante und der Decke. Und falls ich recht behalte, verlieren wir noch immer die Hälfte aller Bücher.« Die meisten Folianten, die sie von unten gerettet hatten, waren auf dem Boden der Galerie gestapelt. »Wir müssen alles höher schaffen. Wir müssen die Schränke hier oben ebenfalls leeren und alles so hoch in Sicherheit bringen, wie wir nur können.«

»Orin«, sagte Quait, »dazu bleibt uns nicht die Zeit! Wenn wir jetzt nicht verschwinden, sitzen wir fest.«

»Ich weiß«, antwortete Claver. Er drehte sich um und sah sie an, und sie erkannten, daß er sich fürchtete. »Sagt mir, was ihr wollt.«

Der größte Teil der Treppe war inzwischen überflutet. Nur die obersten drei Stufen waren noch trocken. »Ich will nicht hier drin ertrinken«, sagte Flojian. »Das ist die Sache nicht wert.«

»Wir werden nicht ertrinken«, sagte Chaka. »Jedenfalls nicht, wenn Orin recht behält. Und du irrst dich ganz gewiß nicht, Orin?«

»Höchstwahrscheinlich nicht«, antwortete Claver. »Aber ich kann für nichts garantieren.«

Sekundenlang war nichts außer dem Gurgeln der steigenden Fluten zu hören. Quait sah Flojian an. »Was hältst du davon, wenn wir beide bleiben?« fragte er. »Zwei hier drin, zwei draußen.«

»Vergiß es«, protestierte Chaka. »Ich werde ganz bestimmt nicht allein nach Hause zurückkehren.«

Claver nickte zustimmend. »Und ich kann den Ballon nicht alleine starten.«

Auf der Galerie gab es vielleicht dreißig Schränke, in denen weitere hundert Bände lagerten. Außerdem gab es reichlich freie Tische. Sie schoben die Schränke zu Zweiergruppen zusammen und stellten die Tische oben drauf. Dann begannen sie mit der beschwerlichen Arbeit, ungefähr dreihundert schwere Folianten auf den Tischen zu stapeln. Sie beobachteten, wie das Wasser den Eingang überflutete, wie es die letzten paar Stufen einholte und schließlich über den Boden der Galerie stieg.

Bis sie alles aus den Schränken geholt und alles, was auf den Schränken lag, auf die Tische gestapelt hatten, waren sie hüfttief im Wasser. Aber sie hatten alles getan, was in ihren Kräften stand.

»Das Wasser scheint überhaupt nicht langsamer zu steigen«, bemerkte Chaka.

Claver verschränkte die Arme vor der Brust und versuchte so, sich warm zu halten. »Es muß sich verlangsamen. Habt Geduld.«

»Wie lange stecken wir hier drin fest?« wollte Quait wissen.

»Bis zum Gezeitenwechsel. Sechs Stunden oder so, schätze ich«, sagte Flojian.

Auf Clavers Vorschlag hin löschten sie alle Lampen bis auf eine. Er erklärte, daß er nicht wüßte, wieviel Luft ein Raum dieser Größe halten konnte, und daß die Lampen Sauerstoff verbrannten. Auf der anderen Seite war keiner bereit, in der kühlen Finsternis zu sitzen, während das Wasser immer weiter stieg. Die einzelne Lampe war ein Kompromiß.

Sie klammerten sich aneinander und versuchten, ihre gegenseitige Körperwärme auszunutzen, um sich vor der Kälte zu schützen.

Sie redeten viel. Meist drehten sich ihre Unterhaltungen um die Buchtitel, die sie im Verlauf ihrer Rettungsaktion gesehen hatten, und darum, wie sie am schnellsten alles aus diesem Raum und in Sicherheit bringen könnten, sobald der Wasserspiegel wieder fallen würde. Nach Clavers Meinung war es das beste, wenn sie alles so ließen, wie es war, und auf dem schnellsten Weg nach Brockett zurückkehrten. »Diesmal dürfte es keine Schwierigkeiten machen, ein Schiff zu chartern«, meinte er.

»Das werden ziemlich lange sechs Stunden«, bemerkte Chaka.

Da sie nichts mehr tun konnten außer Abwarten, versuchte Quait sich abzulenken, indem er die Titel überflog. Einer fiel ihm besonders ins Auge: *Anmerkungen über die letzten Tage*, von Abraham Polk. Er zeigte ihn den anderen. »Wenigstens erfahren wir am Ende doch noch die Wahrheit«, sagte er.

Die Unterhaltung wanderte hierhin und dorthin. Claver schwieg fast zwanzig Minuten. Schließlich sagte er: »Ich glaube, ich weiß jetzt, was der ersten Expedition widerfahren ist.«

»Ich dachte, das wüßten wir längst?« sagte Quait. »Sie wurden von der Flut überrascht und ertranken.«

»In gewisser Hinsicht mag das zutreffen«, sagte Claver. »Aber die Flut an sich steigt dazu nicht schnell genug. Außerdem wissen wir, daß sie nicht versucht haben, die Bücher zu retten, so wie wir.« Claver starrte in die Lampe und erschauerte. Er schlang die Arme um den Leib, und Chaka zog ihn mitfühlend näher zu sich heran. Quait meinte, ein Lächeln auf Clavers Lippen zu entdecken, aber vielleicht hatte ihm auch das Licht der Öllampe einen Streich gespielt. »Nein«, sagte der alte Mann. »Ich denke, sie fanden alle Räume in dem gleichen Zustand vor wie wir diesen hier. *Trocken*. Sie sahen keine Gefahr, genausowenig wie wir. Der Korridor war damals wahrscheinlich auch noch trocken, also kann man ihnen für ihre Dummheit noch weniger Vorwürfe machen als uns. Sie brachen in die Bibliotheksräume ein und öffneten eine Tür nach der anderen. Zum Glück hatten sie noch nicht alle geöffnet. Und dann fingen sie an, die Bücher nach draußen zu schaffen.

Allerdings war eine Sache damals anders als bei uns heute. Als die erste Expedition in die zentrale Kammer unter der Treppe kam, war einer der vier Korridore durch ein Tor versperrt.«

»Das stimmt nicht«, widersprach Flojian. »Alle Gänge waren offen.«

»Als wir herkamen, standen alle Korridore offen. Und zwar deswegen, weil Kariks Leute dieses eine Tor geöffnet hatten. Und was fanden sie dahinter?«

»Den See«, sagte Quait.

»Am Ende, ja. Aber zuerst fanden sie ein zweites Tor.« Claver wartete, bis seine Zuhörer diesen Sachverhalt verdaut hatten, dann fuhr er fort. »Nach der Legende kehrte die Quebec zu diesem Ort zurück und legte hier an. Falls das stimmt, gab es eine Kammer für das Tauchschiff. Ich glaube, der See ist genau diese Kammer.

Irgend etwas ging schief. Welches System sie auch immer hatten, um den Wasserstand im Innern der Kammer niedrig zu halten – es versagte. Vielleicht klemmte eine Außenschleuse, und sie konnten die Kammer nicht mehr zum Meer hin versperren. Was auch immer. Irgendwann versagte auch das Belüftungssystem und stellte seine Arbeit ein. Nachdem das geschehen war und die Luft frei zirkulierte, stieg und fiel das Wasser *im Innern der Kammer* zusammen mit Ebbe und Flut. So, und jetzt betrachtet den Korridor mit den beiden massiven Toren.«

Chaka dachte nach, aber sie verstand beim besten Willen nicht, worauf Claver hinaus wollte, genausowenig wie Quait und Flojian.

»Ich vermute, die Tore waren so konstruiert, daß immer eins geschlossen sein mußte, bevor das andere sich öffnen ließ.«

»Und warum?« fragte Chaka.

»Weil wir sonst, wenn beide Tore offen sind, genau den Effekt erhalten, über den wir gerade gesprochen haben. Der Wasserspiegel hebt und senkt sich zusammen mit Ebbe und Flut draußen.«

Quait erkannte immer noch nicht, worauf Claver hinaus wollte.

»Du meinst also, sie wären von der steigenden Flut überrascht worden? Aber eben hast du noch erzählt, die Flut wäre zu langsam.«

»Ich glaube nicht, daß sie von der Flut überrascht wurden. Jedenfalls nicht so, wie ihr jetzt meint. Wenn ich Knobbys Geschichte richtig interpretiere, geschah das Unglück mehr oder weniger, während die Flut den höchsten Stand erreicht hatte. Falls die Kammer der Quebec tatsächlich zerstört war, stieg das Wasser hinter den Toren zusammen mit der Flut.« Er sah Chaka ernst an. »Und falls das der Fall war: Wie hat es in der Kammer ausgesehen, als sie das zweite Tor aufbrachen?«

Chaka sah, wie Quait die Augen aufriß. »Sie war voll Wasser!«

»Genau«, fuhr Claver fort. »Sie waren nicht den langsamen sechs Fuß Anstieg pro Stunde ausgesetzt, die wir erlebt haben. Ein Ozean ist über sie hinweggerauscht. Sie waren alle gefangen. Ertrunken, bevor sie überhaupt erkannten, in welchen Schwierigkeiten sie steckten. Mit Ausnahme des einen Mannes, der sich gerade oben auf dem Treppenabsatz befand und Bücher stapelte.«

Flojians Hand berührte Quait.

»*Es war nicht seine Schuld*«, flüsterte Quait.

Flojians Hand tauchte in das Wasser. Er schöpfte eine Handvoll und ließ es zwischen den Fingern hindurchrinnen. »Wahrscheinlich hat er die Arbeiten beaufsichtigt«, sagte er leise. »Er wird sich die Schuld gegeben haben. Die Schuld am Tod von sechs Leuten. Und daran, daß alles hier drin zerstört wurde.«

Lange Zeit sagte niemand ein Wort.

»Aber *wir* wissen es jetzt«, sagte Chaka schließlich. »Vielleicht können wir die Dinge jetzt richtigstellen.« Ihre Brüste hoben sich ein wenig im steigenden Wasser.

»Ich glaube nicht, daß es funktionieren wird«, sagte Quait plötzlich.

Claver warf einen prüfenden Blick zur Decke hinauf. »Wir müssen uns einen Weg ausdenken, wie wir den Anstieg messen können.«

»Da brauchen wir nichts zu messen«, sagte Flojian. »Das Wasser steigt noch immer.«

»Ich sage es wirklich nicht gerne«, brummte Quait, »aber ich denke, wir müssen unser Glück schwimmend versuchen.«

Sie befanden sich am Ende des Korridors, doch der war inzwischen überflutet. »Das würde ich niemals schaffen«, sagte Chaka. »Es ist zu weit für mich.«

»Für mich auch«, gestand Flojian. »Ich würde nicht einmal halb so weit kommen.«

»Wir können nicht einfach hier herumsitzen!« schnappte Quait.

Flojian hüpfte langsam im Wasser auf und ab. Er zitterte am ganzen Leib. »Vielleicht hätten wir darüber nachdenken sollen, bevor wir freiwillig in dieser Rattenfalle geblieben sind.«

Chaka sah Claver an. »Orin, was stimmt da nicht?«

»Irgendwo muß es noch einen Belüftungsschacht geben! Eine andere Erklärung fällt mir nicht ein.«

Sie zündeten die anderen Lampen wieder an und machten sich auf die Suche. Die mittlere Sektion der Decke war gerade weit genug von der Galerie entfernt, um im Dunkeln zu bleiben. Zwar schien es dort keinen Schacht zu geben, aber sie mußten sicher gehen. Also nahm Quait die Lampe und schwamm hin. Er drehte sich auf den Rücken, hob die Laterne hoch und erkannte augenblicklich das Problem. Ein weiterer Belüftungsschacht, halb hinter einem Stützbalken verborgen.

Er befand sich genau in der Mitte des Raums, aber außerhalb ihrer Reichweite. Und zwischen der Decke und dem Wasserspiegel befanden sich noch immer sechs Fuß Luft. »Wir müssen warten, bis das Wasser noch höher gestiegen ist«, sagte er. »Dann können wir versuchen, den Schacht abzudichten.«

»Das Wasser steht jetzt schon zu hoch«, sagte Claver. »Vergeßt nicht, daß es nicht sofort aufhört zu steigen, wenn wir den Schacht abgedichtet haben.«

»Wir brauchen einen Stock«, sagte Flojian.

Chaka schwamm zur Treppe, tauchte unter und bemühte sich, das Geländerstück abzubrechen. Da es ihr nicht gelang, tauchte Quait hinter ihr her. Er kam mit einem sieben Fuß langen Stück zurück an die Oberfläche.

Aber sie hatten keine Kleider mehr. Sie bargen Flojians Hemd und Hose aus einem der anderen Schächte, und Quait benutzte das Geländer, um den Schacht in der Mitte mit den Kleidern zu verstopfen. Es dauerte nur wenige Augenblicke. In der Zwischenzeit suchten die anderen nach etwas, womit sie den jetzt wieder offenen zweiten Schacht abdichten können. Claver versuchte eine Tischplatte vor die Öffnung zu halten, doch das funktionierte nicht.

»Wir müssen eins der Bücher benutzen«, sagte Flojian schließlich.

Claver nickte. »Schnell. Aber nimm eins, das aller Wahrscheinlichkeit nach keinen praktischen Wert besitzt.«

Sie fanden einen Folianten, der bereits beschädigt war, eine Biographie über eine Person, von der noch nie jemand gehört hatte: *Merejowskys Leben und Werk des Leonardo daVinci*. Quait kletterte auf einen Stuhl und rammte es in den Schacht, bis es ganz dicht saß, und dann kauerten sie sich wieder beieinander und lauschten dem Gurgeln der steigenden Flut.

Das Wasser erreichte Chakas Schultern.

Dann ihren Unterkiefer.

Flojian war bereits auf einen der Schränke geklettert. Sie gesellte sich zu ihm, aber sie blieb im Wasser, weil es so wärmer war.

Claver starrte auf die Bücher. Sie waren auf Tischen gestapelt, die nur noch zwei Fuß über das Wasser ragten. Er stellte die Lampe auf einen Stapel und machte sich daran, etwas zu suchen, womit er den Anstieg des Wasser messen konnte. Quaits Geländerstück lehnte an einer Wand.

Claver ging es holen, richtete es gerade auf und ritzte den Wasserstand mit einem Messer hinein. Es reichte ihm inzwischen bis zum Schlüsselbein.

Quait watete zu Chaka. »Alles in Ordnung?« fragte er.

Sie nickte. »Den Umständen entsprechend.«

Niemand redete viel. Nach einer Weile erlosch die Lampe, und sie befanden sich in völliger Dunkelheit. Für Chaka war es die angstvollste Zeit ihres Lebens.

Doch ein paar Minuten später drang Clavers Stimme durch die Stille. »Ich glaube, wir schaffen es! Das Wasser steigt zwar noch, aber nur sehr langsam.«

»Bist du sicher?« fragte Flojian zweifelnd und doch voller Hoffnung.

»Ja«, erwiderte Claver. »Absolut sicher.«

Chaka stieß einen erleichterten Schrei aus und umarmte jeden ihrer Gefährten. Das Wasser schien mit einem Mal wärmer geworden zu sein. Sie planschten und jubelten, bis Claver warnend meinte, daß die Bücher naß werden könnten.

»Scheiß auf die Bücher!« rief Quait. »Wir sehen das Tageslicht wieder!«

Epilog

Abraham Polk beschreibt die Seuche als einen Virus, der durch die Luft übertragen wurde. Niemand hier weiß genau, was er damit gemeint hat, doch sein Bericht über die letzten Tage ist bildhaft genug, um die Natur der Seuche deutlich zu machen.

Sie war ein Produkt der Regenwälder. Polk ist zu dem Schluß gekommen, daß der Virus eine Art Schutzmechanismus gewesen ist, ausgelöst durch ein nicht mehr kontrollierbares Bevölkerungswachstum und das unaufhaltsame Vordringen der Menschen in die letzten Wälder der Erde.

Wir erwarten, daß es noch gut zehn Jahre dauern wird, bis vollständige Kopien der aus Haven geborgenen Texte in den öffentlichen Bibliotheken von Brockett und den Städten der Liga verfügbar sind. Der Fund aus fast dreihundertfünfzig geschichtlichen Werken, Kommentaren und Betrachtungen hat den offiziellen Namen *Silas-Glote-Sammlung* erhalten.

Bis heute wurden etwa fünfzig Bände kopiert und der allgemeinen Öffentlichkeit zur Verfügung gestellt. Die restlichen Bände, die zur Zeit restauriert, erforscht und/oder kommentiert werden, können von anerkannten Gelehrten zu Forschungszwecken eingesehen werden.

Sowohl auf dem Hudson als auch auf dem Mississippi haben kohlebefeuerte Dampfschiffe Einzug gehalten. Der Seeweg zwischen Brockett und der Liga gewinnt nach und nach an Bedeutung. Der Handel nimmt nur langsam zu, weil die zu bewältigenden Entfernungen riesig und die Ligaprodukte nur unter Schwierigkeiten auf dem Landweg zur Mündung des Mississippi zu schaffen sind.

Aber die Fortschritte sind nicht zu übersehen, und Orin Claver hat seine beträchtlichen Fähigkeiten ganz der Aufgabe gewidmet, eine offene Wasserstraße von den Ligastädten bis hin zum Golf zu schaffen. Seine Lösungsvorschläge beschränken sich allerdings bis zum heutigen Tag in erster Linie auf den Kanalbau.

Flojian hat eine lukrative und ausfüllende Tätigkeit als Clavers Manager angetreten und sich in Brockett niedergelassen.

Seine Vorhersage, daß die Keile eines Tages Feuerwaffen verdrängen könnten, scheint aus zwei Gründen nicht einzutreffen: Erstens entzieht sich die Technologie ihrer Herstellung jeder Untersuchung durch unsere Experten, und zweitens fehlt dem Keil die Autorität, die einem Gewehr oder einem Revolver innewohnt. Ganz zu schweigen von dem erregenden Gefühl, mit einer Feuerwaffe auf einen Bösewicht zu schießen.

Der Treck vom Teufelsauge zu dem Maglev-Terminal am Nordufer des Wabash (der sich zu einer bedeutenden touristischen Route entwickelt hat) ist inzwischen inoffiziell unter dem Namen *Shannons Route* bekannt.

Bis zum heutigen Tag sind sämtliche Versuche, den Boden des unterirdischen Sees abzusuchen, in der Hoffnung, die *Quebec* zu entdecken, ergebnislos geblieben. Zwei Taucher mit Atemgeräten, die Orin Claver erfunden hat, sind verschollen, was zu Spekulationen führte, daß ein Dämon im Wasser lauert.

Claver allerdings führt das Problem auf einen fehlerhaften Kolben in der Luftpumpe zurück, die die Taucher versorgen sollte.

Ballonfahren hat sich in der gesamten Liga zu einem Volkssport entwickelt.

Die Unfälle und Verletzungen, insbesondere bei jüngeren Männern, haben erschrekkende Ausmaße angenommen, so daß der Rat inzwischen darüber nachdenkt, ein Verbot zu erlassen.

Avilas Vater, ein frommer Mann, der stets geglaubt hat, daß ihre Bekehrung zum Orden eine Folge göttlicher Intervention gewesen ist, zerbrach seelisch, als er erfuhr, daß seine Tochter dem Orden den Rücken zugekehrt hatte.

Er nahm die Nachricht von ihrem Tod stoisch entgegen und hielt am Ufer des Mississippi eine Trauerzeremonie zur Würdigung ihres Lebens ab in der Annahme, daß nur wenige kommen und einer gefallenen Priesterin die letzte Ehre erweisen würden. Aber wie es sich fügte, erschienen Avilas Freunde so zahlreich und drängten sich in solchen Scharen, daß eine ganze Reihe ins Wasser fiel. Quait wurde im Hinblick auf seine Verdienste frühzeitig aus dem Militärdienst entlassen. Er ist Silas Glote auf dessen Lehrstuhl am Imperium nachgefolgt, wo er heute Ethik und Regierungsformen der Straßenbauergesellschaft unterrichtet.

Nach den Ereignissen in Haven hat Chaka das Grab ihres Bruders besucht. Zusammen mit seinen Kameraden liegt er auf einem sanft geschwungenen Hügel am Rand der Bucht, deren Gezeiten sein Leben raubten. Chaka ist heute die berühmteste Silberschmiedin in der gesamten Liga.

Sie mußte zwei Assistenten einstellen, und ihre Geschäfte florieren. Vor kurzem ist sie von einer Tour zum großen Wasserfall von Nyagara zurückgekehrt. Sie hat eine Gruppe von Kartographen, Wissenschaftlern und Abenteurern geführt, weil ihr Mann Quait sich unmittelbar vor der geplanten Abreise einen Knöchel brach. Die beiden haben einen Sohn und eine Tochter, und beide erhalten die beste und gründlichste Erziehung, die man sich nur vorstellen kann.

Es erscheint wie eine Ironie des Schicksals, daß das berühmteste Buch der Expedition keines der durchaus bemerkenswerten Werke ist, die von den Gefährten gerettet wurden, sondern das Reisetagebuch, das Silas Glote begonnen und Chaka Milana vervollständigt hat und das unter ihrer beider Namen veröffentlicht wurde. Es dient inzwischen als Führer für Überlandreisen zwischen der Liga und Brockett.

Flojian hat eine attraktive junge Frau geheiratet, die er bei den Docks am Kanal von Brockett kennengelernt hat, wo sie früher arbeitete.

Ihr Name lautet Ira, und sie hat ihm vor kurzer Zeit Zwillingstöchter geschenkt. Sie weiß fast alles, was auf der Reise zwischen Illyrien und Haven geschah, und den Rest kann sie sich zusammenreimen. Sie ist eine intelligente Frau, viel zu klug, um eine Affäre daraus zu machen, daß ihr Mann noch heute gelegentlich im Schlaf um sich schlägt und den Namen einer anderen Frau ruft.

ENDE

Band 24 208

Jack McDevitt

Gottes Maschinen

Deutsche Erstveröffentlichung

Einsam steht sie auf Iapetus, einem Mond des Saturn: die riesige Statue eines außerirdischen Wesens, mit einer Inschrift, die allen Entschlüsselungsversuchen trotzt. Sie ist nicht das einzige Relikt. Nach Entwicklung des überlichtschnellen Antriebs entdecken Forscher weitere geheimnisvolle Bauwerke – und alle auf Welten, die von kosmischen Katastrophen heimgesucht wurden. Die Archäologen von der Erde stehen vor einem Rätsel. Gibt es einen Zusammenhang zwischen den fremden Wesen und dem Untergang so vieler Zivilisationen? Und wohin sind die Monument-Erbauer verschwunden?
Doch es bleibt nicht mehr viel Zeit, Antworten zu finden, denn die Erde, die sich am Rande einer ökologischen Katastrophe befindt, kann keine weiteren Gelder für Forschungen bereitstellen – selbst wenn in ihnen der Schlüssel für das Überleben der ganzen menschlichen Rasse liegen könnte ...

Ein neuer, ungewöhnlicher SF-Roman aus der Feder des Philip-K.-Dick-Anward-Preisträgers JACK McDEVITT.

›Interstellare Archäologie mit erstaunlichen Ideen, einer beeindruckenden Atmosphäre und der Spannung eines ausgeklügelten Krimis. Unwiderstehlich!‹
Gregory Benford

BASTEI LÜBBE

Band 24 242
Elisabeth Moon
Die letzte Siedlerin
Deutsche Erstveröffentlichung

Endlich alleine! Stets hat man Ofelia, der ältesten Siedlerin von Sims Bancorp, gesagt, was sie tun und lassen soll. Nun weigert sie sich, mit den anderen menschlichen Siedlern den Planeten zu verlassen. Sie sei zu alt und hätte keine Lust mehr, umherzuwandern. Also bleibt sie alleine auf Bancorp zurück: die letzte Siedlerin – bis unerwartet neue Kolonisten auftauchen, sehr zum Leidwesen Ofelias. Aus ihrem Versteck heraus muß sie jedoch beobachten, wie die neuen Kolonisten von einheimischen, intelligenten Wesen vernichtet werden, von denen bisher niemand etwas ahnte. Und nun ist es an Ofelia, diese Einheimischen vor dem Zorn der Erde zuretten ...

BASTEI LÜBBE

Band 24 241
Stephen Lawhead
Traumdieb

›Die Leute behaupten, daß es einen Dämon gibt – den Traumdieb –, der die Träume der Menschen stiehlt, während sie schlafen. Sie sagen, er lebe in den Bergen des Himalaja, wo er die gestohlenen Träume in einem großen Rubin eingeschlossen hält. Es heißt, wenn ein Mensch keine Träume mehr hat, dann schickt ihn der Traumdieb in die Nacht hinaus, so daß er sich sein Leben nimmt.‹

Der ehrgeizige junge Wissenschaftler Spencer Reston ist Traumforscher auf Gotham, einer riesigen Weltraumstation, wo er die Auswirkungen langer Aufenthalte im All studiert. Eine unheimliche Macht scheint während seiner Selbstversuche nach seinem Geist zu greifen. Ohne es zu ahnen, ist er zum Bindeglied eines gewaltigen Komplotts geworden, geschmiedet von einem geheimnisvollen Wesen. Die abenteuerliche Suche nach dem Traumdieb führt Spencer und seine Freunde vom Mars bis in die Bergwelt Nordindiens.